商山四皓

陕西新华出版传媒集团
陕西人民出版社

王家民 著

图书在版编目（CIP）数据

商山四皓 / 王家民著. — 西安：陕西人民出版社，2022.9

ISBN 978-7-224-14642-4

Ⅰ. ①商… Ⅱ. ①王… Ⅲ. ①长篇历史小说—中国—当代 Ⅳ. ① I247.5

中国版本图书馆 CIP 数据核字 (2022) 第 143242 号

封面题字：贾平凹
责任编辑：朱媛美　耿　英
装帧设计：孙浩章

商山四皓

作　　者　王家民
出版发行　陕西新华出版传媒集团　陕西人民出版社
（西安北大街 147 号　邮编：710003）
印　　刷　陕西龙山海天艺术印务有限公司
开　　本　890 毫米 ×1240 毫米　1/16
印　　张　33
字　　数　470 千字
版　　次　2022 年 9 月第 1 版
印　　次　2022 年 9 月第 1 次印刷
书　　号　ISBN 978-7-224-14642-4
定　　价　69.00 元

形神兼备颂前贤

李 星

商州古地，昔为先秦改革家商鞅封邑，后有秦末汉初的东园公唐秉、角里先生周术、绮里季吴实、夏黄公崔广隐居于此，再后有明末农民起义领袖李自成在此休养生息，并由商山出发，一路势如破竹攻占北京，建立大顺王朝。著名画家王家民教授生于斯地，成长于斯地，从小到大，耳濡目染，仰先贤之人格，慕先贤之精神，发奋以多彩之笔绘先贤之神采，其四皓系列画作已誉满商山，名扬全国，情融既久，其博也专。

长篇历史小说《商山四皓》以其独到的形神兼备的文学叙事方式，于前贤四皓先绘其神，再写其形，可谓奇观。

其一，写作态度严谨，历史知识储备充足。

小说上溯商鞅，下接汉高祖，以秦末汉初波澜壮阔的历史为背景，塑造了意料之外的四皓人物，颇具艺术想象力，却无戏说之嫌。大忠大孝的唐秉近乎“愚”，方术之士周术之“神”，勇武吴实之“刚”，嗜书崔广之“正”，四位出身、阅历和个性不同的人物是接地气、食人间烟火的血肉之躯，其学缘关系、社会背景和价值观念使他们具有共同的人生抱负和人格操守。行有道，致远大的传统士人精神和家国情怀在商山四皓身上得到了充分体现；他们求学“知践行之理”，侍君“能舍身尽忠”，隐居“以仁德济世”，集中华传统美德于一身而成人格楷模。四位前贤在作者笔下是鲜活生动的，原本缥缈、笼统的历史人物不再苍白，与之相应的人物众生相也不乏精彩。

围绕商山四皓故事展开的山老人、良娃、虎豹兄弟等人物皆说话带韵，走路带风，吃得苦，受得累，淳朴的山民精神如一缕清风。山老人“隆背似单峰骆驼，双腿弯曲，脚步稳健，双臂修长，摆动有力，像巨猿一样沉稳……老人身形与高山重叠，山影似人，人更像是山”！如此人物，由不得崔广感叹：“老人如父母，似先生，是读不完的一本书，也是难解的一个谜。他读过圣贤书吗？唉，读过圣贤书者，又有几人可睿智如此？”如此山老人的存在，才使四贤食宿有石板房，藏书有石崖洞，也才使吴实惩恶及舍身引水、周术救人及根除黑恶、四人合力制定山规民约等作为具有坚实的生活基础，可信而感人。

狼缘良娃来无影去无踪，天上飞的，地下跑的，拧身便能抓在手中……生动活泼得令人怜爱，因为他既是山人血脉的延续者，又是前贤的门生和传统文化的承续者。还有描写残疾女“腿脚裹了虎皮，双手握着木疙瘩，撑地而来，一张粉脸，笑盈盈，甜蜜蜜，朱唇轻启，虎牙白皙，叽里呱啦说话”。毫无猥琐邋遢之嫌，所见只是辛勤劳作、心地善良和美好的希望。

“一位英武少年跳下辇车，‘嗵’的一声震响，黄尘泛起，幻化成了青龙、白虎、朱雀、玄武之形，众皆噤若寒蝉。只见少年嬴政步履矫健，白色孝服飘然带风，如一道流星闪过眼前，在弥漫的晨雾中格外鲜亮，醒目。”秦王嬴政出场不同凡响，他那神清气闲排兵布阵，同时指挥咸阳、雍城两场生死搏杀，铲除嫪毐，挥剑染血的诸多细节描写，都是符合既定的历史人物性格的。对沛公刘邦的描写是与“帝王之师”张良的诸多活动联系在一起的，如以“商”“镝”二字讲述战与和、进与退之道；当刘邦封帝后，在洛邑还是在关中建都进退失据之时，张良在其掌心比画“国”字的细节颇具深意。

小说以环环相扣的人物故事来对应诸多历史问题，如商鞅被收尸，韩非子之死，萧何何时为相，四位前贤名号的含义及对“汉承秦制”的解读，等等。尤其关于“焚书坑儒”，唐秉作为亲历者言：“奸雄乱朝政，皇上背黑锅。广域华夏，千年文化，无数书简，岂能被一烧了之？想那时，心怀鬼胎的李斯也只是虚张声势，多以干柴烈焰壮其声威，走个焚书的过场罢了。”于此，似有洗白秦始皇，歌颂大秦国之苦心。四位前贤热爱秦国，盛赞大关中的精彩语言也是令人回肠荡气，如：“欲取天下者岂能不知，镇天下有终南山，润大地有八水环，通达湖海黄河船，利民自有富平原……长治久安，非关中莫属。大关中啊，周以为国，礼制天下。秦国一统，向南而治。没有关中这龙脉之地，行吗?”

太子刘盈在四贤的辅佐下一改懦弱无能的苍白形象，他既敢在高祖欲废太子的关键时刻挺直腰板说话，也能在父皇危难之际挺身御敌而致“鲜红如血的‘刘’字大旗猎猎向前”，由此奋力支撑了汉初政局。商山四皓亦应和萧何经营汉基的苦心，协力教导商山子弟深谙家国事，担当匹夫责，以致“从南山到北山的伐木采石号子，从丹江下游到上游的拉纤船歌，此起彼伏，汉王城的建设与商山兴旺和商县的繁荣连在了一起”。史事与人事的契合，使小说基础坚实而具可读性。

其二，故事架构合理，文化传承主线明确。

商山四皓人生近百岁，经历了秦汉两朝，他们在朝侍奉君王，入山便为黎民，历事繁杂，处人众多。如何架构故事情节，确非易事。作者找到了丰厚的先秦文脉，以传承文化为主线统揽故事和人物。于此，诸多故事构想和人物活动细节，像金线吊葫芦似的耐人寻味。

小说以梦诵《秦风·无衣》开篇到熟读《小雅·鸿雁》，从孟子的“性善论”到荀子的“性恶论”的形象化表现，对诸子百家治学理念和治国策论的故事化解读，细品之间，既如诗经古风扑面，又似厚重的先秦文化典籍在案。小说以书为象征的文化主线贯穿始终，绵长不断。从学缘兰陵，师承荀子，携书入秦，为藏书而隐居商山，办书院，启蒙学，制民约，携书还汉等。历史漫长，朝代续接，秦汉并非断然割裂的执政团体，书中的四位前贤、叔孙通等人物显然是汉承秦制的文化纽带和践行者。

狭义之书与广义文化契合产生了非同一般的深刻内涵。唐秉四人校勘商君书，巧借“萧何委任状”讲说郡县制，启迪候任县令的心智等等，其实都是别出心裁地描写和表现秦汉社会的政治、经济、法制建设的基本形态。如此文化之基，延续千年，造益万世，艺术塑造中的四位前贤功德无量。崔广与书相融，从小书不离身，入秦欲建咸阳书院，给张良、萧何说：“藏书如经管儿女，不打理，不晾晒不行呀。人与书简相识相知相守，两我相忘，人视书为良师益友，书便给人以聪明和智慧。人事国事天下事，无不在书中矣！”此番话语令人振聋发聩。

崔广护书入山而满门遭斩，又使人唏嘘揪心。还有，唐秉、崔广面对山人欲除山魈之时“取出随带书简，抽出其二，分给虎豹俩兄弟，言说：虎豹二门生，速将《海内经》与《神异经》分别念来……”，足见四位前贤解惑育人和文化传承之结果非同一般。

商山四皓隐而出，出而再隐，不类于巢由洗耳、叔齐饿毙之隐。因此，小说恰如其分地描写了隐逸文化的正向价值、士人精神和报效国家的主旨。其“隐与不隐均须顺其自然。活得真实自然，不求身外之物便是心神大隐……”等说辞将家国情怀和遵循自然与社会发展规律融入小说，使其文化主线的内涵丰满，厚重而绵长。

被誉为“商山领袖”的唐秉，撰写《孝行览》并苦劝秦王“为王做君者，须首行孝道，方能德昭天下”。此感人至深的忠孝之举，揭示了孝道与仁德、孝道与治国的深层联系。

其三，梦之情与雪之境，信步漫话皆成文章。

商山四皓的故事虽难以考证，但却有无限想象的空间，作者深知此理，在史记空白处着力笔墨，以浪漫主义的方法讲述故事，讲好故事。书中那遥远如梦的诗经时代如在目前，浓烈的先秦文化气息扑面而来。秦王嬴政、沛公刘邦和唐秉等人皆有梦，一次次的神秘梦境于强化人物形象，推动场景转换，形成阅读节点、升华主题思想等方面作用明显。如，周术界画国都咸阳与嬴政的美好梦境相连；唐秉雪夜惊梦与驾崩的始皇帝对话："人生苦短，蹉跎无奈，父母骨血不由自己选择。亡故之时，逝殁之法，亦不可自主。想不到呀，善与恶，恶与善，实乃轮回报应也。"此梦中之叹，叹出了无数世人的心声。

商山雪霏，千古奇观。人融于其中，又是一种奇妙的景象。"夜黑透，雪愈白，纷纷扬扬地变了模样，颗粒坚硬如沙，落地不再融化。层层加厚似如盔甲，脚起脚落磕磕啪啪。一脚一印，印痕如花……四人紧紧相拥，久久矗立，顷刻便被大雪染白，雪塑冰雕似的融入了千古商山。大雪于赋闲者是一种缤纷的悠扬，激发诗意，说不尽的溢美之词，而于饱经历练的智者，则是对生命的思考。人融于雪，雪入心扉。何来何去？是为何来？又为何去？一场繁华始于平凡，归于虚无，却又是为何来？"显然，作者描写雪景蕴含哲理，饱含对人生的深刻思考。

寓情于景的语言不乏精彩，不乏阅读的惊喜，如："人与神，就像山和水的缘分。有缘的山水，山环水绕永不分离；无缘的人和神，即使擦肩而过也形同路人。""道在山林，道在人心，道乃自然而然，道亦是无所不在的学问。敬畏天地，四不相争，进退自由，万事皆宽。"如此，深刻揭示了人与人、人与神、人与自然的和谐之道。

在人们印象中，隐者四贤必是清高孤傲的羸弱雅士。但，书中四贤却不乏"文戏武唱"之处。四人少时在太湖合力擒凶，初入秦之血池沥胆，吴实斩杀嫪毐并追杀赵高，周术爱憎分明、杀入山匪的魔窟等浪漫无羁的情节融入正史题材小说，虽是一种尝试，却无违和之嫌。再如，狼狗合一、驱鬼叫魂、人鱼对话、真假土地爷斗法、驱赶诸侯石等等描写，以其浪漫手法丰满了人物形象，也为隐逸文化增添了异彩。

四位前贤"好事做到头，帮人帮到底"的好人精神实属国人仁善品格的体现。他们处于秦汉两朝，处于秦始皇与汉高祖两位伟人之间，也处于朝官与庶民之间的“狭缝意识”是一种难能可贵的生存智慧。结尾处，“炽热的疙瘩火，本就是一疙瘩一疙瘩的薪柴，此时犹如众多拳头，燃作一个又一个火红的心形，红彤彤地呈现着‘长安’二字，格外醒目”。唐秉引燃一根薪柴，如火把高高举起。如此薪火相传的前者把背影留给后者，后者又把背影留给再后者。故事人物期盼国泰民安的精神力量和孜孜追求，也便是这部小说的主题了。

感慨家民教授写书如画幅谋篇，文白语言夹杂又似造型之兼工带写，笔力劲健，墨洇如烟。至于古史文学创作中普遍存在的有没有、是不是、对不对的问题无须苛求。总之，长篇历史小说《商山四皓》是一部既以史为鉴，又彰显高标人格精神的优良之作。

2022 年元月 6 日于长安丰庆苑

·东园公唐秉（约前293—前195）秦博士郎，扈从秦王嬴政，忠孝仁义君子，曾撰《孝行览》。

·甪里先生周术（约前291—前195）秦博士郎，通灵方士，主国都扩建、皇陵营造。

·绮里季吴实（约前290—前195）秦博士郎，勇武刚烈，主督军巡关、明敌与励兵。

·夏黄公崔广（约前288—前195）秦博士郎，文雅儒士，掌管著书、修典与编史。

目　录

楔　子

风拂瘦柳，枯草泛绿。桃花杏花，映红朝霞。

孙子高擎纸葩，惹得鸡飞狗跳羊羔儿也把欢子撒。爷爷拉着孙子行长路，过短桥，爬高丘，来到四皓墓冢前，踏青走圆一圈。然后，孙子随爷爷把断还连、连中断的纸葩一绺一绺分开放在墓前。再一起折柳枝，扫墓碑，打开食箩，取出凉面，献祭在墓碑下的青石上。

孙子蹲在爷爷身边焚烧纸钱，问："爷爷，这就是祭坟？"

"是呀，这就是祭坟。"

"祭坟，好耍嘛，明年再来。"

"这不是玩耍，祭坟就是祭奠祖先！知道吗？"

"嗯，知道了。"

"此后呀，年年清明节，你都得来。这土堆儿可得记清楚了，甭人长大了，把祖先这坟堆儿找不见了。做人要做孝子，做孝子就不能忘记祖先。不管你以后成多大的事，做多大的官，不管你走得多远，都不能不祭奠祖先！”

孙子说声“好”，便蹦跳到了旁边的古柏下，看了看高悬枝头的秋千，双手拽绳坐上微微晃动的吊板。

爷爷跟过去扶紧孙子的后腰，往后退退退，退得孙子屁股挨上没牙的老嘴了，双手轻轻往前一推，孙子就前后荡悠起来。一起一落的稍缓点儿了，孙子便喊叫：送送送，往高送嘛！有了孙子，爷爷也就成了孙子。无论孙子说啥，都得听呀！爷爷问：害怕不？孙子“嘁”了一声，说：越高越美！爷爷就连推带送，孙子惊咋声声，不断叫喊：高高高，再往高！

爷爷见孙子胆大，也就放心地往高处送。孙子乐得高起低落，鹿跳在胸，耳边风声呼呼，像鸟儿一样悠然自在。俯仰之间，看墓前那白纸条滚蛋蛋，纸钱灰也是翻跟头。一切都在忽来忽去，忽高忽低，由着性子活泛。突然风劲，白纸条、纸钱灰、碎草末搅和着飞扬起来，打着旋儿，飘旋在空，一会儿就没了影儿。

孙子一迟愣，爷爷就紧双臂，拢纤绳，把孙子稳抱在怀。

孙子嫩面朝天，一脸茫然，低头看前面的墓堆儿，问说：“爷爷，四皓是谁呀？”

“四皓么，就是商山上的四个白胡子老汉……”

孙子手捻爷爷的长胡子，念叨：“商山怀里有座庙，庙里爷神帽盖儿高……哦，灶神爷上天言好事，下界降吉祥。爷爷呀，四皓爷神是弄啥的？”

“教太子读书，保太子……”

“太子是弄啥的？”

“太子是皇上的娃。”

“皇上又是谁呀？”

“皇上么，秦始皇呀，汉高祖的，多啦……”

孙子凡问，爷爷必答。爷爷不耐其烦地说着嬴政巡行过武关，刘邦访贤入商山，山外人进山，山里人出山，进山出山，出山进山，山相连，水不断，絮絮叨叨地越说越久远……

第一章　洪荒一浪见孝子　少年四人擒恶徒

·1·

秋风凉爽，唐秉睡得踏实。梦中情景忽而转换，手中的书简舒展开来，带动双臂如翅，腾空飘飞。他便愉悦诵唱：岂曰无衣，与子同袍；王于兴师，修我戈矛；与子同仇！诵读声越来越高，身子却越来越轻，轻薄如翼，畅游云天。山川河流，尽在脚下。悠乎得正是舒心之际，脑子突然一沉，颠倒了头脚，朝着山峡窄处的深渊一头猛蹿，坠入了水之漩涡。

“咔嚓”炸雷爆响，窗外那棵老树被拦腰劈断，锐利的树杈子掀落窗扇，像枪刺一样白晃晃地横陈炕头，一股妖风呼啸着旋入窗洞。唐秉惊醒坐起，只见妖风凶狂，稀里哗啦，盖在身上的布单被鼓吹成了怪兽的模样，翻转着，扭曲着，在屋里上下左右乱窜，枕头边的书简线断册散，凌乱落地。

唐秉急跳下炕，拾掇掉在地上的书简残片。突然，屋墙缝隙渗进了汩汩流水，在地面迅速溢开。落地的布单被水浸湿，鼓涌出了老虎皮般的纹理，随着水波涌动。唐秉伸手去拽，竟然沉重得拉不起来。散落在地的破旧草席、葛丝蝇拂、竹片折扇、炕头木枕皆漂浮起来。

爷爷的尿盆亦从后门漂浮着撞入，晃晃荡荡，叶唧叶唧地打着旋儿。

唐秉惊慌失措，喊着“爷爷——”蹚水到了后檐门口。门外呼雷闪电，大雨倾盆，前后屋檐之间横风狂卷，水汽弥漫。后面小屋的门扇哐噹乱响，摇摇欲坠。爷爷的后屋建在涧塄边，出前房进入后屋，侧斜着下一个台阶，再上一个台阶便是，来去只三五步，平日走动容易，但这阵儿狂风骤雨，阻断了近在咫尺的爷孙俩。

唐秉出生不久，阿爹随君王征战，客死他乡。爷爷年迈身残，蜗居在家，教唐秉读书识字，拧草绳，打草鞋，做一些轻巧的家务事。三口人的生计全由妈妈一人支撑，这会儿，不见妈妈的身影。爷孙俩一个风烛残年的在后屋过不来，一个弱不禁风的在前房站不稳。唐秉透过水幕，看着爷爷的模糊身影，喊叫：“爷爷，过来!”

爷爷斜倚在后屋门内，双手紧抓门框，嘶哑高喊：“孙儿，快快转身，出门去往高处跑——”

爷爷后屋的涧塄边，浑浊水浪已如巨蟒上下起伏，汹涌翻滚，呼呼隆隆，涛声似闷雷落地，震耳欲聋，老少两人的心无不打战。

唐秉哆嗦了嘴唇，拼命喊：“过来，过来呀，爷爷快过来呀——”

“咚”一声，门后的牛轭撞了唐秉的额头，疼得他眼冒金星，伸手抹去糊眼黏血的瞬间，后屋猛然坍塌，瞬间就不见了爷爷的影儿。他急转身，哭喊“妈耶——”，哪知水已漫膝，洪流裹挟着他，使他身不由己往后滑。忽然一个前扑，跌倒在浑浊的洪水中，眼前一黑便什么也不知道了。

此时此刻，唐秉妈背负蜀黍，也是被这突如其来的山洪阻隔在了三五里地之外，个把时辰后，才在好心人的帮助下过了河。她踏上岸，疾步狂奔，远眺自家的屋场，顿时傻眼：房屋后的半壁山崖全无踪影，只是乱石狰狞，怎么连树木也是连根撅起，上下颠倒，哪儿还有公爹和儿子！顿如五雷轰顶，由不得腿脚稀软，惨叫一声，晕倒在地。过了许久，唐秉妈才被邻居唤醒，隐约听人们议说：河水退得快，孩子被淤在了下湾的河边，死活不知。那不，还看得见呢！她激灵一下，爬起身来远眺，下湾的淤沙中似乎站起来一个黄泥人，随着丝丝缕缕的水汽升腾幻化，一会儿伟岸如山，一会儿又没了影儿，她便发疯似的连爬带滚，扑到下湾的河边，跳入“噗噗”冒泡的残枝腐叶中，抱起儿子，心疼地看着那额头裂痕、满身青瘀和流血的脚腕，颤颤抖抖地伸出手，轻抚儿子的口鼻，似乎还有微弱的气息。

原来，唐秉被洪水裹挟，漂泊不远，被横阻河道的大树羁绊，这样留得弱躯，保住小命，却被石碴割断了脚腱。这会儿，唐秉妈急忙俯身，吮吸儿子口中的泥沙，吸一口吐一口，吐一口吸一口，反复许久，儿子的弱躯才慢慢扭动，头颅弯向前胸，后背躬得像只虾米，连连干呕，五脏六腑吐之欲出。一只小羊忽来，抵住儿子的头颅摇晃。当妈的知道儿子属羊，小羊是儿子的玩伴。此时，这只小羊来在面前“咩咩”叫唤，与儿子头抵了头，拨浪鼓似的摇晃一阵儿，儿子腹中的脏物喷涌而出。唐秉妈这才长吁口气，身子一软，蜗蜷在了儿子的身边。

暴雨过后的太阳像水洗过似的刺眼炫目，强光炙灼着孩子的伤口，几只绿头苍蝇围着倏忽来去，空中又有牛虻的嗡声响起。邻居见唐秉母子可怜，就把她们母子背在了牛棚里栖身。唐秉妈强打精神感谢邻里乡亲，看着昏迷中的儿子，想，人命是个啥呀？秉儿命苦呀！这个落草在牛圈羊栏里的血疙瘩，生来就没见过他爹。刚把娃拉扯得有个人样儿了，无情洪水却差点儿要了他的命。唉，我儿啊，你不能走呀！你若离去，这辈子谁陪妈？

凄惨的母子在此栖身，疗伤养疾。月余后，唐秉勉强走得路了，却留下了蹇脚行走的痼疾，一瘸一跛。唐秉妈想，儿子以后怎娶妻成家，养活儿女？由不得寝食难安，彻夜不眠。久而久之，神志恍惚。由此，再也见不得河水流淌，听不得水流之声。

秋暮，寒风洞穿牛棚，早晚寒冷难耐。唐秉便随邻居大叔爬上缥缈峰，寻找安身之地。走近一处洞穴，大叔帮唐秉薅枯草，打火镰，燃起青烟塞进崖隙，滚滚浓烟熏得果子狸哧溜逃窜。唐秉才背妈上山，进入这处洞穴栖居。

唐秉妈靠岩斜坐，手摸石块干砌的灶台，看着罅隙口的一线天，流泪说："秉儿，怪妈，怪妈呀，妈没守住你爹，妈没管好我娃，又殁了你的爷爷……"她痴盯着唐秉，絮叨不停：这哪儿是个家嘛？没用的妈对不住我儿呀！

"妈，别说啦，没妈哪有儿？怨只怨那天不睁眼，水无情啊！"唐秉抱紧病恹恹的妈，热泪涟涟。

唐秉妈时时犯傻，她的视线再也离不开儿子，只要见不到儿子的身影，听不到儿子的声音，不是暗自落泪，就是人事不省。唐秉心疼妈，不忍她揪心难过，就在洞穴旁开荒种地，在洞穴口做饭洗衣。但是，唐秉妈却依然无法解脱，白天昏迷，黑夜不眠，闭眼就做噩梦。她常在黑咕隆咚之夜，非睡非醒地摸出洞穴，在山林悬崖边儿游荡，缥缈峰上就有叫魂声传来。

"我要过河哦，过河——"

"我儿回来哟，回来——"

…………

唐秉妈的凄厉叫声，呜呜咽咽，时高时低，在幽静的夜空回荡，余音不散。夜鸟为之噤声，虎豹为之动容。

唐秉为妈寻医问药，扎针艾灸，喂以汤药……办法用尽，却难治其病。不久，唐秉妈失去了自理能力。唐秉给妈喂水喂饭，把甘冽泉水捧至面前，妈说"烫"，他便吹着气儿喂到妈的嘴里；妈看着烫手的山药却说"凉"，便又用双手焐着剥了皮儿再喂给妈吃……侍候她吃了喝了，又得接屎接尿。如此日陪夜伴，从不离身。一年多后，唐秉妈熬得油干灯熄，咽气离世。唐秉就为妈成殓入棺，丘葬在了这处洞穴。自己移身洞外，栖居草庵，不沐不浴，素食素衣，守孝三年。方圆数十里的百姓，皆知唐秉的凄惨遭遇，赞其大孝，也就时时关心，处处照顾，不断送来饮食和衣物，帮助唐秉艰难度日。

守孝期满，唐秉继续在此深山老林里耕读并课，不忘爷爷教给的看书、砍柴、种庄稼的本分事。他悟性好，读遍了手头书简，将其中内容倒背如流。他种庄稼勤快，舍得出力，地里五谷杂粮和蔬菜长得旺，收成好，自给有余，就把余粮和蔬菜送给乡邻。在耕种劳作之余，常被高处那崖柏树根吸引。小羊知道唐秉的心思，凡他看上的崖柏树根，就会爬上去扒拉下来，他饶有兴趣地拿在手中细摸细看。树根无语，似有千言。那清醇雅香使唐秉如醉如痴，他便对着树根发问：你是支撑大柏树的根吗，是大树抛弃了你，还是你舍弃了大树？你为甚裸露在崖头，饱受风霜雨雪之苦呢？唐秉可怜这些裸根，不愿丢弃，就带回草庵仔细琢磨，琢磨得心灵相通了，便随势就势，打磨出许多活灵活现的小木人。

一天清早，唐秉挑着时令蔬菜下了缥缈峰，到洞庭西山镇（今江苏省苏州市吴中区西山镇）的街巷叫喊："新鲜菜蔬换衣，换药，换书简嘞——"

迎面走来一位眉清目秀、衣着华丽的青年。这位青年悠闲自得，东张西望，忽然看到唐秉担挑上的崖柏小人，就拿在手中把玩。这小木人虽无眉无眼，手脚残断，但其圆头如豆，腰身扭动，四肢舒展，姿态夸张，灵动不羁。这位青年把小木人置于掌中，来回抚摸，在玩味小木人之光滑、细腻、温润之间，一股醇香扑鼻，便深吸一口气，郑重地抿紧嘴唇："请问、问、问问，小哥、哥哥……这小木人、人、人儿，怎卖？"

唐秉一愣，想不到这位衣冠楚楚、相貌儒雅的青年，竟口吃得如此严重。由此，暗想自己走路一瘸一跛的模样，不是被人冷眼鄙视，就会被格外关照。便与那青年惺惺相惜，同病相怜。

唐秉深知，面对这位口吃青年，需要的是尊重与平等。他见这位青年把崖柏小人放在腰间的绾带上比画来去，爱不释手，就放下担挑，和气言："此崖柏小人可换取之物首为书简，次为医治百病之药，再次就是可御寒取暖之老少衣物。"唐秉话一出口，两人之间的心理距离陡然消失。

"哦，什么样的书简、简简，几册册、册可换小木人、人儿，家、家家人何病？为甚、甚、甚需医治百病之药？你言说、说、说御寒取暖之衣、衣衣……又为甚不分、分分、分男女老少、少、少……”

“书简嘛，是为我自己阅读所换，无论新旧，内容不限。医治百病之药和御寒取暖的衣物嘛，是为乡亲邻里所换，无须细分，数量多多益善！”

“噢，小哥、哥哥，你既喜欢读书，又在、在、在为乡邻所想，实乃、乃、乃君子风范矣，让人佩服！只是、是、是我祖籍韩地，学在兰陵，游于此处，药、药、药品和衣、衣、衣物皆不在手边。我以、以钱币购买、买、买……”口吃青年说话结巴，掏钱利索，不等话语落点，便从腰里摸出了一枚金币塞给唐秉。

“你离家在外，钱币不可或缺。凡易物之时，亦需节俭使用。你若喜欢崖柏小木人，拿去便是。送你，留作行旅此地的念想吧。”

口吃青年感动年少买卖人竟如此厚道，看他招呼顾主之余，忙中偷闲，专心致志地阅读书简，极是认真，好像什么都已忘记。便心中嘀咕作想，他真能把这小木人白送给人？他刚才说的话真能算数？于是，也就撩起衣袍下摆，一屁股落地，坐在了唐秉身旁，学着唐秉的腔调高声喊叫：“嘿，客官、官、官慢、慢、慢走，路边瞅瞅，往这儿看、看、看，时令菜蔬换书、换药、药、药……换衣服嘞——”

有此黏麻咕咚一阵叫喊，还真招徕顾客，箩筐中的蔬菜很快就换成了衣物和药品。唐秉准备离去，口吃青年却强拉着唐秉去了他那雕花楼客舍，说有书简相赠。

两人进门，只听口吃青年一声吆喝，就有人奉上了茶水、枇杷、红橘、丹桂香饼和叫不出名儿的各式点心。

唐秉哪里见过如此贵重食物，一时手足无措，看着地上的锦绣坐垫不敢落座。口吃青年见状，推过坐垫，拉着唐秉一起坐了。两人攀谈，唐秉方知，这位口吃青年乃韩国（今河南省新郑市）公子韩非子，他拜在荀子门下，正求学于兰陵学馆，时逢修学行旅来到了洞庭西山。

韩非子比唐秉大五六岁，就把唐秉当成了小弟，见唐秉少年持重，宽容厚道，便有意结交。这会儿，他见唐秉局促不安，就笑着拉了唐秉的手问："何以如此?"

唐秉忽而潸然落泪，叙说了自己的家境。

韩非子这才知唐秉家门不幸，便动了恻隐之心，劝他离家求学，于是说："唐秉、秉、秉小弟吔，随我、我去兰陵学馆，拜荀卿、卿先生为师，好求学、学学，多读书、书书……如何?"

唐秉何尝不想多读书？何尝不想拜见声名显赫的荀子先生？听韩非子言，心中猛地一热，再想到自己的家境，突然又冷了下来。心想，故土难舍，乡邻情重，东园村是自己难分难舍的家呀！于是回话说："多谢韩国公子一番美意，只怕外出求学，难以成行。"

"有甚、甚甚可怕的？你拜师的脩礼、礼、礼啊什么的……我全包、包、包包……"

"韩公子，不是……"

"不管什么是与不是，小弟、弟弟……你的衣食住行、行行……文房用品、品、品……全归我来管、管、管!"

韩非子以诚待人，说的都是心里话。当他知唐秉难离故土的原因后，又接言："小弟、弟弟来日方长、长，等你成得、得、得大丈夫，再荣归故里、里里，回馈乡邻，岂不、不、不两全其美、美……"

韩非子见唐秉还是犹豫不决，愈发着急，灵机一动，结巴更甚，劝说："唐秉、秉秉、弟、弟弟……我、我伴你、你你同回、回、回东园村，祭祖辞亲、亲亲……"

唐秉为韩非子的诚意所感动，便与他结伴回到东园村，给乡邻说明打算出走之原委，当即把换回的衣物、药品悉数送给乡邻，说道："缥缈峰上的庄稼地就归乡亲了，我随非子兄此去求学也就数年，东园村是我的根，我一定会回来的!"

然后，唐秉爬上山腰，到丘寝母亲的洞穴前长跪不起，哭诉声声。陪他上山的韩非子也随之跪地，结结巴巴，诉说生离死别的道理后站起身拉了唐秉，言说：“小弟、弟节哀、哀、哀哀，起身，起身前行、行、行行，便是风景、景景……和明、明、明明天!”

唐秉抹眼泪，撩衣襟，掬故土揣在怀里，随韩非子下山而去。

·2·

唐秉到了西山镇，住在韩非子租住的雕花楼客舍。晚膳后，他想，自己来往西山镇次数不少，却从没在此留宿。今日至此，不同以往，人之将去，心愈不舍。便拿了韩非子荐读的《天问篇》走出客店，往湖边而去，欲寻僻静处借光一读。

西山镇延伸于太湖中，三面环水，湖光连天。月牙儿与湖边的渔火相映，夜晚并不十分黑暗。夜市刚开，饮食铺里虽有人用膳，却少了白天人流如潮的热闹。

唐秉溜达到泊船码头，看湖面远处的孤舟与挂在天边那弯镰似的月牙遥相呼应。天上薄云如水波，水波起伏似白云，一轮上弦月，宛若一叶轻舟。唐秉忽不知月牙与轻舟谁是谁的影子，哪个更高哪个更低，哪个更远哪个更近，哪个更明哪个更暗。那月牙儿和轻舟，两相无语，家在何方？唉！叹自己孤苦伶仃随韩非子出走，不知前路何在，终将何去何归？

夜市街头，忽然传出喊声：

“拦住蟊贼!”

“抓贼呀——”

…………

唐秉见有黑影跑来，便迎上去拦截，叫喊：“站住，哪里逃!”

那黑影边跑边喊：“让道，让道，俺爹撵娃哩……”眼看就要撞上唐秉。

“啊？既是爹撵娃，便须速回头，转身去谢罪！”唐秉伸开双臂去拦。

“俺爹撵上了往死打嘛，别管闲事，快快让道！”这“道”字还没落点，那黑影猛推唐秉一把，“嘭哧”脆响一声便在脑门，散落的竟是陶碗碎片和白米干饭，唐秉噗嗒倒地，那黑影趁机蹿去。

唐秉躬腰身，寻书简，身后忽来一脚，躯体猛然一个前扑，又被人从身后踹倒。再有数人前来将唐秉团团围定，拿棍者以棍抵身，持剑者剑指面门，一位少年声言：多行不义必自毙！

那少年见旁边的踹人者口口声声说什么白吃白饭，啰唆得烦人，便将那人推过一边，弯腰端详坐地的唐秉，忽而顿足言：“错了，错了，此人不是要抓的那个恶徒！”说着，捋平衣袖，搓搓双手，弯身搀扶唐秉。

唐秉惊奇，那少年裹在腰腹处的书简，盔甲似的鲜亮。四目相对，怦然心动，虽未曾谋面却似曾相识，只觉面善而互生好感。

那踹倒唐秉者急言：“碗碎米撒，赃证俱在，岂能有错？”

唐秉极是糊涂，这几个人各说各的话，究竟是啥事儿？一头雾水，满脸疑惑。说不清、道不明的冤枉怎么全成了自己的事儿？头上挨一碗，屁股被踹一脚，此时紧紧围在身边的人们，有的持木棍，木棍抵腰间；有的执长剑，剑锋寒光闪……唐秉索性抱紧散乱的书简，稳坐在地，细听他们说话。

原来，那寻找什么恶徒的少年名曰崔广。他和师叔、家奴跋山涉水，远行百里只为捉拿恶徒。那误踢唐秉者是因自己饭馆的白饭被人掠抢，就急喊“抓贼”跑在前面，稀里糊涂撞上趴地找书的唐秉，不问黑红皂白便踹一脚。

那持剑师叔和执棍家奴，见少主崔广搀扶唐秉，也就收起器械，近身相帮。想不到，唐秉竟像扭秧歌似的脚下胳拐，站立不稳。

崔广急忙扶住他的身形，关切地问说：“大哥，伤重？”

“不重。”

“哦，大哥却为何摇摇晃晃，站立艰难？”

“唉，我正在寻摸地上的书简，忽来一脚，哎哟……”

崔广扶唐秉坐于青石，喊师叔取来跌打损伤药膏，撩起唐秉的衣袍，往其腰部仔细贴敷。

唐秉感激说：“嗨，这位少年崔广呀，我站立不稳实乃自身痼疾……”

那踹了唐秉者站在一边，见唐秉和崔广越说越近乎，便心犯嘀咕，这几人来路不明。便手拍脑瓜想，嘿呀呀，说不定人家本是一伙的呢，想着想着，抬脚欲走。

崔广看见，喊说：“莫走!”

“嘿，抢我白饭的事不说了，饭钱也不要了，我有急事儿，先走一步了。”那人脚上抹油似的，滑溜欲走。

“不可，再急的事儿也不能离去。我们前去抓贼，你必须照顾好这位无辜的大哥。”

“别别别，我真有事儿。”

“嘿，面前这位生意人呀，做人不能没有良心。这位大哥挺身替你拦贼，你不论三七二十一踢他一脚，岂不心亏!”

“不不不，不是……”

“有甚不是？你误踢好人，便须对他精心照顾!”

唐秉见踹人者很是为难，便说：“我本无事，不用操心。你们别争是非对错了，快去抓恶徒吧!”

崔广说道：“呃，还是这位大哥讲得好。还请问，大哥呀，那恶徒逃往何处？”唐秉轻抚额头，想，自己倒地那一瞬间，伸手扯了一把，那条黑影就地打了个滚儿，忽然不见，似无跑远，便回话说：“可能跳下了码头，不是登船，就是潜入了水中。”

说话间，众人借朦胧月光往湖面看去，好巧不巧的是，湖面多了一叶小舟，扭来扭去，渐行渐远。

崔广师叔言：“湖中那船可疑。公子留步，我带家奴下湖去查看!”言毕，两人身形一闪，跳落码头。

崔广取下别在腰腹的书简交给唐秉，说声“请仔细保管”，也便跳下码头，冲入水中。

此时，那一叶小舟似陷漩涡，高低颠簸，剧烈摇晃。舟上的人影像醉猴一样脚下无根，来去翻滚，却握紧竹篙往水中拼命抽打。小舟两侧白浪滔滔，鱼跃龙腾，原是两个红衣小人与舟上人打斗得十分热闹。舟上弄精神，不放半点儿空；湖中觑破绽，岂容一丝闲。哪吒闹海，热闹不过如此。小舟顷刻颠覆，舟底朝天，三条人影又在水中斗作一团。俩红衣小人一会儿浮上湖面，一会儿潜水不见，那醉猴似的人影儿亦是忽隐忽现，与俩红衣小人以死相搏。

崔广的师叔和家奴快速凫游到小舟跟前，见与俩红衣小人相搏者正是苦苦寻找的恶徒，于是挥舞器械加入战团。俩红衣小人见有人相帮，便双双跃起，凌空直击那厮的脑袋，顺势摁其后背，压入水中。如此一会儿，湖面“咕咕噜噜”泛泡儿，众人合力将那厮拽出水面，弄上小舟。那厮“哇哇”狂吐一阵臭水，口出狂言骂人。俩红衣小人抹脱其裤，以裤筒塞嘴，以裤裆裹颅，再后拽双臂，顺手用那厮的裤带将其绑紧，摁倒……恶徒便双脚踢腾，像干滩上的鱼儿拌尾巴，没了后劲儿。

一个红衣小人狠踹恶徒，唾骂：看你瞎㞞还想咋？另一红衣小人往那厮身上吐一口，喊：扯呼！只听“咕嗵”两声，俩红衣小人跳水离去，不堪重负的扁舟这才轻松泛起。

崔广撑小舟押恶徒上了岸，却为如何解送官府犯难。送原籍鄞州（今浙江省宁波市鄞州区）实在太远，且担心官府不予收监。若送当地官府，又是两眼一抹黑。崔广走近唐秉，说道这没了主意的为难事儿，却被走来的韩非子听见。

韩非子便言：“凡、凡、凡凡罪犯、犯、犯，欲、欲于异地送官，须拟写陈情状折，诉明罪因、因因，过程和结果、果、果……”

“喔，韩国公子来得正好，你熟知国政民法，此事还得请你相帮。”唐秉把崔广介绍给了韩非子。

“民、民、民众安危，理当操心、心、心……只是追责罚罪，须有人证、证、证……物证！”

太湖擒凶

王家民·画

“有呀，陶碗碎片在手，地上撒的白饭晃眼……”那个踹了唐秉者抢先说话。

“证人嘛，我俩便是。”俩红衣小人不知何时站在了旁边，十来岁的模样，却像大人似的说话。

崔广甚是高兴，近前拉手声喏，连连感谢。俩红衣小人你一言我一语，言说暗见此徒像老鼠似的窜大船，盗食物，牵小舟，惶悚逃离码头的情景。

唐秉细看那两个小人，一个敦实，一个灵性，高低胖瘦有别，却身着一模一样的红衣，于是问：“你两人是双胞胎？”

“非也！我俩乃表兄表弟——周术、吴实是焉！”俩红衣小人手挽手说话。

“哦？你两人是表兄表弟？一个周术，一个吴实。”

“是也，我姑是他妈。”

“没错，我妈是他姑。妈爱表哥周术，胜过我这亲儿子呢。”

…………

俩红衣小人说得极是绕口，众人却是点头明白。崔广的师叔赞：“你两人能水中擒凶，堪称少年英雄！”

周术、吴实皆双手叉腰，豪气满满地回话。一个说：“不谢不谢，凫游太湖水，夜逛西山镇，图的就是玩玩么，何必言谢。”

另一个说“巧遇歹人偷船，趁机收拾一番，就像抓鱼逮鳖一样好耍……”

“你两人胆气过人，在哪儿求学？竟能文武兼修，练得如此一身好功夫。”崔广既好奇、又羡慕地问说。

“嗨，求啥学呀，我俩乐的就是游走江湖，受不得学堂那约束。”

…………

唐秉拦住他们三人的话，言说：“崔广呀，请随韩国公子去客店拟写陈情状折。有劳周术、吴实二位看管逃犯。你两人呀，帮人帮到底，好事做到头么！”

站在旁边那踢人者言：“嘿呀，看管逃犯算我一个。唉，怨我刚才眼拙，不辨好歹，错怪了好人。在此谢罪了！还要感谢少年周术和吴实水中擒凶，为民除害，恳请到在下小店夜宵，小酌。”

就此，崔广随唐秉、韩非子去了雕花楼客店。周术和吴实英雄似的押着恶徒去了夜市那小饭馆。

·3·

是夜，崔广给唐秉和韩非子细说了捉拿凶徒之缘由。

崔广祖辈做生意，家资颇丰。祖居的东钱湖，还真说不清是因他家有钱而名，还是因他家住在了东钱湖而有钱。这东钱湖有白鹭与水牛共嬉，岸边密布水蜜桃、杨梅和柑橘，湖边和山坡遍生堇草。堇草这种矮小植物绽放出的小花，淡紫颜色，清香自在，在微风中楚楚动人。崔广幼年就像东钱湖的堇草一样，在和风细雨中慢慢长大。当他七八岁时，阿爹聘了教书先生。先生姓董，像亲人一样常住家里教崔广识字读书，时间一久，崔广便称他为师爷。

年前，董师爷回了祖居赤堇山。过了几天，崔广阿爹像往年一样，备齐了桂花茶、杨梅清酒、金橘蜜饯、豆酥藕丝糖，准备让家奴给董师爷送去。

崔广知此，言说：“阿爹呀，孩儿年岁已长，今年就让我给师爷送年货去吧。”

“孩儿呀，你身单力薄，从未出过远门，此去赤堇山翻山越岭的，得行走许多路程，天气阴冷，雨雪将至……”

崔广听过阿爹关切之言，便卷合了手中的书简，挺胸仰头，背诵：

鸿雁于飞，肃肃其羽。之子于征，劬劳于野。爰及矜人，哀此鳏寡。

鸿雁于飞，集中于泽。之子于垣，百堵皆作。虽则劬劳，其究安宅？

…………

崔广爹笑问："何篇?"

"《鸿雁》!"

"何意?"

"勤劳乃为人之本也。父母为子勤劳，先生为生勤劳。作为父母之儿，先生之门生，岂能乐于安逸而足不出户？足不出户，岂能像鸿雁一样高飞乎?"

"哦，我儿读书初成，渐明事理。只是这年货么，往年都是家奴送去就行，今年我儿前往师门就不能如此简单了……"崔广真情使然，他爹也就认真起来。

"阿爹呀，儿知去师门拜见先生，必带脩脡之礼。"

"是呀，脩脡之礼那可是十吊腊肉呀，我儿如何承负得起？你携包金币呈送师爷，岂不更好?"

"阿爹让儿轻松之意，我明白，但古礼不可违。门徒拜师必呈脩礼!"

崔广爹见儿子心诚，便抓紧预备了十吊腊肉。临行前，崔广又往前腹后背的腰带处塞书简。他爹拦阻说："我儿出远门，行山路，腰别书简多有不便。"

"阿爹，面见先生求教学问，不带书简怎行?"

"大东家呀，少东家一天不吃饭行，一天不读书可是不行呀!"站在一旁的家奴插话。

"知道，知道，我儿嗜书如命，可别读成个书呆子。广儿，你随家奴此去，走走，歇歇，可别累着啊。"

家奴熟悉路径，崔广随行不一会儿就进了山，顺着山沟里的河道，三弯两拐地走上到了高处。家奴指了更高更远处，言说：快到了。崔广看去，斜坡上的一条鱼脊梁小路，两侧悬空，峭壁洁净如洗，光溜溜的不长草木，潮湿的水汽遇到寒风，仄径上的冰溜了滑得就像琉璃一样。

家奴言："此乃必走之途，平时走嘛，小心点儿即可。今日结冰，就须格外留神!"

崔广第一次出远门，行山路，走得兴头正浓，就紧了紧腰腹处的书简，信步踏了上去。行不几步，忽然一个趔趄，身不由己地往后滑溜。

家奴急跃在前，“呼啦”一下解了腰带，铺地，让崔广踩住腰带往上一步一挪，艰难地登上了高处。崔广缓口气儿，细看，一处独户草庐孤零零地悬在崖边，于是问：“那就是师爷的家？”

“正是。”

崔广攀爬到茅草房舍前，皱眉想，这简陋窝棚怎能住人？进屋门看见了师爷的身影，便捋平衣袖，扑通跪地。

董先生惊问：“崔广何来？”

“来给师爷送年货，随带请教书中的疑难。”

董师爷拉起崔广，捂紧了他那冻僵的小手，言说：“年货由家奴送来便可，求解书中疑惑有的是机会，你何必受此寒冷和行路之难……”

“师爷，天寒地冻，道阻且长，不正是锻炼心智的机会嘛。”

崔广拜见师奶后，坐下来，细看这住人做饭合一的茅舍，熏得漆黑，师爷的书简悬在墙面的架板上，明显不是放书的合适地方，满屋拥挤不堪。一家人本来忙着捣米，劈柴，洗萝卜，掸尘，祭灶……准备过年。

崔广进门，一家人都停了活计，手忙脚乱地为他准备饭菜。崔广知道给师爷一家添了乱，便捂紧别在腰腹处的书简，起身告辞。

“不急走呀，你不是还要请教书中之惑吗？”

“师爷，时辰不早，爹娘在家操心。求解书中之惑，也不是急事儿，等年后吧。”

崔广掩紧衣袍执意要走。师奶提来一袋新磨的冬粉，说让他带回家去尝鲜。他往回走的一路上都在想，师爷住的啥地方呀，上来下去的多艰难！于是自言自语说：“请师爷搬家下山，金钱湖边有的是地方！”

家奴听在耳中，回话：“唉，董师爷家穷，没钱盖房呀！”

崔广记住了这句话，回家给阿爹说道：“师爷住得太远，来去的道路很是艰难，他那一家人住的地方狭窄，过着寅食卯粮的艰难日子，实在可怜呀！”

“哦，孩儿出门一趟，学会体恤人了。”

“是呀，师爷那家境窘迫，我想……”

“广儿，想甚?”

“求阿爹给师爷盖房，让师爷一家搬住到金钱湖来住!”

“哦，广儿还有什么想法?”阿爹不缺钱，高兴儿子有了主见。

“爹呀，为师爷盖大房子，请他一家人搬下山来居住，一是便于孩儿尽孝，二是便于随时向先生求教。”

崔广爹为儿善心所动，欣然出资盖了新房，帮董先生搬住新家。哪料想，祸兮福之所倚，福兮祸之所伏。在一个漆黑的深夜，东钱湖的恶徒盯上了这处新房，夜半撬门入户，搜腾半天却无值钱之物，只是在陶瓮里摸到了些许五谷杂粮。心想，总不能空手来去呀。于是，脱了长衫铺于地面，转身抱瓮欲把粮食倾倒，忽不见自己那长衫……原来，睡在炕上的师奶早就蹬了董师爷，示意有贼撬门入户，董师爷却不理睬，等恶徒把长衫铺地后，伸长胳膊将那长衫拽到炕上。师奶再悄言有贼。董师爷“咳”一声，平心静气地回话：好好睡觉，此夜无贼!那恶徒抱着粮瓮束手无策，喊叫：谁说无贼?我的长衫何在?炕上的师爷师奶平静入睡，任他折腾就是不理。此穷凶极恶之徒，在金钱湖一带把坏事做尽。此时，那厮把粮瓮摔碎，走出去拉紧门扇，上了锁，掏出火镰点燃了台阶上的茅草干柴，看着火舌扑进窗户，卷上了房檐，方才狂笑而去。当人们端水盆提水桶纷至沓来，为时已晚。崔广痛心不已，只能帮师叔为师爷和师奶入殓落葬。接着，就一起把害命恶徒告上县衙。衙役在押解中竟使恶徒逃脱，再次提告，县官却以案犯走脱为由而不置可否。于是，就有了崔广、董师叔和家奴历尽艰辛，捉拿恶徒之事。这师叔实乃董师爷的亲儿子，亦是饱读诗书的先生，出事那夜执教在外。家门遭此不幸，他便放下教鞭，拿起刀剑，和崔广一起追凶而来……韩非子和唐秉，既为崔广和董师叔的孝善之心所感动，更对恶徒痛恨至极，便据实草拟了状折。

翌日，崔广怀揣陈情状折，欲去笠泽（今江苏省苏州市吴江区）县衙投诉。周术、吴实知之，争相言：姓崔的小弟呀，见了县令千万别说夜遇我俩之事。

“哎呀，你两位多大呀，竟称我为小弟？再说，押送罪犯投状，岂能不面陈详情？”崔广回话。

周术说道：“我十三，表弟吴实嘛，十二……你不见，我俩正在游走江湖，才有了昨夜水中擒恶一事，如此这般，自然做得你的兄长了。”

吴实言说：“我和周术表哥私出府门，又夜闯太湖，县令知之，岂有好果子吃？”

唐秉听了他们的对话，笑言：“什么？县令管得了你两位？”

“哎呀，你们有所不知。那县令大人乃表弟吴实的阿爹，亦是周术我的姑父呢。”

“喔？”

吴实再次强调说：“崔广小弟押解凶犯报官，若见了那姓吴的县令啥也别说！拜托，拜托了。”

唐秉、周术、吴实与崔广就此别过，四位少年也由此拉开了他们时分时合、曲曲折折的人生序幕。

·4·

话说周术与吴实的年龄相当，一起玩着尿泥长大。俩人自小在一起，面对县令吴兀，一会儿同声叫姑父，一会儿又分开叫阿爹，吵得吴兀头大。吴兀祖籍洞庭东山（今江苏省苏州市金庭镇），年轻时曾求学于稷下学宫。他的《农商论》深受荀子赏识，荀子有意留他在稷下学宫为师，但他却以“固农为本，以商强国”的主张周游列国。时逢诸侯列国纷争，战乱不息，其主张没有君王的支持，也只能束之高阁。后来，他回到笠泽县谋了个县令的差事。笠泽乃江河之源，连接太湖，水流纵横，阡陌交错，素有鱼米之乡和丝绸之府的美誉。吴兀做了县令，续弦娶妾，不久生了小儿吴实。吴实长到七八岁该念书时，吴兀却犯了愁，笠泽难寻好先生，又舍不得送儿子远去其他地方。

妾夫人便极力主张让吴兀兼做先生，教孩子读书。

吴兀想，做县令公务重，杂事多，恐怕耽误了孩子，便拒绝而言："说甚？让我给宝贝儿子当教书先生？这父子俩在一起，儿子会把老子当牛马骑，做猫狗耍，会骑在头上撒尿拉屎呢。"

妾夫人言："一个不好教，那就把周术接来，同时教他兄弟俩。一个羊放，两个羊也是放么！"

吴兀知道妾夫人最操心的还是她那侄儿，他也明白外侄周术是个孤儿，自小失去了父母，全靠他那鳏寡的爷爷带着艰难度日，读书自是无望。再仔细想想，妾夫人说得不无道理，便答应了让周术住到家里，伴儿子吴实一起念书。自己也就起早贪黑，忙了县衙差事，再回家来执教鞭，启蒙学，教俩孩子读书。

周术祖籍会稽甪里村（今上海市金山区张堰镇甪里村），此村面临东海，时有台风海潮袭扰，传说有神兽护佑着当地百姓。此兽头上的犀利独角叫"甪"，所以也就有了甪里村的名。甪里村的世代人都对吴王忠心不二，凡遇征战就生死相随，尤其在湖泊河流地带，运送兵员粮草，修理舟楫，驾驭大船，征战湖海，都是由甪里村人组建的水军高擎"甪"字旌旆，冲锋陷阵。村里青壮男儿出海遇难者不少，随君王征战客死他乡者更多。此村便阳气不足，阴气旺盛，笼罩着一种诡异的氛围。窘迫的少年周术，既性情孤独怪异，时时沉湎于"甪"兽的传说，又眼儿活，嘴巴甜，心里环环多。他讲的灵异鬼怪的故事使吴实着迷，拿着桃木棍儿来去装神弄鬼的模样，又使吴实佩服得五体投地。吴实便想，一定要精通十八般武艺，将来和术兄联手，做打遍天下无敌手的好汉。

周术和吴实坐下来，对蝌蚪一样的字符并无兴趣。凡此，便三心二意，缭乱不止。这天，俩人刚安静了一会儿，周术言："姑父，尿呀。"

吴实接言："阿爹，我也尿呀。"

吴兀看着俩孩子，眉头一皱，正色言："一人有尿，两个都有尿？"

周术脑筋转了弯儿，回话："两个学童加上一个先生，就是三么。"

吴实听明白了，便起身拉着阿爹，说：“对呀！一加一是二，二加一才是三，走走走，一起尿尿去！”

俩孩子进茅厕，各自捧了自己的宝贝鸡鸡，齐喊“一二”便鼓劲儿撒尿，边撒边比高低长短。尿毕，把裤子奋拉在腿上让吴兀给系裤带，还要吴兀说谁尿得高谁尿得低，谁鸡鸡长谁鸡鸡短。有次，吴兀去小解，不小心被两个孩子悄悄跟在身后，当撒尿正欢时，从左腿一侧冒出个娃头，就急忙往右侧一拧，想不到右侧还有个娃头，就急忙提起了裤子，身后便传来吴实和周术的嬉笑声。

“先生还尿哩?”

“先生比咱俩尿得高呢!”

…………

吴兀哭笑不得，这哪儿是教书？分明是没大没小地胡折腾嘛。哪知，老鼠拉锨把，大头还在后面哩。要说嘛，吴实和周术斗鸡鸡，打尿仗，拿着笔墨你来我往，互相抹画黑眼眶、黑胡子的事儿都不算啥，后面的事儿一桩比一桩要命。

先是吴实，他在草地上看着许多野蜂在花蕊里打滚，翻来覆去，浑身都是花粉了，就朝远处的石塄坎飞去。吴实追上去，见石罅隙里密密麻麻，熙熙攘攘，进进出出的全是野蜂，就凑近了去看热闹。那绾着蛋子，不停蠕动的蜂窝引起了他的兴趣，便撅断三叉草，倒过来拿在手中，朝石缝里面的蜂窝捅去，“嗡”的一声眼冒金星，就啥也不知道了。吴兀夫妇赶来，见儿子的脸肿得像刚捞出油锅的猪头，浑身打战，发热气喘，昏迷不醒，急请来郎中，挑蜂刺，拔火罐，热烫、冷敷、灌米醋，排毒祛毒，以毒攻毒。这样折腾大半天，吴实的小命虽保，但落了个满脸的坑坑洼洼，周术就私下叫他麻脸弟。

这事儿过去不久，周术有次憋足了尿，随着忽闪忽闪跑动的蚂蚁追去，看见了一处蚂蚁窝，就抹脱裤腿蹲在地上，瞄准了蚂蚁进出的地缝儿“哧哧哧”地冲了进去，一边冲，一边把屁股拧来拧去地追着四散逃亡的蚂蚁浇。不想，他圪蹴得太低，挨到地面的蛋蛋竟被土蝎子蜇了，“妈呀”一声滚地，猴子似的翻起了跟头，声声唤唤，抽搐不止。吴兀赶来时，周术的蛋蛋肿胀得像是烂木瓜，再请那位救过吴实命的郎中施救，折腾来去，虽保住了周术的性命，但其蛋蛋大如拳头，坚硬如石。郎中说，这娃日后胆气过人，百毒不侵，寒暑不染，必有异术。由此，吴实便在人后把周术称为胆大哥。

这样，吴兀将就着教孩子读书数年，俩孩子也是认得了一些字。吴实找出家族谱牒，翻看着说道："阿爹，咱家祖上十代曾屡建战功，封官至左将军，我若能像祖先一样武行天下，打遍列国无敌手，该多好呀！"

吴实见阿爹瞪着自己，眼白比眼黑多，懒得回一句话，就继续说："孩儿年过十三，需健身习武，光大祖上之功业呢！"

从此，吴实便一门心思练功夫，学武艺，对读书甚是敷衍。周术则把画鬼符、念神咒、尬舞辟邪当成了正事，满脑子想的都是灵异鬼怪和人的生死轮回。恰此时，俩孩子趁吴兀疏忽之际，回了故里洞庭东山的绮里村，夜游太湖就抓住了那个恶徒。此一事，使俩孩子初尝做好汉的快意，嘴里不说，却暗自乐呵。

年底歇学，姜夫人带着吴实和周术回娘家去看望老阿爹。夫人先期返回，俩孩子却月余不归。吴兀驱马去角里村一探究竟，方知孩子离开已久。他这才慌了神儿，急派快差四下去找，好不容易，才从偏僻山野把俩孩子硬生生地拽回了家。

吴兀见到孩子，怒不可遏，举起了戒尺。姜夫人慌忙上前，把俩孩子紧搂怀中。吴实看着脸色铁青的阿爹，周术看着哭哭啼啼的姑母，乖乖地说了他们离家出走的事儿。原来，周术和吴实编造谎言，诳过爷爷，远行百里，去了莫干山。

"胆大竖子，为啥去那荒僻之莫干山？"吴兀大发雷霆。

"吴王阖闾欲争天下，派干将、莫邪夫妇在那儿铸成举世无双的雌雄剑，莫干山因此而得名，那可是名山呀！"吴实和周术争相念道着干将莫邪那恸天地、泣鬼神的故事。

吴兀气得哭笑不得，姜夫人抹泪，言说："孩儿受苦了，我再不许你俩离开家门了，更不许说什么宝剑杀人、油鼎煮头的凶险事……"

吴实对着母亲，慷慨激昂地说道："是七尺男儿生能舍己，做千秋鬼雄死不还家。此乃英雄所为，母亲应该支持才是！”

“胆大妄为，竟敢如此跟母亲说话！如实道来，你俩还做了哪些不该做的事儿？”吴兀厉声问究。

“孩儿和胆大哥没做坏事。离得莫干山时，胆大哥欲寻仙问道，商量说去琅琊台吧，那儿太远；说上双目山吧，那儿又没什么真神可拜。我俩就一起入太湖，乘小舟，回绮里村，进吴氏祠堂跪拜了列祖列宗，顺带还见到了两位哥哥呢……”吴兀听他俩说见到了前房的两个儿，不由得心里一热，顿生思念之情。

“我和麻脸弟一起进入太湖，在望日月圆之时到了东山岛的绮里村。村头花灯社戏红红火火，湖里龙船竞渡热热闹闹，姑父的祖居可真是个好地方呀！”周术巧了舌头，跟姑父套近乎说话。

吴实又说他和胆大哥还合撰歌赋，镌刻在了莫干山黄老庙的墙上呢。说着，兄弟俩便摇头晃脑，手舞足蹈，忘形而歌。

春秋盛地莫干山，干将莫邪雌雄剑。

舍将头颅镬中唱，少年英雄志弥坚。

…………

吴兀气得无从发作，便言：“你俩莫狂！只有好读书，养心性，承文脉，善天下，方为正道！”

妾夫人哭中带笑地劝慰着吴兀。吴兀一副挑担两头抹脱，既误了县衙差事，又误了孩子的学业。前房生的两个儿子已经成家立业，一个务农，一个经商，皆无须操心。唯有此小儿吴实，最是令人怜爱。想，爹就是爹，阿爹是做不了儿子的教书先生的，便想到了荀子先生，打听后方知，先生已在兰陵（今山东省临沂市兰陵县）重办学馆。兰陵学馆办得已是风生水起，名声不输昔日那稷下学宫。

吴兀去兰陵拜见先生，说了孩子厌学的诸多事端，言明有意送来学馆拜师求学。

荀子见到早年的得意门生，自是高兴，听其一番絮叨后，释然回话说："吴兀呀，孩子么，喜欢练武健体，揣摩异事，皆不为过。即便来在兰陵学馆，亦需重六艺（礼、乐、射、御、书、数）之学嘛!"便应承收授两个孩子，约定在春月望日开学当天把孩子送到学馆。

第二章　青自蓝出师荀卿　聪慧善根结兰陵

·1·

唐秉入兰陵学馆已逾三载，此年春学开坛不久的一天，他和韩非子相约出了学馆，唯剩隔壁的李斯没人理睬。皆知，韩非子瞧不起李斯，嫌其急功近利，阿谀苟合。

此时，李斯于假寐中听到唐秉、韩非子吆喝众门生出门而去。不一会儿，寓舍那边传来“吱吱”的叫声，由远而近，忽而似在耳旁。寻声看，隔墙缝隙里冒出了一只圆耳朵、尖嘴巴的老鼠。那老鼠抓紧缝隙边沿，翘动胡须，眨巴着两只晶莹的小眼珠。

李斯看着老鼠，心潮澎湃地想到了往事。

李斯祖籍上蔡（今河南省驻马店上蔡县），他爹是府库粮仓的看守吏。他从小心气充足，喜欢读书，随着爹娘以粮仓为家。府库粮仓里老鼠成群，爹娘吆吆喝喝地撵老鼠，在屋里屋外给老鼠设置绊夹。某次，一只硕鼠被夹住尾巴无法脱身，李斯上前细看，这只硕鼠拼命挣扎，朝他露出了哀求的目光。李斯四顾无人，便悄悄掰开绊夹放走了硕鼠。这只硕鼠保住了命，却坏死一截尾巴，变成了短尾鼠。短尾硕鼠是鼠群里的老大，在粮仓里一呼百应，无论鼠群如何折腾，却从不撕咬李斯的衣物，也不干扰李斯的识字读书。短尾鼠时不时把新鲜的核桃、板栗、柿饼悄悄放在李斯的炕头枕边。当李斯闲暇无聊时，短尾鼠还会带着许多老鼠轻盈曼舞，围绕在他的身边活动。李斯自小对写字上心，他看着这些舞姿优美、灵动活泛的老鼠忽而心里一亮，在脑子里浮现出了别具一格的文字形态，随即研墨扯帛，照着老鼠动作摩写了许多新颖的字符。李斯看着笔下的字符，激动不已，顺手抓起油馍馍扔给了老鼠。老鼠欢作一团，其体态匀称，柔韧坚毅，攀高如芝草团云，跳下似金豆落地，左右挪移，倏忽多变，有无之间，气息不断……如此这般，李斯的字符书写日益精进，很快就出了名，以至于人们先知李斯而后知其父。县令以写字优劣选人，破格让李斯做了粮仓的看守吏。谁也没想到，小小年岁的李斯竟和他爹一样平起平坐了。

李斯虽做了府库粮仓的看守吏，但这不是他的目标。时逢天下列国纷争，正是大丈夫施展才华之际，男子汉岂能做檐下之雀？他心里明白，虽然自己能把字写得讨人喜欢，但出身卑微，读书有限，见世面少，把字写得再好也难成大器，于是下决心另谋高就。不久，他便辞别爹娘，来到兰陵学馆拜荀子为师，以图前程。进入兰陵学馆求学并不顺心，比李斯早入学馆的韩非子、唐秉、张苍和浮丘伯个个学养深厚，深受先生赏识。

李斯知众门生将要学业问辩，亦将出馆入仕，韩非子、唐秉等人已列其中，唯独没有自己。他想到这儿就躁动不安，气呼呼地蹙起眉头，看着缝隙里的那只老鼠，将心里的话问出口：“朋友，你何来？难道真是上蔡府库来的老朋友吗？”

李斯的话语刚落点，那只老鼠就侧身露出了短尾巴，摇晃前爪作揖。李斯激动不已，“啊”了一声问：“真是你呀？老朋友耶，两年多了，百十里路程，你来得容易吗?"

那短尾硕鼠"吱吱"有声，推下一片书笺。李斯拾起细看，竟是韩非子书写的字符。喔，他这才恍然明白，这几天，时不时地出现在自己身边的笺片，竟是这短尾硕鼠所为。这些笺片激发了李斯的撰文灵感，顿时心生感激，正欲言表，那短尾硕鼠却拧身隐去。

李斯怅然作想，韩非子为甚与自己过不去？不由得咬牙切齿暗骂：好一个韩非子呀，有啥了不起的！两年多来，从不正视我一眼，这会儿又带着唐秉去找先生了吧？这分明是看不起人嘛，你几位入学馆虽早，但是，哪个年岁比我长？学业问辩在即，凭啥悄悄去面师？哼，你们几个也不尿泡尿照照，一个说话结结巴巴吐字不清，一个一瘸一拐得连路都走不到人前面去，一个只知历法和算数，还有一个呆笨如猪……都别以为自己是书虫笔鬼，那我还是书神笔仙呢。我读书不比你们少，字符书写亦是筋骨如铁，谁能比得了呢？你们几个呀，将来只配做个捉刀吏，还能成啥大事？今日不带我混，说不定以后谁求谁呢？真有那么一天，有求于我嘛，哼！连门儿都没有。

此时此刻，韩非子寓舍那面叽吱哇呜，哐里哐当，已是闹作一团。李斯冷笑着暗说：你韩非子不仁，就别怪我李斯不义。说着，便半开门扇，抻长脖子往外面眺了眺，见四下无人，便挺直腰板走到韩非子寓舍门口，推开虚掩的门扇走了进去。那只短尾硕鼠"吱"的一声，其余老鼠皆隐身不见。李斯就在书架案几上挑选韩非子的文论笺册。挑好后，又从衣柜里顺出一件华丽的衣服，将其包裹严实，夹在腋下回了自己的寓舍。他想，鼠类尚知弱肉强食，何况人哉！改变命运，不靠自己还能靠谁？出人头地不争朝夕，更待何时？想着，便一目十行地浏览文论简册，兴之所至，研墨润笔，急忙缮抄。

韩非子的文论处处精彩，李斯伏在案头许久也没缮抄多少。情急中，就用力拉断笺册的麻线，往自己的文论笺片中拼凑，接着再用细麻绳相互串联。想不到，竹笺外皮光滑，用锥子穿带麻绳编串很是费劲。正全神贯注间，外面叫喊声声：

“韩非子!”

“唐秉!”

“张苍!”

“浮丘伯!”

…………

这些门生均已外出，自是无人答应。门外脚步越来越近，一老一少的说话声也是越来越清晰，忽然便把“李斯”念说得格外响亮，随之叩门声急。

李斯惊慌失措，应答不是，不应答也不是。犹豫间，锥子一滑，扎到了手上，一时疼得钻心，跺着脚叫声“妈耶——”便慌里慌张地用胳膊肘捻开门扇，右手捏紧了出血的左手，放在胸前上下摇晃，精瘦的面庞夹在门缝里，冒着冷汗，似哭似笑，似礼非礼。

门外一位儒雅人看着李斯，笑言：“门生李斯，无须多礼。”

“何人？什么事打扰？”李斯强忍疼痛，毫不客气地回话。

“学兄呀，这是我的师叔，他亦是学馆新聘的先生……”崔广看着门缝里的李斯学长，恭敬施礼。

与李斯说话的儒雅人便是崔广的董师叔，此人饱读诗书，亦曾为私塾先生，百里追凶，擒拿恶徒送官府后，他便继承父业教崔广读书，前不久送崔广入兰陵，适逢学馆用人之际，荀子聘其做了学馆的教书先生。崔广聪慧好学，深受荀子的器重，也就边读书，边做书僮。

“李斯呀，学业问辩时间定于三天后的望日。审阅文论时限在即，凡参与学业问辩之门生皆不可延误……”董先生说明来意。

李斯听得着急，一声“谢”字还没落点，便转身进屋，“哐当”一声拉上了门闩。他想，韩非子吆喝众人出门，无疑是给先生送文论去了。自己若不赶在今日提交文论，说不定参加学业问辩的事真要泡汤了。于是，就抓紧编撰竹简，修改文辞，串弄好了后，提笔在文论简册封签上写了“帝王术”三字，便抱在怀中，出门去找先生荀子。

荀子祖籍古荀国（今山西省新绛县），他做人耿直刚正，凡事直叙己见，从不讨好他人，故有“天下诸子善为人敌者，莫如荀子”之说。他先曾讲学于齐，被齐宣王看重，让他做了稷下学宫的祭酒（执事官），宣王尊他为座上宾。但在宣王逝殁，襄王继位后却对荀子心生不满，责其“嘴如张仪，利口无敌而刻薄也”。襄王此说传开，齐国朝野诟病荀子成风。无奈之下，荀子便辞去稷下学宫祭酒之职，撰写《儒效篇》，提出了法后王的为政主张，认为百家之说不及后王，则不听也。他以自己的方式昌明：儒家法先王，就是效法古制；法家强调法后王，就是效法当世。

荀子不拘一门，博采众长，不因先师而废言。他与孔孟儒学的正本清源之争，使他成了天下士林之孤家寡人，由此开始了漫长的人生漂泊。他西去秦国见昭王，叙说秦世煌煌，却又说“倜倜然其不及远”矣。昭王闻之不悦，便无视他的治国学说。荀子只得回到了故国。客居在邯郸的信陵君与平原君知之，诚邀荀子创建学宫，但却遭荀子婉言推辞。信陵君与平原君私下商量，觉得荀子不悦此处，但总会有使他满意的地方，于是，想到了楚国的春申君，便同荐荀子入楚。

春申君迎请荀子进入巨阳（今安徽省阜阳市），问，先生心志在官？还是在学？荀子言：“唯求一方山水做得学馆，终老可也！”

春申君颇感意外，曾被齐宣王奉为座上宾的荀子，竟然无意为官。春申君敬重荀子，不再多言。数日后，陪荀子到了自己的封地兰陵，游览了大宗山、抱犊崮后，来到汶水河环绕的文峰山。文峰山古松参天，巨石嶙峋，风景秀丽，荀子不由得赞赏：好一处清幽之地呀！

“先生既然喜欢这里，那便把文峰山交给先生办学馆吧！”春申君又对作陪在侧的县令言说：“自今日始，荀子先生便是兰陵县令，你便改做县丞吧。”

荀子听得一愣，说是办学馆，怎么又让自己做县令？便推辞：“人心无二用嘛，哪能既办学馆，又做县令呢？”

“先生有所不知，你若不兼个职事，这个学馆也是难办呀。”

“噢，怎么如此?”

“嘿，办学馆的磕绊事儿多，若不以县令名分，岂能名正言顺地办学?”

“明白，明白了。”

春申君对县丞重话说：“县衙事务由你多担待，荀子先生做县令是以办学为主。你嘛，亦须为兰陵学馆营建勤勉出力，切不可懈怠!”

县丞遵春申君交代，唯诺办事。这样，荀子从赵国漂泊到楚国，最后在兰陵做县令，办成了学馆。

荀子的宅院在兰陵市井的僻静处。此时，夜幕降临，明灯初燃，青瓦白墙的小院里竹影婆娑。荀子倚窗坐在书案旁，审读门生的学业文论，他精心默念，轻声诵读，提笔沉思，少顷，又起身到书架旁翻阅文献典籍……李斯摸黑溜进来，急匆匆到了先生的书房，趴倒在地，恭敬细言：“先生在上!”

荀子转身，见有黑影就在脚下，惊问：“谁?”

“门生李斯前来叨扰。”

“噢，原是李斯来此。无须多礼，起身说话。”

“门生李斯提交文论来迟，只能跪着陈情。在下不才，拜师求学两年，承蒙先生谆谆教诲，受益匪浅。在下日日废寝忘食，时时勤勉笃学，刻刻明志于心，立志成为先生的好弟子。弟子认真撰写的文论《帝王术》业已完成。文论中，我举三皇五帝典范，用老庄孔孟思想，引诸子百家学说，以历算宗法推演，提出了帝王御国之术，以助君王治天下。现呈送文论于此，尊请我师教正，亦求能与韩非子、唐秉诸门生同期参加学业问辩。”

两年多来，荀子看出了李斯趋炎附势、急功近利的本性，这会儿又说什么三皇五帝、老庄孔孟、百家学说的不惭之言，于是心有不悦地说：“李斯呀，门生韩非子、唐秉、张苍、浮丘伯已在学馆笃学四五个年头，他们似食桑吐丝，三俯三起，羽化成蝶，实属自然。你来在学馆也就两年，何须着急？欲做既能缝表又能连里之针，尚需认真打磨。做人须实，作文宜深。没有深研先贤之百家言，如何撰写上乘文论呢?”

“求先生体谅，在下李斯年已三十有余，虽曾为小吏做过政事，至今却未成家。人生苦短，自须珍惜。在下幸得先生教诲，无论时日多寡，皆有志成就天下大事。若能早日入仕，将不辱师命，誓成大器，为先生赢得千古盛名。恳请先生审评文论，亦请先生念及李斯之苦，高抬贵手，让在下参加学业问辩吧。”李斯摩膝趋前，把他那文论简册呈在荀子当面。

荀子未接李斯手中的简册，见其长跪不起，便说道：“淬砺成才，琢料为器。你能否参加学业问辩，全凭文论裁定。但对学业文论审阅甚严，即使进入问辩质询，学馆尚请有学问深厚、端正严肃的先生们把关。文论合格与否，问辩质询结果如何，自有公平结论，还需你多加斟酌。”

“门生李斯明白，请恩师严审我的文论。”

“你的学业文论交给新来的董先生审阅。若他以为文论尚可，允许你进入问辩质询，为师不会不允。”

李斯听“不会不允”之言，心里一热，但听说还有什么董先生阅审，突然又把心揪了起来问：“请问先生，那董先生何人？现在何处？”

“董先生寓舍就在学馆里面，白天，崔广陪董先生前去找你们，难道未曾谋面？”

“呃呃，见过，见过……”李斯恍然大悟，白天在学馆，崔广说的那位儒雅人便是董先生了。

荀子看着发愣的李斯，言说：“那又何必夜送文论来此？去吧，速去把文论交给董先生。”

“感谢先生恩德，门生斯当记在心。”李斯叩头起身，心急火燎地往兰陵学馆赶去。一路上忐忑不安，那位董先生是什么样的人呢？他能给我机会吗？悔不该，下午那阵儿慌里慌张地慢待了人家。

·2·

荀子苛刻，不仅于人，更是对己。他从来都是寅时起床，先读会儿圣贤书，再计划明白全天的要务，才出门去忙活。今日早起，他身着素雅干净的粗布蓝衫来到兰陵学馆。门役看见荀子那清瘦俊朗的身影进门，就急忙端来椅子请他上座。荀子推过座椅，让门役吆喝杂役前来鸣盛堂。人皆知荀子做事严谨，此时谁也不敢磨叽，听门役一声吆喝，皆急匆匆朝鸣盛堂聚来。

荀子高站台阶上，清亮嗓子说道："诸位好，学馆开课，诸事繁杂。今日有早期门生的学业问辩，新门生入馆拜师，尤其是那魏国的公孙龙子亦将登门约辩。诸事要紧，众人皆须恪尽职守，认真执事，时时崇师，处处尚礼，切不可懈怠。传道授业么，首重礼仪。礼仪不分贵贱，礼仪无处不在……"

荀子清音朗朗，回荡在朦胧的晨雾中。唐秉不赖床，醒得早，起得早，早就站在了台阶下，看见董先生和崔广也在仔细聆听学馆之长荀子的训诫。荀子言毕，杂役抬桌子，提板凳，扛梯子，在鸣盛堂前忙碌起来。年轻利索者沿低攀高，下面的差役们，把镌刻漆彩一新的"鸣盛堂"匾额递送上去，端端正正地悬挂在门楣正中。接着，又把涂漆描金的刻木楹联，固定在两侧的明柱上。

董先生走上台阶，仔细端量镌字精美的楹联，上面的撰句是：

论乃言，语乃言，言言论语兮。
春亦学，秋亦学，学学春秋矣。

董先生赞不绝口："妙，妙解论语，巧说春秋。妙呀！"

"哦，董先生好，你怎么也如此早起？"荀子问说。

"荀卿你寓居在城，行路十里来在学馆，不是更早嘛！有言道，勤快人拾金银，我早起前来拜读先生的金句妙语，岂不贵似金银嘛。”

“过誉了。胡诌乱道，凑词撰句，还望董先生不吝赐教！”

“言言论语，学学春秋，乃务本之事，当时刻铭记在心，躬身为之，岂敢有赐教一说？”董先生一边说着，一边跟在荀子身后，细看木牌上的镌刻刀法和涂漆手艺。

唐秉、崔广帮着杂役往廊道的前后榫舌上悬挂灯笼。荀子见杂活儿做得差不多了，便一如既往，站在了学馆大门的台阶上，迎接络绎而来的先生和学子们。

此学馆初成时，列国学子纷纷来投。荀子深知，此乃信陵君、平原君、孟尝君和春申君四位公子尽力推荐学子的结果。便致函明志：荀况晚境治学，志在育才，非图虚名也。昔仲尼弟子三千，受业通达者七十二人，足以载道者仅三两人耳。养士多则善，英才少则精。学馆盛衰，不在人多，而须求精，此乃老夫所愿也。基于此，学馆办学渐入正轨。荀子在学馆里选择先生，须是人品为上、博学多识、淡泊名利、惜生如子的率先垂范者。收授的门生也是乡里异秀、沉潜学问、精修奋进的尊师敬长者。兰陵学馆名闻天下，士子赞：兰陵若稷下，聚才成大家。

荀子对学馆的先生和门生均以礼相待，平日黎明，他都会早早来在学馆，伫立在大门口迎接先生和学子们。当听到学子的朗朗晨读，声声入耳，看先生手执教鞭，站稳讲台，待学馆大门缓缓关闭后，才从学馆的侧门离开，去县衙办理公事。今日事多，也就全天守在学馆里了。

这会儿，老少混杂的人流往学馆这儿汇集。凡走上台阶的教书先生、高学门生、幼学稚童及家长们，见荀子站在学馆的大门口，便亲热打招呼，叫什么的都有，一时叟童声杂：

荀卿好！

荀先生好！

县令大人好！

…………

老老少少，问候不断，声起声落，热闹非凡。荀子经世丰富，执事繁杂，这会儿见到他的人年龄悬殊，身份不同，致礼问好之间叫啥的都有。无论人们怎么称呼，他都一一回话，还礼。凡遇到年长的先生，就近前搀扶着送进大门。凡遇到扛物沉重者或手提东西者，也会上前帮扶一把。

荀子明白，公孙龙子游走江湖，行踪不定，何时能来学馆，实在难以预料。但约定之早期门生、笠泽县令吴兀送俩孩子来此就是今天。

他想得没错，前一日，吴兀便带着吴实和周术到了兰陵，备齐脩礼，歇息一夜。此日天色未亮，就督促孩子起床，带他俩往兰陵学馆而来。春早风爽，踏青疾行。不一会儿，就看到了文峰山下那壮观的学馆，汶河清流环绕在前，参天古木掩映其后。吴兀和俩孩子走近时，正是晨曦披彩，灯笼映红，兰陵学馆门前洋溢着热烈的氛围。

吴兀在学馆门外整理行囊，吴实和周术走上台阶，争相敲打学馆大门。吴兀急上前拦住俩孩子，言说："学馆乃清静之处，内有门生读书，亦有先生静修，你俩岂可如此无礼?"说着，便替吴实和周术提正衣领，上前轻推学馆的大门，进去与门役打过招呼后，才让俩孩子轻跨门槛。老少三人噤声缓行，至遮天蔽日之大槐树下，有灰色巨石横卧在前，浑然如龟，上面镌刻的字符清晰可见：

青，取之于蓝而胜于蓝；冰，水为之而寒于水。木直中绳，輮以为轮，其曲中规。虽有槁暴，不复挺者，輮使之然也。

…………

吴兀见此乃先生荀子所撰，就仔细阅读起来。俩孩子也是指指画画，诵读有声："木直中绳，车以为轮。"

"术兄念错了，是輮以为轮！"

"不会错吧？柔与车何干?"

吴实虽知读音，却不明其意，便"嗯、嗯、嗯"不止，说不出来所以然。

“嘿，是读鞣，而不读车。”站在周术和吴实身后的说话者，正是崔广。

两人闻声回头，惊喜不已，便与崔广捶拳头，拍肩膀，相拥而欢……吴兀皱眉不解，提高嗓门问：“何以为鞣?”

崔广说道：“鞣，是用火烘烤而弯曲木条之法，车毂以弯曲木条拼装而成。‘鞣以为轮’四字，须联系前面的木直中绳，后面的其曲中规，其意是：木材笔直可以符合墨线，若用火烤把它弯曲成车轮，那么木材的弯度就符合圆规了。这是在讲，君子学习和做人应采取的正确方法……”

吴兀听此一说，暗赞这少年聪明，继续问道：“何谓君子学习和做人的正确方法?”

“学习以本为重，不舍本逐末。做人勤于反省，纠正行为之错……”少年话语稍顿，白皙的脸上微微挂红，忽就礼貌地捋平衣袖，搓搓双手，跪地说话：“噢，笠泽县令吴大人来此，小人崔广有失远迎。”

“我是笠泽县吴兀，没错。少年何人？何以知我？你又何以识得面前这两个捣蛋鬼?”吴兀不解此三个孩子为啥如此熟稔，也不解陌生少年何以知道自己的身份。

“小人姓崔，名广。先生荀子告知，让我留意接待县令吴大人。因杂事耽误，错过了在门口迎接的机会。此时来到了大人身边，却没有先行请安之礼，小人在此告罪了！至于与两位哥哥相识……”

“夜遇太湖，降伏恶人。我和胆大哥曾巧遇这位少年崔广……”吴实激动不已，言说旧事。

吴兀用心将带来的俩孩子与少年崔广做比较，暗暗自责：子不教，父之过。今日，把这不成器的一对送来学馆，真是愧对先生呀！于是言：“好一个少年崔广呀，以后还需要你多教教两位兄长呢。”

“岂敢岂敢，俩兄为长，我需多多求教才是。”

“喔，崔广真懂事呀。便请领路，去见先生！”吴兀着急要见荀子先生。

“不急不急。先生有过交代，让小人带县令和兄长先去寓舍放置行囊，盥洗净面，稍事休息后，再去他那里。”

吴兀和俩孩子随崔广去寓舍，放置随身物品，洗手净面后，同往荀子先生书斋走去。吴兀上次拜见荀子是在县衙，今天走进这兰陵学馆，别是一番景致。学馆里，三进殿堂前后递进，左右扩展有廊庑、斋舍、坊馆、阁亭……这些建筑皆庄重大气，基柱梁架简洁而不事雕饰，椽斗、顶拱、榫头裸露而不敷五彩，本色木柱和门窗嵌在白墙中，尽显古朴典雅。院内松柏冬青树木茂盛，柳枝泛出了绿雾，迎春花嫩黄鲜亮，桃花粉红映目，蜜蜂往来穿梭，恬淡静谧，春意盎然。在曲径通幽处，精心置放的太湖石，通灵剔透，姿态万千，如虎啸龟卧，似马跃鹿奔，又似鹤翔鹰扑，皆色泽白润，十分干净。在其皱、漏、瘦、透之中，竹影扶疏，清风送爽。行走其间，人无不灵性活泛。吴兀想，石亦能如此玲珑百态，何况人乎？心中激动，脚下生风，跟在孩子们后面，轻快前行。

荀子伫立在书斋门口，见吴兀远远走来，便快步相迎，高声问候：“吴兀好呀，欢迎你如约而至。”

吴兀让孩子给先生行礼，自己也是躬身说道：“先生呀，早年你曾在稷下学宫赐教于我，现又得请先生教这两个不懂事的孩子。唉，实在惭愧！”

“哪里哪里，生生不息，后继有人。老朽高兴呀！”荀子拉着吴兀进屋，安座，看茶，说道：“兰陵学馆正是用人之际。当年在稷下学宫想留你当先生，遗憾没能实现。今天，我又旧话重提，请你来此助我一臂之力，兰陵县缺人，兰陵学馆也需要先生呀！”

“哦？”

“今日既来，便有要事请你担待。”

“啊，先生呀，何事？”

“事儿多，幼学开课，高学学业问辩，这俩孩子的拜师……重要的事还有，魏国的公孙龙子前来论战。”

“噢，如此多的大事，我又能做什么呢？”

“请你任学业问辩的执事祭酒！”

吴兀听先生这么一说，心生激动，却又不安：笠泽县令是可以辞去不做了，来此教书也可考虑。但做今日学业问辩的执事祭酒，是荣誉，也是责任，先生虽信得过自己，但心里却不踏实，恐怕做不好。于是摇头回话："感谢先生信任，辞去笠泽县令来学馆教书，可从长计议。做学业问辩执事祭酒这事儿——哎，自从离开稷下学宫后，学识全废。如此大事，托付于我，怕是有辱斯文，难以胜任！"

"吴兀呀，入乎耳，出乎口者，仅为小人之学；大学者，不只是读得四书五经，而须闻、知、行三者合一，首重于行。你曾高学于稷下，数十年来，经过商，做过官，由你来做今日的执事祭酒，最是合适！"

"先生如此鼓励，倒使不成器的老门生愈加不安了呢。"

"吴兀，放心吧，问辩之规程已作拟定，再有细心的学童崔广帮做具体的事儿，你就放心吧！"

"荀卿呀，鸣盛堂那面已是诸事齐备，静待先生莅临殿堂……"董先生前来迎请荀子。荀子就把吴兀介绍与其相识，两人稍做寒暄，便陪学馆之长荀子往鸣盛堂走去。

·3·

鸣盛堂是一座庑殿式建筑，殿内白墙暗柱，不事冗饰，极是简洁朴素。格栅窗户透着阳光，宽敞明亮。吴兀、董先生陪着荀子进门，走上学业问辩坛台，坐于榻案一侧。连接板楼的步梯上，凭栏而立的百十位学子的目光清澈，齐刷刷地看着荀子先生，也看着董先生、吴兀和其他先生们。吴兀不由得心中一热，想起了自己在稷下学宫的问辩论战，便豪气充盈，责任感油然而生。

此时，大殿门口，两个人边走边吵地跨过门槛，随着脚步前移，他们的声音也是越来越高。

“入秦!”

“弃、弃、弃秦!”

“秦国强而六国弱，乃天下大势矣！何以弃秦?”

“逐强者，乃、乃、乃趋炎附势之人、人、人……”

“人立潮头，水潜深渊。有志之士，何不入秦?”

“秦、秦、秦似虎、虎、虎狼狼，入秦助虐、虐、虐。实乃、乃小人之为也!”

…………

荀子面对吵吵闹闹的两人，高声放言：“韩非子、李斯，你俩少安毋躁，快快静肃入座!”这么一喊，大殿里顿时静默无声。韩非子和李斯却还似好斗的公鸡，撇捩着脖项，你瞪着我，我瞪着你，都与自己屁股过不去似的，扑通一下狠蹾在地。

荀子见韩非子和李斯坐定，就指着后面缓步前来的唐秉、张苍、浮丘伯，悄悄给吴兀说话。吴兀边听边看，明白了那成熟老到、精明自负者是李斯；说话不利索，结结巴巴者是韩非子；沉静平稳，缓步前来者是唐秉；眉目清秀，身材高大者是张苍；还有肥胖臃肿，立和坐的高度相差无几者就是浮丘伯了。

吴兀接过崔广递来的笺片，阅过，明白这是今日学业问辩的规纪戒约、议程事项，便起身宣唱。

乙卯年春月望日，兰陵学馆举行学业问辩，规纪戒约如此。

其一，参辩门生需依序依规而辩言。问询者无论先生，还是学子，均须言简意赅。有话则长，无话则短。

其二，无论新老师长、长幼门生，均言论自由，话语平等。既可申请提问，亦可依问作答。对矣错矣，折辩则明。

其三，无论尊卑长幼，须遵守以上规则。

…………

接下来，唐秉以《忠孝论》，李斯以《帝王术》，张苍以《颛顼历与算数》，浮丘伯以《儒学新解》逐一进行解题、说文和答询。先生之间相与应和，门生彼此深入折辩。畅所欲言，极尽热闹。

韩非子最后站起身来，结结巴巴地开口说道："门、门、门生韩非以为，凡、凡说之难、难，非、非难言也，所以，难言者难、难、难……"

真想不到，韩非子在此紧要关头竟然讲不出来一句完整的语句。他越急越卡，越卡越急。

荀子说道："诸位先生呀，韩非子口吃嘴拙，言语表达欠佳。因担心他述说困难，才把他排序在后。看来，难题终归是难题呀。老朽提议，各位先生分头审阅他的文论，然后再问、再议……"

荀子言语间，崔广抱来了文论笺册分送给各位先生。先生们翻阅这些笺册，皆惊奇不已。前几位门生的文论，不仅杂糅百家，且内容多见重复，谬妄纰漏不少，想不到韩非子提交的文论，其内容竟无一重复，董先生拿在手里的文论篇目分别有说难、难言、王制、安危、存韩……于是，便兴致勃勃地仔细阅读。良久，先生掩卷说道："精彩呀，韩非子的真知灼见，实乃惊世骇俗之言！"

"韩国公子妙笔生花，弥补了那口拙之憾。"

"佩服，佩服，当下竟有如此旷世奇才！"

"看来，还是荀先生调教得法，教人有方。"

…………

荀子言："各位切莫过誉，寸有所长，尺有所短，人无完人呀！韩非子虽精思博学，文论出彩，有纵横捭阖之大气度，但其出身显贵，孤傲清高，口拙言短，不善交往，却是他的短处了。"

先生们听荀子这么一说，无不体谅他的苦心。即刻凑在一起，商定了一个简单的问题交由吴兀提问。

吴兀站起身来问话："请问韩国公子，学业圆满后的志向何在？"

“门、门、门生韩、韩非，生为韩、韩、韩国人，理当、当当报效韩国、国、国也……”

韩非子的话语结巴，却招来满场喝彩：韩非子，真才子，归国做王子，回家抱孩子；兰陵学子第一才，才——才——才，彩——彩——彩——

李斯不是滋味地想，韩非子回国继承王位，我又能做啥呢？唐秉也难过地想，回家，唉，人皆有家，我家何在？张苍和浮丘伯暗赞韩非子的学识过人，也是暗想各自的前程。

吴兀征询诸位先生的意见后，郑重宣唱：“诸门生的文论叙述，各具特色，皆言之有物，有用于社会，众先生同意参加问辩的门生结业……”

“荀老夫子何在？公孙龙子来也。”忽有洪亮的声音从殿外传来。

荀子看着进门的黑衣男子，言：“欢迎公孙龙子——”

崔广带人迅疾把榻几重新摆放，请公孙龙子上坛，入座。吴兀、董先生和众问辩者分坐于荀子两侧，韩非子、李斯、唐秉等门生按长幼尊卑，坐在了先生们的身后。

“荀老夫子，这兰陵学馆红火呀！你能如此群贤云集，老少相济，实乃令人羡慕。”

“承蒙魏国公子夸奖。请问，欲以何题为辩？”

“还请荀老夫子命题。”

“今日嘛，尽是门生问辩的浅显之说，客来客为主嘛，就请魏国公子命题吧！”

“也好，在下不揣愚陋，提出以‘名实与二十一事’作辩。”

荀子看着围坐在侧的门生，问：“谁知名与实？”

唐秉言：“我知公孙先生所谓以其所正，正其所不正。以其所不正，疑其所正。其正者，正其所实也。正其所实者，正其名也。此言，已把名与实讲得极是透彻，还有公孙先生的‘白马非马’之说……”

“怎讲？”

“谓白马非马。白马为非马者，言白所以名色，言马所以名形也；色非形，形非色也。夫言色，则形不当与，言形则色不宜从，今合以为物，非也。”

公孙龙子再问：“今日应辩之众位门生，二十一事于名实，又该怎讲？”

原来，这二十一事是公孙龙子、惠施、宋钘、尹文四位名家提出的命题，每题皆与常识背道而驰，匪夷所思。初始，二十一事遭到了法、儒、墨、道四大显学的轻蔑嘲讽。然而，无论显学大家们如何蔑视，二十一事却以新颖奇特的语言、诡辩诘难的方式，被士人津津乐道。但凡士子的酒肆聚会，便会选择其一二为题，相互争论折辩。譬如，卵究竟有没有毛，鸡究竟是两只脚还是三只脚……不管结论如何，人们都乐得捧腹大笑。如此雅俗共赏之结果，使任何一家显学都望尘莫及。由是日久，无论显学家如何斥责名家惑乱人心，终究都无法对名家的二十一事置若罔闻。

今日此时，你一言我一语，争高论低，论辩得不亦乐乎。末了，公孙龙子站起身来，拱手言：“荀老夫子满门高徒，佩服，佩服。只是……”

“只是什么？”

“只是鱼目虽可混珠，但，白石非坚石也……”

公孙龙子抛出此言后，便起身，拂袖，飘然离去。吴兀欲留，忽而不见人影。荀子笑言：“思无羁，影无踪。不着边际之人，任他去吧！”

公孙龙子离去，鸣盛堂里清静起来。吴兀走近荀子身边，恭敬言道：“请学馆之长评说今日学业问辩。”

荀子起身言道：“当此时，能与公孙龙子论战，实乃难得之历练机会。诸位门生即将离开兰陵走向列国，切记道阻且长，行则将至，行而不辍，未来可期。出学入世，前路漫漫。须知饥而欲食，寒而欲暖，劳而欲息，是人之性也。人往高处走，水往低处流，实乃趋利避害之本能矣。欲做道德至上之人，成贤能高尚之士，便须化性起伪，化恶为善，方能如愿矣！人之善恶并存，善恶之别往往是毫厘之度。岂不知，水利万物而不争，难道水无患乎？火耀辉煌而光明，难道火不成灾乎？无论是做兴邦安民之士，还是做积德行善之君子，四书五经不可不读，闻、知、行三者合之则更重要矣。切记，人不可能生而知之，也不可能生为圣人，善德乃修心养性，习而得之，时刻不可松懈矣！老夫寄言于此：生本由天命，活在历练中。曾子亦曰：吾日三省吾身……"

众人随着荀子的话语齐声高诵："吾日三省吾身：为人谋而不忠乎？与朋友交而不信乎？传不习乎？"

诵唱声中，杂役搬来酒坛，当众启封，一时间，浓浓醇香，甘洌扑鼻。话说这兰陵美酒，以黍米作料，以甘洌井水和麦曲糖化，密封于缸坛，在地窖久藏十年以上，开启时呈现琥珀光泽而晶莹明澈，品味纯正，香气浓郁。兰陵酒的酿造始于商代，多用于朝礼和祭祀，时逾千年，长盛不衰。荀子任兰陵县令，重视兰陵酒的酿造，以美酒招徕列国商贾，常在兰陵学馆的祭酒仪式中使用。

崔广以阿爹从西域酒泉购得的夜光杯，给学馆之长荀子先生斟酒，琼浆玉液滴入玲珑剔透的玉盏，玉盏晶莹透亮，兰陵美酒的琥珀色愈加绚丽。

吴兀捧起酒盏玉杯，颂曰："兰陵美酒，气贯天地。道大亦博，学富不穷。仁义礼智，信立天地。兰陵学馆，生生不息！"边说边移步，把一杯酒滴洒在地。

韩非子、唐秉、李斯、张苍和浮丘伯皆随着吴兀高举第二杯酒面向荀子恭立，同颂："不才门生，求学兰陵。四五春秋，学业圆满。今谢师恩，德义如山。一日为师，终身为父。情义似海，终生不忘。若忘师恩，天诛地灭！"门生齐颂毕，皆抿酒。

吴兀三举酒杯，领门生面朝众人，高声诵唱："感谢天地尊亲，感谢生身父母，感谢兰陵地方！"鸣盛堂内的先生和门生，同欢共饮。

·4·

此夜，鸣盛堂外红烛点燃，许多发垂额头，脸抹脂粉，印堂点砂的幼学稚童，整齐列队，拍响板眼，合了宫商五音，诵唱学馆之歌：

兰陵兰陵，学馆兰陵；学承稷下，稷下美名。

东海沐阳，泰山浴风；尚阳重刚，黄老圣名。

崇礼以仁，基续孔孟；集纳百家，融会贯通。

…………

夜里的拜师典礼，由董先生任执事，他高呼一声："拜师礼，始——"门外稚童的颂歌戛然而止，鸣盛堂里突然静穆。荀子轻盈如风，踏入大殿，坐在彩帛铺就的坛台高座上。

"周术、吴实，进殿——"董先生朝门外高喊。

周术、吴实俩孩子手捧拜师帖，进入殿堂，走近荀子，毕恭毕敬，行跪拜礼。

"呈拜帖——"

荀子接过俩孩子手中的拜师帖，和颜悦色地言道："周术、吴实，两位学子免礼，平身。"孩子依言，起身，紧依荀子站立。

"呈脩礼——"

吴兀将二十吊腊肉置于案头，再将脩礼袋中之物逐一展示。

董先生解释说："两位学子各呈脩礼以为学资，感谢先生收授之恩。另备，高蓬莲子，寓意先生苦心教学；成捆芹菜，寓意门生业精于勤；鲜亮红豆，祈愿先生和门生皆鸿运高照；饱满桂圆及一捆干柴，预祝门生学业圆满，早日成才！"

荀子舒展双臂，将周术和吴实拢入怀中，说道："孩子今日拜老夫为师，幸事矣。我知孩子皆具幼学基础，聪慧知礼，胸有大志，乃可教之才也。子曰：自行束脩以上，吾未尝无诲焉。默而识之，学而不厌，诲人不倦。如此为师之责，老夫当谨记矣。"

周术、吴实俩兄弟不待先生话语落点，便从其怀中哧溜下来，跪在地上，再拜先生。

荀子爱怜地看着他俩，取出备好的文房四宝赠送。先生给俩孩子的赠礼相同，分别为：九丈缯帛，九锭瑞墨，六支毛笔，一方砚台。其时，竹简、版牍和缯帛都是书写载体，兰陵丝绸织造发达，缯帛生产量大，荀子便在学馆教学中力推缯帛之用。

吴兀和董先生都没想到，先生荀子能给孩子们回赠如此厚重的文房四宝。便悄言，先生如此率先垂范，昭彰君子礼仪和长者风范，何愁竖子不可教呢？

鸣盛堂外华灯烁烁，诵唱之歌昂昂，美妙童音如夜莺呢喃，清亮悠扬，文峰山上的夜莺真就叽叽啾啾，和而鸣之。

第三章　携书五车俱入秦　千字一金撰吕览

·1·

关中大地，冰河未开。泾渭交汇，清浊难辨。

唐秉和李斯走走停停逾两月，行千余里到了关中。此时，两人踩薄冰，踏列石，行走在灞河滩头。河滩上残雪冰冻如石，疙里疙瘩，绊脚难行，迟滞了脚步，唐秉盯着斑斓的陌生大地，脑子过电似的想到了两个月前……自己离开学馆刚回到东园村，与乡邻老者商量开办学堂那阵儿，李斯找上门说道："唐秉学弟呀，随我一起入秦吧。庄襄王已将东周全部国土并入秦国版图，秦已蒸蒸日上，秦相吕不韦正在招纳门客，重用天下贤士呢。"

"斯兄深究帝王之术，自有辅佐君王之雄才大略。可在我心中嘛，只有故土和邻里乡亲。"

“学弟差矣，谋国家大事，成终身功名，岂不更好回报梓里乡亲？你曾在学业问辩中，讲说家国忠孝之事，难道不明白哪头大，哪头小？此一去，若混得衣锦还乡，何愁故土和乡亲不报?”

乡邻老者明白两个年轻人的想法不同，便言：“唐秉呀，谋大舍小乃常理。你俩师出同门，实乃人生缘分。你还是依着你的这位学兄，同去秦国谋做大事吧。家乡孩子的识字嘛，还有我在。若你的爷爷和母亲在世，他们亦会附和我意……”就这样，唐秉随着李斯入秦而来。

此时，灞河滩头风劲，黄色沙尘弥漫，二人眯眼远眺，巍然城郭隔河相望。噢，那就是咸阳了。咸阳（今陕西省西咸新区秦汉新城）由栎阳（今陕西省西安市阎良区武屯镇）迁建而成。得名有两说：一是因位于九嵕山之南，渭河以北，山水俱阳曰咸阳；二是因建都之初，是以咸亭和阳里两地相合，曰咸阳。

二人走上渭河桥面，逐波眺望，上游还有一座桥。两桥横贯南北两岸，如卧波长虹，甚是壮观。走过桥来，镌刻在青麻石上的“秦都”两字赫然入目。桥头守卫验过通关文书，放行入城。城内各色人众，熙熙攘攘，两人抻直脖子，拧得酸疼也是看不尽的繁华。但见，一街两侧的字号牌匾煌煌，五彩招幌飘飘，货物由里到外，接龙般堆放在店铺门前横陈的门板上，煞是好看。贩夫走卒，摩肩接踵；红男绿女，簇拥如潮。二人挤在人流中挪步，忽被拥至房檐下，移步艰难，便索性看那坊内妇孺捻棉纺纱、投梭织布、采撷扎染、裁衣缝制的热闹……继续北行，道路两侧的兵营马场、铁器作坊、粮食仓库、马料场、砖瓦厂又是人声鼎沸，“叮叮当当”的打铁声和骡马钉掌的嘶鸣声，混在一起，尖锐刺耳。

李斯高了嗓门儿探问再三，方知吕氏相府就在那高处的宫殿群里。二人不解，同是小山似的屋顶和高大的黄土墙，哪儿是秦王宫？哪儿又是相国府？不说他俩心中难解，就连咸阳的百姓也是满头雾水。

二人来在黄土高墙外，奇石列阵的清幽松柏中暗藏侍卫，稍近前，便被操刀持枪的侍卫声声呵斥。无奈，二人只得若即若离地游走在宫墙四周，瞪大眼，慢慢转。行至一隅，见耸立的石碑上镌有“文信贤苑”。吕不韦封号文信侯，这不就找到地方了嘛！二人看着高悬“相府”匾额的大门，紧闭的门前有侍卫把守，便去了斜对面的墙旮旯藏身。这墙旮旯招风，尘霾在此打着旋儿进出，二人饥寒交迫，冷冻难耐。李斯从包袱里扯出衣服套在身上，他顺来韩非子的这件袍衣虽华丽，却不怎么御寒。精瘦的李斯还得像唐秉一样猫腰，缩脖子，袖了双手来回跺着僵冷的双脚，眼巴巴地盯着相府大门。接连两天，毫无动静。李斯纳闷，皆称吕不韦与信陵君、平原君、春申君、孟尝君四位公子争相养士，门庭若市，人气甚旺。但这相府门前，怎么如此冷清？朱色大门为甚一直紧闭不开？

第三天东方破晓，府门前有人躬身清扫，门楣上的灯笼忽而点亮，晨曦一抹，朱门大开，手持刀枪的卫兵走出门，在台阶上列队站定。一位佩刀卫官举手捏指，高高扬起，“啪啪”两声脆响，呼啦一下，许多骑兵和车马辚辚聚来。

少顷，一位气宇轩昂的微胖男子在文官雅士的簇拥中步出府门，佩刀卫官恭身服侍那微胖男子上了豪华辇车，其余人众分乘车辆和各色马匹，整齐列队，驭车者扬鞭高甩，“嘚儿——驾！”的一声吆喝，这队车马人众便前呼后拥远去。

李斯想，那位微胖男子就是吕相了。他见此排场，激动得浑身哆嗦，前趋不敢，退后不甘。人瓷呆着，思绪却随马蹄声远去，嘴里念道：“吕相竟然如此，那秦王的威仪却又该如何？”

“要说君王威仪嘛，应合周礼之数，既不可无，亦不可过也。”站在身边的唐秉回话。

“哦？”

“秉以为，君王外出无须奢华，合乎礼仪即可。”

“学弟呀，你说说，吕不韦一个卖粮草的竟能与嬴子楚邂逅，是机缘巧合吗？他们离赵还秦不久，子楚就继位为王，这是时来运转，还是吕相善谋？哎，咱俩入秦，何日才会有人家如此风光？”

“草木一春，人活一世，但求无愧于君王，无愧于父母，无愧于良心，足矣。入秦，只求个合适差事，尽职便是。”

两人想法不一，各说各的话。李斯不在意唐秉说啥，只是盯紧吕相府门，瞅那佩刀卫官吆喝卫兵，列队往府门里面隐退，便三步并作两步，一路小跑到了门前的台阶上，看着徐徐关闭的大门，哧溜一下，像老鼠一样翻过门槛，穿门扇的缝隙而入。

侍卫们受惊，纷纷拔刀，争相怒斥：何人，胆敢骚扰相府，活得不耐烦啦！

“切莫发躁，我有话说。”

佩刀卫官睥睨李斯，不屑言：“要饭的？找错地方了，这儿是吕相府宅！”

“对呀，我要拜见的就是相国吕不韦嘛！”

“呔，泼皮无赖一个，相国讳名岂能由你乱叫？别自讨没趣，快滚！”

众侍卫把李斯朝门外推搡，李斯背靠门扇，双手作揖说道：“切莫误会，我前来拜见吕相，求做门客。”

“哎嘿，欲做门客，混口饭吃，有那么容易吗？也不撒泡尿，照照自己的模样儿？吕相只收天下名士，不养寒酸白丁。”

唐秉见李斯在门口与人理论，便急忙前来，迈着八字步上了相府门外的台阶，听卫官呵斥李斯之言，便高声回怼：“说啥？谁是不学无术的白丁？切莫看走了眼，面前站的可是荀子先生的门生哟！”

“嘿，不管谁的门生，甭在这儿瞎张狂！”

李斯摸出一枚包金贝，侧身塞到卫官的手中，低声言道：“我俩远行千里，诚意投奔吕相，恳求卫官，提供方便。”

包金贝，硬头货，这可是六国通用之货币。那卫官将包金贝捏在手里稍做掂量，便拢入袖中。这才仔细打量在寒风中瑟瑟发抖的李斯和唐秉，见两人虽显寒酸，却不失文雅之气，便换了口气说道：“门口风劲，寒气逼人，二位可移步房舍内说话。”

二人随卫官行走不远进入了温暖的房舍，李斯走近卫官，问：“丞相何时归来？”

“少不了两个时辰……”

那卫官说着，取下佩刀放置一旁，喊一声“看座”，便有人招呼李斯和唐秉落座，奉上了温汤和面点。二人饥寒交迫数日，腹中空虚，饥渴难耐。李斯狼吞虎咽间，咕噜着眼珠儿，四下打量，从卫官的派头、房舍里的摆设，再想到了吕相，于是问："请问卫官，见吕相，需有哪些礼仪程序？"

卫官朗然一笑："吕相胸怀开阔，腹可行船，实乃率性大气之人，何来什么烦琐礼节？见吕相嘛，无甚讲究，随机行事即可。"

李斯听此一说，便用胳肘轻磕只顾啜食的唐秉，压低声音说道："学弟呀，咱俩孤陋寡闻了，想不到人家吕相竟然如此……"

卫官听见了他们之间的私语，呵呵笑言："你二人如此不知吕相，怎能做得他的门客呢？"

"略知，略知，并非一无所知。也只是道听途说而已……"李斯连忙回话。

"哦，道听途说？"

李斯有备而来，早把吕相的传闻牢记于心。他见卫官随和，便放心言："吕相祖籍濮阳（今河南省濮阳市），随父在赵国经商，于邯郸结识异人后便弃商从政。吕相为让异人更名为子楚，不惜重金，助嬴子楚讨得安国君和华阳夫人的欢心。后来，又为子楚献赵姬，赵姬生赵正，赵正归秦即为嬴政。嬴政继位为王，吕相便与太后携手执掌朝政，且……"

"且如何？"

"坊间传，吕相与赵姬私通已久。"

"慎言，慎言！当讲则讲，不当讲则不讲矣！我随吕相二十多年，目睹他叱咤商界、呵护庄襄王的许多艰难，其内情并非为外人所知，岂能容你信口开河？"

李斯听卫官此说，知他与吕相关系绝非一般，生怕刚才说错了什么，后悔说道："在下所言，皆为外人所传，以讹传讹，在所难免。请卫官切莫在心！"

唐秉附和："卫官放心。我两人自当慎言，当讲则讲，不当讲处则不讲矣。"

卫官见李斯能言善辩，唐秉又极是谨慎小心，皆不可小看，于是言："在此闲聊，一只耳朵进，一只耳朵出，风吹而过，权当啥也没说。眼下，吕相正替秦王谋划征战六国，广揽贤士奇才，你二人来得还正是时候呢！"

三人的来回话说得不停，相互间也是越看越顺眼。李斯深知此人是见到吕相的希望，便起劲儿套近乎，往卫官身边挪近了，问：“请问卫官，相府这大门为甚数天不开？吕相收受的门客又在何处？”

卫官压低声音，自报姓名“王无影”后，便口无遮拦地说着诸多隐秘事儿：吕相府门不开，是因另有出入王宫之便捷通道。吕相与庄襄王，虽一君一臣地位悬殊，但却胜似弟兄而彼此不分，王宫与吕氏相府之间设有的秘密通道，除庄襄王和少数心腹之外并不为他人所知……这位王无影与另一卫官张不器统领数万御林军，守卫秦王宫、吕氏相府、文信书院和枢机院诸多要害官署。今日，张、王两个卫官一个陪吕相外出，一个守护相府和秦王宫。

王无影接着讲，吕的相门们客有在秦王宫执事者，有在边关要塞巡察者，还有在文信书院研判古今、撰文著述者……其实，待在书院里的门客并不多，那里便成了清幽园林。相府与文信书院相通，吕相入王宫，去书院，都不会开启正门。凡遇重要节日、礼圣祭祖或迎送贵宾时，相府大门才会开启。

李斯听到此处，“哦”的一声忽然明白，原来吕氏相府竟通王宫，守此相府不就是守在了王宫嘛！于是愈加谄媚言：“明白明白，诚谢指点迷津。王卫官您守相府，便是守护秦王宫嘛。我方才称您卫官，实乃口误，该尊称将军才是。”

“哪里哪里，不领兵血战沙场，岂能称作将军？本人也只是尉官而已……”

“哦，王尉官在相府历练，竟有相国一样的开阔胸怀。请问尉官啊，今日相府门户洞开，吕相起早出门，却为何事？”

“嘿，吕相今日出府嘛，事关重大。”

“噢？”

“过不久，庄襄王逝殁三年祭奠，秦王要亲临阳陵（即秦庄襄王墓，今陕西省西安市新城区韩森寨）行脱服卸孝大礼。太后赵姬驾临，百官相随，容不得半点儿闪失。今日，吕相带礼仪郎官察看阳陵……”

三人说得忘了时间，侍卫慌里慌张推门禀报：“尉官大人，望楼上已见相国车马人众归来，快快出门布防吧。”王无影站起身来，拿佩刀就往外面走去。

李斯跟在后面急问："王尉官呀，我俩咋办？"

"且站一旁，看我的眼色行事。"

李斯和唐秉守候在相府大门里面，门外车马骤停，人声鼎沸，吕相被人簇拥着走了进来，尉官王无影把李斯和唐秉推了一把，禀告："相国呀，有人求见，说是荀子门生。"

"哦，荀子的门生？"吕相随声搭话，脚步匆匆，即刻离去。李斯望着吕不韦相国的背影，捋捋衣袖，弯腰欲跪，却被唐秉从后面一把拉住，扶直。

不一会儿，曲径通幽处传来一声："召，荀子门生来见——"卫兵便领李斯、唐秉往里面走去。李斯精神抖擞地走在前面，唐秉蹇脚慢行在后。

李斯进客厅，见吕不韦端坐在案几之侧，悠然品茗。其方正脸庞，白皙透亮，浓眉大眼，鼻若悬胆，阔口厚唇，稀疏的胡须梳理得整整齐齐，金丝银线绣制的相服极显高贵，俊朗的一派美男子气质使李斯折服。他便急忙跪地，摸出揣在怀里的文论，双手呈送，言说："荀子门生李斯拜见吕相，今携《帝王术》文论入秦，愿投吕相门下。"

唐秉迈着八字步，不急不忙地进门，随李斯跪地，说道："在下唐秉，随学兄李斯入秦，呈有《忠孝论》在此，甘愿为秦国效力。"

吕相听着顺耳之言，和颜悦色回话："远道来的两位年轻人，免礼，平身，赐座。"

吕不韦正在辅佐秦王嬴政，为秦国广揽人才，无论文武，不计正邪，凡忠心耿耿者皆予以重用。此时，他一边仔细打量李斯和唐秉，一边听其叙说，知道了李斯年纪不小，做过府库小吏，翻看他那《帝王术》，其灵动隽美的字符使吕相眼前一亮，便一目十行浏览文中对列国大势之敏锐判断，知其抱负远大。尤其那精瘦干练的身形，毕恭毕敬的言辞，无腐儒之气的睿智让吕不韦格外看重。两人一对眼神，吕不韦深感李斯可堪重用。

吕不韦继而翻阅《忠孝论》，听唐秉言语简洁，见其举止稳重，老成持重，便知其涉世未深，潜质难得，于是高兴言："两位年轻人入秦，好啊！你们深得荀子真传，均为治世之才，如不嫌委屈，就先留府上，研习秦国历史、朝廷礼仪和秦人的风物习俗吧。”

“诚谢吕相知遇之恩，在下愿为吕相和秦国效犬马之力!”李斯信誓旦旦说道。

“谢过吕相，唐秉愿衷心侍秦。”

吕相已备膳食，招呼一声，下人们就端来了牛肉干拌面、羊骨汤和锅盔馍等秦味膳食。两人禁不住那香味扑鼻，便端起碗来大快朵颐。膳后，吕不韦相继续与李斯、唐秉长谈侍君术和强国之道。

夜深，吕不韦才带两人行曲径，踏树影，至暗处，推开一扇门进入了文信书院。

·2·

唐秉和李斯入文信书院阅秦史，习秦礼，颇为认真。数月后，吕不韦相国安排门生们参加庄襄王三年祭奠。此日，李斯、唐秉、尉缭、王绾诸多门客夜半动身，越渭河，走官道，赶天亮前到了韩森寨的阳陵。

庄襄王墓冢封土高耸，一抹铅灰色的浓云压在上面，浑然沉重。墓冢四周布满了身着白衫、手持白幡的士兵，里三层外三层，兵阵整齐划一，刀枪高擎如林。少顷，天际那抹浓云慢慢变淡，一会儿就像炭火熔铁似的紫中泛红，红中带黄，黄中亮白，迅速淡化，扯长，四散开去，放射出了满天朝霞。

漫长的官道上，鼓声低鸣，唢呐声咽，伴随着“咴儿咴儿”的马叫由远渐近。庞大的王宫贵族辇车、朝官马骑、仪仗队伍缓缓而来。素饰银裹的四辕辇车后，紧随着各色辇车、轺车、骑卫和步行人众，逶迤蛇行，辚辚行至庄襄王墓前，驭手“吁——”声此起彼伏，车队人马骤然驻足，黄尘滚滚泛起，晨雾亦成黄色。

吕相走近素饰银裹的四辕辇车，欲揭阁帘的那一瞬间，垂帘却从里往外掀开，一位英武少年跳下辇车，“嗵”的一声震响，黄尘泛起，幻化成了青龙、白虎、朱雀、玄武之形，众皆噤若寒蝉。

李斯、唐秉明白，这少年就是秦王嬴政了。只见少年嬴政步履矫健，白色孝服飘然带风，如一道流星闪过眼前，在弥漫的黄尘中格外鲜亮、醒目。

少年嬴政走到母后赵姬的车前，恭拜言道：“政儿给母后请安。”

辇车内传出话语：“祭奠先王诸多礼仪，政儿按照相父安排便是，母后在车内静观，即可。”

“孩儿遵命!”少年嬴政起身，站立在赵姬车辇的前面。

吕不韦相国端正衣冠，面向朝官、将士和孝男孝女，高唱：“文官武将，孝男孝女，依序分列，各就其位——”

李斯、唐秉、尉缭、蒙毅、甘罗、王绾诸多门客随着文官队列往前移动，与蒙武、王翦、章邯、王贲、蒙恬所在的武官队列相对而行，“沙沙沙”的脚步声连成一片。此时，一个圆乎乎的年轻人像皮球似的从赵姬车后弹跳而出。那人掖着秦王的印玺、文书、秦历和仪礼录笺，赘物相加，其矮肥身形自然就浑圆似球了。此人乃侍候赵姬的小高子，随着年岁渐长，便称赵高。此时，他到了吕不韦身边，双手呈上笺卷。

吕不韦接卷，展开，诵唱：“庄襄王三年大奠，礼祭开始——”

鼓手扬槌一点，唢呐声嘶如泣，琴瑟呜咽欲绝。嬴政面向高耸的墓冢，屈膝跪倒，身后的孝男孝女、文官武将全都匍匐在地。

“祭牲献瑞——”

献祭人颔首低眉，抬举宰杀之牛头、马首、豕脸、全鸡、全鸭、全鹅诸多献物，托扶黍、稷、麦、菽、稻五谷，捧执吉祥瑞兽模样的面点和五色果馔，轻扭腰身，舞蹈前来，将祭物陈列在墓碑前的案儿上。墓碑高约丈许，被深红色的布帛遮得严实。随着一拨拨献祭人的供奉，墓碑前面的祭物越来越多，花花哨哨，成了宝塔的模样。

"尊请秦王，诵唱祭文——"

嬴政站起身，抹把泪，接过笺卷诵唱：

南山巍巍兮渭水汤汤，天地神明兮列祖长长。

嬴政涕泪兮三载尽孝，恭颂父王兮人生煌煌。

父王子楚幼年多舛，质于赵，历艰辛，受磨难。九死一生，终归秦，尽忠孝，继王位，号庄襄王矣。父王继往开来，承启社稷，夜以继日，废寝忘食。劳心成疾，呜呼早殁，子孙泣血，万民悲恸。父王承宗业，继祖训，德昭天，光耀地，孝悌忠信，立身有道，慎终追远，民德归厚，乃子孙之楷模矣！不孝儿嬴政以父为镜，告慰列祖列宗。

长夜明灯兮苦海续航，斯世清浊兮合当激扬，舍身忘吾兮慎始敬终，平定天下兮社稷朝阳，永固千秋。

…………

嬴政诵唱毕，吕不韦接言："再请秦王，揭示功德碑，孝男焚香，烧祭——"

嬴政凝重地走到父王墓碑前，慢慢揭去覆盖其上的红色锦帛，碑石上那镌刻精细之"庄襄王之墓"大字赫然呈现。吕不韦拿火种，引燃了龙涎香交给秦王，嬴政接过香火，横在头顶，三叩六拜九作揖，恭敬插入碑前的青铜香炉里。一时烟雾缭绕，孝盆里不断焚燃的香草灰，堆积得像个小火山。

嬴政接过吕不韦递在面前的三樽祭酒，一一摔进火堆，噼噼啪啪，爆响三声，烈焰炸开，惊得吕不韦退避不及。嬴政猛起身，脱下孝帽和孝衫拧成一团，用力抛向空中。祭火呼呼烈烈，不断蹿高，点燃了飘飞的孝衫，一条火龙顿时腾空，迎着朝阳，起起伏伏，金光闪烁，熠熠生辉。

吕不韦一声"礼毕回朝——"，文官纷纷登车，武将个个跨马。

嬴政接过蒙恬送到手中的马缰，按辔走到赵姬车前，言说："请母后先回王宫，政儿要去白鹿原上狩猎了！"

“噢，今天起得很早，我儿身体疲惫，还是先回王宫歇息吧。”

“母后保重便是，政儿年轻，不累！”

“秦王呀，国不可一日无主，还是恭听母后之言，切不可任性！”吕不韦劝说。

“政儿呀，相父言之有理，还是同回王宫吧！”赵姬附和说。

…………

秦王嬴政跳上马背，拧身睨视吕不韦，言说：“相、相国，相父言之差矣，怎说国中无主？我不过散心半日，便回宫中。即便国中无主，朝中大小事儿不是有相父和母后在操心嘛。”

吕不韦一时语塞，坐在车辇里的赵姬也是无言以对。嬴政坐稳马鞍，半勒马缰，朝着赵姬的车辇，言说：“为儿不恭，暂且告退，母后且回。”说着，挥手扬鞭，一骑绝尘，驭马而去。蒙毅和蒙恬兄弟俩，驱马紧随其后。

蒙毅、蒙恬祖籍蒙阴（今山东省蒙阴县），祖父蒙骜弃齐投秦，效忠于昭王，领军攻打韩、赵有功被封作上卿，父亲蒙武任内史，是骁勇善战之名将。蒙毅与蒙恬兄弟俩，一个熟读四书五经，知书达礼；一个继承家风，通晓兵策，武略过人。嬴政从赵国归来结交的好友中，唯与蒙毅、蒙恬俩最是相合，明面上是君臣，私下里则是无话不说的好哥们儿。他们早曾约定，在庄襄王三年祭日大礼过后，顺路去白鹿原上狩猎。

嬴政在蒙毅和蒙恬陪侍下，策马离去，庄襄王墓前的人群忽而哗然，接着骚动不止。吕不韦命王无影、张不器带领王宫卫队紧随其后，布防护卫。

赵高失落地想，自己是根基深厚的老秦人，先王当年质于赵国，自己入赵侍候赵姬母子。当嬴子楚和吕不韦逃回秦国之后，自己便更名改姓藏在了赵氏家族之中，安国君继位，才陪侍着赵姬母子还秦。赵正复归嬴姓，自己从长远计，亦为讨好赵姬就依然姓赵，以此充作了嬴政的“国舅”……今日这家国大事嘛，应由自己名正言顺地服侍秦王……却不想，今日的秦王却被蒙氏兄弟俩拦了驾，不由得心生怨恨，暗骂一句脏话，往地上吐了两口唾沫，用脚狠狠地踩上去，抱紧怀中的玺印，屁颠在了赵姬的车辇后面。

李斯初见秦王那一刻就激动得心颤，眼睛放光，目不转睛地注视秦王那一举一动，恨不能马上站在秦王身边抖抖人样儿。

秦王嬴政驱马离去，李斯顿感失落，呆呆地眺望着他那远去的背影，脚下沉重难移。唐秉在其后推了一把，李斯才迈开了迟滞的脚步。

·3·

吴实匆匆赶路，忽然有物从崖头跌落，细看原竟是一只野兔，便高兴地想，如拎上这野味回到学馆，岂不是送给先生的一份见面礼吗？想到这儿，他放下行囊，轻步屈身，悄悄上前，欲逮那只野兔。即将得手的瞬间，一团黑影从天而落，两只弯钩利爪伸在面前。吴实猛惊，知是雄鹰来袭，便伸脚钩起石子踢向那团黑影，只听一声唳啼，中招的雄鹰翻转了身形，掠地凌空，忽闪着翅膀高飞远去。

吴实再看那只野兔，竟一动不动，眼前这惊心动魄的一幕，似乎与其无关。野兔何以如此淡定？吴实猫身拨开草丛，看到野兔身下有血，血中有小小的肉球在缓缓蠕动。忽然明白，此乃生崽儿之母兔，它如此不挪窝地守在这儿，实属无奈。看母兔那颤抖的模样、可怜巴巴的眼神，陡生怜悯之心，伸手薅儿把野草盖在野兔身上，背起行囊继续赶路。走进一片茂密老林，隐约听到前面有什么动静，便隐身于岩石一侧，透过疏枝看去，草地上空无人影，却布置有木石阵列。木是胳膊粗的桩木，石是蒲团大的片石，酷似两军将士相对。他好生奇怪，便登上岩石眺望。哪里想到，往岩石上这么一站，草地上的木石阵列却活动起来，交互穿插，碰碰撞撞，打杀不止。吴实知道，如此阵势非高人莫能使也。正思忖间，空中飘来人影，落在了岩石的高处，吴实急忙握紧手中的棍杖，猛喝一声：“何人？”

“周术在此！”人随声到，周术跃身到了吴实的身边。这表兄弟俩久未见面，忽而搂在一起。吴实个儿高，臂膀长，搂紧周术再用拳头在后背捶打，周术缩身用手指往吴实的腰肌处轻点一下，吴实顿感麻酥，“噢哟”一声说：“胆大哥，好狠的手劲呀，原是你在此摆布阴阳兵家奇阵!”

“嗨呀，是你踩了木石机关嘛，哪有什么阴阳兵家奇阵?”

吴实见周术双手捯弄绳索，自己脚下却是站立不稳，低头细看，脚下踩着许多藤条，枝枝蔓蔓、疙疙瘩瘩地缠结在了一起，酷似蛛网。周术这么一捯弄，远处的木石阵列全都溃散。

吴实笑言：“本以为胆大哥能呼风唤雨，使得阴阳兵家之阵，想不到，也只是傀儡游戏而已……咦，你怎多了如此之物?”说话着，从周术腰间拔出一把短剑，端详起来。此剑以羊身为柄，穿过心形护手，剑锋长约一尺，未曾开刃，像似玩物。

周术神秘一笑，得意言道：“禅叔，王诩师叔所授之物……”

“啊，胆大哥鬼呀！去鬼谷，私拜王诩师叔，求得如此辟邪神剑……难怪你不与我同行。”

周术会心一笑并不言语。这兄弟俩修学行旅，南北道途，时过月余，突然见面自是欢喜，便一边清理木石兵阵，一边计算时日，知道荀子先生规定的外出游学时限已至，须即时赶回。于是，他俩结伴赶路，疾行个把时辰，远远看到了文峰山，山下那青松翠柏簇拥的学馆已是不远。两人商量说，进学馆要拜见先生，拜见先生需讲礼仪，如此浑身汗臭，何以面师？于是，去汶河，欲入水净身。

汶河水流清澈明净，河岸柳荫下的洗衣妇抡欢了手中的棒槌，敲打出轻快的节奏，欢言声声，笑语阵阵。周术和吴实见妇孺成群，自知不便，就又往上游的僻静处去另寻地方。沿河岸走过一个急湾，水面聚拢似湖，绿莹莹的微波荡漾。

周术知这是一处深水静流，便脱衣入水，一个猛子扎下去，不见了影儿。

吴实也是脱衣，顺手将衣物扔往对岸的石头浪里，那袍衣刚落下却又突兀而起。周术冒出水面，冲那突兀的衣袍扑上去再拉入水中，变戏法似的冒出了崔广。吴实高兴地喊叫一声，踩水如飞，“哗哗啦啦”一道白浪，凫游到了周术和崔广面前。

学缘兰陵　　王家民·画

崔广摇头抖落水珠，笑言："哦，原是两位学长，怎么将游学变成了游水，去见龙王啦?"

"彼此，彼此，学弟呀，你不也在水中?"

"崔广呀，你缘何在此?"

"河边清净，偷闲而已。"

吴实瞅着岸边的衣服，游过去仔细看了问："咦，我爹的袍衣怎么在这儿?"

"吴实学长，你眼儿亮啊！此乃行窃之物……"

"什么？帮先生做好事，还学会了行窃，崔广你真行呀!"吴实心生感动，挥手拍打着崔广。

"吴兀先生忙于教书，还要帮学馆之长处理地方公务……"

吴实不等崔广再说什么，便动手洗衣，说道："崔广呀，你去树荫下读书吧。面前这些衣服，就归我这不孝儿子来洗……"

"嘿，还有我这亲侄儿周术呢!"周术说着，便伸手将崔广推开。

崔广知他俩年岁比自己大，四处游学的阅历广，涉事也多，这会儿想说服他们改变主意，难呀。突又想到，多年前李斯和韩非子在学业问辩中那场争执，离开学馆就分道扬镳的寒心一幕，于是回话："今日争洗衣服事小，以后啊，可别像学长李斯和韩非子那样，离开学馆便分手，各奔东西，谁也不认谁了呢。"

"哪儿会呢？咱们同窗数载，崔广学弟聪明好学，年龄虽小，却知礼懂事，我俩谁不把你当小弟看待?"吴实说。

"是呀，崔广有此担心，那便同结金兰之好!"周术笑说之间，伸出双臂，将吴实和崔广推落水中。

崔广钻出水面，摇头抖落水珠，说道："好嘛，一言为定!"

"此言即出，驷马难追!"

"要不，就此发誓!"

崔广突然严肃说道："结拜金兰，并非儿戏。裸在水中，只可沐浴洗尘，嬉戏玩耍，要说发誓铭心嘛，须合礼仪，草率不得!"

周术言说："崔广所言在理。咱仨我年长。义结金兰这事，就这么定了！"此言一出，三人顿时严肃，一起出水穿戴起来，认真洗衣，晾晒，抻平，叠放……一边干活，一边商定了义结金兰之事。

三人回到学馆换上干净衣服，相互正冠，一起去拜见先生。巧的是，吴兀、董先生正与荀子先生议事。

荀子看着恭敬施礼的门生，说道："周术、吴实游学初归，你们既需行面师礼，亦更需恭敬亲人矣！"

荀子话一落点，周术叫"姑父"，吴实喊"爹"，同时依偎在了吴兀的左右，崔广亦是走近董师叔，亲切说话。

吴兀左看一眼周术，右看一眼吴实，说道："你俩已是弱冠之岁，心还是长不大嘛。看看人家崔广，一直忙碌在学馆，不离先生，这样既学会了修复古籍、文献分类和归档之术，又辛勤地为师洗衣、做饭、料理学馆事务。你俩却四处游玩，都是不改小时候的老毛病嘛，不是舞枪弄棍，就是装神弄鬼，能有甚收获？"

"阿爹呀，学馆刻石上有先生言，千里跬步不至，不足谓善矣……"吴实对阿爹说话。周术见姑父一脸不悦，就把想说的话咽进了喉咙。

"学无用之学，为不为之为。此不寻常法之理，不见之于行则不可矣……"董先生为吴实和周术俩孩子解围说。

"孩子们知不全不粹不足以为美也，知践行之理，难能可贵。俩孩子外出游学，是老夫应允之事，切莫求全责备。学业问辩时日已近，周术、吴实、崔广呀，你们稍事休息，就抓紧去准备正事儿吧。"荀子所言，道明了他的办学理念和教人之法。周、吴、崔三位门生知其奥妙，别过先生而去。

翌日，周术、吴实和崔广早起，踏雾爬上了文峰山，至巅峰处，面朝太阳升起的方向置放了天地君亲牌位，接着焚香燃纸，敬献五色果馔和兰陵美酒，一起跪地诵唱："皇天在上，后土在下，周术、吴实、崔广三人诚结金兰之好。我仨有幸同学五载，承蒙荀子先生恩泽，学业即将圆满。为不负圣学，共济社会，三人以年岁排序，自愿结为异姓兄弟。从此，同心同德，患难与共。有福同享，有难同当。肝胆相照，不离不弃。虽不同生，但求共死！今歃血立誓，求天地明鉴。”

三人交换了生辰八字拜帖。周术取出酒囊斟满三个陶碗，吴实取刀轻划手腕，滴血于其中，周、崔接过利刃，也是歃血入酒。酒中血丝缕缕，蚯蚓似的游弋晃动，瞬间合而为一，琥珀色愈加浓重。三人端起血酒，合着“虽不同生，但求共死”的铿锵誓词，仰脖子把血酒一饮而尽。接着，“砰砰砰”一阵脆响，手中的陶碗摔碎在地。周术一声“起”，三人迎着朝阳，站起身来，携手前行。

此后不久，周术、吴实和崔广参加学业问辩，皆顺利通过。他们知道，学长李斯和唐秉在秦国的地位已不可小觑，便有同去秦国的想法。就此，分头说给了吴兀和董先生后，又一起去给荀子先生言说赴秦的心愿。

荀子知道，此三位门生皆有修身齐家治国之志，报效社会自是无碍。他们来到面前这么一说，荀子却沉默不语。此前，他有把崔广留在学馆之意。崔广做书童数载，勤奋好学，尊师奉命，潜心于学馆文献之整理与归档，这些事，对学馆发展至关重要。因此，荀子本想留下崔广，但看到孩子期盼的目光，便把嘴边的话又咽了下去。

荀子明白人各有志，暗想：功名在学馆里是求取不来的，年轻人嘛，不可羁绊于此而延误前程，于是说道：“目下列国纷争，秦占鳌头。之前的门生李斯、唐秉入秦数载，已成气候。你们前去投靠，求取功名，先生岂能不允。哎，只是为师已垂垂老矣，学馆这许多藏书和圣人典籍，实乃文脉之源，不可不传之于世，还有老夫校勘古籍之手稿、数届学业文论皆由崔广整理归档。我不以此而强留崔广，只是希望你们三位耽误一些时日，协力缮抄其中精华，装订成册后带去秦国……”

噢？恩师竟有如此之想。由不得周术、吴实和崔广为之一震，心生感动。

“你们三人入秦后，可于秦建立咸阳书院，以继稷下之学，光大兰陵学馆精神！”荀子这一席话，是对三位门生的信任，亦是对薪火相传的期盼。

三人遵师命，夜以继日地认真整理荀子先生的谈话语录和历年门生学业问辩

接踵入秦

王家民·画

的文本，缮抄诸子百家之文献典籍，又按照先生交代，把该留下的、能带走的，仔细分开来登记造册。诸事齐备后，已在兰陵经商的崔广阿爹出资雇了五辆马车，装满了缮抄复制的无数书简。

荀子携众位先生来在古道长亭边送别门生。董先生拉了崔广的手，言说："笃志行远，莫忘乡亲。"

吴兀把周术和吴实拢在怀里，叮咛："心怀家国，传承文脉……"

荀子语重心长地说道："三位门生此去，人多保重，书须善藏，日后必有大用矣。切记，为名者否，为利者否，为忿者否，则国安于磐石，寿于旗翼焉。"

周术、吴实和崔广拉着先生们的手，洒泪难别。马夫看得着急，反复催促，先生们这才扶助三个门生登上马车，挥手告别。

周、吴、崔三人精心照料着五车书简，肩负先生们的嘱托，辚辚西行。

·4·

周术、吴实和崔广入秦到咸阳，拜见学长唐秉。唐秉言说：秦王嬴政雄心勃勃，励志图强，广揽人才，任用贤能，你仨来得正是时候。若为秦王所用，还须经吕不韦相国举荐才是，于是，领着三位去见吕不韦。

吕不韦见多识广，知人善用，当即细察这三位年轻人：个头适中的周术，有着仙风道骨的灵异之相；个子高的吴实敦实如一尊铁塔，英武豪气似如行伍之士；白面书生崔广文质彬彬，极是雅致。便高兴言道："三位年轻人呀，来得好。自唐秉、李斯入秦以来，秦之国势日渐趋强，你们今又携手入秦，实乃秦国之幸事矣。"

吕不韦常想，从庄襄王子楚到秦王嬴政，国运蒸蒸日上，自己竭力而为之，亦是问心无愧。但他明白，能留名于世者，不是出谋划策之文官，也不是打遍天下之武将，而只能是自成一家之著书立说者。

他特别喜欢孔子那卷《春秋》，便日思夜想，欲编写一部属于自己的“春秋”，通过著述为国张目，亦为自己树碑立传。但日理万机，朝政纷杂，缺少平心静气的时间，更难有妙笔生花之才。嘿，天下事再难，是难不住吕不韦的。他已给门下养士布置任务，让他们选题撰稿，认真著文，精选佳作，然后，自己再做统揽修订，合集成书。目下，数百篇文论已经收集在案，正为审阅、校正和定稿之事劳费心神呢。

吕不韦突然见了如此三人，心中霍然一亮，便有了主意，于是说道：“三位年轻人，秦国是你们施展才华之地，你们先入长信书院，好好歇息。稍待时日，我面奏秦王，将对你们量才重用。”

众人诚谢吕相，吕不韦接言：“年轻人刚来陌生之地，难免有诸多难处，还有什么想法，尽管说来。”

崔广回话：“吕相在上，先生荀子让我三人携五车书简入秦。临别时，他老人家反复叮咛，入秦后，可建立咸阳书院，以继稷下之学，光大兰陵学馆精神！”

吕相暗中叫好，想，虽然自己在相府建有长信书院，那只是门客食宿兼学之处，要说藏书嘛，却羞于启齿。荀子让年轻人带来的这五车书简，可是求之不得呀。就站起身来，击掌叫好：“好呀，荀卿让你们携书入秦，还有建立书院一说。好好好，好事嘛！将你们所带之书，暂入长信书院，本相定把筹建书院之事放在心中。”

时隔不久，吕不韦面见秦王嬴政，奏明了周术、吴实和崔广三人受命于荀子，携书入秦之事，强调说：“荀子名满列国，其门生又结缘于秦。前有李斯和唐秉，兢兢业业侍秦多年，功不可没。现又有三位年轻门生入秦，秦王当可重用呐！”

“噢，那李斯和唐秉服侍本王多年，怎么重用尚可议定。这仨新来，却又如何重用？”

“秦王，如此博学之士入秦就是客卿，可封为博士。”

“什么？什么博士？”

“博士，博学之士，虚名而已！”

“嗯嗯，什么、什么博士的事，你、你便酌处吧。”

秦王嬴政知道，吕不韦相国这么一说，显然是谋算在先。无论什么朝政大事，也无论自己同意与否，他都是想到做到。自己称他为仲父、相父……实因母后赵姬在坚持。唉，小时候无论咋称呼，过去就过去了，眼下自己年岁不小，继位为王亦为时不短，再把朝臣称相父什么的，真是有失体统！暗叹，自己这个秦王做得窝囊啊！想小时候，吕不韦去邯郸那个腻糊劲儿令人厌烦，那硬茬胡子扎得自己面颊难受，在日夜兼程归秦之途，母后对吕不韦言听计从，渐渐冷落了自己。回到秦国，母亲头戴凤冠，衣饰华丽，被宫人前呼后拥着与自己渐行渐远……自己也稀里糊涂地成了什么储君，再也找不回曾经的母子情分。父王忙于朝政，无暇顾及自己，显得是那样的陌生而遥远。吕不韦却频繁出现在自己的面前，他虽热情过度，自己却只有厌烦。这不，嬴政称吕不韦相国、相父，还是仲父，自然是十分纠结。

不几日，吕不韦相国提出包括唐秉在内的七十位门客名单，呈给秦王。嬴政细看奏折，上面写着：“拟聘博士，一曰通古今，二曰辩然否，三曰典教职……待后，再以其业绩量才用人。”

秦王嬴政明白，吕不韦所言博士皆不涉及军事、朝政、外交等国事，于是准奏。

择日，诏见七十位客卿，秦王嬴政亲自宣言：“诸位客卿，今封你们为博士，不分年龄大小，不论学缘和身份高低，一律平等。每人每年俸禄六十担，望你们尽力展现才华，衷心侍秦，为秦国强盛出谋划策。后，定当将论功行赏……”

这些博士委以实职官衔，皆为后事。吕不韦当即就把校编书简的大事交给了唐秉、周术、吴实和崔广。唐秉在陪秦王嬴政读书之余，尽心尽力，为编撰书简从不懈怠。此事对周、吴、崔三人来说，则是入秦之首务，自是废寝忘食。他们阅过在案之数百篇文论，深感奇文异说杂陈，极显良莠不齐。于是，商定了去伪存真、择优入编之原则，划分卷、篇、纲、目层级后再分头总纂。在修改题目，斧正文辞，夜以继日忙碌的同时，还补撰增编了篇目。

唐秉撰《孝行览》，其文曰：

凡为天下，治国家，必务本而后末。所谓本者，非耕耘种植之谓，务其人也。务其人，非贫而富之，寡而众之，务其本也。务本莫贵于孝。人主孝，则名章荣，下服听，天下誉；人臣孝，则事君忠，处官廉，临难死；士民孝，则耕芸疾，守战固，不罢北。夫孝，三皇五帝之本务，而万事之纪也。

…………

周、吴、崔三人传阅后，周术说道：“学长唐秉，不离其孝，延续学业文论的辩题，深究家国忠孝之事，续写天下之大文章，实乃我们三人的楷模也。”

吴实言：“学兄先行撰文，已为楷模，咱仨亦需凑凑热闹了……”

崔广言：“也是，上善若水，处下不争。绵长千里，终归入海。咱仨故乡多水，两位兄长亦曾水中擒凶，便以‘水’为题，扩至江河湖海，各撰百字文一篇，与唐秉学长呼而应之……”

一日后，三人聚，互阅其文，周术《循表夜涉》写的是：

荆人欲袭宋，使人先表澭水。澭水暴益，荆人弗知，循表而夜涉，溺死者千有余人，军惊而坏都舍。向其先表之时可导也，今水已变而益多矣，荆人尚犹循表而导之，此其所以败也。

吴实《刻舟求剑》写的是：

楚人有涉江者，其剑自舟中坠于水，遽契其舟，曰：“是吾剑之所从坠。”舟止，从其所契者入水求之。舟已行矣，而剑不行，求剑若此，不亦惑乎！

崔广《引婴投江》字数最少，寥寥五十余字写的是：

有过于江上者，见人方引婴儿而欲投之江中，婴儿啼。人问其故，曰："此其父善游。"其父虽善游，其子岂遽善游哉？以此任物，亦必悖矣。

三人各持其文请唐秉阅。唐秉细读一遍，拍手叫绝："学弟们之短文，妙呀！言简意赅，耐人寻味，可编入书中，让吕相过目！"

"我仨只是戏谑自乐而已，若有可用之处，还请学长斧正！"

"此字字珠玑之文，若增一字嫌多，减一字则少，岂可再改而弄巧成拙也？"唐秉笑着予以定夺，将此三篇短文合为察今篇，入编在了吕相待览的书稿中。

唐秉四人精心裁选的文章，包括了古往今来诸多趣事，又提出了"孝"治天下、倡学昌德、礼乐教化、王道仁政、以民为本等等主张。

吕不韦拿到四人整理、编撰的书稿，仔细阅读，拍案叫绝。他为此一百六十篇、二十余万字的精彩文论所折服，服其文辞严谨，惊其无一谬误之处，大加赞赏，兴而提笔，写了《吕氏春秋》之名。余兴未尽，又让四人把此书全文缮抄于缯帛，公示于城门冀阙，告示曰：此《吕氏春秋》书稿，广为阅知，延诸侯、游士、宾客有能增损一字者予以千金。

公示许久，竟无人能够找出一字之错。由此，"一字千金"传遍天下，相国吕不韦得意赞：唐秉、周术、吴实、崔广四人合，实乃秦之活字典矣。

第四章　贪欲横流乱世象　乔装打扮查恶奸

·1·

秦人老营位于咸阳西北（今陕西省乾县西）的梁山。这里极目百里，雄视关中，东望九嵕山，西映五峰，南拱太白，北倚黄土高原。道不险阻，草木葱茏，溪流淙淙，可屯兵，宜养马。当年血战求存之老秦人，将此作为进取关中的前沿领地。建都栎阳后，这里便成了清静之处。昭王嬴稷以范雎之策和白起之勇，灭东周洛邑，迁九鼎于秦，结束周朝八百年统治后，在梁山老营建造了一处宫院，曰夏宫。此宫离咸阳百十里，若有急事，飞骑传书也是方便。庄襄王继位，相国吕不韦接赵姬归秦之初，来此游玩。

赵姬说梁山疏朗清静，花香怡人，夜里能睡好觉呢，吕相便做主让赵姬常居梁山夏宫。

庄襄王驾殁，赵姬在秦王宫苦守三年，做过卸孝礼后，便孤单郁闷，隐曲难伸，厌烦咸阳之喧嚣和烦琐礼仪，竟厌食少思，卧起不宁，神疲乏力，失眠多梦，以至于少气懒言，神志恍惚。

儿子嬴政知晓，带太医前来觐见，太医诊脉后言说："脉弦而细，忧愁思虑，肝郁气结，乃由阴阳不调所致。"

"怎治?"嬴政急问。

"宣畅气机，疏达肝气，补益心脾，安神定志，宜以静养为上。"太医开过药方，做了叮嘱后离去。

赵姬拉着嬴政的手，言说："儿呀，母后想去梁山夏宫居住，我苦守咸阳已逾三年，在此憋闷得很呢。"

母后之言，嬴政不能不允，但又想到朝政大事还须由母后与吕相说了算的，便言："母后欲外出散心，游玩短住，悉听尊便。只是朝政大事，没有母后定夺不行呀。"

"儿呀，为母怀念在赵国那小户人家生活。国都这儿实喧哗吵闹，也难以忍受宫中的饔餮大餐、繁缛礼节，我还是去梁山长住吧。至于那印玺嘛，我也就带在身边，国事需要钤印，可让小高子，喔，他年岁已长，此人可信，便让赵高来去走动。"

嬴政知梁山曾是先祖理政之地，便同意母后去那儿长住。

赵姬复居梁山宫的一个傍晚，吕不韦来了，赵姬迎其进门，情不自禁言："你终于来了。我想，你忘了啥都可以，却总不能忘此理政之地么!"

吕不韦明白，赵姬所言理政，是指数年前两人在此偷情那销魂时刻，便长出一口气说："哎，此一时，彼一时呀。"

赵姬让御厨炖羊肉，烧驴鞭，熬牛髓汤，再拿来陈年赵酒，斟满端在吕不韦面前。想让他像过去那样大快朵颐，仰头灌酒，吃饱喝足后就像野兽一样疯狂起来。可哪儿想到，他却是细嚼慢咽，闷头喝酒，时不时放下筷子，叹息声声，偶尔端酒樽轻抿一下，又放在了案头。天刚黑，赵姬支使宫奴和侍女先后离去，自已动手燃灯照亮房间，走近吕不韦身边，忽见他鬓生白发，竟显老态。此乃自己心仪的那个精明美男子吗？也就十多年嘛，怎么变化如此之大？哎呀，他为秦国付出太多太多。再细看那疲惫的可怜模样，心中隐痛，伸手轻抚那棱角分明的白皙脸庞，触摸到那滑腻的鬓角，端详那酒意蒙眬之双眼……昔日俊朗的年轻模样似乎重现。她就将吕不韦的头颅搂在胸前，紧紧摁在她那鼓圆的双乳之间，以丝巾替他轻拭脸面，轻吻他那厚厚的嘴唇，柔声细语说："哎呀呀，都还是个年轻娃嘛，怎么忽然就显老了呢？"

吕不韦颤抖一下，猛地抱紧了赵姬那丰臀细腰，牛抵仗似的用着狠劲儿，抵住她那柔软的腹部，鼻翼忽闪，呼出了热烘烘的粗气。少顷，两人相互搂着滚到了床上，吕不韦的力道依然凶狂，赵姬几乎窒息。干柴烈火，旧情重燃，云雨一番，竟也高潮迭起，波涛不断。吕不韦满身大汗，气喘平缓后疲惫地睡去。

赵姬却毫无睡意，睁大双眼，仰望幔穹，想着十多年的曲折艰难，想着政儿长大成人，想着那庄襄王的可怜……

窸窸窣窣一阵动静，吕不韦悄悄地提起裤子，回身轻言："姬后啊，好生歇息，我先告辞。"

赵姬一愣，拽了他那裤带，紧攥在手，拧身侧卧，背对吕不韦，言说："走吧，快走吧，此后别再来这梁山了！"

"此后，此后嘛，还真不敢多见姬后了呢。"

"什么？以后不见？"赵姬猛翻身，赤条条的似鲤鱼打挺，圆睁双目，嗔怒放言。

"姬后呀，咱俩还敢再这样私下相会吗？你不见政儿临朝那王者之威，谁不胆寒？尤其呀，政儿对我这个相国格外不留情面。"

吕不韦从赵国接回嬴政母子这多年，为嬴政的衣食起居、习史学文操碎了心。为秦国的社稷江山，夜夜燃灯运筹帷幄，日日废寝忘食操持朝政，何等卖力啊。但，总是难得嬴政一句好话。吕不韦心知肚明，随着嬴政年龄的增长，他与自己渐行渐远，虽时时见面，却难以亲近。但凡开口，声声不离黄老之学，对韩非子推崇备至，竟对其余诸子百家不屑一顾，什么《孤愤》《五蠹》《说难》《说林》《内储》诸多篇目，就连自己也知之不全。嬴政常言治国须务法制，于“养非所用，用非所养”的弊端必须纠正。这些说辞，大概是受了李斯、唐秉和蒙氏兄弟的影响吧，这与自己推行的新政并不相悖。一则推崇法家本是秦国正道，二则坚持秦法也是历代秦王的为政准则嘛。

吕不韦常想，秦王嬴政于自己这位国相，既可直言推行新政之利弊，也可提出法治之规制。然而，嬴政却不如此，他有时高谈阔论，有时默默不言，对自己的行为不置可否。嘿，嬴政年岁不大，怎么变得如此深沉了呢？欲打破僵局，曾数次张口准备深谈。凡此，嬴政皆顾此言彼，话不投机呀。

前不久，在庄襄王三年大祭时，嬴政说的那几句话如芒在背，他那驭骑远去的身影竟使自己惶恐不安。再想嬴政猛然蹿高的个头，目炬烁烁，无言自威，吕不韦早已心怯。最担心的还是，自己与赵姬的私情败露……赵姬见吕不韦蹙紧眉头，半天不吭一声，便缓了语气说话：“哎呀呀，愁啥呢嘛？”

“唉，想不明白，这嬴政到底是谁的儿呀？”

“嘿，又在胡思乱想，问了多少次的这废话，怎么还问？谁是政儿的爹？我也糊涂。就算是你的种，但他只能是嬴子楚的儿！”

“唉，我这个仲父何其苦也。为秦之社稷江山，这相国实在难做呀。嬴政忽然长大，变得无法琢磨，侍候这个少年秦王嘛，难，真难！”

“儿子自幼便强横，在赵国那几年，外公教他读书，他总是折辩不断。但他不管我咋说，皆闷头沉思，不一会儿，也就会有自己的主见。政儿嘛，就此脾气，你可得随着他点，别像外人似的与他斤斤计较。”

“我怎能不随着他？啥时候不把他当亲儿侍候？但在目下，他对我已是冷漠有加，但凡见面，不是沉默寡言，就是指东言西，高谈阔论。唉，无所适从了啊！”吕不韦把头摇成了拨浪鼓儿。

“要不，让他来梁山，我给他说说。他不听当妈的话不行，不听你的话更不行呀。你为相国，你是他的仲父。他小小年纪，懂什么治国之道呀？这朝政离开了你能行吗？我亦寻思，待政儿亲政后，我便嫁给你，有何不可？”

“嗨呀呀，好任性的姬后呀，你的情意我知，可你如此之说，会把咱的私情昭彰于世，此事儿可是国法、礼制所不容啊。若被世人所知，情何以堪，我这老脸搁哪儿呀？”

“我可不管啥国法、礼制的，当年宣太后私通朝臣几多，谁说甚来着！这后宫深院寂寞难耐，我就是要你来陪我嘛。”

“情是情，理是理，这可是两码事呀。你想想，我已是知天命之人，不分白昼忙朝政，常来陪你也真没时间。再说，唉——”

“唉声叹气的，咋啦？”

“老了，好汉难有当年勇呀，再整夜陪你，也是精力不济了。”

“什么精力济呀不济的，没有让你拼命么。我只是想和你说说话，让你歇息，放松，放松嘛。”

“说话，聊天，不也累吗？哪儿能歇息得好呢？”

赵姬正是虎狼之年，说来说去的又来了欲火，引引逗逗地让吕不韦又上身一次。事毕，吕不韦冒着虚汗言说：“以后，床上这事嘛，我尽量抽空来做。陪聊天这事儿嘛，可让宫奴、宫女前来……”

“什么，什么？找宫人来陪？那就找吧，多找点，找能行的，若有人陪得对上我这胃口了，我还会要你吗？”赵姬耸眉立目，从牙缝蹦出了这么一句谶语。

·2·

吕不韦难舍风姿绰约的赵姬，但看着嬴政霸气外露，日甚一日，便想，这私情不能继续了，如果东窗事发，如何下台？下不了这台阶，自己几十年的心血岂不付诸东流？当断不断，反受其乱，于是暗下决心，这段私情必须就此了断。

巧在都城咸阳，三教九流云集，奇门异术无所不有，想啥就有啥。

听说市井杂耍中有异徒竟能以阴茎为轴，使桐木小轮旋转如飞，私下暗访，坊间传说果然是真，吕不韦便让门客将此徒带进相府的地下密室。密室里潮湿阴暗，灯火明灭不定，摇晃得那异徒身影恍惚如兽。那异徒壮实黝黑，衣冠不整，吊儿郎当地站在当面，丝毫不惧。

吕不韦稳坐在榻，默默地死盯那人那影儿，寻思这是一个什么样的怪物，进入相府，竟敢如此架势？于是凝聚心气，目如寒剑，直刺那人的心间。两人对视良久，此徒渐难支撑，终于开口问说："带我来此，却是为何？"

"狂徒，胆大！"

"小人没啥本事，就是胆儿大。"

"无良之辈，休得胡言。你露阴于市，败坏国都风气，可曾知罪？"

"小人刚至咸阳，为混口饭吃，拿人钱，跟人干，何曾有罪？"此徒想，进了相府，面前之人无非就是吕不韦嘛，为相者，总得讲理呀。嘿嘿，光脚的不怕穿鞋的，我怕你个㞞！

吕不韦高喊："来人！"

暗中冒出了几条莽汉，手持棍棒刀枪和绳索，声声应诺，为首的高喊："诺！但请相国大人吩咐，咋整？"

"捆了，吊起来！"

此徒见此阵势，便放低身段，说了软话："哦，原是相国在此呀。大人息怒，大人你问啥，我说啥……"

吕不韦喝退莽汉，呷一口清茗，慢条斯理地问："报上姓名？祖籍何处？"

"在下嫪毐，祖籍大概是濮阳。"

吕不韦"呸"一口吐出茶末，说道："什么古怪离奇的姓名，怎么祖籍也是濮阳？你信口雌黄，不怕掌嘴？快快从实招罪！"

"嗨，那不就是脱了裤子露个鸡巴，男人的东西给男人看么，这能算罪？"

"露阴于市，败坏风气，岂能无罪？你如此招摇撞骗，是壮阳药作怪？还是以障眼法蒙人？"

“相国在上，小人出生时屌垂就大，接生婆说是三条腿的怪胎，俺爹看也不看便弃小人于野。小人命不该绝，被鸨母抱回养大。尚懵懂时，便混在青楼的女人窝里，小人的屌垂便成了她们的把玩之具，这家伙越来越大，生就了顽实的拗脾气，皮实耐用，无须药，不依术，可坚挺半天，不歇气地放倒一群女子！”

“畜生，畜生，胡说八道！”

“小人所言，句句实话。嫪毐大名，亦是由此而来。”

“怎讲？”

“女人屡试之，每每快活后笑骂‘老油条’，回过头来，再次快活便言什么‘爱不释手’……小人不管她们咋说咋骂，只要有吃有喝，乐得快活就行。”

“呔，你的罪孽深重，判死刑不足为过，害人之淫荡生涯就此为止吧！”

“哎呀呀，相国大人，请留小人一命。”

“呵呵，你还想活命？”

“求求相国，小人的命也是命呀，只要不杀，剁手都行。”

“剁手，便宜你了。我要剁了你裆下那瞎货！”

“啊？使不得，使不得呀，裆下之物可是命系子啊。好爷哩，都是乡党嘛，饶了小人吧。”

“真想活命？”

“谁嫌自己命多？我想活命啊——相国大人，我的爷！”

“噢，欲留活命，必判腐刑，入宫为奴。”

“啥？何为腐刑？入宫为奴干啥？别难为小人嘛。”

“腐刑，就是割掉你裆下那瞎货，活着不可进家门，死了不能进祖坟。宫奴嘛，就是囚禁在后宫侍候主人的奴才。”

“好俺爷哩，别让小人受这份罪嘛。我给国相当牛做马都行，我会孝顺你一辈子的啊——”嫪毐跪地，双手左右开弓，使劲儿自扇耳光。

“好一个黑奸嫪毐，欲求活命，必判腐刑！”

“啊？”嫪毐几欲晕倒。

"本相念你说了声濮阳，权且把你认个乡党。薅须障眼，让你入宫为奴……"

"做甚?"

"侍候太后!"

"太后?"

"太后嘛，那可是一言九鼎，决定宫奴生死之人！你能否活命，全凭造化了!"吕不韦狠心如此，以求全身而退。他明白，此招只能暗做，不可明说，免遭赵姬的怨恨。

嫪毐听说薅须入宫还有活命的机会，便任由吕不韦安排。宫医薅光胡须，脸上光堂不久，宫中主管就选用上好的衣服将其打扮一番，秘送梁山夏宫。当晚，嫪毐被引导至赵姬的寝宫。他刚跨进门槛，身后那厚重大门就徐徐关闭。他揉揉眼睛，循着灯光走过曲折的廊道，又跨三道门槛，一堵檀香玄关挡在面前，缕缕香气醉人，正不知何去，里面柔柔一声："何人?"

嫪毐知道这是太后在问话，便绕过玄关，碎步趋前，掀开幔帐而入，踏上茸茸的地毯，趴地叩头，回话说："太后在上，宫奴前来请安——"

"哦？新来的?"

赵姬宽松了裙衣，青丝松散，不施脂粉，却不失媚态。她挑爆一个灯花，拧身斜睨跪地的宫奴，顺着他那乌黑的发髻往后颈、腰背和臀部看了下去，堪称匀称壮实。心里微微一震，这分明是个成熟的男子嘛，哪儿像服侍人的奴才呢？便放下金簪，斜倚在榻，轻启红唇，低声言说："来者平身，抬头!"

嫪毐被赵姬浑身幽香和高贵之气慑服，听她那一声"抬头"，甜腻，悦耳，于是胆胆怯怯，慢慢仰首。忽见太后粉面凤目，闪烁有光，红唇嗔起，不知是怨还是怒，便又慌乱垂首。

"来者报上姓名，祖居何处？年龄几许?"赵姬瞅那宫奴的脸面，竟端正有致，浓眉大眼，鼻若悬胆，口阔唇厚，好一个雄男子，不由得芳心暗颤。

"太后在上，小人名嫪毐，祖居濮阳，年龄大概三十又五……"

怎么又是一个濮阳人？赵姬忽而想到了吕不韦。二十来年一瞬间，诸事杂陈在心田。想自己二八年华就被吕不韦拿下，破了女儿身，却又被送给嬴异人。多年来，吕不韦三心二意敷衍自己……这一生呀，不堪言。现贵为太后，想啥是啥，想谁是谁，但眼前这宫男怎么如此使自己着迷。思绪一转，不解“嫪毐”二字何意，于是无话找话问说：“什么？年纪轻轻的，怎用个‘老’字？‘爱’又怎讲？”

嫪毐回话：“嫪是爱惜、留恋之意；毐是指品行不端啊……小人入宫侍奉太后，定会改邪归正，端端正正、服服帖帖地守在太后身边。”

“初入宫，是要懂得宫中规矩。既是本后近身宫男，便无须多礼！”赵姬说得轻松，嫪毐心里愈发忐忑不安。想自己被薅胡须，御医招呼养息不久便被送来这里，什么宫中规矩都不知道。此时，听太后再言平身，只得爬起身来退后一步，木木呆呆，手足无措。

“来，站身边来回话。你方才所言老爱，是男人不坏，女人不爱吗？”

“这——”

“不用支支吾吾，实话实说，是否如此？”赵姬伸右手拉了嫪毐的左手，温柔却有力，将其拉到了自己的身边，微仰玉颈，粉面朝上，水汪汪的眼睛看着那棱角分明的脸庞，轻轻靠在了嫪毐的胸脯上，慢声细语问话。

赵姬伸手这一拉，嫪毐遽然一震，低了头，太后霓裳里的丰胸赫然在目。面对太后的问话，回不是，不回也不是。于怀中这美人儿推开不是，不推开也不是。这可是秦王的母后呀，是吕不韦说的决定自己生死之人。他极是为难，怕不小心，错言一句或错行半步，哪儿还保得住性命？于是，傻愣在那儿，动也不动，连大气也不敢嘘出一口。他悬起心来想，越想越怕，便战战兢兢地轻推太后，言说：“太后累了吧，暂且歇息，小人去找水来，为太后解渴……”

“不累，也不渴，啥都不需要！只是让你坐在身边，陪我说话。”赵姬说着，又伸出另一只手勾住了嫪毐的肩膀，把头往他的身上贴得更紧，身上那香囊味使嫪毐昏昏欲醉。

“禀太后，小人不敢造次！”嫪毐拧身，欲跪。

赵姬却趁他拧身之际，用手使劲一带，使他分开双腿跨在自己的腿面上，就势用双手搂紧他的腰，按捺坐实，四目相对，说道：“嫪毐啊，近身宫男便须顺着主人的性子做事。”

“啊？”

“不必紧张，陪着主子吃喝玩乐，此乃宫中规矩！”

嫪毐此生最了解的就是女人，这会儿，面对赵姬紧促的口鼻气息，潮热迫人，怎不知她这会儿想啥，要啥。怕只怕，怕是吕不韦设了圈套，怕隔墙有耳，怕稍有不慎，马上就会人头落地，一时表现得竟像大姑娘上轿似的找不着门。嫪毐越是如此，赵姬越是饥渴难耐。

“嫪毐呀，嫪毐，本后要验验你这宫刑做得如何？裆下真的就这么空空荡荡了吗？”赵姬伸手在嫪毐的裆下揣摩着，又上移至小腹，拍了拍，惊奇问：“鼓得这么一疙瘩，什么东西呀？”

嫪毐陡然从赵姬膝面上溜下来，噗嗒一下瘫坐在地，叩头不止，告饶说：“饶命，饶命，太后饶命呀！小人犯此欺上之罪，可全是吕相的主意呀！”

“宫男嫪毐，如实禀告，你如何欺上？选派宫奴本是后宫之事，却与他姓吕的什么相干？”

嫪毐见赵姬脸色凝重，声音严厉，便一五一十地交代了吕不韦的诸多安排，说道：“太后呀，小人未做腐刑而入后宫，实乃吕相之意。我见太后，为了不露破绽，就用白绫裹了裆下这不争气的瞎货，将其紧紧捆绑于小腹。此欺上之罪，罪该万死，恳请太后饶命……”嫪毐如实道来，只求太后开恩，免死。

赵姬不知嫪毐所言真假，却已是面色通红，血脉偾张，下身潮湿一片。低头看着瘫如一堆烂泥的嫪毐，发话说：“一派胡言！如此说来，你乃色魔，你乃采花大盗。你这一生残害了多少良家女子？既如此，便该治你死罪！但你的死活，还真不是他姓吕的说了算。到了本后这里，就得由我说了算。起身，宽衣解带，本后倒要看看你说的是真，还是假。”

嫪毐已是茫然不已，稀里糊涂地爬起身跟在赵姬身后，亦步亦趋地到了内间的榻床边，乖乖地宽衣解带，松开包裹阴茎的白绫。

赵姬也麻利地卸去冠带首饰，脱去外衣，身着蝉翼似的内衣侧坐在床边。

嫪毐腹部白绫去尽，那瞎货“忽”的一下，挺直，耸立，像硕大的丝瓜模样，硬邦邦，颤巍巍，赵姬“啊”一声，伸过手去。

嫪毐仰面朝上，忍不住伸手抚摸着她那白皙的大腿，言说：“丑陋之物，可别吓着了太后呀!”

赵姬已是双手攥物，尽情揉搓，惊呼：“好一个大家伙呀！这宝贝嘛，还真会吓坏不晓人事的小女人呢。”

嫪毐上移双手轻抚赵姬的玉背，拉脱她那蝉翼似的内衣，丰腴胸脯赤裸扑面，柔软肌肤贴身……似干柴烈火又遇顺风，两人便忘乎所以，云雨缠绵，从床上滚落地上，再从地上翻腾到床上，折腾一天一夜，嫪毐越战越勇，每每杀入，皆真枪实货。赵姬欲醉欲仙，欲死欲活。

嫪毐极尽所能，拼搏得疯狂。精力渐渐不济，那物稍显疲软，赵姬开玩笑：“该老实了吧？总有败下阵的时候嘛!”

嫪毐捏了那疲软之物，扇扇打打，拨拨拉拉，埋怨道：“没福气，没本事的东西。吃剩饭烂菜有你，这金枝玉叶的硬菜，你就吃不动啦?”

赵姬却心疼地言说：“算啦，算啦，也该歇歇了嘛。”话一落点，那物突然就脸红脖子粗地变了样，又是冲着赵姬疯狂起来。赵姬便扭动腰身如蛇，呼爹叫娘地呻吟着。

·3·

时不久，赵姬满面红润，眼角那淡淡的皱纹消失不见，年轻了许多。非少女，胜似少女。美好时日无限充盈，舒坦安然，再无寂寞。伴在身边的蝴蝶翩翩起舞，飞来飞去的蜜蜂嗡声如歌。风中旗，浪里鱼，十八岁姑娘叫槽的驴，再欢实也不过如此。无论白天还是夜深，也无论是在卧榻之厚衿软被中，还是在清风明月的草地上，嫪毐那宝贝随时欢实，啥时候都能用。

赵姬想得舒心，便暗哼：奴此身娇贵若仙，一路行风月无边；做好梦信游在天，伴壮男无时不欢。

一次出门闲转，赵姬忽然犯困。陪伴的宫女上前替她揉肩捶背，宫奴赶紧把虎皮褥子铺在草地，拉开了丝绸鸭绒被。她钻入鸭绒被中，眼目一沉，瞬间回到了少女时代，做起了爽心如意的美梦……早年，在赵国青楼之风月包间，吕不韦与赵姬饮酒作乐，忽有倜傥少年进门，就座。看得来，此少年与吕不韦极是熟稔，少年接过酒樽，高提长袖，遮遮掩掩，不露面目。赵姬窃笑，如此少年，何必来此寻欢作乐？瞅那唇红齿白之颜、雅致纯情之态，竟使赵姬动心，忍不住目送秋波，频抛媚眼。

少年手一抖，酒樽落地，两人同时伸手捡那酒樽，猛一碰，少年迅疾缩手，躬身施礼言：异人鲁莽，谢罪。赵姬甜腻腻回话：失敬，失敬了……言说间，执丝巾轻拭倜傥少年袍衣上的酒水。吕不韦注视良久，笑言：异人，赵姬呀，你俩好缘分也！赵姬疑惑不解，何为异人？

吕不韦便细说嬴异人的来龙去脉，赵姬心热作想，啊？此乃秦国公子，今能与贵人处，大幸焉。吕不韦斟酒举樽，言说：来来来，公子异人，一醉方休，还请赵姬歌舞助兴。赵姬闻之，兴而脱衣，尽情扭动腰身。那俩男人觥筹交错，很快便作醉态。赵姬依偎其间左顾右盼，一泓秋波，两面相送。吕不韦仰头猛灌水酒，揽赵姬入怀，摸胸，掐腰，拧屁股。赵姬却缩腰蜷身翻滚到了异人身边，抹脱其裤，在吕不韦和异人之间逶迤蛇动，似捉迷藏。前躲吕不韦，后就嬴异人。她伸手抓紧了异人异物把玩起来。那物突然溃堤，热烘烘，黏糊糊，如电流喷涌。赵姬麻酥在心，浑身颤抖，不由得爹呀娘呀地呻吟不止……“呵呵呵”的大笑声似梦非梦。哎呀呀，如此美事却又是嫪毐戏耍在后。

赵姬嗲声嗲气地骂：“死鬼耶，你前门不走后门逛，五更疯你疯不够，大白天的还要疯！”如此这般，赵姬被嫪毐反复蹂躏，却从不腻烦。

红日西落，繁星初启。赵姬舒坦地躺在草地上的鸭绒被中，像躺在床上似的仰望帏帐穹顶，也透过帏顶与满天的繁星交谈，悄说：吕不韦呀吕不韦，你才五十来岁就倚老卖老？男女交欢这爽心快意事，你怎么就应付得那样稀松平淡？唉，嬴异人亦是可怜，为王三载，无福无寿，也只是个平淡过客而已。有嫪毐如此雄男相伴，舒心浪漫，受活无限。快意人生，舍此何求？

嫪毐深居简出，黏糊在赵姬的身上不知疲倦。不久，赵姬怀孕显形。嫪毐知道自己整出的这事难保不被人知，想到相国吕不韦所言，担心地问道："姬后呀，你的肚子鼓了，这却如何是好？"

"无妨。政儿年岁已长，再生孩子与其做伴……"

"说得轻巧，可我这心里却是忐忑不安，总觉着吕不韦留有后手，不可不防！"

"噢，所言也是。梁山离咸阳太近，你我可去雍城（今陕西省宝鸡市凤翔区）常住。"

"雍城？"

"雍城，那可是秦国故都，远离咸阳，到了那里城门紧闭，咱咋弄都行！"

"好啊，何不早去？"

"我给政儿送信陈情，早去雍城便是。"

…………

赵姬携嫪毐深居雍城，与吕相共执朝政的局面不复存在。

嬴政提出亲政，吕不韦说，可先学着批阅奏折。母后赵姬从雍城传诏曰，秦王亲政乃国之大事，按照祖规，需先行佩剑加冕礼仪……赵姬与吕不韦吹号打鼓各行其是，互相掣肘，似如臧谷亡羊。

嬴政案头的奏折日渐增多，他便让李斯和唐秉先予整理分类，军政大事的折子当即呈送，其余奏折则缓送缓办。

李斯、唐秉遵命仔细翻阅奏折，见其中有责吕不韦误国的，也有告赵姬不洁的。起初，两人以为流言蜚语，便将此类折子推在一边。过不久，关于太后养奸生子，嫪毐结党营私，图谋夺王之类的折子越来越多。

唐秉言说："李斯学长呀，此事非同一般，再也不可滞本不报了！"于是，两人集中整理此类奏折，面呈秦王。

嬴政接奏折在手，囫囵阅过，猛拍案几，一掌将唐秉怀抱的所有奏本打落在地，"哇呀呀"牛吼一声，抓起案头的笔墨砚台往墙上砸去，白墙上墨痕飞溅，滴洒如泪。嬴政直挺头颅，往五麻六道的南墙撞去。

李斯、唐秉飞身上前，君臣三人同时倒地。李斯、唐秉麻利起身，一左一右搀扶秦王。

嬴政哭声如虎吼狼啸，赵高闻声领了宫奴匆匆赶来。嬴政听得门外的脚步声杂乱，抡开双臂将李斯和唐秉推倒，歇斯底里地高喊："滚，滚，全都滚！"

李斯翻身，像老鼠一样利索出门。

唐秉爬起，踮脚欲走，他那八字步却挪不前去。嬴政高喊："去吧，都去吧！"伸手拍在了唐秉的脚后跟上，此一掌拍得有力，唐秉跌倒，拧身趴在嬴政面前，叩首言说："秦王息怒，唐秉不走，我与秦王生死相依。"

李斯出门，喝退了赵高和宫奴，听秦王宫里哭声大作，便转身复入，见唐秉边哭边搀扶嬴政，急忙近前相帮，扶着浑身发软的嬴政，劝言道："秦王息怒，赵公公和宫奴皆已远去。"

"李斯呀，速招吕相前来，商议抓捕奸人之事！"嬴政咬紧牙关说话。

"秦王不可，尚有奏折言说，诸多事端亦与吕相有关。"李斯说。

"什么？此事与吕不韦相关？罢罢罢，传赵高前来拟诏，罢了吕不韦相国大位！"

"秦王呀，且莫急躁，亦不可言说罢相之事。"唐秉劝言。

"说罢就罢，有何不可？"

"秦王啊，此事关乎母后、秦王和家国声名，须慎之又慎，他人不宜掺和，知情者越少越好。"

“噢，那便密派卫尉带御林军速去雍城，抓捕恶人嫪毐！”

“秦王呀，抓捕问斩，人命关天，须依律令行事。”

…………

嬴政听唐秉、李斯说得在理，便静下心来与他两人共谋良策，君臣皆以为，秘密行事为妥。

唐秉想到，吴实、崔广去了兰陵为荀子先生送葬，可让周术乘快骑去密传秦王口谕，让他们三人悄悄西归，绕过咸阳，瞒过吕不韦和文武官员，潜入雍城去明察暗访。

李斯附和说：“秦王呀，侍郎唐秉所言有理。周术精明过人且身怀异术，吴实武功了得，崔广强闻博记。以其三人密入雍城，最是合适。他们定能应对艰险，化解不测。无论结果如何，亦能保密，不会累及朝稳国安。”

“唉，想不到呀，我身贵为王，却是靠山山倒，靠水水断啊。看来，此事无论是家丑，还是国难，只有交给你俩操持了。传口谕，命周术、吴实、崔广三人尽快入雍！”

嬴政振作精神发话后，便把自己关在了屋内，数日不出。

·4·

春寒料峭，风雪交加。一夜之间四野皆白，路面湿滑，行人稀少。

周术手持判命幌子走在前面，崔广似一介书生紧跟其后，俩人为进入雍城下足了功夫。前者深究面相、骨相、生辰八字等算命术，后者则苦练了速记法和防身术。此时，吴实也是骑了高头大马，牵着负重的骡子从远处赶来。他在阿爹吴兀的帮助下，倒腾了不少海盐、丝绸、布帛和兰陵酒，成了货真价实的生意人。

三人先后离开岐山，西行数十里。走在前面的周术，忽然远远地见一驾车马和数乘骑兵迎面而来，在白雪疏野之间极是醒目。

迷雾雍城

王家民·画

周术正思对策，身后的崔广指着一条隐约的岔路，言说："术兄啊，那儿似乎有户人家……"两人不及细想，便拧身拐入岔路急行，到了名曰"柳林醉"的客栈门前，径直入内。

随后赶来的吴实知道眼前的形势紧急，便按马辔，牵骡子，踏着周术、崔广留在雪窝里的脚印匆忙前行，回望那一驾马车也是朝此而来，好在那些骑兵只是游荡在岔路口，不曾相跟……他这才松了一口气儿，拉着骡马到了客栈门口，卸取货物，观望四周。余光所见随后那驾马车将至，便拴好骡马，闪进了客栈，隐身门里，与周术、崔广一起透过门缝细观外面的动静。

门外不远处的雪地上，斜躺在双辕马车上的剽悍驭夫"吁——"一声，马车便停了下来。驭夫跳落在地，往鞭杆上缠绕着马鞭，不紧不慢地绕着马车转圈，环视四周后回到原处，把马鞭插上辕杆，顺手拍了拍暖阁，暖阁布帘就从里往外掀起，跳下来一位村夫。

此村夫立足未稳，暖阁里面又冒出来两个娃娃的脑瓜，嚷叫："抱我，抱我下地，我要耍雪，我要耍雪嘛。"村夫回身抱了两个娃娃放在地上，又起身帮扶出来一位村妇。他这么一转身，那两个娃娃已在雪地里滚作一团，你来我往，扔着雪球玩耍。村夫、村妇赶紧上前，一人抱了一个，为娃娃拍落身上的残雪。

那剽悍驭夫厉声喊："你俩仔细抱好两个宝贝娃娃，此处不宜停留，快快进山！"村夫、村妇抱了孩子，低头不语，踏雪走去。

"店家，伺马！"驭车夫高声呼叫。

"来嘞——"店掌柜推开店门，小步碎跑，站在了驭车夫的身边。

"掌柜的听好啦，我即上山，此驭车马匹交你精心伺候，不可怠慢。"驭车夫言毕，尾随村夫、村妇而去。

"放心嘞，客官走好，来去平安——"店掌柜看着驭车夫的背影喊话。

周术三人躲在店门里，把这一幕看得明白。吴实见店掌柜进门，便近前一步，亲热地问说："掌柜的，你认识此驭车夫？"

"嘿，东西南北过路人，但凡入店皆为客。要说此人嘛，识也不识，不识也识。看其行头和架势，必是嫪城的高人！”

“哦，什么老城？是说那已有三百余年的雍城吗？”

店掌柜摇摇头，伸手蘸了茶水，在桌面上写了偌大一个“嫪”字。

崔广看了，故意言说：“此字生僻。”

吴实附和：“不识何字。”

崔广拧头问周术：“请问，先生啊，此字怎读？何解？”

周术回话：“此一字，读‘老’没错。雍乃秦国古老之都，说秦人之老城亦是名副其实。但此同音异形之‘嫪’嘛，必另有其意……”

店掌柜靠近周术，望着吴实，说道：“看看看，人家先生就是先生嘛，先生算命能知人所不知之事……你这位生意人啊，想知那位驭车夫何人，求求这位算命先生不就成了嘛！”

周术回话：“岂敢，岂敢，掌柜的高看了。结草占卜，看相算命，乱断阴阳，也是混口饭吃嘛！若替人算，就需知其生辰八字，或看面相什么的，于那位驭车夫，未曾谋面，怎么能替人家算什么命呢？还请掌柜的你说道说道……”

“看来你们这些远客，要来嫪城混嘛，难呀！这秦人故都雍城已今非昔比……”店掌柜见三人惊讶不已，稍一停顿，压低声音说道：“太后赵姬与黑恶嫪毐住进雍城已久，嫪毐坐大为王，若想进入雍城做生意，赚钱混饭吃，没有嫪毐做后台，将一事无成。刚才那位驭车夫，我虽不知他的底细，但看得出来，你们若需入雍城的通关牌嘛，那人定有路数！”

“什么？进入雍城还需什么通关牌？国都咸阳的关照文书不行吗？”

“嗨，如果秦王政令能行，岂有嫪城一说？你们仅有咸阳的关照文书，若无雍城的通关牌，将是寸步难行呀。”

周、吴、崔三人面面相觑，吴实摸出一枚包金贝交给店掌柜，说道：“风雪太大，前行不得，请店掌柜为我开一间大包房，预备好饭菜，那位驭车夫返回时，我请他小酌一番。”

周术拿出秦币半两钱交给店掌柜，言说：“掌柜的呀，我亦需包房一间。”

店掌柜接钱在手，拧头看看崔广，问说："穷书生呀，咋办？你不住店吗？"

周术拦住店掌柜的话头，说道："穷书生，书生穷，就在我的包房里将就将就吧。"

店掌柜喊人开房，打扫，铺被褥，里里外外地忙活起来。

周术对吴实捂耳言："麻脸弟，那驭车夫底细不明，待会儿见机行事，不可鲁莽!"吴实点头称是，各自进房暂歇。

吴实歇了会儿，想到要给骡马添料饮水，就从店里端一盆泔水往外走，刚跨门槛便与进门的驭车夫迎面相撞，油腻腻的泔水洒在了驭车夫的身上。一时秽气腾腾，臭味扑鼻。

驭车夫恼怒不已，破口大骂："瞎了狗眼的东西，寻死呀!"

吴实被骂得心里窝火，但却忍气吞声地回话说："风狂雪疾，门槛绊脚，也怪在下……"

那人听不明白吴越方言，只听吴实骂的是"疯狂至极"。二话不说，挥拳直冲吴实面门而来。吴实眼疾手快，举起泔水盆一挡，挪步闪在了旁边，"嘭"的一声，泔水盆被驭车夫的重拳击碎，陶片迸散，砸得桌凳门窗稀里哗啦乱响。

店掌柜快步跑来，边跑边喊："客官息怒，都是住店的嘛，有事好说，切莫伤了和气!"

周术挺身站在吴实和驭车夫中间，伸手拉架，瞪着吴实，言说："这位客人呀，客栈是让你们打架的地方吗？这里的盆盆罐罐、桌椅板凳哪一件不是用钱买来的？损坏了这么多东西，你可得赔钱哟!"

"赔、赔，全赔！请店掌柜说个价，我这就赔钱……"吴实接过话说。

"好说，好说，赔偿之事无须着急。嗯，客官呀，你的饭菜已经备好，还是先用膳……"

店掌柜虽然对吴实说话，却是手拿干净布巾，细心拂去驭车夫身上的落雪和泔水。

驭车夫听到"用膳"二字，又冷又饿地咽了一口唾沫喊："开房，给老子送上饭菜和水酒，饿了，饿了！”

“喔，只是，只是这……”

“只是啥，怕老子不给钱？”

“不不不，我只是为你的马喂足了饲料，这饭菜酒水嘛，预备不足。”

周术对吴实使了个眼色，吴实便朝着驭车夫说道：“无妨，无妨，我定的饭菜本来就多，请客官一起用膳。损毁器物之费，一会儿再与掌柜的另算。”

周术在一旁击掌称是，说道：“理应如此，理应如此呀。”

吴实转身看着周术，言说：“哦，还有你这位客官，也是个热心肠人，亦请你陪着嫪城的客官一起用膳。”

“好呀，和气生财，和气生财呀。”店掌柜说着，招呼驭车夫走进了吴实的大房间。案几上已摆好了鸡肉、羊肉、锅盔馍、小米粥、杂碎汤，热气腾腾，香味诱人。

吴实提起一坛兰陵酒交给店掌柜，言说：“打开酒坛，拿酒樽来，让客官们尝尝我的兰陵美酒。”

驭车夫得席就座，心安理得地承受着吴实的谦恭和周术的热情。狼吞虎咽地咥了半只鸡，灌了几樽酒，仔细打量着吴实思忖，这哥儿壮实似牛，分明是一介武夫，却为何住豪舍，吃大餐，待人又是如此谦恭，究竟何许之人？

周术明白驭车夫的狐疑，便朝着吴实，问说：“客官何人？何来？来此何干？”

“哦，不瞒诸位，本人祖籍太湖绮里村，姓吴名三，随阿爹在笠泽、鄞州、兰陵一带经商。今携海盐、丝绸、布帛和兰陵酒入秦想赚点钱，听说雍城生意好做，就直奔而来，想不到雪大路滑……”吴实摇头说着艰难。

驭车夫仄楞着脑袋，斜目睨视来去，看到墙角堆满的大包小包，相信吴实所言非虚，想其必是腰缠万贯的大生意人。

此时，吴实反问周术，说：“客官呀，你又是何来？”

周术摇头晃脑说：“要说我嘛，大神一尊……”

驭车夫听得一愣，周术神气儿忽来，一板一眼说：“本尊来自东海，以角为伴，行空走地，四海为家。无所谓来，无所谓去，显形于此，即为神仙。钻灼龟甲，蓍草卜辞，抽检禄马。秉持五行四柱，知晓祸福兴衰，能化流年不利，可算发财时运也。略看，客官你的面相，便知是做大生意的富贵人。来来来，近前来，让本尊摸摸你骨头的轻重，便知你此来是赚还是赔……”

此时，书生模样的崔广推门而入，对着周术高声嚷嚷说：“先生，先生，大事不妙！”

周术站起身来，急问：“何事不妙？”

“雪大路滑，前行道路受阻？”吴实也是急切发问。

崔广回话：“不止如此，凡前行者须有雍城之通关牌。”

“什么？已有咸阳文书，怎么还需什么通关牌？这玩意儿哪儿有呀？”周术站起身，惊乍不已，似乎忘了自己扮演的“神尊”身份。

“嘿呀，你这位无所不能的活神仙，若能挪移来关照牌助我入雍，定当厚报！”吴实看着周术，拱手说话。

“好你一个能行空走地的神仙呀，本事大哟，你就算来个关照牌儿，给我看看！”驭车夫见周术的骗术烂包，窘相难堪，便讥讽而言。

“嘿嘿，呵呵，时辰不对，时辰不对啊！小酒入肚，神魂颠倒，凡求诸事，只有另择吉时了。告辞，告辞，告辞了。”周术拉上崔广狼狈离去。

驭车夫看着周术和崔广出门离去的背影，笑言：骗子！吴实亦言：真是个大骗子！俩人推杯换盏，往来不止，不一会儿，便如同老朋友，驭车夫频频举杯，倒酒入喉，盯着吴实，问：“你，你叫……叫啥来着，哦，是什么‘三’的兄弟……”

“吴三，吴三！”

“哦，吴三，你想进雍城？”

“是嘛，是嘛，做商人就是图个钱嘛，城里的生意好做，就得进城，只是……”

“只是啥，只是缺通关牌儿！”

“说得是。看来，客官你是有能耐之人，能帮我想想办法吗？”

“办法有，牌儿不缺，只是要花钱。”驭车夫说着，便从怀中摸出一方木牌给吴实亮眼。

吴实隐约看到，那腰间甲胄似的揣着不少这样的木牌。驭车夫举起木牌，模糊可见一个“雍”字刻在上面。吴实便问：“这真是通关牌吗？出入嫪城真能管用？”

“放心，放心，我的东西，岂能有假？”

“哦？”

“吴三，你猜猜，我谁呀？你以为，我就是个赶马车的吗？”

“哪里哪里，我猜呀，你也是做大生意的人。”

“噢呵，你也能算命？连这事儿也知，说说看，我是做啥大生意的？”

“做活口，牙行！”

“啥？活口，牙行？说我是人贩子？嘿嘿，那是狗屁生意……”驭车夫突然语塞，暗想，白天送人进山难道被这吴三看见？于是梗直脖子，圆睁双眼，变脸失色地盯住吴实，喊叫：“吴三呀，你啥时候住的店？老实说，你白天看见啥啦？”

“嘿呀，天麻茬黑才进得店，转身饮马之间就与你撞了个满怀，我能看见啥呀？”

“这就好，这就好，你他妈的这么一撞，还真是撞上贵人了呢。”驭车夫仰起脖子，倒酒入喉，喷着酒气，醉眼蒙眬地唱道：

老雍城里世事大，嫪毒成了嬴政的大。

弟兄们呀跟着耍，来日都把金腰带扎呀——

呃……咿呀……呀……

…………

吴实不知驭车夫唱的啥词，只听他唱得有气无力，调门儿越落越低，忽而就有了猪哼哼似的鼾声，呼呼噜噜，一声高，一声低。吴实手拿木牌儿使劲拍着，提高了嗓门儿问说：“喂、喂、喂，大贵人吔，就凭此一个‘雍’字的小木牌，能进得雍城？此牌儿卖多少钱呀？”

“无、无……无价。”驭车夫头也不抬地说话。

“啊，无价，为何无价？”

“别看这牌儿小，拿在手里可要得大！”

“能要多大？”

“出入雍城是蛋屎事，别在腰里嘛，能出入咸阳，见秦王。”

“什么，什么，凭此就能出入咸阳，还能见秦王？”

吴实手掂粗糙的木牌，着实吃惊。上面烙制的“雍”字也是歪七扭八，极不周正，一时惊心不已。

“看来，你真是白长了一双狗眼。实话给你说呀，我与雍王实乃歃血结拜的哥们儿。我呀，何止能见秦王，就是秦王他妈妈的，我也是想见就见……”驭车夫眯缝着醉眼看吴实，哈哈大笑地说话。

“此言当真？”

吴实见驭车夫打着酒嗝儿，把酒樽换成了陶碗，喝凉水似的给自己灌酒，脸色通红，口齿不清，便不甚相信他那语无伦次之言。

“咋地，不信？”

“噢，信信信，哪敢不信呀。”

“日你妈妈的，真是有眼不识泰山。老子再说一遍，我呀，实乃长信侯雍王的哥儿。他出门，我为驭车之首；他入宫，我为护宫之令。他浪荡江湖，操持后宫，离得了老子吗？我呀，别说驭骑驾车、杀猪宰羊是好手，就是带兵打仗还能以一当十呢！嘿呀，眼前这位兄弟吴、吴、吴啥……”

“吴三。”

“噢，吴三呀，嘿嘿，你可知道我缘何至此？”

“哦，驭车之首，护宫之令，得称你首令了。在下初来乍到，什么也不知，还请赐教。”

“大事，大事，全是大事呀！我给你说呀，嫪毐瞒了赵姬，让我把他那两个宝贝儿藏起来了……”驭车夫凑近吴实，压低声音说话，反胃的酒气熏得吴实恶心。

“哟？藏了孩子，却是为何？”吴实捂住鼻子问话。

“那俩宝贝实乃嬴政的胞弟嘛，嫪毐欲取王位，便要靠俩宝贝儿子继位当皇上，坐江山呢！”

“哦，首令一番话使我茅塞顿开，看来呀，凡事皆需向你多讨教了。请问，此通关牌价钱多少？可否多买几个？”

“牌儿的钱多钱少，好说，我先要看看你带来的啥货。哦，你、你为啥要多买通关牌儿呢？是要给那信嘴胡诌的骗子和穷书生帮忙吗？”

“首令放心，我买通关牌与他俩无关。你想想，我的货物存在咸阳，若在雍城开店，那站柜台的，来去送货的，少得了三四个人吗？”

吴实拉着驭车夫，一边说话，一边细看货物。布布袋袋，堆满一地，全是值钱的东西。驭车夫看得双目放光，吴实从箩筐中又提酒坛，言说：“首令呀，再来一坛？”

“不喝了，不喝了。嘿呀，天亮后，你把这些货全装上我那马车，带回嫪城去，我与你合伙开店。”

“首令啊，此话当真？”

“真的，事儿就这么定了。我在雍城有铺面，你这个吴三负责供货，盈利咱俩平分！”

“好呀，那这……”吴实拍着手中的木牌问话。

“哦，那木牌嘛，你要几个给几个，都是兄弟了嘛，还谈什么价钱？”说着，驭车夫便从腰里又拿出了几面木牌，塞给了吴实，接言：“吴三呀，快点儿送货，我在城里呀，再弄他妈妈的几间敞亮的铺面房。”

“一言为定，决不反悔！”吴实拍了胸脯回话。

临风展残卷　　　　王家民·画

第五章　血池沥胆闯雍山　铲除嫪毐保秦王

·1·

周术、吴实和崔广潜入雍城，打听到了赵姬居住的大郑宫。此宫始建于德公元年，已逾三百载，自献公东出于栎阳建都后，雍城逐渐凋敝，大郑宫再无昔日辉煌。赵姬携嫪毐来此数年，雍城才稍显热闹。大郑宫有重兵把守，百姓不可窥视。三人混在人群中远眺大郑宫，宫殿屋顶的积雪被夕阳余晖染红，沧桑枯柏在寒风中萎缩成了怪模异样的黑色剪影。街道并不宽阔，新旧杂陈的铺面稀稀落落地挂有商家招牌。

三人纳闷，声名显赫的雍城却为何如此冷冷清清。该是晚膳之际，饭馆里竟无几人。忽有声音从小巷里面传来，细听，那是孩子们在拍手念道：

秦在雍城，何需咸阳。

废了嬴政，嫪毐为王。

…………

三人一愣，分头走进巷子，找饭馆要了膳食，边吃，边看，边听。他们都是吴越口音不便张嘴问话，便伸长耳朵，把闲杂人众的来回话听明白了，便离开饭馆走到无人的僻静处压低声音说道一番，方知：嫪毐让人抱走两个儿子后，就携亲信、带兵喽啰上了雍山四畤，如此一去，雍城自然就清静起来。

三人不解嫪毐何以上山，就相互发问：

“嫪毐已贵为长信侯，自封为雍王，却为何不顾天寒地冻，上山找罪受？”

“上山冬猎？抑或掠夺民脂民膏？”

“嗨，搜刮民财，亦无须他亲自上山呀。”

…………

翌日早起，周、吴、崔三人出城去雍山。雍山沟壑纵横交错，地形复杂，实乃西戎部族进入关中的通道。三年多来，嫪毐野心膨胀，已不满足于赵姬为他争取来的长信侯封号、封地和优裕的生活。心想：自己拥有太后，就应当拥有秦国的江山。但他看到嬴政已雄心如虹，刚毅不屈的模样和精兵强将拥趸的现实，知道仅凭一己之力是难以扳倒秦王的。于是，他便勾结西戎部族，企图依据雍山之险，征调河西郡、太原郡的私兵踏平咸阳，再以雍州替代咸阳重立王朝。嫪毐已让西戎万余犬兵悄悄潜入雍山，预谋对秦王都城咸阳发动袭击，杀了嬴政攫取王位。他争王的心魔似火，为见到西戎统领就不顾雪深路滑，率众上了雍山。

第二天早上，周、吴、崔三人入雍山。刚走进山沟不久，远处狗吠声急。路边蹿出一头黑乎乎的野猪，气势汹汹地堵在面前，鬃毛倒立，挺着獠牙，拱身直冲崔广。

崔广滑倒在地，野猪的獠牙顶在了崔广的腰腹处，那扎紧的笺册“嘭”地断散，惊得野猪连连后退。

周术、吴实双双跃起，一个扑在野猪的屁股后拽紧尾巴，一个骑在野猪的后背上狂拳乱揍，两人与野猪在冰冻的地上滚作一团，谁也使不上劲儿。崔广慌得手足无措，听到吴实喊搬石头来砸，便急切上手搬石，想不到大小石头全都冻结在了一起，凭他捉笔之手怎么也搬不起来。

一只猎犬"呼哧"跑来，一扑一扑地围着野猪狂吠。随后有壮汉舞刀而至，见状，伸脚踩住野猪的恶颅，弯腰把戳刀往野猪的脖子捅去，再用力一拧，便鲜血喷涌，雪地溅红。

吴实的麻脸发光，青筋暴突，接过壮汉递过来的砍刀，拼力往野猪的后项猛砍，重劈之下，野猪就头体两分。

周术、崔广帮吴实擦拭手脸上的血痕，壮汉解下腰间的酒葫芦递给吴实，言说："这瞎货作恶到头，活该送命。感谢好汉搭手，来，抿一口，驱寒压惊。"

"无须感谢，算这头野猪倒霉！"吴实说。

"哦，这冰天雪地的，你们缘何来此？"

"探财路，做生意。"

"这样的天气，山狼野猪出没，不是害家畜，就是要人命，还做啥生意呀？听得出来，你们都是外乡口音，还想要上山？"

"没错，是要上山。"

"唉，上山，难呀！"

"什么？我们有关照文书和通关牌，还不能上山吗？"

"嘿，那啥书呀、牌呀的，不管用了。"

"哦？为甚不管用？"

"说来话长，还请到我的窑洞里歇口气儿，暖和暖和身子再说。"

周术接过话茬，说道："也好，也好。"

壮汉用力去扛那头沉重的死野猪，显得吃力。吴实、周术上前一起抬起来爬坡，崔广怀抱俩兄长的随身物品跟在后面。那只猎犬叼了野猪的血颅，欢实地为陌生的三人带路。到了半坡的窑洞前，壮汉招呼三人进入窑洞里面说话。

周术言：“请问这位牧人大哥，我们为何不能往山上去？”

“唉，说来话长啊，秦人在雍山建有四畤，设坛祭祀天地，祭奠祖先已逾三百年，这里实属神明圣山，历来不可冒犯。自嫪毐盘踞雍山后，胡作非为已久，近日又招来西戎犬兵在此暗设关隘，阻止陌生人上山……”

“哦？大哥呀，你这样的当地人，也不能上山吗？”

“祖居此地者，须送牛羊猪和五谷杂粮供养西戎犬兵，不想上，也得上去呀。”

“噢，若我三人帮你送东西，随带做点儿生意，可上山去吗？”

“风险大呀！要说是生意人嘛……哎，你们做的啥生意？”

“海沙子。”

“哦，海沙子，海盐？这可是紧缺之物。你们真有海盐吗？”

吴实摸出一捏海盐放在壮汉手里，言说：“你尝尝。”

壮汉轻捏盐粒放在手心，用舌头舔了舔，说道：“贵重之物，贵重之物呀！若果有此物，尚可一试。”

话说至此，壮汉立马起身赶了一只瘦羊，带着周术三人往雍山的高深处走去。一行人走过两道峁梁，到了阴坡拐弯处，忽然冒出两人挡道。赶羊的壮汉上前说明原委，一人走近吴实，喝问：“哪达人，弄啥的？”

“做生意。”

“啥生意？”

“海沙子。”

“海盐？货在哪儿？”

吴实把海盐小包举在手中，摇晃着说：“货存在雍城，随身带有少量样品。”

“就这么一点东西咋做生意？为啥来三人？”另一人扎势说。

“嗨，祖居海边，此物不缺，已有许多沙子盐存放在了雍城。做生意嘛，便带着管家和伙计一起前来探路嘛……”吴实说着，就捏了海盐，分开交给那两人。那俩伸舌舔了舔，相互对了眼神儿，同时咂嘴，悄言：真货，真货！

一人说："这样吧，你们跟着赶羊的，去血池村吧！"

另一人说："血池王自会招呼你们的！"

血池村？血池王？三人听得一愣，赶羊的壮汉便解释说："血池村是杀猪、宰羊、屠牛的山庄，就在宗庙和祭坛的旁边。数百年来，凡恭祀天地，祭拜祖先，所需五牲之首都是在此山庄割取，久而久之，血流成池，因此就有了血池村之名。那血池王嘛，就是那儿管事的主了。"壮汉一边说着，一边领路前行。

众人爬坡到了一处险要垭口，荆棘柴门紧闭，两侧的狼牙刺堆积成墙。饲养牲畜的臭味迎面而来，周术、吴实掩鼻之间，崔广恶心得干咳不止。

壮汉拢手捂口做喇叭状，朝远处高喊："打开柴门，送羊来了——"

一个双目暴突、下颚掩胸的马面羊倌从远处走来，打开荆棘柴门，盯着壮汉唠叨："为啥才送一只瘦羊？明日开始，每户每天须送两只肥羊上山！"

"冬日缺草，圈养的羊日渐消瘦，山狼野猪又时时侵扰，何来更多肥羊可送？"壮汉说着，转身离去，走不几步，又拧过头来叮咛三人，喊说："做生意的三位，好自为之了！告辞——"

壮汉离去，那个马面羊倌乜斜眼睛瞪着三人，阴阳怪气地发话："生意人？这儿要的是牛、猪、羊和粮食，你仨双手空空，干货何在？若无干货嘛，趁早儿滚蛋！"

"嘿，客气点，找来血池王，说话！"

"呵呵，今日还来了个牛屄的，也不尿泡尿照照，啥玩意儿嘛。凭啥要见大王？"

"说话干净点儿，我们有的是……"吴实拿出通关牌说话。

"嘿，那牌儿管屁用！若真是生意人，拿出钱袋子，把老子叫声爷，我帮着点点数儿……"马面羊倌夺下吴实手中的通关牌，看也不看，就扔在了雪地里。

吴实见此人混账不堪，随着一句"闭嘴"，挥出一拳打在了那厮的面门上。那厮口鼻流血，牙齿脱落，摔倒在地，疼得哇哇乱叫。

稍远处，瘦猴似的一人滑溜而来，快到跟前，看阵势不对，猛刹脚，转回身，连爬带滚地蹿进了四面透风的木棚里，抓起一面铜锣“咣咣咣”地敲打起来。

少顷，一个独眼屠夫提着戳刀，领着一群杀牲匠扑了过来，把三人团团围定。吴实、周术把崔广保护在中间，暗运真气，以防不测。

此时，一位凛然长者急步走来，那满地找牙的马面羊倌从地上爬起，手捂血面，猪哼哼似的叫嚷：“宗庙令呀，大王不在，你就是当家的了，快叫士兵宰了这仨奸细！”

“羊倌呀，你是谁？你只管接收百姓送来的牛呀、猪呀、羊呀的，养得不掉膘就行。还有屠夫弟兄们，都甭多管闲事。来人是否奸细需要证据，人非牛羊猪狗，岂可随意宰杀？”

“嘿，他们面孔陌生，南腔北调，说做生意，却是两手空空，怎能不是奸细？”

宗庙令不再理会马面羊倌的说辞，而是走近吴实、周术和崔广，问说：“三位何人？来此何干？”

吴实见此人年长，亦是面善之相，便恭敬言说：“我乃吴越商贾，带着管家和伙计前来探路做生意。面前这位不讲理的羊倌，扔了我的通关牌，还索要钱币，开口骂人。”

宗庙令摇头说道：“人心不古，人心不古呀！全是数典忘祖之徒，淳厚民风已是全无……”宗庙令仔细打量三人，问：“做啥生意？”

“海沙子。”

“噢，海盐？这可是奇缺货呀！”

宗庙令拧身，朝马面羊倌和独眼屠夫发话：“这三位是做海盐的生意人，你们难道不知山上缺盐吗？切不可慢待了他们，安排好吃住，等大王下山，让他们见面谈生意吧。”

宗庙令离去，马面羊倌与那个独眼屠夫交头接耳一番，屠夫就提了戳刀对着吴实三人，吼叫说：“嘿，想要保住小命，跟我到血池边儿干活去！”

既已至此，便无退路。三人只得随独眼屠夫穿越羊栏、猪圈和牛棚，绕过峁梁，沟洼里的腥风血气扑面而来。远处烟雾弥漫，人影出没，恍若鬼影。那些影儿忽而聚在了血池旁的峭崖下，猪的号叫声就一阵紧似一阵，使人头皮发麻。崔广本是一介书生，很少外出走动。三人上山前商定，崔广只是把听到的、看到的牢记在心，悄悄记录，事后整理便是。他第一次见到如此血腥的场面，不由得迟疑不前。

周术靠近他的身边，悄言："别怕，有俩哥在你身边嘛！"

后面的杀牲匠狠推崔广一把，吆喝："磨蹭啥呢！快走！"

走在前面的吴实听见，回过身来为崔广壮胆，高喊："走！走快点儿，前面有杀猪宰羊的，好事嘛，一会儿有肉吃！"

前面的空气中，温热的腥臭越来越浓，越往前走，窄径两边的牲畜残肢越来越多，带肉的头骨，散着热气的五脏六腑和血淋淋的毛皮触目皆是。走到血水池边，那位独眼屠夫朝干活的杀牲者喊："弟兄们，接着杀！给这仨野路子货开开眼！"说着，就走到一旁的羊栏边，伸手握紧了一只羊的弯角，将羊用力从羊栏里拽了出来。一位帮手攥紧羊的两条后腿，顺势一用劲儿，将羊摁倒在地。独眼屠夫用锋利的戳刀，捅进了羊的喉咙，一股鲜血喷涌而出。屠夫再换一把沉重的砍刀，一挥之下，圆瞪双眼的羊头滚落在地，无头之躯抽搐不止，碗口大的肉窟窿里鲜血成流，汇入了肮脏的血水池。屠夫把死羊扔在一边让人扒皮，接着颐指气使地对周、吴、崔三人，喊说："先见识一眼宰羊，再过来，学学杀猪！"

独眼屠夫将三人领到了血迹斑斑的杀猪凳旁。猪圈里一头探头探脑的肥猪，被杀牲者吆喝出来，"吱吱唠唠"四处乱跑。屠夫吆喝："仨野路子货，都过来上手，把猪摁在凳子上！"肥猪在众人的围困中，吱唠嘶吼更甚，左冲右突不止，却总是无法走脱。屠夫口叼戳刀，猛地抓了猪耳朵，一个杀牲匠从后揪了猪尾巴，另一个提了猪后腿，吴实、周术帮忙抓了猪的前腿，硬生生把这头肥猪横倒摁在了杀猪凳上。崔广见此阵势，也只得出手相帮。眼前寒光一闪，屠夫拿起明晃晃的戳刀横在了崔广面前，他心中一惊，紧闭双目，拧过脸面。那尖长的戳刀

“呼哧”一下捅进了猪脖项，屠夫的血手再用力一拧，直戳肥猪的心肺深处，那一声惨叫，撕心裂肺，不由得崔广浑身哆嗦。一股鲜血迸溅开来，糊了崔广的面目，他便惶恐地后退一步，跌坐在地。

独眼屠夫看着崔广的模样，呵斥：“去，去，去，一边儿干活去！”

吴实和周术继续帮屠夫捅猪、开膛、掏五脏，崔广在臭气熏天的血水池边帮着薅鬃毛，翻肠子。

天黑歇工，三人啃食了干锅盔、萝卜杂碎汤后，被安排在矮小的破窑洞里过夜，他们拖着困乏的身子和衣躺在了草铺上。

周术睡得并不踏实，晕晕乎乎之间，突有不祥之感，急往腰里一摸，那不离身的辟邪短剑却没带来，便翻身爬地，贴耳细听，隐约听到了窑洞外面的远处，响起了窸窣的脚步声。他知吴、崔二位太累需要休息，自己这位兄长就该多操点心，便悄悄爬起，顺手摸了吊猪挂肉的铁钩，守在窑洞门口的破草帘后，透过缝隙，看到沟凹口有模糊的人影，忽然火星一闪，亮起了火把，那些人影逐渐清晰。马面羊倌在前带路，带着一位身穿虎皮袄、肩披熊皮大氅的莽汉往这儿走来，马面羊倌虎视着周术三人栖身的这孔窑洞，低言：“大王，回来得好呀，那仨奸细就在那个窑洞里，大王快快宰了他们！”

“仔细说来，啥样的奸细？”

“嗨，说是做什么海盐生意的，却双手空空，不曾带货，其中一个壮汉顺手就是一记狠拳，差点儿要了我的命……”

“屎的，什么盐不盐的，眼下盐巴不重要了。”

“哦？”众人不解。

“西戎大兵有的是察尔汗湖盐，就连马料添加的都是什么茶卡的盐，现在山上急缺的是牛羊猪肉和粮食……哎，今天山下送来的肉畜和粮食有多少？”

“唉，送上来的牛羊猪加到一起不到十头，五谷杂粮不足一担。肯定是那仨奸细日的鬼，自他们上山后，就再也没有人送东西上来了。我这就去把他们从窑洞里赶出来，请大王动手！”

“不急不急，雍王有令，这雍山嘛，如今只能上不能下的了。管他是不是奸细，到了咱这儿，就物尽其用，用了再说。他们一个都不能活着下山！”

“好，好呀！”独眼屠夫和一众杀牲匠被说话声吵醒，便披了羊皮袄，提着裤子，从远处的窑洞里出出溜溜地聚在了血池王身边，纷纷击掌叫好。

“大王说的物尽其用，就是刨心挖肝，下酒吗？”

“不，那是待后之事。眼下万余大兵屯集于五面窑，那些人的吃喝是当务之急。天亮后，先让那仨奸细往山上送肉送粮食。宰不宰他们，宰了是刨心挖肝，还是割蛋取鞭，咋吃咋补，那可是雍王的事儿！”

说话之间，有人已将鲜嫩的羊肉烤熟，血池王让人拿酒来，边吃边喝。

此时，有人低声说，宗庙令来了。血池王便狠啃一口羊肉，猛灌一口老酒，低头狠拍一下大腿，言说：“来得好！”

宗庙令从远处走来，到了血池王的身边，问道：“大王连夜下山，雍王何在？”

“哼，雍王何在与你无关，我要你赶明日午时，把囤积在宗庙、祖祠里的五牲肉和粮食全送上五面窑，不可延误！”

“啊，咋能这样呢？那些畜肉和细粮，可都是朝廷的储备啊，没有秦王旨意，怎能挪作他用？”

“嘿呀呀，如今还有什么秦王呀，那些嬴姓宗庙祖祠，全都要化为灰烬！嬴政那小子也是命不久矣！”

血池王说得“哈哈”大笑，宗庙令气得浑身打战，不由得怒骂：“大胆妄为，真是无法无天了。想欺君叛秦，自立为王，也不掂量掂量自己的骨头有多重？身子有多轻？天地人一贯三者为王，三者偏亡，则无安人。看看你们这些无德无能之徒，做尽了伤天害理之事，岂能为王？”

“狗日的，顽固不化的老东西，都啥时候了，还执迷不悟。想死呀？想死，你就死去吧！”

血池王站起身来，“啪”一声把手中的酒碗摔碎。

独眼屠夫举刀朝宗庙令劈去，宗庙令屈身躲过，马面羊倌伸腿把宗庙令绊倒在地，独眼屠夫挥舞双刀欺身上前，左手用戳刀捅进宗庙令的胸口，右手挥起砍刀猛劈下去，可怜一位面善老人的头颅就滚落在地。周术在窑洞里看得心中一惊，攥紧铁钩的双手冒出了冷汗。

此时，地面上那宗庙令的头颅，双目圆睁，怒视血池王，口喷血水。

“鬼，有鬼！快拿火烧！”马面羊倌一声号叫，独眼屠夫提起酒罐摔进火堆，一众杀牲匠，纷纷抓起燃烧的柴火疙瘩，往宗庙令的血颅抛去。宗庙令的血颅“呵呵”有声地冲着血池王，跳跃而来。血池王急忙摔去熊皮大氅，拔出腰刀挡在面前。宗庙令的头颅忽高忽低，飘忽不定，围着血池王转圈，把血池王整得晕头转向，哀号声声，脚下一绊，忽而倒地。

宗庙令的血颅弹跳起来，往血池王的脸上“呸”了一口浓血，腾空而去，那“呵呵”笑声变成了“呕呕呕”的夜枭声。

血池王倒在地上人事不省，马面羊倌和独眼屠夫近前，高一声低一声地叫唤。血池王睁眼之间，见与宗庙令的无头尸体躺在一起，便急翻身往起爬，脚下黏血腻滑，就又和宗庙令之残躯抱在了一起。如此爬起躺下，躺下爬起，反反复复，血池王就成了面目全非的鬼模样。一个杀牲匠上前，硬是把血池王拉扯到一边。

失魂落魄的血池王，勉强撑起颤抖的双腿，朝宗庙令的残躯连吐三口，骂：“老鬼，死鬼，快滚吧，黄泉路上给嬴政探路去！快快多点火把，把路照亮，送老子去那宗庙里过夜！”

血池王说着，又对独眼屠夫下令：“看好那仨奸细，天亮后让他们送肉送粮上山。捎信给雍王，这仨货就交给雍王处置了。”言毕，被马面羊倌和一众喽啰们簇拥而去。

独眼屠夫喊来三个杀牲匠，吩咐：“你仨，今夜好好守住这孔窑洞，都多长个心眼儿。那仨奸细嘛，若逃走一个，我就杀你一人，要是全逃走，你仨呀，谁都甭想活命！”

独眼屠夫去了稍远处的窑洞睡觉，三个杀牲匠面面相觑，低头商议一会儿，就一起伸出手来用手心抬手背的办法，抬出一人，确定由此人先守洞口，另外两个再以猜大小排出了替换的顺序。三个杀牲匠约定，无论谁在窑洞口值守，都是燃尽半截香火再做轮换。于是，排在前面的那位拿着屠刀，守在窑洞跟前，后面的那俩圪蹴在远处的火堆旁，烤火歇息。

守在窑洞口的那个杀牲匠打起精神，握紧屠刀，盯紧窑洞口，一眼不眨地看到破烂草帘不断地在晃悠，越看，心里越毛，不一会儿就浑身变冷，双腿颤抖，忍不住哆嗦了嘴唇，朝旁边喊叫："嘿，哥们儿呀，他妈的这儿太冷了，还是把火堆引燃过来吧——"

"喊叫啥呀，面前这半截香火刚刚点着嘛。"

"哎，在窑洞口把火烧旺，一可吓阻奸细，二也免得你俩一会儿站这里，跟我一样受冻……"

烤火的那俩想想也是，待会儿，无论谁站在窑洞口，不也是需要暖和身子，相互壮胆嘛。于是，两人就添加干柴，把火堆移到了窑洞口。三个杀牲匠手提屠刀围坐在火堆边，烘烤得浑身暖和，你一言我一语地高声说道：

"嘿！咱这戳刀吃荤不吃素，谁敢走出窑洞，便剁了谁的头！"

"洞里的仨奸细，听着，想逃走，没门！"

"仨奸细呀，老老实实地待着吧，明儿送你们去见雍王！"

…………

三个杀牲匠一边乱喊叫，一边竖起耳朵仔细听，窑洞里面只是鼾声如雷。一个杀牲匠悄言："哎，这仨奸细呀，睡得跟死猪一样，等着明日挨刀吧。看来，这前半夜嘛，没事！"仨人说着来回话，双眼慢慢黏糊，一会儿就东倒西歪地打起盹来。

此时此刻，窑洞里面的吴实、崔广也都趴在了周术的身边，注视着外面的动静。周术见吴实手持杀猪用的铁捅条，崔广也是一手按紧肩头的褡裢，一手握了芟猪毛的锋利石块，三人灵犀相通，无须言语，便同仇敌忾，准备拼死一搏……时机正好，周术便晃了晃手中的铁钩，对二人点点头，欲冲杀而出。

血池沥胆　　王家民·画

突然，马面羊倌举着火把，肩扛一杆长枪从沟洼口走了过来。那厮见三个杀牲匠都睡着了，于是狠跺一脚，骂：“你三个砍头子货，瓷尿愣种，跟猪一样能睡，起来，起来，快起来！”那三人睁眼不知所以，马面羊倌看着茫然无措的三个糊涂蛋，又骂：“我知道你仨手里都是短刀，担心对付不了那几个奸细，前来送枪，想不到你们都是尻门大把心掉了，就这样烤火睡觉的，不怕送了命？”

马面羊倌的话没说完，忽然往后仰倒，一头穿进了窑洞。原来，这是周术趁马面羊倌被火燎得后退的瞬间，猛地由草帘的后面跃起，用铁钩钩住了那厮的后衣领，使劲往窑洞里一拉，将其拽倒。

吴实见马面羊倌仰面而入，便伸开铁钳似的双手死死掐住了那厮的脖子。崔广也是急中生智，扯下褡裢狠捂马面羊倌的口鼻。马面羊倌的下半截挺在窑洞外，两条腿抽筋似的乱踢蹬，握在手中的长枪也是乱刺不止。三个杀牲匠往前不是，后退也不是，急急慌慌，没头苍蝇似的团团乱转。不一会儿，马面羊倌手中的长枪缓缓落地，腿脚也抽搐得没了劲儿。一个杀牲匠蹲下身，抓住马面羊倌的脚腕往外拉，拧头朝两个同伙喊：“把疙瘩火往窑洞里扔，烧死那三个奸细！”

窑洞里，吴实见马面羊倌奄奄一息，就凝神聚气，用力抵住马面羊倌的脑门，往窑洞外面狠狠一推，那个拽着羊倌脚腕的杀牲匠往后拉得正是顺溜，顺势一个后滚翻，和马面羊倌一起坠下了塄坎，“咕咚”一声落入血池，再“呼噜”一下，没了踪影。

这么一瞬间，那两个准备往窑洞里扔火团的杀牲匠，愣在一边，不知所以。周术、吴实和崔广趁机冲杀而出。两个杀牲匠瓷锤愣种一双，哪里见过如此阵势，吓得屁滚尿流，逃命而去。

·2·

周术奉命离去已过月余，秦王嬴政心慌不安，急欲知道他们三人入雍的结果。思来想去，夜不成眠。此日早起，头昏脑涨，不思茶饭，自闭书房不出。

其实，周术三人昨夜已回咸阳，他们连夜密会了唐秉和李斯。唐秉、李斯知道了三人的浴血经历后，知嫪毐谋反的事态严重，须尽快呈奏秦王。

唐秉为难，太后与嫪毐生有孩子的事怎么说？始作俑者吕相又该怎么说？难说的事太多，不说又不行啊！

李斯却言："崔广呀，你如实撰写查证文书，诸事不可隐瞒。"这段时间，李斯已密查了此事的前因，便想趁机对吕不韦落井下石，为自己谋取高位寻找机会，于是，便彻夜陪在崔广身边，督催着撰写了查证文书。

整整一夜，唐秉辗转难眠，想这十多年朝中大事全靠吕不韦操持，再细察李斯那猴急的模样，觉得此事复杂，不待天亮便去秦王寝宫，服侍秦王步入书房，刚想就入雍查证之事打声招呼、说点什么时，李斯急来禀报说："启奏秦王，客卿周术、吴实和崔广归来……"

周术三人进门，崔广手持查证文书，说道："启奏秦王，我们三人前来复命。"

嬴政一把抓过崔广手里的文本急忙打开，看着看着，怒形于色，浑身颤抖，仰面大吼一声："传令，杀了吕不韦老贼，再发兵雍城！"

唐秉劝说："秦王息怒，此事切不可操之过急，须慎之又慎，谋定而后动矣！"

"啊呀呀，怎慎？何谋？"秦王气得咬牙切齿，恨不能即刻动手杀人。

"在下以为，秦王还没行冠冕大礼，吕不韦依然位高权重，绝不可轻易罢免。若无端罢相，对内，难免有朝乱之虞；对外，恐有列国趁乱袭秦之祸。"

"当务之急是剿灭嫪毐团伙。剿灭嫪毐这事，还须借吕不韦之手，以毒攻毒，以恶除恶，除恶之后再找理由罢免吕相。"

"秦王啊，嫪毐必除，吕不韦恶行也终将水落石出，此事须有轻重缓急之别。"

"噢，是让吕不韦先出头杀了嫪毐，我再如捕蝉螳螂，后杀吕贼？"秦王嬴政明白了众位客卿的用意。

“秦王呀，当死者必须速死，不当死者且留活命。”

“唉，本王既明白，本王又糊涂……”

“秦王须尽快向吕相、母后提出冠冕亲政。依照朝制和先王惯例，亲政须进入雍城行冠冕大礼，在雍山四畤祭祀天地和列祖列宗。如此，可引起嫪毐团伙妄动，让其暴露于世人面前，又可使吕不韦进退失据……为相者的要务，就是治理国家，平息动乱，保护君王。这些事儿，他不能不管！”

“明面上是让吕相出头，但秦王更需暗中部署，精心谋划，亲自指挥。暂且用好吕相这面挡箭牌，便可以稳定朝政。这步棋么，宜早不宜晚，只要确定了秦王入雍之日，就是嫪毐送命之时。”

…………

秦王细听唐秉、周术、吴实、崔广和李斯的谋语，心中陡然豁亮。让众人退去后，即刻传唤吕不韦。

这几年来，吕不韦很是闹心。赵姬于己像是关门夹了手指头，疼得钻心；于嫪毐又像是逮个老鼠咬布袋，朝着自己胡扑乱咬得无法收拾。这几年，嫪毐或假借太后名，或以长信侯身份唆使他人呈折告状，妄议国事，在朝与自己分庭抗礼。嘿，嫪毐他愿告就告去，自己身为国相，内政外交大权在握，关中大地一片繁荣，国力日益强大，列国不敢轻易犯境，但却很难看到秦王的一次笑脸。

这会儿，吕不韦知秦王突然传召，便急忙穿起朝服，急匆匆去见嬴政。

秦王见到吕不韦，开门见山说道：“吕相国呀，我承王位已是八年，岁逾二十，缘何不能冠冕亲政呢？”

秦王劈头盖脸这一句话，把“吕”字拉长，念得格外难听，使吕不韦一愣，急忙回话：“恕罪，恕罪，秦王恕罪！老臣早有考虑，只是……”

“只是什么？”

“只是，太后远在雍城，不曾提起此事。”

“咋说？母后不曾提起，你做相国的，便可置之脑后吗？”

“哪里，哪里，秦王有话，老臣马上落实。按照先王规制，冠冕大礼需在雍城举行，还需去四畤祭祀，入宗庙拜祖……”

“好呀，那就依照国之礼仪，速做准备吧。”

“遵命，老臣立马筹办。”

“还有，传说雍山上的草寇猖獗，治安不良，长信侯似图谋不轨？”

“噢，真有此事？”吕不韦听秦王提到长信侯嫪毐的名字，便心中惶然。

“难道不信本王？”

“臣信，臣遵旨，臣谢罪。”吕不韦看到秦王的脸色一变，就慌忙谢罪。

“无须谢罪，本王让你履行为相之责，内乱外患，你不可不管！目下，须尽快安排冠冕亲政大事！”

“诺！臣遵旨。”吕不韦告辞退出，一时后背发凉。惴惴不安地想，秦王已半掌朝政，为什么突然提出冠冕亲政的事儿呢？他是怎么知晓长信侯嫪毐的不轨呢？他还知道其他什么事儿吗？他做出如此果断的决定似有蹊跷。他那脸色为啥那样难看？为啥牙关咬紧，斩钉截铁般说话。

吕不韦把近臣翻来覆去想了个遍，想不出来谁在秦王面前嚼舌头。此时，只是暗骂嫪毐和赵姬蝇营狗苟，欲置自己于死地。此一生何等精明，如今却陷入如此困境，难道自己会就此身败名裂了吗？掂量来掂量去的，又自我安慰地往好处想：假若秦王知道了自己与太后私通，知道了嫪毐入宫的始作俑者是谁，那自己还能受到召见吗？看来，秦王还是信得过自己的。

吕不韦想到此处，虽不能喜形于色，但也暂且心安。唉，这一辈子为啥鬼迷心窍地遇到了赵姬？为啥弃商从政？又为啥经营那个嬴异人？最可恨的还是那无耻恶棍嫪毐……这些摆不上台面的龌龊事儿，也是怪自己呀！能有一服从头再来的后悔药多好呀！算了，算了，别多想了，尽快让秦王冠剑加冕，亲临朝政，剿灭嫪毐，才是自我救赎的机会啊！

吕不韦回府后，密召御史、廷尉、司寇、宪盗、侍郎、国正监诸多行法执礼大臣，言说秦王亲政之事。众臣明白，秦王临朝亲政将是拨乱反正的上上之策，但也会削弱吕相和太后手中的权力。

李斯心中窃喜，却不紧不慢地站起身来，平静言说："吕相言说秦王年逾二十，临朝亲政，符合礼制。但秦王亲政，必将削弱臣权。相国嘛，乃一人之下，百臣之上者，自会顾全大局。但那太后赵姬，又是做何考虑？"

"对呀，廷尉李斯言之有理，还有那长信侯是否同意？"又有大臣站起身来，附和李斯说话。

…………

吕不韦想不到，廷尉李斯竟如此带起节奏，切中要害，直击疼点。于是，稍做沉默，便语重心长地说道："国，毕竟是王的国！本相秉承先王旨意，辅佐秦王已逾八年，这八年啊，我克己奉公，殚精竭虑，一刻未曾懈怠。秦王五年，平定了酸枣、燕邑、虚邑、长平、雍丘、山阳等，夺取二十个城邑，设置东郡。六年，韩、魏、赵、卫、楚结盟攻秦，寿陵沦陷之际，我又率兵，杀退那五国军队，保卫了河内地区……有此天下大势，我内心无愧。星移斗转，人已渐老，也看透了人生荣华富贵，我宁不做相国，也要陈情，请秦王早日临朝亲政。那太后揽权，长信侯嫪毐作恶，也只有秦王亲政后再予定夺吧。"

众臣为之一惊，吕不韦竟不避忌讳，说起了太后和长信侯，震惊之间，无不长出一口气，纷纷支持吕不韦的动议。

众臣散去，吕不韦留下李斯，拍了拍他的肩膀说道："还是廷尉李斯识时务呀，难得你明我心，知我难。便请你连夜拟写秦王临朝亲政的陈情书吧。"

"哦，吕相，此事有这么紧急吗？"

"事情重大，不可不急。速拟陈情书，成篇后送我过目！"

李斯找到崔广，两人一起翻阅文献典籍，引经据典，连夜拟写了恳请秦王亲临朝政的陈情书。

·3·

此夜，周术和吴实身着夜行黑衣，分乘快马，护送数辆轺车出冀阙往北塬上疾驰，到了上卿蒙武将军的府门口，散开警戒。

唐秉和蒙毅先后从轺车上跳落在地，贴身护紧另一辆轺车，蒙毅手拍轺车的暖阁，低言“到了”。一条矫健的人影跃出暖阁，凌空生风，如一道闪电冲入府门，矫健之人麻利地褪去面纱，原是秦王嬴政至此。

早已等候在门里的老臣蒙武，轻言“恭迎王驾”，便拉着嬴政走入了密室。

“蒙将军近日可好，蒙骜老将军过世那时，我曾来府上。嗯呀，已过数年，嬴政我好生想念蒙老将军呀！”

“彼此彼此，秦王请坐……”

不待蒙武的话语落点，蒙恬就扶着年迈的纲成君蔡泽从内屋走出。唐秉近身安坐后，便与蒙氏兄弟一起回避在外。嬴政给两位老臣细说了纷乱如麻的朝政，说了嫪毐勾结西戎的诸多事端，说了欲临朝亲政，拨乱反正之意。

“噢，庄襄王殁去八年多了，嬴政亦由一个娃娃出脱成了壮小伙了，秦王，你快二十了吧？”蔡泽问。

“回纲成君的话，嬴政我已二十又一。”

“着着着，早该临朝亲政了啊。目下朝纲紊乱，怨声四起，如此局面须当机立断。自古之嫡长子继承王位，是天经地义之事……”

蒙武言：“纲成君所言极是。但，临朝亲政，首在兵权。孙子曰：兵者，国之大事，死生之地，存亡之道，不可不察也。眼下国之兵力分散，秦王手无虎符，便无调兵遣将之力，所以，奸雄才敢肆无忌惮，无法无天，乱我朝纲。”

蔡泽言：“噢，看来，武官想得还是实在，我这上不了战场杀不了敌的老朽，迂腐不堪，迂腐不堪哟。蒙武呀，你说的那虎符是否由吕不韦、太后分持？”

嬴政抢先回话："是呀，国之虎符，确由吕相与母后分持。"

"哎呀呀，这就麻烦了！"

"是呀，半符作用有限，只有一双调兵的虎符相合，才能调用军队。"

"蒙武呀，昭襄王钦赐蒙老将军那威震三军的尚方宝剑，现在何处？"

"哎，我怎么也是老糊涂了，多亏纲成君提醒。三代祖传之尚方宝剑，一直妥藏于府中。"

…………

嬴政听两位老臣说来说去的，茅塞顿开，心中一亮，问："哦，蒙将军，祖上尚方宝剑可用？"

"可用，可有大用。请秦王胆子放正，命那吕不韦召集文武百官入宫朝政，老臣我持剑上朝，助秦王先收回吕贼那半个虎符！"蒙武拍了胸脯，铿锵有力地说。

"明白，明白，谢过两位贤臣！"秦王告别，飘然出府。

唐秉、蒙毅陪侍秦王登上轺车，在蒙恬、周术和吴实的护卫中，快马加鞭，同回王宫。

话说吕不韦细看李斯和崔广拟写的陈情书，甚是满意，正谋算怎么呈奏之时，赵高忽来说，秦王明日召集文武大臣议政。吕不韦一愣，觉得这嬴政真是胆子正了，召集群臣议政，竟不与自己这个相国先打个招呼。

赵高见吕不韦恍然走神，沉默不语，便拿出帛卷说："吕相不信，那就请看秦王的手谕。"

吕不韦回话："赵公公之言，岂敢不信，我只是想，还需哪些文官武将进殿？"

"嘿，秦王手谕已是写得明白。"赵高把手谕塞给吕相，转身离去。

吕不韦愣了，秦王这唱的是哪出戏呀？一手拿着陈情书，一手拿着秦王的手谕，抖了抖，暗叹一声：罢罢罢，挖个坑儿自己跳。明日议政时，这陈情书还得启奏，无论是死路还是活路，总得往前走呀！

翌日朝堂上，吕不韦手捧陈情书，呈奏：“秦王在上，臣不韦启禀，君为国纲，纲举目张。不韦受庄襄王之托，辅佐我王料理朝政。余尽心尽力，外扩国土，内保民安，但捭阖纵横能力不足，多有疏忽错乱也。现秦王观政勤奋，习法专注，文武兼备，心志弥坚，继承历代先王宏愿，重整河山，雄心如虹。秦王已逾弱冠之年，亟待冠剑加冕，临朝亲政。唯其如此，方成正道。臣不韦吁请：当在明年春时，为秦王行冠冕大典。臣年岁渐高，早日还政于王，方为国民之幸也。”

秦王接过陈情奏折略看一眼，提笔饱蘸朱砂，在上面画了圆圈，言说：“吕相目下要务是筹划冠剑加冕大事，人心无二用么，还请把调兵虎符呈交本王！”

此言一出，吕不韦惊得张嘴无语，满朝文武大臣无不吃惊……这不就是剥夺吕相的兵权嘛！

此时，有臣低头偷觑秦王，也有臣侧目斜视吕不韦。

秦王见吕不韦抖了一下，迟疑不语，便追问：“说话呀，吕相。调兵虎符何在？”

吕不韦咽口气儿，喉咙咕噜有声。看秦王左右两侧站着手捧尚方宝剑的上卿蒙武将军、曾四朝为相的纲成君蔡泽。蒙毅、蒙恬兄弟，李斯、尉缭、唐秉、甘罗、王绾、周术、吴实、崔广等文信书院的门客，全都冷了面孔，直视而来的目光令人寒心，于是言：“启禀秦王，兵者，国之重也。臣受先王之托，辅佐秦王八年，凡上朝必将调兵虎符带在身边……”边说着，边撩起袍衣，颤抖着双手从腰带上解下了虎符，极是沉重地呈在秦王面前。

秦王接虎符在手，言说：“吕相侍奉先王劳苦功高，于我秦国贡献甚大。目下冠礼要务，还需切记在心，不可疏忽大意！”

“诺。谢我王，老臣不韦将尽心做好我王冠冕亲政大事。”

·4·

深居雍城的赵姬见了奏折，看是吕不韦吁请秦王临朝亲政的陈情书，在钤印之侧，破天荒的竟是政儿挥笔画成的大圆圈，暗“嗨”一声，想，政儿长大成人了，也该亲临朝政了。于是，叫宫女拿着去钤太后印，凡此，她便不再过问。

哪知，这宫女却是嫪毐豢养的内线，她先把此折内容缮抄密报嫪毐，方才钤印。显然，当朝机密大事尽为嫪毐所知，赵姬却对身边宫女毫无戒心。因此，赵姬对嫪毐勾结外患，欲杀政儿，图谋王位之事，竟然毫不知晓。

嫪毐拿到陈情书的缮抄本，知道“明年春时”秦王嬴政将来雍举行加冕大礼，便急上雍山找到西戎统领，说道：“明年春时，嬴政倾朝来雍，咸阳必然空虚。我将调集河西、太原两郡兵力围困咸阳，再制诏书，调集关中县卒、卫卒、郡公、贩夫、侠客和舍人十万之众，与城中的卫尉竭、内史肆、佐弋竭、中大夫令齐等里应外合，占领秦都，在咸阳城墙遍插“雍”字大旗，让嬴政我儿死无葬身之地!”

“哦，雍王，英雄盖世也!”西戎统领此言并非奉承。此前呀，他还真是小看了嫪毐。

“哪里哪里，还得仰仗将军呀。我那十万之众加上此地的雍兵，却抵不住将军骁勇善战的万名精锐呀。”

嫪毐说的也是实情，他心知肚明，所谓“十万之众”只是撑面子的虚数而已，稀里糊涂说来，也算是吹着口哨走夜路，给自己壮胆罢了。当然，他这么一说还另有所想，是想让西戎统领相信自己能成大事，定能取代秦王。这西戎统领还真不如嫪毐有心眼，于是顺茬回话说：“雍王莫要谦虚，打仗嘛，兵马将士越多越好呀。”

“好，看来将军还就是将军。我想，可把将军的士兵分作两部，一部留雍，一部埋伏在咸阳北面的梁山。梁山到咸阳路不远，且又居高临下，起事动手那天，让他们配合我那河西、太原两郡兵马，先声夺人，拿下咸阳，与雍城遥相呼应，再兜着嬴政我儿的身后冲杀……”

“雍王所言有理，那就调拨三千精兵，领去埋伏吧。可得说好了，须依汉人说的什么兵马未动粮草先行，我那士兵的营养补给可得跟上哟。”

“请将军放心!”

“还有，语言甚不相通，如何是好?”

嫪毐就此已有想法，便回话：“我那河西、太原两郡亲兵和征招的关中军民，皆戴白帽、扎白巾。将军手下的将士嘛，也就反穿白色的羊皮袄……”

时不久，嫪毐带了三千西戎犬兵绕道北部高山，潜入梁山埋伏。他野心大，劲头足，凭借熟悉地形之便，如山耗子一样昼伏夜出，翻山越岭，在雍城、梁山、河西与太原等处走动，秘密纠集兵马。

此时，秦王嬴政也是精心排兵布阵，举朝春祀前一个月，便带领文武大臣往西进发，出秦都咸阳后，游山玩水似的到了岐山周公庙，稳稳当当驻扎于此。白天狩猎，晚上读书习礼，一连数日，不言入雍，好像把冠冕大典的事儿抛在了脑后。

吕相领礼仪侍官出发在前，入雍等候多日，不见秦王驾到。回头打听，方知嬴政在岐山周公庙住了下来，便疑惑不解，说定的冠冕大典时日已近，来此尚需祭祀天地，祭奠祖先，沐浴斋戒也需七八上十天的，他为什么还不入雍？莫非是设圈套，留出机会让自己去私会太后，寻口实把自己和嫪毐同时收拾？好在入城至今，哪儿都没敢去。再想，还是不妥，虽然没去见太后，这不也是待在雍城里面了嘛。暗骂一声“糊涂”，就带着礼仪侍官出城驻扎在了郭墙之外。

嫪毐知秦王嬴政出咸阳往西而来，便迅速调动太原私兵渡过黄河，集结于河西，同时在四畤、宗庙和雍山做着精心部署。

然而，他正制作假诏欲调用各郡散兵时，却接到消息说，嬴政驻扎在了周公庙，白天游玩狩猎，夜里饮酒对弈，不再提说西进之事。嫪毐一愣，不知嬴政心里咋想。又接密报，知已入雍之吕不韦又率众出城，他们这是要回咸阳去吗？冠冕大典要换地方了吗？

秦王嬴政稳坐周公庙，明察瞬息万变之战局。对嫪毐那河西、太原两郡私兵秘密纠集，雍城周边的外敌与草寇混合部署，了然于胸。如此消息，全靠吴实结交的那位“驭马首令”及时提供。这几个月来，吴实和那个驭车夫的交往从没断过。吴实还是假扮腰缠万贯的富商，把海盐、丝绸、布帛、兰陵酒源源不断地送进雍城，又把西域那牲畜毛皮一车车地运到兰陵和笠泽。

荀子先生殁后，兰陵学馆换了掌门人，吴实阿爹便离开学馆做起了生意。吴实在关中这儿的“生意”没他爹密切配合还真是不行。他就请阿爹举家迁来咸阳，办了个实实在在的“吴氏货栈”，把小生意做成了大生意。吴实夫人也就一边管孩子，一边掩护吴实为秦王做事。

那嫪毐的哥儿“驭马首令”往来咸阳，自然就由吴实夫妇盛情接待。只要让那厮吃饱喝足，他便将偷鸡摸狗、杀人越货的什么事儿都说了出来，有用的没用的，盐咸醋酸的只言片语全被吴实牢记在心，整理成文，密呈秦王，嫪毐的一举一动就全在掌握之中了。

秦王嬴政按兵不动，是因尚有大事未了。那就是，让周术和崔广潜入雍山找寻嫪毐的两个孽子，已过数日，没有回音。

秦王想，擒斩嫪毐已易如反掌，但对那两个孽子不斩草除根不行呀，那可是天大的祸害啊。因此，下决心杀了两个孽子后，再说这冠冕大典的事儿。做君王定天下，报不得切齿之恨，除不了嫪毐的孽种，岂不被天下人笑话！

·5·

周术、崔广带宫内高手进入雍山。他俩知晓，要找那两个孽子，唯一线索便是在“柳林醉”客栈见到的那村夫、村妇。当时，风雪弥漫，来去匆匆，身影模糊……寻人似如大海捞针。他俩带着宫内高手走过不少峁梁，进了许多沟壑，不说见个人，就是见一只猫狗都是难事。后来，盯着远处的羊群等大半天，见到个牧羊人，上前打问，皆摇头不语。一个如此，两个如此，遇见的第三个人还是如此。换个地方，接连数天，见到的人不止十数八个了，就是问不出个所以然来。

周术和崔广明白，他们并非是哑巴，也并非全是听不懂吴越话，其中定有什么难言之隐，便改变主意，让会说雍地话的宫内高手扮作讨饭者，身着破衣，拄着打狗棍，端着粗泥陶碗，分别在二三十里的范围内，走门入户寻找那村夫、村妇的蛛丝马迹。

某日，一位扮作讨饭的宫内高手到了三十里之外，忽然狂风呼啸，黄尘漫卷，天地混沌，前行不得，便蜷起身子躲在黄土崖下。高耸的头顶上，传来急促的狗吠声，有条人影"扑通"坠落，溅起一团黄尘，陶碗碎片冲出黄尘与凌空飘落的打狗棍撞在一起，"砰砰"声脆。这位宫内高手想，今日巧了，真假讨饭的碰在一起了。正待上前扶起那半掩在土中的寒酸人时，两条肥狗嘶吼着从半崖的小路上猛扑而来。此宫内高手岂容肥狗逞能？抬脚踢起一块碎石，冲着扑上来的肥狗而去，那狗就悬起一条前腿，"吱吱汪汪"回身逃走。他再拾起地上的打狗棍，朝紧随其后的另一条肥狗打去，那气势汹汹的肥狗，耷拉了头颅瘫在地上，只剩出气，没了进气。

宫内高手扶起那位寒酸的要饭人，言说："兄弟呀，把狗得罪啦？咋把碗都弄砸了，没要到吃的？我这还有点，你先填填肚子……"说着，拿出一疙瘩黄馍馍，塞在那人的手里。

"唉，啥世道嘛，人比狗还瞎。"

"咋啦，遭白眼啦？上面是啥样的人家？"

"富户。"

"噢，富户人家好嘛，吃的不缺，咱也好讨要嘛。"

"好要个甚？富人的心比老鸹还黑，人家把好吃的喂狗，都不给咱这穷人吃。”

“兄弟呀，你说说上面那富户有几孔窑洞、几个后生？”

“窑洞那是一溜溜，有两个碎娃白生生，婆姨富富态态，那汉子……”

“汉子？那汉子咋样？”

“嘿，别提了，瞎得没样样？”

“咋个样的瞎？”

“刚到那窑洞门口，想求主人行善施粥，便念叨恭喜发财，阖家长寿，日子好过……”

“好，唱诵富户人家的好词呀。”

“好个屌，词儿没唱完，却被那汉子踹了一脚，放出狗来咬人。狗日的那两条肥狗，跟狼一样，凶得很。”

“咳，那富人家还真不是个屄。哎——你看清那俩碎娃了？长得个咋样？”

“那狗日的碎娃，像是埋人时的一对童男子立在门口嘛，咋能看不清楚？”

“好好好，你守在这儿别动，我去找几个伙计来，帮你出了这口恶气。你先在此把自己藏好，给咱把上面的人家盯紧点，若有人来人去，你就数着、记着……”宫中高手把自己怀揣的黄馍、黑馍全给了寒酸的要饭者，转身去找周术。

周术、崔广率众急来，那个讨要者听见宫内高手的熟悉声音，便言：“嘿呀，你总算来啦，上面那家人还就那屌个样，没来人没去人，没啥屌动静。”

“好兄弟，我带人上去替你收拾那瞎人……”如此这般做了交代，周术、崔广率众摸上高处，进得窑洞，把那富户一家人控制在手，崔广点燃火把，照亮那一家人的模样，仔细看后言说：“没错，就这两个人了！”

宫中高手们给那村夫、村妇和两个娃娃口里塞上棉絮，绑了双手，再把那一溜溜窑洞逐一查看，里面竟然堆满了吴实运送的那海盐、丝绸、布帛和兰陵酒。无疑，这儿就是那“驭马首令”的黑窝点了。即刻，周术安排人速去岐山，密报给秦王。

秦王嬴政得到擒获嫪毐孽子的消息后，拔营起寨，行不一日，入住雍城之外的蕲年宫。此宫为惠公所建，比大郑宫晚建许多年，规制却比大郑宫大了不少。凡君王冠剑加冕，春秋大祭，多在此宫举行大典。蕲年宫紧依山坡，面临雍水，地势险峻，易守难攻。至此，秦王下令不再前行，他知嫪毐已把雍城经营成了法外之地，压根儿就没有打算进入老雍城。

吕不韦眼巴巴地在雍城外候驾，却得到秦王不再入雍的消息，便摇头叹气，想，离开咸阳这十几天，自己成了瞎子行夜路，摸不着北，这是嬴政精明，还是自己算计不周？来不及多想，就赶紧到蕲年宫参见秦王嬴政，躬身问："秦王呀，冠冕大典的确切日期怎么定？"

"不定？"

"哦，为何不定？"

"不除奸人，这冠冕大典，岂能安生？"

"噢，王宫侍卫军悉数在此，都部署在了蕲年宫和雍城的四周……"

"明白，部署不变！你，你所言沐浴斋戒，应是几日？"

"七日。"

"不定！"

"啊？依照规矩——"

"别说规矩，三五七九日的，有何不可！快快安排，我就在蕲年宫沐浴、斋戒吧。"

吕不韦欲退，秦王又言："本王沐浴斋戒，所有军机大事须及时呈报给李斯，冠冕大典之事嘛，自有赵高助你落实……去吧，诸事不可延误！"

是夜，秦王嬴政开始沐浴斋戒。蕲年宫分有前、中、后三殿，分别用作君王大典、聚臣议事、起居和沐浴，偏殿、通道、围墙、门洞都是依山就势，高低错落，在此布置精兵，便成了坚固堡垒。秦王不入雍城，是因为不愿面见母后，也是有意打乱嫪毐的军事部署，使其不知在此住几日，不知何时去四畤和宗庙祭天祭祖，更不知哪天举行冠冕大典。

秦王沐浴斋戒圆满的夜晚，换上了柔韧的精工软甲，身佩三尺长剑，在蒙毅和唐秉的陪侍中来到议事大殿。上卿蒙武老将军、老臣纲成君蔡泽，两位老臣闲着无事，就在棋盘上捉对厮杀。俩老臣见秦王走来，起身恭迎，君臣相互问安后，坐下来品茶，说话。

李斯进来给秦王说了什么，秦王高兴言："正如蒙将军和纲成君所料，咸阳城外大战正酣，图谋占领咸阳的乌合之众，已陷入了重重包围。"

"好好好，毅儿呀，拿酒来。"蒙武将军高兴，不碍秦王之面，也不说儿子的侍郎头衔，直唤其名，让拿酒来。

"好呀，拿陈年老秦酒，我要好好敬两位老臣呢！"秦王高兴，亦想小酌。

蕲年宫的大小殿堂灯火通明，秦王红光满面地与两位老臣聊天，弈对，抿酒。其间，瘦高个的李斯和圆球似的赵高跑出跑进，你来我往地在秦王耳边嘀咕着什么，秦王或点头，或摆手，一门心思似乎全在黑白棋子的进退布局间。

秦王离开国都前，已密授王族大臣昌平君和昌文君，适时捕杀了叛臣和内奸，嫪毐却丝毫不知。此时，章邯、王翦率兵，已把攻打咸阳的西戎犬兵及稀里糊涂聚来的乌合之众全部剿灭。

嫪毐不知咸阳战况，还是按原定时间指挥草寇，配合西戎犬兵，吹着牛角号冲下雍山，直击秦王所在的蕲年宫。

"呜呜呜"的牛角号声远远传入宫内，秦王不为所动，心静气闲往棋盘上轻放一粒白色棋子，抿一口秦酒。不一会儿，宫墙外的喊杀声急，箭镝落上屋顶，如冰雹来袭，叮咚声急。秦王这才推过棋盘，捏扁青铜酒樽，顺手高抛，酒樽竟冲破屋顶，带着尖锐的哨音划破夜空，直上九霄。众皆愕然的瞬间，宫墙内的战鼓轰然擂响，火把忽然点亮，将士杀声震天，与宫外那兜着嫪毐包抄而来的四野伏兵遥相呼应。

嫪毐先见的蕲年宫是灯火透亮，大门洞开，似无防备，以为大功告成，狂喊："抓秦王，杀嬴政！老子有赏——"带头冲到蕲年宫的高大围墙边，陡见如此阵势，惊得噎住了喉，惶然不知所措。宫门里滚出来熊熊燃烧的火团，顺着斜坡道路，咕咕噜噜，迎面碾压。高墙上火箭如蝗，迎头射来，沾之非死即伤，烧成火球者连爬带滚，呼爹喊娘地跌入了雍河。

四面杀来的秦军，枪锐刀利，勇猛无比，杀得草寇雍兵和西戎犬兵鬼哭狼嚎。

兵败如山倒，西戎统领带残部逃命而去，嫪毐也只得带着亲信驭车夫悄悄撤离。王翦去追西戎犬兵，蒙恬盯住嫪毐紧追不舍。负隅顽抗的雍兵和逃跑的西戎犬兵，头上白帽和身穿的白皮袄，在漆黑的夜里分外显眼，秦军将士盯住一个砍一个，盯住两个杀一双。

话说吴实带领三百精兵，提前埋伏在了雍山的沟壑里，当嫪毐和西戎统领带人下山后，便指挥士兵挖断退路，埋设绊索，深挖陷阱，诸事齐备后，吴实手持佩剑，威风凛凛地站在石塄高处，远望蕲年宫和雍城的方向，见火光变暗，听杀声渐弱，又吩咐士兵打起精神，握紧兵器，仔细守候，凡逃兵至此，全部砍倒，一个不留。不一会儿，那些苟延残喘的草寇雍兵，急如丧家之犬，逃窜而来，不是被绊索绊倒，就是掉进了陷阱，一时哀号不止，哽喉断气之声此起彼伏。

嫪毐和那个驭车夫仓皇逃命，听着前面号叫声急，知有埋伏，便急忙钻入山林，攀着藤蔓上山。不一会儿，这两人“呼呼哧哧”的喘气声和“咯咯吧吧”的枯枝断裂声，被静候在此的吴实听见。

吴实站在石塄上，高喊：“喂，下面不走正道者，何人?”

驭车夫听是吴实的声音，赶紧问：“上面可是生意人吴三兄弟?”

“正是。”

“在此何干?”

“夺命!”

“唉，我在逃命，你个生意人嘛，还躲什么命呀?”

吴实好笑，这死到临头的糊涂鬼，都啥时候了还在说胡话，便亮明了问：“你和谁一起逃命?”

“我和雍王在一起嘛，后有追兵，快施援手!”

“好啊！我要的就是那恶人嫪毐的命，让他上来!”

石堺下面的驭车夫这才如梦初醒，明白自己被吴实称兄道弟、货来货往地哄骗了好几个月，今日这惨败，全是这个假生意人捣的鬼。于是，张口狂骂："哎呀呀，狗日的吴三瞎瞎膏药，糊弄老子哩嘛。狗日的甭走，老子上来要了你的狗命！"不等他把脏话骂完，嫪毐却明白了这是咋回事儿，就把驭车夫猛踹一脚，跳上石堺，挥刀朝吴实砍来。

嫪毐的个头儿比吴实还高，腰身也比吴实壮，手持两片大砍刀，凶猛无比。吴实手持明月清风剑，猫腰欺身，冲着嫪毐下盘而来。嫪毐扑了空，便嗷叫如猪，回身横劈，那两道寒光似鬼火魔影，寒气逼人。吴实腾挪闪避，灵活自如，手中长剑如蛟龙出洞，旋转翻飞，"嗖嗖"声疾，白光一团，直冲嫪毐的面门。嫪毐这市侩狂徒，仅凭草莽之勇，却哪里是吴实的对手。看客只知刀重剑轻，刀狠剑雅，刀主杀戮，剑以护身，却不知剑乃兵器中的君子，也是咫尺拼杀之王。莫以为，嫪毐两片大刀与吴实一柄佩剑争雄，他就能在这场生死较量中占据上风？其实不然，莫走眼，看那嫪毐已气喘咻咻，破绽百出。吴实进退自如，越杀越勇，一会儿如寒光笼罩，一会儿又似霹雳闪电。

嫪毐听到石堺下面一声惨叫，知那驭车马夫已成断头鬼，只能豁出性命，拼死一搏。他忽然朝吴实面门扔出一片大刀，趁吴实猫身那一瞬间，双手紧握另一片大刀高高举起，劈向吴实……"哎哟"一声惨叫，血光迸射四溅，只见嫪毐血淋淋地趴在了树身上，动弹不得。

原是蒙恬追着嫪毐等人的身影，进了这片山林，他见有人跳上了石堺，紧跟其后的人影正欲上蹿，便一把拽了那人的腰带摔在地上，那人翻身拼命，想不到用的兵器竟是马鞭。蒙恬忽觉好笑，嫪毐一伙真是乌合之众，就连马夫也来打仗？于是，刀起头落，自诩为"首令"的驭车夫，即刻身首两分。

蒙恬忽如鹞子翻身，跳上石堺，那正是嫪毐高举大刀猛劈吴实的瞬间。蒙恬挥出长剑，一道寒光刺中那厮的后背。嫪毐受此一击，双臂发软，把高高举起的大刀劈入了树身。吴实侧身挥剑，在嫪毐的脖子上划过，地上就多了一颗龇牙咧嘴的血颅。吴实提了那丑陋不堪的血颅，与蒙恬一起吆喝士兵下山而去。

夜黑风高，秦王嬴政巍然屹立在蕲年宫前，老臣蒙武、蔡泽，侍郎唐秉、蒙毅等陪侍在侧。城内城外的将士整齐列队，文武大臣恭立在台阶之下。数万将士鸦雀无声，大战后的寂静，静得只能听见自己的心跳。秦王胸中已是四海波涛，九州云涌，撼天霹雳，轰隆作响。

吕不韦垂首斜视，瞄着李斯和赵高你来我往，穿插走动在秦王的身边，失落感油然而生，实在不是个滋味，一股寒风袭来，浑身发冷。

王翦从西门入，到蕲年宫前的台阶下，禀报："秦王在上，末将奉命截杀西戎逃兵，已取其统领的狗头在此。"秦王懒得看那狗头一眼，言说："扔一边吧！"

吴实提着嫪毐的血颅走进北门，快步到了秦王面前，恭敬施礼报："回禀秦王，吴实奉命设伏雍山，已全歼溃逃之草寇，诛杀了恶人嫪毐，前来复命。"

秦王拔剑在手，走下台阶，把那个血疙瘩一脚踢飞。东门那儿一阵骚动，周术和崔广快步跑来，后面的宫内高手提了嫪毐的两个孽子，押着村夫、村妇跑得急促。周术和崔广嘶哑着嗓子，一个喊声"秦王"，一个言说"复命"……嬴政不等禀报的话语落点，大步近前，看着扔在地上的两个孽子，一剑刺出，同时结果了两条小命。那村夫、村妇瘫倒在地，秦王大吼一声，将其逐一捅死。

秦王嬴政挥剑染血。他手中的这把秦王剑，由此惊天地，泣鬼神，杀伐天下，威震列国。

第六章　众口同声皆劝孝　舍身立命护纲常

·1·

惊心动魄的这一天，李斯专事战场消息的送达，赵高落实冠冕大典诸事，吕不韦相权旁落，已是徒有虚名。李斯、赵高二人觊觎相位已久，皆知灭了嫪毐，吕相必将走人，如何趁机争位，便各自打起了小算盘。

李斯寻思，先灭嫪毐，再贬吕相，是唐秉等兰陵学子与秦王共谋之策，好在秦王听得人劝，按照套路出牌。唉，秦王苦，秦王难呀！这千古不出的奇巧事儿，咋就让秦王遇上了呢？李斯转动脑筋，要给秦王找个台阶下。他知道，大郑宫是秦国社稷的象征，也是德公以来二十多代先王的行宫，但太后和嫪毐久住，就成了秦王嬴政的忌讳。无论太后结果如何，她所在的那大郑宫嘛，绝对是住不得了。

李斯便忙里偷闲，在雍城里外的四畤周边和宗庙附近转悠，走遍方圆十数里的铸造、瓦窑、豆腐、染织、酒肆和一些富户的房舍，再去看那驿站、武备库、屯兵营、指挥台……到了府库粮仓，眼睛一亮，这不就是最熟悉的地方了吗？走进去，一所小院还算清静，角落的苍老古树，枝叶略显浓郁，水榭孤亭的石缝里，似有亮黄色的花骨朵露头，心中便有了底。

赵高忙活冠冕大典诸事之间，猛见吕不韦忽然变老，一副萎靡不振的模样，既高兴，又着急。高兴的是，朝思暮想的相位已经在望；着急的是太后赵姬的命运。不管咋说，太后总是秦王的妈，也是自己仰仗的靠山呀。暗自嘀咕，吕不韦和嫪毐这一对冤家，怎么能被太后拴在了一起呢？冤家相依相生，一个死去，另一个还能活吗？太后这往后的日子咋过？压根儿看不出来秦王的想法，也不便去大郑宫给太后请安。

秦王指挥咸阳、雍城两场大战，与蒙武、蔡泽两位老臣对弈那会儿，李斯进殿给秦王密报的全是战场情势。赵高入殿来给秦王捂耳朵说大典之事，逮住机会提起了拜见太后的想法，却被秦王呵退。

此夜，唐秉见秦王趁诛杀两个孽子的余威，屠戮村夫、村妇的凶狠，突然替太后担忧，恐怕秦王一怒之下再做什么过分的事儿。他服侍秦王进入沐浴房后，对身边的蒙毅言说："蒙侍郎呀，秦王即将行亲政大典。按理说，他出浴后该去拜见母后了。"

"嗨，秦王今夜已如雄狮猛虎，杀气腾腾……"

"正因为如此，应该想办法让他冷静冷静才是。"

"唐侍郎呀，你有少年失母的苦难经历，亦曾撰写《孝行览》……"

"是呀，做人孝为先，君王亦不能例外。只是，秦王已拔剑嗜血，非以往可比。看来，仅靠咱俩说服秦王以礼拜见母后，难啊！"

"哦，对了。趁我家老爷子和纲成君在此，请他俩出头劝说劝说……"

"好！再把周术、吴实和崔广拉过来，齐心协力，人多办法多嘛。"

蒙毅知唐秉的苦难童年和人生坎坷，于其他人的身世家事并不完全知晓，于是言：“周术无亲无故的，吴实和崔广出身皆不薄，父母又健在，他们又有什么可说呢?”

蒙毅哪里知道周术舍命、吴实倾家、崔广浴血……三人皆出生入死，为铲除嫪毐而舍生忘死、忠孝难两全的内情呢? 他听唐秉略说了这几个月的明晦大事后，便感慨地说道：“噢，你们兰陵学子都是尽忠尽孝的好儿男啊!”

唐秉言：“为臣者，可弃家为国，而君王的家事就是国事。君王若恪尽孝道，臣将舍死尽忠，国人亦会效仿……”

唐秉理顺思路后，便去寻找周术、吴实和崔广。此时，满身带血的周、吴、崔三人聚在一起，各想心事。吴实想身在咸阳的一家人；崔广想鄞州的家，想得心酸，想得难过，可怜那师爷、师奶早早罹难，孝敬之心未能落在实处，这十来年又远离家门，不仅不能为父母尽孝，还把贱内和儿女的累赘都留给了父母……唐秉忽来，急说：秦王亲政大典在即，若不前去大郑宫觐见母后，便有违礼制，亦是不孝，当务之急，是说服秦王速去拜见母后。

周术、吴实和崔广听唐秉此说，皆觉棘手，纷纷言说：

“秦王已是恼怒不已。此事太难，太难!”

“再难，咱们都得劝孝，此乃为臣之责!”

“唐兄啊，究竟该如何劝孝?”

唐秉将三人拢在一起，说了自己的想法。

…………

话说沐浴房内，偌大的木桶注满了温汤，嬴政裸身入浴，眼睑紧闭，双手捂面，闷头入水，手臂上的血迹顿时化开，浮起丝丝缕缕的红晕，一会儿便化作汹涌的红浪……其中，嫪毐的血颅狰狞，两个孽子和村夫、村妇的躯体抽搐挣扎，蛆虫熙攘，苍蝇蹦跶，血颅、血躯忽作白骨，一副副恐怖的鬼模样直扑而来。他惊呼一声，仰头吹出憋在腹中的闷气，水汽蒸腾如雾，眼前茫然一片，便挥动双臂打散雾气，“嗵嗵”声响，把守在木桶边的两个宫奴打翻。接着，猛然收拢双手，抱头再入水下，森然骨架散去，二十年的人生断续映现，从赵国到秦国的一幕幕何其艰难……忍不住热泪流淌，涌动成波，热泪与温汤混流，愈加炙热难耐，便猛地挺身跃出水面，翻腾如龙，踢翻木桶，喊一声“更衣”。

宫奴匍匐前来为其擦拭躯体。蒙毅和礼官捧着白净内衣、五色黼黻龙袍和皇冠，进来为秦王穿戴。不一会儿，焕然一新的秦王嬴政神采奕奕地来到议事大殿。

蒙武、蔡泽等近臣齐声问安。吕不韦迫不及待地走近嬴政身边，躬身言说：“秦王，恶人已除，冠剑加冕，亲临朝政，正当其时。”

“去四畤祭祀天地，祭奠祖先，随着太阳升起回到蕲年宫！”秦王果断发话。

“正是，正是。”吕不韦唯唯诺诺回话。

“甭啰唆了，去吧！”秦王让吕不韦退身离去。

赵高忽然走近秦王身边，言说：“秦王呀，去四畤前尚需给母后问安……”

秦王怒言：“滚，问什么安呀？我今生不再与她相见，找个地方囚了吧！”

李斯见赵高碰了一鼻子灰，便谏言：“秦王，微臣以为，大郑宫实乃君王行宫，那儿嘛，太后是住不得了……”

“撵出去，快撵出大郑宫去吧！”

“秦王呀，斯以为，撵出宫也得有个去处，臣已经找到了可供太后长住的府库，不入冷宫亦似冷宫……”

蒙武阻止李斯，言说：“此言差矣！”

蔡泽接言：“秦王，生身母后毕竟是亲人，切不可言说冷宫之事。”

此时，唐秉进门，他那不利索的脚绊在门槛上，跌倒在了嬴政面前。嬴政想，初见唐秉时年仅十来岁，父王意外驾殁，自己突然成王。唐秉作为教书侍郎常守在侧，他宽厚仁慈，似如亲人，逐渐成了自己的精神依托。这十来年，是唐秉手把手教自己写字读书，高兴时与自己同欢共乐，苦闷时与自己同声叹气。两人虽为君臣，但却胜似兄长，情同父子。此时，秦王嬴政挽起龙袍的长袖，躬身去扶唐秉，急问：“唐侍郎呀，何事如此慌乱？”

“秦王啊，我思念生母，欲告假还乡。”

“哦，告假？你曾言，母已过世。”

“是呀，我母过世久矣，但，我担心她那丘于洞穴的棺木遭毁……”

“什么？”

“唉，生母殁时，我年岁尚小，穷困不堪，没钱给她置柏做棺，仅以松木薄板成殓，丘棺在了山林洞穴。十多年了啊，难免腐朽折损，实在担心生母那寒骨……”

“哦？”

“担心我那生母寒骨暴露于野，遭受野兽牲畜的糟蹋。在下欲回洞庭西山镇那缥缈峰，置棺木，重葬生母。”

“本王明白。唐侍郎莫伤心，且平身。”

这时，崔广又是进门跪地言说：“秦王，在下崔广亦需告假。”

此时，蒙毅偷偷给老爹蒙武使眼神，往趴在地上的唐秉和崔广连连撇嘴。蒙武明白了这些年轻的侍郎、客卿结伙前来的用意，便对蔡泽低言一番。于是，蔡泽看着崔广，问：“这位年轻客卿，你告假又为何事？”

“孝敬娘亲。”

“哎哟哟，都是孝子啊！”

…………

秦王嬴政想不到，腥风血雨刚平息，临朝亲政尚未果，这些博士客卿和侍郎竟有这么多琐碎的事儿，便言：“告假的小事嘛，交由李斯酌处。”

蔡泽明白了这些客卿和侍郎们的良苦用心，便接过话茬说：“哎呀呀，看来，你们年轻人孝心可嘉。只是身在朝中，侍君事大，怎能轻易告假？”

蒙武看着儿子蒙毅，一字一板地说道：“毅儿呀，你看看，与你同朝的年轻客卿，何等深明大义，不忘父母养育之恩！你呀，从今往后学着点，与蒙恬弟兄俩若不忠君王，不孝父母，便是天地不容的忤逆之子！”

蒙毅跪地发誓言：“老爹啊，放心吧，孩儿在此立誓，若不忠秦王，不孝父母，天打雷劈，不得好死！”

爬地不起的崔广言：“在下崔广以为，不忘孝道，孝敬父母……”

周术忽然进门急言：“启奏秦王，太后病重，唤叫秦王不止。”

“哎呀——生母，我那生母啊——就此断了母子缘分，你便永在雍城吧！”秦王怨恨交加，仰头高喊。

“秦王啊，唐秉斗胆谏言，太后的事归事，情须顾，理要通，她终归是秦王的生母呀！”

秦王看着全都跪地的侍郎和众客卿，拉着哭腔：“去去去，你们都告假离去吧。母后之事无须再说了！”

蒙武言：“秦王呀，百善孝为先，母后毕竟是你的生母呀，无论如何，你都得去见见她了。”

蔡泽走近嬴政，颤颤抖抖地拉了他的手，深情地说道：“秦王呀，王者是人，民也是人。王须以德治国，民须以孝传家。秦王无论承受多么大的委屈，这子不嫌母丑之大理，可得通呀！”

唐秉长跪不起，诚说孝道：“昔虞舜不计仇恨，孝顺父母，友爱兄弟，方能垂范万代。人生一世善恶共生，无善便无恶，无恶亦无善。人之七情六欲如同日有阴晴，月有圆缺，皆是自然。不顺其自然，生命不复延续，万物岂能峥嵘？无母哪能有儿？儿不嫌母丑，儿亦应宽恕母之错。金无足赤，人无完人。人生在世，岂能无过？走失的母亲呀，永远是亲人，既然是亲人，便须把她找回来！为王做君者，须首行孝道，方能德昭天下！”

崔广说道：“秦王岂不知，人之初始，只知其母，不知其父，实不为错。时下为人说孝，首重孝母，亦是大道也。”

蒙毅劝说：“秦王呀，当年你生父子楚从赵国脱身，你母子命悬一线，恓恓惶惶乎羁绊于赵国。初，你藏匿山野，母后以身饲蚊护儿不被其伤，脱衣挨冻保儿寒夜不冷，挨饿乞讨让儿不饥。后，赵国念你母子身为赵人，才网开一面留得你母子活命，得饶人处且饶人。现欲灭六国之上策，须破其合纵，各个击破，即首先灭韩，和于赵国。母后赵姬身为赵人，若厚待母后可取信于赵，此乃合纵连横的天赐良机，切不可错过。”

周术言：“秦王呀，太后身患重疾，应救治为先。她已癫狂，不能自愈，急需医疗。疗方之首就是孝心，孝心不设前提，孝心无所不在，其次才是药剂。在下周术愿配合太医，尽微薄之力，救治太后。”

…………

秦王嬴政泪眼迷糊，恍恍惚惚地听老臣和年轻客卿说忠孝，说仁善，说社稷，又说治病救人，自己还能说啥？天理大道谁不知？想自己幼小时依偎在母后的怀抱，想母子在赵国相依为命的艰难岁月，这些事儿还用他人来说吗？诸多烙在心底的印痕，这辈子岂能抹去吗？

忽而，吴实发疯似的冲进蕲年宫大殿，大步扑到秦王面前，喊一声：“失礼了！”背起秦王便往外疾奔，到宫门外的上马石旁，将其推上辇车，驱马朝雍城的大郑宫疾驰而去。

·2·

这几天，大郑宫的侍卫全换，赵姬身边的宫奴、宫女亦是散尽。此夜，城外雷火冲天，喊杀声急，空气中弥漫着浓浓的血腥味，赵姬不由得心惊胆战地想，这是咋回事？想到了两个小儿和嫪毐莫名其妙地失踪，想到了政儿奏折说的春时来此冠剑加冕，不就是这个时间嘛，为啥没有他的书信，也见不到他的影儿。再想到了嫪毐说过“要让两个小儿换了嬴政做秦王”的话，本以为那是笑话，莫非他把此事当真？此时此刻啊，身为相国的吕不韦又在做啥呢？

赵姬越想越怕，越怕越想。她终于悟出了自己的命，四十年来不堪回首的人生画面走马灯似的接连浮现。从邯郸、咸阳、梁山再到雍城，一路走来的吕不韦、嬴子楚、嫪毐，哪个是人？哪个是鬼？自己正当二八年华，情窦初开时，遇

宫中救母　　王家民·画

到了风流倜傥的吕不韦。当时看上吕不韦，不是因为他腰缠万贯，只是喜欢他那成熟的男人气质，就把自己毫无保留地交给了他。谁知时隔不久，自己却被用作筹码转给了嬴子楚。子楚虽贵为皇子、皇孙，却真诚厚道，诚意爱人，爱得真实而不虚伪，不久就生了政儿。却不想，子楚身贵命短，坐上王位不久就驾崩而去，留下孤儿寡母独守后宫。自己为了抚儿成人，让嬴政顺遂继承王位，依赖的只能是身为相国的吕不韦。哪知道，老谋深算的吕不韦，竟为了自己的荣华富贵和身家性命，又一次弃己而去，把寂寞孤身推入了嫪毐的魔掌。真后悔生了一双小儿，后悔为嫪毐争得了长信侯的名分。天啊，嫪毐哪儿是人嘛。他不仅在外吃喝嫖赌夜不归宿，且宫女们无一不被他肆意摧残，竟然还生吃胎盘，烹炖婴儿，他真是吃人的恶魔呀！不经意间，听宫女窃议嫪毐欲夺王位一说，方才噩梦乍醒，满腔五味杂陈，骂嫪毐和吕不韦：我此一生被你们害惨了啊！

赵姬心滴血，眼垂泪，默默念叨：政儿，为娘有错，对不起我儿啊！她把自己关在屋里，紧闭门窗，昏昏沉沉，疲惫无力。稍一闭目，便有数具恶鬼缠身，一个揪住自己的头发往空中拉，一个顶住腰腹往上推……猛睁双眼，举头问天：人死，能补过否？能否重来？唤叫“政儿”的声音已成了绝望的呻吟。忽见柱头上的榫舌活动起来，盘旋扭动如舞，满脸堆笑，声声问安……心中忽而舒坦，便打起精神把杌凳推移在梁柱下，站上去，“呼”一下把白绫甩上柱榫头，绾成死结，双手拽紧结环，抻脖子挂了，正欲蹬翻杌凳之时，却被送水前来的老宫女发现，“救命呀——”的叫声便划破了夜空。

吴实驱车到了大郑宫门外，秦王在辇车里茫然颓坐，对入不入大郑宫，见不见母后，极是犹豫。

“太后上吊了——”

“救命呀——”

…………

凄厉的叫声划破夜空，报丧鸟忽然落在辇车顶上，将车顶叼啄得“砰砰”作响，“呱呱”聒噪声咽。嬴政这才发疯似的跳下辇车，踉踉跄跄冲入大郑宫，看见母后悬空的双腿，急忙往上前托起，紧跟其后的吴实站到杌凳上搭手，两人合力将太后救了下来。

赵姬神志恍惚，稀里糊涂，觉着自己又躺在了男人的怀里，惊恐不已，瞪了迷糊的双眼，喊："这是哪儿？是今生？还是来世？你是谁？是人还是鬼……"糊里糊涂地念叨着，扬起双手，往空中乱抓。嬴政拧头急躲，赵姬那长长的指甲，还是在嬴政的脖子上划出了深深的血印。

簇拥而来的周术、吴实、崔广、蒙毅等人，急忙把秦王母子分开。嬴政瘫坐在地，低垂头颅，言说："周术呀，你和太医用心救治母后吧！"言毕，起身离去。

黎明卯时，秦王嬴政率众爬上雍山的四畤和宗庙祀天祭祖后，伴着东方升起的太阳，身披异彩，健步走入蕲年宫大殿，在老臣的见证和文武百官的颂唱声中，接受了冠剑加冕大礼，由此临朝亲政。

秦王政十一年（前237），吕不韦被罢相，逐出国都咸阳。他在封地洛邑又广交宾客，列国的使者竟络绎不绝。秦王担心他纠集列国叛乱，便送信言，欲将其发配到蜀地去。吕不韦自知前路险恶，再也难以翻身，便饮鸩酒自杀。

·3·

秦王亲政后，愈加宵衣旰食，沉湎国事，深知举朝纲首在用人。细想这些年，对外交战，对内和民，兴衰成败，全因人而异。吕不韦去相，诸多大事皆由自己定夺，国无相可否？若再选相，这上承诏命，下统百官，总揽政务之相谁做合适？老臣蒙武和蔡泽年岁已高，那些年龄合适的，哪一个能信得过呢？眼下这赵高与李斯争相献宠，明争暗斗，不可开交。嘿，这两个奴才，少了哪一个都不行呀！赵高这个老秦人之后，侍候过母亲，也从赵国开始便陪伴自己。归秦这十多年，他守在宫中做事，功劳不说，苦劳不少，朝政离不开这个事事操心之人呀。李斯嘛，聪明有谋略，虽然是吕不韦推荐的门客，但他在剿灭恶人嫪毐、罢黜吕不韦中智谋过人，帮自己夺回了朝政，难得他如此忠心耿耿。这丞相大位嘛，让他俩谁做都有不令人放心的一面：赵高年岁虽不是很大，却常倚老卖老，对满朝文武谁都不尿；李斯这个外来客卿，缺少秦人的根脉。他俩一个盯着一个，相互咬得紧，若成全一个，势必会失去另外一个，若此长彼消，或两败俱伤，于本王都是莫大的损失。由此拿定了主意，由着他俩去斗，但不能让其斗过了头，贻误国事。于是，决定先在三公九卿之下赐封，便招来赵高，吩咐制诏。

“遵命，我王拟制何诏？”

“论功行赏，封官之诏。先说你这个小高子呀，随着年岁增长，也成了老大不小的人物。这么多年坎坎坷坷、风风雨雨，受苦不少，功绩亦大。你说，封你何职？”

“谨遵我王圣命，在下不敢乱言。”

“要说统军将领嘛，你没带兵打过仗；那监政的御史大夫嘛，你又是如此年轻……”赵高心中暗喜，就等着那个“相”字出口。

秦王话语一转，言说：“本王论功行赏，先赐封九卿之下的官职……”

赵高挨了一闷棍，爬起身来，提笔作记：

赐封赵高中车府令兼符玺令事；封李斯廷尉、尉缭国尉，掌朝廷之内政和外务；封王翦、蒙恬、章邯为统军大将，掌边防与外战；封唐秉、蒙毅为侍君郎，伴君侧；周术、吴实、崔广三人为博士郎，周术主事天文历法、占卜术数；吴实主事督军巡关、明敌与励兵；崔广掌管策简著书、修典与编史。

…………

秦王尽心尽力料理国之大事，偶尔闲暇，便会感到孤单。此夜月明，批阅奏折毕，由侍郎唐秉陪着离开政事殿。他抬脚动步，门里的宫奴匍匐在地，外面的侍卫持枪躬立，皆不识其面。走在花园曲径，前面的人影不是快步离去，就是拧身避过，全躲着自己，便好生奇怪，人说老虎不吃人恶名在外。难道自己是老虎？

唐秉见秦王迟滞脚步，迎风伫立，仰望清月，便抖开外氅，披在了他的肩膀，关切地言说：“秦王，别受了凉呀。”

“唉，孤月清冷，繁星为何只是眨眼，却不近前相伴？”

“明月与繁星，运行轨迹不一，难得相聚。”

“噢，本王就是挂在空中的那个月亮？”

“哪呀，秦王是太阳！”

“啊，我乃太阳？”

“是呀，太阳光芒万丈，普照大地。”

“那太阳不也是孤寂在天，星月隐之而不见吗？孤单，终究还是孤单啊。”

“太阳与月亮交替运转，难以同现在天。那繁星无数，无论能否看见，却自在苍穹。”

“唐侍郎所言，是常理。我试想，能否使满天星斗，闪烁在太阳周边？”

“秦王如此美意却难，太阳、月亮与繁星，皆错位运行，难得同天。”

“明白了，孤单独行者，实乃命中注定。林中老虎嘛，无论吃人不吃人，皆恶名远扬呀！”

“哪里哪里，秦王除恶亲政，就是飞龙在天！”

“不行，不行，天上极是孤单，我要落在人间。”

“在下明白秦王之意，你心中的人间就是庶民百姓。要说走近黎民百姓，其实并不遥远……”

“并不遥远？”

“是呀，皇宫高墙之外的黎民百姓，对秦王翘首以盼。”

“噢。”

“如何去见他们？”

“若要去得庶民百姓之间，只能微服私访。”

“噢，微服私访，听说过，但何以落在实处？”

“秦王呀，只需要换便服，蔽身份，悄悄出宫……”

“好！”

…………

秦王常听唐秉言说庶民为重，君为轻之理，明白了偏听则暗，兼听则明的要义。观天象的此一番感悟，使他拿定主意欲暗访民间。

不几天后的早上，秦王免冠带，卸佩剑，换上平民衣衫，悄悄出宫往外走去。卫尉张不器、王无影扮作卖艺的江湖人，带了便服士兵，跟随在后。秦王先出南门至渭河边，远观南山风轻云淡，山影如画，近看微波起澜，鱼虾畅游，倾听了渔妇抱怨徭役过重，家中缺男丁的牢骚。绕行西门外，看了人与刁猴翻滚在一起的热闹。行至北门外的塬上，远眺阡陌风光，却看到了黄土弥漫中那荒冢连片的凄凉……边走，边看，直至太阳压山，方才返回宫中。

不几日，秦王又带了身着平民杂服的唐秉、蒙毅、卫尉和士兵，分乘数辆轺车去往古都栎阳。秦王一行入城，到西门里的繁华处，此处商贾方士，络绎不绝，三教九流，熙熙攘攘。寻得一处茶馆，卫尉和士兵守卫在外，秦王入内找地方坐了，里面极是热闹，前厅后院，楼上楼下，包间里外，南腔北调，高声低语，混杂一起。唐秉、蒙毅要了茶水和点心坐在秦王的身边，陪着秦王静心聆听周围人的说话。

坐在侧桌的两个人，先是低头说悄悄话，过不了一会儿，便提高了声音。一个说：“天下事，浪得虚名易，实至名归难。庄子曰，有名有实，是物之居；无名无实，在物之虚。目下有名无实的事儿呀，比比皆是。”

“此言非虚，假做真来真亦假，真做假来假亦真。此颠倒黑白、混淆是非之事嘛，皆由秦王内宫所启。那嬴氏一族，哪有好人？远的不说，就这二十来年，什么异人到子楚，再由质子到嗣子，哪个是真？哪个是假？”

“那嬴政是否子楚的儿，本是一笔糊涂账。嬴政那小子狠呀，竟能杀嫪毐，除吕相，以求自清……”

“嘿，清得了吗？黑的白不了，白的黑不了，欲盖弥彰，只会越抹越黑哟。”

“说的是呀，他把贱母赵姬接回养在宫中，做孝子，是真还是假？这分明是演戏，骗老百姓哩嘛。”

“事在人为，凡人虚妄者，无不重虚名而弄虚作假，或人虽诚实者，不虚不妄，也难保实至名归。为王者，若成虚妄之徒，世人情何以堪？”

…………

那两人说得直白，秦王的脸色也是由灰变白，煞白透青，无名火起，往腰间一摸，却是没有带剑。唐秉、蒙毅见秦王面色不对，便换坐在了清静的角落。刚坐定，慌慌张张地从门外走来两个人，非文非武、非儒非商的模样，一屁股坐在了近旁的桌子边，扭头往四下瞅瞅，就头抵着头说话，声音不高，却能听见，那是外乡口音者与秦人秦音者嘀咕在了一起。

“老兄，韩王着急呀。这都多少年了，重任在身的郑国不回国，也不给韩王送个信儿？”

“嗨呀，水工郑国不急，他急了也是无用。此倾秦国之力的浩大工程，原本是吕相手里的事儿，现在吕不韦没了，就半死不活地拖着。”

“真是这样吗？韩王怎么听说，他妈的郑国弄假成真，带着百姓，真的给秦国建造大水渠呢？”

“嘿，如此这样，不就是达到疲秦的初衷了嘛！”

“为兄说的也是个理儿，若不来点儿真的，还蒙不住人呢。这样吧，小弟回去如实禀报，请把此物交与郑国……”说着，把什么东西塞给了另一人。

秦王耳聪目明，把这两人的话听得清清楚楚，见他俩准备走人，便“呼”一下起身，径直出门，到了外面对卫尉下令：“盯着里面的那两个人，不许走脱一个！”

卫尉张不器、王无影急忙部署。不一会儿，那两人出门，一个快步离去者被侍卫尾随至城门口绑了，鬼鬼祟祟在后者被摁倒在茅厕，像吃屎的狗一样被牵走。秦王真没有想到，曾经的国都栎阳，今日竟如此乌烟瘴气，间作猖狂，治安不良，便驱马速返咸阳！

归途中，秦王思前想后，咋回事呀？为啥被骂得如此狼狈不堪？还有什么郑国、韩国……念及的还是那个吕不韦，这分明是内鬼与间使相互勾结，沆瀣一气，谋我大秦社稷江山嘛。越想越觉可怕，督促车马快行。回到咸阳，连夜审问那两个间作。听了口供，方知郑国乃韩国所派间使，入秦已是多年，现依然在渭北兴师动众修建什么水渠。为弄清真相，便命周术、吴实连夜去渭北的泾河一带调查郑国。刚把周术、吴实两人派走，突想到没有给个限期，若像上次入雍那样有长没短的，那间使郑国逃走咋办？越想越不对劲，于是，就令卫尉带兵立即出发，速将郑国抓捕到案。

郑国被押解到了咸阳，秦王亲自提审："郑国啊，郑国，好一个间使，祸害我秦，可曾知罪？"

"秦王在上，小人身为水工，入秦初衷确是奉韩王密令，以间使身份而来，承担设计并营建的泾洛水渠，也确是以疲秦为目的。"

"哦，疲秦，什么疲秦？"

"疲秦，韩王之计也。"

"怎讲？"

"前十多年，韩国的新郑、成皋、荥阳被秦国攫取。韩王知秦国连年征战兵员不足，大兴土木建国都，建王陵，续长城，徭役不足，于是欲以用人更多、耗时更长的工程，耗尽秦国的人力，使秦国派不出征战的将士，便可以保住韩国，拖死秦国。"

"胆大郑国，满嘴胡言乱语！死到临头，还敢咒骂我大秦！"

"秦王息怒，在下并非有意冒犯，这的确是韩王之计。"

"如实讲来，既为韩王的疲秦之计，又何以能在我大秦实施？"

"小人郑国虽为间使，但却以工匠之良心做事。首先，此水渠依据地理自然，合理设计，若渠成水流，可浇灌旱田，弱盐碱，增肥力。其次，此水渠虽以疲秦为目的，但却能助秦王建立万世功业。反观韩王，不得其利，改变不了韩国走衰之势。再次，此水渠已成十之八九，不久即可竣工。若秦王允小人做完此项工程，可在通水之日问罪处斩，小人只求抛尸于那渠水湍流之中，在岸石镌刻“郑国渠”三字，即不悔此生矣！”

秦王听郑国言辞恳切，似有其理，便暂且羁绊下牢。数日后，周术、吴实回来禀报查访之事，判明郑国招供与百姓之说相符，遂免死郑国，继续给予物力和人力，监督工程完成。郑国渠（今陕西省泾阳县西北之泾河北岸）落成，长三百余里，灌溉渭北沃野，时逾两千余年，惠及万民到今天。

郑国渠虽利于秦，但却成为一些老臣对秦王发难之口实。这些根脉深厚的老古董，相互搀扶着走进王宫，看到秦王，忽而就成了一群老戏精。有的顿足长叹，有的指天骂地，从郑国扯到嫪毐和吕不韦，痛陈其滔天罪行，说秦国博士、外域客卿皆为列国间使。鼻涕一把，热泪一把，抓在手里往墙上抹一把，撩起衣袍捂了脸，咒骂国已不国，朝政旁落。乱哄哄，闹嚷嚷，吵成一团，有的哭倒在地，有的装死不起，全是痛心疾首的模样。此一出戏，实乃赵高导演。他知秦王不封相，全是因李斯争功卖巧的结果。于是，悄悄撺弄老臣们出场，把这精彩的表演从皇城演到了民间，再从民间演到了宫内。一时间，无论背街小巷，还是酒肆茶坊，人们窃窃私语，嬴政究竟是秦人，还是赵人？

有的骂：“杂交野种，孰吕孰嬴不辨。”

有的骂：“嬴政生于赵，本来就不是秦人么。”

更有人叫骂：“吃里爬外，胳膊外拐；秦不属秦，天理何在？”

…………

秦王面对这群老戏精，耳闻坊间的一片骂声，再想茶馆里那两个人的恶言秽语，不由得怒发冲冠，暴跳如雷。怒是怒，跳是跳，狂怒暴跳之后，又是哑巴吃黄连，有苦难言。这难以自清自白的事儿，找谁去说？便握拳捶打脑门儿，抵身在南墙角暗想：我是谁？谁是我？我何来？我又何去？

此时，赵高躲在暗处，轱辘着眼珠儿，看清了秦王的一举一动，猜透了秦王的所思所想，暗笑一声，悄悄走近秦王的身边，言说：“我王保重，贵体紧要，目下这事儿——”

“谁？什么事？”秦王一惊，厉声发问。

“老臣们瞎闹腾的这事呀，总得有个解决的办法。”

“什么办法？”

“在下以为，欲平息朝野怨言，便须斩杀间使，驱逐客卿！”

“哦？间使郑国修建的水渠并非有害，已有周术、吴实查证在案。众多客卿为我所用，何以驱之？”

“好我的秦王啊，你仔细想想，这些查证者，哪一个是有根有底的秦人？这些客卿来自他国，让其查证间使，分明是牛在麦田里吃草，让羊去吆嘛，秦人的田地里还能长出庄稼？”

“这——”

“我王啊，切莫犹豫不决。在下以为，老臣们担心不无道理，秦国朝政若被他人操持，恐怕秦国危矣！”赵高说得秦王脑子一热，竟认了他那驱逐客卿的谗言，稀里糊涂地在赵高草拟的“逐客令”上签字画了圈儿。“逐客令”诏曰：

秦人兴国，唯秦人之力也。六国之客，窃秦而肥山东，坏秦而利六国。如嫪毐、吕不韦者，食秦之禄，乱秦之政，使秦蒙羞，诚可恶也！更有水工郑国，行疲秦奸计，入秦与吕不韦合流，大兴浩浩河渠，耗我民力，使秦疲弱，无力进兵，难敌列国。是可忍，孰不可忍。六国之客心有不轨，明作客卿，实为间使。是故，决意驱逐客卿。凡外邦士商，在秦客卿，限旬内离开秦国。逾时滞留者，一律问斩。

…………

赵高所制此诏，对他国宾客不论有无官职，也不论经商还是游学，不分青红皂白，全部驱离。

李斯知之，头脑嗡然欲裂，傻眼不已。他明白，秦王出此下策并非所愿，是迫于旧臣压力和赵高撺弄之结果。若全面驱逐客卿，必使秦国国策逆转，保守势力全面复辟，秦王一统宏愿和强国梦必将功亏一篑。忽然想到了先生荀子的教导，想到了兰陵学弟们，便速见唐秉、周术、吴实和崔广，言说逐客之弊端。

唐秉四人于此虽吃惊，却没有李斯那样心急火燎。崔广卷合了手中的书简，说道："秦王一时糊涂，是因不详史书。"

"什么史书?"李斯急问。

"秦国史书。"

"哦，便请学弟明言。"

"当年，穆公求士，西取由余于戎，东得百里奚于宛，迎蹇叔于宋，来丕豹、公孙支于晋，此五人……"

李斯恍然大悟："讲得好，士不产于秦，而愿忠心侍秦者众！看来，须给秦王说说这段秦史了……"

"嗨，诏令已颁，君命岂可改变？大不了一走了之!"周术、吴实两人齐声发话。

崔广自有见解，说道："秦王若不收回成命，自孝公以来的国策不复存在，秦国必会由盛而衰!"

唐秉附和言："为臣忠君乃本分，既在朝就须忠于秦王。念及这几年的君臣之情，须促使秦王知错改错，收回成命!"

"几位学弟言之有理，拟本，呈奏秦王!"李斯说着，便坐在崔广身边，拿过笺片笔墨，把崔广刚才讲说的'穆公求士'那一段历史写了出来。有了开头，文思涌动。专心致志，不一会儿，洋洋洒洒八百余字的奏本便草拟完成。李斯站起身，诵读一遍。

唐秉说道："此奏本言恳意切，直陈驱逐客卿之弊端。"

"哎呀，秦王若是明君，就应改变主意。"

"若是昏君，亦会诛杀谏言者。"

…………

唐秉正气凛然地说："忠君事国，宁死也要启奏。明日，我与廷尉李斯持本……"

周术、吴实和崔广同时挺直了身板，争相发话，皆愿拼死力谏于朝。

李斯言说："学弟呀，面君奏本，一拥而出，会有私下串通之嫌，亦有迫君就范之虑。我比你们入秦早，做客卿时间长，眼下的头衔亦比你们官阶高，还是我先行奏本。若秦王翻脸赐死，按理说，君赐臣死，臣不敢不死，但有你们在侧，可以兰陵学子名分共进退，或可为我留一条活命。"

李斯思考周全，也把道理说得明白。唐秉带头明誓：但愿秦王收回成命。他若执意斩杀忠贞不贰者，我们携手往前，以求同死！周术、吴实和崔广同声响应。

翌日，秦王临朝理政，李斯持本启奏："启奏秦王，在下李斯以为，逐客之事不妥……"

秦王接过李斯手中的奏本，伏于案头，仔细览阅。站在御前两侧之老臣脸色铁青，目露凶光，斜睨着李斯指指戳戳，恨得咬牙切齿。

唐秉在秦王之侧，周术三人在朝阶之下，皆细瞅秦王的神色。不一会儿，秦王合起奏本，双手掐了太阳穴思忖良久。再一会儿，站起身，脸色凝重说道："本王细阅廷尉李斯奏本，皆字斟句酌，言之有理，情恳意切。其以泰山不让土壤，故能成其大；河海不择细流，故能就其深；王者不却众庶，故能明其德之言，使本王茅塞顿开。悔而言之，前面急促下发之逐客令，不妥，有违历代先王招贤纳士为秦所用之遗训！鉴于此，即刻取消逐客令。凡张贴于墙者立即撕去，外送在途者，派快骑火速追回。我大秦之国，继续推行自孝公以来的大开国门之策，诚迎天下贤才入秦。此意，着廷尉李斯速制诏书，中车府令赵高钤印。"

秦王一言九鼎，满朝大臣噤若寒蝉，准备当庭发难者，谁还敢再说废话！

李斯谢过秦王，即刻落实谕旨。群臣退朝，忠臣良将悄声赞：秦王圣明，敢作敢当，去非就正，秦国强盛有望矣！

丹江泛轻舟　　　　王家民·画

第七章　执拗才子囫囵死　兰陵同门不同心

·1·

风和日丽，绿荫蝉鸣。秦王嬴政蜷伏在堆满笺册的榻床上打盹儿……不一会儿，缕缕清风忽来，莫名香气沁人，眼前祥云如絮，缥缥缈缈，渐渐聚拢，人便以虚怀抱龙势乘风而起，扶摇直上，遨游九天。过了一会儿，飘落于陌生之地，小人儿似的举目远眺，垚垚南山，隐约在前。苍松翠柏，云雾缭绕。忽然，浮来冀阙，五步一楼，十步一阁；各抱地势，钩心斗角；圆柱高耸，檐牙互啄；高低冥迷，不知西东。廊道缦回幽深，台阶宽大，层层高上，台阶上美女如云，轻歌曼舞……一切皆如画境，缓缓移动而来。似乎，这就是王宫，举步上前，腿脚却是无力，看左右不见唐秉和蒙毅相陪，张口叫唤，唤而无声，再用力唤，还是无声。无奈间，忽而有许多宫奴宫女分列两侧，凭空走来一位不曾谋面之礼官，朝自己恭敬施礼，近身搀扶，慢慢踏上红毯，平步向上。走呀走，走呀走得走了很久很久，总是走不到头，走得昏昏欲睡，又似入梦，突然有天籁之音断续而来，不时就成了洪钟之声，曰：龙，人君之象，可谓始皇也。这无任何情景之言，缭绕在空，久久不散。“呵呵……哈哈……呵呵……”的笑声不绝于耳，秦王满头雾水地摆动头颅，却磕了榻床边的扶手，忽而清醒，身边的笺册被风吹得“哗哗……啦啦……哗哗……”，与梦中那萦绕耳际的余音叠在一起，梦里梦外，彼此难分。梦中的情景极是清晰，那话语犹在耳边。他交替双手狠拍脑瓜，怎么也想不明白这谜似的一句话。再就轻揉太阳穴，闭上眼睛，想那苍松翠柏间的宫阙如画，很想多看几眼。

突然，门外传来宫奴的轻声细语：“启禀秦王，有臣求见——”

秦王猛然想到，刚才让宫奴去请崔广了，想必是崔广听命前来。便起坐，整衣，站在案几边，唤叫：“客卿崔广呀，快快进来！”

门外人影两重，进来的却是李斯和周术。李斯在前，脚刚踩上门槛，听秦王唤叫的是“崔广”，急忙施礼，回话说：“我王要见崔广？那我，还有周术暂且告退。”

“哦，原来是李斯、周术二位，何事？”

“秦王，呈奏扩建都城、营造王宫之事……”

咸阳建都已逾百年，历经五代君王，殿宇已是陈旧不堪。嬴政亲临朝政以来，延揽人才，理政人数增多，虽在尽力修缮，但空间狭小却是无法改变。加之百姓人口不断增加，城内拥堵难免。秦王打算扩建国都，重建王宫，博士郎周术深谙术数，又能绘制界画和地理形势。于是，便把方案设计的重任交给了周术，李斯和周术就是带着这份设计图前来复命的。

秦王听说都城和王宫的建造，忽就想起了刚才那美妙的梦境，言说：“巧，巧，奇巧呀，是本王梦中那雄伟宫殿的模样吗？”

周术错愕，秦王是神？带来的这图还没打开，他怎么能看到呢？

“嗨，你俩来得正好，快快看座。”秦王让宫奴给李斯和周术看座，忍不住讲起了刚才的梦。梦中那宫阙模样，那不解之言，都被秦王说道得绘声绘色，历历在目，李斯和周术听得聚精会神。

秦王看着周术，问："客卿周术呀，你知黄老之道，识天文地理，辨周易八卦，能解此梦乎？"

周术回话："秦王之梦嘛，景是美境，话为吉言。"

"周术所言极是！"李斯附和一句，便与周术同解秦王之梦。

"在下，术以为，夜梦为阴，老少皆有，可不详解。日梦为阳，凡人不作，若有日梦，必为灵异。秦王刚才似睡非睡，所见物象皆宇外美景，奇妙无比，其梦莫不是为大秦开新景？……"

"在下，斯以为，秦王慧耳所闻天籁之音，乃天意神授，实为上苍箴言也。"

"怎讲？"

"即是说，秦王真龙也，以人君之像，奉天承运，镇服四海，一统天下……"

"哦？"秦王听得一愣。

"古有天皇、地皇、泰皇，有少昊、颛顼、帝喾、尧、舜……秦王可尊为始皇帝也！"

"哦，廷尉李斯呀，此话不可如此乱讲。本王作为先祖非子的第三十六世孙，当继承祖先断首成神之精神，奋发孝公变法强秦之勇气，不愧列祖列宗，稳固社稷江山，足矣。什么皇呀、帝呀之称谓，还需待到列国俯首称臣，天下一统时，再议！"

秦王嬴政与李斯、周术平凳同坐，促膝而谈。说到投机处，时时点头。周术趁秦王高兴，提说正事："秦王呀，孝公初建咸阳，选址渭河北岸，先修宫殿，后筑城郭，多不规则，此城已是拥堵不堪，市井街巷混乱，作坊民居亦无发展余地，无论内城，还是外廓，都是无法扩展。目下，看似热闹繁华，却已不堪负重……"

"言之有理，再讲，咋办？"

周术展开手中的图样，言说："国都需扩张，王宫亦需重建。城郭是社稷江山的根基，王宫更是朝政圣殿。城郭之内容理政之所、官署臣宅、商贾店铺、制造作坊、民居建筑，等等。城址更需空间，宫殿不能不大，还免不了要为列国建造宫殿……”

“噢，为何为他国营造宫殿?”

“秦王呀，大秦之国，雄视天下。建他国宫殿，不只求取异彩，更是彰显秦王的胸怀，为他国保留一点尊严，提供六国使者入秦食宿之便，以后么——”

“以后怎讲?”

“即使列国全灭，亦可作为我王一统天下的丰碑，昭彰后世。”

“好呀，说得好!”秦王听得高兴，“啪”的一声扬手击掌，又分开落下，左拍周术，右拍李斯。这么一拍，周术暗赞秦王内力了得，虚掌轻落，肩头竟沉重无比。李斯后背受此一拍，奇疼难耐，便胳拧了身子，乱了思绪言说：“秦王圣明，说好就好……”

“秦王呀，国都营建须北固南扩。”周术心里亮堂着说话。

“哦，北固南扩，何意?”

“即是说，稳固咸阳老城基础，着力营建渭河以南的新城，置渭河于城郭中，渭水清流两岸，多建码头，发展漕运，以利国计民生也。”

“秦王呀，国都雄踞大关中，必将国运昌、国祚久矣!”李斯说。

…………

秦王听周术和李斯说得意气风发，又想到自己的那个梦，这不就是梦中所见的盛景吗?于是言：“明白了，便依周术所言，越过渭河，北固南扩，东起骊山，西至沣镐，重建都城和王宫!”

周术听得一惊，秦王所言的都城和王宫，承龙脉，接地气，纳丰镐二京，横贯关中数百里之遥，实乃大气象矣。秦王之言，不可置疑，便回话：“在下明白，定遵秦王旨意，重新踏勘，再作图画。”

“好呀，爱卿周术多费心了，把望得见垚垚南山、拢得住渭河清流的都城和我王宫早日建好!”

李斯和周术，把秦王秦腔的“我王宫”听成了“阿房宫”，便一起回话：“明白，明白，在下明白。”

·2·

秦王嬴政与李斯、周术说得正热闹，崔广抱一摞书简走了进来。秦王急问：“博士郎崔广呀，本王所列书目找全了吗？”

“启禀秦王，书目均已找全，呈送在此。”

秦王接过书简置于案几，抽出一册翻看。入秦十多年来，崔广日夜与书相伴，编撰《吕览》之后，全力校勘由兰陵带来的诸多书简，不断收集整理各类文献，藏书已逾万卷。当年吕不韦的承诺未能实现，他便把营建书院之事给秦王说过好几遍。此时，秦王见崔广眼巴巴地看着自己，似有话要说，一拍脑袋，便想起来了他反复说道的“咸阳书院”，于是言：“周术呀，崔广言说的那咸阳书院，你俩可要牢记在心，于国都建造中选一处清净之地……”

周术、李斯应诺后，起身告辞。秦王拦住说道：“且慢，莫急离去，本王要与你们说说韩非子……”三人回身复坐，秦王续言：“本王知，韩非子与你们同为兰陵学子，其文甚是奇妙，耐寻味，警世人。诸位可细言其人、其事！”

韩非子满怀报国志回到韩国，却不被韩王看重，就潜心溯源黄老之术，深究百家学说，继承法家思想，提出了治国理政的学说。崔广带来秦国的书简中，不乏韩非子的文论，也有搜集整理的韩非子新说，秦王所知其法术势三者相合的治国之策，大都由此而来。

此时，秦王打开书简，仔细看着，问说：“崔广呀，这五蠹之‘蠹’字，何解？”

“启奏秦王，蠹，本指蛀蚀器物的害虫，在此比喻祸国害民者。韩非子把不事耕战的儒生，高谈阔论的纵横家，游侠刺客，逃避兵役和投机取巧的奸商统称为五蠹。其实是说，国之文官武将，无于耕战之劳而富有者，于战无功而尊贵者，均不可重用焉。”

“噢，何谓宰相必起于州部，猛将必发于卒伍？”

“秦王呀，这是说，要从以死报国的军伍士卒和忠君爱民的地方吏官中选拔人才，任用贤能……”

“嗯，又何谓抱法处势，则治；背法去势，则乱？”

“这是说，国之治世与乱世，全因一个‘法’字，即奉法者，国乃清明而治；无法者，国乃浑浊而乱也！”

周术说道：“先生荀子曾言，兰陵学馆之人杰者，唯韩非子也。金无赤金，人无完人。美中不足的是韩非子学长口吃嘴拙，言语表达欠佳。虽如此，但他那笔杆子会说话，其文论才华横溢，无人可与之匹敌矣！”

“好呀，如此说来，本王愈加思见此人，若能与之携手游，死不悔矣。”秦王如此一说，周术和崔广自是高兴。

李斯却心中五味杂陈，绷紧了神经想：自己与韩非子同窗求学于兰陵学馆，同时完成学业问辩，若以才气和治国方略论，自知远在其下。韩非子拒绝入秦，于秦无功，却让秦王念想不断。还有这崔广、周术对韩非子的褒扬，分明是在贬低自己嘛。若在他们怂恿之下使韩非子入秦，受到秦王重用，哪儿还有我李斯的好事？于是言：“启奏秦王，韩非子生于韩，忠于韩。多年前曾拒在下之约，不入秦。现征战六国，统一天下，须首灭韩国。斯我斗胆献言，秦王可出兵灭韩，迫使韩非子入秦，为秦王所用。”此一番话，既投秦王所好，又掩饰心中对周术和崔广的不悦。其实，这也是阴谋阳谋合一之言。

秦取天下，远交近攻，捭阖列国，已是国策。秦王“远交燕齐、稳住魏楚、首灭韩赵”的战略步伐已成气象。目下，正以尉缭主张的“毋爱财物，赂其豪臣，以乱其谋，不过亡三十万金，则诸侯可尽矣”，派间使渗透于六国，贿赂他国权臣，实施反间之计。首灭韩国的步伐已经迈出，秦王自是同意李斯“以韩非子迫韩王”的想法，于是言：“廷尉李斯所言远交燕齐，稳住魏楚，首灭韩赵，实为上策。韩国积弱，仅倚其强弩、坚甲而苟延残喘，欲阻我秦国东进，着实可恨也。廷尉李斯，尽快排兵布阵，征战韩国，务必使韩非子入秦！”

秦国统一之战由灭韩而始。

先是尉缭策反了韩国南阳郡守内史腾，把南阳纳入秦国版图。秦军攻韩锐气不减，直逼其都城新郑。韩王接到秦国信函，秦王在信函中要挟：韩王若要保命，务必做到两条：其一，妥保韩非子人身安全，须尽快送其入秦；其二，纳地，献玺，降秦。舍此，别无苟延残喘之路。限期十五日，速做决断。

韩王慌得六神无主，公子韩昭侯谏言：“儿臣知，韩非子与李斯是兰陵学馆同窗，李斯今为秦王重用，虽名为廷尉，其实堪比国相。是因李斯念及同学之情，才使秦王知晓韩非子其人。父王可顺水推舟，投其所好，派韩非子为使赴秦谈和，力保韩国不灭。”韩王允之，即刻安排韩非子入秦。

李斯知韩非子已在入秦的路上，暗想：好一个韩非子，我与你同为荀子的门生，也同具辅佐君王成就大业之才。斯我入秦二十多年，步步为营，力克时艰，这会儿才是个廷尉。吕不韦去后，相位无人，觊觎者不少，你也来凑热闹？前不久尉缭入秦使秦王大悦，突然就封了国尉与我平起平坐。秦王对你韩非子慕名已久，你入秦，岂不是对我谋取相位的最大威胁？想着韩非子拒绝入秦时的恶语相向，想着崔广、周术在秦王面前对韩非子的夸奖，越想越气，便心生暗计：一山不容二虎，侍君只能一相。秦王虽听谏言而重用客卿，延揽天下谋士贤才，但，我岂能给你韩非子一丝喘息之机？容你后来居上？

韩非子入函谷至华郡，李斯密派亲信出迎，截留于骊山驿馆，让其好生休息，等待秦王的诏令。秦王虽知韩王遣韩非子赴秦，但哪知他的具体行程？

李斯即刻密会姚贾。姚贾曾是赵国间使，入秦后得到秦王礼遇。当楚、燕、赵、魏欲联手攻秦时，姚贾出使四国，以如簧巧舌和重金在列国君臣之间周旋，瓦解了四国联盟，使其与秦国交好。秦王大喜，欲重奖姚贾。李斯趁机面见姚贾，告知：“姚贾呀，你出使楚、燕、赵、魏，瓦解了四国合纵，功莫大焉。我已替陛下拟招，明日早朝，将重奖于你！”

“谢过廷尉，没有你运筹周旋，哪能有如此结果?”姚贾听李斯大言好事，便对其感恩戴德，恭敬有加。

“姚贾呀，切莫掉以轻心，于此事非议不少，不仅是侍秦已久、战功卓著的将领不悦，就连那初入秦的韩非子也不齿于你……”李斯挑明了，明日朝堂之上，韩非子必与姚贾为难。李斯老谋深算，知韩非子虽精于文论书写，但那口吃的毛病和生性耿直的缺点，却是无法改变的。因此，李斯准备在姚贾上朝受奖之时，让韩非子觐见秦王。

翌日早朝，秦王入殿，百官朝拜。李斯将重奖姚贾与诏见韩非子两事合一，同时启奏。秦王高兴发话：“准奏。快召姚贾、韩非子!”

姚贾进殿，跪地大拜。秦王颁旨：“客卿姚贾，出使列国，说服诸王，惠我大秦。特赐封食邑一千户，拜为上卿……”姚贾叩首，恭谢。

李斯不待秦王话语落点，便高呼：“韩非子进殿——”

韩非子在大殿门外，看到了姚贾的奴才相，便不等李斯话音落点，阔步跨过高大的门槛，挺直腰板径直前来。秦王见韩非子进殿，兴奋地站立起来，离座趋前，眼睛放光地远看韩非子。韩非子却视而不见，只是瞪着李斯，结结巴巴：“我此来，实乃、乃、乃韩国使节！我只、只、只能是、是觐见秦王，何有朝拜、拜、拜之说?”

“噢，韩非子呀，学弟别来无恙。秦王是让你来做客卿的，韩国将灭，哪还有什么使者可言？秦王惜才，念你才华出众，才致信韩王保你离韩入秦，免得如此旷世之才，死无葬身之地。”

“你这个势、势势利、利小人，如、如此装腔作势、势……”

“噢哟，学弟还是这么拗的怪脾气呀，你不见，秦灭列国已成大势，天下贤才无不以侍秦为己任。你不见，秦王圣明，无论谁来为秦所用，都会论功行赏!”

“你李斯啥东西呀，我生、生、生为韩人，自为国谋。秦首灭韩，韩国岂、岂、岂能坐以待毙。我决、决、决不会像小人姚贾、贾那样，世监门子，梁之大盗，赵之逐臣，出、出尔反尔之徒，出赵入赵，假以王权，糊弄秦国，私交诸侯。所、所、所谓合纵，岂、岂、岂是善谋？岂能、能无诈？”韩非子压根儿没把李斯当人看，更不齿于姚贾所作所为，就把两人合在一起臭骂。

秦王见韩非子对自己不屑一顾，又把“秦首灭韩”听成了“禽兽灭韩”，这不是骂我大秦吗？还听他骂姚贾糊弄秦国，私交诸侯……于是，转身瞪着姚贾，质问：“客卿姚贾，你讲实话，获本王重奖，有愧否？韩非子所言有妄否？”

“启禀秦王，在下姚贾接受秦王重奖，内心无愧。韩非子损我之言，亦是亦非，所言小人的出身，属实，但我出身低贱，却不碍我效忠秦王。说我私交诸侯，另有所谋，这全是污蔑之言。请秦王明察！”姚贾又列举了姜太公、管仲、百里奚的诸多典故，据理力争。

秦王被姚贾说服，转而问韩非子：“韩国公子呀，本王赏识你的文论精彩，念你才华出众，常思见于你。你方才所言，可不予计较。本王再问，你是否知本王爱才之心，愿侍本王而为秦臣乎？”

“我、我、我韩非子生为韩国人，死为韩国鬼。入、入秦、秦只为、为韩秦交好而来，为不战而来，没有给、给给秦做臣之意。在、在在此奉劝秦王不伐韩、韩韩，才、才是两国交好之策、策……”

韩非子拒绝为臣，气得秦王嬴政无话再说，脸色煞白，猛一下，塌坐在饰有龙蛇纹样的座椅上。

“启奏秦王，韩非子乃韩国公子。秦国征战诸侯列国，必先灭韩。韩非子誓死为韩，乃人之常情也。韩非子狂妄逞能，既不为秦王所用，便不能放虎归山，任其妄为。请秦王将狂妄之徒赐以死罪！”姚贾的这一番说辞，正是李斯所愿。

唐秉站在秦王旁边暗暗着急，急的是韩非子硬话连连，怨的是姚贾那狠毒之心，恼的是李斯言语隐晦，火上浇油，蓄意挑事。嘿呀，李斯呀，好你一个李斯，难道一点儿也不念同门求学的情分了吗？

秦王嬴政脸色铁青，“呼”一下站起身，呵斥：“好一个给鼻子蹭脸的韩非子呀，敬酒不吃吃罚酒，先羁押了吧！”言毕，拂袖退朝。

韩非子被押入狱，李斯心里并不踏实。他担心秦王反悔，会让韩非子走出牢狱与之携手同游。韩非子这个心腹之患不除不行呀！若韩非子见了秦王面，攀谈开去，自己设的这局不就破了吗？如此那样阴谋暴露，自己性命也是难保。李斯已与姚贾款曲暗通，就一不做二不休，欲借姚贾之手杀人。他再次密会姚贾，附耳悄言："事已至此，别无退路。只有置韩非子于死地，咱俩方能自保。秦王一旦改变主意，哪儿还有你我之身家性命?"

"噢?"

"夜长梦多，速去大牢!"说着，便把出入牢狱的腰牌交给了姚贾。

姚贾立马准备了毒药，去牢狱找到牢头，悄言："快把这些东西放入囚饭中，送给白天入牢那个韩国公子。"

"哎哟，狱中囚饭都已送过，那位韩国公子却是软硬不认，一口饭也不吃，没办法哟。"

"你是活人还是死人？去了死法，就是活法，哪能没办法?"姚贾拿出李斯的手谕交给牢头，牢头借着灰暗的灯光细看，知道这是李斯的授意，廷尉李斯可是自己的顶头上司呀。牢头便把这要命的毒药接在手中，速买米酒和果馔，下毒后送到了韩非子面前。

韩非子瞪着牢头，骂："滚，把你、你、你这些东西，还、还、还有白天那、那那些猪狗饭食全、全拿走!"

牢头见白天送的囚饭，放在旁边一口没动，赶紧软和了口气说："你乃公子哥呀，保重身体要紧，怎么能饿肚子呀，不吃饭怎么能行呢?"

"快、快快去告、告诉秦王，我要见、见他骂他，速、速速送我回国。"

"噢，你见秦王，骂秦王，再回国，那不要的是力气嘛，你饿坏了身子怎么能行呢?"

"去、去去吧，少、少啰唆。不见秦、秦秦王，你这香、香的辣、辣的，热、热热的冷的，我、我我一口不食。"

"哎呀，忘给公子说了，送来这吃的喝的，是你的……"

"什么?"

"送物者言，他是你的同门学弟。"

韩非子听此一说，想朝堂上站在秦王身边的唐秉那着急的模样儿，便问："噢，那、那是唐秉学弟，他、他他人、人在哪里？快、快请来一见！"

"他没说其名，只是让我传话，今夜已晚，待明天再来看望。"

"好、好啊，只要有、有唐秉学弟在，我难、难道不能再见、见、见秦王？"

"没麻达，公子一定会见到秦王的。"

"好！掌、掌灯，拿、拿拿笔墨和笺帛……"

"干啥？"

"我要、要写陈情书，给、给、给秦王……"

"噢，看你还真是公子哥呢。这是在牢狱之中，不是你的书房嘛，所需笔墨笺帛，得去找找。假若没有，还得出去买呢。送来的这米酒佳肴么，就请韩公子先喝着、吃着。"

"放、放在边上，把、把、把白天那、那些猪狗臭食，快、快拿走吧！"牢头见韩非子不再硬怼，便把手中食物放在他的面前，撤走了白日送的囚饭，去暗处见到姚贾，问："韩国公子要的笔墨笺帛，还要掌灯照明，此事儿咋办呢？"

"稍等一会儿，你再去门口细听动静，如果他食用了那些东西，在囚舍里折腾起来，就万事大吉，啥也不用管了。"

…………

韩非子在牢舍内等得着急，半晌不见牢头的踪影，便高声大喊："快、快掌灯，送、送、送来我所要之物！"他只是唤人要物，无暇顾及身边那些米酒和果肴。

牢头无奈，又转身找姚贾请主意，姚贾发话："你去掌灯，把笔墨笺帛送进去，看他还能熬多久？"

牢头依了姚贾之言，在韩非子的囚舍里燃灯照明，把笔墨笺帛放到了他的面前。微弱的灯光下，韩非子急忙研墨，展开笺帛，提笔在手，写了：

臣闻：不知而言，不智；知而不言，不忠。为人臣不忠，当死；言而不当，亦当死。虽然，臣愿悉言所闻，唯大王裁其罪……

…………

这洋洋洒洒数百字，韩非子一气呵成，他略读一遍，甚是快意。忽觉饥肠辘辘，顺手提起酒罐抿一口，再抓了果肴狼吞虎咽。他哪里想到，这全是剧毒之物，猛然入口，肠胃起火，喉咙冒烟，腹中似有千刀狂砍，万箭乱射。一时天旋地转，翻滚在地。牢头听到响动，即去查看，见韩非子中招倒地，蹲下来轻抚他的口鼻，等那游丝之气散尽，起身去给姚贾交差。姚贾得了确信儿，便从牢狱后门溜走，去给李斯报信。

·3·

秦王因羁押韩非子郁闷了整整一天，刚回到寝宫，突然高喊“韩非子”！惊得赵高慌忙入内问：“秦王，何事？”

“莫走，莫走！”

“何人莫走？”

“韩、韩……不对，不对。唐侍郎，莫走！”

“哦，唐秉送秦王归来寝宫，已经离去。”

“快快传唤，不能走，让他快来相见！”

赵高走出寝宫，追着唐秉的背影叫唤：“秦王传唤，唐秉莫走！”

“唐秉留步，秦王召见——”

…………

其实，这一天，唐秉一直想为韩非子求情说好话，但见秦王怒气未消，几欲张口，终未出声。这时听到“秦王召见”的叫声传来，知道秦王憋了一天，必定有话要说，便急转身去见秦王。

君臣再次见面，秦王劈头就问：“唐秉呀，你说说，你们都是兰陵学子，韩非子这人，为何如此不可理喻？为何对本王如此不恭不敬？又为何视秦如敌？”

“秦王息怒，韩非子乃王侯之后，与我和李斯的平民出身不同。他聪颖智慧，才气能力远在我们之上。他做学问兼收并蓄，继卫鞅强秦之法，承申不害内修政教、外应诸侯之术，用慎子由道入法之势而自成一家学说，他的治国方略对秦国大有所用啊。”

“是啊，正因他才华过人，我才使其入秦，意欲重用。但他为甚无视本王？为甚在朝堂百官面前，那样出言不逊？”

“还请秦王平息肝火，韩非子生性桀骜不驯，却又因结巴口吃，说话言简意赅，缺少委婉之词。在下秉以为，今日早朝上，廷尉李斯身为韩非子的同门学长，他的言语亦有不妥之处。”

“啊，什么不妥？”

“韩非子与李斯皆受教于荀卿，两人久未谋面。廷尉当朝执事，代表的是秦国，代表的也是秦王呀，他既缺少大国礼仪之表达，也缺少同门情分之说辞。他把‘觐见’说为‘朝拜’，强调‘为臣’而不是‘使者’，这无疑是贬损于人嘛。韩非子何等聪明，岂能不知乎？他能入秦而来，也真是因韩王以他为谈和之使，方能成行。秦王呀，何不顺水推舟，承认他的使者名分呢？”

“噢？”

“在下，秉还以为，韩非子虽不为韩王看重，但终不弃韩的品质尤为可贵，假以时日，灭韩之后，他岂能不懂胜者为王，败者为寇之理？岂不为秦国所用？韩非子如此旷世奇才，敬之而不及，岂能遭受牢狱之灾？假若这样，岂不被天下人耻笑？”

“唐侍郎呀，无须再言！本王在朝堂上，处置此事略显急躁。你即刻去见李斯，说明本王的悔意，再去告知韩非子，望他能有委曲求全的姿态，给本王一个回转的台阶……”

唐秉出宫去见李斯，说明了秦王的悔意。李斯对秦王的反悔，已在预料之中，但没想到如此之快。让姚贾去那大牢，怎么还没回信儿？便眼珠咕噜儿一转，说道：“还是秦王英明。我也正在想，如何转圜此事呢！”

“学长呀，我去约周术等人，你亦是兰陵学子，我们一同前往大牢见见韩非

同门情断　　　　王家民·画

子吧……”

“学弟呀，此事不可操之过急，韩非子的拗脾气，你不是不知，此时他正在气头上，听得进去谁的话？你们先做点准备，明天再去探望吧。”

唐秉知道，无李斯的安排是进不了大牢的，便转身去见周术、吴实和崔广，叙说韩非子入秦，祸起朝堂，已被羁押的变故。周、吴、崔三人大吃一惊，他们压根儿不知韩非子入秦，陡知学兄囫囵入狱，个个心急如焚。

“牢狱实乃草菅人命之地，只怕韩非子学兄性命堪忧，不能等到明天了！”

“是呀，夜长梦多，小心生变。须立马去牢狱探望韩国公子！”

…………

周术、吴实和崔广急奔李斯的府门，索要出入牢狱的腰牌。李斯在后宅得到了“韩非子已死”的密报，便对周术三人避而不见，只是让手下给了出入大牢的四面腰牌，传话说：“廷尉要务在身，不能如愿作陪。”

是夜，唐秉四人到了牢狱，那位牢头早已躲开。吴实揪了狱卒衣领，周术夺了那厮手中的钥匙，打开囚舍门户。唐秉抢先而入，忽而被什么绊倒，一股毒气刺鼻，摸摸索索触到一只冰凉的手，再摸一把，却是那熟悉的崖柏小木人，这可是韩非子从不离身的东西呀！周、吴、崔三人一拥而入，囚舍里阴风阵阵，周术默念平安咒语，心灯忽亮，看到学长韩非子已被魑魅魍魉挟持，急忙抽出辟邪剑，冲上去救人，想不到学长软塌了身子，已被折磨得不成人样。周术擎剑如柱，疾声呵斥：“魑魅魍魉莫逞凶，奈河桥上且留人！”怎奈是妖孽凶狂，挟持着韩非子遁地而去。

“啊，非子学兄呀——”周术撕心裂肺的这一声，唐、吴、崔三人皆知大事不妙。怕啥有啥，学兄韩非子真殁了！

牢狱凶险，唐秉强压悲声，急言：“快想办法，速将韩国公子转移出去！”

吴实麻利地卸取门板，与周术抬了韩非子遗体。唐秉俯身仔细查看地面，摸到了墨迹未干的那方笺帛，便捡起来揣在怀中。

四人走出牢狱后，崔广言：“兄长呀，抬韩国公子去我那儿吧。我那藏书之地还算清静，也不会被人注意。”情急之下，只有如此。唐秉四人在崔广的藏书处，暗设灵堂，为韩非子默默守灵。

第二天早上，唐秉强打精神去见秦王，拿出韩非子的遗物痛说变故。秦王接过异味扑鼻的皱巴笺帛，扯平细看，看着读着，一时泣不成声，挥手拍打着额头，难过地自责：糊涂呀，我怎么如此糊涂！韩非子怎么就这样走了？

唐秉强压悲声，说道：“秦王啊，保重，保重。韩国公子，旷世奇才，竟然遭此不测。亟须严查……”

此时的秦王，久经历练，逐渐成熟，已非多年前那位稚气少年。不用唐秉再说，他知韩非子暴毙定为阴谋所致，查吧，必会拔出萝卜带出泥，腥臊满朝。目下正是征战列国之际，若就此事深究，必致朝政混乱。再想，人死不能复生，悔恨也是无用，强咽一口气，告诉唐秉，说：“呃，人嘛，都是善恶集于一身，是好是坏也都在一念之间，孰是孰非，谁又能说得清楚呢？事已至此，切不可张扬，唐秉呀，你便替本王料理后事去吧。”

唐秉不能再说什么，便依秦王所言，悄置棺材，为韩非子厚衿入殓，在咸阳北原密选墓地，趁夜将韩非子埋葬。唐秉手捧黄土，颤颤抖抖，长号一声：“韩国公子，我的好学长啊——”便倒在了坟茔上。周、吴、崔三人围在唐秉身边，纷纷劝说：“学兄，节哀保重。”

“自己身体要紧。”

“学兄呀，朝中人心叵测，禽兽难辨。我们就此回家吧！”

…………

唐秉哭倒在了新坟土堆上，忽听说“回家”，便清醒坐起，望着周、吴、崔三人，摇了摇头说：“回家，回家……秦王的心苦重啊。人生至此，家国莫论，侍君的事儿大呀！”

唐秉岂不知朝中尔虞我诈，忠奸混杂。想那韩国公子在秦王心中的地位是何等之高，却因在朝堂上不曲意奉承，就被小人钻了空子，一眨眼，就这样不明不白地含冤而去。嘿，想李斯和姚贾那一番表演真是令人作呕，虽无证据说韩非子是他们所害，但致韩非子入狱，李斯身为廷尉，大权在握，他能脱得了干系吗？又想到秦王的叮嘱，征战列国，大局为重，朝政不可乱呀。便压低声音对周、吴、崔三人说道："此后，我们需牢记荀子先生的教诲，不与虎谋皮，不为恶作伥，而须匡扶互助。"

周术拉着吴实、崔广，三人同跪在唐秉面前，谦恭言："学兄呀，我三人入秦二十多年，尚有一事未曾告知……"

"何事未告？"

"我三人入秦前，曾在学馆后面的文峰山上礼拜天地，结为了兄弟……"

"哦，同门学子，本为学兄学弟，义结金兰，好呀。"

"我三人有意，共尊学兄为长，相依为命，此一生，共进退。不负荀子先生教诲，不辱兰陵学子的声名！"

唐秉感动周、吴、崔能将自己视作亲人，便回跪施礼，誓言："同门四人，不是兄弟胜似兄弟。面对险恶，携手向前。秦国正是用人之际，只能向前，不可言退！"

·4·

秦灭韩国，李斯毒害韩非子。列国士人因此言：秦王残暴不仁，无信于天下。

秦王政十八年（前229），秦王嬴政趁赵国发生地震，遭遇灾荒，派王翦领兵攻赵。李牧率兵迎战，在双方鏖战的紧要关头，秦以重金收买了赵王的宠臣郭开，让他散布李牧企图谋反的谣言。赵王信之，派人接替李牧，李牧不让兵权，赵王就处死了李牧。李牧死，赵无将。秦就此攻城略地，占领邯郸，迫使赵王献玺投降。

周术、吴实和崔广奉命入赵，整理赵国的宫书文献，顺带替秦王看望他那外公和舅父。赵国虽灭，但那可是秦王出生的地方呀，嬴政在那里生活了十年，留下了不泯的童年记忆。周术三人完成王命，从邯郸拉回了赵国的宫书文献，精心挑选数十卷，上朝复命。

秦王在唐秉、蒙毅的陪侍中进殿，步上宽大的朝台，在那雕有夔龙纹样的巨案后坐定。

李斯高唤："燕国来使，进殿——"

一条彪形大汉领着一个健硕青年，各抱木盒走入。彪形大汉伸直臂膀，平举盈尺的红漆木盒在前，健硕青年抱了细长的描金木盒跟在后面。两人走到宽大的朝阶下，为首的彪形大汉说："燕国使者荆轲，携秦国叛将樊於期的血颅和燕赵督亢（今河北省涿州市东南）地图，献降——"

荆轲此来借人头，献地图，实乃包藏祸心，为取命而来。

此时，秦王不知凶险，按捺不住重整河山的喜悦，急欲见到督亢地图，于是扬起双手，撸起长袖，言说："好好好，快呈上来，待本王细看！"

荆轲走上朝阶，将红漆木盒呈送在秦王嬴政面前，回身看那位健硕青年却是跪地不起，便拧身走下朝阶，取了青年手中的华丽木盒，呵斥："秦舞阳呀，秦舞阳，你实乃窝囊废，没见过大世面，就给秦王献个图嘛，怎么吓成如此模样！"

秦王揭开红漆木盒，看到叛将樊於期翻着白眼的血颅，极是恶心，便掀翻在地，一脚踢飞。彪形荆轲捧了华丽木盒走到秦王面前，打开盒盖，取出一卷缯帛慢慢摊展，缯帛穷尽处，寒光刺目的一把匕首，忽然握在了荆轲的手中，"噌"的一下便往秦王当胸刺来。

秦王胸腹后缩，躲过匕首。荆轲却抓紧了秦王的长袖，绕着龙案，疯狂追杀，招招凶狠。秦王长剑在鞘，仅凭单手却是抽不出来，荆轲的匕首划断了秦王的长袖，嬴政狼狈躲避，荆轲疯狂追赶，两人又围着朝阶上的高大龙柱转起了圆圈。

李斯喊："有刺客，卫尉进殿——"

赵高喊："侍卫进殿，抓刺客——"

李斯、赵高急切地叫唤着，分别向大殿的前门和后门跑去。众臣眼见情势危急，但苦于手无兵器。文武百官朝堂议政，皆不佩剑，这可是历朝不变的规矩。周术、吴实和崔广三人急中生智，拿起怀中的文献典册往彪形大汉砸去。凌空砸来的书简，迟滞了荆轲的脚步。

朝阶上的唐秉趁机猛扑上前，抓住荆轲的脚脖子将其拉倒，高喊："我王用剑！"蒙毅上前相帮，秦王拔剑出鞘，寒光一闪，荆轲中招。

彪形荆轲挣扎着往秦王掷出了匕首。秦王猫身低头，那匕首"嗖"的一下扎进了巨大的龙柱，柱子忽就冒起一缕青烟，恶臭刺鼻。好家伙，此乃一把浸透剧毒的要命匕首，幸被秦王躲过。此时，宫中侍卫一拥而入，斩杀了荆轲和那个软瘫在地的秦舞阳。

此乃秦王政二十年（前227）之事。接下来的数年间，秦王命王翦出兵攻陷燕都，报了荆轲刺秦之仇。秦军再以摧枯拉朽之势，先后灭魏，亡楚，纳齐，奋六世之余烈，兼并诸侯六国。

秦王政二十六年（前221），华夏一统，合并天下为三十六郡。嬴政临朝赐封功臣，李斯便以多年前秦王那个美好的梦为由头，启奏曰："秦王在上，在下斯知，秦王曾有通灵美梦，梦中箴言今已应验，我王应废先王谥号，再立新朝。"

"噢，廷尉李斯所言不假，那个梦中箴言本王也是记得……"秦王对于自己做的那个通灵美梦，一直萦绕在心。

"斯以为，历代秦王多冠以某'公'或某'王'，且多属后人追封，有'子议父，臣议君'之嫌。如今，秦已灭六国，定天下，我王德高三皇，功过五帝，宜称始皇帝！此后新帝皆以二世、三世……延千秋，续万代。"此时，左相王绾、御史大夫冯劫驱步向前，手持奏本，躬身同唱："秦王在上，臣附和廷尉李斯之言，奏请我王启用始皇帝尊称……"

"怎称？"

"始——皇——帝——"

李斯又言："斯以为，始皇帝实乃真龙天子，君临天下，舟楫载火。见臣民，宜称为朕；众臣面君，不可直视龙颜，须尊称始皇帝为陛下；始皇帝出命为制书，下令为诏书……”

嬴政深知，李斯忠心耿耿，为一统大业劳苦功高，今日赐相，正当其时，于是言：“朕知，秦人薪火相传六百年，自非子以来的三十五代列宗先祖，梦寐以求之强国梦今日成真……”

“始皇帝英明，德高三皇，功过五帝！”

…………

始皇帝面对一片呼声，颁旨曰：“廷尉李斯为朕谋划，为国建功，功莫大焉。朕封李斯为相，其余朝臣之封赏由丞相李斯提请。”

赵高觊觎相位已久，眼看李斯巧计用尽，取悦秦王，抓住机会得了相位，顿感失落。他以老秦人自居的优越感荡然无存，难过地想：秦王呀嬴政，你今日成了始皇帝，风光呀！我在赵国服侍你母子那岁月，你可曾记得？返回秦国又为你当牛做马二十多年，我他妈的容易吗？你这家事、国事，我操的心少吗？制诏、颁诏，没我缮抄钤印能行吗？呃，我不怪嬴政你糊涂，全是狗日的李斯捣的鬼。哼，你他妈的李斯能成，我赵高不行？你懂秦历秦法，你精书善写，就这些事儿，我赵高哪一样不比你强？

此时，李斯愈加精神抖擞，高诵：“臣李斯，愿肝脑涂地，效忠始皇，强我大秦，祈愿陛下万寿无疆，万岁，万岁，万万岁！”

“始皇帝万岁，万岁，万万岁——”众臣欢呼不止。

赵高咬牙切齿，暗骂在心：“好一个李斯呀，算你狗日的牛。骑驴看唱本，走着瞧吧！”

时不久，李斯承始皇帝之意，当朝持本宣唱：“华夏一统，天下既定。我皇将巡天下，悦万民，固疆域，稳社稷。首次出巡，先行雍城，祀天地，祭先祖，再西进渭水之源，巡行陇西、陇州之地，告慰列祖列宗。诏告臣民，我皇将择吉日吉时率文武百官西巡。”

此本一出，满朝欢呼。退朝后，李斯召集唐秉四人商议始皇帝西巡要务，四人畅所欲言：

“始皇帝初巡，须拟定礼仪，做万民之楷模也。”

“礼之一统，须重塑人心，以数为矩，统一衡具，统一器物，便于东西南北互通共用矣。”

“若言东西南北互通共用，便须建直道，车马并行，续建长城，阻西戎、北匈奴于境外也。”

…………

丞相李斯便在制定巡行礼仪规范的同时，开始以全国之力修建直道，营造同轨之车，推行书写符号的同一。

秦纪年二十七年（前220），始皇帝巡行陇西、陇州诸事齐备。周术奉旨卜筮择日，裂甲定时。吉日吉时，朝廷文武百官，市井庶民百姓，云集在国都咸阳的冀阙之外。

鼗鼓渊渊，嘒嘒管声。始皇帝冠戴与天平齐，旒珠串饰掩面，五色黼黻加身，外披紫色大氅，手握秦王剑，站在金饰辇车上，轻轻一声“走起”，霎时鼓乐齐鸣，金玉声振，刀枪如林，旌旗掠风。在“我皇万岁”的欢唱声中，千军万马，执锐披坚，雄风赳赳，列队如墙。数不清的辇车、轺车、辎重车辆和千军万马，接续成了望不到边的龙蛇长阵，黄尘滚滚，逶迤西行。

研文判字　　　　王家民·画

第八章　崔广护书入商山　唐秉伴驾突生变

·1·

陇原秋风起，大雁东南飞。始皇帝巡陇西，走北地，出鸡头山，一身戎装站在坡塬上仰望天高云淡，突然张弓搭箭，弹指间，“嗖”的一声箭羽疾飞，雁阵中的领头雁应声跌落，一团黄尘泛起，士兵们雀跃不止。

始皇帝将弓箭递给公子，说道：“我儿扶苏，试射一箭!”扶苏接弓在手，勉强搭上箭羽，却拉不开弓弦。

赵高另拿一张轻弓，言说：“公子年幼，膂力不足，换弓一试。”

扶苏换弓搭箭，尽力射高，那离弦之箭羽却是晃晃悠悠，坠落在前面不远处。始皇帝看一眼扶苏，瞅瞅落在不远处的箭羽，连连摇头。扶苏年过十五，脸庞棱角分明，浓密剑眉耸立，眼眸光亮如炬，鼻梁高挺，唇厚口阔，与始皇帝嬴政长得极像。他自幼好学，遍览四书五经，熟悉秦国历史，为人正直仁义，崇礼尚德，但身板显得单薄，弱柳扶风般透着雅致的书卷气。

在始皇帝的心中，嫡长子扶苏是皇位的继承者，是秦国的未来。治理国家，没有虎狼之威和雄霸天下的气魄怎行？扶苏斯文，本是心病。这阵儿，又见他拉弓不满，箭羽坠落，不由得暗暗着急。一抬头，忽见吴实那硬朗的模样儿，想他斩杀嫪毐，铲除荆轲，舍生忘死，屡建奇功，不就是凭他那过人的功夫吗？他作为荀卿的门生，文武兼备，若做扶苏的太傅，岂不更好！

始皇帝怎么也想不明白，赵高这十余年，咋把扶苏调教成了这般模样？于是，将扶苏爱恋地搂在怀中，说道："我儿啊，你年岁已是不小，不可只读天下圣贤书，还须做出旷世英雄事。看你弱不禁风的模样，将来怎能骑马打天下，威加四海呢？"

"父皇之言，儿臣明白。只是为儿懂事以来，父皇忙于朝政，征战列国。见父面甚少，聆听教诲不多。连年累月，深居王宫，只是潜心阅读赵公公荐读的秦史、秦法，描摹他那秦篆书体。父皇莫怨儿不娴熟兵器，不善于驭骑，实在是无人施教啊。"

"哦？也怨父皇疏忽，这十来年对我儿操心太少，本次巡行陇西，也是首次带你出宫。"

"父皇切莫自怨，该怨的还是儿愚钝，不自勉，欠努力。"

"儿呀，我想，换一位太傅调教于你，可否？"

"啊？另找太傅，好呀！"扶苏高兴回话。

"我儿有此想法便好。此时，文官武将皆在，你可自选一位。"

"谢父皇，儿想拜请的是……"

"谁呀？"

"就那位……"扶苏指着远处教练士卒的吴实，父子俩不谋而合，都看着吴实，想在了一起。

吴实在远处稳扎马步，双臂平伸，竖起手掌，一掌抵紧一个壮实的士兵，任其用力往后狠推，壮实的吴实却磐石般纹丝不动，围观的士兵发一声喊，又增加了两个帮手，抓紧吴实的手腕连拉带推，试图让吴实移步。却不想，吴实臂膀稍微一弯再用力推出，那四个士兵同时倒地。

扶苏跑到吴实的身边，将他连拉带推地拽到了父皇面前。

赵高垂首躬立在始皇帝的旁边，脸无表情，心中却已五味杂陈。他想，我赵高教公子扶苏识字计数，读书习法，辛辛苦苦，任劳任怨，这一番心血图的啥呀？不就是等他继位，我也分享点荣光嘛。好你个嬴政呀，你把相位给了李斯，又让吴实来做扶苏的太傅，我算啥呀？是马拉剩下的残辕破车，想扔哪儿就扔哪儿吗？真想不明白，这二十多年，我啥时候把你得罪了呢？

始皇帝耿直率性，扶苏单纯无邪，父子俩商量换太傅这事，身边的李斯也是听得明白，他拉了稀里糊涂的吴实的衣袖，悄言："公子要你做他的太傅呢。"

吴实闻言一愣，走近扶苏，低言："公子，这样不妥呀！"

李斯身为丞相，深知此事重大，无诏封怎么行？便提醒始皇帝，说道："陛下，欲为公子扶苏另选太傅？"

"是呀，矫枉过正，须教扶苏儿文武兼备啊！"

"陛下！此事重大，仅有口谕不行！"

"哦——朕的口谕还不行？那就归辇咸阳后，颁诏于朝，明示天下！"

"启奏陛下，在下吴实可调教公子习武，太傅嘛，不宜更换，还是赵公公合适。"吴实躬身言明心志。

"诸臣无须多言，朕心中有数。中车府令赵高嘛，做扶苏儿的太傅十来年，劳苦功高啊。归朝颁诏，封吴实为扶苏之太傅，封赵高为小儿胡亥之太傅。胡亥儿也已七岁，正需要选封太傅呢。"

始皇帝决定把小儿胡亥交给赵高调教，本意是安抚赵高。哪知，赵高于此更是懊恼，觉得始皇帝实在是不公呀。让吴实夺人之好，我不陪扶苏也就罢了，怎能让我活得连一辆残辕破车都不如，把我当成了啥？胡亥，这么小的碎娃，何日才能修成正果，出人头地呢？赵高恼而生恨，恨的是秦王、扶苏、吴实、李斯和在场的所有人，咬牙切齿，暗骂在心：走着瞧，我，我让你们个个不得好死！但冒出口却是："陛下在上，臣赵高遵旨！"

始皇帝金口玉言，吴实勉强遵命，他想，此后陪太子扶苏读书解惑之余，再教他拉拉筋骨，练练手脚，拿得起兵器，护得住贵体就行了。但，哪儿能想到，赵高睚眦必报，此事竟成了其刻骨铭心之恨。

·2·

秦始皇三十四年（前213）正月的一天，丞相李斯率近臣和客卿入宫，为皇上祝寿。时年，始皇帝四十又六，正是年富力强之时，酒过半酣更显精神，红光满面地言说："朕感谢众臣众卿，不忘朕的寿辰。此时此刻，君臣共欢，实乃人生之乐也。古分九州，前有六国，都已成过眼烟云。唯我泱泱大秦之国，新朝新政，蒸蒸日上。国运如何强盛不衰？国祚怎能长久万年？还望诸位畅所欲言。"

"陛下！六国已灭，秦国一统，但不可高枕无忧。我大秦地域无限辽阔，东西南北差异巨大，百人百性，贫富不均，民心化一，实非易事。臣李斯知，大秦之国，尚有权贵残余，常思列国旧政……"

"噢，丞相此言提醒朕，须居安思危矣！"

"陛下！当效孝公之废分封，行郡县制，集权柄于君王之手……"

始皇帝细听仆射周青臣此说，点头称是。

"陛下！臣淳于越以为，事不师古而能长久者，非所闻也。皇上应师法周天子，推行分封制，新政须以德治国，对臣民持以怀柔之心，方为正道。所谓郡县制，实不可行矣。"

"陛下！臣王绾以为，我大秦之国，须废除郡县制，把诸公子、宗族至亲、有功之臣皆分封为王，让其分治偏远之地，泱泱大国方能长治久安！"

李斯见始皇帝只是低头喝闷酒，面带不悦，便知其意，于是言："不妥，若分封诸王，便是分治天下，我大秦将会似当年东周那样，毁于一旦。假若如此，统一岂不成了画饼？皇上岂能一言九鼎，号令天下？”

…………

酒壮人胆，持不同政见者淳于越和王绾忘乎所以，气壮如牛，纷纷引经据典，驳斥丞相李斯之言。李斯和仆射周青臣一拨，淳于越和王绾一拨，两拨人吵得一塌糊涂。

李斯最不屑的就是道貌岸然、引经据典、大嘴胡诌的那些人，于是提高嗓门：“以古论今实不可取，圣贤之言岂能替代国法？治天下，唯郡县制方能集权在手。若满朝皆如此妄议国事，误导百姓，难免人心思变也。斯以为，国虽一统，但人心归一极是艰难，克其所难，唯依教化，教化之本则须去伪存真……”

“何以去伪存真？”始皇帝放下酒樽，看着李斯问说。

“废六国书，除儒者本！”

“怎讲？”

“陛下！臣斯以为，除皇宫掌管的秦史、秦历、秦法、医药医术、周易八卦、种植五谷和树木植养类的书简之外，亟须全面查缴列国史、百家语、倡六艺、晦人心的杂书，尤须将褒扬分封古制，贬损郡县，未使用规范文字之书，全部焚毁。”

始皇帝常想，国虽一统，人心却为何如此混乱？列祖列宗浴血奋战数百年，这社稷江山来得何其不易。李斯说得对呀，秦国新政容不得倒退，若像周王那样搞分封制，我这皇位还能坐得稳吗？看来，列国旧书，异端邪说，全是祸害，必须除旧布新！于是，仰头猛呷一口老秦酒，顺手捏碎青铜酒樽，撒往空中，散碎的酒樽凌空滚雷，落地声巨。

始皇帝厉声发话：“以丞相李斯所言颁诏，废六国书，除儒者本！”

翌日，《废六国书》的告示遍贴于国都咸阳，同时以飞骑传送全国各地。

再说，博士郎崔广日夜以书为伴，像蜜蜂一样钻进书堆里校勘古籍，废寝忘食，沉湎其中，连自己的衣食亦是无暇顾及。阿爹知此，便举家前迁来咸阳办起了“鄞州钱庄”，包括董师叔在内的一门老少皆入秦做事。此时，董师叔携书僮急乎乎地撞进门，气喘吁吁地说：“崔广呀，大事不妙!”说着，便把《废六国书》的告示摊在了面前。

崔广吃惊，从兰陵学馆带来的文献典籍，自己精心整理的韩非子书目尽列其中，若藏匿不交或知情不报者，皆处以黥刑，发配边疆……崔广的头“嗡”的一下，犹如霹雳重击，几欲晕倒。稍一缓神，想到了大权在握的李斯，便急呼呼，气咻咻，找到李斯，言说：“丞相呀，我携先生赐予的五车书简入秦，你不是不知。先生含泪嘱咐‘妥为藏之，必用于后世’的话，你亦是明白。入秦四十多年，我可是与这些书简相依为命啊，多次奏请设立咸阳书院，将这些书简捐而藏之。想不到呀，书院未成，却要烧毁这些书简，岂不造孽？黄泉之下的先生怎能瞑目?”

“崔广呀，不急，不急，慢慢说。”

“丞相呀，为先生这些书简，还请禀告皇上，收回成命!”

崔广想到了当年阻止驱逐客卿，舍命力谏的那事儿，想再次改变皇上的主意。但他哪里知道，焚书之始作俑者就是李斯呢？李斯谏言焚书，既出于独尊法家、强推新政、文化统一之公心，也有打压众臣、独树一家之言的私心。其中，包括记恨崔广、周术在皇上面前盛赞韩非子的老账。李斯存心限制崔广藏书，尤其是对韩非子的书简，必须查缴焚毁。

这会儿，李斯见崔广着急，却故意慢条斯理、不紧不慢地回话：“崔广呀，你乃明事达理之人，秦国虽然统一，但要实现人心一统，字同符、书同文，何其难哉！若人皆抱残守缺，自行其是，统一不就是成了空谈吗？书乃思想文化之基，若不像兵阵一样整齐划一，令行禁止，何有百家归一？何以秦法统辖泱泱大国?”

李斯以大理压人，崔广无可奈何地恳求：“我知秦国统一虽成，人心凝聚却难。究竟以何法促使字符同书，百家思归，暂且不论。丞相可以变通变通，允许留存从兰陵学馆带来的四书五经，先生荀子的著述和学兄韩非子的文论不应焚毁，还有我的手札……”

“秦法不可违，皇上诏令岂能不遵？孔孟之书，皆在查缴焚毁之列，先生的书简亦不例外，那韩非子的东西，还有什么理由留之于世呢？此令已颁行全国，李斯我岂能枉顾国法，另行一套？”

…………

崔广与李斯说得不欢而散，便去找周术。周术也正为此事发愁，听崔广叙说了李斯那一番话，知此事必是李斯怂恿的结果，想如何保护由兰陵学馆带来的这些珍贵书简，一时发愁得没了主意。这时，吴实远行边塞归来，看见周、崔两人聚在一起，便言：“好呀，都在这儿了，省得我分头去找。”

“麻实弟，别来无恙……”周术手拉吴实，让座，没了平常的狂放不羁和满腔热情。

崔广把矮凳递给吴实，心事重重地说：“实兄请坐，你回来得正好。”

“好兄，好弟，好久不见……”吴实掏出一把红枣塞在俩人的手里，再把一颗扔进自己的嘴，“嘎嘣嘎嘣”地边嚼边说：“皮薄肉厚，味醇甘甜……”拧头左右看，周术和崔广皆愁眉苦脸，全无反应。于是，错愕张口，嚼烂在口的红枣，吐咽不得。

“麻实弟，天有不测风云啊……”周术言。

吴实瞪大眼睛，歪了下巴，抖动着满脸的大胡子说道：“怎么着？有你胆大兄在，岂惧旦夕祸灾？”

从未骂过人的崔广，愤然一句“狗娘养的李斯”开头，便将颁布焚书诏令和李斯的做派叙说了一遍。

吴实握紧拳头骂：“狗李斯，不得好死，宰了他！”

“嘿，那一条狗命不值钱。眼下愁的是，咱这些藏书咋办？”

“悉数送回兰陵学馆！”

“麻实弟呀，想简单了，先生已是亡故，学馆衰微，自身难保……”

“那——这样吧，崔广，即刻整理贵重书简，送去上郡（今陕西省榆林市绥德县）太子扶苏的行宫，那儿尚有蒙恬的三十万大军。”

“书简非凡物，只有薄厚类别，却无贵贱之分。何况，军中压根儿不是存放书简的地方。再说，焚书厉法既已颁布，李斯岂容崔广和这些书简离开咸阳?”

吴实细听周、崔说着难处，便低头思量许久后，言说：“商山（今陕西省商洛市丹凤县商镇）……”忽而捂嘴，把周、崔拢在一起，头抵着头说话。多年来，吴实察兵，督战，巡关，走过不少军事要塞和偏僻之地，他想到了商山的隐蔽清幽和淳厚民风，便说出了自己的主意……周术和崔广听得默默点头。

事不宜迟，三人分头行事。周术找唐秉悄言，请他密切注视李斯的行踪和朝中动静；崔广动手挑选经典古籍、荀子先生的著述和韩非子的文论。董师叔带了家奴和钱庄里的可靠伙计们帮着打包，把书简伪装成了货品，转移在了“鄞州钱庄”和“吴氏货栈”，接连几个晚上，崔广藏书的地方已空空如也。

黑漆漆的一个夜晚，崔广的老阿爹知儿将远去荒僻之地，便把裹有钱币的细软行囊交在崔广的手里，说道：“人这一辈子快呀，我儿已年过花甲，此一去多保重，该吃吃，该穿穿，别亏着自己。家眷和孩子嘛，老爹自会尽力照管……”

扮作商人的崔广与董师叔及老阿爹告别后，手持朝廷颁发的商运许可文书，驱赶五辆满载“货品”的牛车，在督军郎吴实的护送下，过渭河，涉浐灞，翻秦岭，入黑龙口后，马不停蹄地进了商山大峪。

吴实把崔广和书简交代给根善老人后，便急忙赶回咸阳。夜里来夜里去的，还真是瞒过了精明的李斯。到了焚书之前，李斯才发现崔广连人和书都不在了，便找唐、周、吴三人，询问：“崔广何在?”

唐秉愠色回怼言：“说啥？崔广不见了？丞相你逼人太甚，老实本分的崔广出了啥事，可得找你算账!”

“丞相！是谁逼得学弟崔广出走？是谁数典忘祖，对兰陵学子屡屡加害?”周术脸色凝重地说话。

“崔广和他那些书简，藏在哪儿，你们要是说不清楚，鬼都不信!”李斯阴阳怪气地说话。

“你身为丞相，岂能信口雌黄？你可得把话说明白，你们是在说谁？”周术一声高过一声，声声紧逼。

“你个龌龊不堪之徒，欲将同门学兄、学弟赶尽杀绝，不怕遭报应？你能好死吗？”吴实虬髯狂抖，破口大骂，把握紧的拳头晃在李斯的眼前。

李斯看着吴实要拼命的模样，便涨红了老鼠脸，后退一步说：“哎呀，都是明白人，别装糊涂，也别逞能。天要下雨，娘要嫁人。跑了就跑了，随他去吧。”

唐、周、吴三人见李斯说了软话，就没心思再去理他。想不到，狠毒的李斯却暗暗地将崔广一门老少和董师叔全家人秘密羁押。

月余后，李斯收缴禁书的成效甚微，只得把为数不多的书简用牛车拉了在咸阳城里巡行一圈，招摇过市地拉上了骊山坡塬，扔进柴垛中，熊熊燃起的烈火虽然壮观，其实全是干柴堆积之故。这遮天蔽日的灰烬久久不散，却被传为焚尽了天下的书简，一传十，十传百，一时怨声载道。巨儒举首暗骂秦始皇，乡儒低头咒骂李斯的娘。

这次焚书，不仅儒生怨恨在心，一些方术之士也趁机作乱。骗府库钱财的卢生为始皇帝炼制仙丹，限期将至，自知这所谓的仙丹是炼不出来的，担心骗术败露而被杀头，便和另一个方士侯生商量：哥儿，心放活，眼放亮，弄不成了咱俩就撤，保命要紧！这俩龌龊之徒逃走之前，还散布说：始皇帝残忍暴戾，喜怒无常，毒害生父，残杀无辜，如此心术不正之人，怎么可以长生不老呢？我们不值得为他炼制这保命仙丹……还把如此狠毒的话语，抄写在了洁白的东墙上。

始皇帝掐指细算，方士卢生炼丹已是七七四十九日，欲去目睹仙丹出炉的盛况，便沐浴更衣，戴上旒珠高冠，佩剑出门。

前去送信的侍者慌忙而至，跪地言：“禀报陛下，炼丹炉已成了老鼠窝，那炼丹方士早已逃匿而去。”

“啊，竟有此事？”

“确有此事，他还留言于墙上。”

“什么留言?”

“小人不敢说。”

“说，快说！再不说，朕杀了你!”

侍者瘫坐在地，磕磕绊绊地说：“皇上残忍暴戾，喜怒无常，毒害生父，残杀无辜……”

始皇帝听得恼怒，手起剑落，把那侍者刺伤在地。即刻召唤李斯和赵高，下令制诏，从速捕杀方术之士！

“陛下啊，方术之士该杀，还有那些不忠不义、妄议朝政者咋办?”

“杀!”

“那些对焚书不满、妖言惑众的儒生咋办?”

“杀!”

…………

始皇帝声声言杀，李斯制诏，赵高钤印。捕杀诏令曰：“凡以妖言惑众、蛊惑民心之方士，凡诽谤君王、妄议朝政之儒生，皆逮捕归案，处以土掩之刑……”

李斯派亲信明察暗访，很快查实了不少诋毁皇上、反对秦法者。其中包括王绾、淳于越等人。提审过堂中，这些人为减轻罪责，就不断地揭发他人，一个供出两个，两个供出来四个，很快就有了四百多人的大名单。朝堂上，文官武将和近臣对这个名单，面面相觑，无人敢说“不”字。

扶苏走前一步，正气凛然谏言：“启奏父皇，儿扶苏以为天下初定，民心未稳，远方黔首未服。以德治国，实为上策。众臣议论朝政无错，儒生诵读孔孟之书无错，方术之士学研一技之长亦应无错。父皇若用严厉刑法处置他们，恐天下不安。安国服众，须以恩德爱民为上。此案人数众多，一概处治恐为不妥。前面焚书已非议四起，恶名在外，若再开杀戒，岂不积怨八方？请求父皇审慎处之!”

“胆大逆子，又是你在多言！朝政大事岂如儿戏？统领万民岂能优柔寡断!”始皇帝喝退扶苏，告诫李斯从严复核罪犯名单，言说：不许冤枉无辜者，亦不许轻放一个诽谤君王、妄议朝政、唯恐天下不乱者。

先焚烧书简，后坑杀方士。这两件事成了始皇帝暴虐无道的口实，亦成了列国复活、烽火四起、讨伐秦国的理由。

公子扶苏随吴实读书习武时日不短，年过二十，按理说，也该册封为太子了，但由于赵高谗言不断，始终没能如愿。始皇帝想，当年自己临朝亲政，是何其艰难。觉得公子扶苏年轻气盛，不懂朝政，恼怒他屡屡谏言，怀柔善念，将来如何镇服朝中群臣，如何操持社稷江山。

赵高揣摩透了皇上的心思，便附耳言："太子扶苏，屡屡横谏于朝，朝中议论纷纷，皆言太子年轻，非其过也。实乃督军郎吴实教唆的结果，望皇上明察!"

始皇帝知道赵高因换太傅一事对吴实不满，他心里明白，此事全是自己的主意，怎能责怪吴实？怨只怨公子扶苏难成大器，恨铁不成钢罢了。

丞相李斯亦明白始皇帝所想，便进言："大将军蒙恬镇守北疆，修建长城和皇上道，事务繁忙。臣李斯提请，封公子扶苏为监军，协助蒙恬，遂行督查军务之责。"

如此，始皇帝便让扶苏离开朝廷，去往上郡。看官不明就里，以为扶苏受贬，岂不知，这是始皇帝历练公子之上策。此策，一是让大将军蒙恬体会到皇帝对续建长城和皇上道的关心；二是让扶苏和大将军蒙恬培养感情，慢慢掌控三十万军队，以防不测；三是让扶苏到民间去，到军民协力奋战的地方去历练，使他知道治理社稷江山之难。

·3·

秦二十九年（前218）始皇帝第三次出巡，浩浩荡荡的长队，逶迤慢行在豫郡的黄河古道上。自古黄河三年两决口，百年一改道。河水改道后的地形复杂，地貌多变，沟壑纵横，河流侵蚀严重，地表萎缩干涸，塌陷如渊，突兀隆起处又似悬崖。高处的别致景象引起了始皇帝的兴趣，他揭起阁帘细看，上面密林覆盖，枝繁叶茂，跳跃的野兔，惊飞了五彩迷离的野鸡，藤蔓下的野花鲜艳，蜜蜂、蝴蝶招惹人眼……“咕咚”一声闷响，始皇帝乘坐的辇车猛然抛起，忽又蹾落在地，颠簸得他身形一歪，冠冕掉落车外，成串旒珠散落满地。稀里哗啦的碎物声，马匹嘶鸣声与“抓刺客”的吼叫声搅在一起，极是混乱。

唐秉急伸双臂护紧皇上，蒙毅跳下辇车捧皇冠、捡旒纩，找寻散落满地的龙涎玉珠。驭骑侍卫一哄而来，护着皇辇飞速离开。到了安全的地方后，始皇帝听禀报方知，刚才遇险之地曰博浪沙（今河南省原阳县）。博浪沙地处古道一侧，地势险要，始皇帝正在赏心悦目专注拐弯处的美景时，忽然有沉重无比的铁椎凌空落下，击毁了一辆轺车……杀手不明，凶险未除。

丞相李斯督促队伍离开此地，马不除嚼，人不下鞍，很快就到了琅琊台（今山东省青岛市琅邪台）。

始皇帝面海伫立，思潮似浩渺大洋，想家事，想国事，想人生，想朝中大事，为啥都是如此艰难？荆轲行凶，一杀了之，那可是燕齐未灭之时啊。现全国一统，光天化日之下，竟遭铁椎袭击？一朝被蛇咬，十年怕井绳。始皇帝由此最在意的是逢凶化吉，长生不老……想着想着，又是头晕眼花，站立不稳。便摁紧太阳穴，掐了印堂，揉揉眼睛，海面粼粼波光像是无数针刺迎面袭来，似荆轲的利刃，如无名凶手的铁椎，又像那战场上的刀枪剑戟，皆锐利无比。他不由得连连后退，一屁股坐在了礁石上，久久不起。

此时的秦国，始皇帝因各种祸乱伤透了心，便不封后，亦不封太子。李斯虽为执政的丞相，但是，皇上的印玺却被赵高牢牢掌握。两人貌合神离，见不得也离不得，一边忠心耿耿地围着皇上转，一边互相算计着对方，明争暗斗得没完没了。赵高知皇上日怕头晕眼花，晚怕噩梦不断，时刻提防着杀手，更怕不能长命百岁，格外在意长生不老的事儿……他便以此安排方士徐福出海拜神求药，以此取悦皇上。李斯为相，朝政诸事繁多，除了操心长城、皇上道和骊山皇陵的营建，还需要时时操心皇上的安全。

始皇帝第三次出行回到咸阳。时逢盛夏，一场恶雨被乌云裹挟，翻来滚去大半天就是不落地。天气闷热难耐，池塘蛙鸣嗡响成团，快要憋死地叫着。树上蝉虫有前声没后音，叫着叫着便断了气儿。始皇帝憋口气，眯了眼，喝下一碗汤药，接过唐秉手中的温水抿一口，在嘴里咕咕噜噜，吐出后，摆摆手，言说："众侍郎呀，扶朕去榻上歇息，你们也都散去吧。"

李斯、赵高前脚接后脚走出皇上的寝宫，行不远，李斯被那"嗡嘤……嗡嘤……"的叫声吸引，就停住脚步徘徊在老柳树下，抬头寻找树梢上的蝉虫，看来看去，不见踪迹，身靠柳树之间，忽有蝉蜕落下，接在手中略做沉思，便回身往皇上的寝宫走去。

赵高前后长眼，盯紧了李斯的一举一动。他发现李斯在老柳树下磨蹭一会儿，忽转身又往皇上寝宫走去。这是搞什么鬼呢？便急忙转身，到了老柳树下，猫一样上下看，左右看，纳闷李斯刚在这儿上上下下地找啥呢？百思不得其解。眼前柳丝轻拂，忽然有物飘落，伸手接了，见是透明的蝉蜕，忽然明白，这不就是医治皇上头晕眼花且延年益寿的良药嘛。妈的个李斯呀，就这蝉蜕嘛，你还抢功？赵高知道皇上睡觉未醒，这个头功嘛，他李斯不一定能抢到手，于是找来长棍在柳树上挑拨，摇晃，仔细收集蝉蜕。沿着池塘周边折腾许久，到手的蝉蜕已是不少，便用荷叶包了，揣在怀中往皇上的寝宫走去。边走边想，嘿，嘿嘿，你李斯刚才就那么一下，能弄几个蝉蜕呀？

李斯与赵高斗得花哨，两人同得蝉蜕，想法其实不一。李斯为皇上的安危想到了金蝉脱壳之计，赵高却想以蝉蜕为皇上熬制汤药。

赵高进宫，始皇帝刚醒。李斯正给皇上说道着什么替身之事……始皇帝听明白了，言说："哦，依丞相所言，是让他人穿戴朕的冠冕和龙袍，再乘坐皇辇乱人耳目？"

"正是，正是。"李斯回话。

"唉，说起来容易做起来难呀，谁又能替朕来担当这性命之忧呢？"

唐秉明白了皇上的思虑，便恭身言说："陛下，在下唐秉愿做替身，但凡外出，必着皇上的衣冠，乘坐皇辇，当死无辞！”

蒙毅亦言：“在下蒙毅，愿与唐侍郎同做皇上的替身！”

唐秉、蒙毅所言，其实就是李斯所要的结果。赵高想，妈的，又被李斯耍了，这么简单的金蝉脱壳，我赵高咋就没想到呢？

·4·

秦三十七年（前210）岁首，始皇帝从咸阳出发，途经武关（今陕西省丹凤县武关镇）开始第五次巡行。在官驿歇息后，兴之所至，登高览胜。武关亦名少习山，一山阴阳分秦楚，战略地位十分重要。武关与函谷关、萧关、大散关拱卫的八百里沃野，曰关中。关中，千年帝王都，长治久安地，名冠华夏九州之首。

始皇帝登高怀古思幽之间，凭空一声怪响，锐利刺耳，引得四野狗吠。东面那一轮红日突现缺口，缺口由小渐大，红日越来越小，一会儿就没有了样儿，寒意袭身，他便掖紧龙袍，想着昨日于龙王河驻车，被十八个奇石绊倒，在李斯、赵高争相扶起的瞬间，顺势朝商山稽首一拜，也算是了却了数十年瞻仰商山的心愿。此两事忽而叠加起来，一时难判吉凶，于是言说：“众臣呀，陡见日食，福祸吉凶难辨？朕站在这关中大门口的高台阶上，怎么看到的竟是白日黑啊？”

赵高言说：“陛下莫惊，天狗吞阳，为时不长……”

“哦，天狗吞阳，这还能出武关远去吗？”

李斯回话：“皇上呀，臣以为，百官随行至此，南阳郡守已在东面躬身迎候，沿途百姓成千上万，无不翘首以盼，皇上不应半途而返。”

“丞相说得没错。天下皆知，皇上正在巡游，切不可转身回朝！”赵高接言。赵高与李斯忽而尿在了一个壶里，两人的想法难得如此一致。

始皇帝想，唉，当皇帝有啥好？怎么如此身不由己了呢？无奈言：“朕也只是说说而已。传令，出关！”

始皇帝的皇辇前后，有唐秉、蒙毅分乘同样富丽堂皇的皇辇，金光耀眼，膘肥肚圆的驭辕壮马也是金黄一片，细微的肤色轻重之别，也只有李斯、赵高、唐秉和蒙毅才能识得，他人无一能辨。这三乘皇辇被侍卫簇拥着，前后位置随时变换，间隔距离也是时大时小。实则，始皇帝往往不在这三辆皇辇之内，而是另有车乘。千古一帝，看似威风，谁能想到竟然如此不易！唐秉和蒙毅侍君三十多年，拼着性命，保护皇上。

两个多月后，行至巢湖（今安徽省合肥巢湖市），夜遇流星，坠地为石，其上隐约有“始皇死而地分”的字符。士兵捡得此石，交给丞相。李斯拿在手中细察，大吃一惊，紧攥在手，竟似烫手的山芋，不知该如何处置。正作难间，赵高找上门来，问说：“丞相呀，听说，天降之石已在你手？”

“正是。”

“天外之物，可是宝贝呀！能否一见？”

“哎，赵公公呀，此物不祥，不看也罢。”李斯把陨石塞入衣袖，遮掩着说话。

赵高拉着他的衣袖，不依不饶地说：“什么祥与不祥的，拿来一见，不能啥好事坏事，全由你一人说了算嘛！”硬是把那块陨石要在手中，捧到眼前细看，猛一惊悚，忽而沉默无语。

“赵公公呀，你说，此事咋办？”

“哎，丞相先得此物，你看着办吧。”

“嘿，你若不强夺此物，我也就瞒了皇上，啥也不说，有谁能知？”

“嗯哟，丞相呀，你这么一说，是想就此甩锅？”

“并非甩锅。既已如此，咱俩就商量商量，怎么去见皇上……”

“皇上识字，他自会细看。你这宝物，岂能不呈报皇上？如此大事，岂可掩在你的袖中？”赵高说过，甩手而去。李斯拿了这块陨石当即去见皇上，他担心赵高捷足先登，信口雌黄，把自己给卖了。

如此这样，李斯和赵高都是急急慌慌，前脚接后脚，站在了皇上的面前。始皇帝拿过陨石略扫一眼，那上面的字符，竟如此狠毒！“嗡”的一下就头晕目眩，天旋地转。唐秉、蒙毅上前搀扶，赵高在皇上身后张开双手，用拇指掐住他那后脑勺之凤池穴，捂紧两侧耳朵，再把那无名指摁在太阳穴用劲儿推拿，猫爪似的长指甲嵌入了皇上的皮肉里。如此折腾好大一会儿，躺在唐秉怀中的皇上，呻吟一声：“哎哟，疼死朕了！”

“陛下恕罪，在下赵高在为皇上推拿疗疾……”

始皇帝一把推开赵高的双手，说：“去去，快去查杀那该死的刻石者！”

“陛下放心，臣已做安排！”李斯说。

始皇帝发泄一通，喝了御医手中的蝉壳汤，又睡了过去。醒后方知，数百士兵用了很久时间，在捡到陨石的数十里之地逐户排查，却是一无所获，便怒而下令：杀了那个捡陨石者！

第五次巡行已过数月，始皇帝的身体越来越差。行至平原津（今山东省德州南）突然眩晕，猛撞在了辇车的槅门上，便睁大眼睛，强打精神，揉揉额头不是很疼，左右摆动一下，似无大碍，就没有告诉他人，只是督催驭辕的士兵驱马快行。他在辇车的颠簸中，竟像孩子一样特别想家，家在哪里？故国在秦，但出生在赵，十岁后才回到的咸阳。唉，咸阳却没有家的温馨。童年记忆中的家，那可是赵国之地呀。

始皇帝行至沙丘（今河北省邢台市广宗县）又染风疾，不思茶饭，嗜睡难醒。在似梦非梦之间，“咚”的一声闷响，铁椎从天而降，砸在胸口，自己就爆裂成了无数碎片，四散开去；“哧”的眼前一亮，匕首的炫目光芒又把四散的碎片聚为人样，心便成了透明的窟窿。窟窿里，化作火团的嫪毐，双手挥舞着两片大刀凶狠砍杀，心窝疼痛，冒血，瞬间一池血水四溢开来，许多面目狰狞的厉鬼号叫着前来索命。始皇帝竭力高喊，却是无声，迈双脚想跑，却似陷入泥潭，动弹不得。这时，父皇子楚突然现身，吕不韦也紧随其侧，两人争相言：莫怕，莫怕！说着，就一左一右拉着嬴政走上了奈何桥……彼岸亭台楼阁，繁花似锦，伊人曼舞，歌声悠扬。

苦命人，做皇帝，伤身伤心积仇怨。

对与错，谁评说，横扫六国倦流年。

弃俗世，抛执念，不绝尘缘有桑田。

奈何桥，忘川河，缱绻执手恋人间。

…………

始皇帝听得快意，猛抬头，却是“鬼门关”三字赫然悚目，便拼命地吼叫“打鬼”！吼声破嗓而出，头疼又是十分难耐，大汗淋漓，湿热烦闷，犹如憋在蒸笼里一般。

李斯、赵高、唐秉、蒙毅和御医听到皇上的动静，争相问安。皇上睁眼看，恍恍惚惚的人影儿个个愁眉苦脸，如丧考妣模样，知大限将至，阳寿无多。于是强打精神言说：“朕不行了，快诏回公子扶苏，预备后事……”接着，趴在床头，连连干咳，憋得抬不起头来。

众人听见说“预备后事”，便乱了方寸。赵高却为“诏公子扶苏”那句话着急，他一心想的是让胡亥继位，于是提醒说：“皇上呀，公子扶苏远在上郡，路途遥远。”

始皇帝挣扎抬头，啐一口痰，厉声言：“少废话，快拿笔墨缯帛！”

唐秉滴水研墨，蒙毅拿来缯帛放在榻床边，始皇帝提起蒙恬为他专制的狼毫笔，写了“赐太子扶苏玺书，与丧回咸阳而葬……”还没写完，手一松，笔落地，低垂了头颅，便人事不省。

众人手忙脚乱地帮御医救治皇上，赵高猫身拿过没写完的诏书揣入怀中，趁乱出门把胡亥带了过来。胡亥好巧不巧地现身，众人一愣，东巡队伍中从未见过他的身影，这会儿怎么变戏法似的钻了出来？

“赵公公呀，公子何来？”李斯问出了众人心中的狐疑。

“我乃公子胡亥的太傅，自是随我而来，何必大惊小怪！”赵高说着，见众

沙丘傷痛　　王家民·画

人跪倒一片，这既是给皇上跪，也是给公子胡亥跪，给公子胡亥跪了不就是给自己下跪吗？心中暗自得意，自己调教的胡亥这张牌终于用得上了，便对胡亥高声说话："公子呀，只是哭，能行吗？站起身来，服侍皇上！"

胡亥止哭，站了，变一副面孔说话："丞相李斯日理万机，诸位侍郎们亦是辛苦，父皇病重，为儿自当陪侍。今晚嘛，我和御医在此……"说着，便把目光投向了赵高。

"公子此乃情理之言。看来，皇上重症不是一时半会儿就好得了的事儿。丞相呀，你说呢？"赵高又盯住了李斯，说话。

李斯说道："皇儿服侍皇上，亦是应该。唐秉、蒙毅两位侍郎已很劳累，亦需稍事休息，现已过子时，你俩先去吧，卯时前来……"好一个丞相李斯，竟然也是聪明一世糊涂一时，此言正中赵高下怀。李斯哪里能想到，昏庸的胡亥只是赵高手中的一枚棋子罢了。

李斯回寓所和衣而卧，翻来覆去睡不着。心想，秦国这几十年何其不易，皇上除嫪毐，贬吕相，执掌朝政，鏖战六国，降伏诸侯，实现了统一的宏图大业，正意气风发巡视疆域，以求宏图大展时，怎么突然病得如此严重？他逃得了这劫难吗？万一有了不测，可该咋办？他拟诏给扶苏，是立太子、交代后事的预兆吗？啊，他那未曾写完的诏书何在？不可，不可，余身为丞相，不可就此卧榻……想着，便一咕噜翻起，欲去皇上的身边。刚一开门，与圆球似的熟悉身影撞在一起，这人正是赵高。

李斯一惊："赵公公，为何匆匆而来？"

"皇上驾崩。"

李斯忽如五雷轰顶，咋都不愿相信这是真的，也就一会儿时间嘛，人咋就殁了呢？绝不相信地说道："什么，什么，切莫胡言乱语……"

赵高提高声音，平静如水地说："皇上嘛，殁了，真的殁了！"

"啊，皇上啊——"李斯失魂落魄地号叫一声，身形歪斜，开门欲去。想不到，门外竟有几位宫奴挡道。还没弄明白咋回事儿，又被赵高伸手拉了进来。

皇上自博浪沙受惊、巢湖遭咒、沙丘染疾病重以来，赵高与别人想得不一样，他想的是嬴政生于邯郸，若殁于沙丘，亦属天意，这儿是赵人的故地嘛。更想，皇上于己不公，侍候了他几十年，回报在哪？恨他在弥留之际还想的是扶苏，明知自己在调教胡亥，难道这十八公子不是皇上的儿子？不待见胡亥，就是把自己不当人。于是，密授胡亥，怂恿御医，让他俩适时断送皇上的性命。

赵高知皇上断气后，欲篡改他那尚未写完的诏书。落笔的瞬间，手腕一抖，想，此遗诏是李斯、唐秉、蒙毅在场时皇上所写，他们皆知是赐予太子扶苏的。此时，若挥笔改为胡亥，钤加印玺却也不难。犹豫间，猛一惊，眼前黑影忽来，一只硕鼠跳落面前，在书案上与赵高四目相对。嘿呀，这不就是那可憎的李斯嘛，再想那当时在场的唐秉、蒙毅，还有他们后面那蒙恬、周术、吴实……他妈的个个难缠。由不得心发怵，提笔的手垂落一边。想，改遗诏，谋江山，这事儿不用李斯这个招牌，还是不行呀。

此时，赵高把李斯拉进门来，推坐在床边，言说："丞相呀，皇上驾崩在这巡行途中，国都咸阳远在千里之外，此事该咋办？"

"暂且封闭消息，秘不发丧……"

"秘不发丧，只是其一，还有其二……"

"何事？"

"皇上身后的二世皇帝，谁来登基？"

"皇上已诏公子扶苏，何须再问？"

"佩服，佩服丞相，忠心耿耿。再问你，扶苏远在边塞，陪侍他的何人？"

"蒙恬。"

"岂不知，蒙氏三代满门忠信，昭襄王所赐尚方宝剑，世代相传。相比之下，扶苏信任你，还是更相信蒙恬？你这个侍秦四十多年的外卿，若与国相吕不韦相比，谁更胜一筹？他的下场却是如何，你难道不知？"

赵高见李斯沉默不语，便步步紧逼："还有那无名之辈吴实，他与你一师同门，又是你将他引荐入秦，他紧跟在扶苏身边，试问，你左右得了他吗？"

赵高这一番言语使李斯乱了方寸，他想，那蒙恬和吴实，谁能把自己当人？再想那吕不韦的下场，由不得心寒。赵高却不依不饶，揭底言："你为一国之相，岂能如此优柔寡断？丞相，李斯啊，你糊涂呀，皇上从未敕封太子，他有那么多公子，哪个不可以继位做皇上？"

"公子扶苏，可是皇上的嫡长子……"

"哼，嫡长子扶苏，已被皇上所贬，朝臣谁不知？百姓谁不晓？丞相你是个聪明人，扶苏与蒙恬、吴实合在一起的利害，你难道看不清楚吗？扶苏一旦即位，丞相必是蒙恬，到那时，你岂能善终！胡亥随我学习已久，我深知他仁慈笃厚，皇上诸公子大大小小二十来人，谁又能与胡亥一竞高下？"

"这……"

"别犹豫了，听我言，公子胡亥继位，实乃天意也！"

"唉……"

"别再优柔寡断，皇上遗诏在我手里，究竟谁为太子，还得丞相你一句话，快说咋办？"

赵高杀人诛心，李斯没了主见。李斯知，皇上印玺被赵高牢牢掌握，遗诏不钤印就是废帛一片，自己再强求又能有什么用呢？终无奈，叹口气，心中想：这老秦人难缠啊，玩不过赵高，随他去吧。摇摇头，无奈言："赵公公呀，你便看着办了。"

赵高见李斯服软，立马在遗诏上改动两字，钤盖了猩红色的印玺。接着又拿出一份"遗诏"让李斯看，上面写的是：

经查证，公子扶苏不忠不孝，蒙恬拥兵自重，吴实图谋不轨，三人结党营私，企图谋反。依我秦法，赐予鸩酒，自行了断……

…………

李斯心中一惊，想自己曾狠心毒死了韩非子，不承想这赵高更狠毒，他是要害死一批人呀。怎么办？暗自发问三遍，只能自问自答，不怎么办！眼见赵高篡改了皇上的亲笔遗诏，还能挡得住他再摹写编造一份假遗诏吗？唉，裤子湿了就立着尿吧，总不能把自己憋死！这时细看赵高，他那雍容富态的面庞像似凶恶的老虎，忽而又成了笑脸猫，再看，又皮笑肉不笑地变作了狡猾的狐狸。思前想后，权衡得失，长叹一口气想，老鼠怕猫呀，再大的老鼠，都不及秦人豢养的大肥猫！

唐秉、蒙毅回到住处，乏困难耐，倒头便睡。一路上很累很累，到了沙丘宫这两天，也没睡过踏实觉。天亮那阵儿，夜幕深沉，漆黑一片，伸手不见五指。俩人和衣睡得正酣，突然一股怪风，掀开窗扇，来回乱窜，奇寒袭身，两人便同时翻起，出门往沙丘宫跑去。一路狂风迎面，“去矣，去矣——”的凄厉呼啸十分刺耳，跑到宫门外，“咔嚓”声响，门口那棵虬龙般的苍松被拦腰折断，宫内“呜呜嘤嘤”的哀鸣声响成一片。

空中呼隆一阵，雷声沉闷。接着便雨珠吧嗒，黏糊的泥浆，打在脸上糊了双眼，唐秉跌倒在地，滚了一身黄泥，连爬带滚，横扑入宫，哭晕在了皇上的灵前。赵高拿捏住了李斯，安排人密送胡亥先行离开，那个下狠手的御医已被灭口。

赵高让李斯宣“诏”曰：朕龙体欠安，即返咸阳。朝政暂由李斯、赵高担纲，凡有奏折直接呈送此两位重臣。所有文官武将，皆须静默行走，不可滋事生非，违者立斩。

唐秉、蒙毅的辇车里塞满了新鲜的鱼虾，以此遮掩皇上遗体的异味。

唐秉因始皇帝驾崩痛苦不堪，蜗蜷在装满鱼虾的笼筐之间，怎么也想不通，皇上为甚殁得如此突然，他才四十九岁啊，尚有多少大业未竟、宏图待展呢？

第九章　吴实孤身战群魔　周术携兄闯难关

·1·

国都扩建，皇陵营造，这些大事都与周术有关。少年嬴政继位为王那年，周术曾随御用方士为秦王陵墓选址。众人行走渭河两岸，踏勘过首阳山和清凉山后，迎着朝阳上了骊山。适逢旭日东升，霞光万道，云蒸霞蔚，忽有异象吸引了周术的目光。周术激情一呼：有了，王陵就在前面！众人远眺，渭河紫气升腾，川塬金光闪烁，水流往复，实乃龙脉宝地……秦王陵便选址在骊山东面，持续建造已逾三十七年。

王陵的宏大地宫，层层墓室，无数甬道，水银湖海，防盗机关和寝道已大功告成，其陪葬坑和俑人雕造正在紧锣密鼓进行之中。献公废止活人殉葬三百多年以来，凡葬君王，既要依祖训废止活人殉葬，又要体现千军万马征战天下之威。

大将军章邯要求周术依照秦军战阵序列制作大量士兵、马匹、战车和兵器，以彰显横扫六合之雄风霸气。

秦国一统，始皇功成。王陵提升为皇陵，规模加大，规制提升。周术奉命在陵址方圆数十里反复踏勘，对那些取土形成的闲置坑道有了想法，欲在其中立木为柱，顶置横木，横木上苫盖苇席，以麦苋草黄泥涂抹，覆土封顶，在坑底铺设青砖，把陶俑、陶马、战车排列在内，便有了威武雄壮的秦军战阵陪葬坑。

率兵督建皇陵的大将军章邯看着周术手中的画样，拍其肩膀，高兴地言说："侍郎周术呀，图样画得好啊，此事便交予你了！"

皇陵用土量大，开挖遗留的许多土坑皆为陪葬坑，坑内可置成千上万的俑人。俑人分作将军、吏官、步战、骑士、跪射等不同姿势，高低胖瘦各异，脸型虽然分类制作，但其眉毛、眼睛、鼻子、嘴唇却是千差万别，包括头饰冠带、身着铠甲、胸前结穗皆不可重复。周术便带领成千画匠、泥工、窑工夜以继日，忙碌着陶人的焙烧和彩绘。

始皇帝第五次出巡期间，皇陵的怪事儿不断。先是麦收季节，太阳当空照，无云也无风，突然就下起了大如鸡蛋、硬似石头的冰雹，这些冰雹砸在地上，砰砰嘭嘭，如雷似炮，不一会儿便砸死了许多猪狗，也砸伤了不少人，地里的麦子颗粒不存。突如其来的雹灾使皇陵周边的松柏尽枯，光秃秃，惨兮兮，极是难看，那巍然如山的墓冢，顿时矮了一截，平整的封土层成了麻子脸，凹陷如洞，深不见底。好事役徒趴在洞口去看，一时就眩晕得不省人事。

周术所在的骊山宫，离皇陵也就二十里，却是风和日丽啥事儿没有。此后一个多月，皇陵百里范围，天天都是晴空万里，滴雨不见。白花花的麦茬挺在地里，庄稼人见缝挖坑，撂入的种子却不发芽，全都爆裂粉碎，成了野鸟口中的食粮。庄稼人急呀，种子不发苗，庄稼无收成，人可咋活呀？老少爷们光着膀子，打破一面面锣鼓，嘶哑着嗓子呼天叫地，祈雨声声……沙尘忽而遮天蔽日，越积越厚，天空越来越暗，忽有黄泥片坠落，吧嗒吧嗒一阵儿，变成了黏稠的黄泥水，似雨不是雨，说雨也是雨。筷子粗的黄泥线把天地相连，黄风，黄尘，黄水，黄泥浆，分不清是从天空下来的，还是由地面上去的，土腥味呛得人出气不畅。皇陵工地上混乱不堪，成千上万的劳役忙于防水排涝，阻止水灌地宫。陵寝深处的水银湖海，陡然沸腾，银珠四溅，汞气弥漫，毒死了许多劳役。

夜半子时，紧促的敲门声把周术吵醒。他起身开门，见一个黄泥人站在门口，那人惊慌说道："周、周、周大人，大事不好——"

"什么大事不好？"

"大将军的头、头、头俑全碎了！"

周术大吃一惊，大将军的头俑非同小可呀！殉葬人俑烧制分头首、上身、下肢三个部位，只有进入坑道时才会组合在一体。成千上万的陶俑中，将军俑少，大将军俑更少。这些大将军俑首，是周术以白起、王翦、蒙骜、章邯、蒙武、李信诸多战功显赫者为原型，精心描摹，认真雕琢绘彩而成，这些有名有姓的陶俑成形极是艰难，为保护这些大将军的珍贵俑首，设有专库由专人看管，来在门口禀报者便是当晚的值夜小吏。

周术听此一说，知道事儿大，便双手分持辟邪短剑和杀敌长剑往储藏府库走去。他径直进了俑人库房，兵士燃起松明，看到的不只是一个将军俑首摔碎，那些码放在案上的所有俑首尽数损毁。周术倒吸一口冷气，头顶上忽然有物"啪嗒"落地。他退一步，抬头看，屋梁上的老猫如鼠，硕鼠似猫，那只老鼠竟然舔着猫屁股，舔着舔着，两者竟交媾苟合，上上下下翻作一团，落地污物竟是它们的精血。原是这一对妖孽沆瀣一气，在此作恶……周术大怒，长身跃起，用双剑朝那一对妖孽刺去。那一对妖孽忽而隐身不见，留下的满屋臭气竟把兵士和值夜小吏熏倒。

周术心绪不宁地回到寓舍，知此事蹊跷，便净面洗手，更衣焚香，取来蓍草，分爻计数。卦成，序十二，坤上乾下，天地不交，万物不通，凶兆也。反复去想那卦辞之恶言，惊而再卜，直至三遍，其卦序和卦辞竟出奇地完全一致。无奈，又取龟甲凿钻，有孔现形，再以香火烧灼。龟甲爆裂之声刺耳，裂纹短浅急促，扩而不畅，续而不全，尽现断残之象。

周术入秦四十多年，凡遇事都会卜筮问卦，禳镇灾凶，祈求吉利。今夜这卜筮结果是他今生遇到的最凶险的卦象。他忐忑不安地出门观天，刚出门，见四位熟悉的身影，女扮男装，手持刀枪站在面前。

周术正色言："四位义女呀，不好好睡觉，来此做甚？为何手持刀抢？"

"周伯伯，听到有什么响动，便取了熟睡士兵身边的兵器，前来……"

"添乱，添乱，又添乱了！"

此四个女子是吴实和崔广的女儿，年岁不相上下。她们先后随爷爷举家来到咸阳，看了都城的繁华，也见识了众多将士的气派，有了做巾帼豪女的梦想，私下里一拍即合，回家告诉爷爷和母亲说："天下兴亡，豪女有责。还做什么女红呀？"因此，便常以男儿装扮走出家门……这天，四个女子结伴来见周术，说是要给周师伯做侍卫。

周术明白吴实远在上郡，崔广深隐商山，心疼四女难得与其阿爹相见，便说："唉，娃们可怜，你们阿父远离家门……"

四女争相说话：

"我们能见周师伯就行了，有啥可怜的？"

"周师伯呀，让我四人留在你的身边。"

"我四人使得刀枪，打得了仗……"

…………

周术视四女为自己的娃娃，关爱有加，答应她们暂住一夜。想不到，她们不安生睡觉，夜半起来瞎闹腾……这阵儿，夜黑如漆，冷风飕飕。周术见天真的女娃娃不知凶险，便将她们推进房舍，拉门上锁。不时之间，忽有"呜呜呼呼"的哀鸣声由远而近，极是恐怖。再是"咔嚓"一声怪响，面前的老树被拦腰折断，屋顶瓦片，哗哗啦啦，揭来翻去。东北方向划过一颗明亮的流星，拖着长长的尾巴，坠落在皇陵的封土上，蘑菇状的火焰轰然炸裂，大地猛然颤动。

周术凝气聚力，稳住身形，肩上披的袍衣被什么东西撕扯，"呼"的一下凭空而去。他隐约看到，骊山陶窑里未出窑的俑人俑马，窑场上有头无头的泥胎，都自行走在了输运通道上，一颠一簸，摇摇摆摆，魑魅魍魉夹杂其间，场面壮观却无声息。周术明白，这是阴兵作祟，事出有因，异端已现……啊！皇陵，皇陵的主人，莫非始皇帝出事？

此时，东方天地交合处，一团黑影快速移动而来。但见，快骑卫队沿官家直道疾行，紧随其后的逶迤长队间或有皇辇、轺车和辎重车辆，这不就是始皇帝东巡的那庞大队伍嘛。为何在此深夜悄悄归来？为何偃旗息鼓？种种迹象使周术明白，始皇帝殁了。为什么，为什么啊？想那半年前，巡行伊始，他那春风满面，踌躇满怀……短短几个月，竟然如此归来。这阵儿，想到了唐秉兄，他可是皇上的替身呀，此时他人在哪儿？安危如何？于是，周术决定前去一探究竟。

周术转身，用辟邪剑在锁紧的门户上划了平安符，叮嘱四个女娃不可作声，不许妄动，待明日阳光照射到门口，没啥凶险时再出门。

周术牵马下了骊山，驭骑混入了逶迤长队进入国都。到了皇宫门前，躲在暗处，看到李斯、赵高等人从皇辇上抬下了僵直平躺的始皇帝，进了宫门。宫门口，朝廷要员散尽，虽清静无人了，却有阵阵恶臭袭来。

周术看那曾金碧辉煌的几辆华丽皇辇，已肮脏不堪，便捂了口鼻仔细看，怎么不见唐兄的踪影？难道他跟着李斯、赵高服侍皇上进了宫？正欲点倒身边的侍卫，换上侍卫的行头混入宫里时，没想到，那个侍卫却移步挥枪，挑开了一辆皇辇的槅门。槅门大开，哗哗啦啦，臭鱼烂虾从里面流淌而出，鱼腥臭味扑面，那个持枪侍卫连连作呕。

周术拧身闭气，余光看那臭鱼烂虾堆中似有人的模样，慢慢蠕动翻滚，刚爬起，又摔倒，怎么也立不起身子。啊？这不正是唐兄嘛！便扑上去，把他扶起。唐秉蜷缩在皇辇里已逾半月，无论白天小憩，还是彻夜疾行，他都与臭鱼烂虾为伴。摇摇晃晃，不辨东西。皇辇槅门猛地打开，随着臭鱼烂虾落在地面，新鲜空气陡然一激，再被周术猛一把拉起，便愈加晕头转向，“哇哇”干呕。像大虾一样弯曲着身子，恨不能把五脏六腑从喉咙里拽出来。

皇宫死寂，黑幕重重。有人面色凝重，步履匆匆，有人轻手轻脚地倏忽来去。避嫌者躲在暗处时隐时现，更有鬼魂的影儿一会儿突兀飘移，一会儿龟缩无形……这一切，周术却是看得明白，他见鬼影儿朝唐秉身边聚来，便默念驱鬼咒语，拼力保护着唐秉。

· 这时，他突然想到了皇宫卫尉王无影和张不器，就喊侍卫去帮忙把人找来。不一会儿，张不器匆匆来在身边，看着死去活来的唐秉，就帮着周术将其折腾到了他的寝舍，稍做安顿，迅疾离去。

周术打来净水让唐兄漱口。唐秉端起水碗，一仰脖子，咕里咕嘟全都灌入腹中，呼呼噜噜一阵响声，再次低头呕吐。他想的只是皇上，顾不上周术，只是反复念叨："皇上殁了，皇上现在何处？我要陪他去……"

"唐兄醒醒，甭说梦话了。人死不能复生，再念叨皇上，还有用吗？"

"皇上离不开我，我也离不开皇上呀，让我去吧！"唐秉踉跄欲走。

周术把他从门口拉回来，他便稀里糊涂地瘫倒在地。周术见唐兄闹着要去为皇上守灵，又说要以死去为皇上殉葬，就酸了鼻子想，他这是把皇上当亲人了呀，他这一辈子心中只有君王，唯独没有他自己。唉，生离死别，对谁也是伤心事儿。唐兄人苦，唐兄心累，他是该休息会儿了。但又一想，这皇宫里已是人鬼难分，绝非久留之地！如果留在皇宫里就是死，只有尽快逃走，才会有生的希望。

周术谋算逃离咸阳之间，忽而想到远在边塞的吴实。吴实是自己的表弟，且又义结金兰，实在是亲上加亲呀！该送信让他早存戒心……想着，便在房舍里找到了笔墨缯帛，言简意赅地给吴实写了一句话，再留言给张不器，让他转交。周术明白，吴实和张不器、王无影等人私交已久，他们一定会依江湖规则把信交给吴实的，即使捎信不成，也绝不会坏事儿。

周术把此事处理妥当，便蹲下来摇晃唐秉，摇了半天也是不醒。又端来清水，含入口中，"噗噗噗"地往唐秉脸上喷去。

唐秉扭动了身子，喊叫："妈呀，皇上啊——"周术弯腰把他拉起，半扶半扛着艰难地走出皇宫，寻路而去。

…………

再说，赵高、李斯将皇上遗体抬入地宫，安排宫奴以太白雪水为皇上净身，以檀香、木炭和草木灰包裹，置入阴沉木棺椁里，浮丘于地宫深处后，两人猫盯老鼠似的相伴而出，赵高言："丞相呀，还须严守沙丘之令！"

"是呀，朝政未稳，只能秘不发丧！"

"我带宫中卫尉和侍卫，去上郡解决扶苏、蒙恬和吴实，后恭迎二世皇帝……"

"啊？公子胡亥没有归来？"

"是呀，贵人不能沾惹晦气嘛！你想想，有待继位之新帝，岂能与始皇帝这死鬼同行？胡亥嘛，只能在解决扶苏后方能继承皇位。眼下须重兵保护，在继位之前，只可行走皇上道……"

"哦？"

"你守在宫中，须做万全准备，我接新帝归来时即为始皇帝那死鬼发丧，颁诏告示天下，二世皇帝继位！"

"唉，嗯，嗯……."

"丞相呀，何必唉声连连？生米已成熟饭，岂可另有所想？切不可再优柔寡断，心慈手软，我此去几天，宫中的事儿全是你的了！"

忽然有宫中侍卫来找赵高，见李斯在此，便欲言又止。

赵高骂："有屁快放，鬼鬼祟祟干啥？"

"禀告公公，已把蒙毅羁押在牢，只是……"

"只是什么？"

"只是那跛足侍郎唐秉已经逃出城去……"

"他妈的，真是绳从细处断，怎么能让这老东西走脱？"

"告罪，告罪……"宫中侍卫自扇耳光。

再有宫中人物急来报说："赵大人呀，经查，唐秉、周术两个老光棍皆无家室子女，'吴氏货栈'一门老少尚无走脱……"

“好啦，好啦，少啰唆！”赵高喝退来人，接着给李斯说：“丞相呀，你举荐入秦的几个兰陵学子，可得格外留神呀！前些年，你让姚贾串通牢头害死韩国公子，那小子的尸首何在？你不知，难道他们四人也不知道吗？后来，你焚书时，崔广携书藏匿，你不查也就算了，但三十多年来，那个跛足唐秉一直侍候在皇上身边，沙丘之事，他岂能不知？咱俩联手掌控社稷江山，留得这些人在，怎能安然？”

“这——”

“量小非君子，无毒不丈夫，你还能再姑息养奸吗？”

“不，不能！”

“凡知沙丘宫实情者，绝不能让其活命！”

“是，理应如此。”

“丞相呀，那跛足唐秉虽逃出城去，但他一瘸一拐地走不远，须速速围追堵截。同时，颁布抓捕告示，传往各处要塞关隘，务必抓回处死。那个莽汉吴实嘛，我此去替你清理门户。你早已将崔广的师叔、父老和家眷悄悄羁押，眼下，还有吴实那‘吴氏货栈’一门狗男女，绝不能让他们逃走一人……”

李斯杀心陡起，回话说：“务必除尽！”

赵高出城后，李斯紧闭咸阳四门，当即查封了吴氏货栈，羁押了吴实一门老少，接着制作抓捕告示，派快骑送往各处关隘要塞。

·2·

多年来，扶苏在吴实的调教下，勤奋练武，研习兵法，也养成了诚实不妄、笃定做人的品格。因此，才有了他在朝廷力谏焚书、反对坑儒的慷慨陈词。这样做的结果，他被撵出国都咸阳，去了偏僻的上郡。

扶苏到上郡，蒙恬把疏属山上的帅营改为扶苏的行宫，再把帅营移下山，安置在无定河边，两地相距十余里。疏属山上乔木、灌木丛生，松柏茂盛，虽不高却也突兀，似黄土地上的一颗绿色珍珠。秦国统一后，始皇帝派蒙恬率三十万大军北击匈奴，镇守上郡，率军民修筑长城。春秋列国争霸时期，各诸侯国为御敌于境外，便各自为政构筑御敌之墙，蒙恬便在这些敌墙的根基上，续修逶迤高墙，曰长城。后，为始皇帝巡行北疆做准备，又动工修建从九原郡（今内蒙古包头市西南）直抵咸阳的皇上道。数十万军民日夜奋战在建长城、筑皇上道的工地上，蒙恬、扶苏、吴实三人督建军务繁忙。这天，他们早出门打着灯笼，晚回来也是打着灯笼，两头不见太阳，摸黑回到军营，都累得用膳无味，饮茶不香，简单糊弄一下肚子后，吴实、扶苏就与蒙恬告别，回疏属山上的行宫歇息。

吴实一觉醒来，天幕深沉，漆黑一团，却是到了练功之时，便穿衣执杖来到了扶苏的寝舍。临窗，听见扶苏的鼾声均匀，吴实明白公子睡得正香，连日奔波，真的很累，年轻人瞌睡多嘛，就动了恻隐之心，想让他多睡会儿。于是，放下了轻叩窗棂的手，提着巨杖独自出了行宫大门。到了宫门外的树林里，吴实深深一呼一吸，吐纳真气，伸胳膊蹬腿儿，走起了吴氏拳法。只见他气沉丹田，垂肩抬肘，双腕旋转，屈腰扭胯，转身跃起。弓步，马步，仆步，时起时伏；直拳，勾手，劈掌，呼呼生风，刚柔相济，左右腾挪，进退裕如。正是浑圆连绵时，他忽而打住身形，凝神远眺：天地交合的东南方向，无定河下游的疏星突然繁密。一会儿，渐渐清晰，原是好多火把前接后续，成了快速移动的曲线，起起伏伏，由远而近。那火把长阵到了疏属山下，明焰忽灭。就在熄火的一瞬间，吴实看到黑麻麻的操持刀枪者正在集结，步卒、骑兵、战车皆有……嘿，这分明是偷袭而来，如此缜密行动，究竟剑指何方？吴实陡生警惕，迅疾隐身树后，细察动静。那队人马忽然就一分为二，一队往蒙恬军营方向而去，一队朝扶苏行宫扑了上来。

吴实知善者不来，来者不善。他便打起精神，握杖在手，隐约听到领头者轻言：“隐蔽上前，堵死宫门！”那些操持刀枪士兵便散开行动。

吴实听音，好像是卫尉张不器，便轻步往前拉近两人的距离。他明白，张不器和王无影皆为功夫高手，素有杀人于无形，取命于无血之大名，实乃宫中绝命双杀。其手下的侍卫，个个都是杀人不见血的狠手。此二人，亦曾与吴实以武会友，功力俱在伯仲之间，便相互敬重。

此时，吴实猫身摸起一粒石子，轻轻一弹，不轻不重地落在来人脚下，这一招投石问路，使那人停下了脚步，手擎佩刀，警惕地注视着吴实藏身的这棵大树。吴实再用脚蹬在树根，猛发力，两片树叶便从树梢飘落，齐刷刷，晃悠悠，掠过那人的面庞，轻轻拍在那人的胸脯上，再就如双手合什，稍停一下，才缓缓落地。这借助树叶的又一招合掌掠影，实乃武功高人之间的相互问候。那人明白，如此两招一气呵成，非一般人能为。便知高人近在咫尺，也明白只是问候并无恶意，便往吴实掩身的这棵大树靠拢。

吴实取下腰间关照牌扔了过去，张不器听风辨器，接牌在手，触摸一番，知道吴实在此，暗想"来得好"，就把手中的关照牌扔了回来，人随牌至，靠近吴实，捂口轻言："吴兄，速逃！"

"哦，果真是不器贤弟，为何而来？"

"取命！"

"啊？"

"公子扶苏和蒙恬将军，性命不保……还有你！"说着，就把周术留下的那封密信塞给了吴实。

"什么，什么？我死不足惜，无论如何，我必须救出公子！"

"万万不可！赵公公督阵在后，你速速离去！"张不器狠推吴实一把，瞬间无影。只听宫门处，"嗵嗵"两声闷响，那是守在行宫门口的卫兵双双毙命。

远处又来一队人马。这队人马灯笼火把不息，士兵甲胄鲜亮，马匹壮实剽悍，簇拥着一辆豪华轺车，辚行而至。轺车停稳，侍卫搀扶着胖乎乎的赵高走下车来欲入行宫。吴实明白张不器所言非虚，赵高真是前来谋害公子扶苏，便涨红着麻脸，青筋暴突，虬髯飘动，像狮子一样腾空跃起，挥巨杖往赵高的后脑勺劈去。吴实的巨杖以铁梨木打磨而成，长过六尺，重约百斤，眼看赵高天灵盖开花之时，"咚"的一声巨响，棍头却砸在了侍卫举起的盾牌上。盾牌顿时破碎，巨杖重劈，猛击侍卫的脑瓜，那厮的脑瓜开裂如花，脑浆迸散，瞬间便做了无头鬼。

赵高隐入行宫，大门猛然关闭。门外的侍卫操起刀枪把吴实团团围定，吴实怒吼一声，手中巨杖似蛟龙出洞，拨散面前的刀枪，抡圆横扫，往行宫门口移步，他一心想的是公子扶苏的安危。数百侍卫如狼似虎，以铁桶阵把吴实围在中间，不容他有半点儿可乘之机。吴实怒目圆睁似虎，虬髯劲张又如发疯的怒狮，杖头杖尾两边发力，连戳带劈，力道沉重，侍卫死伤无数，倒地者越来越多，拼命前冲者却越来越少。

吴实略一定神，发现宫门口的侍卫全都撤走，便飞步上前，一脚踹开大门，宫院内空无一人，赵高已从后门撤离。吴实发疯似的冲入公子扶苏下榻的寝舍，里面的鸩酒之气熏得他站立不稳，脚下一绊，坐在了扶苏身边，可怜公子竟是七窍出血。吴实急忙伸手去拉，余温尚在，再摸摸他的口鼻，呼吸全无。吴实激灵一下，想到了，蒙恬将军危矣，便疯奔出门，提巨杖，跃战马，策鞭疾行，往蒙恬的军营奔去。

此时此刻，蒙恬持剑立在他那行营门前，怒视车辇上的赵高，破口骂："你这诏书分明是假！皇上何曾怀疑过我蒙恬不忠？奸宦赵高呀，你不知边关苦，只晓权位重，谗言妄语，欺骗皇上。这诏书分明是你以司掌印玺之便，伪造出来的假诏而已，本将军要与你面见皇上！"

"哈哈哈，蒙恬大将军果然聪明，只是……"

"只是甚？"

"只是皇上，却已殁了！"

"什么？皇上驾崩？"蒙恬听赵高如此一说，如五雷轰顶，却也不信。想，半年前皇上巡行别离时，那红光满面的精气神，那傲视天下的勃勃生机，五十岁还不到呀，咋能说殁就殁了呢？此事蹊跷，若真的皇上驾崩，也定为赵高加害。于是，挥剑便向赵高刺去，蒙恬身边的士兵为数不多，个个都是抽刀向前，奋力拼搏。他这兵营徒有虚名。那三十万大军，全分散在了修筑长城和建造皇上道的工地上。这儿有的只是转运粮草的补给者、老弱不堪的伤病者。

腥风血雨

王家民·画

此时，宫中侍卫已把军营围得水泄不通。赵高轺车前面的侍卫，挥动刀枪肆意杀戮。蒙恬挥剑相搏，怎奈是寡不敌众，杀退一个，再来一双。

赵高站在轺车上，喊：“蒙将军呀，你既英雄一世，此时，也就别糊涂了！干脆像公子扶苏那样，饮了鸩酒，留个全尸吧！呵呵呵……”

公子扶苏被害？一个个噩耗，使蒙恬心如刀绞。眼看这阵势，杀出一条血路实属不易，就是留得此身又有何用？唉，多少年来忠心耿耿，浴血奋战，拼来秦国半壁江山，又是何苦来？若再起早贪黑，披星戴月，筑长城，建直道，又是为谁卖命呢？忽然想到，前不久，站在黄土高坡上那位老人言：“修什么皇上道呀，也不看看这挖断的全是龙脉，皇上还能好活吗？修道路的这人还能好死吗……”蒙恬哀叹一声，忽然明白，命该如此，命该如此啊！便收回长剑，横脖子一抹，自刎身亡。

赵高狞笑着离去，赶往黄河渡口去接胡亥。赵高与胡亥两人，为做皇上的美梦，早已狼狈为奸。

吴实赶到蒙恬的军营，为时已晚。蒙恬身淹血河，士卒无一存活。面对如此惨状，吴实心如刀绞，颤抖着双手，轻抚蒙恬将军的面颊，叫骂“赵高不得好死”！蒙恬那圆睁的双眼也就慢慢闭合。满身血迹的吴实脱下袍衣裹了蒙恬将军躯体。他便裸露胸腹，虬髯垂散，如受伤的雄狮低吼声声，粗气喷得黄尘飞扬。曾在黄土坡上劝阻蒙恬莫修路的那位老人忽然显形，走到吴实身边，帮着把蒙恬将军的遗体抬出军营，送上黄土高丘，深深掩埋。毕，那位老人忽然不见。吴实明白，神是神，人是人，神行天路，人走地府，各行其便了……缓口气儿，拿出张不器给的那封密信，拆开细看，上面写的是：

弟悉，皇上殁，朝纲乱，速入商山找崔广。切切。周术急草。

这几字如霹雳袭来，吴实热血上头，浑身颤抖，吼叫着举首望天，大声叫骂：瞎了眼睛枉做天，恶人乱朝怎不管？始皇帝呀，好皇上，巨劈宏图刚开卷，万里河山正待览，你，你为什么就殁了呢？

·3·

周术搀扶唐秉趁夜出了咸阳，越过渭河，走在迷蒙的晨雾中。

唐秉伴君几十年，无论在朝还是出巡，皆目不斜视。皇上第五次出巡绊倒在商山的龙王河那阵儿，他作为替身隐藏在密闭的辇车里啥也不知。

周术奔波在关中大地，未曾涉入秦岭深处。虽然崔广已在商山隐居，但具体位置何在，都是一头雾水，慌乱之间，弄错了方向，俩人直往南山急行。南行两个时辰，腹中空虚，便进了路边人家求取食物。进门尚未坐定，外面有快骑呼啸而过，其后又有步行士兵，边跑边吆喝：抓捕要犯！窝藏者同罪，死罪连坐！叫喊声分明是冲着这户人家而来。情急之下，周术搀着唐兄退到后门，推开门扇，踩在凌空的木板上。这是悬空的临河吊脚楼，别无回旋余地，便抱紧唐兄跳了下去。周术施展轻功，两人轻落在茂密的荒草里，顺势藏入了高过人头的芦苇丛中。头顶上的士兵瞎咋呼，朝远处连放冷箭，两人却是安然无恙。

追兵远去后，两人商量说，看来朝廷追得紧，便脱去朝服，绾低发冠，成了百姓模样。周术将长短双剑塞入竹竿，当作手杖，扶着唐兄沿河道溯源上行。昼匿夜出，走走藏藏。几天后，头顶的天变成了一条线，蜿蜒细流，越来越细，细得不见来处。水珠滴答，有声无形，在长满绿苔的石缝里化作雾气，慢慢升腾。湿漉漉的悬崖峭壁横堵在了面前，已是无路可走。

周术抽剑斩藤条，拧大绳，拴在自己腰里攀岩而上，在高处站稳后，让唐兄将藤绳的一头拴在腰间，周术抓紧藤绳拼力往高处拉，唐秉亦是用了吃奶之力往上攀。如此攀爬了一岩又一岩，一岩更比一岩高。天稍微变宽，人却湮没在了灌木草丛中，周术透过草丛隐约看到了山之垭口，心想，已至山巅，便长吁一口气，让唐兄坐地休息。突然，从高处传来阵阵咋呼声，有几个士兵拨拉着草丛，声声吼叫：

“看见了！”

“别藏啦！”

“不要命的，滚出来！”

…………

仨士兵挥舞着刀枪搜山，情势紧急。周术拿起竹杖往唐兄的脚面戳了下去。唐秉一声尖叫，坐地喊疼。

仨士兵如狼似虎地围拢过来，看到这俩人一个抱着脚喊疼，指缝间渗血不止；另一个用火镰点燃草絮，慢慢烧成灰烬，再捏粉末儿给那脚伤处轻撒。仨士兵围看手中的抓捕告示，对照着地上的唐秉和周术，议论：

“这告示所言那四个人，是朝中的博士郎官，眼前这俩，咋看，不像！”

“这上面写着，那四人都是年过古稀的老汉，这俩的年龄嘛，倒也是像！”

“那也不对呀，明明写的是四个，咋只有俩呢？”

“嗨，你个瓜㞞，两个人，咱才敢走近来。要是四个都在，咱仨还弄得住吗？这上面写着，督军郎吴实满脸坑坑洼洼，又是串脸大胡子，形似雄狮，壮实如牛，膂力过人，使得六尺巨杖……”

“好冷㞞，巨杖竟重百斤？”

“哎唷唷，那个吴实凶呀！”

…………

仨士兵说到此处，连忙散开，惶然后退，猫下腰来细看唐秉和周术，松一口气，说道：“不是，不是，不是那个狮子头吴实……”

“没有好呀，要是那人在，咱还不脚上抹油赶快溜，谁跟自己的命过不去呀！”

“哎嘿，你俩再来看，这儿写的廋高个儿唐秉，走路一瘸一拐……”那三个士兵来了劲儿，争相喊叫：“好呀！地上这俩起来，给老子站起来，比比高低胖瘦，走走，走走！”

“起来，起来，走起来！俩老东西快快走起来，让老子看看！”

…………

仨士兵逼着唐秉、周术站立。周术拄了竹杖，慢慢站起，手捶后腰言说：“兄弟们呀，我俩走亲戚回家，这老哥不小心磕伤了脚，得歇一会儿……”

那个手握告示的士兵不依不饶，逼唐秉立马起身。周术却又蹲了薅茅草，打火镰，慢悠悠地应付着，趁仨士兵扬头四顾，吹口哨，唱花鼓，遥看山巅风景之间，悄悄移来一块石头往崖边儿狠蹬一脚，那石头“咕噜咕噜”坠落山崖，呼隆声响。

仨士兵惊恐不已，急忙吆喝：

“有人!”

“别跑——”

仨士兵咋呼着往山崖边儿冲去。周术麻利地点燃干草，抓起火团朝那仨的屁股后面扔去，风助火势，爆出声响。浓烟滚滚，烈焰漫卷，吓得仨士兵连连倒退。手握告示者忽作火团，翻来滚去地化作熟肉一堆；冲过火墙喊杀，意欲拼命者，被周术扔过去一团明火，逼下了悬崖；那位不甚张狂者，侧身趴在崖上保住了活命。

另一处关隘的士兵听此喊杀声急，就过来一探究竟。他们走近趴岩的士兵，见其光腚裸露，一个便挖苦说：“脱了裤子敬爷哩?”另一个笑骂：“仨人死了两个，你狗日的命大啊!”

·4·

周术和唐秉翻越了高山垭口，在树高草深处迷茫前行。密林里阴暗潮湿，带刺的荆棘密织如网。他俩摸索前行，拨开划脸的枝梢，脚下的葛条又像绳索一样把人绊倒，俩人翻滚在草窝里，好在草厚如毯，袍衣扎满了狗扎扎却无大碍。俩人便翻身爬起，面前的蚂蚱蹦跳，蛾子惊飞，身边又有什么东西乱窜。唐秉看是一只野兔，周术拧身又见一只松鼠。野兔和松鼠，蹦跳急促，躲避着后面花花哨哨的一条蟒蛇。此物寒气瘆人，使人浑身发冷。那蟒蛇抬头一拧，转了方向，朝唐秉和周术哧溜而来，是他俩搅黄了蟒蛇捕食的好事。蟒蛇是用头部的颊窝寻找温度，以蛇芯子循气捕食。俩人的体温比那逃散的小动物高，气味也比动物的味道重。特别是唐秉脚伤的血腥气，已使蟒蛇垂涎欲滴。只见它绿眼闪光，血口大张，忽闪着蛇芯子发出“咝咝咝”的怪声，忽而扭扭摆摆拉直身子趋前，忽而弯弯曲曲拧扯着迂回而来。周术护在唐秉面前，不容恶虫凶狂，便撸起阔长衣袖，提起袍衣挽在腰间，猛一闪，跳在蟒蛇的侧面，十指劲张，似如鹰爪，猛往下，一只手掐住蟒蛇的脑袋，捏紧了它的血口，高高提起，另一只手攥紧细颈用力从头捋了下去。即刻，这吓人的蟒蛇软塌了身段。周术顺势合拢双臂，将其头尾折叠，往远处扔去。唐秉看得目瞪口呆，见扔远了后才松口气儿。树上的松鼠，轻松地跳来跳去，摇落了许多松果；草深处的野兔站起来，露出了微微的笑脸，摇摆作揖。

密林浓荫，斑驳陆离，掩胸草丛，深不可测。唐秉紧倚周术的肩头，周术拼力支撑着，俩人一起艰难行走。唐秉浑身不自在，见峭崖上的柏树裸根盘错，思绪就回到了故乡的缥缈峰上……苦苦打造的那崖柏小人，无眉无眼，手脚残断；唉，我那柏树小人儿呀，学长韩非子啊，你何在？皇上身边的李斯和赵高究竟是人，还是鬼呀？再睁眼，见巉岩狰狞，似如怪兽。松毛虫、褐天牛、蚧壳虫蠕动在一棵松树上拼命吞噬，怪风旋转，树皮忽散，白森森地竟是人的遗骸。那棵松树倒下的瞬间，更多怪虫又聚在了另一棵高耸的巨松上，其上有藤蔓缠绕着攀高，巨松艰难负重，似乎不忍怪虫吞噬，扭曲着，呻吟着。唐秉浑身的皮肉似乎随之散去，空落落一具白骨裸露着，任由寒风洞穿，奇冷不堪。他生在山区，见过山林，但从没想到秦岭的深山老林竟是如此这般模样：腐叶荒草，泥浆深厚，松软湿滑……周术搀紧唐秉，沿牛羊踩出的明灭窄径一步一挪，行至树木稀疏处，面前又是万丈深渊，远山重峦叠嶂，巉崖下荒草茂密，岩石又似怪兽，鱼脊梁似的山巅两侧，峭如刀劈。

周术担心唐兄犯迷糊，便打起十分精神尽力将其支撑。稳身形，凝目看，似有一线窄径，断断续续，飘在云雾中，不知能否前行？没了主意，叹气："唐兄呀，说不定，今夜又得在这荒山野岭上受冻了。"

"唉，受冻就受冻吧，又不是一次两次了！"

唐秉搭在周术肩头的手臂松弛，身形一歪，咕咚坐地，尾巴骨被砂石垫得生疼，"哎哟"一声叫起苦来。周术蹲下身扶了他，心痛地言说："唐兄呀，逃离咸阳的这几天，真是让你受了苦呀！怨我刚才心急手狠，使你脚下流血不少……"

"周术呀，你我患难兄弟，有难同当嘛，何必见外？今日，面对那些虎狼之兵，没有你那随机应变，我们怎能脱身？一点蹭皮小伤，不足挂齿。"

"啪"的一声，唐秉挥手拍打叮在脚伤处的蚊子。这一生见过的蚊子多了，但从来没有见过这里的蚊子个个大如牛虻，这一掌下去把伤口打疼了，便忍痛言："倒霉呀，人落荒野，蚊子成精，是东西不是东西的，都欺负人哩嘛！"

"学兄莫慌，我有办法！"

"哎，又是你那烟熏火燎之法嘛！"

周术薅草点燃，薄烟飘忽四散，辛辣香味刺鼻，熏走了蚊子和苍蝇。

"唐兄，坐着歇歇吧。"

唐秉闭眼就睡，周术也是呵欠不止，犯困连天。不一会儿，呼噜声起，一声紧过一声，惊得蚊虫躲避不及。山高处风起云涌，身上热汗散尽，寒意阵阵袭身。周术迷迷糊糊地打个寒战，急忙睁眼，面前的远山、近山变得混沌一片。唐兄鼾声时高时低，时紧时慢，突然"嘀"的一声便没了气儿。周术大吃一惊，拧身看，只见唐兄的头颅夹在双腿之间，哆哆嗦嗦，颤颤抖抖，蜗蜷成了一疙瘩，就急忙摇晃着喊："唐兄，醒醒，醒醒……不能再睡了！赶紧醒来！"

唐秉却无反应，周术立起身，站在他的身后伸出双手，撸着他的腋窝往上拽。唐秉勉强睁眼，呻吟："哎唷哟哟，妈耶，这是哪呀？为何如此乏力？"

“唐兄呀，咱俩正在逃命，虽摆脱了追兵，但这里却是高山险峻之处，乌云翻滚似有雨来。不宜久留，须尽快下山！”

“明白了，下山，下山！”唐秉随着周术的力道勉强起身。

雨滴飘落，打在树叶上“啪啦啪啦”作响，落在地面上“唰沙唰沙”有声，越来越猛的雨水，落地便成泥浆，汩汩流淌。周术循着蜿蜒的泥流，借助竹竿支撑，强撑唐兄艰难下山。唐秉在山巅沉睡时着凉，这阵浑身湿透，冷一阵热一阵，腾腾水汽缭绕，便摇摇晃晃，东倒西歪，倚在周术的身上恍惚着，踉跄着。

天麻擦黑，俩人走出云雾，下了高山。沟底小河，浊水翻滚，轰隆声急。疾速流动的巨浪里漂浮着大小树木、庄稼秸秆、干柴杂物……一头小黄牛在旋涡里打着转儿。黄牛的身边漂有小人儿的身影，一起一落，忽然闷入水下泛不起身来。周术说声“救人”，便飞身跳入河水中的孤石上，伸出竹杖递给小人儿，那小人儿猛地抓住。周术使劲儿把那小人儿拽到身边，将其捞起。这十来岁的娃娃，赤条条，精光光，一丝不挂，脸色煞白，嘴唇青紫，吐了一口黄泥水，叫喊：“牛，牛，我的牛啊——”

周术抱着落水的娃娃跳回岸边，靠在山岩上的唐秉，急切将娃抱入怀中，捂在发烫的胸口上暖着孩子。小河上游，传来一句紧似一句的喊叫：

“牛——”

“牛娃——”

“牛哇——”

…………

周术纳闷，水中的黄牛已无踪影，这喊来叫去的能喊叫回来吗？却不想，被暖在唐秉胸口的娃娃脚手一伸，鼓足了劲儿，“噢——”地答应着。上游的喊叫，下游的应答，两相应和，引得一河两岸的崖娃娃，瓮声瓮气，回响不绝。一个壮年汉子寻声而来，后面跟着一位年过花甲的老人。前面这汉子失急慌忙到了唐秉跟前，一把抢过那个娃，“啪”一掌，狠狠地打在了娃的屁股上，骂说：“叫你逞能，叫你狗日的逞能，害得我操心不说，还要你爷爷的老命不？”

紧跟其后的老人举起手中的拐杖，敲打在壮年汉子的后背，说道：“不懂事的傻儿子呀，讲点人来客往的礼节嘛！牛娃没事就好，要不是这两位贵人相救，你还能见到牛娃?”这老少三人乱作一团，要对唐秉和周术行跪拜礼。

周术拉住老人的手，言说：“免礼，免礼!”

“救命之恩，岂可免礼？岂能不拜？傻儿子呀，快给恩人施礼!”老人用手中的拐杖使劲敲打岩石。那个娃娃从壮汉怀抱中挣脱，抢先跪地，向唐秉和周术叩首大拜。

周术明白这是一家三代人了，便问：“噢，老人家的孙儿叫牛？是何道理?”

“唉，说来话长呀！也是因过去的一场大水毁了寒舍，一家人住在牛圈，娃落草在牛圈也就随口叫成了牛。这牛娃慢慢长大，就爱和牛一起玩耍，无论白天牛上山，还是夜晚牛归栏，就他爱操心……”

“哦，刚才是这牛娃在放牛?”

“哪呀，刚才那大雨刚一冒头，他就操心那个小牛崽，不顾他大（爹，秦人方言）阻拦，去到牛圈。谁知，一眨眼就闹出了这事儿。”

那个牛娃拉着哭声：“牛，牛让水冲走了，我要去老河口找牛去……”壮年汉子又是“啪”的一掌打在娃的屁股上，骂说：“胡闹，你不要碎命了，还要顾你爷的命呢！你知道老河口在哪？再不听话，打不死你!”

那花甲老人劝说：“乖娃，娃听爷的话，不去那衮水河口了。牛没了就没了，只要人在就好!”

唐秉身上忽冷忽热，又犯迷糊，便倚在周术的身上说胡话：“水落了，天黑了，快快前行……”话没说完，就滑落在湿淋淋的沙地上。

唐秉病了，病得不轻。他走出皇宫这几天，躲躲藏藏吃不好，风风雨雨睡不好，今日脚下受伤，蚊虫叮咬，又被泥水浸泡，伤口成了烂肉。此时，说话的老少人影儿在他眼里黏糊成了一疙瘩，他只是稀里糊涂地嗫嚅：“前行，前行……”

老人急对壮汉言说：“傻儿子呀，快把恩人背回家!”

壮年汉子背起唐秉往河上游走去，老人拉着牛娃跟在后面。周术见天色已暗，学兄病重，也便随行。不一会儿，到了老人家的山林茅舍，牛娃妈扑上来抱了自己的娃，把客人迎进家，急忙打扫土炕，铺上干净草席，一家人手忙脚乱地将唐秉安顿下来。老人熬煮金银花汤水之间，抽空来在唐秉身边，伸手掐捏着鼻根，朝儿子喊："快取艾叶，点火绳！"老人极尽所能，唐秉依然高烧如火，气息奄奄。周术缓过神来，告诉老人说："得换个法儿救命了！"

"啥法？"

"叫魂，驱鬼！"

"唉啊，叫魂不易，驱鬼更难呀。"

"哦，老人家，你也懂驱鬼叫魂？"

"略知一二。人嘛，都有失魂落魄、被鬼纠缠的时候。叫魂驱鬼，自须对症而为之。"

"如何对症而为？"

"对症嘛，须知失魂落魄于何处、何时，因何事而起，弄明白了就'河水失魂下河叫，山巅失魂爬山叫；白天失魂端碗叫，夜里失魂执火叫；亲人失魂用心叫，邻里失魂迭声叫……'"

"有理，有理，老人家说得有道理！"

"驱鬼，更需用降龙木、松柏火。"

"何谓降龙木？何为松柏火？"

"驱无名厉鬼用的桃木，驱有名恶鬼用的桑木，驱饿死鬼用的黄杨木，驱淹死鬼用的槁木，驱女鬼用的刺木……都叫降龙木。松柏火嘛，就是用松树针、柏树朵煨出来的暗火明烟。"

"想不到呀，山里叫魂驱鬼竟有如此讲究。看来，凡事皆需入乡随俗呢！"

"请问恩人，你从何来？这位兄长，如此病重，究竟是为何事？"

"唉，我俩乃游山玩水的闲人，这位兄长魂失高远之处，时日已久，原因复杂，难以言尽。还请老人帮我预备桃木棍、松针、柏朵、鸡蛋、公鸡、针刺、朱砂和红布……再去门外北面的九十九步处，挖九尺九寸深的土坑备用。"

周术不敢说出真实身份，只是求老人帮忙。老人听周术这么一说，知道他定是高人，就让儿子、儿媳妇分头去做准备。所需之物很快备齐，周术把桃木棍放在唐兄身边，以羊身穿心辟邪短剑蘸取朱砂在炕头墙面画符，捏住鸡蛋画出鬼脸裹在红布中，口中念念有词，将银针猛刺进去，“噗嗤”一下流出肮脏的黏液。他把这些东西捆在桃木棍头，放于茅舍外，顺手并拢食、拇二指，回来在唐兄头上画圈，往其肩背处拍打，忽明忽灭的火花闪烁。接着，取剑在手，凌空砍杀，踢踢腾腾，满屋尘土翻滚，丝丝缕缕，聚散之间有了凶鬼的模样，面目极是狰狞。周术劈刺上前，声声怒斥，那凶鬼渐渐隐退。他擎剑站上门槛，把剑悬置于门楣上，提了依附着脏东西的桃木棍儿，行九十九步，扔进九尺九寸深的土坑，扭断公鸡的脖子，一时黑血如注，滴落在坑。壮年汉子以白灰砂土，层层掩埋，再用青石板镇压其上。老人带着孙子牛娃点燃松针柏朵，火不大燃，煨出许多青烟，翻滚在地，久久不散。周术双臂舒展，捉指如剑，身形旋转，口中念叨：“疾，破！红莲之火，焚，焚，焚！南离之火，封，封，封！”

…………

周术如此逼退青烟，龙行虎步，至茅舍门口取了悬剑，握在手中，怒吼：“滚，滚，滚！鬼去，人回！我兄归来，唐兄归来哟——”

“哎唷”一声叫唤，唐秉魂魄就此附体。过三天，唐秉才完全清醒。再三天，才勉强下炕，下了炕又是摇来晃去地站立不稳。周术愁眉苦脸，心事重重。好在老人家盛情，他俩也只能在老人家中暂住下来。唐秉养歇时日不短，这一家老少把他俩当作亲人侍候。周术过意不去，带着壮汉上山辨识草药，采摘回来，教给他切片，蒸煮，晾晒，一筐一笼地码在屋檐下，草药堆积不少了，周术就让他背到集镇上去以物易物，弥补家中生活之需。

再一场风雨后，已是暮秋。天放晴，白云飘，雁阵掠，啼声急。周术趁着好天气，忙着切削、晾晒草药，唐秉坐在老人家身边说话。牛娃绕在膝下，来去叫爷。唐秉身体康复，气色不错，接连几天，拉着牛娃在地面上写字画画，抓石计数。壮年汉子由集市返回，急慌慌走到老人身边，递给他一卷什么东西，悄声说话。

老人接过儿子手中的东西看了，赶紧走近周术，拍着他的肩膀，言说："好呀，竟不给我讲实话。"便把手中之物交给了周术。

周术见是抓捕告示，上面画得清楚写得明白，要抓的就是兰陵学子唐秉、吴实、崔广和自己这四个人，一愣之下，无话可说。那老人压低声音："你那位唐兄，尚未康复，不便多说。我只是问问，这欲抓之人是否与你俩有关?"

"老人家呀，你说呢?"周术知已无法隐瞒，便如此反问。

"要我说嘛，你俩就是官家捉拿之人。"

"老人家呀，这上面的文字和画像已是模糊不清，怎能说就是我俩呢?"

"嗨，官家要抓的都是好人。你俩不顾个人危难，能在水中救人；知恩图报，教我儿辨识药草，教我孙读书识字，你兄弟俩都是好人呀!"

"老人家，你更是好人。要不，我俩在哪儿栖身?"

这半月来，俩人受到了老人的精心照顾，与一家人甚是相融相知，周术不在隐瞒把自己和唐兄的来龙去脉全说了出来。

"老汉我呀，心里明，眼不拙，早就想到了你俩是有学识的好人，若做官，是清官，要说做人，都是人上人!"

"老人家，莫过誉。我俩沦落人，还需历艰克难再去商山……"

"什么，去商山？我年轻时担脚曾路过商山，那地方么，远得很呢!"

"啊？不就是在秦岭之南嘛，真的还很远吗?"

"秦岭山山水水紧相连，一山看一山，好像不远，走起来总得好几天。商山在丹江边，这儿只是衮水河，与那丹江不沾边儿。跋山涉水过去，少说也是四五百里路程……"

"哎呀呀，怨我稀里糊涂，领着唐兄走错了方向，这可如何是好?"

"你那唐兄身体刚刚好转，走路还是不利索，要去可是难上加难。就在这儿过冬吧，明年开春再说去商山的事儿。"

"不行呀，老人家，那边还有兄弟……"

“哦，还有兄弟?”

“有呀!”

唐秉早就站在了俩人身后，听明白了老人家和周术的话，就自怨自艾地言说：“唉，全怨我耽误了时间，身体现已康复，须速去商山了!”

老人知道两人去意已决，就让儿媳妇烙锅盔馍，煮鸡蛋，包咸菜，准备干粮后，让儿子连夜晚把唐秉和周术送去了衮水河口。

观云听涛　　王家民·画

第十章　跋山涉水为藏书　追年溯月结善缘

·1·

崔广携书简进商山的那个夜晚，听根善老人讲起了陈年往事。

那是十多年前的一天，商街逢集，摆摊子做买卖的人多，看热闹的人更多。根善老人挑了野生的山茱萸赶集，新鲜的山茱萸颗粒饱满，色泽红润，透亮得像红玛瑙。山茱萸有补益肝肾、涩精固脱、生津止渴之功效，也可装在精心缝制的小布袋里，戴在身上祛恶辟邪。桂花节前夕，山茱萸成了人们的抢手货。老人走到商街东头，刚放下挑担，就围上来了不少买主。老人做买卖从不以秤欺人，他挑来的野菜野果，很受买主欢迎。

北山岈怪，人瞎，胆儿大，贼眉鼠眼地在集市上转悠踅摸。他见根善老人的生意好，就溜到人群后拨开一条缝，伸手拎了两筐山茱萸，转身就走。不等老人说话，众买主便发了喊声，抢人哩！岈怪却说，不抢，看成色哩！说着，将两筐山茱萸拎去了对面的货摊子。对面摊子，是岈怪的哥儿们在那儿卖山茱萸，北山山茱萸质量不好，几个狐朋狗友做托儿，喊叫了半天就是无人搭理。岈怪前去放下老人的箩筐，再提了那卖不出去的北山的山茱萸，折回来放在了根善老人的面前，说，你这山茱萸硬得跟石子一样，谁要你这烂货！老人见岈怪眼睁睁地换了山茱萸，且又胡说八道，气得手脚打战。围在老人身边的买主们，不依不饶地与岈怪论理。

岈怪耍赖说："调换不调换山茱萸，与你们有啥相干？这老汉是你爷，还是你大？马槽里出了个驴嘴，妈的屄，管尿了个宽！"骂骂咧咧，转身欲去。

"狗日的北山蟊贼，你把老实人当啥哩，甭走！"一个小伙揪住了岈怪的领口。这时，岈怪的两个同伙，一胖一瘦，从对面的货摊子跑来，胖者帮岈怪脱身，瘦者冲到根善老人的跟前，扬脚把面前两个箩筐踢飞，山茱萸如雨滴漫天散落，劈头盖脸，砸在了老人的身上，血色黏液顺着脖子长流。人们慌忙围住老人，替他擦拭那满脸的黏液。

岈怪发一声喊，两个同伙拔腿欲走。突然有一位壮汉，怒吼着拦住了他们的去路，眼儿亮的胖子抢道要逃，却被壮汉伸出巨杖将其绊倒。脚底麻利的瘦子从壮汉的腋下穿过，想溜，只见壮汉如鹞子翻身，巨杖凌空一划，长眼睛似的戳在了瘦子的裆下，壮汉用力往高一挑，那瘦子就狗吃屎一样趴倒在地，哇哇号叫。眨眼间，两个浑蛋全被撂倒。岈怪腿发软，"扑通"跪地，作揖求饶。

出手惩恶的壮汉便是吴实。那年正是秦国灭魏之际，大将军王翦、辛胜率军鏖战。吴实奉命去武关督军，夜宿官驿，早上出门，便遇见欺行霸市的这一幕。眼里容不得沙子的吴实，怒火中烧，出手放倒两个浑蛋后，挥杖顶在岈怪的脑门上呵斥："无耻歹徒，光天化日，竟敢如此明抢豪夺，还有无王法？"

"爷呀呀，爷你厉害。爷是好汉，爷是大官人，大人不记小人过嘛。求爷高抬贵手……"岈怪边说边磕头。

"要想活命，就滚着过去，磕三个响头，乖乖地把那位老人叫三声爷，把所抢之物悉数归还老人，如此或可免于送官。否则，我便替秦王执法，要了你的狗命!”吴实撩起袍服，亮出了腰间那督军关照和佩剑。屽怪乜斜贼眼，见吴实腰间那灿亮的关照牌儿和明晃晃的佩剑，吓得魂飞魄散，连爬带滚，到了根善老人的脚下，乖乖叫爷磕头。磕出的生血与地面上猩红色的山茱萸混在了一起，老人看得寒瘆，就背过脸去。

吴实用脚踢了屽怪的尻子骂“滚”！屽怪抱头鼠窜，瞬间没影儿。

根善老人的两筐山茱萸，已被从对面的摊子上提了过来。老人说：“感谢这位官人出手，教训欺行霸市的混混，也感谢大家心怀公道。这两筐山茱萸嘛，一筐送给仗义惩恶的官人，另一筐由大家去分吧!”

大伙儿商量说，山茱萸送给出手惩恶之人，理所当然。另外这筐嘛，大家可以平分，但要公道算账，把钱币交给老人。

老人言：“这山茱萸，是自家房前屋后野生的，不值钱，遇到今天这事儿，耽误了大家的时间，道歉都来不及，何须再收钱币?”

老人就连那两个笼筐也不要了，转身欲走。此时，买主们掏腰包，拿钱币，凑在一起往老人手里塞。老人躲避再三，执意不收。

“嗨，我说句公道话，这位厚道的老人呀，钱币你收下。送给我这一筐嘛，就转送大伙儿吧。各位买主用一份钱，买两份货，岂不更好?”吴实提起一筐山茱萸，说着自己的主意。他这话一出口，根善老人却和那些买主统一了口径，你一言我一语，仔细罗列山茱萸的百般好处，劝说吴实一定要带走这商山土产。

“乡亲们！不是我不知山茱萸的珍贵，也不是不知老人的好意，只是我乃拿俸禄、吃官饭的人呀。大家都是秦国百姓商山人，不可忘记百年前那商鞅制定的王法，有法必依，法不可违呀!”吴实正义凛然，大伙无话可说。

这样，买山茱萸者用一份钱币买到了两份趁心货，卖山茱萸的老人也收回了采摘和跑路赶集的辛苦钱。

由此，根善老人就把吴实当成了亲人，吴实也把根善老人尊为长辈，两人成了忘年交。吴实凡出入武关，来去商於道，必登门看望老人。每逢秋果成熟，五谷入仓，老人都会给他准备许多核桃、板栗、柿饼等商山土特产。

崔广仔细听老人讲了这段故事，便说：“噢，明白了，我虽与老人家初次见面，但兄长吴实带的商山土特产，却不陌生呀。你乃长辈，请受在下一拜。”

根善老人拦住了崔广，言说：“切勿多礼，不必见外。”

此时，根善老人的重孙撞进门来，言说：“老老爷呀，我和丑娃、黑蛋、二愣、三拐、四怪一伙儿，把咻些成包打捆的东西都弄到后屋里去了。”

“好娃哩，那可是贵重东西呀！又不是榆木疙瘩烂柴火，慌里慌张地弄进屋里咋能行？”

“老老爷呀，放心吧，把咻贵重的东西，跟砌墙根子垒石头一样，堆放得齐整着呢。”

“噢，娃们懂事儿了，去吧，都回去睡觉！”老人打发了摸黑搬书的孩子们，接着给崔广说宽心话：“家后面的柴草茅舍大着呢，有多少书简都放得下……”

“大叔呀，这些书简来之不易，须妥为保护。”

“放心，放心！搬书的这些娃娃都听话，他们会把这些书简当宝贝的。”

“大叔呀，不是说对娃们不放心，只是这儿离大峪沟口太近，江北岸那商於道又是商贾如流，人来客往，将书放在这儿还是不放心。”

“噢，你这么一说，老汉我也就明白了。”

“大叔呀，帮我想想，哪儿还有更隐蔽的地方可以藏书？”

“有，只是山高路远……”

“哦，在哪儿？”

“请看——”

崔广随着老人端在手中的松明灯移动，隐约可见墙面上刻画的字符：

天虎幢上高山流水人自在，

盘龙松下闲云野鹤神仙居。

“大叔呀，此乃何人所写？”

“祖先。”

“祖先？”

“老祖先！”

“哦，老祖先所写？既有如此神仙之居，我便去见识见识吧。”

·2·

第二天清早，崔广背负细软行囊往深山老林走去，沿着弯转的溪流，越爬越高，山歌隐约入耳：

哎哟喂——

商山高高连虎山，虎山更比商山险。

树大林深泉水清，闲云野鹤有神仙。

…………

如此山歌，似乎应和着昨晚所见的字符，崔广听得心中一热，加紧脚步上山。走了个把时辰，脚下窄径突然断线，一堵石幢耸立在前。石幢之上还是石幢，大小石幢，累累叠加，云雾缭绕的高处，浮现出了石板房檐的一角。噢，云岭断崖有人家！

忽而，面前齐腰深的茅草突然晃动，一物猛然蹿出，如狼似狗地冲着崔广狂吠。接着，高处一声吆喝，凌空跳下一个十来岁的孩子，冷冰冰地问：“弄啥的？”

“我乃逛山者。请问此为何处？”

“天虎幢！”

山高风清　　王家民·画

“噢，天虎幢。主人在吗?”

“别胡黏，哪有啥主人不主人的。我爷在哩，你要干啥?”

“嗯，想拜访你爷，带我上去吧!”

崔广见那狼狗气势汹汹，说着“上山”，人却木呆着不敢动弹。孩子说声“莫怕”！手一挥，弹飞了一粒光溜溜的橡子。狼狗见状，就在空中翻转一圈，往石幢上蹿去，草丛起伏处，隐现着陡斜的峭壁石坎，似路又不似路地通往高处。

“逛山的，跟着狗往上爬!”孩子指着草丛中的陡斜石坎，话没落点，他却蹿到了悬崖边的一棵树下，“呸呸”儿口，把唾沫吐在手心，双脚用力一弹，像猴子似的爬上那棵大树，手脚交替，哧溜哧溜地攀上了树顶，随着枝梢摆动，忽悠来去，打起了秋千。

崔广抬头看得提心吊胆，愣得张口无语。孩子居高临下朝他摆手，再就横着一跳，忽而不见踪影。好家伙，这孩子竟如此跳上了石幢的高处，那上面又是什么景象呢？崔广便豁开草丛，看到陡斜石坎原是一条错开的石缝，石缝中揳入木棍，木棍上铺了石板，大小参差，高低不平，他只得紧了紧行囊，小心翼翼地挪步在石坎儿上。挪到了急拐弯处，只能身贴崖壁，手抠石缝才能勉强通过。艰难上来，又有巨大石屏堵在面前。迟疑间，石屏罅隙里“吱呀”声响，柴门开启，那个孩子探出头说：“逛山的，进来吧。”

“狼娃呀，蹿上蹿下的疯张啥哩?”苍凉浑厚之声嗡响，从绿荫中走出一位老人，恍惚似山崖峭壁的幻化之形。只见老人手提弯镰，隆背似单峰骆驼，双腿弯曲，脚步稳健，双臂修长，摆动有力，像巨猿一样沉稳。

崔广近前施礼说：“叨扰您老人家了……”

老人紧上前两步，将崔广拽至一棵盘旋如龙的奇松下。此松苍老，遍体生鳞，趋身腾挪，穿插百变，针叶茂密，黛色浓重，遮天蔽日地掩了大半个屋场。松下一堆青石皆如卧虎，小者为凳，大者成桌。老人手劲如钳，硬生生地拉着崔广落座。崔广施礼不及，便一屁股坐在了卧虎似的石礅上。老人侧身拉弯了低垂的树枝轻摇，便有物落在面前的青石板上，原是青翠的嫩果。他拣了一颗大的青果在衣襟上摩挲干净，交给崔广，说：“新鲜的，尝尝！”

崔广见老人诚意有加，不便推辞，拿了小啃一口，水津津，酸滋滋，酸涩过后，又甘甜润喉。便轻捏青果，问：“何果？”

老人言：“仙果。”说着，又变戏法似的手拿松塔，剥籽给崔广尝鲜。接着，说声“烧水去”，就隐身不见。

微风徐来，崔广顿觉清爽。他仔细打量这处静谧的屋场，三面围合，南临空谷，像巨大的簸箕似的一处石窝窝：北崖危耸，陡峭如刀劈斧斫似的，崖缝缝里挤出来的树木裸根盘错，枝梢峥嵘，繁密如伞，仰望只见岚光不见青天；东西两堵崖壁皆由北崖横生而出，西面就是刚刚走过来的石屏柴门，东面被树木覆盖得严实，一眼望去，看不出所以然。拧头再看南面，透过繁密的树梢可见层峦叠嶂的远山，清晰透亮，亮得与天不分彼此。

崔广再看身边，砌墙、盖房、铺地用的全是板板石，草木在石崖、石条和石板的缝隙里无拘无束地尽情生长，蓬蓬勃勃，葳蕤繁茂……孩子刚才攀树跳上来的那儿砌有石墙，一层一层的片石砌得整整齐齐，顶层凸凹有致，酷似城墙箭垛。

此时，箭垛一侧的树丛中烟雾缭绕，袅袅升腾，化作云雾，飘飞四散。老人提水壶，孩子抱陶碗，老少两人腾云驾雾般到了崔广的面前。

孩子在崔广面前置放陶碗，拽弯一竿修竹，掐几片嫩叶放入其中。老人慢慢浇入热水，那嫩绿的小竹叶儿在碗里漂浮旋转，淡淡清香，扑面入喉。

崔广深吸一口清香之气，感谢的话尚未出口，老人极是热情地连声问话：“客人尊姓大名？贵庚几何？缘何至此？”

“免贵，免贵，在下姓崔名广，年近古稀，祖居鄞州，客居咸阳。在那儿待烦腻了，想找清静之处……”崔广起身回礼，谦恭回话。

“哦，你是看看便走，还是想住几天？”

“长住！”

"噢，城里客人呀，这儿荒凉偏僻，苦焦呀!"

"这里果甜，茶香，人好，在下更为清风所醉。老人家呀！请问您贵姓大名？高寿几何？家眷儿女……"

"我，无姓无名，你喊一声'山'就行，年过九十。儿嘛，有，有战死疆场的，有殁于天灾疫患的……"

"啊，老人家，您无姓无名?"

"是呀，随便叫声山老汉就行。山里这地方嘛，人本不多，无论老少见面，隔山隔水的喊得响，听得见，就行。"

"噢，山大叔你老高寿呀，九十多岁的人，竟然还如此硬朗，健硕!"

"客人呀，随话搭话便是，叫啥大叔呢?"

"不敢造次。叫声大叔是对您老人家的尊重，也是对这巍然大山的敬重。"

"好好好，见过世面的人呀，会说话。"

"大叔呀，如此屋场，就你爷孙俩，不孤单，不寂寞吗?"

崔广端详老人那饱经风霜的脸，虽沧桑却不苍老，眼窝深陷，目光如炬。

"哈哈哈，清风明月做伴，狼虫虎豹为友，何来孤单、寂寞一说？要说这屋场大嘛，真还有更大的地方呢!"

"噢?"

"出东面的山崖，那面有茂密树林，草甸流水，是养牛羊、种庄稼的好地方。"

"啊，出东面山崖，还能养牛羊，种庄稼?"

一眼眼看着大人说话的孩子，忽然插话说："喂，逛山人，你把我爷叫叔，那我把你叫啥呀?"

山老人呵斥："多嘴，狼娃，得把客人叫大大!"

"好啊，听爷爷的。大大呀！一会儿娃领你去东崖那面看看……"

崔广随话搭话说声"好"，便把孩子拉到身边搂在怀里，问说："多大了？爷爷为啥把你叫狼娃呢?"

他这一问，山老人便讲起了狼娃的故事……这娃两三岁时的一天，坐在山墙根的石条上看牛拉磨。娃他大贴紧牛屁股，握着大瓢往石磨上添粮。娃他妈收拢磨缝里挤出来的粉粒蹲在笸篮旁，“哐里哐当”摇筛罗面。黄牛转圈不停，娃他妈和娃他大也是走马灯似的影影绰绰，一会儿便把娃的双眼转花。夜幕降临，冷风飕飕。娃拉了哭声：“妈呀，大呀，害怕，怕怕得很嘛！快回屋，回屋吧，我要回屋……”说着说着，便眼皮打架，人犯迷糊，侧身躺在了石条上。

娃他妈和娃他大，被娃那怯生生的话说得心里发毛，相互看一眼，异口同声地相互问：“娃是看到啥了吧？”

“是呀，娃小，天眼开着哩，能看见鬼呀、狼呀的……”

两口儿越说越怕，急忙卸牛扫磨。紧收拾慢收拾地回头看，娃不见啦。俩人慌作一团，问道：“娃呢？娃呢？咱那娃呢嘛？”俩口不约而同，想到了山里时常发生的事儿，便慌了神儿，失声同喊：“狼叼娃啦——”

“撵狼呀——撵狼！”

“撵狼——”

“撵狼”声划破夜空，一波接一波地将山沟里的人全惊动。人们走出家门，狠敲锣鼓，点燃干柴、扫把和烂衣服，举着石头、棍棒和铁锨，顺着塄坎小路，踏遍坑洼田垄，跑呀喊呀，撵狼找娃，折腾来去，手中的明火燃尽，嗓门儿喊得嘶哑，哪儿有娃的影儿呢？

山老人说到这儿，蹲在面前的这个孩子忽然插话：“那牛拉磨把我看得头晕，糊里糊涂的腮帮子生疼，毛烘烘的啥家伙把我拉走，像狗不是狗，这就是人说的狼叼娃？哎呀，我的妈呀，这是狼叼娃哩呀。狼叼我，我抱狼，面朝上抱紧那毛烘烘的脖子，我的腮帮子才疼得轻一点。狗日的狼呀，跑得快！咧仄的嘴里，呼哧呼哧，臭气熏人。到了村头的小河边，呼一下，把我一甩，放在它那脊背上蹚水过河，上了高坡才放我落地。我拧过身，看那狼，跟人一样坐在地上，瞅着小河对岸的人……大人全成了皮影戏里的小人人，呼呼啦啦跑过来，晃晃悠悠跑过去。过会儿，锣鼓声停了，灯火灭了，人影儿不见了。咻白狼回头看我，我看狼，那毛茸茸的身子挨着我，我啊有些暖和，有些倚靠，就像在家里的热炕上。“呜呜嘤嘤”的不知啥叫，山上的石头滚落，林子里一阵乱响，吓得我又抱紧了狼的脖子，那狼就低头卧地把我拱在了它的背上，又驮我进树林，爬山坡，越来越高，越来越远。想起来爷婆说的，咻狼是前腿长后腿短，下坡不行，上坡飙得美，大白狼上山跑得比牛娃子还莽势。”

山老人看着絮絮叨叨的孩子，说:“狼娃呀，别骂了！咻白狼是你的亲人啊。”

“爷，你不是说，嘴里骂，心里亲嘛。”这娃接着说，“不知道爬了多高，走了多远，白狼停了脚步，侧斜着把我放到地下。我仰面看，魔芋枝叶间的花疙瘩裂开，映着月亮，透出了紫色的光，好看得很。我躺在软乎乎的地上，想家。白狼忽而站立如人，扒拉下来魔芋叶子盖在我的身上。它再转过身去，在魔芋根下刨土，用它那戳瓢嘴伸进土窝，叼出来牛蹄子似的魔芋放在我的面前。白狼喉咙咕咕有声，对我说：咬吧，啃吧，别饿着啊。猛一下，不知是它嘴臭，还是魔芋臭，连紫色的花朵也是臭得把人能熏死……冰冷的月亮挂在天上，我还是想回家。一个白衣白胡子的老爷爷由小变大地飘了过来，白狼跑过去低头摇尾巴，乖得跟狗一样。那老爷爷对白狼说话，只见嘴动，不知说啥。白狼坐地点头，提起了前爪连连作揖。那老爷爷转身要走，白狼就跟在他的身后，边走边回头，走得很慢，走得极不情愿。那老爷爷和白狼越走越远，一阵儿，模糊得没有了影儿……哎呀，腮帮子疼，疼呀疼，睁开眼，看见这位爷爷抱着我，抱得浑身暖和……”这娃说着，把山老人倚靠得很紧很紧。”

山老人推了孩子一把，言说：“续水去!”这娃就端着水盆去了石板房里。老人接着讲：“那个深夜，老汉我走出东崖去给牛添草，听见地头有啥响声，走过去，在齐腰深的魔芋枝叶下看见了这娃，他呻呻唤唤地蜗蜷成一疙瘩。便想，谁家的娃如此胆大，敢半夜上山偷庄稼？那阵儿呀，最担心是这娃被蛇咬了，二话没说，把他抱了回来。进门燃起松明子，细看，这娃腮帮子出血，伤不很重。

突然明白，是被狼叼上山的娃，这娃能留得小命，真是造化呀。我烧温水化盐巴，给他洗伤、敷药、灌温汤……不几天，他就蹦屁流星地玩耍着。问他家在哪儿，他摇头不知，问他大人的名字，他更是不晓。时不久，娃他大上到这石幢上来，抱住这娃哭得一塌糊涂，说着无数个感恩道谢的话。我高兴他们父子相见，让把娃领下山。谁知道呀，没过几天，他大又把这娃送上山，言说，娃到家却不再认自己那个家。娃不精爽，发高烧，打摆子，哭着闹着要上天虎幢这个家。娃整天唠叨得实在没办法，就把娃又送来山上。他大跪地将我认作叔，娃便成了我的孙子。这多年，我爷孙俩在此相守相伴，从没离散。说来也怪，东沟里的那只老白狼也就常来这儿，有时转悠在山崖东面，有时走过来静静守望，低声叫唤，不见到这孙子娃绝不离去。后来，它又领着一头小狼崽来陪孙子玩耍，时间长了，那小狼崽就成了孙子的伴儿。再后来啊，老白狼越来越老，来去走动减少，我这孙子上山攀岩手脚灵活，抓空中飞的，逮地上跑的，一抓一个准，他把野鸡、野兔什么的送到老林深处去喂养老白狼。多年后，老白狼死去，小狼崽被孙子养在身边，他俩日夜相伴，从不离开，像是一对兄弟。奇怪的是，这狼崽荤素都吃，渐渐有了狗的忠诚，看家护院，忠于主人。因孙子和狼的这段生死缘分，我这孙子便叫作了狼娃。”

崔广听爷孙俩讲这离奇古怪的事，看着面前的狼狗，嘴像戳瓢，绿眼闪烁，尖耳灵活，尾巴拖地像扫帚，真分不出来究竟是狗，还是狼？

崔广只能相信，天地之大，无奇不有，于是说道：“看来啊，商山的狼也通人性呀，想我这落难之人，惶惶然不如丧家之狼了。”

“客人呀，不必如此恓惶！你有啥难处，尽管说来。”

“唉，一言难尽。当务之急嘛，是要寻找一处地方。”

“什么样的地方？干啥用？”

“遮风避雨的地方，藏书。”

“多少书？”

“五车。”

“噢，那么多啊。你可在我这儿走走，看看，能帮你的，我定当尽力。”

“真的?”

“山里老汉从不哄人，也不会说假话。读书人崔广呀，我可记住你的姓名了。天虎幢这儿偏僻呀，你真愿意来，老汉我高兴得很呢。只怕你是说笑话，哄着老汉高兴哩嘛。”

“大叔呀，崔广自知诚信为重，只怕这地方不够藏书……”

“嗨，咱这山上的石头、木料、灰土方便得很，让狼娃他大带匠人上来帮忙，盖几间石板房还不容易？地方嘛，有的是!”老人生怕崔广不愿上山，拉着崔广的手便往东侧的山崖走去，拧头说道：“狼娃，喊叫虎女，上来做饭!”

狼娃跃上西侧石屏的高处，合掌捂嘴，朝远处发出一声呼啸，再拧身跃起，身影飘过盘龙松，轻轻落地，双脚再一发力，蹿在了老人和崔广的前面。

·3·

东崖危峰耸峙，葳蕤草木覆盖了一处上窄下阔的罅隙。山老人在前，崔广紧随其后侧身而入，里面堆有木柴、耕具、猎叉、拐豆浆的石磨、打草鞋的鞋拔子等诸多器具。这些杂物紧靠石壁码放，中间有曲折通道，牛跟斗似的拐个弯儿。前面有了些许光亮，那就是狭缝的尽头，脚下塄坎坑洼，光溜溜、黑黝黝、湿漉漉的全是坚硬的青石。老人和崔广小心前行，狼娃和狼狗早不见了踪影。

走出东崖罅隙，眼前豁然开朗，头顶上的艳阳白晃晃，炫目刺眼。崔广紧闭一下眼，再慢慢睁开，用双手遮在额头往前看，竟然天高地阔。身后的山崖那边，树木遮天如篷，凉风习习。这面，却近了太阳，明媚无限，温度增高，漫坡沙地上的蜀黍叶儿迎风舒展，各色杂豆舞动着豆荚，圆乎乎，毛茸茸，活泛在塄坎边儿。高远处的老林子绵延起伏，看不到边际。

老人指着不远处的斜坡，说：“那儿，就是我抱回狼娃的地方。”

“噢，明白了。东崖这面的地方好大呀!”崔广顺着老人的手，看近，看远，再看高处，见更高的山巅上似有零散的房舍，便问：“大叔，那么高的山上，也住人吗?”

“住人呀！看得见的东峰垴，住人，看不见的北山峁、阴沟岔、老牛坡，也还有更多的人家呢。”

“噢，真是山高人高呀!”

山老人年岁虽高，走山路却是轻盈，崔广费了很大劲儿，才能勉强跟上。

狼娃脚下生风，吆喝着狼狗一股劲儿地往上蹿，上行一段，返身站在高处，探头朝下看着，问：“爷爷，上老虎颡去不?”

“去呀！你崔大大初来，得上去看看嘛!”

崔广气喘吁吁地跟在后面，听老人如此一说，就加了把劲儿。怎奈是，曲折仄径，砂粒密布，豆粒似的滑在脚下，走得吃力。但看山老人，他手提镰刀撑地如拐，遇藤蔓挡道便挥镰豁开，镰刀起落，蛾子四散，巴掌大的彩蝶，翻飞在老人的身边。老人身形与高山重叠，山影似人，人更像是山。老人脚穿的草鞋，像毛喇虫一样紧抠地面，一脚一步，踩得坚实有力，缓步慢上。

崔广明白了，老人脚穿草鞋，他的步履才能如此稳当，却弄不明白，狼娃那光脚丫子，竟是那样矫健，快行如飞。

山老人远望高处给崔广说道，上面的山头像是老虎观天的模样，才有了这天虎幢的名儿，身后那处屋场就是老虎的胸腹，刚走过来的东崖罅隙，又像是老虎前腿腋下的狭缝，正攀爬的这山坡就是老虎的后腰了。崔广细想，还真是这样的呢。

这时，狼娃又折返下来对崔广说道：“大大快看，上面就是老虎颡!”

崔广抬头远眺林木簇拥的山头，是裸露着的一尊巨石，有鼻子有眼，巨口大张，真像是猛虎抬头望天，便感言说：“累卵之势，悬乎。”

“不悬，不悬，磐石有根。”

“啊，磐石亦有根?”

“是呀，磐石有根，如人有其脉，脉通则生生不息。”

“大叔，我明白了。商山的根就是八百里商於，三山五岳之根也就是九州大地了。”

崔广和山老人说着爬着，不一会儿就到了高处。远看陡峭的老虎额，上到巅峰却是平坦。一时远山变矮，脚下树低。

狼娃和狼狗高兴地翻滚在一起，老人看着说：“小心点儿呀，狼娃，别掉下去砸了正在做饭的锅！去去去，快下去帮虎女做饭！”

狼娃听话，跃身逮了一只山鸡，那狼狗也是低头叼了一只野兔，撒着欢子下山而去。接着，山老人领崔广环顾四周，指着一抹抹山影，说道哪儿是老君登天石，哪儿是伯牙抚琴台，哪儿是老子归隐谷，还有哪儿是鬼谷子峡什么的……崔广看来看去，怎么看，也都是模糊一片。他知道，传说不论真假，都是人的美好心愿，便回话：“好呀！大叔，商山这老虎额上竟能登高望远，好地方呀！”

“爷爷，下山——，吃饭喽——”

狼娃叫声如啸，从山崖下清晰传来。两人循原路下山，过田垄，穿崖隙，回到屋场。屋场的烟火气正浓，炊烟钻出石板房在盘龙松上下翻滚，穿过树冠，由浓变淡，渐成薄雾，幻化成云。

石板房的门槛里，欢快的灶火扑闪扑闪，门槛上趴了个萎缩的人影，嗤啦一笑，脸盘如月。只见她频频挥手，极尽热情。崔广知道，这就是虎女了。

狼娃端盆温水放在石塄边，把手伸进盆里试了试热冷，唤叫：“爷爷，崔大大，洗手！这水不热不冷的，刚好。”

“噢，狼娃乖，长大了，懂得待人接客了。崔广呀，过来洗手。”

“大叔呀，这狼娃，十来岁了吧？带个‘狼’字唤来叫去地蛮吓人。给娃改个名儿吧。”

“说的也是，娃大了，得有一个大名了。”

“我意，改叫良娃吧！”

“哟？叫来叫去的，还是个娃。这大名也不大嘛……”

“大叔呀，我想，狼与良都是朗朗上口之音，虽只有半个字的去留，却有善恶之分……我若上得山来，便教良娃判字读书吧。”

“噢！让狼——噢，改叫良娃了，让良娃识字读书，好啊！”老人高兴地回话。

“好！”这娃听着崔广和爷爷的对话，兴奋得喊出了声，“呼”的一下蹿上了盘龙松的树顶。

“快下来！崔大大给你改了名儿，你就得改掉狼一样的毛病，规规矩矩地做人，再不可漫山遍野地疯蹿了！”

“没麻达！听爷爷的话，听大大的话！”

“良娃，你得改叫先生，快下来行拜师礼，取酒！”

“好嘞——”良娃“嗖”一下跳落在地，冲进了石板房里。

“娃愿意识字读书就好，行什么拜师礼呀？”崔广说。

山老人双手捧起酒碗，端在崔广面前，说道：“崔先生呀，是先生就得拜，拜师也不能没酒。”

崔广见老人和孩子极尽热切和真诚，便接过酒碗，捏合手指，轻蘸一滴弹往天上，再蘸一滴弹在地面，后蘸一滴抹在了良娃的眉宇间，言说：“大叔呀，我会谨记先师荀子的教诲，行为师之责。良娃啊，你亦需勤于读书，默而识之，学而不厌矣！”

“说的啥，听不懂，不管说啥，大大……噢，是先生了，崔先生说啥就是啥！”良娃高兴地回话，爬地连连叩头。

“良娃，以后不能胡说乱叫。起来，快起来，请先生吃饭……”

良娃手脚麻利，从石板房端来锅盔馍、糁子糊汤和山野菜，还有清炖山鸡和野兔，热乎乎，香喷喷，陶盆、陶碗地摆在了青石桌上。崔广腹中空空，便和山老人一起动起了筷子。石板房里那女子翻出门槛，逶地而行。

崔广大惊，虎女怎么是个残疾人呢？只见她腿脚裹了虎皮，双手握了木疙瘩，撑地而来，一张红彤彤的粉脸，笑盈盈，甜眯眯，朱唇轻启，虎牙白皙，叽里呱啦，朝着崔广说话。

“虎女，这是崔先生！”老人说。

“虎姐，快叫先生！”良娃弯腰凑近虎女，双手比画着说话。

“谢过虎女，你做饭做菜的手艺好呀！”崔广称赞虎女能做出如此可口的饭菜，暗叹她人虽哑，却能做饭，人也热情。

良娃翻译着虎女的话，言说：“先生好，高兴你来！长住这儿，虎女我给你做饭、洗衣……”

良娃倒过来又把崔广的感谢话，喊叫着、比画着说给虎女。虎女睁大眼睛注视着崔广，连连点头。稍一会儿，虎女言说西沟的家里有事，别众人，拧过身，双手抓紧木疙瘩撑地而去，身下那虎皮像似飞毯。

崔广凝视着她那背影，陡生怜悯，暗想：那处艰难的崖壁窄径，她能上来下去吗？

老人看到崔广的狐疑和怜悯，便说，虎女实乃奇女。她出生在哪儿，从哪儿来，没有人说得清楚。皆知，她是从虎山捡的女娃，就叫成了虎女。这女娃，虽又哑又残，双腿萎缩，却有一双有力的胳膊和灵巧的手，无论缝缝补补，还是浆洗做饭，样样能干。懂事儿，心肠好，入赘进门的女婿也憨厚勤快，生儿一双，名曰虎子和豹子。她两口儿，从东山墒到西沟，不管谁家有事，都会前去相帮。有人担心虎女行走不便，却又有人说，虎女能“骑虎”游走山林，驱赶野猪毒蛇，保护着这里的人畜平安呢。

商山人，商山事，使崔广啧啧称奇，他着迷天虎幢这处既隐蔽、又宽敞通风的屋场，想：若藏书于此，时常晒书甚是方便。于是说道：“大叔呀，这儿真是修身养性的好地方呀，只是我携带的书简不少……”

“呃，五车书简，是不少呀。需要大一点的地方嘛，那便随老汉来……”

老人说着，就领着崔广绕过北崖下的石板房，到了崖窝下，数羽白色的鹁鸽扑棱飞起，呼呼啦啦，飞出了一片祥和之气。

崔广一愣神儿，老人隐入了又一处崖隙。崔广随其走入，里面的阆场不小，穹顶高耸，内洞深不可测。稍缓一会儿，崔广看着一处堆砌有序的石堆儿，心有疑惑地发问："大叔呀，这洞里曾有房舍？"

"是呀，是曾有房舍，也曾屯过兵。"

"啊？何时、何人在此屯过兵？"

"唉，百年前的老事儿了，不提也罢……你先看看，在这老根基上搭建房舍，藏书可否？"

崔广心里豁亮，眼前似乎有了新做的书架和无数书简的模样，便拉紧老人的手，说道："好呀！崖洞之内，造舍藏书，最是稳妥。心里的石头总算是落地了，得感谢大叔啊。"

"无须言谢，人生相逢本是缘，无缘何以能相见？再长的岁数也难过百，即使活过百年，一生中，能有几人如此谋面？该来的自然会来，该去的必然要去，你能来此藏书，与老汉为伴，是我求之不得的缘分啊。"

崔广觉得，老人如父母，似先生，是读不完的一本书，也是难解的一个谜。他读过圣贤书吗？唉，读过圣贤书者，又有几人可睿智如此呢？便解下略显沉重的细软行囊，交给老人，说道："我把所带钱币交给大叔，以供买材、雇工、建屋和做书架……"

"崔广呀，你经过大世面，竟也如此迂腐？刚说过不必见外，你还是多心了，在老根基上搭建几间茅舍，何需钱币？咱这山沟里嘛，木头、石头有的是，工匠劳力又是换工的。"

"大叔之言，在下明白。只是搬书上来后，咱们似一家人过日子，还得有人当管家，多操心啊。这钱币嘛，就由您老人家费心保管，精打细算着用。我嘛，上山下山，下山上山，来来去去，搬动书简，得一段时间呢。"

"噢，明白了。细软行囊带在身上是不方便，那就先放这儿吧。"

终于有了藏书的稳妥地方，崔广突然想到了先生的交代，想到了守护书简的无限艰难，便感慨地抬头望天，言道："有了如此藏书洞，我的恩师荀卿啊，您也可以放心了！"

“崔广呀，商山被世人遗忘已久，此洞也已荒废百年，能为你识而用之，老汉我心里高兴呀。这么大的洞穴，究竟怎么收拾怎么用，还得你说话呢。”

“大叔呀，洞中本就遮风避雨，在老根基上搭建茅舍即可，只是那书架嘛，是要有形制和规格的……”崔广说着，就用石子在岩壁上画了书架的图样，标定了尺寸。

老人看着说道：“这活儿不难，东岭西沟、北岔南垭，有的是能干活的匠人！”

崔广道别下山时，良娃依依不舍地送到石幢下，捧出一把酸枣，塞给崔广，言说：“先生呀，拿着，路上吃！”

清风明月　　　　王家民·画

第十一章　雪夜惊梦续情愫　齐聚商山奠皇上

·1·

吴实掩埋了蒙恬将军，阅过周术的密信，一时麻脸涨红，青筋暴突，虬髯奓起，骂天不睁眼，骂作恶者不得好死！跳起身狠跺一脚，黄土弥漫，便像疯狮似的跳下土崖，沿无定河往东疾行，辗转罗敷峪潜入秦岭，穿密林，攀沟堑，渡河流，艰难跋涉月余，才南出老君沟，涉丹江，进入了商山大峪。夜半摸入商王村，叫开房门，根善老人看着面前的黄土人儿，惊讶不已地问："啊？吴实，你真是吴实吗？"

"大叔啊，我是吴实！"

"哎呀呀，你咋变成了如此模样？"根善老人掸去吴实满身的灰尘，热情地让座。

吴实急乎乎地说过皇上驾崩、朝中生变之事，便让根善老人的孙子领着进山。摸黑进沟爬高许久，天亮时到了天虎幢的悬崖下。

吴实爬上石幢，急拍柴门，良娃开门问："谁?"忽而禁言，他在崔广的调教下认了不少字，也学了一些礼节话。这时，想到了先生教过的礼节，便走出柴门，捋捋衣袖，搓净双手，恭敬施礼，问道："客官何人？有何贵干?"

"来者吴实，前来寻找我的学兄、学弟。"

"哦，学兄名甚？学弟又是何人?"

"学兄唐秉和周术，学弟崔广么。"

"噢，原是吴师伯到了。回师伯的话，崔先生一会儿回来。只是唐、周两位师伯，尚未来此……"

良娃迎吴实进门，看座，拍了狼狗，说道："去，请先生和爷爷回家吃饭。"说着，把一粒光溜溜的橡子往东面的山崖扔去，那狼狗"呼哧"一声越过树荫，蹿进了东崖的罅隙。

良娃说："师伯，暂坐。"说着跃过盘龙松，飞身跳在了石板房的屋顶，把什么东西扔了过来，吴实轻接在手，原来是软乎乎的红柿子。

"吴师伯呀，良娃知您武艺高强，今后，娃要拜您为师呢。"

"哦，是崔先生吹的牛吧?"

"哪儿呀，崔先生只说实话，从不吹牛，看吴师伯接柿子的这架势，肯定就是高手了。"

良娃在房上，吴实在地下，玩起了扔柿子接柿子的游戏，上面扔得有准头，下面接得有功夫，无论谁稍不小心，这红里透亮的软柿子就会变成一滩水。

良娃跳下屋顶，走近来拿起一个软柿子，剥去薄皮，露出金黄金黄的瓤子，递在吴实面前，说道："师伯呀，这红柿子嘛，吸一口，呼噜下肚，香甜得很，能当水喝，能当饭吃呢。"

吴实接在手中吸溜一口，还真是香甜如蜜。他看房顶上的红柿子，房檐下的谷穗子，满屋场晾晒的五谷杂粮，想，崔广来此两年，竟有如此温馨的家，顿时一股暖流涌动。

此时，崔广急步走来，吴实激动地跳起来，扑过去与他紧紧相拥。

崔广拉吴实坐了，猛然听说皇上驾崩，甚是不信，看过周术写的密信，又不能不信，急促地言说：“这这这，这皇上怎么就如此不明不白地走了呢？你人到了，那、那唐兄和周兄又是何在？”

“是啊，刚听娃说，两位兄长尚未来此……”

“人没有来，连个信儿都没有啊，别遇到什么事儿了。”

“崔弟放心，有周兄那尊大神在，什么也难不住他。只是唐兄那脚腿不便，行走艰难……”吴实对崔广说着宽心话，却又极不放心。

“唉，天有不测风云，人有旦夕祸福……这、这天气越来越冷，得为俩兄长添置被褥、衣物和过冬的木炭了。”

“是呀，你来此已两年多，你便当家做主，该咋办就咋办，要出力的事儿，有我这能吃、能喝、能跑路的呢！”

山老人早就站在一旁，听明白了他俩说的事，便接言：“两位先生呀，可别忘了，还有我爷孙俩呢。”

崔广把吴实介绍给山大叔，吴实恭敬施礼言：“感谢大叔！”

“谢啥，不就是个山洞茅舍嘛，将就能把你们的书简藏好，人能御寒保暖就行。”

良娃已把石桌收拾干净，把洗手的温水放在了石坎上，言说：“爷爷呀，饭菜已做好了，虎女姐有事先走啦。”

良娃很快端饭上菜，吴实狼吞虎咽。不一会儿，面前全成了空碗、空盘，老人和崔广好像没咋吃……良娃凑近爷爷，悄悄地说：“饭菜不够。”

“先让客吃！”山老人说。

崔广去灶房，拿来黄饦饦馍给吴实，言说：“学兄呀，尝尝五谷杂粮做的馍馍……”吴实接过一口咬了，巴掌大的圆饦饦馍就成了半月的模样。他梗着脖子，晃着手中半月形的圆饦饦，言说：“好好好，这馍有嚼头！”

“不管白馍、黑馍，还是黄馍，能吃饱就好！”崔广说。

“匀和子糊汤哄人出门，爬不上山，将就上山也干不了活儿。今日这稀糊汤，没馍是不行呀。”山老人说。

吴实这才想到人常说的，让客吃饭是个礼，锅里原来没下米。自己贸然上山，这饭早已做好，自己吃了个夯饱，别人拿啥吃呢？抬头两边看，老少三人正夹着酸菜吃黑馍，于是，拍了拍自己胀起来的肚皮，说道：“吃多了，吃太多了，我饭量大，老少一家的饭食，全让给我吃了嘛。”

“吴实呀，你这一路奔波不易，受冻挨饿的，这会儿饱餐一顿，就好好歇息。”山老人关心地说。

“歇不成呀，大叔，得立马下山去打探两位兄长的消息。”

“哎呀，你们弟兄们都不容易啊。这两年，崔广守在这里不断念叨，时时操心……好不容易，你俩见了面，就好好说说话，明天再下山去。”

“不行呀，大叔，两位学兄路不熟，即使到了商山根儿，也找不到这偏僻的天虎幢。”

“嗨，良娃，你这就下山去，给商街你那表弟，商王村、堡子城你那一伙娃儿们说说，留心接人！”老人让良娃下山。

“唉，大叔呀，这能行吗？娃才这么小……”吴实担心地说。

良娃却拍了胸脯，说：“能行。我路熟，人熟！”

崔广笑言：“吴兄，放心吧！狼虫虎豹是娃的哥，山林夜路他走得多……”

吴实看着良娃，高兴地伸手去拉，眼看拉到怀里那一刻，良娃忽悠一下穿过他的腋下，趴在了他的背上，搂住了他的脖子，说道：“吴师伯呀，我替您跑路，接两位师伯，您可得教我学功夫哟。”

“好啦，良娃，别闹。待客礼数，咋又忘了？”老人说。

“没忘！”良娃哧溜在地，朝吴实一拜，言说，“良娃多有冒犯，谢罪了！”

“行啦，行啦。良娃呀，以后跟先生和师伯要学的东西多着呢，快下山去吧。”

第二天晚上，良娃和表弟稼娃一起上山。良娃说：“先生呀，我俩把官府驿站咻皇榜给揭了！”

稼娃说：“哪呀，良哥，你咋又忘了，那是抓人的告示……”

原来，两个娃趁白天逢集的热闹，由街东转悠到街西，在驿站的门口，见一堆人围着墙上的啥东西指指点点，就钻进人缝儿去看，怎奈那东西贴得高，抬头也是看不见，只听有人念叨着先生的名字。稼娃拉了良娃走出人窝，圪蹴在墙角说话。良娃说，把墙上咻皇榜揭了。稼娃是街面上人，见识多，便纠正说，那是抓人的告示，谁揭谁挨挫，免不了被打一顿。良娃说人藏起来，让狗上！稼娃又说，狗跟咱俩不一样吗？它扑上去把咻揭了，还不是给咱俩叼来了？俩娃稍一思索，同拍脑袋拿了主意……是夜，官府驿站关门后，俩娃摸到门口，踮脚伸胳膊的怎么也够不着墙上贴的告示，急中生智，合力把狗高高抬起，那告示才被抓拉下来。

此时，崔广接过良娃手中的碎片，拼在一起细看，上面写的是务必抓捕的要犯——唐秉、周术、吴实和自己的画像依稀可见。

“吴兄啊，多亏你没去商街那儿凑热闹，看把你这狮子一样的大胡子，画得多像。”崔广说。

两个娃站在旁边，听说官家要捕杀先生，良娃便说：“先生，莫愁，有我哩！我和表弟这就下山去，把咻狗日的驿站烧了！”

“娃呀，烧驿站不行！”

“哦，咋不行？”

“娃呀，两位师伯尚无消息，莽撞行事，会坏事儿的！”崔广说。

“噢，明白了，那我俩这就下山去，守在商街打探师伯的信儿。崔先生和吴师伯，请放心，谁也别想动唐、周两位师伯的一根毫毛！”良娃拍了胸脯说话。言毕，和稼娃一起摸黑下山，连夜去了商街。

·2·

一个多月后的冬季，周术承携着唐秉艰难跋涉到了黑龙口关外，安顿唐秉兄隐身农家后，只身前去打探情况。

守关的两个士兵冻得瑟瑟发抖，对出入者盘查不严。周术走进关里慢慢溜达，进了一间小铺子，问说："掌柜的生意还好？这啥地方呀？"

"黑龙口嘛！这儿人少，吃饭的不多，勉强糊口。"

"哦，这黑龙口的关口，有没有抓什么人的事儿？"

"前几个月，听说皇上殁了，在关门口贴有告示，嚷嚷着抓什么从咸阳逃出来的要犯，这阵儿松泛得多了。"

"噢，管得松了？"

"是呀，听说什么二世皇帝把那些该抓的抓了，该杀的杀了，还能有啥事呢？"

周术心里有了底，掏腰包买了烤锅盔和煎腊肉，回身走到关口，给两个士兵分了一半，言说："大冷天的，站在这儿辛苦受冻了，打个尖儿，暖和暖和！"两个士兵也不客气，抢在手里便往嘴里塞。

"两位兄弟呀，我哥生了病，欲进关求医，一会儿嘛，抬人过来，请两位照顾照顾。"周术平和地说。

"哎，听口音，你不是这山里的人？"

"嗨，做生意么，走的地方多，话说得杂嘛。"

"噢，你是生意人？"

"是生意人。"周术摸出两枚半两钱，塞给了守关的士兵。士兵分拿在手，一个说："有病人，那就入关去吧！"

另一个说："去吧，去吧，只要不是朝廷追杀的那几个人，咋都行！"

周术到了唐秉藏身处，对农家老汉说道："我哥哥扭了脚，歇这么一会儿，愈加走不动了，求你帮个忙，送送人。"

农家老汉见唐秉恓恓惶惶，瘫坐不起。听周术这么一说，就从后院搬出竹木担架。周术扶着唐秉兄坐了上去，和农家老汉抬着到了关门口。

把守关门的两个士兵看着周术问："哦，病人？"

"病人！"

"赶快入关，找郎中去吧！"

两个士兵看着周术入关走去的背影，争着喊："记着，出来时，多带点烤锅盔。"

"没麻达！还有煎腊肉——"周术头也不回地回话。

行不多久，唐秉打起精神言说："感谢这位山里的老哥儿了，就送到这儿吧。周术呀，让我下地走吧。"

农家老汉言："送到前面的红门河吧，那里治病的郎中，人好，手艺好！"

"感谢老哥，不耽搁了，我俩要加紧赶路。"

"去哪儿？"

"商山！"

"噢，商山？此去商山不远也不近，沿官道走，也就百十里路，只是你行走不便，眼前又飘起了雨雪，一时半会儿是赶不到的。"

"感谢相送一程，感谢指点道路，定当后报。"周术言说。

唐秉和周术别过农家老汉，走在了一马平川的官道上。唐秉脚下轻松，把拐杖搭在了肩头。周术紧了紧背上的包袱，随着唐秉的节奏，快慢自如。俩人边走边商量，不管路有多远，连夜赶到商山。那心心念念的商山，盼得已是太久太久。

黄昏时分，暮雨成雪。俩人急行，飞雪扑面，只觉清爽惬意，舒畅无比。夜黑透，雪愈白，纷纷扬扬地变了模样，颗粒坚硬如沙，落地不再融化，层层加厚似如盔甲，脚起脚落"磕磕啪啪"。一脚一印，印痕如花。两人走得正兴，三岔路忽然横亘在前。如此夜幕深沉，山里人早已躺上热炕，钻入了热被窝，无法找人指路，便不敢贸然前行。

雪夜惊梦　　　　王家民·画

这么稍一停步，虚弱的唐秉忽然犯困，站着打盹儿。周术赶紧提起心来四处探望，发现一处突兀的雪垛，走过去看原是个草庵，便推开成捆的蜀黍秸秆，爬进去一摸，地上的麦苋草竟干燥绵软，由不得暗“嗨”一声，转身去扶唐秉兄进了这个草庵。

俩人啥话不说，直接卧倒，疲惫入睡。凛冽寒风，透隙而入。周术激灵睁眼，探出上身，拽来外面的秸秆遮挡在了入口处。

此时，唐秉已是呼噜呼噜，熟睡入梦……子夜时分，忽热忽冷，见一束流星坠落，触地起火，照亮天空，满天龙蛇鱼虾混战成团。残蛇碎段，落水为鱼。鱼虾腾跃，吞噬同类之血龙呵呵狂啸，膨胀壮大，翻身扭动之间苍穹摇晃，七色光束幻化成了炫目的白光，奇寒来袭……唐秉裹紧衣袍，打着寒战。白茫茫的雪野渐渐隆起一道丘梁，像蚯蚓拱土一样缓慢扭动，继而变快，远近大小不定，高低变化极是剧烈。再就突兀崛起如山，迎面压身。雪山忽又散作雪团儿，漂浮在空，远去无形。如此反复变化，唐秉眼花缭乱，稀里糊涂，不知所以。一束眩光刺目，唐秉想睁开眼，却沉重得怎么也睁不开。虽睁不开眼，但却看见雪山作团，摇来摆去地落入一个大笸篮，颠颠簸簸，剧烈跳跃，筛糠似的变作了雪球。雪球弹跳着翻来滚去，忽而变成了一个雪人的模样。

唐秉大惊，这雪人怎么竟是始皇帝，只见他拂去满身的雪团，伟岸高大，站在面前。唐秉跪拜问安，始皇帝言说：“唐侍郎呀，好久不见，朕想你呀！”

“在下唐秉，向皇上请安，我在这里陪你嘛。皇上不怕冷，在下岂敢怕冷？”话未落点，皇上伸手将他拉起，说道：“唐侍郎呀，朕归秦不久，你便陪朕识字读书，到如今已是四十来年。这四十来年，是你的谆谆教导，帮朕知道了秦史秦事，明白了千秋基业来之不易。亦是你期期激励，使朕奋六世之余烈，振长策而御宇内也。你常言家国忠孝之事，朕也常思常想……但此事何其难也！朕于国，仰仗善谋勇战将士，连横合纵之谋者，灭六国，统天下。朕于家却是一言难尽……唉，多亏你等兰陵学子、蒙氏兄弟、王氏父子、诸多忠臣出生入死，忠心不贰，让朕感到温暖，温暖，温暖……”

皇上口中的声声“温暖”变成了“冷冷冷”的颤音，嘴唇哆哆嗦嗦，一会儿就成了“咯咯噔噔”的磕牙声，脸色煞白如蜡，扭曲得十分难看。他的口鼻忽然出血，蚯蚓似的爬动不止，皇上痛苦不堪，成了恐怖的夔龙模样。

唐秉突然想到皇上已经驾崩，怎么又会在这儿呢？便问说：“皇上啊，陛下活着，还是死了？你是人，还是鬼？”

唐秉寒瘆难耐，双腿打战，抓着皇上的双手越来越冰，想松开就是松不开。

“呵呵呵，唐侍郎呀，你难道不知鬼是过往人，人是来日鬼，人鬼死活只是一字之差。朕遗憾，人生苦短，嗟叹无奈，父母骨血不由自己选择。亡故之时，逝殁之法，亦不可自主。想不到呀，想不到，善与恶，恶与善，实乃轮回报应也。人皆生在混沌中，死在迷茫时。古往今来囫囵事，善恶功过难言间……入土为安，入土为安，朕去矣！”

“皇上，别走，别走呀——”唐秉与皇上的手黏在一起，两人同时漂浮在空。

始皇帝甩手把唐秉推落，拂袖高升。唐秉仰望皇上的身形淡去，眼前空白一片，忽而就“啊啊呀呀”哭声大作。

“唐兄，快快，快醒来！神兵急火速速来，魑魅魍魉全滚开！”周术被唐秉兄的响动惊醒，想到他又被异端邪念所掣肘，就一边用力推搡，一边用意念驱赶邪恶之物。

“皇上，皇上啊——”唐秉喊着坐起，一副魂不守舍的样子。

周术劝说，别再想着皇上的那些事儿了。

“喂！庵子里的是人，还是鬼？是人的滚出来，是鬼，便放火烧啦！”草庵外面，断喝的声音洪亮。一个中气十足的汉子，夜半起来为牛添草，听见草庵里有动静，就厉声吼叫。

周术急忙爬出草庵，回话说：“是人，是人呀。”

“人？是偷东西的人吧？草庵里面，有啥可偷的？”

“不是，不是，我们不是恶徒，也不是蟊贼，只是夜行至此，不辨去路，暂且在草庵里避寒，不承想，惊扰你了……”

那汉子仔细看看，觉得年纪一大把的俩老汉，不似什么坏人，便说：“哦，原是两位老者在此避寒，倒是我有点儿唐突，使二位老者受惊了。如不嫌弃，可去我那寒舍，暖和身子。”

“谢谢，谢谢！只是急去商山，不能耽误，诚请好心人为我们指条路！”周术请汉子指明前行道路，搀扶着唐秉继续前行。积雪盈尺，表层冰冻，脚踩下去，咯吱有声。

俩人快行不久，天色透亮，忽见石牌坊巍然在前。牌坊眉上镌刻的“商街”二字已被积雪填满，疙疙瘩瘩，愈发凹凸不平。走进商街，拱翘起来的山墙有了南方的模样，成排的铺面房浑然一体。行不一会儿，街道拐弯处被水流断开，又由虹带似的青石桥连接，成了白雪厚积的一道奇观，桥面上白雪无痕，看来尚无行人通过。

周术搀紧唐秉踏雪慢上，桥左桥右的两侧视野开阔，水面的残荷枯枝稀落一片，在积雪的重压下，萎缩不振。想得到那盛夏时节，此处荷花绽放，将是何等诱人？俩人刚下桥，街侧的门扇“咯吱”一声，分外响亮，捻开缝儿的门里撒出一股热尿，在雪面上浇出了一溜深窝，翻滚着热气。

一条受到什么惊吓的黄狗拱腰急跑，趔里趔趄，连爬带滚地蹿入了官家驿站。

唐秉和周术由西往东走出了街面，视野开阔处，有一座花戏楼就在路边，上面似乎有什么动静。俩人走近去看，竟有孩子与狗戏要，那狗，站起来比孩子还高，威猛无比，酷似狼的模样，难怪刚才那条黄狗惶惶而逃。

孩子和狗在戏台上尽情闹腾，一会儿匍匐爬行，侧翻打滚；一会儿抵头角力，转着圈圈。再就跃身而起，像是武戏中的把子功，虽无敲打的锣鼓声，却也不失精彩。只听孩子腾身说声：走！一个没底跟斗，后仰空翻，落在了戏台下的积雪中，那狗也是轻巧一跃，如影相随，同时落在雪中，孩子和狗又抱在了一起。

唐秉、周术俩人看傻了眼，想，狗分明是狼嘛，这孩子的身手怎么也是如此了得。

“嗥……呜……”一声长啸，那狗看到了瓷呆呆的唐秉和周术，仰头叫出了狼的声音。

那孩子翻飞近前，仔细打量着他俩，问说：“两位老者，何来？何去？”狼狗拱腰身，龇牙咧嘴，冲着唐、周二人连连吼叫。

周术把唐秉掩在身后，低头弯腰，瞪着狗的嘴脸，回答孩子的话：“远来，远去！”洪亮的声音惊得狼狗倚紧了孩子，只是干号。孩子弯身指着远处对狗说了什么，狼狗似知人言，拧身往远处跑去。

周术担心，孩子让狗去唤人，便拧身扶了唐秉，急步快走。

“师伯，莫走！”喊话的这孩子便是良娃，他在商街等候接人，时日已久，此时看俩人走路的模样，断定就是两位师伯了，便冲着背影高喊。

俩人一愣，回见孩子跪在了雪地。周术言：“孩子起身，不必多礼。你这是喊谁啊？”

“喊师伯嘛，唐师伯，周师伯，两位师伯受苦了啊，我等你们好久好久了……”孩子叩首，呜咽出声。

良娃心疼两位师伯的艰难和不易，高兴终于接到了人。他那悲喜交加的抽噎，使唐秉和周术既伤心，又暖心。俩人明白，这是崔广的刻意安排。否则，哪儿能这么巧，大清早就遇到了知根知底的人呢？

周术拉起良娃，唐秉伸手摩挲着孩子的脸颊，爱怜地说：“孩子，莫哭！谁安排你在此接人？”

“是崔先生，还有吴师伯……”

“噢，崔广！吴实！他们人在哪儿？”

“在商山。”

“快快带路，去商山吧！”

“师伯，莫急。去商山还得翻四方岭，穿堡子城，过丹江河，进大峪里的封地沟……少说还有四五十里路程呢。”

“哟，还有那么远?”

突然，急促而来的另一个孩子跪倒在雪地，朝着唐秉和周术，言说：“两位师伯啊，稼娃失礼，迎接来迟。”

良娃手拉跪地的孩子，给唐秉和周术介绍说，这是表弟稼娃。稼娃祖籍商街，知书达礼，能说会道，聪明得很呢！俩孩子热情地将两位师伯拉回家中避寒、用膳。稍做歇息后，唐秉、周术着急要见崔广和吴实，便与稼娃的一家人告别，由良娃带路前往商山。

老少三人刚出商街，寒风陡然强劲，雪花又是铺天盖地撒落下来。三人慢慢走下堡子城的二百多级台阶，眼下的河道、水岸与沙滩已是混沌不分，低矮的独木桥被雪淹没。

唐秉扛不住狂劲的河道风，拐杖一歪，人就坐在了雪窝里，便戏言：似如被窝，软和着哩！周术弯身去扶，也是半掩雪中，站起来时，两人都成了面目皆非的雪疙瘩。

良娃拧身看见，愣了神地问：“两位师伯，谁是谁呀？我咋认不出来了呢。”

周术嘿嘿一笑，乐呵着言说：“都是沦落人，别分谁是谁。”

…………

老少三人艰难地走出滩淤地，过商王村，入大峪口，往里走的道路越来越高，越走越窄。良娃在前面踩出的脚窝，很快就被落雪掩埋，唐秉和周术找不到落脚处，便呆立在了后面。

良娃回头喊：“两位师伯且缓步!”说着，一头钻进了积雪深厚的林海。不一会儿，扛来胳膊粗的两根树枝，说：“周师伯呀，咱俩前后扛紧树枝，将唐师伯夹在中间前行，这样便可万无一失。”

周术赞良娃，说：“孩子聪明啊，你真会想办法!”

周术和良娃老少两人便一前一后抓紧粗壮的树枝，从唐秉的腋下穿过，唐秉也就用双臂夹紧，三人串联成行，半掩雪中，左左左，右右右；右右右，左左左；走成了顺拐，偶人儿似的艰难地挪移到了天虎幢下。

良娃拍一下狼狗，把橡子抛向高处。狼狗拱腰爬上天虎幢，钻进崖洞，到了吴实和崔广的面前。俩人知大雪封山，为唐、周两位兄长尚无消息的事儿正在苦受熬煎，忽见狼狗进来连连摇尾，哼哼唧唧地转身又跑了出去，便紧跟其后到了柴门外，俯身悬崖边，透过狂舞的风雪，看见了唐秉的身影歪斜，周术苦苦支撑，良娃爬地拨拉积雪，寻找路径。

“喂——两位兄长，久违了——”崔广的喊声被风雪掩没，石幢下面的唐秉、周术和良娃老少三人，压根儿就听不见。

吴实急中生智，取来两条藤绳，拴紧在柴门前的石屏上，边往下抛，边高声喊叫：“胆大术兄，你接住了——”

周术听到吴实隐约的嘶吼声，抬头看到了高处的动静，便长身一跃，拼力逮住了凌空飘来的两个绳头，将其一捆在树身做了扶绳，再将另一绳捆在唐秉的腰间，言说：“唐兄，你抓紧绷直的这条藤绳，尽力往上，上面有人拉，我在后面招呼……”

如此这般，唐秉脚蹬崖石塄坎用力向上。吴实在崖头上均匀用力，一点点收拢手中的藤绳。唐秉刚冒出石幢崖头，吴实和崔广同时伸手，扶他上来，不待稳住身形，三人便忘情相拥。

周术身无所累，便施展轻功，跃上石幢，凌空张开双臂，再将三人熊抱在怀。

沦落天涯的唐秉、周术、吴实和崔广四位兄弟紧紧拥抱，久久站立，顷刻便被大雪染白，雪塑冰雕似的融入了银装素裹的商山。

· 3 ·

天寒地冻的商山，白蝴蝶似的雪片纷纷扬扬，一层一层堆积得模糊了沟壑、道路、田垄和房舍。兀地，一股狂风从西沟起身，裹挟着巨大的雪团，盘旋着翻飞，高低上下，围定一棵参天大树肆虐。这棵大树艰难挺立了一会儿，便“咔嚓咔嚓”着轰隆倒下。断残之声，久久不散。

一棵参天大树就如此被风雪所毁。那股狂风骤雪散了，聚了，聚聚散散再作一团，打着旋儿往天虎幢卷来。石幢上的盘龙松摇动声巨，抖落了如盖的雪盔，纷纷砸在伫立于柴屏口的唐秉四人。

唐秉抖落满头满脸的雪粒，一个趔趄，脚下侧滑，摇晃欲倒。周术当即变换身形，猛地将唐兄紧紧搀扶，三个多月了啊，这已成了周术的习惯动作。

唐秉感慨说道：“雪啊，何来如此之力？”

周术回话说：“是因雪积深厚，狂风袭来……”

“唉，雪呀，人啊……”唐秉黯然神伤，叹息绵长，似如风吟山啸。

大雪于赋闲者是一种缤纷的悠扬，激发诗意，说不尽的溢美之词；而于饱经历练的智者，则是对生命的思考。人融于雪，雪入心扉。何来何去？是为何来？又为何去？一场繁华始于平凡，归于虚无，却又是为何来？

崔广知道学兄初来乍到，始见商山雪霏，自是惊奇。又想，说雪也就罢了，却为啥要说人呢？

周术知道唐兄发泄的是这几个月的憋屈，是于昨晚噩梦的不解，于是说道：“吴实、崔广呀，唐兄嘛，他神脉不畅，憋屈在心的事儿多着呢。进屋缓口气儿，让唐兄慢慢讲。”

四人便相互搀扶着进入崖洞。落雪的夜，天虎幢地面透亮，崖洞里无灯自明。洞内的疙瘩柴火烧得正旺，驱除寒冷，温暖人心。四人中，唐秉入秦侍秦时间最长，从伴秦王嬴政读书、剿灭嫪毐、征战列国、天下一统和始皇帝巡行全国的四十来年，他始终陪侍在君王之侧，却不想，皇上忽然人就殁了。耿耿于心的是草庵中的那一场梦，皇上他究竟在说啥呢？

周术见唐秉皱眉想心思，便言：“唐兄呀，昨夜那场梦境、梦话就是通穿之言……”

“哦，通穿之言？”

“亡灵给亲人交代事儿，借梦托言……”

“唉，昨夜草庵里那梦……”唐秉沉重地摇头，摇得很缓，很慢。

周术深知唐秉惊梦那时的恐怖，却不知他在梦中究竟遇到了一些啥，于是言说：“唐兄呀，请详说梦中情景，为弟三人合力为你驱邪、压惊！”

唐秉想不明白，那梦为啥那样的真切，咋说呢，没法说。周术挑起了话头，吴实和崔广又是那样眼巴巴地望着自己，充满着焦急、期待和关切。唐秉就不能不说梦中的奇事儿。他先是自责，说自己粗心大意未能尽力侍候皇上，皇上咽气时自己不在身边，出事后又没有近身把他的容颜细看，恨自己没找那个御医……

吴实对崔广悄言：“看来，皇上驾崩，留的谜团太多，太多！”

“是呀，唐兄的梦，是在暗示什么吗？皇上言说，入土为安……”

“哦，入土为安？”

崔广疑惑地发问：“皇帝入土了吗？”

此一问，皆茫然。周术再问：“嗯，唐兄呀，你知皇上殁去的具体时辰吗？”

“噢，我想想……在皇上身边，众人先后离去是在子时，我和蒙毅被狂风吹醒，赶到沙丘宫是卯时……”唐秉边想边说，周术掐指嘀咕：“子时之后就算翌日，从那时算来，皇上的百日祭就在明天，明天也是冬至……无论皇上死因如何，也无论皇上是否入土，百日祭奠，却是不能少呀！”

崔广拿起他的记事简册，舒展在松明灯下细看，低言：“没错，周兄算得没错，以唐兄言说的时辰推算，皇上逝殁已是百天……”

“三位学弟呀，明天冬至，实乃大寒。皇上百日，也算凑巧。咱四人聚一起了，就在此为皇上做祭奠吧！”唐秉语重心长地说。

吴实站起，言说：“好！这事儿定了，我即去找人，准备祭奠之物！”

再说，始皇帝驾崩那时候，赵高和李斯秘不发丧，把皇上的遗体送回咸阳悄悄丘棺在了皇室的地宫。民间丘棺，不是因长子不在，即因猝死犯冲，暂不入土。

君王安葬乃国之大事，始皇帝遗体丘棺暂不入土的原因复杂。若说天气闷热，只是托词。新帝未定不能发丧，朝政不稳不能发丧，制诏、颁诏还得用皇上的印玺……世人皆以为皇上健在，又怎么能发丧呢？

赵高率宫中侍卫至上郡，假传圣旨，毒害扶苏，逼死蒙恬，在黄河边接到胡亥后踏上皇上道，日夜兼程回到咸阳。赵高给李斯说，二世冠剑加冕的程序不可乱，须先为始皇帝发丧，二世皇帝方可登基。两人议定了发丧、祭奠和大葬的日期。赵高让丞相李斯出头，召集文武百官，为始皇帝发丧。

胡亥手持钤了黑色印玺的讣告，宣曰：

祸延显考始皇帝嬴政，寿终正寝，享年四十九岁。儿胡亥，未能尽孝，罪孽深重，不自陨灭。亲视含殓盖棺，即日重孝守灵。兹定，冬至时，安葬于骊山皇陵。

不孝儿胡亥，泣血稽首，曷胜哀感。

…………

冬至子时，国都咸阳，朝廷上下，万民皆为大葬始皇帝忙碌。皇上灵柩在地宫中镶入棺椁，胡亥率众孝子簇拥着棺椁缓缓而出，在皇宫正殿前高升就位。李斯和赵高摘了高冠，身着素服，率领百官行国葬礼。一时香火缭绕，烟雾腾腾，悲悲戚戚，哀声阵阵。然后起灵，胡亥披麻戴孝，拄着哭丧棍，扶在父皇的棺椁前，后面跟着文武大臣、礼仪乐人、后宫女眷、侍卫兵士、平民百姓等，如此殡仪长队出皇城，过渭河，往骊山逶迤而行，哀乐呜咽，哭声连天。骊山皇陵的深处，江河湖海的水银闸门已经启动，地宫里无数长明灯也已燃起，运棺入陵的甬道全面打开，寝宫高位上的铜铸棺椁虚位以待。陵墓周边数十里的万余将士严密守卫，恭迎皇上的龙体正寝。

唐秉四人算清了皇上的百天祭日，但绝不承想冬至这天，竟是朝廷大葬始皇帝之日。他们四人要为皇上做百日祭的事儿，恰巧与朝廷举国大葬重合，这不能

商山雪祭　　　　王家民·画

不说是一种天意啊！

早起，山老人安排憨夫、良娃、虎子和豹子等人，冒雪扒拉出了登老虎额的小路，把藤绳拉扯在路边的树身上以做扶手。然后，招呼着唐、周、吴、崔四人越过狭窄的东崖罅隙，相互搀扶，攀登上山。登上了老虎额，雪皑皑，白茫茫，天地混沌，一片白色的世界，唐秉和周术竟不知晓身在何处。

崔广放下连夜蒸熟的献祭大馍，四人同跪雪地，点了手中的蒲香草和面前的柏朵。燃火无焰，煨得全是浓烟。浓烟翻了滚儿便成一条直线，攒着劲儿向高蹿，忽如伐天长剑，将阴沉沉的天幕捅了个大窟窿，闷雷爆响，怪声不断，白雾漫卷，九天银河倾倒，皆作雪片，巴掌似的啪啦坠落，与草木灰搅和着，瞬间淹没了唐秉四人。

忽而，看不见了四位先生，良娃、虎豹兄弟惊乍不已，身边那狗也是惶恐不安，发出了狼的嚎叫。唐秉四人如四个雪疙瘩，伏地叩首，过了很久才慢慢蠕动，渐作人形，他们起起伏伏，叩首叩首再叩首，大拜无数次后才缓缓起身，相互搀扶，素衫飘飘，须眉皆白，雪塑冰雕一般迎风伫立。

唐秉深情领诵，三人唱和：

天苍苍哎，地茫茫矣；惟我始皇，百日祭兮。

皇上此去，路走好矣；人生苦短，君难免兮。

扫平六国，霸业在矣；一统天下，英名存兮。

挥斥方遒，志未酬矣；龙体驾崩，恸天地兮。

脱离苦海，驾鹤去矣；混沌来哎，迷茫去兮。

…………

良娃拉紧山老人的手，摇了摇，悄悄地问说：“爷爷呀，崔先生和三位师伯都是很老的老人了，他们在拜谁呢？”

“拜天，拜地，拜良心！”

“啊？天在上，地在下，看得见，摸得着。这良心不良心的，看不见摸不着，却为啥要拜呢？”

“人皆有心，良心自在。拜良心就是拜自己。人生在世，只有敬天，敬地，敬自己，才能活得坦然。”

良娃似懂非懂地点点头，倒是牢牢地记住了爷爷的话——“人无论多大年纪，都是要拜天、拜地、拜良心的。”

秦始皇三十七年（前210）冬至这天，阴气至极。始皇帝的龙体大葬在了骊山皇陵。唐秉、周术、吴实和崔广四人共聚商山，同祭皇上，真情感动苍天，大雪不歇气儿地连下了七天七夜。

这场雪，遍及九州大地的长城内外，大河上下。昆仑隐形，沧海无踪。纯净无瑕的白色世界是对始皇帝的致哀吗？是对扶苏、蒙恬诸多冤魂的抚慰，还是对奸雄罄竹难书罪恶的掩饰呢？

第十二章　血泪情仇百年事　码头生变添新愁

·1·

唐秉四人随山老人走下老虎颡，往东原行来。在雪地里撒欢子的牛崽，看见了山老人，屁颠屁颠地跑到跟前。山老人抓一把雪撒过去，喊："走一边去，有客人！"石板房后的老牛"哞"的一声，那牛崽拧过身跑回了牛圈。

四人进入房舍内落座。山老人取了挂在墙角高处的竹筒轻放炕头，"硿咚"一声，原是蒙有蛇皮的渔鼓。他放稳渔鼓后，又撬开渔鼓覆盖处的一块石板，露出洞口，伸手进去摸出一个小木盒，小心翼翼地拿在手中，慢慢坐了，用袖口轻拭上面的灰尘，极是沉重。

良娃叫声"爷爷"，见老人无言，便提高了声音："爷爷——你咋啦?"

"娃，甭说话。"老人轻揭盒盖，取出布包，打开，众人眼前一亮，这是块青白色的玉玦。良娃凑近看稀罕，老人用手遮了，说：“好娃哩，乖乖地坐着别动！这是请先生们看的……”唐秉接过玉玦，细看上面的雕刻纹样，便知此物贵重。他轻轻地交给周术、吴实和崔广轮流看过，便送回老人的手中。

老人解开系在玉玦小孔中的红绳，轻轻一抖，竟一分为二，原是龙凤环绕的两块玉玦。良娃“啧啧”有声，唐秉四人暗暗称奇。

崔广对吴实悄言：“老人曾说，这处石板房中藏有宝贝，看来果真如此！”

老人听见了，回话：“是呀，是宝贝！也是血泪凝结的情仇之物啊！”

“什么？大叔，有仇，仇人何在？”吴实喊一声便如雷响，惊得房后的牛羊乱叫，房檐下的白鹁鸽扑腾上了屋顶。

“唉，说来都是陈年旧事了。”老人把龙凤玉玦合在一起，系上红绳，裹于布帛中装入小木盒里，把小木盒紧抱在怀，低沉了声音说：“那是商君初来商山……”

“商君？是被孝公尊为座上宾的卫国公子鞅吗？”

“正是。但老汉我只能叫他姑爷，称商君。他可是我的祖辈啊，不可直呼名讳！”

四人愕然，山老人用风吟水流般的低沉声音，讲起了久远的事情。

我爷爷的爷爷的爷爷是远古的商族人，一百多年前的那位老太爷是名冠商於的先贤长者。某日，有个下湖人求见，老太爷与其细谈，方知来者是卫国公子鞅，他知秦国颁布纳贤令，就闻风入武关，到了堡子村，拜见我的老太爷。他说，欲见秦孝公。

老太爷便问：“公子呀，你是能出奇计强秦呢，还是看中了孝公那‘尊官分土’之诺呀？”

“回长辈问话，在下是为秦孝公奋发图强之心及其‘知丑常痛’而来。在下虽无奇计，却懂尽地力、善粜籴，兴农重耕方为强国之本。我越不越秦岭，去不去栎阳，尚无定论，欲在商於走走、看看……”

我那老太爷听此一说，知这位公子绝非等闲之辈，又问：“贵公子登门寒舍，所为何事？”

“拜见长者，是想听老人家说说古往今来之商山，说说商於之地的农耕牧养和民俗风情……”

“好啊，看来，礼贤下士者，尚有人在，老汉我高兴呀！时下，多是华而不实的急功近利之徒，像你这样有想法的后生，实在不多。你既有此心，便在寒舍住下来，抽空渡河登商山，闲暇走阡陌。山里人厚道好客，走到哪儿，都会有人招呼你吃，招呼你喝的。”

…………

由此，卫国公子的清瘦身影，就走动在商山里外的田间地头。白天，他察看庄稼扶犁问耕，入农家品粗茶淡饭，有空就爬在门口的石礅子上，或在房舍里的机凳上写着什么东西。雨天，他又约来邻居嘘寒问暖，促膝而谈。晚上，多在松明灯下读书作札。

有那么一次，卫国公子过河归来，天色已晚，哗哗啦啦的江水被月色照明。江水清澈见底，脚心下细沙流空时，小鱼儿便钻入脚下，膈膈痒痒。此时，轻快的捶衣声，从上河湾传来，快快慢慢，高高低低，像是美妙的音乐，节奏丰富，声声入耳。卫国公子听得入迷，身心陶醉，那捶衣声却戛然而止。

“哎呀，河水冲走了我的衣服——”脆生生的呼叫，银铃般入耳。卫国公子寻声远眺，河流上游有一个女娃的窈窕身影，蹦蹦跳跳，踩得水波四溅。那女娃一边跑，一边扯着嗓子喊：“衣服，我的衣服——”

公子再看波光粼粼的水面，一团柔软之物漂动，影影绰绰，随波逐流。公子听着女娃焦急的呼喊，看着女娃趔趔趄趄的身影，就连鞋跳入水中，三步并作两步到了漂物跟前，伸手抓取，却与那女娃的纤手碰在了一起，便触电似的收回了手，水中那漂物一起一落又往下游而去。只见女娃腰身灵活，跃起身来扑在水中追撵漂物。没过膝盖深的河水，突然淹没了女娃的身影。卫国公子急忙上前，把她拉了起来。她低着头，散乱的头发遮住了她的面目，水淋淋的衣衫紧贴在她的身上。女娃耸着浑圆的双肩，抱紧胸前的漂物，白皙的面庞像空中的满月，月亮与姣容相互辉映，极是赏心悦目。公子再一细看，面前站的原是房东家的女儿山姑，急忙问："姑娘呀，如此黑夜，怎么还来洗衣？"

"公子，你去那山高林深的地方，已是整整一天，你在哪儿吃饭？又在哪儿喝水？咋这么晚了，也才独自归来？"她仰头看着卫国公子，那一对大眼睛堪比眨眼的明星。朱唇轻启，银齿闪亮，嗓音清澈，柔声婉转，一句紧似一句的问话，分明是满满的温情和关切。公子感动不已，再细看，她抱在胸前那水淋淋的漂物，竟是自己放在炕头待洗的衣服。

"山姑呀，你在为谁洗衣？"

"不知道，不给你说！"山姑边说边往上游跑去，像水中的鱼儿一样欢快。卫国公子挪动水中的脚，才知跑掉了一只鞋子，便弯腰伸手在水中探摸。水面上，忽有一物闪亮在前，伸手一抓，拿在手中的却是山姑的簪花和头绳，便双手把簪花掬在手中，站起身来喊："山姑，你的簪花和头绳——"

卫国公子撵到上河湾的树荫下，把头绳和簪花递给她，言说："山姑，披头散发不戴簪花，咋回家？"

"回不了家，就再找个家！"

"好痛快的山姑呀，那我帮你找个家。"

"不要，我自己会找！"

"噢，哪儿去找？找谁？"

"找你！"

啊？公子一愣，这几天的一幕幕忽地映入脑海。公子初见老太爷时，活泛在老人身边的山姑娇羞地低了头，并紧双腿端直地站着，目不斜视，只是来去捏摸着衣襟。老太爷说，烧水做饭去。她转身离开时那双眸一瞥，把一对大眼睛留在了公子的心里。公子吃住在老太爷家，每见山姑，她都是低头避过，但能看出来，她是做家务的好手，勤快利落，充满活力，活脱得像林中的鸟儿。她竟也识得字，读得书，当她拿书简向公子求教时，就似求知若渴的娃娃。

公子喜欢山姑，把她当成了小妹。可这时，她突然像个大人，说着以身相许的终身大事。卫国公子十多年来在列国漂泊，游走四方，尚无妻室。此时，山姑毫无保留地敞开心扉，倾诉衷情，公子岂能不动心，心潮澎湃之间，愣在了那儿不知该说啥。山姑伸手从他手里拿了簪花和头绳，转身离去。

“山姑莫走——”卫国公子喊着撵几步，到了山姑身边，问：“姑娘所言，是否当真?”

“公子哥呀，莫嫌弃，山里人做事石打石，从来不会说谎话。”

公子解下绾在腰间的玉玦，一分为二，把凤形玦环放在山姑的手里，说道：“一言为定，咱新建一个家！此祖传之宝，各拿一半以为信物，海枯石烂，爱心不变……”山姑激动不已，踮起脚来与卫国公子相依相偎，公子伸长双臂把山姑紧紧拥抱。宁净的夜晚月明星稀，丹江河边柳丝轻拂。卫国公子和山姑的倒影成双，被清流拉得很长很长。

这一幕，被蹲在暗处的山姑的弟弟和表弟看了个一清二楚，两人悄悄地爬起来，欢快地跑进家门，喊道：“滚到河里了，人都滚到河里去了……”

“谁滚到河里了?”老太爷急说。

“是山姑姐和那个下湖人，耍哩嘛!”

“去去，滚一边去，没大没小地胡说八道！再胡说，小心打你俩的尻板子!”

老太爷十分疼爱他的女儿山姑，他能从女儿的眉眼里知道她想说啥，从女儿的举手投足中知道她想干啥。卫国公子住进家门月余，女儿变了个人似的，突然懂事，知道了操心人的起居、吃喝与穿戴。刚刚，儿子和外甥的喊叫，倒是提醒了自己，真的要想想女儿的婚事儿了。老太爷抿一口茶，背起手来回踱步，见东窗月光透亮，顺手推开窗扇，居高临下，看到了夜色朦胧中的山姑和卫国公子手拉手走在逐级攀高的青石台阶上，到了拐弯处，山姑回身招呼公子，却突然打了个趔趄，卫国公子急忙接过山姑手中的木盆，抢在前面，拉了山姑的手一起往高处走。

山姑和卫国公子走进门，见老太爷低头喝闷茶，山姑接过木盆重重地放在地上，弄出一声响动。老太爷头不抬，厉声说："迟暮不归，有家还是没家？野得哪儿像个女娃？"

"大吔，你咋老爱忘事儿，刚刚给你说过，我去河边洗衣……"

"人老了，耳朵笨。说了，权当没说！"

"长辈大叔呀，下湖人卫鞅也是回来晚了。"公子走近一步给老人施礼。

老太爷这才抬起头，冷冰冰地说："噢，是卫国公子归来……"老太爷看着浑身湿透、光着一只脚的卫国公子，问："公子，为何如此狼狈不堪？"

"这，这，这是过河时不小心跌倒在了水中……"

山姑抢着说："不是不是，是女儿洗衣时不小心掉在了河中，人家公子救我来着。"

"啥？你掉河里了，二八年华的大姑娘，洗衣服还能掉到河里？要是传出去，到哪里给你找婆家？"

"不找，不找，就不找！"

"甭犟嘴，把你咻头发收拾一下，到灶房烧水去！"

老太爷等山姑离去后，拧身望着卫国公子，问说："公子呀，你年龄多大？"

"在下三十有五。"

"有无眷属？"

"尚未谈婚论嫁。"

"噢，却是为何？"

"只因在下心存高远，找不到明君施展抱负，就只有四处漂泊……"

"哎呀，我这小女生性如男，做事不拘小节。今夜，她在河边洗衣把你冒犯，你们双双跌落河中已是被人看见，这男女授受不亲之事，让老汉我好生为难……"

卫国公子听到这里，"扑通"跪地，说话："大叔莫难，在下卫鞅就此求婚，请老人家点个头，答应把山姑许配给我！"

"公子平身，求婚可不是儿戏。此言，驷马难追，却如何能使人相信？"

“这……”

躲在门外听墙根的山姑不等公子回话，跨进门槛跪地，捧着凤形玉玦，说道：“好大哩，甭说啦，人家把聘礼都给女儿啦——”

“不是。”

“就是！”

“不是，不是。”

“就是，就是！”

…………

老太爷看着山姑与公子争着抢着，说着来回话，心里暗喜却板了脸，说道：“山姑，你手里拿的啥？”

“是公子给我的聘礼呀！”

“傻女儿，信物岂能当作聘礼？哪有黄花闺女不经媒妁之言、父母之命，自己讲啥聘礼，传出去不被人笑死了！快起来，拿我的新鞋给公子！”

公子感激言：“感谢大叔，使我受益良多……”

“无须感谢，不受委屈便好，何言受益？”

“大叔啊，我临窗坐拥商山，凭栏舒览丹江，低头聆听您老人家的教诲，回眸又得到了山姑的真爱。我爱山姑，您老放心，我会照顾她一辈子的。我想，此去栎阳面见孝公，呈上垦草书，孝公若信守诺言，为我赐封，我会争得商於之地，以此作为聘礼，回报山姑的真心相爱，回报您老人家的教诲。”

“公子，啥都不容易呀，天下事难得一蹴而就，你若能举法强秦，为庶民百姓生计做事，足矣。什么聘礼不聘礼的，那只是我看重女儿，不轻许诺于人的托词而已。但凡谋大事者，皆须仁义礼智信，深谙家和万事兴。在外做事累了，多回商山看看。只有家，才是睡个安生觉的地方呀！”

“在下谨记长辈大叔恩德，此生不负商山，不负山姑……”

“相信公子是言而有信之人，可老汉我的起居浆洗么，靠着这个小女呢！她的两个姐姐都已成家，我实在舍不得让她远嫁，有为她招婿之想……”

“噢，老人家呀，您放心，公孙鞅愿入赘为婿，孝顺您老人家一辈子!”

“好，好呀！在咱这商山，有三十六岁过门槛的说法，男子汉的本命年嘛，需大张旗鼓地过生日，惊天动地做大岁。这样，才能暗邀八方神，明请百家客，以求逢凶化吉，万事遂意。这可是躲不过去的大事儿……”

“大叔，那我也入乡随俗，明年定回到商山，在这儿过三十六岁的生日!”

“不，不是明年而是今年。你想想，人满三十五岁的生日，就跨入了三十六岁的门槛，这么大的事儿，咋能往后推呢？我想，无论你生日的确切时间，也无论你今年生日是过了，还是没过，老汉我想请亲朋好友来家，为你庆生，为你和女儿山姑换帖订婚。”

公子想了想说：“好好好，明白了大叔的一片苦心。巧就巧在在下的生日，就在三天之后呢。”

“是吗？真乃天意呀，那就安排人，明日把帖子送出去吧!”老太爷言毕，便提笔书写红帖，让人分送至亲挚友。

到了公子三十六岁生日的当天，来人不少。红日当头时，红衣、红帽、红腰带的公子鞅走出房门，老太爷环顾一圈，对来客拱手说：“诸位亲朋好友，巧逢卫国公子三十六岁的生日，屈就寒舍，实乃三生有幸。老汉我已答应，把小女山姑许配给他，他的生日与订婚双喜加身，请大家前来见证了!”

众亲友一片叫好声中，山姑走出房门，拿着一双红鞋，蹲下来替公子脱了旧鞋，换上新鞋，言说：“愿君平安走四方，心里别忘山姑娘!”说着，把那一双旧鞋撇在了墙旮旯的柴堆里。

卫国公子从袖筒里取出簪花，插在了山姑的鬓角，再把凤形玉玦轻轻地戴在山姑的脖子上，附耳言：“此去面见秦孝公，不日即回!”

当公子和山姑交换生辰八字帖时，山姑的弟弟和表弟，用火绳点燃了门外的炭末和山硝，爆声压过了满院的欢声笑语。宾主举杯交箸，欢宴至晚方散。不久，卫国公子去栎阳，一番治国理论使孝公折服而被重用。时隔不久，他回堡子村与山姑完婚，由此便成了山老人的姑爷……

唐秉四人全神贯注地听山老人叙说往事，良娃和那狼狗依偎在一起打盹。老人正想叫醒他时，门外传来甜甜的声音：“爷爷，虎女过来给您做饭了。”

老人推了良娃一把，说道：“良娃，出去招呼虎女，让她多做几个人的饭，崔先生和三位师伯就在东原这边用膳。”

崔广说：“这样会给大叔添麻烦的。”

“不麻烦，锅里添两瓢水，多加几双筷子就是了。看你们四人聚在了一起，知道了你们的底细和好人品，老汉还要把藏在心里的百年往事和盘托出，免得憋在心里难受。”

“啊？大叔还有什么事？”

·2·

众人一起用膳后，山老人接着讲百年往事。

卫国公子成了我的姑爷，与姑婆生有一儿一女。姑爷想接姑婆和儿女去国都栎阳，姑婆却说：“你要陪侍秦王，你要带兵打仗，你是男人就去做男人该做的事。我嘛，管好儿女，守好这个家。你在外累了，大事做好了，秦王能准你几天假了，就回来歇几天，看看娃……”

又是两年后，姑爷回来告诉老太爷：“孝公信守诺言，念我力推变法之策，收复河西（关中东部的黄河以西、洛河以东地区，包括今陕西省韩城、合阳、澄城、大荔、华阴诸县）之功，已封赘婿为左庶长，赐封商於之地十五邑。我须信守诺言，把此封地作为求聘山姑之礼……”说着，取出孝公的封地诏书请老太爷过目。

老太爷看后，说道：“你们早已大婚，生了儿女，还说啥聘礼？只是，不可忘记圣人言，祸兮福之所倚，福兮祸之所伏。孝公如此厚封于你，并非就是好事。你非老秦人，在朝根基太浅，难免他人妒忌，小人使奸……”

“赘婿明白，我将兢兢业业侍秦，推动秦人这艘大船扬帆起航，富国强民待来日。”

“贤婿呀，我想，秦王赐商於十五邑于你，你便须妥善经营，奖励耕种，扶危济困，以田亩收粮赋，不可苛刻；漕运码头计税赋，适可而止。既需在漕运渡口选址建库，储货储运，亦需把堡子村建为城堡，对儿女所在的这个家须有保全之策。唉，做人嘛，害人之心不可有，防人之心不可无呀，你在栎阳亦需留点心……”

由此，人们开始把我姑爷尊称为商君。商君姑爷按照老太爷的叮嘱，在水旱漕运渡口的高处建货仓，是为商塞；改建堡子村为城堡，以为商君姑爷府邸。

商塞的山岭横贯南北，既俯瞰水旱运输码头，又扼制商於古道。堡子城地势险要，高耸江边，遥看商山，半截入江似巨大的犍牛低头长饮，屁股撅着延续到了北山，这延续的突兀山脉陡峭如墙，称作四方岭，既扼制东西南北要道，又是四方来客必经之处。古行商於道，除秦岭大阻之外，就属这四方岭最是险要。因此，四方岭弯弯曲曲的“之”字小道可供人艰难通过，而官家辇车、商贾货运只有穿行堡子城。此城南面峭崖如削，其下江岸有过河码头，凡旺水季节入商山，这儿就是唯一渡口了。

商君动工建商塞、堡子城之初，年轻后生蜂拥而来，争相要给商君爷做事。商君爷为难，老太爷则说：“都是自家娃娃，投你而来，也就是想混口饭吃。他们诚心诚意，可不能轻负他们啊。”

商君姑爷略一思忖，说道，可选一些娃娃去栎阳充军，留下来一些看家护院，其余的就去商塞城做仓储的护卫吧。谁知这么一来，为商君做事吃粮的风声四起，奔来的商山子弟众多，很快便云集数百人。

不久，商塞和堡子城皆已竣工。时逢酷暑，建城的这些子弟不言散去，都说愿为商君爷出力，为秦国做事。老太爷见姑爷为难，便想了想说，河对面的大峪沟，进去二十多里的山坳草甸，清静无扰，草丰粮茂，既能练兵又可养马……姑爷听此一说，就带了姑婆的弟弟和表弟，也就是我爷和我舅爷一起入山踏勘。商君姑爷来此一看，这天虎幢被他叹为仙境，不愿离去。

…………

“大叔呀，商鞅他来过此处?”唐秉打断了山老人的话。

“是呀，商君姑爷来过，不止一次。”

唐秉四人“啊”“哦”声声，错愕不已。

“姑爷的商塞货城商贾云集，难得清静。堡子城里的居舍又有官宦轮流登门，也不安宁。他凡回商於，多在天虎幢这儿暂避喧嚣。他来了，就住在你们那藏书的崖洞里，这东原草甸就成了养马练兵的地方。他来去行走的窄径也被踏宽，就是山下的那封地沟。”

此时，崔广恍然大悟说：“大叔呀，许多谜团终于破解，我明白了崖洞里那藏书窝棚原本是商君的避暑休闲处。”

“是呀。”

唐秉感慨言：“大叔，真想不来，有这么多故事藏在您老人家的心中。”

良娃听得入神，插话：“是呀，爷爷，这么热闹的事儿不给娃说就算了。崔先生跟咱一个锅里搅勺把好几年了，咋不早给他说呢?”

山老人干咳语塞，崔广端碗说：“喝口水，慢慢讲。”又朝良娃说：“爷爷说话，乱插嘴，有失礼节。”

山老人接着说道：“商君姑爷把商山子弟带出了山，子弟们跟着姑爷从栎阳往咸阳，搬迁建城，念书做事，守护府宅。后来，我爷、我舅爷先后被提升为秦都咸阳城的卫队长，带兵守护国都。唉，该说的事儿太多太多……崔广呀，这两年多来，多次想说，话到嘴边又咽进了肚里。一是见你操心整理自己的藏书，编写笺札，过于忙碌；二是明白你时时操心这几位学兄，也是心神不定呀。今天见你们聚在一起，祭天拜地，不忘皇上。我知道，你们都是好人，我才不再隐瞒……”

“大叔呀，您如此把我们当人看，从此，我四人就是您的亲人，该说的话，你尽管说，需要做的事便尽管吩咐。”唐秉说。

山老人缓口气儿，接着讲：

一天夜里，堡子城的门外，疾驰而来的马上跳下一个黑影，发疯似的冲入城门，撞进了老太爷的家。

“找商君，快找商君……”惊慌失措说话者，原是在咸阳做事的商山子弟。

老太爷急问：“出啥事啦？”

“孝公殁了，太子嬴驷继位，国都那商君的府邸已被抄没……”

“啊？”

“还有，公子虔欲杀商君！”

老太爷手中的碗“砰”的一声摔碎在地，四分五裂开来。姑爷的两个娃吓得大哭，女娃缩进老太爷的怀里，男娃喊着去找妈妈。老太爷抱紧孙女，给俩看家护院的紧急布置，一个速去商塞城面见商君禀报消息，一个预备小船，送山姑和娃娃从水路逃命……山姑变脸失色扑进门，拉着哭声：“大呀，这到底是咋啦嘛？”

“事情紧急，话不多说，快登船，快登船去楚国！”老太爷把山姑和孩子送到渡口，目送他们离去，他也就过丹江，入大峪，藏身在了商王村。商王村的根氏老人是老太爷的老表。老表兄弟两人聚在一起，寝食不安地操心着商君，念叨着山姑和俩孩子的安危。

不久的一个夜晚，我爷和我舅爷扑进家门，慌不迭声地说：“快快快，快找地方……”

“啊？咋啦？找啥地方？”俩老人看着憔悴不堪、浑身是血的孩子，急促发问。我爷、我舅爷瘫在地上，抱紧怀中的包裹，哭说：“埋姐夫的地方啊——”

“咋啦？瞎说啥？”

“你姐夫，商君他咋啦？！”

我爷、我舅爷鼻涕一把泪一把，言说商君逃亡未果，被杀后的遗体运回了咸阳；哭诉他俩在刑场目睹商君被五马分尸的惨情，说夜入刑场抢出商君残肢血衣的恐怖，说辗转返回商山的诸多艰险……怀中的包裹散开，全是血肉模糊的残衣碎片，商君姑爷的血颅隐约可见，其上毛发依稀，怒目圆睁。老太爷兄弟俩看得惊心，找来白色布帛将此包裹，黏糊在血肉中的半圆玉玦忽然显形，老太爷知那是商君和山姑的定情信物，犹豫一下，便轻轻取了揣在怀里。

俩老人商量，孩子带回商君残肢和血衣实属不易，此事千万不可走漏风声！都明白，最妥善的办法便是悄悄掩埋。夜长梦多，事不宜迟。老少两辈四个人，抱着护着白色的包袱，急匆匆地进封地沟，上天虎幢，选了清净之地秘葬商君。我爷、我舅爷采来干枯的蒿草，在新土堆上点燃，黑漆漆的夜里，残火忽闪，远处夜枭泣唳低鸣，树梢老鸦“扑啦”欲坠。

老舅爷流泪说：“可怜呀，卫国公子，你入秦二十多年，功过自有天知。你在商山所行垦草重耕、公平经商、惩奸除恶诸多好事，百姓岂能忘记？”他双手抚在我爷、我舅爷的肩上，叮咛：“娃呀，他是你俩的姐夫，他是咱商山百姓的亲人，他也是秦国的忠臣呀。他虽遭残害却能入土商山，是你俩仁义啊。娃呀，从此你俩也须为他守墓一辈子了！”

老太爷沙哑了嗓子，接着说：“这儿就是咱的祖坟了，老汉我百年后的那一把骨头，也要靠你俩送上来。还有，一定要找到你们那山姑姐姐，她必须归来。商君不能孤零零地没人陪啊——”老太爷强忍哭声，把半圆玉玦放在我爷的手里。

我爷和我舅爷跪地说：“二位老人放心，我俩一定不负长者的嘱托，共守商君坟地的秘密……”

此时，唐秉四人听得唏嘘不已。崔广问：“大叔呀，这木盒里的玉玦，便是商君与山姑的定情信物吗？”

“是呀。”

“哦呀，传到大叔这辈有几代人了呢？”崔广问。

“时过百年，我是老太爷的重孙，传到我这儿，已是第四代守墓人了。”

“大叔呀，如果您老人家信得过我们，可否说说，商君那坟地何在？”

“唉——我那姑婆和她的后人没消息呀，良娃又太小，崔广你是聪明人……”

良娃见爷爷绕了圈子不明言，着急说：“爷爷呀，我长大了嘛，你快说呀！”

“瓜娃，你不知爷爷在意的地方是哪儿吗？”

“老虎颡！”

山老人摇头无语，目不转睛地看着石板房的门外。众人皆随着老人的目光远眺，看到的是草甸边、涧塄旁，有一堵狼架刺，后面的荆棘丛生，荒草萋萋。

“爷爷，知道了，是狼架刺下那土堆堆儿嘛。”

“娃呀，甭胡说，那是祖坟！”

“噢，不胡说！”良娃双手捂紧了嘴巴。

此刻，唐秉四人忽然悟得：朝堂多奸佞，青山埋忠骨。

·3·

也就从誓言守护商君墓那时起，山老人数代皆隐姓埋名，称呼从小到老只是山娃、山大、山爷和山老爷……一代一代以“山”为名的人，皆不离不弃地守着商君的衣冠冢。

舅爷根氏家族分作两股。一股子孙住在大峪的商王村，严守封地沟的出入口；一股子孙居家在了丹江河北岸的堡子城，密切注视着商於道上的风云变化，若有什么风吹草动，就会送出数羽信鸽，既传书到商王村，亦传书到天虎幢，为根善老人和山老人传递消息，一切皆为商君坟冢无扰。

山老人言明了埋葬商君衣冠的位置。良娃催促说：“爷爷，接着说那些过去的事么！”

“莫急，良娃，让爷爷歇歇，喝点儿水。”

山老人接过崔广递在面前的水碗，抿了一口，说道：“良娃，这后面的事儿，我是说给几位先生的，也更是说给你听的。好好听着，以后呀，守墓人也就靠你良娃了！”

“知道了，爷爷，良娃我听话！”

山老人接着讲：

此后，姑婆和她那后人消息全无，成了一代又一代人的心病。从我爷、我大到我这儿，几代人都是住石板房，守商君坟，也从没有忘记寻找姑婆和她那后人的念头。我年轻时常下山赶集，不是挑柴去商街、商塞、鸡冠寨，就是背着山果野菜到铁峪铺、竹林关去沿街叫卖，打探姑婆后人的消息。

十年前的一天，逢竹林关办庙会，我挑了一担薪柴去凑热闹。

那是个雨过天晴的好天气，南北二山赶会的人多，东来西去的木船也在码头聚成了堆。我放下肩头的薪柴，坐在扁担上看各色人物，耍猴的，逗狗的，卖膏药的，挑猪骟牛钉马掌的，干啥的都有。有位窈窕少女扶着一位长者从船上走了下来，到了码头的空地上，长者看了看四周，说道：“女儿呀，就在这儿吧，收拾收拾，唱起来哟！”

“女儿明白！”窈窕少女就从包袱里取出水红色的衣服，拧腰穿在身上，再把一朵鲜艳的花儿别在了鬓角。长者小心翼翼取下挎包，抽出了胳膊粗的竹筒，这竹筒的一头蒙着斑斓的蛇皮，用手轻弹，“咚咚”之声悦耳。少女取出牙板，呱啦脆响，清朗地说道：“我父女自郧西（今湖北省十堰市郧西县）来，沿丹江两岸随心献唱，请客官们捧场。”

“好，好，好！”一片欢动，人们从四面聚来。蛇皮竹节声声，呼风唤雨般响过一阵，牙板节奏忽然轻缓，清音如泣如诉，唱响了脆生生的花鼓调。

丹江河边堡子城，清风拂柳月儿明。

唉嗨唉嗨一个月儿明！

商山含笑牵红绳，有缘男女定了情。

唉嗨唉嗨一对男女情！

天不公，地不平，恶人挥棒打鸳鸯。

唉嗨唉嗨一棒打鸳鸯！

唉嗨唉嗨，唉呀呀——

…………

老汉我一愣，这分明是在唱说着商君姑爷的事儿嘛！就赶紧起身站立在柴捆上，远看那卖唱的父女。那父女俩被攒动的人头挡得严实，看不甚清楚。紧围在他们身边的人群，忽而就乱了场面。前挤后拥，混乱一团。几个浑蛋趁乱架着那个卖唱女，挤出人群，往远处的水巷子跑去。“抢人了”的喊声杂乱，我便抽出扁担欲撵那些畜生。

此时，瘦猴似的一个浑蛋走到那卖唱的长者面前，骂说：“老不死的瞎屄东西，把本王的压寨夫人带着到处胡跑啥？”

卖唱老者气得浑身打战，由不得回骂：“你，你信口放屁，你狗日的谎话连天，也不怕雷劈天杀……”

紧跟瘦猴的一伙浑蛋凶似虎狼，这个一拳那个一脚，踢打在老者的胸窝和后脑勺上，招招要命。一个野猪脸似的畜生猛出一脚，把长者踢落在了江水里，清澈的水波突然冒出一团红洇。

我转身跳入水中，把长者拖到岸边。长者躺在沙地上，抱紧蒙了蛇皮的竹筒，口吐血水，断断续续地说：“快，快救救我女儿！把这、这、这交给她……”他挣扎着把渔鼓塞给了我，脖子一挺，哽喉咽气。

这人命一条，突然就摆在这儿啦！“嗡”的一下，我头大如斗，揪心噎喉地猛咳一口，抬头看旁边抹泪的好心人，问：“那卖唱的女娃呢？”

“被抢啦！”

“抢娃的人呢？”

“跑光啦！”

…………

嘿呀，这可咋办呢？那女娃被抢，这老人又殁啦。冥冥之中觉得，眼前这不平事，我不能不管！便央求好心人帮忙，买草席裹了老者，寻块荒地，挖坑掩埋。末了，把这渔鼓抱回了天虎幢，愣看半天，那上面的血迹刺眼，便找来抹布慢慢擦拭。见里面有物晃动，轻取在手，竟是这凤形玉玦，青白颜色，质地温润……我立马取出祖传的龙形玉玦比对，竟天衣无缝，合二为一。原来，那卖唱父女就是我苦苦寻找的商君姑爷之后啊。唉，想他父女俩如此落魄，再想我那姑婆活得曾是何等艰难，她老人家遗骨何在？那卖唱的弱女子又在何处？

玉虽合，人却散。遗憾，痛心，愤懑，百感交集。难道百年守望成枉然？那卖唱老者死不瞑目的模样，挥之不去。那恳切的遗言，清晰在耳。我发誓要找到卖唱女，救出她来，将此龙凤玉玦交给她。

多日后，正愁何处去找人时，那个瘦猴领了两个浑蛋找上门来，张口讨要什么财产，气得老汉我双手打战，顺手捞起弯镰，吼叫："畜生来得正好，你抢走的那卖唱女子何在？"

瘦猴又是胡说八道："嘿呀，找本王的压寨夫人，莫非想认个好女婿？"

"呸，满嘴喷粪的畜生！"

"咿哟，老不死的还厉害了！那个破竹筒、竹板、烂锣破鼓的事儿，暂且不提。只是听说你与前朝那个商鞅大官人沾亲带故，他有宝物被你私藏。今儿来，你得有个交代，免得老子不高兴了，一把火烧了这处屋场。"

我气得黑血往上涌，往那瘦猴脸上吐一口，高喊杀贼，挥镰便砍，西沟、东原和东山坳的小伙儿们闻声聚来，手持木棍、铁锨和虎叉围住手持短刀和软鞭的一伙浑蛋。那几个畜生不如的浑蛋慌不择路，落荒而去。

为打听卖唱女的下落，根善、根正老人费了好久好久时间，才知作恶者名叫岈怪。他盘踞在北山的寨子梁上，鱼肉乡里，祸害四方。要命的是，听说被抢的卖唱女子已被迫生子。唉，这事儿，咋就成了这么个结果呢？善恶混杂，情仇不分，让人好生为难……卖唱女子命苦呀，其父被害，血仇未报，却又被迫生子。造孽，造孽呀！她母子啥时候才能逃出北山呢？

山老人老泪纵横，失声喊道："卖唱女子，命苦呀。你是商君之后，你是老汉我的亲人啊！"

爷孙巡山　　　　王家民·画

吴实猛地站起身来，麻脸涨红，青筋暴突，虬髯乱抖，拍了胸脯说：“大叔，我去北山寨子梁收拾了那伙畜生，将卖唱女子带回商山！”周术也站起身来，义愤填膺地为吴实壮威。

唐秉拦住吴实、周术俩人，言说：“且慢！此事还需从长计议……”

“是呀，你们刚到，眼下又是大雪封山。如何让那母子脱离魔窟，归认商山，这事儿稍缓再说。此时，我还有更贵重的东西要交给你们……”

老人说着，站起身走近墙角的那个小洞，撸起衣袖伸长臂膀。

良娃移过一个木墩，站了上去，言说：“爷爷，还有啥宝贝？我来掏！”

“也好，良娃呀，你慢慢给爷爷把底下那个包包拉出来。”

良娃就挽起袖筒，踮起脚尖，伸进去整整一条胳膊，费劲儿朝下探摸，问道：“爷爷呀，底下这软乎乎、毛烘烘的，啥东西呀？”

“甭说闲话，小心点儿，慢慢地拉……”

不一会儿，良娃拉出来了一个裹满灰尘的疙瘩，串串不分，污浊不堪。便不屑一顾地笑说：“啥宝贝嘛？这是个老鸦窝嘛！”

山老人上前把灰尘疙瘩接在手中，走到门口吹去灰尘，回身放在炕头，原是一团麻绳裹扎之物，他小心翼翼解开发脆的麻绳，渐渐露出个皱皱巴巴的包包。

良娃不屑一顾地说：“干瘪的猪尿脬么，这有啥用？”

山老人无言，愈加小心地将猪尿脬轻轻剥离，渐渐看到的竟是一叠陈旧的笺片。崔广取其一，捧在手中，边看边念：“农不败而有余日，则草必垦矣。”猛一惊，这不是商鞅那垦草令吗？

唐秉、周术和吴实围过来，辨认这些笺片上模糊不清的字符，争相诵读：

“少民学之不休，则草必垦矣。”

“国家不殆，勉农而不偷，则草必垦矣。”

“民无所于食，则必农。农，则草必垦矣。”

…………

唐秉轻抚笺片，问说：“大叔呀，此物何来？”

“四位先生呀，这是我那商君姑爷所写。”

四人愣在一起，相互发问：啊，真的吗？

“真的。商君初入商山，借宿家中期间，遗留笺片不少，我那心细的老太爷一一收集，仔细保管。商君姑爷入土后，老太爷就把这些东西用晾干的猪尿脬层层包裹，交代说，此物贵重，遇到善读书的贵人方可拆解、观看……”

“噢！大叔呀，我四个人可看吗？”

“你四人都是博士高官，侍候皇上之人。崔广先前带来的那么多书简，收藏在洞里，整天编撰侍弄，你们皆与书简结缘，假若你们不能看，还有谁能看呢？”

“大叔如此信任，我四人感激不尽……”唐秉说着，便把零散的笺片包裹起来，交给崔广，说道：“崔广啊，你多费心与兰陵学馆带来的商君书仔细对照，认真校勘……”

“三位兄长，请放心，小弟崔广绝不辜负大叔的一片苦心，定当倾心研判这些笺片，尽力校勘商君之书札。”

·4·

山老人心心念念的卖唱女名曰山花，山花命苦，苦得惨情。

山花被岈怪抢上山来蹂躏后，再交由二当家的和一群浑蛋任意摧残。那些恶棍禽兽不如，将不成人样的山花扔在了阴冷的后沟。后沟的老羊倌早起上山，听到藤蔓里有微弱的呻吟声，寻声发现了渗血的草捆在蠕动，急忙掰开草捆，看见了气息奄奄的山花。老羊倌明白，这是山坳头的土匪又在造孽害人，咋能将活人扔在荒野呢？于是，把命悬一线的山花抱回了家。

老羊倌夫妇的两个儿，先后被官家充了兵丁和徭役，女儿也是远嫁他乡，仨娃杳无音信，只有老两口相依为命。善良的老妇人看着小女子，可怜兮兮得让人揪心，恍惚想到自己的儿女，就把她放在了热炕头，急忙烧开水，再晾温，为她净身，翻出干净的衣裤想要替她穿上。怎奈是，小女子血崩如淋，虚弱不堪，毫无自持之力，拿在手里的衣裤怎么都穿不到她的身上，只能拉过一条破布单为其盖胸遮丑。老羊倌上山采来黄芪、山萸肉这些止血补气的草药与炒白术一起熬煮，滗汤，吹凉后，让老妇人给山花喂服。哪儿想到，山花咬紧的牙齿难以张开，艰难地喂进一口汤药，却是冒着气泡儿往外溢。

老妇人以温水给她漱口，她又是"哇哇哇"地往出吐，肚里空虚，只是干呕，胸腹用力，下体淋血。

老妇人看得害怕，背过身来说："老汉呀，你背回来的这女子是个麻达。"

"咋啦?"忙着熬药的老羊倌，隔着炕头的矮墙回话。

"这女子汤水难进，下身又是血淋不止。"

"咋办?"

"是你寻的麻烦，你说咋办?"

"请郎中。"

"快请吧，人命要紧呀!"

老羊倌去沟口请来郎中。郎中进门，伸手把脉，平心静气片刻，换了另一只手腕再次把脉。少顷，抬起头来，平静地言说："脉象往来流利，如盘走珠，滑脉也。"

"先生说啥?"

"此女有喜。"

"有喜?"

"怀有身孕了。"

"啊，怀上了?"

"怀上了。让娃好好歇息，慢慢活动，不能再求医，也不要乱吃药了。"郎中叮嘱说。

老羊倌送走郎中后，回来说：“唉，这女子怀了娃，可咋办呀嘛?”

“你去山垴头找呀，找那瞎㞞屽怪，他不能不管呀!”

“那一帮不是人的畜生谁会管？那屽怪若知这女子还活着，娃还能安生吗？那些浑蛋若找上门来，咱的日子还过不过?”

夜半，老羊倌夫妇刚刚合眼，山花扭动着身子，痛苦不堪，连声呻吟：“哎哟，疼，疼死我了。”

过一会儿，山花又嘶哑着嗓子喊:“大呀，我唱不成花鼓调了，快救命呀——”

老妇人被“救命”声惊醒，便起身给她喂一口温水，说道：“娃醒了就好，喝口水，好好歇着。”

黑咕隆咚的暗夜里，山花啥也看不清，忽闻陌生的声音，先是一惊，接着有气无力地问：“这是在哪儿呀?”

“娃呀，别问在哪儿，这儿就是你的家。”

“疼死了，大呀——”

老羊倌压低声音，回话说：“好娃哩，别喊了。山垴头就是土匪的窝，让他们听见就麻烦了!”

山花突然听到男人的声音，就浑身打战，一口气憋在喉咙，又是昏厥过去。老妇人埋怨老羊倌话多，让其噤声，便搂着小女子睡觉。

此后两个多月，山花伤痛逐渐减轻，爬起身来帮着老妇人干活，默默地，一句话不说。某天，妇人看着山花弯着腰吐一口唾沫，勉强挺起腰板，扶墙走路极是艰难，就悄悄地对老羊倌说道：“唉，咋成这事儿了嘛，娃生娃，再添丁，咋办嘛。”

“话不能这样说，娃进了咱的门，就是咱的娃呀，她若生娃，也就是咱的外孙嘛。”

“说的也是，这女娃命苦，可怜怜的，话也不多……”

…………

山花听见了两位老人的话，便大拜在地，说道："感谢大伯大妈，请受山花一拜。"

"哦，娃你叫山花？"

"是叫山花。"

"家住哪里？"

"我大领我卖唱走天涯，四处寻找我那家。家还没找到，却在竹林关被拆散，我，我这就去找我那苦命的老大啊。"

老羊倌按捺不住心疼，强忍悲痛说："好娃哩，甭说了，竹林关渡口的那事儿，我听小土匪说过了。"

"说啥？"

"你大、大，他……"

"我大，他咋啦？"

"这事，不说，你不知道；说了，怕你受不了。"

"咋啦，咋啦？老伯你快说，快说呀——"山花趴地，头抵着老人的脚面，磕碰不止。

"唉，在你遭抢那阵儿，你大就被岈怪那一伙浑蛋连踢带打，落入了江中……"

"啊？他人呢？"

"好娃哩，你大，他，他人殁啦……"

"啊呀，我的大吔——"山花哭声大作，滚倒在地，呼吸紧促，抽搐不止。

老夫妇手忙脚乱，紧急施救。活过来的山花，便把老羊倌夫妇认作了干大和干妈，跟着老人在门前砸糍粑，在屋后把地挖，无论老人干啥，她都不落下。

一次，山花爬坡摘瓜，屈身之间，下身一热，裤裆里多了个拳头大的血疙瘩。她捞在手中掐断肉筋筋的枝蔓，那血疙瘩"哇"一下叫出了声。山花看这挥舞着手脚的血疙瘩，想到那面目狰狞的土匪，就把这血疙瘩往坡下的尿窖子里扔去。哪想，血疙瘩命不该绝，被站在山坡下的老妇人拉开衣襟接在了怀中。老妇人用温水冲洗了血疙瘩，塞在山花的怀里说：“好坏是一条命呀，你咋能就不要啦?”山花见血疙瘩在怀，便咬紧嘴唇，痛苦不堪。

老妇人转身去锅台上烧水，煮荷包蛋，烙煎饼，精心伺候山花坐月子。她面对山花怀中的婴儿，不冷不热地看看，摸摸，说道：“哎，这碎秧秧子，长大后是福，还是祸呢?”边说边摇头。

山花顺口把怀中的血疙瘩唤声“崽儿”，崽儿就成了这娃娃的名。崽儿傻不拉唧地长到了六七岁，总是张口结舌地说不出一句人话，他害怕当妈的山花，总是和老羊倌夫妇黏在一起。

有一次，崽儿跟老妇人上山，看见草里盘着一条蛇，就走过去提在手中，朝前面的老妇人，喊道：“婆婆，快看，你的花裤带……”

老妇人变脸失色地喊：“崽儿，不要命了？扔了，扔了，快把咻东西扔了！”崽儿提着蛇尾，挥臂甩作圆圈往老妇人身边走来。抡转起来的毒蛇扭曲着往外曳，崽儿一松手，那蛇就瞪圆眼睛，张开血口，凌空狂舞，冲老妇人的面门而来。老妇人腿下一软，瘫坐在地，朝上扬一把土，却挡不住毒蛇来袭，又抓起一根木棍用力挥打，那蛇就沿着木棍爬到了她的手背上，顺着手臂尽管溜，冰涩，寒瘆。老妇人肩头猛然麻疼，便惨叫一声，昏厥在地。

毒蛇忽地一下蹿进了草丛，崽儿前来喊“婆”，却不见老妇人动弹，就回身往山坡下的茅舍跑去。

老羊倌和山花见崽儿独自回家，稀里糊涂地说不清个来回话，也不见老妇人的踪影，突然感到有事儿，就急忙往山上跑。山花腿脚灵便，跑到老妇人身边扶她起来，看着肩头渗血的一对小洞口，惊呼一声：“蛇咬了！”撩起衣襟撕下布条，就往伤口上面裹缠。

老羊倌走近，拦住，说：“山花，先得用草药消毒。”

“噢。”

老羊倌转身寻找草药。山花把干妈搂在怀里，用双手掐紧伤口的边缘，使劲往外挤压毒液。她见伤口边缘的猩红色开始变紫，心里一急，就想用嘴吸的办法排毒，刚噘嘴唇凑近肩头，却被身后的老羊倌一把推开。

老羊倌已把龙胆草、蒲公英、半边莲和七叶一枝花塞进嘴里嚼烂，吐出一捧绿泥，敷在了老妇人肩头的渗血处。山花赶紧用布条压住伤口上的药泥，再把布条绕在老妇人的腋下，裹缠紧了，拉到肩后打成死结。

“妈呀，怪我没有陪你上山，怪那瞎货崽儿无能……”山花眼噙泪珠说话。

“不怪，不怪，谁都不怪，只怨我自己不小心嘛。”

“唉，你娘儿俩甭说了，赶快回家去！我去沟口买药……”

老妇人扛不住蛇毒，老羊倌急忙买回了好多药，但却买不来老妇人的命。老妇人就此走后，老羊倌的身体越来越差。从此，山花担起了孤老傻少一家人的生活重担。

文火煮道　　　　王家民·画

第十三章　仁义礼智载厚德　舍身引水为黎民

·1·

唐秉四人静心阅读圣贤书简。人在崖洞的角落住得窄狭，但在宽敞处为书简搭建的棚舍既通风，又明亮。棚舍里的数十个书架排列有序，层层叠放着万卷珍贵书简。其纲目类别已被崔广标注清楚，查寻四书五经，阅读百家学说，甚是方便。

这天，唐秉和崔广仔细校勘商君书札，周术和吴实认真研判韩非子的文论。唐秉感慨言："崔广，山大叔保存的这百年商君残笺，实属难得呀！"

"是呀，这些残笺对校勘商君书大有裨益。"

"看来，你所梦想的咸阳书院虽然化作泡影，但商山中的这洞藏书馆却有模有样。当年为躲避李斯焚书，没有送来这么多书简嘛……"

吴实解释说："唐兄有所不知，这几年，崔广日夜辛劳，笔耕不辍，又编撰了许多书简，才有如此规模。"

"哪里哪里，我孤身力薄，哪能全是编撰新增的呢？是因商於之地文商并行，商塞城、商街和丹江两岸民间藏书亦是不少，再就是教娃娃们缮抄书简……"

"哦，看来，当年李斯焚书也只是走个过场罢了。"

"是呀，广域华夏，千年文化，无数书简，岂能被李斯一烧了之？"

…………

良娃走进崖洞，边走边说："请问崔先生和师伯，何为人？"四人接连回话：

"一撇一捺，站得稳，行得正，和于天地者曰人。"

"仁慈恻隐，自利、利他者曰人。"

"知礼义廉耻，行孝悌忠信，道德至上者曰人。"

"道以证心，勇于担当，善天下者曰人。"

…………

良娃此问，引得唐秉四人妙语连珠。良娃接言："先生和师伯之言，在下似懂非懂，随后定当深切体会。我只知爷爷常说，人是走虫，不走不行呀。"

"噢，爷爷还说过啥？"

"回师伯话，爷爷说呀，洞外春暖花开，山下柳荫如夏，师伯应该下山去走走、看看嘛，老蜗蜷在这崖洞里面不行呀。"

"咦？爷爷啥时候说过这句话？"

"爷爷说，有了孙子，爷就成了孙子，那孙子说的话不就是爷爷的话嘛？"

唐秉呵呵笑着想，这良娃聪明，他那一个"人"字问得是话中有话呀，这"爷孙"高下之说竟似名家之辩。看来，良娃是劝大家走出去见阳光嘛。于是言说："好嘛，良娃，你在那冰天雪地里领我稀里糊涂上了山。在此阳气生发、莺飞草长的好天气，我想下山，也找不着路呀。"

周术言："是呀，在风雪弥漫中随你上山，已逾数月，还真想下山去活动活动呢，正愁找不到路径。良娃呀，看来无论是上山，还是下山，还真要靠你带路哩。”

良娃施礼说：“师伯言重了，这是娃应该做的事嘛。”

崔广言：“良娃懂事。他知两位兄长上山时日已久，对外面的地理自然尚不熟悉，是在劝你们出去走走、看看呢。”

吴实站起身，把书简放回书架的原处，高兴地言说：“两位兄长趁此春日如夏的好天气，下山去，走一走，我带路！”

崔广稍做收拾，紧闭柴门，随之下山。

良娃吆喝着狼狗在前面撒欢子，一行到了东峰峪的河湾处，视野突然开阔，小路边的古槐老柳，竹影新苇，相映成趣。田野翠绿一片，有农夫顶日劳作，也有女子在树荫下浣纱，还有几个光屁股娃娃在河水中追逐来去，溅起水花一片。

“崔先生，请和师伯们在此歇会儿，我先下河去耍水了。”良娃说着，脱得光不溜秋，一个猛子扎进窝崖下的深水里扑腾一阵，再游到河边玩漂石。

只见他，弯身从水中摸起石片，站起，用手指勾紧，侧身后扯，横臂朝前猛一甩，撇在河面的石片触水漂飞，水花四溅，起起落落，连成了一个个优美的弧线，飞向河的对岸。

吴实生在太湖，周术长在海边，良娃的水中嬉戏勾起了他俩的儿时记忆。老弟兄俩忽而就挽裤脱鞋，踏入河中，摸出石片像良娃一样撇向河面。吴实劲儿大，抛出的石片高起高落，跃过良娃的头顶，往河对面漂飞。周术的个儿稍矮，撇出去的石片紧贴水面，水花溅得不高，圆弧亦显平缓，追着吴实那石片而去，竟是后发先至，两片薄石相撞，碰得火星四溅，与晶莹水珠交织在一起，煞是好看。光屁股娃娃们看得激动，跃出水面，拍着小手，高声欢呼。欢声笑语之间，一个拉倒一个，“扑通扑通”滚落水中，不见了踪影。

这么一闹腾，水草中的鹈鹕扔了嘴里的鱼，张开翅膀，飞向空中。水潭里的蝌蚪像墨点落入水面，倏忽散失。陷进淤沙里的小蝌蚪，摇着尾巴挣扎。两只螃蟹从石头下横行而出，慌里慌张，一个在前疾跑，一个在后狂撵，后面的公螃蟹身架高大，举钳狂撵几步就钳住了前面的母螃蟹，用劲压上去，屁股处就有了许多卵子。两只小鸭嘎嘎有声，摇摇摆摆地从远处跑来，前面的伸嘴去叼螃蟹的卵子，刚一伸头，却被那大钳子夹紧了嘴巴，脱身不得，翻滚在沙地上。另一只小鸭子去叼水潭边那挣命的蝌蚪，小小扁嘴一偏把蝌蚪拱进了水中，再伸脖子往水中去啄，小蹼爪一滑，肚皮坐地，滑入了软乎乎的泥沙中。

此时，憋在水中的娃娃冒出水面，一个手抓蛤蟆，一个紧捏扭动不止的泥鳅，抖擞着满头的水珠，争相往岸边跑来，看见站在河边的狼狗，便叫喊："砸，砸，砸死这野狗吃肉!"说着，先后扔了手中的蛤蟆和泥鳅，猫身摸取石头。

良娃飞身上前，夺了他们手中的石头，呵斥："不要命啦，快躲一边去!"

两个娃娃似不情愿，扭头捩项的瞬间，看见横行在地的大螃蟹，就伸手争抢。猛一下，螃蟹被撕作两半，一人一半，生吃起来。

唐秉看那两个娃，光着屁股一丝不挂，满身污垢，脏得跟花虎一样，一个吃得涎水不断，一个吃得龇牙咧嘴，极是难看。便突然想到了良娃的聪明，就借用良娃的话说："孩子呀，过来，说话。何为人?"

俩娃木呆着脸，摇着头，连连后退。良娃知道，这些娃听不明白唐师伯的话，就用商山方言说："先生问你话哩，啥是人?"

"人是人。"

"你是人。"

"我是人。"

"他是人。"

"我妈是人。"

"你大不是人。"

…………

俩娃说着说着便叫骂起来。唐秉皱了眉头想，孩子缺少启蒙，不识事理，自是愚昧，于是生出办学堂的念头，即刻说与三位学弟，问道："此事可否?"

周、吴、崔三人争相回话：

"可。"

“行！”

“好！”

…………

造福于民的好事，四人一拍即合，回到天虎幢，给山大叔说了这事儿。

老人家高兴地说道：“办学堂，好呀。前两年，要不是崔广收了良娃做门生，让他识字读书，哪儿有今天这个懂事的小人呢？”

“爷爷说的是，我要谢先生一辈子！”良娃施礼说。

“你们四位都是好先生呀，办学堂没有麻达。你们咋说，老汉我就咋办。”山老人说。

“此事有我们四人足够，哪能劳动您老人家呢。”

“众人拾柴火焰高嘛，这个忙我是要帮的。良娃，下山去，给你大说，带木匠、泥水匠上来，边做桌凳，边砌墙根子……”

山老人不等匠人到场，便帮着唐秉四人挪腾地方，周边山民也是闻风而来，撸起袖子干活，齐心协力，忙碌半月，便在崖洞里支棱起了排排书案和坐凳。

崔广拿来长条板凳，竖立起来，说：“诸位兄长呀，学堂初成，得有个名号嘛。”

唐、周、吴三人把这条花梨木做的、已被坐磨得红光透亮的板凳面儿打量来打量去，都说是镌刻匾额的好料，商量着定了名：商山学堂！

“好！商山学堂。”崔广点头称是，便把笔递给唐秉，言说：“还请唐兄题写名号。”

唐秉接笔在手，饱蘸墨汁，在板凳面上工工整整地书写了四字，周术用刀仔细镌刻，吴实和崔广再以漆油和了锅底黑末将四字涂抹。就这样，油光放亮的“商山学堂”四个大字醒目地竖立在了崖洞的一侧。

·2·

风清气爽的早上，周术独自守在崖洞里面壁悟道。吴实在盘龙松下伸胳膊蹬腿儿，高起低落，来回比画着可供山民护身的板凳功、扁担功和牛鞭术。

唐秉和崔广带了孩子聚在东原的大树下教书。良娃把刻有“商山学堂”的条凳扛来，高挂在树枝上。孩子们在哪儿阅简习文，就把这条镌字条凳扛着放在哪儿，且争坐其侧，越坐得近，心里越舒坦。

天虎幢的东原，人与牛羊鸡犬豕和谐相处。狼狗蹲在草甸边，照看着混杂在草甸上的牲口。虎女的憨丈夫赶着一头公牛从西沟走来，在草甸啃草的公牛，低头瞅见西沟的同类踏入，就扬头举角，瞪大牛眼，撅尾巴，拱腰身，前蹄踢踏，后腿发力，朝西沟的牛冲了上去。

西沟的牛是来啃草的，也是来找母牛吃荤的，看见前面吃草的公牛欺外，哪肯示弱，就鼓足勇气，迎头而上，“嘣咚”一声，两头牛的宽阔额头碰撞在一起，它们扭头捩项，拼命相搏，进进退退，踢腾得青泥飞溅。眼看着，这一对公牛快要滚落山崖，良娃和孩子们发一声喊，上前拉缰绳，挥牛鞭，想把这一对冤家拉开。哎呀呀，真是犟牛曳断绳，任凭孩子们拼尽全力，两头公牛还是绝不后退。狼狗冲上去，夹在中间，冲着两头牛，汪汪吼叫，左一下右一下，张口咬腿。这一对牛冤家知道狼狗的厉害，只得暂且休战，悻悻离去。

一只老鹰在空中打了旋儿，斜着身影俯冲下来，在草甸上嬉戏的一群野兔慌忙逃散。兔妈妈护崽，撒腿在草地上来回疾跑。忽而，仰面朝天，躺地不动，引得老鹰俯冲来抓，鹰爪近身的瞬间，兔妈妈伸出前爪，猛弹后腿，狠蹬鹰腹。老鹰中招，腾起跃飞，收拢翅膀，翻转身来，伸出铁钩一样的鹰喙，再冲兔妈妈而来。此时，一只小野兔现身，蹦跳高跃，撞歪老鹰，护住了妈妈，再就仰面躺地，想学妈妈那样拼命蹬鹰。可怜这只小野兔，身单力薄，被老鹰抓去了空中。

孩子们不待回神，又见兔妈妈现身，急切地四处找寻躲藏起来的其他小兔，便互相发问：“小兔的妈，还寻得见它的小兔崽吗？”

“寻不见也得寻呀，一只被抓了，剩下的小兔崽就贵重了嘛。”

“哦，这你也懂？”

“我妈说的嘛。”

…………

草甸的边缘，几只羊羔围在羊妈妈的身边，“咩咩”地叫着。一只羊羔双膝跪地，仰头拱着羊妈妈的大奶子，用力吮吸，吸得肚皮圆了才站起身来。另外的小羊羔，也是和前面的那只一样，先后跪地吃奶。

虎子拍了一下稼娃的膝盖，问说：“羊羔吃奶，为啥下跪？”

“去问你妈呀。”

“好好看书识字，别妈呀、大呀的，也不怕先生笑话！”良娃拍了拍他俩的肩膀说话。

崔广言：“孩子们，好好看书，都别走神儿。”

“请问先生，羊羔何以如此吃奶？”

唐秉言：“羔羊跪乳，以示孝心。”

崔广接着问：“孩子呀，谁记得，孝心的‘孝’字怎么写？”

南蛮梁的吕儿初来这里读书，此时，他认真地念着“孝心的孝”，用树棍儿在地上写了个歪歪扭扭的“心”字。崔广摇头说“错了”。稼娃想了想，手拿小石粒把“孝”字工工整整地写在了地上。

唐秉问：“良娃啊，稼娃把‘孝’字写对了，你说说，‘孝’字的偏旁是啥？”

“回先生话，记不得了，还请赐教。”

崔广指着写在地上的“孝”字说话：“良娃记不得不奇怪。一回生，二回熟，不知便是不知。孩子们啊，‘老’在上‘子’在下，写在一起便是这个‘孝’字。”

开启蒙学

開啓蒙學
商山千年
承秦風
續楚韻
詩人之路
文人之家
數百膾
炙人口之
詩歌成
千古絕
唱平凹
文學崛起
為當代
嶺飲水
思源商山
文化之根
啓于四皓
追昔不忘
古人不忘
甲午年
寓居曲江

王家民·画

唐秉与崔广和风细雨，循循善诱，教孩子们认识字符，一来一往地言说：老是父母长辈，在上；子是后辈，在下。作为子孙后辈人，须孝敬父母，礼敬长辈，懂得感恩……

孩子们认真地听着，有的在地上戳来戳去，有的用右手在左掌心比画，先后弄明白了，便“噢哦”“嘿呀”地交头接耳起来。

“哇哇哇”的叫声划空而过，唐秉知道是乌鸦飞来，于是拍巴掌，吸引了孩子们的注意力后，说道：“孩子呀，你们刚才看见草地上的羔羊跪乳，还有空中的乌鸦……”

“黑色的。”有孩子抢着说。

“是黑色的。黑色乌鸦与白色的小羊相同处何在？”崔广又问。

啊？黑乌鸦，白羊羔，有什么相同之处？孩子们不解，抬头看空中，几只乌鸦围着树梢穿梭来去，十分忙碌。

唐秉又讲了乌鸦反哺的故事。这个故事说的是：老鸦养育雏鸦长大后，便渐渐老去，当飞不出窝找不来吃的时，那些长大的雏鸦不忘老鸦的哺育之恩，就四处寻找食物，叼回来喂老鸦，不辞劳苦，绝不间断，直到老鸦安然逝去。

崔广见孩子们听得入神，便问：“孩子们，唐师伯这个故事说的是啥？”

“说的是鸟。”

“不对，是老鸦。”

“对着哩，老鸦就是鸟嘛。”

…………

唐秉见孩子们叽叽喳喳得差不多了，便清亮了嗓子说道：“孩子们呀，乌鸦反哺与羔羊跪乳，都是讲说一个‘孝’字嘛。”

此时，“算黄算割”的鸟叫声从远处传来，崔广想到自己的生日将至，想到父母和妻女远在咸阳，数年不见，为不能尽孝、不能抚育子女而沉默。

唐秉知道快要割麦子了，便言：“崔广呀，夏收如虎口夺食，该让孩子们回家去，帮着夏收吧。”

崔广回过神儿，接着唐兄的话说："孩子们呀，听师伯的话，书要读，家里的农活儿也要做。割麦子、种秋苗是紧火事。你们这些娃娃，一年一添岁，慢慢地在长大。长大了的娃呀，须知父母持家苦，不误农时种地难。都先回家去帮忙吧。一个月后，再来商山学堂接着识字读书。"

·3·

孩子们各回各家，帮父母夏收夏种。吕儿回到了偏远的南蛮梁。这是一处荒凉的坡岭，能种的地不多，席片大的几块地里，稀稀落落的麦子在热风里摇晃着瘦小的麦穗。吕儿爹搭镰半天就把麦子全都撂倒，吕儿帮爹扎麦捆儿，扛回来，放在屋场用连枷拍打，去麦秆，扬麦糠，揽到手里的细小麦粒儿不足一斗。吕儿爹黑了脸，嘟囔着骂：狗日的天不睁眼，地不长粮，还叫人活不？

吕儿爹是家里的老大，早年为秦王打仗伤残而回家种地，两个弟弟又被强征兵役上了战场。家里的爷爷，全靠吕儿残疾的爹和多病的妈侍候着。

收了那么一点麦子后，吕儿跟着爹在麦茬地里挖坑点豆。天大旱，出苗难。在露水重、潮气大的背阴地里，刚冒出点绿芽儿，蝼蛄虫却又猖狂起来。这虫子深藏泥土，昼伏夜出，浑身披着土褐色的伪装，难以辨认，成虫一旦现形，就挥舞着铁铲似的前爪，啃噬着蜀黍和豆类的幼苗，吕儿爹领着吕儿补种一茬，蝼蛄虫就消灭一茬。

一场雨后，太阳泛红。远处飞来蝗虫，遮天蔽日，黑压压地覆盖了树木和绿苗，"咔嚓咔嚓"声响一片，让人心里发毛。蝗虫在眼前飞跃跳动，把脸打得生疼。吕儿爹知道蝗虫的可怕，就张开嘴来大骂，一个"日"字还未出口，许多蝗虫就冲涌而入，把他张开的大口塞满，劲儿大的直接冲入了喉咙，噎得他发急，就仰头朝天生吞活吃了嘴里的蝗虫，唾一口腥味儿，怒骂：狗日的，你吃我的庄稼，我吃了你的全家！可恨的蝗虫太多太多，他挥衣抽打，一边打，一边用脚往地上踩踏。这样踩来踩去，地里的绿星儿全无，恼得吕儿爹倒地打滚，像碌碡一样碾压着可恶的蝗虫。一会儿，蝗虫像风一样卷去，没了影儿。这时的吕儿爹像大风吹倒的稻草人儿一样，有气无力地倒在了田间。

朗朗乾坤，阳光普照。天空碧蓝如洗，白云飘飘，热浪滚滚，一场百年不遇的大旱来袭。南蛮梁遭遇了年馑，树木枯死，草根无存，饿死了猪狗六畜，也饿死了人。家中的橡子面、榆根面和陈糠所剩无几，吕儿爹已皮包骨头般难看，病母也像纸人儿一样，脸色蜡黄，恓恓惶惶地趴在炕上。

吕儿那九十多岁的爷爷，气若游丝，但老人心里明白，眼下这饿死人的光景，儿子可怜呀，儿子已是伤残在身，顾老的还要顾小的，老的小的都得张口吃饭，自己这一口气要是没了，谁来抬我上山？谁有力气凌空摆棺？灾年呀，人不吃人就行了。自己的祖上来自南夷，数百年前的战乱中，先人们穿越楚国进入商於之地定居，尚保留着崖葬的习俗。崖葬曳棺上山、崖边摇轳、凌空扶绳、摆动入罅要的是人呀，老人年轻时干的就是这行当，站在棺材上手抚大绳，吊在空中，慢慢摆渡亡灵……盼天黑天不黑，盼天明天不明的老人，恍惚已如槁木悬吊在空，将摆棺入罅。唉，今生葬人无数，欲葬此身却是艰难。于是挣扎落炕，爬出家门，要去与祖先的遗骨做伴。门外的这一声响动惊醒了睡梦中的吕儿爹。吕儿爹出门看到老爹滚落在地，便急忙俯身抱了，老爹有气无力的一句“上山”，尖长指甲便抠在了吕儿爹的心口。吕儿爹酸苦着心，明白了老人的心愿。民俗使然，其意难违。虽于心不忍，却也只能从愿，强忍悲声把老爹放入了箩筐。

吕儿被叫醒，稀里糊涂地接过递在手里的扁担，帮爹抬着爷爷上山。吕儿不解地问：“爹呀，黑咕隆咚的，抬我爷爷上山干啥？”

“唉，活得颇烦，抬你爷，散散心……”

吕儿和爹把爷爷抬到了山巅，放下箩筐，吕儿爹指着面前的深渊，说道：“儿呀，你爷爷阳寿无多，就此送他走吧。”抽出扁担放在一旁，欲将箩筐带人推下山崖。

吕儿脑袋“嗡”的一下，怎么会是这样呢？他突然想起在商山学堂，先生讲说的乌鸦反哺、羔羊跪乳……飞禽牲畜尚且如此，做人岂能不孝敬父母？此时，心中猛然一亮，说道："爹呀，慢！先把箩筐拿下来。"

"娃呀，别节俭了，这箩筐权当是你爷爷的棺材……"吕儿爹一边哭着说，一边就要掀翻箩筐。

"不行，这不行！一定要取下箩筐，拿回家中，好好放着！说不定，哪年再遭年馑，孩儿抬你上山还用得着哩！"吕儿拦住他爹，护着身后的爷爷。

吕儿爹听了孩子的话，泪流满面，张口无语。吕儿回过身抱紧了箩筐中的爷爷，说道："爷爷呀，我要让你回家，明天我就去商山讨饭去，那儿的人家厚道，我就是累死饿死，都要养活爷爷、病母和我的爹哩！"

吕儿紧抱爷爷，箩筐中的爷爷糊里糊涂，不知身在何处，似梦非梦之间忽而听见孙子说：要饭，养活爷爷……紧闭的双目淌出了热泪。吕儿手抹爷爷脸上的泪水，说道："爷爷呀，咱回！"

吕儿爹猛扑到箩筐前，跪地哭着说："老爹呀，咱回家！"当即，躬身背起老爹，踢飞箩筐，一瘸一拐地往山下走去。苍天有知，即刻显灵。突然，夜空电闪，闷雷呼隆，雨点纷落，一会儿就大雨滂沱，稀里哗啦地下了三天三夜。久旱中的连阴雨滋润了干涸的大地，田间泛起了绿色。

人们感动苍天有知，南蛮岭的葬俗也由此而改为土葬。

·4·

商山大旱，唐秉四人以竹筒把崖洞里的清水引出，缓解人畜之急。唐秉自小务庄稼，深知农时不可耽误，便和周术、吴实、崔广去找山老人，问说："大叔呀，这秋庄稼咋办？"

"唉，庄稼是事儿，人命的事儿更大，东峰塬已渴死了人和牲口。"

"啊，我们四人即刻送水上去！"

“四位先生且坐，憨夫和娃们已送水上去了。这儿的细流也就这么一点儿，东峰垴有那么多人畜，肩挑手拎的不顶事呀。”

“大叔，天虎幢这儿的崖洞有深水细流，东峰垴难道没有吗?”

“唉，有，也已断流，今年的旱情重呀!”

“大叔，如何应对是好?”

“若想得救命之水，只能从高远处的虎山想办法。”

“啊，虎山?”

“是呀，那虎山与东峰垴隔了一道深渊，人在两侧可见眉目，说话也听得见。若想见个面嘛，只能先下这面的山，再上对面的山，往来走动大半天。引水过来嘛，难!”

吴实把周术拉在一边，言说：“胆大兄，咱俩去虎山看看。”不等周术回话，身边的喊“好”声连成一片。送水下来的良娃、虎子、豹子等娃娃们，听到说“上虎山”，便争相要去带路。唐秉和山老人商量说，让良娃带路，领着周术、吴实去虎山踏勘，崔广、憨夫和娃娃们嘛，继续往东峰垴送水。

周术接过老人手中的弯镰，吴实操起六尺扁担，背了成卷的藤绳，良娃往腰带上别了砍刀，吆喝着狼狗，即刻离去。一行人疾步如飞，不久便到了虎山根下。这儿峭壁陡立如墙，黑黝黝、冷森森地堵在面前。良娃说声稍缓，手脚并用攀崖往上，狼狗紧随其后，两者如影相随。稍一会儿，良娃从高处扔下藤绳，边扔边喊：“师伯，上来——”

周术施展功夫，轻抓藤绳如猿攀崖；吴实随后扶绳，撑了扁担，熊爬而上。老少三人相见后，一鼓作气，继续攀登，至高处，透过错乱的树枝和密深的草丛，看到一条白练，轰隆有声，云雾涌动，清气沁人。周术、吴实和良娃分持弯镰、扁担和砍刀，披荆斩棘，攀高沿低，绕到了水瀑近旁。这里竟聚水成潭，潭边又似小河流淌，哗哗啦啦，细流淙淙，打着旋儿又朝悬崖下面跌落。汩汩流动的清流边儿，绿草如茵，顽石也成了绿茸茸的圆疙瘩。忽一声蛙鸣，小鱼腾跃，蚂蚱乱蹦。周术、吴实想东峰垴那面滴水如油的情景，便步履匆匆，踏勘引水的可用路径。行走不远，仄径陷落，面临悬壑空谷，崩塌的崖石高低错落，悬悬乎乎，怪兽似的雄踞两侧，无法逾越。

良娃把藤绳捆在腰间，猛一跃，壁虎似的贴在了悬壑对面的石壁上，狼狗蜷身，拱腰，再舒展开来扑过去，蹿入了悬壑对面的缝隙。少顷，良娃回身，将藤绳在对面崖壁上系紧。再一跃，跳回来，抻直藤绳交给两位师伯系在树根后，再牵绳又跳跃过去，蜘蛛结网似的往来反复，数根藤绳凌空，复以葛蔓编织，便有了横跨悬壑的晃晃悠悠的吊桥。

周术轻点一脚站在了对面，吴实横了扁担，边走边丈量着脚下的空谷，在悬壑对面的峭壁站定，言说："胆大哥呀，此空谷宽过一丈二尺。"

周术回话："用竹竿凿通，尚可引水！"

…………

忽然，巉岩那面的狼狗狂吠声急，老少三人攀缘过去，见鹰羽满地，明白了这儿原是老鹰的窝。只见狼狗警惕地仰望空中，一团黑影却从悬崖下跃起，尖喙如刺，利爪似钩，朝狼狗胸腹袭来。周术舞动弯镰，吴实伸长扁担，良娃脚踢飞石，全冲老鹰而去。老鹰呼啦一下又盘旋在了头顶，发出急促的叫声。三人身后的石缝里，冒出了两只毛茸茸的雏鹰，"咕咕"叫着，狼狗拧身，龇牙相对。

良娃给狗说："莫动！"弯身把两只雏鹰捧在手中，扬臂放飞。老鹰忽然下坠，将两只雏鹰背负起来，缓缓旋飞。不一会儿，两只雏鹰扑扇着弱小的翅膀，随老鹰慢慢飘飞，渐渐掩身在了薄云浓雾里。

周术、吴实见老鹰携幼鹰离去，方才松了一口气。良娃指着深渊的对面说："师伯，那远处就是东峰。"俩人望去，东峰清晰可见并不遥远。那面枯黄一片，地气丝丝缕缕，蒸腾如焰，周、吴看得心急如焚。想，如何将这虎山之水引入东峰？便紧急商量说："引水至此的路径确定，鹰窝崖亦略高于东峰塬那面，似可行水……"

"但，面前这无底深渊，却难用竹筒接续。"

"术兄呀，唯有凿木为槽，架槽渡水！"

“实弟啊，此法可行。只是巨长结实的槽木何来？即使有了槽木，又如何上得这虎山？”老兄弟俩不断地出题、解题，说来说去的，思路渐渐理顺。

周术言：“实弟呀，你刚用扁担丈量了空谷的宽度，面前这深渊的宽度必须知道……”

良娃听明白了，说声“我有办法”，便往对面抛出一粒光溜溜的橡子，手拍狼狗，说道：“叫！”

“汪汪汪”的急促叫声中，良娃侧耳细听，静默了一会儿，无奈地说：“回声太小，不知其宽。”

吴实扯了长长的葛条，接续起来，捆紧小石，拿在手中准备抛出。周术则用脚踩着葛条的另一头。

良娃不解地问：“师伯呀，这是干啥？”

“听声！”

“哦？还是听声辨宽……”

“是呀，良娃，听到对面那石打石的响声，就急忙曳紧葛条，做好记号！”

“噢，知道了。”

吴实将葛条上的石块奋力扔往对面，俄顷，“砰咔”声响，良娃一脚踩死往前飘飞的葛条，双手拉回。吴实用扁担把葛条丈量一番，咋舌说：“乖乖，面前这深渊宽过六丈。”

“哦，那渡槽之木至少也得七丈。”

“是呀，当务之急，是找寻挺直、结实、干燥，且不渗水的巨大原木。”

“师伯啊，我领路，这样的木头，老林子里肯定有！”

…………

三人抄近路，入老林，找到了合适的原木后，急回天虎幢给山老人和唐兄叙说了一番。老人喊声“好”！东原、东峰、西沟的人们便连夜行动，凿巨木为渡槽，刈竹捅其腹，拧藤蔓，搓巨绳，良娃预备好了镢铲……大半天时间就把一切预备妥当，连夜晚，燃火把，整装待发。老少爷们分作两队，吴实、崔广带壮汉往东峰垴运送凹槽，这是重活。周术和良娃扛了疏通的竹竿、藤绳和镢铲重返鹰窝崖架设渡槽，这是巧活。

说好的年长者甭上山，但山老人还是举火把，走在前，虎子、豹子和娃娃们也是争相上山。吴实、崔广、憨夫和壮汉们扛起凹槽，喊着号子送往东峰垴。

周术、良娃早就爬到了虎山的流瀑处，垒石截流，抬高水位，以竹筒把水引到了鹰窝崖。周术远看对面的火把点点，人影幢幢，凹槽已到了东峰的悬崖边，便拢双手，捂嘴巴，高喊："实弟——"

"术兄——"

山高夜静，东峰垴的说话声、良娃在鹰窝崖上摇辘轳的"吱呀"声极是清晰。周术清亮了嗓门，喊道："听好了——麻实弟，把手中的火把插入凹槽，我扔绳，你接住，将凹槽系紧……"

东峰垴的人们听明白了，便将火把全插入了凹槽，凹槽便火龙似的醒目。周术拼力扔出牵着藤绳的弯镰，"扑通"一下，不偏不倚地扎入了凹槽。吴实迅疾上手，以藤绳捆紧凹槽，发一声喊，人们齐心协力将沉重的凹槽移到崖边。周术和良娃在鹰窝崖上抻紧藤绳缠绕在辘轳上，用力摇动，"吱呀吱呀"声响，凹槽渐渐凌空，一点一点牵移而来。静寂的暗夜中，木石猛然相撞，"咕咚"两声分外响亮，七丈长的凹槽便嵌入了深渊两面的石缝中，一股清流从周术的脚下流入凹槽，汩汩涌涌，哗啦如歌。人们手忙脚乱地续接竹筒，虎子、豹子搬移杂物，以碎石、黄土、麻布在凹槽与石缝、石缝与竹筒的衔接处封填缝隙。

周术和良娃在鹰窝崖那而，转身查看引水竹筒的一段又一段衔接处，望眼欲穿的这救命水，不舍得再有一点儿流失。

东峰垴这面，豹子往来抱石，脚下一滑，突然坠崖。憨夫伸手拉住了娃的脚腕，吴实眼疾手快，以蒲团似的大手拽住了憨夫的腿腕，将自己的双脚勾紧崖石的塄坎，用另一只手抠紧石缝。吴实拉了憨夫，憨夫拉了豹子，三人像猴子捞月亮似的倒挂着，面朝深渊的豹子哭声哽喉，吓得晕死过去。吴实负重，手脚被崖石磨蹭出血，血流便像蚯蚓似的快速爬动，染红了峭崖。

鹰窝崖那面，周术和良娃听见叫声嘈杂，隔渊看到如此危情，周术便飞身一跃，在凹槽的流水中轻点一脚，越过深渊，落在吴实的身后，俯身抓住憨夫的另

舍身引水

王家民·画

一只脚往上拉。

良娃一边踩着渡水的凹槽凌空而来，一边朝豹子扔绳，拼力高喊："豹子，抓绳!"

豹子被良娃喊得清醒过来，鼓了吃奶的劲儿，抓住了面前晃晃悠悠的藤绳。

吴实、周术合力拉起憨夫之际，豹子在悬崖边忽闪一下，再次坠落，原是他手中的藤绳缠绕了横生的树枝，便又像吊树虫一样挂在了空中。憨夫慌神，尖声哭喊。吴实毫不犹豫地探脚下崖，踩树枝，解藤绳，拎豹子，举上了头顶，憨夫将豹子抢在怀中。忽然"咔嚓"一声脆响刺耳，吴实脚踩的树枝连根断裂，人便坠入了黑漆漆的深渊。

孩子们惊乍声声，人们慌作一团。周术担心失去生死相依的表弟，便悄悄拉过良娃，附耳低言一番。良娃就和虎子带着狼狗摸黑下山，去寻找吴实。此时，火把燃尽，不知哪个娃憋不住地一声抽泣，引得人们哭声大作。

再说，豹子被憨夫背回家后，躺在炕上声声唤唤，彻夜不安，忽做噩梦，被数具无头白骨裹挟着往深渊坠落，顿觉头疼如劈，寒冷战栗，抖若筛糠。寒战后又发高烧，体若燔炭。虎女心疼地守在豹子儿的身边，彻夜不眠，反复伸手，来回抚摸……不一会儿，娃像热锅一样烫手，她便"哇哇呀呀"地将憨夫吵醒。憨夫稀里糊涂地睁眼，见虎女摩挲着豹子的焦急模样，明白了咋回事儿，便慌忙出门去寻找郎中。

·5·

后半，天色夜格外黑暗，山魈怪叫声声。

良娃和虎子下山未归，坠崖的吴实生死不明。唐秉、周术和崔广强忍不安，都在极力回避那个不吉利的"殁"字，三人和衣假寐，都没有闭眼。唐秉轻声叹息："唉，引水难呀！渡木槽、续竹筒、行干渠的那么一点细流，救东峰，也得救西沟呀。唉，救命的水呀，啥时候才能流到干旱的西沟呢？"

"唐兄，西沟能否见水，待天亮后，方可知晓。"

"唉，难说呀，假若哪根竹筒没有续接好咋办？又有哪段干渠渗水岂不可惜？还有西沟那蓄水池挖得咋样……"说着，唐秉一骨碌翻下炕，摸出了崖洞。周术和崔广也是落炕，紧随其后，三人急急火火去巡看引水的情形。伸手不见五指的暗夜里，隐约听到有人喊："俩郎中呀，紧点儿脚步，娃正挺命着呢！"

周术听像是憨夫的声音，便跳上悬空的山崖往下瞅，模糊看见胖瘦高低有别的两条黑影晃动，其中瘦如麻秆者言："磨脐儿，留后一步，拿葫芦找水去。"

"哎呀呀，麻秆哥呀，此地白日骄阳，夜无风雨，草木枯死，露水不染，哪儿去找水？到了病病娃的门口再想办法吧。"矮如磨脐者口齿不清，说话磨叽。

"嘿，你没听人家喊快到了嘛，到了人家门口再往葫芦里灌水，咋能哄了人？人家能信咱这神仙葫芦救命水吗？"

"这黑嘛咕咚，哪儿去找水？"

"嗨，刚才请咱上山咻憨憨不是说，把虎山的水弄过来了嘛，你快去找啊，我先进他的家门，忽悠一番。"

此时，黑暗中又传出了憨夫的急切喊声，瘦如麻秆者应声"来了"，把手里的葫芦塞给磨脐儿，寻声而去。

矮如磨脐者接过葫芦摇了摇，嘟囔出声："葫芦葫芦你说话，狗日的麻秆儿和我一起出道，他凭啥充老大，凭啥让我跑冤枉路，不是采什么药，就是往你的腹中灌水？咱出力他赚钱，他凭啥比老子拿的份子钱多？就凭他个子高，还是凭他的屄嘴能煽……"忽而把葫芦往自己头上一砸，举在面前说道："今日你受点委屈，老子给他玩点儿阴的，然后分道扬镳，另起炉灶。"说着，抹下裤腰，把葫芦伸进裤裆里接尿，自言自语："童子尿赛汤药，老子这三十出头的人没弄过女人，也是童男子嘛。嘿嘿，说不定，我这一泡尿还真的能成了神仙水呢！"

周术站在崖头上听得明白，一时气得咬牙切齿，便往崖下踢落一块石头，骂："无良之辈，该死！"

崔广搀扶唐秉走来，望着高处的周术，言说："周兄呀，听憨夫喊说，娃正挺命哩，咱仨尽快下山吧！"

"你招呼好唐兄，莫急。是有两个江湖骗子作祟，一个已被落石击中，动弹不得。另一个虽去了虎女的家里，但却是孤掌难鸣，无法作妖。"

"噢，有周兄在此，骗子岂能得逞！"

"崔广弟呀，听憨夫刚才那焦虑的喊声，无疑是豹子……"

唐秉忽然想起了前半夜，豹子落崖，吴实舍身救起，被憨夫抢抱入怀的情形，便急忙说："嘿呀，豹子被救那阵儿，憨夫给娃喝了渡槽里的脏水。"

"啊？"

"那时，一团黑末儿嗡嗡而至，围着豹子肆虐……"

"糟糕，要出大事！"

"怎么着？"

"那一团黑末儿必为贼风疠气，若疠气染身，瘴疟必然成疾！"

"黄帝内经言：五疫之至，皆相染易，无问大小，病状相似，不施救疗，便相移易也……"

三人言说至此，深感事态严重。周术吩咐说："崔弟，我先行一步去看豹子，你和唐兄随后赶来。切记，亟须身披青蒿，口含甘草……"

周术疾行，与瘦如麻秆的黑影撞了个满怀，紧跟在黑影后面的憨夫高喊："莫走，莫走，还娃命来！"

周术迎头揪了那黑影的领口，骂："呔！谋财害命的骗子，哪里逃！"瘦麻秆给周术作揖，哀求："饶命饶命，好汉饶命，听说娃发高烧，我进门去摸那手却是冰冷不堪。我为救娃的命，往他嘴里塞了起死回生丹丸，半会儿了，不见动静……"

周术顾不得他如此唠叨，一把将其推倒，快行如飞，抢入虎女的家门，跪在人事不省的豹子身边，伸手抠紧娃的大椎、肩井、十宣和曲池用力推拿。少顷，唐秉和崔广披了青蒿，口含甘草，入门跪地，拉了娃的左右手腕，一起诊脉。

崔广言：“豹子恶寒高烧交替，鼓颌而栗，乃瘴疟疠气染身。据《神龙本草经》，蜀漆、柴胡、青蒿诸味可治瘴疟……”说着，随取笔墨和笺片书写：柴胡三钱，黄芩三钱，石膏一两，金银花、草果各三钱，知母三钱，蜀漆三钱，半夏二钱，甘草二钱，取水煎汤一碗，放凉，另取青蒿三两洗净后捣碎取汁，与前药汤混合喂服……正此时，豹子呻吟一声，上吐下泻不止，顿时污秽之气弥漫。

唐秉言：“西沟这儿阴冷，此茅舍又通风不畅，不利治病。快将娃娃抱上天虎幢，那儿既通风，又便于采集药草……”

周术不待唐秉言毕，便解开袍衣裹紧豹子，风行上山。崔广搀扶唐兄紧随其后，怎奈周术快行如飞，俩人心急脚乱，怎么也赶不前去……忽而有一物来在面前，似狼似狗般令人心惊，崔广猫身摸石，打了照面的竟是良娃带下山去的狼狗，哼哼唧唧，晃动尾巴……崔广纳闷，不离良娃的狼狗怎么在此？良娃他人呢？他和虎子去找吴实兄的结果如何？此时，憨夫身披青蒿从远处走来，狼狗先是狂吠不止，渐渐看清楚是谁了，就扑过去咬了憨夫的裤腿往山下拉。

崔广知有蹊跷，便急搀唐兄跟着下山。天色放亮，远山近树已是清晰。巉崖下的平缓处，良娃、虎子和憨夫在草地上翻作一团。

唐秉看见了，便急喊：“良娃——”

良娃听见唐师伯叫，拧过身来哭喊：“唐师伯啊，没找到吴师伯……”

“啊？”

唐秉的脚下一绊，与连爬带滚的良娃撞在一起，伸手抓了他的胳膊，急问：“良娃，你说什么？”

“为寻找吴师伯，我和虎子攀崖爬树，没想到，他怀抱漆树，漆油沾身……”

“噢？”

“我俩无法继续寻找吴师伯，只得暂且回来。”

“哦，原来如此。”唐秉和崔广这才稍有放心，再拧身去看虎子，虎子蜗蜷在地，脚蹬手舞，浑身乱抓，憨夫焦急地守在一边，束手无策。

崔广蹲下来，见虎子嘴唇起泡，脸脖红肿，在前胸、后背和胳膊腿儿上边挠边喊：“痒，痒，痒痒痒……”随着他那小手抓挠，浑身红肿蔓延，水疱连片。

“麻烦，虎子染上了漆疮！”

真是好事难成双，灾祸不单行。吴实下落不明，虎女的两个娃同时染疾，由不得唐秉暗暗叫苦。崔广蹲在虎子身边，拉过腿脚推拿他的太溪、行间、血海等穴位，言说：“憨夫、良娃，你俩速去寻找地肤子、白鲜皮、苦参、地榆、八树、漆大柏……”崔广即向憨夫、良娃交代了疑难药草的辨认方法。

“崔广呀，想起来了，熬制‘八树止痒汤’尚需蝉蛇之蜕、蜂房和蜂蜜，这些东西天虎幢上存的有呀……”唐秉提醒说。

“兄长说得是，周兄将那豹子抱了上去，也急需搭手相帮。”崔广背起虎子，搀着唐秉回到天虎幢。

天虎幢上面，周术已把豹子送在了石板房里，以青蒿堵塞石墙缝隙，遮挡门窗，严密隔离，点燃蒿草驱赶蚊虫。周术见崔广背着声声喊“痒”的虎子走来，心里“咯噔”一下，虎子咋了？良娃又在哪里？他们寻找吴实的结果如何？

崔广看着发愣的周术，言说：“周兄呀，快来搭手，虎子染了漆疮……”

“添乱，添乱。弟兄俩，一个染疾，一个生疮。麻烦！这两种病还搁不到一起呢！”说着，周术便让崔广把虎子抱进了做饭的石板房。虎豹兄弟俩一个瘙痒不止地闹腾在这边，一个人事不省地躺在那面。

“周兄啊，豹子病重，一时半会儿好不了，目下，亟须阻止瘴疟蔓延。虎子的漆疮医治倒也不难……”

“崔广说得是。我俩即刻上山采药，请唐兄暂且照看孩子。”

周、崔两人即刻高攀人畜罕至处，找寻奇花异草，掐其花瓣和嫩叶咀嚼，嚼出苦辛味道了，便取其茎秆反复品尝味道，觉得可做药用时再合力拔出根部的茎块。遍尝苦辛药草，已是舌头起泡，喉咙疼痛，口舌僵硬。

不一会儿，良娃回到天虎幢放下所采药草，听唐师伯说了原委后，便爬上山来见崔先生和周师伯，帮着他俩把绽放黄花的卧地草用力拉出，见其根如火烧之赤色干柴，便问："先生呀，这烧火不起焰的干柴，何用？"

"此苦辛之株，实乃柴胡也，其根尤其味重，可全株入药……"

良娃听明白了，就和先生一起把采集到的柴胡、黄芩、常山、丹参诸多药草抱回了天虎幢。山老人送来了生姜、大枣和葱根，憨夫备好了砂锅、陶盆、陶罐诸物，汲来清水注入其中。周术主配供豹子服用的清瘴仙方，崔广主配为虎子疗疮的八树止痒汤，两人分持手中的药草入锅。良娃点燃干柴，砂锅红透，沸腾一阵后退出木柴，以微火慢煎，热气滚滚，弥漫不散。

周术、崔广守在砂锅边，边看火候，边尝药味，嘴唇烫得起了明泡，很快就肿胀得失了形，但还得不断品尝。一味汤药，人命关天，马虎不得呀！

汤药熬就后，慢慢倒凉，仔细滗汁，除渣，唐秉走来小尝一口，龇牙咧嘴，紧皱眉头说："苦，真苦！"便取来蜂蜜，说道："娃小，服药前喂一小口，服药后喂一大口，让娃甜甜嘴……"

周术、崔广看着唐兄的痛苦与关切，点了点头，分别端起药碗和蜂蜜罐，进石板房去给虎子、豹子喂服。

崔广为虎子喂服了八树止痒汤后，又用药渣涂抹全身，仔细推拿，一刻也不消停。周术在精心疗治豹子的间隙，又在清瘴仙方的药渣中添加柴胡，熬制汤药，分装在大盆小罐中，让良娃送给人们服用，劝诫大家隔离在家，切莫相互串门。

十余天后，虎子首先康健，欲见豹子，却被良娃阻止说："豹子瘴疟在身，还在隔离，除周师伯外，谁也不许见面。"虎子吃了闭门羹，便转身往西沟去，他想家，想妈……虎女也是发现两个儿和憨夫全不见人影。她虽残瘫痿地，却心思缜密。于此，觉得有啥事儿被瞒，便胡思乱想，想自己残瘫人无爹无娘来路不明，想虎、豹两个儿子怎么全无踪影，想负心的憨夫也弃家而去。想爬出柴门去寻找，没想到，柴门却被锁死，便独说独念，自言自语，骂天骂地，骂世上的所有人……骂着骂着，便想去死。冷不防，虎子进门，便把虎儿搂进怀里痛哭不止。虎子替妈擦拭眼泪，比画着说了这十多天发生的事情。虎女明白了豹子儿还被关在高处的石板房里，便发疯似地挪移出门往天虎幢上爬去。

虎女嘤嘤呜呜的哭声远远传来，唐秉行至石屏柴门外将虎女挡住，席地对坐，拉住虎女的手说着宽心话。虎子来回比画，嘴唇嗡动，口译着两个人的来回话。

…………

唐秉、周术和崔广轮流采药，熬药，照顾虎、豹兄弟俩，累得日渐憔悴也不歇息，为的是避疫祛毒，严防一人染疾，百人得病。如此再十余天，豹子亦康复如初。

天高气爽的一天，唐秉、周术和崔广三人去见山老人，老人说起吴实便噎住了气。周术劝说："大叔呀，莫难过……"

"我那吴兄心系商山，为百姓，唉——"崔广说着，便拧过身去拉起了衣袖。

唐秉心虚，不便多说，把目光移至门外看了半天，说起了种庄稼的事："大叔呀，这坡地陡峭，庄稼难种。引水只能救急，即使天公作美，也只能是广种薄收啊。"

"哦?"

"坡陡水流，土薄无墒，地不存肥，沙化严重。"

"唐先生说得在理，还请细说纾困之道。"

"大叔呀，树多栽，福荫后代；粮少种，够吃就行。人不负青山，青山必不负人矣。"

"好，说得好!"

"刀耕火种遗风不可无限蔓延。坡地适当平整，保水土不失，地墒方能长存。庄稼地贫瘠，应多施草肥……"

"师伯呀，这是书上写的?"来在身边的孩子们，争相发问。

崔广言："无论书上写不写，这可是唐师伯种庄稼种出来的肺腑之言啊，孩子们，可要慢慢体会了。"

“崔广说得对，唐先生呀，你就多教教人们栽树、种庄稼的事儿吧。”

有了山老人的吩咐，唐秉、周术和崔广三人便带领山民平整土地，节水保墒。大旱过后，适时培育苗木，绿化荒山，教良娃、憨夫、虎豹兄弟把牛羊豕圈养起来，把人畜粪便与草灰、垃圾、淤土合在一起沤作肥料，撒在庄稼地里。商山一带农户无不仿效，广栽树木，巧种庄稼，蔚然成风。其后逢大旱，商山却云遮雾罩，青翠如黛，于此，唐秉又有了引种水稻的想法。

青山高座　　　　王家民·画

第十四章　假扮神仙救弱女　披麻戴孝葬义父

·1·

唐秉教山民平坡地，沤草肥。山老人亦不甘落后，一日夜半上山割草，不慎跌落深沟，被背回后卧炕不起。周术不停地推拿顺气，唐秉和崔广精心熬制汤药，三人使尽浑身解数，也是难纾其困。老人憋闷气堵得要命，稍缓一口气儿了，念道的不是吴实，便是卖唱女。他嗫嚅着说：要找到吴实，他不能不明不白地走了呀！要找回卖唱的女娃，守祖坟不能没有商君的亲人啊。

唐秉明白，山老人时日无多，便与根正、根善俩老人商量解救卖唱女之事。俩老人讲说，寨子梁的屽怪实为西戎后裔，秦王当年平息嫪毐集团时，有西戎犬兵落荒逃入秦岭，占山为王，盘踞在了寨子梁。那地方不长庄稼，穷得要啥没啥，那伙恶人全靠下山掠夺为生。吴实当年在商街收拾的那欺行霸市的瘦猴就是峁怪。俩老人摇头说：“寨子梁是亡命之徒聚集的法外之地，上去容易，下来难呀！”

周术言：“再难也要救那弱女子，大叔等着她呢！”

崔广叹息一声，自言自语说：“唉，要是吴实兄尚在……”

周术听见了，眉头一皱，拦住了崔广，说道：“唐兄，崔弟呀，放心，也请根氏大叔放心，我带良娃去北山见机行事，一定把人救回来！”

唐秉相信周术自有办法，便言：“你俩去吧，务必将那母子解救出来！”

…………

当天夜晚，周术身佩辟邪短剑，再手持一把三尺长剑，带着良娃和狼狗到了北山寨子梁。这寨子梁气势森森，险要得出奇，远看像一头蹲着的黑熊，登高近前，又有鬼影似的秃鹫雄踞其上，见到老少两人，便扇动翅膀，跃跃蓄势，欲扑下来。周术拔出长剑一晃，那物便拢紧翅膀，又似枯槁守在了那儿。

周术和良娃悄悄接近山寨门口，天色愈加黑暗，乱石高砌的栅栏破门，半开半掩。良娃猫身细看一番，此处无人把守。周术跃在高处远眺，对地理形势了然于胸，跳下来把三尺长剑交给良娃，附耳一番后，独自往山寨里面走去。

山寨里四野苍凉，树影重重，许多黑疙瘩挂在上面，虽知那是老鸦窝，却也阴森恐怖。树林深处的崖缝透出些许光亮，周术掩身抵近，警惕四顾后，便挺直腰板走进了那个老虎大张口似的洞穴。

洞内，峁怪正设酒宴，山匪们吆五喝六正兴。周术飘然入洞，醉醺醺的人群“哎嗨”“咿呀”声声不断，这个问一句，啥蔓儿？那个喊一声，何方绺子？又一起高声吼叫：踩盘子的？还是来插旗的？

周术谁也不理，径直向前。二当家的走出人群，挡住周术，打着酒嗝儿说话：“瞎眼蔓子，胡尿钻？”

“天上飞来不一般。”

“想砌台子？”

“嗨，分点香和辣！”

…………

岈怪瞅周术进洞，听着他那半黑半白的行话，见他径直朝自己走来，就斜靠在虎皮椅上，吼叫：“哇呀呀，报上迎头，啥蔓儿?”他见来者并不答话，只是无所顾忌地大步走来，距离自己越来越近，便“嚯”地起身，红眼暴突，发急狂叫：“你是坎头子不成，再不报上迎头，老子劈了你!”

“满转，海瞧，地生蔓儿蹿上天!”

“噢，咦呀呀，大蔓儿?”

“晃门子的！房上没瓦，非否非，否非否……”

“咦呀呀，原是靠窑子，连旗子的主……梦头春啦，请!”

岈怪这么一招呼，百十个山匪全都端起了水酒，二当家的提着酒罐斟满一碗，递给周术，言说：“一窝子的客，来来，老陈酒，灌个尿啦!”

岈怪见周术对二当家的连个正眼儿都不看，就提了自己脚下的酒罐，揭底往更大的碗里倒满，噗噗溢溢地端在手中，对着二当家的呵斥：“嗨呀呀，把你哧清屁凉水淡的巴槽子酒，放一边去!”拧过脸来，对周术笑言：“好吧嗒，熟脉子，并肩子祈雨的啦，请——”

周术气定神闲，拧头四顾。岈怪热脸捂了个冷尻子，脸色由红变青，由青变白，“砰哧”一声摔碗在地。山匪们仰头倒酒入喉，抹一把嘴，抄起了明晃晃的家伙围定周术，七嘴八舌，胡喊乱骂。

岈怪双手叉腰，瞪着周术，骂说：“敬酒不吃吃罚酒的东西，弄到后沟去，砍了!”

周术旋身，拿出贴身的辟邪短剑，众山匪见周术并无凶狠杀器，便哄然大笑，撸起袖子，伸胳膊蹬腿地朝周术而来。周术冲着洞口放声长啸，良娃冲入，闪电一样跃过山匪们的头顶，站在了周术身边，把手中之物横着一抖，寒光如电，一把凛然长剑便在了周术的手中。良娃高擎剑鞘，吼声如狼，洞口真的就有了狼嚎，四野群狼的吼声此起彼伏，震得洞里嗡嗡作响。岈怪悚然，山匪惶恐。

周术对良娃发话：“洞口儿去待着!”手腕一抖，那长剑便凌空入了良娃手中的剑鞘。众山匪瞪直了眼，龇咧着嘴，叫好不得，叫苦不能。

屽怪见良娃浑身杀气，捧剑站在周术的身边，悄悄抹一把汗，看着周术，颤颤抖抖地说话：“大蔓儿呀，有事好说，都是一个道上的嘛！”

“好呀，你说，有啥说？”周术厉声问话。

“咦呀呀，不吹牛呵，天大地大，这南北二山都是我的啦！你来投山寨，得报个迎头呀？”

“不报迎头，是怕吓着你。先打招呼在前，我说出来你可别怕！”

“嗨呀呀，怕啥呀，我是山寨的老大嘛！”

“我嘛，只是个土地……”

“噢呀呀，土地，土地爷呀？原是土地爷爷到此。真是大神呀，得罪了，得罪了！在下不知，多有得罪。”屽怪说着说着，腿一软，跪在了地上。

“呵呵呵，寨主知罪便好，起身，平坐。”

“小人不敢！”

“有啥敢不敢的，爷让你坐，你便坐。坐端正了，回话！”

屽怪爬起身来，哪敢落座，只是歪斜着身子说：“爷呀呀，土地爷爷呀，你咋说，我就咋弄。”

“我来，要一个人。”

“啥人？”

“女人。”

“咦呀呀，神仙也要女人？”

“神仙关心人世间的每个人！”

“哦呀呀，土地爷，神仙呀，你关心我的哪个女人呢？”

“你，有几个女人？”

“嘿呀呀，女人嘛，多得是。女人是男人身上的衣，一年四季换着穿嘛。”

“有此一说？”

“有呀呀，女人也是男人身上的垢痂，越洗越有嘛。”

“打住，打住！我问的是，十年前在竹林关渡口，你抢来的那位卖唱女子。”

“哎呀呀，有这事吗？”岈怪早就忘了此事。二当家走近岈怪，捂了他的耳朵，悄言：“就是那个唱花鼓唱得好听的，你把人家弄残了，扔到后沟去的那个。”

岈怪扇了二当家的一个耳光，骂：“你狗日的，土地爷在哩嘛，咋乱放屁？那女子是我的压寨夫人嘛，是你他妈的带几个瞎㞞，把人弄死的嘛。”

“寨主别说枉话，那女子没死。”

“咦呀呀，没死？还活着？”

“活着，被后沟的老羊倌收留了，还生了个儿子……”

“咦呀呀，好，这就好呀呀，快弄上来送给土地爷，总不能让土地爷白来一趟嘛。”

…………

周术听着两个畜生的对话，强压怒火说：“好不懂人事的寨主呀，你抢人上山，怎么任由牲口糟蹋？怎能不顾死活，将人扔在野外？”

“土地爷呀，你哪儿知道，把咻贼娘儿弄上来，叫她唱她不唱，叫她跳她不跳，封个压寨夫人她也不做，闹死闹活地要跳崖，没办法嘛……”

周术听得气不打一处来，恨不得一巴掌拍死这畜生，强忍了怒火说：“快去把她请来！”

“哎呀呀，好神仙爷哩，咻女人已没啥好用的了。这几天刚抢来的黄花闺女，个个美似天仙，要哪个，你看看，随便挑。”

“切莫胡扯！世间人各自有命，行善作恶，必有报应。你虐待的那卖唱女子，人家可是神仙簿上的人呀。”

“咦呀呀，神仙簿上的，真的？”

“爷说话，还能有假？嘿，她能活下来，就是你的财路！”

“啥呀呀，财路？”

“她可是商君的后人啊，商君一生的财富深藏不露，等的就是他那后代亲人！”岈怪听到这里，便对二当家的说：“去，快去后沟，把我那女人，还有我那儿子领上来。”

“寨主呀，你早就该这样做了！”周术说。

“是呀呀，土地神呀，我的爷呀，你说说，商君在商山有些啥宝贝？”

周术摸出一把半两钱，摇晃在手，哗啦有声。岈怪双目放光，惊叹说：“咦呀呀，好东西呀！”

“这东西嘛，商山那儿放满了好几个山洞哩。”

“咦呀呀，神仙你是我的亲爷，求爷爷多指点，咋样才能把这好东西弄到手？”

“哦，寨主有此想法？”

“有呀呀！”

“有想法，就会有办法嘛。”

“哦呀呀，啥办法？”

“让那卖唱女去商山认亲，你不就成了那儿的客人了嘛。”

“咦呀呀，爷你不知道呀，多年前，把咻屃女娃刚弄上山，听她哭哭啼啼念说着商山，商山可是商君的老窝，商君当过大官，大官的窝里肯定有宝嘛。我便带人去了那儿呀，那儿的人凶得很，搭不住鏊，还差点儿折了鏊头……”

“折了鏊头？”

“是呀呀，要不是我身怀绝技，跑得快，早就没命了。”

“噢，被撵下了山。那是怪你太莽撞，你也不想想，你抢了老汉家的人，人家正在气头儿上，你登门心不诚，哪能有好果子吃？”

“嗯呀呀，是、是、是没带礼。”

“此一时，彼一时也，那位老人命不久矣。若不趁此时前去认亲，恐怕就来不及了！”

…………

此时，一位衣衫破烂却素净整洁，贫寒模样却不掩俊俏的女子，怯生生地拉个胆怯的孩子，被二当家的吆喝着进了山洞。屽怪拽起一件衣服，扔给那个孩子，言说："你是我的种吗？咋㞞头裹脑的不像个人样。嘿，管你狗日的是谁的种，先披上老子这张皮，跟我到商山认亲去。"

孩子躲在那女子的身后，吓得战战兢兢。

周术言："寨主呀，我和跟班的童子施展身手，也只能承携这母子两人。你且缓几天，无论你啥时候到商山，我都不会让你失望的！"

神仙说话，说啥是啥，屽怪不敢不听。周术、良娃立马带着母子俩离开了寨子梁。返回商山的路上，周术对母子俩关爱有加。一路走着说着，那女子言说自己名叫山花。山花把周术称大哥，周术也就把山花当成了小妹。

周术、良娃和山花母子渡过丹江，到了商王村根善老人的家里歇脚，吴实突然现身，周术又惊又喜地扑到跟前，见他的左臂悬胸，紧捂胸口，便软了身段，变拳为掌，轻抚在他的肩头，细看表弟的狮头大脸，言说："麻实弟啊，你还活着？"

"没死！"

"没死就好，你这胳膊……"

"无碍，无碍。"

"吴师伯呀，你，你让我和虎子找得好苦好苦……"

良娃拉紧吴实的手摇晃着，吴实把良娃搂在怀里，对着周术说道："嗨，在悬崖边救豹子那阵儿，脚下'咔嚓'一声，人随折断的树枝一起飘飞，忽忽悠悠，落在大树之冠，再掉落于草垛上，胸腹和胳膊腿的皮肉被擦伤，行走艰难，幸被路人发现，就搀扶着去了他家……"

周术拉着吴实，让他与山花相识。吴实和山花打了招呼后，便给周术说话："刚刚听根善大叔说，北山那山匪原曾在商街欺行霸市，悔不该那时没要了他的狗命。正想着，要去北山助力，灭了山匪。"

良娃豪气满满地说："嗨，那些山匪㞞得很，见了周师伯就叫爷，何需吴师伯出手？"

周术笑言："麻实弟呀，心莫急，北山那岈怪会来商山的！"

"哦，他会来？他敢来？"吴实不信，是他不知周术已为岈怪挖好了坑。

·2·

卧炕不起的山老人滴水不进，已形似枯槁。山花俯身凑近老人，抚摸他那皱纹密布的脸颊，泪水滴落，随着老人脸颊的皱纹流淌在了嘴角，老人紧闭的双唇微微一动，山花赶紧喂入一勺温水，守在炕边的人们对着老人连声呼叫：

"大叔，醒醒！"

"山花我回来了，叔，我的亲叔啊，你醒醒呀！"

"大叔，我么，吴实呀，亦是无恙归来。"

老人慢睁双眼，露出一丝光亮，嗫嚅着说："吴实，吴……"

"叔呀！可怜的叔啊——"山花一声哭喊，老人微微一震，颤颤抖抖地伸出了手，山花便攥紧山老人的手，摩挲在自己的脸颊上，老人断续说："娃，娃呀，你是我的亲人，你是商君的后辈啊，你可得守好祖坟呀！"

"叔呀，我那苦命的大殁了，你可得保重啊，好好地活着……"

"哦，你回来了就好，我、我、我……"老人说着说着就咽了气。

山花撕心裂肺地痛哭，引得崽儿也是哭出了声。虎女趴在老人的身边，"啊啊呀呀"悲痛欲绝，周术伸手轻轻抚合了老人的眼睑。憨夫端来温水，帮着虎女为老人净身，与唐秉一起给老人穿戴寿衣。吴实和良娃卸取门板，安放老人的遗体，布置灵堂。崔广取来笔墨诸物书写讣告，难过地想，三年前，我孑然一身来到这里，若无山老人收留，何以安身？书简如何存放？

唐秉看着忙乱无主的场面，想到选址打墓、给亲友报丧、入土安葬诸多事儿，思忖再三后，把周术、吴实和崔广叫在身边，言说："山花刚上山，老人便断了气。她人生地不熟，料理老人的事嘛，没有男子汉不行呀。"

“唐兄说得对，确是这个理儿。”

“我想，咱四人把山大叔认作义父，以便行孝，报恩！”此言一出，周、吴、崔三人同声应和。

四人便同时跪地给老人叩头，唐秉言说：“大叔呀，请恩许我们拜您为父！我等四人先后来在商山，您老人家义薄云天，为我们居有所，能藏书，甘受委屈，退居东原。此大恩大德，我等四人没齿不忘。请恩许吧，我的干大吔——”

憨夫、良娃已披孝在身，再把孝帽、孝衫送在四们先生面前，四人跪地穿戴成了孝子的模样。山花听唐秉的涕零之言，见他们四人长跪灵前，号啕不止，便愈加伤心，怨自己命苦，恨山匪害得自己难以做人，叹自己徒有亲人的虚名，却没有尽到孝心。她趴在山老人的身边，声声咽咽，悔肠欲断。老人灵前，祭火不熄，亲朋四邻，默默前来，诚表哀思。

阴阳先生与崔广商量着草拟了颂扬老人的铭旌文：

恭旌

商山大峪封地沟　山老人

生于秦昭王四年，卒于秦二世三年，享年九十又七。高居商山，世代孝贤。心地善良，睦邻和友。东原守望，商君墓冢。腾屋赐洞，济困助人。义礼楷模，恩德无量。哀人生苦短，感天地情长。

…………

铭旌文辞多为女婿所撰，缮抄于红绸后，须由女婿署名。崔广把铭旌文字抄写完毕，不知后面咋写？写谁？便看着山花，悄问：“请问小妹一声，贵婿大名？”

“唉，苦命人呀，哪儿有什么贵婿？那畜生，那恶棍，千刀万剐的山匪呀！”山花哭得噎住了气。嗨呀！这，这事儿可咋办呢？崔广提笔在手，没了主意。

山花哭着想，前天晚上走下寨子梁来商山的一路上，那位周术哥拉着自己上山，扶着自己下坎，突然有了亲人的感觉，那一道道河，都是他背着自己走过来的。多少年了，在我那可怜的亲大之外，谁这样关心过自己呢？他那善解人意的心，他那成熟的男人味，使自己怦然心动。这一辈子呀，就把他当亲哥，当亲人吧……于是说："不孝山花，眼见四位大哥在灵前认父，此情此义让我感动，你们都是我的亲人呀。想周术哥，冒险去北山，救我母子出魔掌，情意重呀！那铭旌的后面，就写上周术哥的名字吧。"

山花此言一出，周术大愣，连忙回话："山花妹，使不得，万万使不得呀！"

山花跪在草铺上磕头，说道："山花在此有礼了，唐大哥呀，四位哥中，您为长，就请您说句话，救个急嘛。周术哥呀，山花我实在是无奈啊，别、别、别嫌弃我……"

唐秉知山花的所思所想，便对周术说道："学弟，铭旌上若不署名，便是礼俗不通呀！咱四人刚刚改口，认了干大，便须有尽孝的善举，山花妹既然坦诚相求，你便代为署名吧！"

听了唐兄之言，周术难以推辞，只得接笔在手，俯身于铭旌上，恭恭敬敬地写了"周术"二字。

再说，岈怪眼见土地爷离去，怕人去财空，这天早起，便带了俩小山匪下山。狗忘不了吃屎，岈怪下山就害人。他先在铁峪铺偷鸡摸狗，到鸡冠寨和商塞逛荡，进商街胡吃海喝后歇息一夜，翌日天不亮，摸黑进了商山大峪的封地沟。

这天，是山老人的头七，也是出殡安葬的日子。

岈怪一伙爬上天虎幢，这里静悄悄地没啥动静，他就猫起手脚，鬼鬼祟祟地四处打量，溜到石板房后的崖洞口，隔了栅栏门朝里望，隐约看到许多架柜，想，这就是土地爷说的洞藏钱币了吧。捡起石块朝里扔去，咕里咣啷，嗡声消失后，再无响动。㞞的，没人，这不正是得手的机会嘛！就拽下悬在崖洞口那"商山学堂"木牌，让俩山匪抬着自己攀上了栅栏门。

这时，虎女一家人走入石屏柴门，听到了崖洞口的响声。四位先生守在老人灵前，哪儿来的响动？莫非野兽骚扰？虎女“叽里呱啦”吼叫，虎、豹兄弟摸起石块就往洞口砸去。岈怪“哎哟”一声，“扑通”跌落，两个小山匪趴地不起，喊叫：“好爷哩，别砸了！”

这会儿，憨夫、虎豹俩兄弟用上了吴实先生教给的扁担功、板凳功和牛鞭术，父子仨随手操起家伙，直冲上前。憨夫用扁担指了岈怪，厉声呵斥：“哪来的蟊贼，找死呀！”

“哎呀呀，我不是贼呀！”

“嘿，撬门入户，不是贼，还能是人？”

“不是人呀呀，不是人，嘿呀呀，我是北山寨子梁的寨主……”

“哦，你就是北山那个岈怪。”

“哎呀呀，先放下手中的家伙，我是来认亲的。”

“胡说八道，你找谁认亲？分明是趁先生们为山大叔守灵，趁机行窃……”

岈怪的眼珠咕噜一转，想，守灵？那个老汉殁了，还没认亲哩咋就死了呢？认不了亲，来不了财呀，便信口说：“老东西，咋就死了？”

“你狗日的骂我爷哩，找死呀！”虎、豹俩兄弟又用石块砸了过去，岈怪声声求饶：“嘿呀呀，别砸了。刚说错了，那可是我的老丈人啊，他的灵堂何在？我得去磕头、上香嘛。”

“啥？你还想去老人的灵前使坏，不怕丢了你咻贼命？”

“哎呀呀，我是来认亲的嘛……”

“呔，废话少说，想去东原，就乖乖地跟我走！”憨夫横了扁担吆喝，虎、豹兄弟分持木棍和牛鞭，把一瘸一拐的岈怪和两个小山匪赶入东崖罅隙。虎女在天虎幢屋场巡看一遍，见再无他人，才双手撑地爬行，亦入东崖而去。

山老人出殡，方圆数十里的人们聚来相送。人们手持纸扎的童男童女、金伞银伞、食箩食盒、挽幛花饰诸多祭品，列起长队。唐秉四人披麻戴孝，腰扎草绳，手拄哭丧棍儿，跪灵烧祭。主事的阴阳先生让崽儿摔孝盆，崽儿胆怯得只是后退。凡摔孝盆者必是逝者财产的继承人，眼下，山老人最直系的亲人只有山花，摔孝盆这事就归孙子崽儿了。崽儿看着余火未烬的孝盆，擦着鼻涕，不敢伸手。良娃帮着抱起孝盆，高举过顶，狠摔在地，“砰”一声脆响，陶盆粉碎，纸钱灰盘旋起来，黑蝴蝶似的乱飞。纷纷扬扬的纸钱灰撒落在了一瘸一拐、踉跄走来的岈怪身上，这货刚才被虎、豹兄弟砸伤，勉强走出东崖罅隙后艰难瘸行，刚上到东原就被纸钱灰撒了个灰头土脸，恶鬼似的十分难看。他明白，摔孝盆就是继承家产，便气急败坏地扑到崽儿面前，打了一巴掌，骂：“狗日的，没大没小了，老子的好事儿你都抢，不想活啦?”

崽儿生在山匪盘踞的深山沟，恓恓惶惶长到十来岁，日子苦，活得难，突然被岈怪这么一耳光扇得趔趄倒地，顺势扑在老人的棺材前哭喊：“爷爷呀——”

爬在地上的亲人们，对岈怪恨得咬牙切齿，无不想着起身要了他的狗命，无奈是重孝在身，送葬的事大，便只能忍着。岈怪绝不曾想到，跪地的披麻戴孝人群中，有早年在商街差点儿要了自己性命的吴实，也有前不久扮作土地爷的周术，更有那使他发怵的良娃……若知这些人物都在场，岈怪岂敢如此造次？别说打人，就连商山这儿也不敢来了呢。

小伙子们肩扛大杠，将山老人的棺材高高抬起，齐声念说：“爷爷呀，娃们送你走一程了……”

乐人们手中的石板、竹节、木鱼、泥埙、花弓等同时鸣响……岈怪到了花团锦簇的铭旌楼前，嚷叫着，说要坐在上面显摆。看官不知，这九尺九寸高的铭旌楼，用芦苇秸秆扎成，插满了松柏野花，固定在一方小桌上以为基座。如此铭旌楼既像耍社火的高台，又似装扮华丽的官轿，由人抬着走在前面，耸动在高山之巅。前面说过，铭旌颂文应由女婿恭拟，若逝者的女婿仕途有成，经商致富，名冠四方者，可像乘轿一样稳坐铭旌楼上，由小伙们高高抬起，舞动，显摆……若是口碑好的女婿，那就是抬铭旌楼者的莫大荣耀，小伙子也就会扭着欢实的舞步，唱起悦耳的颂词，为逝者送行。

岈怪明白，能坐上铭旌楼就是继承钱财的资本，刚才崽儿摔了孝盆，这坐铭旌楼的显摆机会，岂能再失去？就像小丑似的蹦跳着，喊叫着，却是无人理睬，于是，他就拉着曳着小伙肩上的抬杠，猴子似的攀上铭旌楼的基座，洋洋自得，眯合了眼睛。这货今日起得早，摸黑进山，又在天虎幢那面被憨夫父子收拾了一通，这阵儿犯困，摇摇晃晃地做起了发财梦。

抬铭旌楼的小伙子，谁不知岈怪是个啥货？这会儿，憋屈得恶气没法出，便以老曲新词，唱骂：

祸害、祸害，一祸害呀；嘿呀嘿呀，一祸害嘿呀。
叫声岈怪不是尿矣，不是尿矣！
骂你狗日的是恶棍也，是恶棍也！
偷鸡摸狗害百姓矣，头上流脓脚生疮哟嘿。
祸害、祸害，一祸害呀；嘿呀嘿呀，一祸害嘿呀。
呀呼嘿，依呼嘿——
…………

平常呀，遇到在铭旌楼上显摆的事儿，送葬的人群中不乏抬头仰望者和前后左右簇拥的保护者。今日，为山老人送葬的男女老少，对铭旌楼上盘坐的岈怪视而不见，细听小伙子的戏谑咒骂，心中暗暗叫好。到了陡坡险要处，肩扛铭旌楼的小伙子相互使了个眼色，就高声“嘿嘿”起来，你高我低，你左我右，前后旋转，上下摇晃。岈怪梦断，睁开眼却是天旋地转，“哎呀”一声，就掉落在了悬崖边，狼狗扑前去，嗷嗷紧逼，一只老羊扑到跟前，“嗵”一下顶了岈怪的尻子，硬生生把这货推下了空谷深渊。

·3·

岈怪一命呜呼，抬铭旌楼的小伙们脚步不乱，送葬的人群依然肃穆前行。山

善恶报应　　　　　　王家民·画

花把这一切看得清清楚楚，顿时长吁一口气，咬牙切齿地暗骂，活该！一肚子苦水决堤而出，号啕哭诉：

啊呀……

商君姥爷死得惨，血衣残冠藏商山。

避乱逃命走得急，一门四散百十年。

我大带我寻根脉，流浪卖唱实在难。

丹水码头遇岈怪，父女别离一瞬间。

寨子梁下老羊倌，救我活命有今天。

术兄用计在夜半，干大孤苦落北山。

我的亲叔走得急，匆忙相见只一面。

贴心话语没说完，你便撒手归西天。

哎耶，苦呀，叔呀——我那亲人啊……

…………

山花以泪洗面，痛诉往事，暗拿主意：此生要教崽儿懂事成人，把长辈亲人的遗言落到实处，让娃好好守护祖坟，还要把那孤苦伶仃的老羊倌接到商山来，孝顺他老人家一辈子。但事与愿违，这不成器的崽儿，却使山花大失所望。

崽儿落草在寨子梁的后沟里，从小玩的是狗尿苔，看到的天就是一条线，知道的河就是门前的清水潭。他跟山花来商山前，连三五里外的沟口都没去过，到了商山这天高地阔的阳火地方，畏畏缩缩，蹴蹴磨磨，不是身掩墙角，就是藏在山花的身后不敢直面他人。山老人出殡时，崽儿在良娃的帮助下摔了孝盆，却挨了岈怪一巴掌，谁知那一巴掌打得有多狠，由此他的哭声就没有停过，呜呜哇哇，哼哼唧唧，时高时低，令人生厌。山花哭，他也哭；山花不哭，他还哭。人们看着他迎风张口、鼻流涎水的模样，说他孝心重，舍不得爷爷。哪知呀，他面对孝男孝女的恸哭却只是痴呆呆地咧嘴，傻愣愣地笑，阴阳怪气地狂叫，似哭似笑的相貌和山魈一样的叫声，让人看得害怕，听得寒心。其后，他不哭也不笑，越来越傻，无论谁问话，都毫无反应。

山老人过世七七四十九天的祭日，乐人们携带乐器家伙赶了过来，山塬山下，东原西岔，远远近近的人们都来为老人祭祀安灵。山花、唐秉、周术、吴实、崔广、良娃、憨夫、虎豹兄弟、稼娃、吕儿诸多孝男孝女皆穿麻戴孝，来祖坟祭奠老人。孝男跪在坟头烧祭，孝女手掩哭巾悲声一片。拽着山花衣襟的崽儿忽然撒手，转身离去，蹦跳到了一处土丘上活跃起来。山花这阵儿顾不上了他，良娃见崽儿离去也没在意，崽儿就在那儿指天跺地，手舞足蹈，没有人知道他在干啥，也听不见他在说啥。

祭祀完毕，哀乐戛然而止，孝女停了哭声，孝男平身站起，旁边的崽儿疯疯癫癫，胡说八道："商君老贼的坟墓是哪个？打开，打开，快打开，我要进去查看……"如此疯话，使走近来的周术、吴实大吃一惊，想，这娃咋啦？怎么如此猖狂？山花上前用手捂嘴，却被他走脱，高喊："嘿呀呀，给钱，给钱，快给我钱！"

良娃快步近身想抱住他，崽儿却像猴儿似的爬到了树上，继续说瞎话。狼狗跟在良娃身后，朝树上的崽儿狂吠不止。想不到，崽儿竟如鬼影落下，抱住狼狗狂咬一口，薅了一撮毛含在嘴里，嘴噘鼻子皱，竟似莫名妖怪。

良娃扑到跟前，一手曳住狼狗，一手推开崽儿，崽儿又像疯狗一样朝良娃张口就咬。吴实看在眼里，身形一闪，伸手点了崽儿的穴道。周术紧随其后，拎起崽儿抱在怀中。这说时迟那时快的瞬间事，唐秉和崔广都没有看明白，散去的其他男女老少更不知道发生了啥，看到的，只是周术怀抱崽儿往东原的石板房急去。

周术抱崽儿走进石板房，吴实、山花、唐秉、崔广和良娃随后进门，但见崽儿双目紧闭，喉部僵直，口吐白沫，浑身抽搐。山花伸手去抱，崽儿却歇斯底里地嚎叫一声，吓傻了所有的人。吴实伸手想摸他的额头，他张口便咬。周术拉起他的手腕把脉，想不到他那手腕一翻，倒扣周术的手腕，发力狠捏，竟有寒气袭身。周术知道这是恶鬼作祟，便对崔广低言：“你陪着山花、唐兄尽快离开此处，崽儿这是凶鬼附体，我和吴实在此禳镇，禳镇！”

崔广扶着唐秉，劝说着抽抽泣泣的山花，一起往外走去。周术又对良娃说：“快去抓只红公鸡，拿黄表过来！”

不一会儿，良娃送来红公鸡和黄表，依先生之言守在门外。周术盘腿稳坐，把崽儿面朝外放在腿上。吴实取了周术的辟邪剑，高悬门口，再点燃黄表，捏着鸡喙拧断其脖，将血滴洒于燃烧的表火中，“砰”的一声，五色烟雾弥漫。周术打着崽儿的屁股，呵斥：“何处妖孽？”

“哇呀呀，北山寨子梁寨主是也。”

“嗨，为非作歹的死鬼一个，还不速速离去。”

“嗯呀呀，去不了呀，听说商君埋葬在此，我还没找到他的墓呀。”

“想盗墓呀，胆大妄为！”

“嗨呀呀，别说胆大不胆大，墓里的商君也就是个鬼嘛，嘿，谁怕谁呀？”

吴实气得狠骂：“呵，还牛了你个瘦猴恶鬼，悔不早在商街那时便把你弄死！”

附体在崽儿身上的岈怪，默无声息一会儿，才阴阳怪气地说道：“哎哟哟，这才知道你俩都不是个东西，一个前面给我来横的，一个后来和我玩阴的……”

“哟，死鬼，啥都知道？”

“知道，知道，我全知道。人是活鬼，鬼是死人。你再能行，你还能不死呀？”岈怪这野鬼难缠，说得周术和吴实皆无脾气。

周术缓口气商量说：“野鬼，岈怪，说说看，你欲咋办？”

“哼呀呀，你这个假扮土地爷的大骗子，说让我来取钱币，钱在哪儿？难道就这样坑了老子不成？”

“你作恶多端，坑了你活该！”

“咦呀呀，活该？咱走着看，看看谁活该？我要让商山这儿的男男女女、老老少少，谁都甭想安生……”

“噢，死鬼张狂，我即刻将你打入十八层地狱！”

“哎哟哟，别，别，别……”

吴实提起在墙角挣命的公鸡，将余血滴洒于崽儿的额头，周术用手猛拍崽儿的屁股，咒语声急：“疾破魑魅魍魉！商山神火，焚，焚，焚！野鬼岈怪，滚，滚，滚！”

崽儿喷一口臭气，哼哼唧唧：“哎哟，快放了我吧，我要回家……”

“家何在？”

“不知家在哪里，我要我妈，送我回家！”崽儿身上的鬼魂离去，这才如梦初醒，有气无力地说话。

周术、吴实合力为崽儿禳镇消灾。俄顷，崽儿有气无力地说起了人话，软塌在周术的怀里睡着了。他这一睡，半天不醒，醒了后，缠磨着山花，口口声声“要回家”，接连几天就重复着这么一句话。

山花被烦得忍受不了，挥手打了崽儿的屁股。那崽儿稍一迟愣，手中的吃食滑落，双目紧闭，口吐白沫，僵直后仰的瞬间，小便又是流得哗哗哗。众人急来，周术松其衣领，拍打其背，抱起来倚在肩头摇晃着，崽儿“哇”一下，吐出的东西弄脏了周术的后背。哪知，他缓过气来的一句话又是“我要回家”，如此疯疯癫癫，无论白天黑夜，毫无预兆地说犯病就犯病，发作时似如魔鬼。崽儿身边再也不能离人，山花忙得顾不上时，就让其他娃娃陪着。

有一次，孩子们在涧塄边玩耍，崽儿又犯病倒地。倒地的瞬间，一把将两个娃推落于涧塄下。山花闻之急来，看着滚作一团的几个娃，束手无策，不由得哭出了声。唐秉四人和几个读书的娃娃前来相帮，周术抢先抱起崽儿，吴实、崔广拉起另外两个娃。崽儿僵硬挺直，人事不省地平躺着，周术、吴实搭手为其推拿胸腹，揉搓双腿，折腾半天，崽儿忽然发声，人话、鬼话交替，阴阳怪气得很是吓人，胆儿小的娃娃吓得转身离去，山花心疼地摸着崽儿的头，说道：“娃呀，你到底是咋啦嘛？”

“妈呀，我要回家！”

“已经到了商山，还要回哪儿的家?”

“放屁！商山哪能是我的家，快送老子回北山寨子梁!”这么一声凄厉的鬼叫，吓得山花哽气在喉，崔广亦是被崽儿的模样和叫声吓蒙。

想不到，岈怪的鬼魂竟如此冥顽难缠。周术以食指、中指并拢作剑形，直指崽儿的印堂处，念动咒语。吴实也是凝神聚气，分开双手狠掐崽儿的两侧鬓角。

奇怪的是，山花却双手抱头，滚地，痛苦地叫喊：“回、回、回北山，回北山——”

唐秉言道：“说啥呢？山花呀，商山这儿是你的根脉，是你的家，你怎么和不懂事的崽儿一样说起了胡话?”

山花慢慢地翻身坐起，沉重地摇摇头，似睡梦忽然清醒，痛苦地说：“好哥哩，我没糊涂。我明白，我的根在商山，我的亲人在商山。可那，北山那老羊倌也是我的亲人啊……唉，这不是人的崽儿呀，逼得我不能不改变主意了啊……”

“改变主意?”

“是呀，为了商山的平安无扰，为了不让死鬼在这里害人，我带崽儿回北山去吧。入秋换季时，我来给兄长缝补浆洗，洗菜腌菜，大叔周年时，我再回来上坟……”山花拉着哭声说话。

“说好的，你以商山为家，把北山那老羊倌接过来嘛!”

“唉，恶鬼岈怪作祟，崽儿闹得不行，我若不回北山，会给商山乡亲和几位大哥带来麻烦的啊。”

周术心里难过，心疼山花可怜，便言：“唐兄啊，山花母子理应为义父守孝，只是崽儿这事儿，恐怕与水土不服有关，便让他们母子先回北山去吧。”此言说得在理，其实也是无奈之举。

唐秉言：“山花呀，这儿的祖坟新冢，我四人会日夜守护，你回北山去侍候老羊倌吧。”

母子哭坟　　王家民·画

·4·

山花身心疲惫，崽儿虚弱不堪，要说回北山，还真不是件容易的事儿。唐秉让周术、吴实辛苦一趟，送山花母子离去。周术、吴实和山花母子一行走走歇歇，快到寨子梁时，崽儿一会儿要吃，一会儿要喝，忽而从大人的怀中挣脱，欢实起来。山花又高兴、又恼恨地说："唉，命贱的娃呀，商山那么好的地方，你闹死闹活不在那儿待。到了这狼不吃、狗都嫌的地方，你可就欢实得像个人了。"

"山花妹呀，那是岈怪野鬼作贱娃哩嘛，到了寨子梁再禳镇一番……"周术说着，随取腰间一物欲给崽儿。崽儿却手持木棍与吴实嬉闹着往远处而去，一老一少的身影很快隐入了丰草密林之中。

周术便换取一物，谨慎小心地拿在手里，言说："山花妹呀，你把此物带在身边。"

"术哥，这啥呀？"

"这是核桃……"

"噢？寨子梁不缺核桃呀。"

"这是掏空的核桃壳。"

"哦，空壳核桃？"山花好奇，打开包裹，取出核桃壳，忽有一股辛辣气味扑鼻，呛得她双目流泪，山花把头拧向一边，不解地问："术哥，这究竟是啥呀？为何如此呛鼻子辣眼的？"

"这是给你的护身之物。"

"什么，护身，怎么护身？"

"我掏空了核桃里的果仁，在空壳里填塞了石灰粉、辣椒粉。以后呀，若有坏人或毒虫侵害你和孩子，你便将此物扔出……"

"哦，明白了，保我母子不受伤害。"

“是呀，你母子，还有那位羊倌干大，小的小，老的老，生活在一起不容易呀，要学着保护自己嘛。”

山花明白了周术的好意，心存感激，从自己的包袱里摸出一个红艳艳的红裹肚，说道：“这，这是给崽儿新做的，有点大了，给你将就着穿戴吧。”

周术这一辈子没近过女色，也没有受到过女人的关心。这会儿，他见山花粉面带晕，双手捧着红裹肚递在自己的面前，激动不已，却又木立不动。山花见状，就抖开裹肚贴紧周术的胸腹，拉开系绳转一圈绕到了他的身后，系紧了，说：“术哥，山林里湿气大，你可要多保重呀。我看呀，这裹肚的大小还行……”

周术低头看鲜艳的红裹肚，所见却是山花那一双纤手，颤颤抖抖，环在自己的胸前，似在挪开，却又拢来，一股热流温暖心间。周术轻举双手，欲将纤手拨开，两人的手猛一触，竟然放电。山花忽地用力抱紧了周术，头抵后背，嘤嘤呜呜地哭出了声。

山花母子被周术救出寨子梁那一刻，她知遇到了恩人，暗下决心以情报恩。在商山这段时间，她见周术一直单身，一个大男人家的吃喝穿戴，缝补浆洗，何其不易。山花愈加坚定报恩的决心，便暗拿主意，欲当牛做马侍候周术一辈子。今天，她拿出来的这个红裹肚，就是用针线织就的浓浓深情，说是“给崽儿的”，只是托词而已，可周术哪知道她有这么一档子心事呢？

周术听山花哭得伤感，感到后背已被泪水浸湿，就拧过身来，轻抚她的肩头说：“山花妹呀，别哭，别哭……”

“术哥，我实在不想回寨子梁。但那死鬼阴魂赖在商山不散，我那羊倌干大在寨子梁的生活也是艰难……”

“山花妹，你的艰难我知道。这次送你到寨子梁后，我和吴实待一段时间，替你种庄稼，砍薪柴……”

“不可，不可，我只想要你。”

“啊？”

“是呀，是想要你待在北山。”

“这不好办呀，山花妹，我和吴实是表兄弟，亦是义结金兰的哥们儿，这些你是知道的嘛……”

“我，我，我知道，我的命贱，我的命苦，我不该有非分之想。怎么能让你和吴先生分开呢？我也只是想想罢了。”山花抽抽噎噎，愈加伤心。

“山花妹呀，你之情意我领，只是……”

“只是啥？”

“只是我这一大把年纪的，这样和你说着见不得人的悄悄话，难免不被人笑话……”

“哎呀，见过大世面的哥呀，你咋还不如山里娃呢？你要是为难，我去给唐兄挑明了说。”

“山花妹呀，万万不可。你哪儿知道，唐兄他也是单身过了一辈子，他是天下的大孝子，他曾身披孝衫，不浴不沐、不挪窝地为母亲守孝整整三年。你想想，干大，噢，你之亲叔，过世才多长时间。如有此非分之想，岂不招致世人侧目臭骂。”

“噢，错了，我错了。此重孝之期，全怪我不识事理……”

“唉，小妹呀——”

“明白了，别说了。我本想和你多说说话，不知咋的就鬼迷心窍，胡思乱想了。还望术哥别在意，权当我啥也没说。”山花咬紧了嘴唇，成了泪人儿。

“好啦，好啦，别哭了。你看，崽儿跑来了。”山花低头转身，去到小溪边，蹲下身去净面。

崽儿玩够了，走出林子高喊：“妈——”听不见回声，就放开嗓门再喊：“妈，妈，在哪呀——”

跟在后面的吴实言：“别喊了，你妈在溪水旁边等着呢，你玩累了吧，让我抱你，还是背你？”

“不用抱，也不用背，我自己走。”

吴实拉着崽儿到了山花的身边，山花让崽儿圪蹴下来，以水替娃净面，言说：“瓜儿子呀，看你满脸是汗，没远没近地乱跑，害得吴先生跟着你受累。”

周术走近来，将用桃木做的盈尺辟邪剑交给崽儿，说道：“崽儿呀，以后把此剑带在身上，它会保你平安无事……”

“哦，那就不再做噩梦，再也看不见妖魔鬼怪了？”崽儿高兴地回话。

“是的，什么都不会有了，你就成了天不怕、地不怕的男子汉了嘛。”

“好啊，我长大了，会孝顺先生的。”

周术拉了崽儿的手，关切地说：“崽儿累了，让我背你上山。”

崽儿说声好，就乖乖地爬上了周术的后背。吴实看着这一幕，笑言：“术兄，能行呀，你几次把娃褳镇得死去活来，娃对你却是越来越乖巧了呢。”

…………

不大一会儿，老少一行走进寨子梁的后沟，老羊倌孤零零地站在破败的门前。崽儿从周术的背上溜下来，边跑边喊：“爷爷，我回来了——”

老羊倌想不到，被山匪带走的山花母子，时过月余，竟安然归来，高兴地弯身抱了崽儿，挥手朝迎面走来的山花打招呼。

山花碎步快跑，到了老羊倌面前，跪地言：“干大呀，这一个多月可让您老人家受苦了呀。”

老羊倌高兴地说：“你和娃回来就好，啥都别说了，快快、快招呼后面的客人。”

山花站起身，把周术、吴实推到老羊倌面前，说道：“干大，这是我的两位兄长，也是我和崽儿的救命恩人。”

周术和吴实细看老羊倌，年龄与自己相差无几，但有山花这层亲情，也只能躬身施礼，尊称大叔。老羊倌高兴山花母子归来，更高兴家里来了贵人，就手忙脚乱地动手烧锅，煮菜，做饭。

用膳后，吴实言：“术兄，咱连夜回去吧，免得唐兄和崔广操心……”

“实弟呀，山花母子回来得突然，大叔亦是毫无准备，家里吃的用的还够不？烧锅的薪柴还有没有？房前屋后的庄稼该收不，该种不？”

“哦，亏得术兄想得周到。”

“如此人情，咱俩岂能不顾？”

“术兄说得在理，那咱俩就稍缓几天，帮忙把这些事儿料理了后，再回商山。”

第十五章　沛公坐骑生龙驹　风云际遇在丹江

·1·

商山五十里开外的深山沟里，绿荫浓密，谷深狭窄，溪水潺潺。细流边的砂岩上，“嚓嚓”声响，火星四溅。原是吴实用石片在砂岩上画出了横平竖直的交叉线。他这一画，石末随着缕缕青烟飞散，留下的是一道道白茬深痕，俨然纵横方局。他起身看后，跨步走下砂岩，踏入溪水，捞取五色卵石往砂岩上的周术扔去。一粒粒卵石从唐秉和崔广的头顶飞过，周术拧身接在手中。

唐秉、崔广知道，周术和吴实俩兄弟的功夫深厚，毫不担心飞石会落在自己的身上。吴实扔出许多卵石后，又仰头折取松树枯枝。

周术听有野蜂的嗡嗡声，忽想起了儿时往事，便隔空喊话：

“麻脸弟——”

“弟在！”

“当心野蜂蜇脸！”

“大胆哥，仔细屁股，有土蝎子咬——”

唐秉和崔广也扮作了先生的腔调，一来一往地说：

“拿来戒尺。”

“竖子，看打！”

…………

四人笑谈过往事，恰似回到少年。他们四人来此，意在观奇石，访乡贤。传说乡贤叶老高寿，究竟多大岁数谁也不知，他老人家随着清流中蘑菇似的青石慢慢长大，青石成了巨大的云朵模样，他也就成了须发皆白的老寿星。老人家在云朵似的青石旁，见过太上老君由此走入人间，也见过老子骑青牛由此登上青天。这密林深处的上云石，似商山的感应器官。此石丰润则商山饶沃，此石瘦弱则商山枯燥。商於之地能否风调雨顺，细观此石便知个八九不离十。此石也就成了转好运、求吉祥的神物，无论谁，只要摸了这尊石头就会大运加身，心想事成。于是，这尊石也就成了上运石。

清早，唐秉四人爬到上运石顶端，祭拜了太上老君模样的古松，聚在其下的砂岩上。吴实和周术准备再摆“战场”，接续他们在天虎幢上的博弈残局。吴实手拿枯枝走上砂岩，站在刚画成的纵横方局边，言说：“术兄，离开商山前的那场残局，你还记否？”

“熟记在胸。”

“好！布子再战。”

“定当奉陪。”

“这卵石、枯枝便是两队兵马，你要哪队？”

“卵石如同强将重兵，应是秦人虎狼之师，归你！枯枝自是楚国夷兵，归我！”周术说着就拿过吴实怀抱的枯枝，挥剑斩作六七寸长的小段，散落于砂岩。

吴实捡起一粒卵石，放在九九八十一格的纵横方局上，念叨：“提子，楚平王杀太子！”

周术捏一段枯枝放在那粒卵石边，回敬一句：“打劫，伍子胥掘墓鞭尸。”

“粘，申包胥赴秦求兵。”

“碰，秦灭吴，复楚！”

“倒扑，楚兴，攻秦！”

“肩冲，张仪忽悠，商於之地再归秦。”

“双打，金戈铁马，合纵攻秦。”

“玉柱，卫鞅赴秦，变法图强！”

“打入，降将内史腾灭韩，王翦攻赵。”

“分投，大梁城破，魏王假降。”

“双分燕，王翦过江，平定江南，楚亡。”

“纽十字，楚虽三户，亡秦必楚矣！”

…………

唐秉和崔广站在旁边，看周术、吴实移步在偌大的方格上你来我往，厮杀对弈。一场对弈似如千年战场，着子者似掌控千军万马的战将，观局者又似运筹帷幄的谋士，四人难以释怀的还是那合纵连横中的秦国兴衰。

月上树梢，风带凉意，这场对弈仍无结果。

唐秉站起身来言说：“天地自然，风起云涌何时息？英雄争霸，前仆后继有来人。周术、吴实呀，你们表兄表弟的骨肉情深嘛，何必非要一较高下，杀出个你死我活？”

“唐兄言之有理，请俩兄长收兵吧。早上出门时，叶老寿星说，晚上要等着咱们一起用膳呢。”崔广说。

周术、吴实这才收回卵石和枯枝，打扫干净“战场”后，与唐秉、崔广往叶老寿星的家中走去。叶老寿星陪他们四人用过淡饭，坐在月影照亮的院落中聊天，说道：“四位先生游走山林劳累，稍坐一会儿，便早点儿休息吧！”

“感谢老人家容我们栖身，这一住就是两天，给老人家添麻烦了。”唐秉说。

“哪儿的话呀，你们四人名噪商山，能来寒舍，实在是长脸的事呀！何有麻烦之说?”

“老先生呀，人称您老寿星，说您寿比彭祖，冒昧一问，您老高寿究竟几何?”

“嘿呀，山野愚叟岂能与彭祖相提并论。我不知我的岁数，是因我忘记了自己的生年生月罢了。”

“噢，叶老寿星呀，听说您见过太上老君由此走入人间，也见过老子骑青牛由此登天，此事当真?”

“呵呵呵，这不过是坊间的传说而已，如夜梦之事，一笑而过焉。”

“老寿星呀，请问您此生究竟经历了哪几个朝代呢?”

“山野愚叟，闭耳不闻历朝事，心中只尊一个‘道’字。”

“哦，看来老人家非同凡人，请问‘道’何解?”唐秉问。

“道在山林，道在人心，道乃自然而然。道亦是无所不在的学问！敬畏天地，四不相争，进退自由，万事皆宽。”

四人为叶老寿星一番话所折服。暗惊，深山中竟有如此悟道高人，于是，便亲热地问说：何谓四不相争?

“不与天争，不与地争，不与人争，不与利争也!”

“哦，君子可以不争，庸人能不争乎?”

“道于君子和庸人始终如一，无论能否悟道，皆不可言传冗说，只在一个‘境’字也!”

“噢，一个‘境’字?”

“身境、心境、情境，譬如此时此刻，四位先生的所思所想……”

“哦，身心与情境，何以区分?”

“身与心并非始终如一，若身心不合，便颠三倒四，难以悟道焉。”

“明白了，老人说得是：身心合一情自真，仁德不济难得道焉。”

“正是。”

…………

唐秉接言："叶老先生一席话，我四人如晤先师荀子。此后呀，要向您老人家多求教呢!"

"岂敢如此，四位先生读书不少，阅历丰富，实乃世人之师。今能由商山至此，带来缕缕清风和祥瑞之气，实乃上运石之幸事也!"

唐秉关切地言说："老先生啊，夜已深，风气凉，您老人家该进屋休息了。我们就此告别，明日早起，离开此处，就不再打扰您老人家了。"

叶老寿星听此一说，当即喊叫儿孙动起烟火准备干粮，四人阻拦不住，就继续和他说话。

周术问："请问老人家，若寻境悟道，哪些名山可去？若找水稻良种，何处去寻?"

"哦，可问道的名山遍布四方，近在四位先生居住的商山，远有北面的老君山、南面的天柱山，再远还有东南面的武当山。欲寻水稻良种，那荆紫关、竹林关便有……"

翌日早起，四人在路口分手，崔广言："术兄，你和唐兄务必在本月内返回。义父周年奠礼的事大，咱们谁也不能少。此前嘛，还需去北山把山花母子接回商山。"

吴实双手抱拳，言道："唐兄、术兄切记，多看天象，明月为鉴，月满前三日务必赶回，我会在鸡冠渡口迎候的。"

·2·

唐秉四人隐居于商山这几年，秦国朝政已乱成了一锅粥。秦二世昏庸，赵高和李斯明争暗斗，朝政愈是混乱。二世皇帝胡亥不断征用大量劳役兵丁，致使家家添荒冢，户户缺男丁，沉疴痼疾极是严重，民间怨声载道。赵高指鹿为马，残害忠良，教唆胡亥杀了他的二十几个兄弟，谋害了李斯父子。

秦二世二年（前208），秦国岌岌可危。赵高谋杀李斯后，派人送信给沛公刘邦，图谋平分关中。接着，他又逼杀了胡亥，当朝对群臣讲：国不可一日无君！有恃无恐地欲登基称帝。群臣于此一言不发，表示不满。赵高面对如此尴尬，贼眉眼儿一转，拿出怀里的传国玉玺送到子婴面前，说："此玉玺归你了，看来，秦国皇帝还是嬴姓人的天下。"

年过花甲的子婴实乃始皇帝嬴政的庶叔，二世皇帝胡亥的远门子爷爷。他为人和善，不说妄话，不做妄事，似乎懦弱无能，才在尔虞我诈的朝政中勉强生存。多年来，他耳闻目睹了赵高的种种恶行，明白赵高让自己穿龙袍，坐皇位，只是做一个棋子而已。他不愿像始皇帝那样"驾崩"在外，也不愿像胡亥这样"暴毙"于宫，便以"此事重大，需仔细斟酌"搪塞。晚上，子婴约见老臣商量，皆言："奸宦赵高害秦不浅，如此恶人必杀！"随之，一起制定了斩杀赵高的策略。

老成持重的子婴杀赵高后，给众臣说道："我秦人祖先呕心沥血数百年，灭六国统一天下，仅十几年就国运不济，实因奸宦赵高作恶也。今承天意，顺民心，斩杀了恶人赵高，也算给百姓一个交代。我知，贤臣有推举我继位之意，这实在是强人所难啊。唉，天下诸侯雄起，秦已成众矢之的，国难当头啊。子婴以为，再称皇帝只会沦为天下笑谈。于此，老身决意取消帝号，谨以秦王的名分，尽力收拾残局，不负众臣和百姓矣！还请诸位贤臣，同舟共济。"

子婴言毕，挺起瘦骨嶙峋的身子，穿起了龙袍，低头承受王冠之重。

此时，刘邦、项羽分头率领的伐秦大军，像两支利剑正冲着咸阳杀来。

刘邦出生于沛县（今江苏省徐州市丰县）中阳里村，祖辈皆庄稼人，但他的出生却颇为传奇。他妈有次熟睡于大泽边，梦遇天神，与之交合，他爹刘老公见是一条龙拢紧了他的妈，由此孕育了刘邦。刘邦生为小儿，乳名刘季，少时不喜读书，只会交朋结友。一次，他和卢绾闲逛集市，因狗肉斤两的争端与黑脸樊哙打架，被县衙主吏掾萧何撞见，萧何见他那一副不挑事也不怕事的样子，心中暗赞是条汉子，便对刘季高看一眼，以和为贵地化解了他和樊哙的争执。樊哙请大伙儿进自家的狗肉铺子小聚，萧何言："刘季呀，我年岁比你长，今日就充大给你改个名吧！"

"好呀。"

"'季'为小，与你这好汉盛名不符啊。我看你重情义，乐于帮助弟兄，就改名为帮人的'帮'吧！"

"好好好，萧吏掾有学识，这一字改得好！"曹参说。

卢绾嚼着肉，鼓圆了腮帮子说："好得很！"呼噜一下，又灌水酒入肚。

樊哙站起身，仰头把一碗水酒倒入喉咙，言说："好，喝！为刘兄今日有了官名，一醉方休！"

刘季听黑脸樊哙这么一说，想想也是，萧何是县衙的官，官起的名自然就是官名了，就端碗给萧何、曹参敬酒，说道："乡下人刘季感谢县官，哦，改了，改了，我改名叫刘帮了。"

刘帮随后起事杀了县令，萧何欲助他成就大事，所以又把"帮"名改为安国兴邦的"邦"字。此时，萧何巧妙地化解了刘邦与樊哙的纠葛，大家由此结友。后又在萧何的撮合中，刘邦、樊哙先后成了沛县大户吕公的女婿，两人连襟挑担一家亲，真应了不打不成交之说。

秦国的郡县制，凡县下必设乡，乡下必设亭。所谓亭乡，就是方圆十里为一亭，十亭为一乡，亭设亭长，乡设里正。恰遇泗水亭缺长，萧何就举荐刘邦走马上任做了亭长。亭长的职责是接府差，征徭役，管治安，理民事。

刘邦豪爽义气，喝酒打架敢往自己的头上拍砖，黑道、白道无不佩服，他把手头的事儿管得令人心服口服。不久，萧何安排刘邦押送囚徒去咸阳，告别离开时，萧何塞给他十枚半两钱做盘缠。

这一次远足押解差事和手里的盘缠，使刘邦有机会逛了咸阳城，见了都市繁华，也有幸远眺了始皇帝的威仪。因此，刘邦打心底里感谢萧何的知遇之恩。他在芒砀山（今河南省永城市芒山镇，毗邻皖、苏、鲁三省）造反成功，率众杀了沛县县令后，萧何、曹参屈身尊他为沛公，随他一起投在项梁的麾下共谋反秦大业。

此年九月，子婴勉强做了秦王之际，刘邦率领萧何、曹参、樊哙、卢绾等家乡子弟兵攻占南阳，招降了宛县（今河南省南阳市宛城区）守将，正往武关（今陕西省丹凤县武关镇）杀来。

年轻气盛、勇猛无比的项羽杀宋义震服各路诸侯，迫使秦国大将章邯、司马欣和董翳投降，壮大了队伍，率领千军万马疾驰函谷关。

刘邦、项羽拼力西进伐秦，为争做关中王而浴血奋战。

·3·

吴实望月，崔广掐指，知唐秉和周术两位兄长归期将至。

第二天早晨，吴实扛扁担来到了鸡冠寨的鸡冠渡口。渡口北面有座山，山势突兀，扁平着往东西两个方向延展，如一波一折的雄鸡之冠，孤傲独立。此鸡冠寨可通秦晋、连吴楚、趋襄汉、入关铺，寨南门下的水旱码头便是鸡冠渡口了。

整整两天，吴实都是站在渡口看水，看船，看人，仔细盯着每一位过客，却没能接到两位兄长。第三天阳光明媚，他又站在了渡口，看人聚人散，船来船往。水波舒展的河面上桅杆林立，望旗飘飘，缆绳纵横，楫桨随波逐流。渡口边的码头石阶仄径，人流如潮。凡有挑担横行、背篓沉重、肩扛楫具绳索、扶老携幼的各色人物从吴实身边走过，他都会侧身避让。黄昏，人和船渐渐稀少，渡口也慢慢清静起来。他就把目光移向了河面，再由河面想到了下游的月日湾。

宽阔的江流到了月日湾突然聚拢收紧，绕着山峰，反转正转，成了巨大的圆圈。山抱水为阳，水抱山成阴，好一个阴阳太极图啊。其间水流落差大，山势与河道，流水与滩涂，你中有我，我中有你，阴阳交错。水流缓急无常，有时无风三尺浪，有时风疾一江平。无数江中礁石如林中虎豹，能跑能走，时隐时现。行船人说，这是阎王爷索命的鬼门关，上游百十里的庄稼人也把这儿当成了阴阳两界的生死关口。每遇暴雨洪水，月日湾的滩涂上能救起活人，也能捞起死人。善良处世者不慎落水，漂流百里竟能在这里复活。作恶多端者，毫无声息地失踪，稀里糊涂地在此变成了硬挺挺的僵尸。人们想到月日湾，就会事事小心，为人处世不敢作恶。虽然月日湾水流处处险急，但又是商山人出秦入楚、通江达海的唯一水路。当避则避，该行则行，能否安澜平安，全凭命了。

河水暴涨时，大小舟船都是下行容易上行难。凡此时，小船可靠岸歇息，等落水后再解缆，而大船一般都承载有官家人物、商贾及其时令货品，官差有要事在身，做生意的又需赶时令节气，都是耽搁不起，只有依赖纤夫曳绳上行。

天将黑，流水拍岸有声，水鸟遁去无形，鸡冠渡口已空无一人。吴实正待转身回骡马店，下游的水面上有了一点模糊的影子。影子慢慢清晰，有了桅杆晃动，隐约听到了拉纤号子。他想，苦等三天，终有结果，俩兄长该回来了。船影越来越近，桅杆上的灯笼亮起，船头有了人影的活动。船靠岸，往上看，几个人围着一匹马在忙活。这几人既有马夫，又有士卒，相互搭手拥着一匹马在挪步，艰难地到了船边却又犯难，登岸的桥板宽不过二尺，这人马簇拥着难以落船。船夫跳到旁边的船上找木板，扔在河滩，再跳下来，往自己的船边搬移。

吴实上前相帮，不一会儿就加宽了落船的桥板。一位士卒举灯照明，跺着双脚上下走了一遍，觉得稳实后才返身上船，吆喝众人驱马。微弱的灯光下看那匹赤色马，皮毛鲜亮，但却耷拉着头，拖着沉重的大肚子，原是一匹将要产驹的雌马。船上人们簇拥着这匹雌马往下挪动，吴实和船夫站在桥板两侧招呼，以防踩空，这样一步一挪，一挪一歇，好不容易到了船下。

吴实操心唐秉和周术两位兄长，急问："船上还有人吗？"

举灯士卒回话："壮汉不知，这是专伺主公坐骑的船啊！"

吴实再问船夫："请问，此船之后，还会有舟船上行否？"

"没了，没了，今天再不会有了。日落天黑，谁还敢夜行月日湾？我实在是因这些伺马士卒苦苦相求，厚资酬劳，才勉强解缆行船……"

船夫还说，这几天在竹林关码头滞留了许多船只，明天退水，那些舟船都会上行而来。船夫又问："客官，你是急着接人的吧？"

"正是。"

"嘿，明天接人，不用来得太早。从竹林关逆水上行，急流暗礁多，到这儿，咋都得一整天。就这拉着一匹马的这船，早早起来解缆，到这儿也就这个时辰了。"船夫感谢吴实出手相帮，就不厌其烦地说叨着。

此时，吴实见士卒拥着那匹雌马，沿着青石铺就的石阶上行。打着灯笼的士卒曳缰在前，马前面的两人扛了前腿艰难移动，后面的两位扶持着马的后腿往前抬，还有一位在后推着马的屁股。这临产的雌马鼻涕涟涟，后阴处屎尿不断，"扑哧"一声，喷得后面的士卒满脸都是秽物。士卒气得张口欲骂，却噎得干呕不止。

吴实上前横过手中的扁担，搭在雌马的后胯上，让后面那士卒接住了另一头，两人背朝着马屁股扛着往上拱。吴实一声吆喝，前后左右一片响应，众人推着，抬着，拉着，硬是把这匹笨重的雌马挪到了骡马店的门口。

店掌柜闻声出来，眯眼一看，便知是紧火事儿，急忙喊人搭手，把马弄进了马厩里，再抱来稻草铺在身下。此时，雌马痛苦难耐，想打滚儿又翻不动，便艰难地拧扯着，抽搐着，哼哧哼哧，呻吟不止。

一个马夫蹲下来去看着马屁股，言说："折腾这半天了，咋还没露头？"

另一个马夫说："可别是难产哟。"也蹲下来，用双手轻揉马腹，揉着揉着，阴门那儿的血水慢慢渗出，露出了马驹的蹄子。马夫挽了袖子，伸手进去摸索，摸来摸去的，露在外面的那小蹄子却往回收缩。

店掌柜拿来干净的布条交给马夫，言说："不急，不急，慢慢来，先把那露头的小蹄子捆紧……"说着，就圪蹴在马夫的身旁，帮着用布条裹紧了那只小蹄子，然后往里轻轻一推，外面只剩下一段布头耷拉着。店掌柜起身离去，说道："慢慢等吧！"

俩马夫抹去汗水，拿了烟锅坐在一旁，摁烟丝，对火绳，忙中偷闲地吧唧起来。举灯士卒见此，急说："马夫哥呀，快把马驹儿弄出来嘛，别将雌马憋死了！生不出来驹儿是罪，没有了雌马，更是罪加一等，若沛公问罪，谁也别想活命！"

"放心，没事！"

"没事，放心！"

……

待了一会儿，俩马夫放下烟锅，蹲在马屁股后面，抓着耷拉在外的布头往外拽，极是费劲，吴实也就蹲下来搭手，马阴门渐渐滑出了马驹儿的屁股、身子和脑袋……湿漉漉的马驹滑落在了草铺上，马夫麻利地掐断脐带。

虚弱的雌马拧身挣扎，一口接一口舔着马驹身上的黏液。再一会儿，马驹儿挣扎着拱身，拱起倒下，倒下再拱起，歪歪扭扭许久，才崴着小蹄子，踉踉跄跄地趴在了雌马的肚皮下。

·4·

第二天早上，吴实在骡马店里转悠。这家店，坐北朝南的上房与两侧厢房的廊道连接，分隔有许多客房。前面院子的大棚里码放着大捆小捆、布包草包的皮货、药材等，不怕雨淋的陶制盆盆罐罐用草绳捆了，堆在墙旮旯。西墙那面就是马厩，骡马的嚼料声、响鼻声时而传来。吴实就此想起昨夜马生驹的情景，竟与欲擒故纵之兵法相通，又想起了船夫说的接人是傍晚的事儿，就抬脚出门，行至鸡冠寨的西门。

西门外有一群娃们嬉戏玩耍，他们蹦跳着唱说道：

黄家巷，捡铜钱，城南门口拾瓷片。

西门外，捡马鞍，州河（丹江）里面拉大船。

…………

吴实走近孩子，问：“孩子呀，唱的啥?”

娃们争先恐后回答：“黄家巷子嘛，不是卖布的就是买布的，那儿人的钱多!”

一个娃手举钱币显摆着说：“爱跑小脚路的勤快娃，人家还给发钱哩!”另一个娃伸手把那枚钱币打落，圆圆的钱币就骨骨碌碌地滚进了石缝，两个娃趴下来，边找钱币，边吵骂：

“把我的钱打得不见了，赔，赔，给我赔!”

“钱上刻名字啦?地上的钱嘛，谁拾到是谁的!”

…………

两个娃骂着骂着，便滚地扭打，柔韧如猫，翻上翻下地不分胜负。吴实把两个娃拉起来，娃娃灰头土脸，花脸虎似的吵说着那一枚钱币。吴实伸出蒲团似的大手，搬石头取出那枚钱币，在腰带处蹭了蹭，玩戏法似的变作两枚，分别交给两个娃，言说：“好了，别骂了，只要娃娃勤快，在哪儿都能捡到宝贝。走，一起到黄家巷子捡铜钱去。”两个娃破涕为笑，高高兴兴地在前领路。

吴实到黄家巷看了一片繁华后，离开时，跟在后面的娃娃已是一群，老少同行几条街巷，过小石桥出东门，正待歇脚，忽从东河跑上来几名淘金者，惊慌失措地喊：“快跑，快跑呀，下湖人的兵马来了!”

吴实当即遣散娃们，跳上过风楼往东河方向看去，只见鹿池岭上黑压压一片，千军万马似洪水浊流，滚滚而来，由不得大吃一惊，想到唐秉、周术俩兄长尚无着落，就慌不迭地往鸡冠渡口奔去。

时近黄昏，吴实终于接到了俩兄长，把稻种布袋系在自己的后背，言说此地不可久留，仨人快步离开码头，刚到骡马店门口，狼烟雾罩地冒出了许多骑兵。那些骑兵扬鞭策马，疾驰如飞，忽而猛勒缰绳齐刷刷地停了下来。驭骑士卒跳落马下分作两列，恭立路旁。吴实见此阵势，就把唐秉、周术俩人往骡马店里推。

“壮士，莫走!”这一声断喝使吴实一愣，转身去看，竟是昨夜那位掌灯士卒在打招呼。只见他换了一身青色戎装，腰挎军刀，显然是一个小头目。那小头目再言："感谢壮士昨夜出手相帮，保住了马驹儿的活命。壮士尚在此住店吗?"

"不不不，不住店里了。"吴实摇头敷衍。

此时，又一队人马疾驰而来。前面的威武男子人高马大，甲胄鲜亮，身着紫红色的战袍，腰挎三尺宝剑，发髻高耸，额头隆起，双耳下垂，剑眉凤眼，鼻挺口阔，身后将士的刀枪剑戟明亮，旌旗猎猎，大旗上的"刘"字若隐若现。人马遽停，一众人物争相跳落，全都围在威武男子的战马旁边，曳镫扶鞍。

小头目跪地禀报："恭迎沛公驾到，这里便是赤龙马产驹的客店了。"

唐秉、周术和吴实听到"沛公"二字，明白这就是刘邦了。小头目起身带刘邦前行，见避让在一边的吴实，便说道："沛公呀，昨夜多亏了这位壮士，若没有他出手相帮，说不定马驹儿就落草到河里去了。"

刘邦见年长三人相互搀扶，其高低胖瘦有别，素色袍衣不同，却一样的鹤发童颜，超凡脱俗的精气神飘然如仙，又不失华贵之相。站在中间者高人半头，慈眉善目，银须五绺，如瀑垂胸。左边的敦实如塔，虬髯串脸，像雄狮一样霸气外露。右边的高低适中，不胖不瘦，面润如童，疏须如银丝一般漂亮。

刘邦想到学会不久的"三人行必有我师"那么一句，盯着三人思忖，怎么都像是先生呢？他起事之初，岳翁吕公为他精心挑选了赤龙马，希望他造反成功，早谋天下。此赤龙马随刘邦出生入死多年，如亲人一样须臾不能离开。赤龙马使刘邦寄情思乡，时时不忘岳翁，也时时想着夫人吕雉、女儿鲁元和儿子刘盈。

他奉楚怀王熊心之命，率军西进伐秦，坐骑待产在即，便安排士卒、马夫保护着赤龙马从荆紫关（今河南省南阳市淅川县荆紫关镇）乘船而上，自己换乘战车率军西进，轻取武关到了鸡冠寨刚刚落足，就前来探视心爱的赤龙马。他见坐骑母子皆安，面带喜色，忽而想起刚才那三人，既像高雅的读书人，又似领兵打仗的武将，他们究竟是些什么人呢？后悔，后悔没有问他们的来路和姓名……想着，便转身朝店门口走去，远眺三人离去的背影，叫喊："快，快拦住前面那三人！

士卒前后应和，一拥而上，把唐秉三人团团围定。吴实横扁担在后，周术举剑在前，把唐兄保护在了中间。萧何快步走来，喊说："放下刀枪，切莫误会！"刘邦喝退士卒，对唐秉三人言说："感谢你们，此处不便说话，请到军营一叙。"

风云际会

王家民 · 画

萧何坦言：“主帅沛公诚邀你们到军营一叙，实为尊敬长辈，爱惜雅士，还请诸位到军营歇息，小叙。”

曹参、樊哙一句接一句地说道：“有缘相识，小聚而欢，不可错过呀。”

“到了军营大帐，定当好酒款待！”

吴实抖了抖背上的布袋，言说：“我们出门已久，家中正等待育秧，急需稻种。”说着，搀扶了唐秉转身便走。

刘邦见被搀扶的儒雅之士迈着八字步，走路艰难，于是言：“萧吏掾呀，备马，安车，护送长者！”

唐秉拧身回话：“盛情领了，但路程并不遥远，且多为山路，车行不便。”

周术、吴实接续回话：

“山中庶民，见马害怕。”

“那些担柴卖草的，会惊了你的骡马！”

…………

唐秉三人毫不领情，拒绝了刘邦的好意。萧何见刘邦不悦，忙打圆场说：“长者家中有事，执意离去，我们自是理解。”

“噢，噢，也是，也是。”刘邦掩饰着心中的不快。

萧何冲着三人的背影，高声问话：“请问长者，家居何处？如有机会，定当登门拜访。”

三人脚下稍滞，略做商量后，吴实如狮回头，高声念叨：

天虎幢上云戴帽，盘龙松下露沾袍；

隐身山林赋闲人，疏野清风比天高。

…………

吴实声如洪钟，身形巍然，边说边去，随着唐秉和周术两人的背影渐行渐远，隐入了夕阳余晖中。刘邦这才回过神来，自言自语说：“不行，不行，不能就此别过，定要找到他们!”

萧何言：“沛公啊，数月征战已是疲惫，将士急需休整，大军刚入鸡冠寨，怎么安营，急需安排；如何继续西进，亦需精心斟酌……”

“哦，谋划，谋划……刚才那长者怎么说的，家居何处?”

曹参回话：“沛公啊，那人好像说是什么天虎幢、盘龙松什么的，其后话语随风而去，没听明白。”

“传令全军，就地安营扎寨，休整三天!”刘邦发话。

众人同声喊“遵令”！刘邦接言：“萧吏掾呀，除前出探路的将士之外，其余兵卒、战马、辎重军械、随行劳役就地休整。快快拟写安民告示，安抚百姓。”

萧何随取笔墨笺帛，即刻草就安民告示，接着高声念道：

西进伐秦大军，屯兵休整于鸡冠寨，特告示：不禁商，不扰农。尊老孺，护弱小。不欺男霸女，不强买强卖。所需粮草诸物均随行就市，公平交易。凡此告示，请百姓监督。有违犯条例之一者，均依法处治，绝不宽恕。于监督举报者，无论事大事小，均予重奖……

…………

刘邦对轻取武关，踏进闻名遐迩的鸡冠寨极是得意。这阵儿，他见店掌柜说话办事儿利索，殷勤备至，便生好感，与之攀谈方知此店掌柜的姓刘。刘掌柜洞明事理，于刘邦叮咛的“精心照料赤龙马，喂精料，多加盐”诸事满口答应。

刘邦高兴言：“好呀！店掌柜的也姓刘，缘分嘛。此后便是一家人了，姓刘的兄弟呀，你这地方好啊!”

刘掌柜回一句“确是好地方”，便撤下肩头的白巾拿在手中，舞动而歌，唱起了花鼓调：

鸡冠山，鸡冠寨，鸡冠渡口做买卖；

骡马市里骡马店，骡马赚得如意财。

咦儿呀吱哟，骡马呀哟，骡马……

…………

刘掌柜不经装扮，扭动身躯，欢乐歌唱，似男扮女装的花旦模样。刘邦极是兴奋，但见刘掌柜那身形一转，左手执巾搭在右臂，伸出水袖的右手，捏指所指，竟直对樊哙。

樊哙黑脸一板，手拍桌面，怒言："呔，胡言乱语，谁是骡马?"

曹参的小白脸也是变色，勾指敲击案儿，随着樊哙起哄："停停停，切莫乱言，此乃主帅沛公和樊大将军!"

萧何见刘邦听得正在兴头儿上，便拦住了樊哙和曹参，说道："刘掌柜侍候沛公的赤龙马有功，只是，这鸡冠寨、骡马店的名儿得改改了。"

刘邦高兴地发话说："萧吏掾说得好，坐骑赤龙马产驹于此，这什么寨什么店呀的，全改叫龙驹吧。"

萧何、卢绾、曹参、樊哙和士卒同声叫"好"。刘邦言说："刘掌柜呀，唱得好，接着再唱!"

刘掌柜听此一说，便愈加柔软身段，朝众人道了万福，说道："龙驹，好呀，感谢客官赐名!"又是载歌载舞地唱：

龙驹寨，凤冠山，龙凤呈祥映云天。

天作地合龙生龙，龙生九子不一般。

咦儿呀吱哟，龙生呀哟，九子……

…………

刘掌柜聪慧过人，见一脸福相的沛公被人前呼后拥在此，想他定是有钱的主儿。他既赐名龙驹寨，那鸡冠山只能改称凤冠山了，便灵机一动，信口把"龙"

和“凤”唱得震天价响。

萧何明白故里沛丰亦称古凤国，沛公夫人吕雉的雉与鸡实为一物，亦是凤鸟之意，便高兴地言说道：“沛公，刘掌柜唱得好啊，龙凤呈祥，日出东方。这儿嘛，必是沛公发祥之地了。”

·5·

在北山的这一年，山花辛苦侍候老羊倌，管教不懂事的崽儿，掐指算来，大叔头周年的祭日将至，便作想，怎么也得去商山为他老人家上坟呀，心中也在念想着周术兄。一天用膳后，山花给老羊倌提到了商山。

老羊倌说：“商山，那可是好地方呀！”

山花趁机说：“干大，商山我那叔的周年快到了，想请您一起去那儿看看，合适的话，您也就住到那儿养老吧。”

老羊倌却摇头回话：“唉，虽说这寨子梁苦焦，但也是祖祖辈辈生活的地方，祖坟在这儿，离不得，离不得呀。”

崽儿从老羊倌的身后探出头来，插话说：“商山不好，我不去。”

“大人说话，别插嘴！不懂人事的崽儿呀，张嘴就胡说！商山那儿的爷爷要过周年了，咋能不去？”

“不去，就不去！”

山花嫌崽儿犟嘴，拉过来，往屁股上拍了一巴掌。想不到，崽儿竟记恨在心。山花和老羊倌趁着好天气上坡务庄稼，山花把笼筐塞在崽儿手里，交代说，到母秧地头起秧苗去。

崽儿嘴一噘说：“不会。”

山花说：“饭前你手脚利索，起得那么好嘛，咋又说不会了？”

老羊倌见状，提着笼筐，拉了崽儿的手把娃送至溪流边的母秧地头，言说：

“崽儿乖，照爷爷说的那样，学着起秧苗，起好了送到坡上来……”说着，便上到屋后的半坡上除草松土，培土做埂，又在埂上掘出一个个坑窝。山花挑担走上来，放下两个水桶往坑窝里浇水，娇嫩的秧苗要能成活，没水保墒不行呀。忙活了半天，崽儿还没上坡，老羊倌直起身子往下面喊叫：“崽儿，把秧苗送上来——”

“肚子饿了，上不来！”

崽儿在下面的这句话，是对挨了山花一巴掌的情绪发泄。山花气得没脾气，便急步下坡，远见崽儿像野猪一样趴在那儿，走近看，真就是野猪拱土似的把秧苗地糟蹋得面目全非，一畦绿旺旺的秧苗全被折残。崽儿翻出土中的根茎生啃，每个只咬一口便扔往前面的溪水中，见了山花，满脸的冷漠和仇视。坡上插秧紧火，老羊倌干大还在上面眼巴巴地等着，山花顾不上理会崽儿那鬼模样儿，去另一畦起出了满满的一笼秧苗，提上了坡。

崽儿饭后生吃肮脏的魔芋根茎不少，忽就肠胃憋胀，想拉屎却又不想去茅厕，陡生坏心眼，把屎屙到清水潭里去！猛然心里高兴，便扔了周术给的那把桃木辟邪剑，捂着肚子去了那做饭汲水、淘菜的清水潭边，“扑扑通通”地舒坦了，便圪蹴在那儿看山。远山高处的白云，翻来滚去地揉成了乌黑的棉絮，沉重地笼罩着天空，很快向下漫延，天地忽然变暗，一道白花花的雨幕由远而近。崽儿看得正是兴奋，那小溪上游的黄泥浊浪，铺天盖地滚滚而来。黄水浊浪涌至崽儿面前，他这才提起裤子想跑，哪想洪水比人快，一股浊浪翻卷着吞没了崽儿。

在半坡上忙活的山花丝毫不知河道里的险恶，忽有雨珠落地，老羊倌感到了凉意和戾气，急说：“山花呀，白雨要来了，赶快下坡！”

山花这才想到了河边的崽儿，提了扁担起身下坡，急急乎乎，小步快跑，把弯来转去的“之”字形仄径跑成了一条直线，老羊倌也是喊着“崽儿”急忙下坡。

山花声嘶力竭地叫喊着，发疯般扑到洪水湍流边，似见崽儿的身影一闪，便伸长扁担在汹涌的洪流中划拉，捞人。那入水的扁担似乎被什么抓紧了往下拉扯，扯得山花身形歪斜，站立不稳，脚下的沙土又越来越软，成块成块地垮塌入水，人便与身边的大树同时倒在了洪流中，身后老羊倌的沙哑嘶吼声也戛然而止。

过不一会儿，身陷残枝腐叶的山花头疼欲裂，原是她的长发被树梢搅缠，随着水波起伏，一拽一拽地撕扯着头皮。她睁开沉重的眼皮，抹去糊眼的草屑，伸长手臂拉紧树枝，一边减缓疼痛，一边把头发从树梢上慢慢理脱。这时，她模糊看到熟悉的沟壑、小路、田垄和栖身的茅舍已是一抹平川，黏稠的黄泥汩涌不止，似如脓液，巨石列阵，面目狰狞，全是怪兽的模样。她挣扎着拧身，透过树木的枝梢，远见老羊倌蜗蜷在乱石狰狞的淤泥中，身边猩红一片。啊，干大咋啦？崽儿人呢？由不得山花连爬带滚，往老人的身边挪动，怎奈淤泥腻滑，爬得极是艰难。

也就在这天，周术和吴实夜半离开商山，前来北山接山花母子。他俩刚到寨子梁的沟口，突如其来的黑云压顶，狂风迎面，再就暴雨劈头，瞬间人便成了落汤鸡。沟壑里的山洪狂泄而来，俩人说声“不好”一起跃上了半坡，眼看着沟壑里的污泥浊浪，“呼呼隆隆”地吞没了道路、树木和房舍……山花母子和老羊倌的安危让俩人担心。于是，他们两人头顶闪电，迎着滚雷，奋不顾身地从山坡高处的湿滑仄径往后沟狂奔。到得沟底，乌云四散，风雨不在，透射云缝而来的一道强光刺目，洪水“呼隆”声音渐弱，但傻眼的是，老羊倌、山花母子栖身的那处茅舍却不见了踪影。两人慌忙走下山坡，远远看见了艰难蠕动的山花，便急切近前，又看见了陷入泥沙中的老羊倌，皆衣不遮体，场面极是难堪。周术急中生智，拽了自己胸腹处的红裹肚捂在山花的胸前，含泪将她抱起。吴实也是脱袍衣，裹紧老羊倌，背起来快步下山。到了沟口，找郎中给老羊倌包伤止血，为山花稍做疗治后，连夜把他们背回了商山，调理数天后便是山老人的周年祭日，山花强撑着为大叔上坟祭祀。

山花想着自己的悲惨遭遇，哭晕在了坟头，稍一清醒，又往陡峭的涧塄下面扑去，欲寻短见。周术抢先一步，将山花抱在了怀中。唐秉等人争相劝说：“山花妹呀，再难再苦，都得活着啊！干大老羊倌尚在，他还要靠你养活呢。”

风雪伺虎　　　　王家民·画

第十六章　坦诚言说前朝事　真情点化后来人

·1·

沛公刘邦设宴犒劳三军，将帅同聚一帐，只缺张良。萧何说，子房攀高去了凤冠山。刘邦吩咐等着，子房不到不开席。

张良，字子房，颍川（今河南省平顶山市宝丰县）人，其祖上三代皆任韩国丞相。他从小衣锦加身，生活无忧，但勤勉奋力，聪慧好学。其父为相时国力不济，国君韩安软弱无能，迫于秦王胁迫，派韩非子入秦求和，却想不到竟被李斯谋害。秦国统一首战剑指韩国，国都陷落，其父伴君身亡。

黑漆漆的秋夜，相府的牌匾虽已藏匿，但秦军依然寻踪杀来。夜半时分，杀声四起，许多火把“呼呼啦啦”扔进院落，点燃了干柴、枯树、家具和被褥。秦军将士撞开宅门，借助火光，寻人砍杀。张良被母亲藏到宅院角落的石头缝里，他泪眼半睁，见倒在血泊中的母亲艰难地挪动着身子把石头缝堵严，眼前忽然一黑，就什么也不知道了。后半夜的寒风把他吹醒，血腥扑鼻，死寂一片，求生的本能使他伸手乱摸，摸的全是一把又一把黏稠的血浆……他爬出石缝，抱住冰冷的母亲哭干了眼泪，挣扎着站起身来，对倒在血泊中的母亲说："血债血偿，不杀秦王，不灭秦国，子房誓不为人矣！"言毕，站起身，朝着远方踉跄走去，身后留下了一串带血的脚印，时年，张良刚十四岁。

张良家破人亡，远去下邳（今江苏省徐州市睢宁县）投靠远亲，一边帮人干活，一边读书。家仇国恨使他励志上进，从不懈怠，一心报仇，曾雇人椎击秦始皇未果，获黄石公授《素书》后便痴迷深读，越读越明事理，悔自己鲁莽，杀一人何用？顿悟大道，明白道德、仁义、礼信乃做人之本，有了隐忍而成就天下的执念。陈胜、吴广起事反秦，张良聚众响应，与沛公刘邦邂逅于留城，刘邦邀其同投项梁。项梁见刘邦人马众多便留在了麾下，将势单力薄的张良封为司徒，让他去辅佐韩王复国。韩王兵败，张良率为数不多的兵马又一次与刘邦相遇，便决意随刘邦合力伐秦。

张良所谋，无事不成，刘邦对他格外倚重。此夜，如此热闹的犒劳三军大宴，张良不在怎么能行？刘邦心里念着"我之子房何在"，面对香气扑鼻的佳肴和米酒，竟无动于衷，众多文官武将也只能干等。

好大一会儿，卢绾把张良拽进了军帐，言说："沛公，我把子房请来了！"

"好！我的子房呀，你来了就好！掌灯，开席——"刘邦说着，便拉张良坐在了自己的身边，把酒樽推至面前。

张良本不喜酒，小抿一口，便把酒樽轻放在案，言说："沛公呀，我已观地理形势，这主帅大营设此不妥！应速移营，扎寨于西面高坡上的商塞……"

"噢，这儿背靠凤冠山，面对丹江河，有啥不好？"刘邦说。

"子房我以为，移帅营原因有三：一是主帅大营需居高临下，乃兵家常理，那西面高坡上的商塞为商君所建，已逾百年，那可是扼制四方、进退裕如的战略要地；二是屯兵休整，不可扎营于商贾云集、易货繁荣之地，以防将士产生贪图安逸之萎靡之风；三是选择西去的前出位置，方能体现沛公身先士卒、时刻不忘西进伐秦的雄心矣！”张良一席话，说得大家心服口服。

萧何知沛公刚赐名的这龙驹寨，是商於道上最为繁华之地，也明白沛公有懒惰闲散、贪酒窃色的毛病，尤其是酒后忘形则不能自已，便极力附和张良之言，说服沛公，当即移动主帅大营。兵贵神速，将士忙碌个把时辰，主帅大营已是就绪。刘邦移步途中，又提说起了那三位老人。张良白天并不在场，但已听卢绾详说其事，便回话：“沛公呀，那几位先生，应是高隐之人！”

“何谓高隐？”

“寡居山林的修身养性者，是为隐士。若博学之士，或曾为高官者，辞朝求隐，结庐山林者，即为高隐焉。”

萧何言：“若隐于此者，可能就是避秦乱的博士了。”

刘邦言：“噢，秦博士隐居在此？能否说服他们为我所用？”

卢绾、曹参顺着刘邦的心思，争相进言：“好呀，沛公欲揽天下人才，何不去商山那天虎幢一见。”

…………

刘邦想，能见秦博士，争得他们随义军行动，以他们侍秦之久、知秦之深，攻取咸阳，岂不事半功倍？

夜深，众谋士和将军告辞离去，刘邦很快入睡……“咣”的一声，大锣敲响，唢呐声高亢嘹亮，花枝招展的乐女手持乐器，拨弄得琴瑟齐鸣，妙不可言。亭长刘邦押解囚徒在骊山帝陵交差后，到国都咸阳闲逛。忽然传来的热闹，使他放下饭碗，抹着嘴巴站到了门槛上，踮着脚，往远看。“始皇帝驾到——”的宣唱声一波一波由远而近，咸阳街道两旁的屋檐下站满了人，刘邦侧斜身子挤在高门槛上，仔细端详那始皇帝。靠，好大一个气派！只见始皇帝站立在雕画描金的四乘辇车上，冠冕与天齐平，旒珠串饰掩面，五色黼黻加身，外披紫色大氅，腰挎三尺长剑，威风凛凛。辇车前有侍卫开道，两侧有宦官与宫女鱼贯而行，车辇后面的骑兵侍卫盔甲鲜亮，远处五色旌旗猎猎，车辆逶迤而来。屋檐下的人们，看高台戏似的拥来挤去。刘邦个儿高，又站在高门槛上，自是看得真切。始皇帝那四面威风使刘邦羡慕不已，忽而想自己是一身布衣，低头看，脚趾戳烂了布鞋，指头露在外面，实在寒酸，羞愧不已，赶紧拉低草帽遮去半个脸面。他想，这人咋跟人不一样呢？自己咋不出生在这繁华的咸阳呢？脑子忽而一转，拿定了主意，到了国都咸阳，就留在这儿混吧！留下来，蹭在始皇帝的身边……想着，想着，就“呼”一下拔地而起，追着始皇帝的辇车飘飞起来，边飞，边喊：“皇上，皇上，等等，泗水亭的亭长刘邦，前来随你同行！”

他这么一喊，美妙的鼓乐声戛然而止。始皇帝伸手拉了刘邦，说道：“好一个俊朗的兄弟呀，你是天上来的吗？”

“哪呀，我从地上来。”

“噢，潜龙在渊，潜龙在渊呀！”

“在下属蛇，不属龙呀。”

“不管你属啥，朕见你乃龙腾虎跃之相，来来来，与朕同行……”

忽然间，刘邦与始皇帝并肩站立在皇辇上，轻扶车辇的宫女们飘然而起，簇拥在刘邦身边。他睁眼细看，透亮的霓裳中全是细腰肥臀，那些鲜艳的红唇往自己脸上摁来，颤巍巍的丰乳全在自己的口边，裆下那硬家伙忽而不能自持，呼溜一下，快活得变成了风中旗，滑溜得“哎哟”一声……哎，怎么不见了始皇帝？怅然若失间，宫女似柳絮飘飞而去。他想追上去拥抱，又寻思着寻找始皇帝。“呜——，嘟嘟——嘟——”的牛角号声响起，此乃召唤将士起床的军令，刘邦却是深梦不醒，迷迷糊糊地想，找不见他了也好！他走、他走了，这雕画描金的辇车不就归我了吗？咦，皇宫在哪儿？皇上的龙椅又在哪儿？

“呜——，嘟嘟——，嘟呜，呜——”牛角号声变了调式，一阵紧似一阵，声音越来越高。刘邦蹬腿儿坐了起来，揉揉太阳穴，拍拍脑袋，想，乱七八糟，这做的啥梦嘛？陡然明白，始皇帝驾崩已逾三载，刚才却被他抓了自己的手，真他妈的不吉利呀。于是，翻滚下地，往手心吐几口唾沫，弯腰抓起一把浮土，拿在手中捏作泥骨碌，扔出军帐，跺脚大骂：“呸呸呸，去你妈的死鬼秦始皇！滚，滚，滚——”

·2·

东方欲晓，晨曦泛红。张良起了大早，走出主帅大营，不慌不忙，边走边弯身捡物，所捡之物拿在手里仔细看后，有的拢入袖中，有的复弃于地。走走停停，看似轻松，其实已是心潮澎湃。他想：当年商鞅助孝公，奠定了秦国强大的基础，如今自己与沛公刘邦西进伐秦，将会是什么结果呢？

商鞅的卫国和自己的韩国都是弱小之国。商鞅入秦，推行变法成就千古大业，受封于商於之地，曾何等辉煌，但终落得车裂身亡的下场，悲乎！我矢志复国初心不变，助沛公西进伐秦，此事能成否？何年何月能成？唉，自古忠臣遭诽谤、良将被剪除的规律谁又能改变？前面这幽幽商山，将会是自己的归宿吗？

刘邦站在突起的岩石上，面向丹江西南的商山伫立，听到声响，回身见张良走来，便问：“子房呀，今日随我去商山访贤……”

“尊听主帅安排。沛公呀，您重任在肩，应该好好休息，怎么起得这么早呢？”

“我早起眺望商山，想着访贤之事。而你也是早起捡物，此荒山莫非有什么宝贝？”

“沛公所言极是，此地确有宝物。”张良说着，摸出袖中之物让刘邦细看。

刘邦拿了扳指套环，笑言：“这个玉琢嘛，还沾点宝贝的边儿！”刘邦知道，弓箭手的扳指套环多以竹节或木料打磨而成，此玉琢扳指必为将帅所用之物。于是，攥在手中来去把玩。

张良言：“此玉琢扳指，归沛公了。”接着，又拿出一个瓦当残片和锈迹斑斑的箭镞。

刘邦傻眼说："子房，你捡的这些碎瓦片、锈箭镞头什么的，能叫宝贝？"

张良指着瓦当上的字符，言："沛公，请看——"

刘邦细看半圆瓦当上的方正纹样，甚不肯定，问："是商字？"

"正是。若把'商'与箭镞之'镝'两字放在一起作想，便有学问……"张良拿了箭镞敲击瓦当，金石声鸣。

"噢，这有学问？"

"沛公呀，商主和，镝主战。一文一武，一张一弛，若取天下，缺一不可！"

刘邦虽然豪侠仗义，勇猛有余，却是读书太少，甚不通韬略。包括弓箭在内的诸多兵器，他自是明白，但这个商字，本来就是生意人的事儿嘛，听张良这么一说，有点儿犯迷糊。

张良解惑言说："沛公呀，商是以物易物，积累财富之说，没错！但在谋事中的商量斟酌，以求中正；在宫商五律中的不抑不扬，以求和谐；还有在二十八星宿中的'心宿'……"

"啊，就此一个商字，竟如此复杂？"

"其实并不复杂，在破敌布阵中用商，还是用镝？是以不战而屈人之兵，还是殊死一战，抑或两者兼而用之，皆须审时度势，抢占先机，方能克敌制胜矣！"刘邦想到了宛县撤军，南阳谈判，智取武关，便明白了"商"字的学问。

"子房，感谢你鼎力相助，义军才能顺利进入商於。前面有秦岭横阻，秦军又是严密布防，还得靠你之学问和智谋了。若能早入咸阳争得关中王，本公必助你光复韩国！"

"沛公啊，你我皆生逢乱世，亦不愿苟且偷安，只有志同道合，相依相伴，方能成就大事也！"

刘邦祖辈务农，一身布衣，楚怀王让自己率兵伐秦，压根儿就没有给个名分，"沛公"这名号还是空口无凭地由沛丰子弟喊出来的。便想，我这个沛公呀，还只是亭长那么大的官儿，没根没底的就像不成器的泥坯子，连爷庙都进不了。离皇帝梦太遥远，对西进伐秦心中没底，于争关中王也极不自信。他极其看重今天入商山、拜访圣贤这事儿。着迷似的反复想，他们若真是侍候过始皇帝的博士高官，请他们随我伐秦，不就是增添了筹码吗？

早膳后，刘邦带了张良、萧何和骑卫离开军营，快马加鞭，不一会儿就绕道堡子城，涉过丹江。根正老人在堡子城居高临下，见有兵马过江，便放飞数羽白鸽，给商王村和天虎幢报信儿。

刘邦一行驭骑过河，面前的山影由淡而浓，越近越高，陡然有巉崖耸峙在前，光溜溜，黑乎乎，气势赫然逼人。刘邦入武关来的一路上，走到哪儿，都是看山山险，看树树怪，无不云遮雾罩，令人一头雾水。寻人问之，曰大峪也。大峪？怎么只是一线细流挤出来的罅隙。刘邦一行只能跳下马来，侧身按辔，踏水前行，行至深处，竟是山之阴穴，轰隆鸣响，水帘垂洞，落石溅飞，晶莹透剔的水珠似珍珠一般抛洒开来。两侧山崖，峭壁湿滑。苔藓厚积，浸水淋淋。水雾弥漫，寒气逼人。刘邦哆嗦一个冷战，拧头回望，峭直崖壁合拢如在瓮中，瓮底观天，天就成了巴掌大的一片。

萧何在前踏石阶，穿水帘，爬出瓮口似的窄狭处，眼前豁然开朗。他让士卒插枪在地拴系了坐骑，转回身拽住了刘邦的手往上拉，士卒在后推着屁股才使刘邦站在了崖头。刘邦喘口气，回身望，巉崖峭壁将外面的世界隔绝，身后一泓清水如高峡平湖，荡漾出了南国情调，便问说：“子房呀，何是来处？何是归处？难道我们是从水中上来的吗？”

张良回话说：“沛公呀，识得来时路，方可至远途。水断流处，是来路，亦是去处。”

“哦，水中来水中去的，那不就成龙王了？”

“没错，沛公是龙王！当您挥剑斩了芒砀山那条白蛇后，您就成了龙王！”张良此说，是在提振刘邦的自信心。

萧何明白了张良的良苦用心，便附和：“是呀，沛公乃龙……”

士卒们雀跃欢呼：“沛公乃龙，沛公乃龙，沛公实乃真龙吔——”欢呼声震得山峡回声不断，战马亦是仰首嘶鸣。

贸然进山　　王家民 · 画

刘邦高兴地跃身上马，拐过一处陡坡急弯，青砖瓦舍的村寨就在眼前。他驱马到了一棵大槐树下，树冠遮天蔽日，枝头挂满红色丝带，一位老人问说：“来者何人？缘何至此？”

刘邦手拽马缰，高坐马背，回话：“沛县刘邦，率兵伐秦的沛公是也。”

“因何进入商山？”

“只为访贤。”

“既访贤，何必带着骑卒、兵器？”

萧何落马，回话：“老人家，不必误解。我们西进伐秦，军中短暂休整，刀枪只是随带之物。”

“大峪乃进入商山腹地的山门，进山门，欲访贤，须以礼仪行事！”

“哦？如何以礼仪行事，还请明言。”

“心诚、礼至、兵匿！”

“噢，我们专程入山，自是心诚……”

“礼嘛，不就是个钱嘛。萧吏掾啊，问问进山需多少钱币？”刘邦依然骑在马上说话。

“嘿，这一个礼字嘛，再多的钱币是买不来的！”此拦路说话者便是根善老人。此时，诸多孩子手持虎叉、棍棒、弓弩等对付野兽的家伙，站在了老人的身边。

刘邦愕然，这老人竟如此咬文嚼字？什么礼来礼去的，怎么就被绕糊涂了。心想，这人难缠，还有那些虎视眈眈的孩子，亦不可小看，只得翻身下马，以示谦恭。站在一边的张良，走近根善老人，说道：“原谅我们礼数不周，在此给老人家赔不是了。”后面的骑卫皆下马，趴地，磕头。

“嗨呀，搞错了，你们应该礼敬的是这大槐树呀！”

刘邦不解，槐不就是“木”与“鬼”合写起来的一个字嘛，为何要敬？张良想起了周礼所言，三公朝觐天子须面槐而立。“槐”和“怀”同音，其意是怀柔远人。周以太师、太傅、太保为三公，秦也以丞相、太尉和御史大夫为三公。

三公乘凉槐下是修行品德、人心归一的过程。刚才呀，沛公至此没有落马，自是失礼。细看面前这沧桑的大槐树，裸露的老根盘错，龟裂如石，树冠遮天，无限旺盛，便附耳于刘邦，悄言："槐树根深，长寿千年，能沟通阴阳，能使人神交往。槐树嘛，也是社稷江山稳固的象征！"

刘邦听此一说，抬头仰望槐树巨冠，云影天光一闪，似有龙蛇腾空，便谦恭地言说："当敬，当敬！"

"要说礼槐嘛，需诚心披挂红带，点燃香草，跪地，叩首，许愿……"根善老人说着朝身后一摆手，走来几个手持红丝带、拿草垫的孩子。孩子把红丝带交给根善老人，把草垫放在地上，就去了路边的涧塄下攫取香蒲草。

香蒲草是多年生的草本植物，从根到茎都有用处，实属商山一宝。其嫩芽可食用，味道鲜美，修长的细叶极是柔韧，可编织成蓑衣和草帽。花粉入药称草蒲黄，具有止血、化瘀、通淋之用，熟透风干后可做香枕。花落后的棒芯，圆浑挺拔，长约一尺，茸乎乎，挺直在田野的荒草间，折取点燃就是天然香烛，多用于祭祀。时逢秋季，枯黄的香蒲草棒遍地都是，孩子很快折取了许多。

刘邦、萧何、张良跪在草垫上，根善老人把红丝带搭在了他们的脖子上，点燃了香蒲草棒，递予刘邦三人，回身朝老槐树拱手说道："老槐，老槐，你听着，客人拜槐神，恳求神醒来。客言心中事，说啥都别见外。"说着，拧身面对刘邦三人叮咛："客官，求啥说啥，诚心即可。"

三人手拈冒烟的香蒲草棒，先深作一揖，再双手合十，高举起来，抵紧额头，诚心诚意地念叨着。

刘邦出声言说："求神树保佑，早入关中。攻取咸阳，伐秦功成。"没念出口的是"如愿封王"！

萧何默念道："沛公举旗，萧某相随。乱世争雄，顺应天理。西进伐秦，祈遂人愿！"

张良不动声色地潜言于心，默念："家仇国恨，永志不忘。投身沛公，合谋伐秦。除暴扶正，以图正道！"

三人心里的话语随着缕缕青烟，盘旋在老槐树的顶上久久不散。

“客官请起，取下脖子上的丝带，挂上槐树的枝头。”根善老人说。

刘邦三人起身，把红丝带挂在了老槐树的枝头。礼毕，萧何问说：“还请问老人家，那‘兵匿’之事？”

“诸位有所不知，商王村乃古商国发祥之处，亦是商祖故地。自古以来，无论多少次改朝换代，也无论山外是如何嗜血杀戮，这里都如同世外桃源，不曾受到战乱纷扰……路不拾遗之地，夜不闭户，自成风气。”

“哦，原来如此。”

“古礼古训，周礼秦制，无不与商王村相关。禁止携带兵器入山，是亘古不变的规矩！”

萧何听明白了，问话：“噢，进山不带兵器就不带了？还请问老人家，如何寻找山里的隐居之人？”

“隐居之人自在隐秘处，山路崎岖，极是遥远。若诚意寻找，须把兵器和坐骑暂留于此……”

刘邦想，这老汉怎么如此难缠，这不就是让我缴械投降吗？正待开口说话，身边的张良拽了拽他的腰带，他突然记得早上说的那“商”字的学问，便抱拳施礼言：“谢老人家指点，我们入乡随俗嘛，进山，便不带兵器了。”

“好，这就好。娃儿们领客人到上河的老庄子里吃饭，伺马进厩！”根善老人说。

刘邦一行留下了坐骑和兵器，随孩子拐急弯，攀陡坡，蹚水过河，踏石阶，上到高处，院落里走出一位身着青花素衫的窈窕少女，笑盈盈地说：“请客人进院子，歇息，用膳！”

刘邦、萧何、张良进院，大槐树下那老人忽而就在面前。三人纳闷，分明刚与老人道别，被孩子们簇拥上来，难道这老人分身有术？他难道真是树神？容不得多想，那窈窕少女便热情招呼他们三人落座，面前的陶碗里茶水清亮，香气扑面。

刘邦皱鼻深吸，陶然欲醉，醉的是山野茶香，醉的更是面前这女子的风韵。院内院外的石桌皆置饭菜，老人在院内陪刘邦三人用膳，孩子们在院外招呼士卒进食。

面对热腾腾的烙饼，看着那爆炒的腊肉、清炖的野鸡野兔、嫩豆芽和山野青菜，刘邦突然就想到了酒，于是问说：“山中大叔呀，您喝酒不？如此丰盛的饭菜，若无佐酒，岂不遗憾？”

“商山人哪有不喝酒的，自酿的柿子酒，家家有！”

“好，拿来同饮。”

“酒藏窖中多年，喝着香，后劲大，也叫跟头酒，凡人是喝不得的！”

“哦？”

“喝过后，人就会东倒西歪，满山遍野地翻跟头呢！”

“好呀，如此更好，佳酿美酒，劲儿越大越好！萧吏掾呀，酒钱可得多付哟！”

萧何知道，刘邦是见酒醉，醉了睡……酒足饭饱后睡觉更是有长没短的，什么正事儿都干不成了，于是劝说：“沛公呀，贪酒误事，可否免饮？”

“小酌，小酌，不碍事儿的！商山这礼仪之地，无酒怎么能行？”

根善老人让孩子抱来窖藏老酒，解开坛子上的草绳，拿掉口沿处的红布，除去泥巴，拔掉木塞后抱起来往陶碗里斟酒。张良本想劝阻刘邦，但碍于老人的面子，看着在陶碗里打旋儿的醇酒，就不便再说啥了。眼下，无法阻止刘邦贪杯，萧何、张良两人就婉拒饮酒。

窈窕少女斟酒，款款地奉在面前后，根善老人只是礼节性地小抿，刘邦却是仰脖子一倒，“呼噜”下喉，自斟自酌，一会儿就脸面通红，醉眼蒙眬，眼珠儿随着窈窕少女的身影来去转悠。这商山女子粉面如月，明目似星，眉不画翠，唇不点红，垂落在腰际的黑发如瀑，随着走动的步伐来去摆动，刘邦已是酒不醉人，人自醉了。

张良见此就对萧何言说：“萧吏掾呀，沛公和你是乡党，你年岁比他大，你说，这事儿咋办？”

“子房呀，既已如此，还需咱俩多担待了。”

“嘿，这会儿的沛公呀，不能再由着他了！”

“如何处置是好？”

“你上去拿下他的酒碗，让士卒扶着他上山！”

“这？”

“这又咋啦？没事儿的，士卒都是你带出来的子弟兵，他们关心沛公，也就会配合你的！”

萧何想明白了，走到刘邦身边，一手抚在他的肩头，一手摁住酒碗说：“沛公，不能再喝了，要误事儿的！”

“沛公呀，还要上山寻访圣贤呢！”张良也是大声提醒。

“访贤？哦，噢……找个地方，我先睡、睡、睡会儿，萧何、萧吏掾呀，还有我的子、子房，去请那几个人来、来此见、见、见我……”刘邦话没说完，便趴在石头上睡着了，呼噜呼噜，起了鼾声。

根善老人对萧何、张良，说道：“二位呀，看得出来，你们对这位首领忠心耿耿，关爱有加。那还是让他好好睡觉吧。”

“老人家，时间紧呀！”

“不管紧不紧，山里有话说，心急吃不了热豆腐嘛。”根善老人如此说来说去的，意在劝阻他们不要走进封地沟，更不愿他们叨扰天虎幢上的先生们。

“老人家有所不知，这位主公可是十万大军的统帅，我们专程进山，无论能否见到隐居在深山里的圣贤，太阳落山前都必须回到军营。”

萧何突然有了主意，让士卒割取藤条紧急编织起来，准备用木杠抬着沛公上山。

根善老人见此，知来者非上山不可，便让孩子领着士卒割藤编网，找来抬杠，众人一起把烂醉如泥的刘邦抬到了藤网上，两个士卒刚抬杠上肩，木杠就“咯吧”一声断裂。找粗点儿的木杠再试，又是断裂。反复再三，商王村的老庄子里再无木杠可用。刘邦身骨重，抬不动啊！

山里的小伙议论说："好冷屃哩，咋这么沉重？"众皆惊奇，刘邦在地上摔落多次，都是鼾声如常，熟睡不醒。有人悄说，跟狗一样的土命么，只要不离地，就死不了嘛！

的确，刘邦在此这么一折腾，还真是食了商山的烟火，接了商山的地气呢。小伙子们扔了折断的抬杠，按照根善老人的吩咐，将刘邦弄到房舍里，让他去睡觉。

萧何对根善老人言说："大叔呀，主公醉后一睡就是一两个时辰。我俩去山上访贤，士卒全留这里伺候，有什么不妥之处，还请老人家多担待了。"

"嘿呀，你俩也别去了！"根善老人亮明了态度。

"呃，这却为何？"

"商山是神山，不惊山、不扰人，方为正道。"

"老人家呀，我俩定会做到不惊山、不扰人！"

"看得出，你俩是知礼向善之人。我相信，你俩不会惹天怒、犯神煞，诚意上山诚意拜访圣贤不是不可，只是上山小路崎岖难行……"

"老人家放心，我俩小心谨慎便是。"

"还有深山密林中的阴风瘴气、狼虫虎豹、蟑螂毒蛇，也须提防。老汉我让小伙子为你俩带路，他那一根扁担堪比刀枪！"

·3·

萧何、张良到了天虎幢下，带路的小伙子指明路径后便去砍柴。俩人爬上石幢高处，推开虚掩的柴门，扑扑啦啦，数羽白鹁鸽掠过头顶飞去了远处，留下的是一片祥和与静谧。

面前一棵苍松，硬生生地从石崖的缝隙中挤了出来，龟裂的躯干挺直一段后便弯来拐去的，盘旋如龙，枝丫交错，松针密织，黛色浓重，铺天盖地投射着偌大一片浓荫。瞬间，便凉爽加身了。神奇的苍松下，摆了许多架柜，迷阵似的弯来转去。松根盘错处坐了一人，正提笔蘸墨，一丝不苟地写着什么。那人面前的书简堆积如山，头顶的树枝上悬吊的也是书简，如成熟的金瓜引人注目。忽有童音叽喳，清脆如歌，二人移目四顾，见峭崖如画的深远处，走出一群怀抱书简的孩子，簇拥着一位仙风道骨长者，那长者也是怀抱书简，缓步走来。

萧何细看，这正是昨日那位慈眉善目，五绺银须，如瀑垂胸，走路迈着八字步的儒雅人，便叫好在心，正欲前去唱喏，却不想张良身影一晃，抢先到了那人的面前，施礼言："道中高贤啊，子房冒昧……"

萧何纳闷，昨日张良压根儿就没去骡马店，他与此人未曾谋面，怎么就像熟人似的在打招呼呢？想着，快步趋前，站在张良身边，也是施礼抢着说："高贤长者好，我们来此，替沛公访贤！"

唐秉笑问："哦？沛公，沛公何在？"

"这——"萧何语塞。

"是因半途遭雨，沛公稍有不适。"张良替萧何打着圆场，说了谎话。

"是是是，确实如此。我俩前来，替沛公拜访高贤长者。"萧何说。

"访贤，岂可由他人代替？"高声问话者，是坐在松下那位提笔蘸墨、精心抄写什么的人。

萧何、张良拧头看，问话者面目清秀，长须三绺，疏朗别致，文质彬彬。萧、张二人为说假话忽而脸红，无言以对。

唐秉见萧何、张良极是尴尬，稍缓一会儿，说道："崔广呀，此俩客，昨日得见其一，客自远方来，不亦乐乎……"

萧何、张良心存感激，齐声言："谢谢高贤长者！"

"什么高贤呀？老朽，老朽，闲人而已——孩子们，为客人看座。"

萧何、张良因刘邦嗜酒误事，为刚才顺口编造的谎言感到不安。此时，哪好意思落座？

"惭愧，惭愧，贸然前来，耽误了高贤长者的正事……"萧何说着，伸长手臂，欲帮唐秉抱过书简。恰此时，那群孩子又抱书简从远处走来，不待消停地往书架上一一摆放，萧何、张良也就出手相帮。他俩一边往书架上摆放书简，一边细看其上签注的文字，什么《尚书》《楚辞》《诗经》《书》《礼》《乐》《易》……应有尽有，由不得同时傻眼。都是读书人，见书不少，但哪儿见过这么多的书简呢？

“子房呀，倾你韩国所有，能有几多书简？”萧何悄问。

“聚齐天下藏书，亦不过如此。”张良回话。

唐秉听了，说道：“两位客人，这算得了啥呀，想那秦都咸阳……”

“道中高贤啊，天下人皆知，始皇帝暴虐无常，焚尽书简，秦都咸阳还会有书吗？”

“什么？所谓皇上暴虐，全是无稽之谈！焚尽书简之说，实乃以讹传讹，与事实相去甚远。”

“哦，请问高贤长者焚书的实情？”

“奸雄乱朝政，皇上背黑锅。广域华夏，千年文化，无数书简，岂能被一烧了之？想那时，心怀鬼胎的李斯也只是虚张声势，多以干柴烈焰壮其声威，走了个焚书的过场罢了。”

啊，果真如此吗？萧何、张良听得一愣。

唐秉接着说：“诸子百家言，圣贤春秋书，尽在眼前，岂能有假？崔广呀，你给客人说说吧……”

“唉，说来话长啊，时逾六十年了呀。面前这些书简，多为先师荀子所授，全是先秦文脉之基，恩师他、他嘱托建立书院妥为藏之。我们携书入秦，尽心校勘编撰，累积日渐增多，吁请建馆藏护，却因李斯谗言，使这些书简面临被焚烧之灾。我兄弟数人，还有父母家人协同将书简转移至商山。为此书简，历尽艰辛，藏书于此，暂得平安，却连带了我那师叔和我全家。还有吴兄的一门老少，亦是囫囵遭殃……”崔广拉起衣袖遮面，却不掩悲声。

“崔广呀，莫悲伤。今有客人在……”唐秉劝言。

崔广缓过神来回话：“失礼了，客人莫见怪。今日面前这么，是晒书……”

“哦，晒书?”

“是呀，为书简久藏不腐，传承于后世，就必须精心晾晒。藏书如经管儿女，不打理、不晾晒不行呀。人与书相互张目，互为依赖。人与书相识、相知、相守，两我相忘，人视书为良师益友，书便给人以聪明和智慧。人事、国事、天下事，无不在书中矣!”崔广神情专注地说。

张良感慨言：“道中高贤所作所为，令后辈感动。”

萧何问说：“请问高贤长者，秦都咸阳尚有藏书几多?”

唐秉回话：“想那时，废除有碍于字同符、书同文的六国旧书、方术邪说，却于秦制律令、历书、医药、占卜、种植诸多要典，不仅不曾焚毁，而是作为治国之本，妥存于秦都咸阳的皇宫御史府之中。”

“哦?”

“啊——”

崔广见两位客人愈发错愕，便言：“我兄入秦数十年，他没离身地陪侍少年嬴政，从秦王到始皇帝的一路坎坷，啥事儿他没经过，其言岂可不信?”

说者无心，听者有意。萧何把秦国皇宫的御史府中藏书的事牢记在心。张良看唐秉走路的模样，心里“咯噔”一下，后悔博浪沙那一铁椎没把秦始皇咋样，却把这位和善可亲的道中长者砸伤。唉，误伤好人，误伤了好人啊!

此时，萧何看那郁郁葱葱的崖壁处，陡然有两个书架凌空横移而来，到了前面的空地上，“砼咚”两下落地声，书架被竖立扶稳后，两个站直了的身影使萧何眼前一亮，昨日所见三人已是聚齐，加之抄书者正好四人，想他们必是名满列国的兰陵学子、秦博士了。

此四人站在一起，恰似苍松傲立，气质非凡，云影天光，陡然豁亮，斑驳陆离的浓荫地面，泛起了缕缕光芒。

萧何拱手施礼言：“高贤长者!我知，你们便是荀子的门生，世称秦之活字典的四位先生啊!”

天光云影　　　　王家民·画

唐秉言说："我们四人皆为荀卿门生，没错。客人啊，切莫赘言其他虚妄之词！"

周术"呵呵"两声，问话说："嘿，两位客啊，你们何人？"

"在下萧何，跟随沛公伐秦的随员。"

"在下张良，字子房。实乃流落天涯人……"

萧何听张良已是把话说偏，便拽了他的衣襟，抢着说："我等虽不知四位高贤长者尊姓大名，却知你们德高望重，实乃秦国雕栋之才也。"

唐秉言："莫虚夸，莫谬赞。我乃洞庭东山东园村人，东园公是了。"

周、吴、崔三人听唐兄此说，知是搪塞之言，便心领神会，一个接一个地回话：

"本人祖籍东海之滨角里村，角里先生是也。"

"我出生于洞庭西山的绮里村，兄弟中排序在末，人称绮里季。"

"我居鄞州东钱湖，生于麦收季节，夏黄公便是。"

…………

萧何听过，明知这是隐姓埋名之词，却不能再做深究。

张良忽而走神，便不究四人名号的真假虚实，只是想到了恩师黄石公。萧何心里亮堂，便言归正题说道："四位高贤长者在上，沛公有意恭请四位下山，随伐秦大军重归咸阳……"

"哦，沛公有此念想？免了吧！我们已是颐养天年之人，何顾身外之事？"

"嘿，什么沛公不沛公的，言而无信，既入商山，却又半途而废……"崔广埋怨说。

萧何跪地，张良亦跪。俩人为刚才妄言欺贤心亏而跪，也为诚请四人下山把沛公刘邦的心愿落到实处而跪。二人不解，沛公已入商山，他们怎知？难道有什么未卜先知之明？越想心里越不踏实，暗怨沛公，怎么如此贪杯误事呢？

萧何郑重其事地说道："请先贤长者体谅沛公，秦国已是岌岌可危。奸宦赵高曾送密信给沛公曰，欲平分关中。沛公断然拒绝，率雄兵入关除恶，天下诸侯无不雄起，残秦已成强弩之末，沛公恳请诸位下山。”

张良面朝唐秉，叩头说：“在下子房，对不起东园公呀，赔罪，赔罪了!”

“啊？萍水相逢，何罪之有？”唐秉愕然问。

“嬴政当年行走博浪沙，那袭身铁椎实乃在下所为……”

张良此言，使众人大吃一惊。惊天动地的博浪沙谋杀，怎能是张良所为？看他这文绉绉的书生模样，怎能有如此能耐呢？

萧何急忙爬起身来，手摸张良的额头，对众人言说：“子房路途淋雨，此时发烧，正犯迷糊……”

张良推开萧何的手，言说：“萧吏掾别拦，我没有犯糊涂。当年那事啊，确是在下所为。你看东园公走路这模样，分明是被铁椎重击所致。误伤好人，造孽在先，今日相见，岂能不谢罪？”

唐秉走近张良，紧握其手，言说：“年轻人呀，切莫把笑话说过了头。那么沉重的铁椎，岂能被你移动半步？”

“东园公呀，那事儿确是在下主谋，那持椎力士是我由雇佣……”张良说得真切，众人半信半疑。

“过往之事，无须再提。我脚之残疾其实与博浪沙那落椎无关，我身为侍君郎，责任使然。君王命贵，遇难不死，实乃天意也。”唐秉拉起张良，释然说话。

张良便敞开心扉，叙说过往之事，说自己满门遭杀的凄惨和“血债血偿，不杀秦王，不灭秦国，誓不为人”的少年誓言，听得众人如梦初醒。

真是天下之事无奇不有。曾经的生死搏杀者，竟能相见一笑泯恩仇。众人唏嘘之间，皆同情张良，安慰张良。

二十年来，张良一直过着颠沛流离的日子，此来见到唐秉四人，看着这天虎幢的清静和满目书简，想到了曾经的家，感到了莫名的温馨和亲情，于是恍惚念说：“苦矣，子房我无国无家，何时才能像四先生一样隐居青山？”

“哦？年轻有为之人岂可言隐？隐者，实乃天地时势之造化也。”

“还请道中高贤，指点迷津。”张良谦恭求问。

唐秉将张良纤弱的手攥得更紧，和风细雨地说道："小隐隐于野，大隐隐于朝。山林之隐是无所作为的小隐，朝中之隐藏龙卧虎，身在熙熙攘攘的喧嚣中不为名利，淡然处世，方为大隐。知隐，善隐……隐与不隐，须顺其自然。活得真实自然，不求身外之物者，就是心神大隐。人生嘛，大隐与小隐，长隐与短隐，真隐与假隐，岂能一言以蔽之。我经历了秦国的兴衰数十载，现年岁已高，隐山悟道，修身养性，便是顺势而为之的道法自然。你正是年富力强之际，西进伐秦岂能少了你子房？你呀，还是快快下山去吧！"

萧何见张良愈发瓷呆、犯傻，便言："子房，下山吧！"

唐秉见萧何、张良皆非狂妄之辈，知他俩随沛公伐秦初心依然，便劝其尽快下山，告诫："二位转告沛公，过武关到商山，已入关中门庭。伐秦须以德前行，擘画天下，先修自身，心怀慈悲，礼待百姓，切莫嗜血施暴！"

萧何深明四位长者宽容处事，善心济人，便回话："在下萧何，牢记高贤长者教诲，定当将诸位善言转告沛公！"

萧何、张良与四位高贤长者言谈甚欢，忘了时间。砍柴小伙在石幢下面等了许久，见天色不早，就爬上天虎幢来喊："远来的客人呀，天不早了，快快下山吧！"

萧何、张良这才与四人告别。唐秉再次叮嘱："切记以善待人，以德济世，行无为而无不为之事！"

俩人随砍柴小伙走下天虎幢，回头仰望高处，云影天光祥气浓，松柏屹立成画图。萧何牢记在心的是秦都咸阳的宫书文献。张良感佩四先生的人品，不舍这偏僻山居的清静和逸气。

山林嬉戏　　王家民·画

第十七章　风吟水潜再闻道　孤身漂泊去复来

·1·

刘邦被商山跟头酒喝得酣睡不醒，他在梦里一会儿斩杀白蛇，一会儿钻山为寇，一会儿又踏平县衙揭竿而起，砍杀来去，血流成河。忽而血水变清，水流叮咚有声，凉风清爽宜人，他穿戴起了皇上的衣冠在漫山遍野闲逛……正此时，那个打柴领路的小伙率先走下天虎幢，猫腰将支棱在崖边的柴挑横扛在后脖上，站直身子，呼扇几下，猛然掉转方向，柴挑便闪在了一侧的肩头，接着轻迈碎步，由慢到快，一会儿就小跑如飞，步子有多快，柴挑呼扇就有多欢实。仄斜崎岖的山道，在那打柴小伙的脚下竟似坦途。

萧何、张良加紧脚步，小跑似的，却与那小伙的身影越来越远，汗流浃背地拐过一个急弯，见那小伙在路边歇脚，肩头那沉重的柴挑，变戏法似的悬在面前。近看，原是用一根木棍儿立撑在地，悬悬乎乎地擎了那沉重的柴挑。小伙一手扶了木棍儿，一手轻摇草笠，扇动清风。

萧何好奇言：“小伙呀，这么重的柴挑，这根细木棍儿竟能如此擎起?”

“这是搭柱嘛。这搭柱放在肩上，能把一副挑担分作两肩用力。撑立在地嘛，又可顶起千斤。”

“噢，这是搭柱？好啊！”张良说。

“不管好不好，祖先传下来的嘛。商山人挑物负重，不能不用搭柱！”

萧何、张良明白了，挑担者手中这搭柱，行走中由不负重的肩头伸后去，把柴挑的重量平分两肩，歇脚时，可擎起挑担，使负重者缓气歇息。两人称奇：这真是个奇思妙想的绝招啊。

“客家人呀，走山路嘛，我歇我走，你俩甭停，慢了你俩不等，快了你俩不撵……”

萧何、张良明白挑柴小伙的话，就一会儿在前，一会儿在后，与那小伙厮跟前行。萧何言：“处处留心皆学问呀，这轻汉走路与负重者走路，还真不一样呢。”

“嘿，萧吏掾，看来呀，你便是沛公的搭柱了！”

“什么?”

“没你这个搭柱，伐秦这副重担，他扛得起吗?”

“哪里哪里，沛公是离不开你子房呀。”

“靠我？那便靠到空里去了！我是要再来商山，陪那四位道中高贤的……”

太阳快要压山时，萧何、张良回到了商王村的老庄子，听士卒说，沛公还在睡觉，便相觑悄言：“哦？都啥时候了，怎么还睡不醒?”

“唉，这商山跟头酒，真能喝翻英雄汉。”

俩人紧忙往刘邦歇息的屋舍走去，边走，边喊：“沛公，速起！”

“太阳将要落山了，速回军营！”

…………

刘邦此时还在梦游。他从芒砀山到商山飘来飘去，皇上衣冠华丽耀眼，蜂拥蝶舞全在身边，他快步追逐的却是睡前那位窈窕少女，那女子拧身一转化作了凤凰展翅，高飞在空，他便乘云紧追，追得风疾如啸。哪知，却是萧何、张良的高喊声声。

刘邦把额一拍，翻身下炕，出门，急忙问："上山结果如何？他们来了吗？"

"沛公呀，那四位前朝博士不愿下山。"

"什么，他们不愿下山？那我上山去请……"

"不必了，沛公即使上了山，他们也不会见你。"

"啊，如此不识抬举？让士卒上山，把他们抬下来！"

"沛公呀，切莫乱讲。他们是荀子的门生，学养深厚，品行高尚，名满列国。岂不知，士可杀而不可辱，如此博学厚德的长者，岂可如此相待？"

"哦，这么说来，我又是失礼了？"

"沛公呀，不可强人所难。四先生已告诉了秦国皇宫中的诸多秘事，言说秦已非秦，国已不国，气数将尽……"张良假借四位先生之口，又在为刘邦壮胆。

"真有此说？"

"是呀，四先生说，过武关到商山就是跨进了关中的高门槛，已是皇都的门庭之地。沛公伐秦，必成！"萧何明白了张良的用意，也便杜撰词语，哄着刘邦高兴。

萧何、张良上山去说假话，下山来还是说假话。这善意的谎言，全是为了这位放荡不羁的沛公啊！刘邦哪知两位的苦心，开口言说："如此说来，还真得感谢他们四人！"

"来日方长。沛公，速回军营才是！"

刘邦、萧何和张良与根善老人道别，带领士卒快步下山。走到大峪口的罅隙间，两边峭崖上似有隐约的画面，金戈铁马，奔腾向前。远眺沟外面的丹江河，倒映着天空的火烧云，流成了长长的水波，灿烂如画。

·2·

数天后，刘邦率义军沿商於道西进，行至龙王河，见河边棒槌咣咣，笑声如歌，柳荫下清泓如镜，倒映出了浣衣女子的苗条身影。刘邦看得走神，便荒腔走板地唱起了沛丰民歌，惹得身边的文武随员嬉笑不止。河边淘金的人群中，走出一个浑身沾满沙金，裹了红裹兜的光屁股娃娃，在沙滩上翻滚着唱：

狗不叫，蛤蟆笑，光着脚丫穿龙袍。

没长嘴的吹长号，瞎了眼的跑龙套。

…………

刘邦听不懂词儿，只见那金光闪烁的娃娃和着节奏，弯腰伸长臂膀用手挖沙，河滩上就有了巨大的旋涡形的小沙沟，河水从弯转的沙沟涌入，打着旋儿，随娃娃不断移动的身形，汩汩涌动，不断向前，弯来转去地又汇入了河流之中。刘邦看得有趣，跳下马来，问："干啥呢?"

那娃娃头也不抬地说："画龙。"

"什么龙?"

"水龙。"

"这只是弯来弯去的沙沟细流，哪儿是龙呀?"

"这是龙王河，信手乱画都是龙。"

"哦，此乃龙王河?"

"是呀，河边这座山，就是龙王岭。"

刘邦开玩笑说："什么，这龙王河、龙王岭的，真有龙吗?"

金娃娃笑言："龙？你想见龙，算是找对地方了，天下的龙嘛，都在这儿蜗蜷着呢!”

“啊?”围在刘邦身边的文武随员，无不大吃一惊，皆想，龙可就是皇上呀，怎么全蜗蜷在了这儿呢?

金娃娃念道：“狗不叫，蛤蟆笑，光着脚丫穿龙袍……”念说着，蹦跳着，转身离去。

刘邦撵上去问道：“金娃娃啊，甭走呀，说说龙窝在哪儿。”

金娃娃把刘邦从头到脚打量一番，信手往高处一指，说道：“龙窝，就是龙王庙嘛，在上面。”

众人抬头看，那是峭壁上的一处石板房，哪里像龙王神的庙?皆不信。刘邦欲一探究竟，喊说：“娃娃带路，上去看看!”

众人随着金娃娃拨开荆棘蒿草，攀爬狭窄石径，来到庙前，无不傻眼。简陋的石板房，石墙无窗，有门无扇，简陋，低矮，人低头才能走得进去。走进去更是傻眼，里面堆着十八个大小不一、奇形怪状的石头，其余啥也没有。

金娃娃却言：“不信是龙?你往这儿看!”说着，便抓了腿缝里的小鸡鸡，高高举起，往那些石头上撒尿，“哧哧哧”转一圈，十八个石头全洒湿。

他撒完尿，对着一个高大的石头用手一拍，说：“看，这个大龙的模样，像不?”他这一拍，把上面的尿液溅到了刘邦的脸上，气得刘邦伸出巴掌朝那娃娃的屁股上扇去。

想不到，娃娃机灵，呼的一下就从刘邦的腋下溜走。刘邦撵出庙门，四下打量，“吧唧”声响，一坨黏物落在头顶，伸手拨拉，黏物糊眼，叫骂一声，强睁眼，抬头看，那金娃娃在树杈高处与喜鹊戏耍。树枝穿插如网，娃娃行走其间，如履平地。熟透的柿子纷纷坠落，抬头看热闹的文武随员无不中招，有的抹了嘴巴说香甜，有的揉着眼睛说糊眼。

刘邦叫喊：“拿来弓弩，射落那个娃娃!”

张良拦阻言：“沛公，不可!”

“为何不可?子房你看看，个个脸上和身上污浊不堪，似如残兵败将，还有我脸上这阵阵尿臊……”

“沛公呀，喜鹊叫，好事来；红柿落，鸿运开。你再想想，举头三尺有神明呀。空中那娃娃，金光闪闪的，岂能是凡人?”

“哦?”

“那娃娃即使是凡人，其尿也非凡物。”

“怎讲?”

“童子尿，还元汤，轮回酒……”

“唉嗨，就是娃娃的一泡尿嘛，哪能如此玄乎?”刘邦摇头不信。

张良接言：“沛公呀，《黄帝内经》云，童子为纯阳之体，元气饱满，肾脬充盈，尿液外泄，必涵真元之气也。”

刘邦再抬头，空中那个娃娃忽然无踪无影。咦，真是神童！这一泡尿还真是神物？那十八个龙石岂不预示着什么好兆头吗？他看着萧何，言说：“撒钱，撒钱。谢龙王，谢神童!”

萧何摸出一把半两钱，“哗啦”一下撒入庙内。这才发现，那十八个石头的缝隙里，早有不少钱币散落在那儿，金灿灿，亮晃晃，甚是耀眼。

·3·

刘邦率伐秦大军一路西行，过鹤城入黑龙口，以张良文武兼用之计，火攻峣关，连夜越过秦岭，像堰塞湖决堤似的一拥而下，出辋川，至灞上，杀到了秦人的兵寨门前。秦军将士已作鸟兽散，“秦”字大旗萎靡不振，有气无力地飘在空中。刘邦扬剑斩旗，“咔嚓”声响，旗杆亦断，秦旗坠落的刹那间，白光泛红，似如斩杀白蛇的那一瞬间。他长身挑起“秦”字旗，擦拭长剑，跳上高台，迎着黎明的曙光长舒一口气，发令：令樊哙率兵进击咸阳，令萧吏掾速拟称王告示……

张良谏言："沛公，不可。群雄逐鹿，鹿死谁手，尚难预料，若急于称王，岂不是自讨枷锁？"

萧何亦言："沛公，初入关中，敌情不明，将士亦需休整，就此埋锅造饭。诸多大事，稍缓再议。"

"也罢，也罢。传令三军，安营灞上。"

沛公这儿刚安顿下来，秦王子婴派人送信。刘邦接信在手，认出了"求降"二字，喜形于色，一边交与张良、萧何传阅，一边问说："秦王子婴求降，此事有诈否？"

张良言："以天下大势和目下时局来讲，此事不会有诈。子婴羸弱，残局难拾，除了求降，别无出路！"

萧何言："子房所言在理。子婴献玺求降，是因能征善战的章邯、董翳、司马欣已降项羽，朝中尽是老弱病残。子婴杀赵高，未敢妄做三世皇帝，而是降称为王，还算识时务者也。"

"噢，如此说来，子婴求降是真？"

"是真！"

"无诈！"

刘邦听了张良、萧何两人的肯定答复，暗想，成了！嘿呀，甭看我这不成器的刘家小儿，耍着耍着，还真把事儿耍成了呢。忽而又忐忑不安，对怎么纳降心里却十分没底，于是说道："子房，萧吏掾，这事来得如此突然呀，想想，本公也还是个布衣之人，如何纳降？"

萧何言："按理说，以关中王纳降，方合情理。只是时间紧迫，等不及楚怀王之命，可又不能贻误时机！"

张良言："沛公，萧吏掾呀！求楚怀王诏封关中王，不只是时间来不及，而且他也难以兑现诺言。"

"啊？"

"子房我以为，沛公纳降虽无君王名分，却可暂设相国。由相国出头主事，如此水涨船高，沛公自然就是无冕之王了……”

“好！”

刘邦这“好”字言半，突然噤声，睁大眼睛看着面前这两位，想，让谁来做相国呢？左看右看，好生为难，便试探着言说：“你俩说说，谁做相国合适？子房呀，你乃丞相之后，你来做！”

萧何随声附和说：“沛公所言极是，子房身出相门，堪当大任。”

“萧吏掾呀，子房我随义军伐秦只是绕道归韩而已，并无长久相随之意。看来，沛公的搭柱——相国这位子呀，还只有你最是合适！”

“好鬼的子房！在商山那时说搭柱，你便话中带话。今日言说搭柱，你又使我作难。唉，我这能耐，岂能撑得起沛公的这副重担？”

“萧吏掾，你想想，子房我虽身出相门，但自幼见到的却是国破家亡，经历的是颠沛流离，与为官从政毫无干系。倒是你萧何身为县衙之吏，熟悉秦国律令，理政阅历丰富，且又与沛丰子弟一路走来，目下，沛公这相国，舍你其谁？”

刘邦仔细听了，觉得张良说得在理，便一锤定音说道：“萧吏掾呀，自沛县起事以来，大小军务全靠你操心，论年龄，你也是沛丰弟兄中的老大，无论这相国是享福还是受罪，你便替本公撑起来吧！”

萧何就此做了相国，便紧锣密鼓做了准备。他找来秦人的官服官帽把刘邦打扮一番，带领人模人样的一队卫卒举了“刘”字大旗，簇拥着沛公到咸阳城外的轵道边，接受了子婴献上的传国玉玺。刘邦欣喜若狂地走入咸阳秦王宫，舒舒服服地坐了一会儿龙椅，便转身去后宫找乐子了。

萧何牢记商山东园公说的“秦人治国之本，尚存御史府内”，踏入咸阳的第一件事，就是让曹参带人去御史府，很快找到了秦国的宫书文献，悉数装车搬往灞上的军营。回身与张良、樊哙一起说服刘邦不称王，不寻乐，安抚子婴及其降臣，让他们各执其事后，撤出咸阳，回到灞上。

秦国就这样没了，梦寐以求的结果来得太快，快得使人措手不及。

萧何的相国重担在身，想得也就很多很多。他知道刘邦一路走来的底细，能从沛县走到今天全靠的是运气呀。今日纳降，接过了秦王的传国玉玺，看似翻天覆地似的红火，但目下局势却让人高兴不起来。天下诸侯无不觊觎的帝王之都咸阳，熙熙攘攘，皆为王位和传国玉玺而来。枭雄云集，龙争虎斗，岂能让沛公轻易得手？数万沛丰子弟离乡背井来在关中，假若沛公不能真正成王，坐拥江山，可又该怎么办？诚如张良所言，楚怀王熊心说的那“先入关中者为王”只不过是激将法而已。熊心让刘邦策应项羽率兵救赵，用沛公来制约楚国贵戚，明眼人岂能不知？虽然进关中，入咸阳，一介布衣岂能轻易成王？即使楚怀王不食言，那杀宋义，招降秦国战将，挟制各路诸侯往关中杀来的项羽，岂能答应？这分明是，前行艰难。沛公这一艘船还散着架呢，如何把舵？怎么下河出海？萧何想得头疼，便找张良商量说：“子房，你把相国重担推给了我，治国理政的戏台子在哪？没有剧本的这出大戏可该咋唱？”

“哦，没戏台子，没剧本，那就从你搬出来的秦国宫书文献里去找嘛！”

“哎呀，那么多东西，一时理得顺吗？即使理顺，岂能解决目下燃眉之急？”

“萧相国呀，正当此时，须以商山四位先生所言……”

“噢，想那四先生说得对呀！德以前行，仁得人心！”

萧何与张良所见略同，于是两人一起面见刘邦，商量着拟定约法。约法初定，遍请关中父老齐聚灞上，沛公刘邦宣唱：

我所以来，为父老除害……与父老约法三章耳：杀人者死，伤人及盗抵罪。余悉除去秦法！

…………

沛公笼络民心的同时，加固灞上营寨，驯养士卒兵马，时时打探项羽西进的动态。

·4·

项羽年方二十又六，刚愎自用，霸气如虹，风扫残云般到了函谷关外。刘邦派守关门的曹无伤私会项羽，言说："沛公欲称王关中，让子婴做相，已封存了贵重财物和珍宝……"项羽怒入咸阳，斩子婴，杀秦臣，掠财宝，劫宫女，焚烧宫室和民宅，火阵连烧月余。他屯兵鸿门（今陕西省临潼新丰镇的鸿门堡村），依其亚父范增言欲除刘邦。张良审时度势，巧妙利用项伯与范增的相互掣肘，使刘邦从杀机四伏的鸿门宴全身而退。

项羽屯兵鸿门，自封为西楚霸王。肢解原六国，将楚国一分为四，将秦、齐两国皆一分为三，将赵国一分为二，包括自封的西楚霸王在内共封了十八个诸侯王。其叔父熊心虽被封为义帝，但只能听项羽的号令。三个秦国降将章邯为雍王、董翳为翟王、司马欣为塞王，分别以废丘（今陕西省兴平市）、高奴（今陕西延安北）、栎阳三地为都城。封刘邦为汉王，都南郑（今陕西省汉中市的南郑区），领巴蜀之地。也多亏刘邦听了张良、萧何、樊哙的主意，早早撤出了咸阳，龟缩灞上。否则，哪能等到封王的这一天？

汉元年（前206），诸侯各归封地。张良陪垂头丧气的刘邦到了褒中，说道："汉王呀，陪你至此，我得回归故国了，韩王亦是初封，他势单力薄呀。"

刘邦不舍子房，但又不能不允，他曾答应帮助张良复国。眼下韩王盼着张良，项羽也盯紧了张良。张良离开褒中前与刘邦彻夜攀谈，使刘邦打消了愤懑和消沉，明白了诸侯林立，势必弱肉强食，重新洗牌是必然趋势。项羽欲借秦岭大阻和三秦王的掣肘而置自己于死地，面对如此困境，何以生存？怎谋天下？刘邦认可了张良让自己韬光养晦，在龟缩中求出头的道理。于是，张良返回关中的一路上，将褒斜谷中的栈道焚烧殆尽。汉营将士骂张良狠心，只顾自己回归故国，却断了数万江南子弟的归途。项羽知之，高兴再无后顾之忧。尤其那三秦王章邯、董翳、司马欣皆以为刘邦已甘居一隅，于是高枕无忧，不思防范。

项羽所封诸侯，大都是跟随自己伐秦的战功卓著者。他封韩王之后便心生悔意，不仅是因为韩王几无战功，而更恼怒的是韩王拢不住张良。鸿门宴后，张良又随刘邦去了汉中。项羽便不许韩王归韩，将这个窝囊废带到了自己的封地彭城（今江苏省徐州市），同时将韩国领地吞并。项羽回彭城，把那个义帝也晾在了一边。他觉得，彭城就是自己的彭城，一城岂能容得二主？不顺眼的楚怀王待在彭城，抬头不见低头见的，还得称作义帝，由不得暗中生恨，恨他当初派刘邦西进攻秦，却派自己做了宋义的副将，远去救赵，以致刘邦先入关中，惹出了一番事端。于是，项羽劫杀义帝熊心的同时，废杀了韩王。

张良入关中，进栎阳，方知项羽已杀义帝，剪灭韩王，吞并了韩国故地阳翟。自己又一次痛失家国，没有了立锥之地，气恼不已，想这一生好凄惨……早年，秦国残暴，屠杀全家，自己立誓复仇，就抛椎博浪沙，欲杀始皇嬴政，想不到除恶不成，今又与项羽结仇。此仇怎报？能报吗？报一己之仇，要流多少血，死多少人呀！张良无奈、无助，何去何归，便糊里糊涂了。他像落单的盲人一样，不辨东西南北地走着，走着，信步走进了秦岭，登上峣关，一股清风忽来，云影天光就在眼前。猛一闪念，张良想到了商山，想到了那四位道中高贤。于是，朝着曾经不舍的商山走去。

张良高一脚，低一脚，不知走过多少路，也不知过去了多少时间，终于到了商王村的村头，大槐树顶上的薄云游动，似如龙蛇，秋月一轮，皎洁明亮，缭乱的心绪才稍微平静。他提神走上了越来越窄、越来越高的峡谷仄径，天空渐成一线，月亮却总是一路相伴。景随人行，心随景动。到了一处溪水清潭边，张良低头啜饮，月亮亦是相伴入水，先被水波摇碎，再就晃来晃去地慢慢团圆在了一起。忽而，冒出一条银光闪亮的龙形小鱼，灵动活泼，伸头出水，圆目闪亮，小口一开一合，似在说话。不知是问月，还是问张良。

张良便问："水中可好？"

"扑"一个水泡泛起，小龙鱼说："好！"

“小溪好，还是大河湖泊好?”

“扑扑”两个水泡泛起，小龙鱼说:“都好!”

“上善若水。水善利万物而不争……”张良高兴地念叨起了老子的道德经。忽而，扑棱一下，水珠乱溅，小龙鱼被一团黑影吞没。张良怅然若失，一屁股塌坐了，没劲儿前行。迷糊之间，沉寂的空中传来天籁之音，凝神细听，竟是东园公、甪里先生、绮里季和夏黄公在说话。

“夫仁者，己欲立而立人，己欲达而达人。”

“立而达者，君子也。君子周而不比，小人比而不周。”

“道德仁义礼，五者兼具，守职而不废，处义而不回，方为君子。”

“孩子们，叶老寿星的至理名言，还记否?”

“不与天争，不与地争，不与人争，不与利争……”

…………

孩子们念叨“四不相争”的声音极是响亮。张良忽然明白，自己已经来到了曾依依不舍的清逸之地，那四位道中高贤便在石崖高处。想不到啊，他们竟是如此笃学勤勉的教书先生，借着朦胧月光也能开启蒙学。亦想不到，教给孩子的这些话语，竟与自己揣在怀里的《素书》要义如此相似。便急忙寻径攀上了月光斑驳的石幢之上，推开石屏柴门的瞬间，孩子们相继发问:

“何人?”

“夜来何事?”

…………

“子房，子房我又来了!”

“啊?”

唐秉四人惊奇不已，皆起身相迎。孩子们争相备座，奉茶，将一把芭蕉扇递在了张良的手里。张良如进家门，如投亲人怀抱，敞开心扉，说着子婴举国献降，沛公进入咸阳后退守灞上的经过，说着项羽屠城和鸿门宴上的惊险，说着项羽分封十八路诸侯及沛公入汉的无奈，接着痛诉项羽残暴不仁，恨其诛杀韩王，吞并了韩国，陈述自己沦落天涯，孑身孤游的苦衷……黯然神伤的一番话，使唐秉四人唏嘘不已，孩子们却听书似的极是入神。

张良恳求：“四位先生呀，我既无国，亦无家，欲随先生在此长居……”

张良再来商山，出乎唐秉四人的预料。他讲说的秦国灭亡，项羽称雄，诸侯蜂起，天下大乱，只是一年间的事儿啊。星移斗转，叹往事如烟。

唐秉四人知张良家仇虽报，但他的复国梦却已破碎，理解他的失落、无奈和苦闷，就安顿他在藏书洞外的石板房里暂住下来。

张良随四先生活动时日已久，目睹他们阅读史书，肇启蒙学，早登山晚下河，运动筋骨；抽空侍弄菜蔬，面壁打坐。自由自在，无拘无束，既心静如水，又神采蓬勃。知四人已是得道高士，极是羡慕，便求问：何谓“道”？

“子房，问得好呀，何、谓、道?”唐秉一字一板复诵张良的问话。此问发自丹田，声音洪亮，如空谷投石，崖娃娃回声绵长，一波一波，不绝于耳，面前的盘龙松也摇曳出了“唰唰唰”的声响。

“道是路，道是翻山越岭，蹚水过河的一条路。鹁鸪高飞长空，那就是它自己的道路!”吕儿抱着鹁鸽，信口说道。

“道是理，道是说服人心，是孝行天下的大理。”虎子说。

“道像个箩筐，是能够装蔬菜、盛粮食的箩筐嘛。”豹子比画来去，翻译着虎女妈妈的哑语。虎女端坐在灶房的门槛上，对着身旁的箩筐“吱里哇啦”叫得十分起劲。

“道可道，非常道。名可名，非常名……”良娃靠在石塄上抚摸着狼狗，信口念叨着。

“名既非常，如器中锽。道既非常，如日之光。如器中锽，声出于内。如日之光，光照无方。”稼娃学着先生的口吻，一字一板地背诵着。

…………

张良佩服四位先生教人有方，暗叹商山娃娃率真无忌。崔广拦住了嘁嘁喳喳的孩子们，言说：“好好听师伯讲说，切莫如此浅薄!”

周术言说：“孩子们呀，道如人生坦荡大路，道如天地人和之理，似不为错。但道是无形的学问，不能直白类比。”

张良见此老少咸集、畅所欲言之境，想到了《素书》要义，便言：“请问四先生，你们乃‘潜居抱道，以待其时’呢，还是‘如其不遇，没身而已’？”

唐秉言说：“子房呀，我们不待其时，亦不为没身，只是闻道而行，以求心安。”

“哦，道与行，不相悖。先生藏器修身，不为世俗所动，令子房钦佩。我决意与四先生同隐于此了！”

唐秉四人知诸侯纷争，天下正乱，九州尚无共主，张良堪当重任，于是劝说：“子房，大器大用，隐而问道与出仕行道并不矛盾……”

“我们暮年之人，随秦国数十年的兴衰一路走来，隐居山林是顺其自然。子房你正年轻，亦是旷世之才，岂可就此隐身？”

“子房呀，道家无为，又曰无不为，其实易行，其辞难知。其术以虚无为本，以因循为用。无成执，无常形，故能究万物之情。不为物先，不为物后，故能为万物之主。即是说，万物之主，众妙之门，皆在自身。子房，你悟性过人，无处不可隐身闻道，何必在意商山呢？”

“内修于心，德高于人，外见于行，形和于规。道虽玄妙为虚，行却可见为实。守中之道，不仅是修己，更需安人，进而安抚黎民。子房呀，还是下山去吧！汉王离不得你呀。”

张良细听四人苦口婆心之言，摇头说道：“唉，汉王，汉王他能否走出巴蜀之地，谋取天下，全靠天意，我是无能为力了。”

第十八章　高山流水采芝草　清风明月伴松涛

·1·

张良心中放下了刘邦，刘邦却时时惦记着张良。张良不在身边，运筹帷幄只能靠韩信。韩信祖籍淮阴（今江苏省淮安市淮阴区），少时习知兵法，剑术也练得有模有样，十岁，父母先后亡故，生计艰难，却不屑耕种务农，也不想经商谋生，靠蹭饭度日，也受过胯下之辱。他先投项梁，后归项羽，做了执戟郎，多次给项羽献策，却无一被采纳，便投奔汉军做了治粟都尉，此官阶明显低于楚军的执戟郎中。他想，一腔热情来投汉军，不说难见汉王刘邦，就连相国萧何亦是难得一见。入汉中不久，汉营将士脱逃成风，韩信也带了一伙士卒夜逃。萧何经夏侯婴举荐，知韩信确是将才，便不辞劳苦，夜追韩信，将其请回汉营，说服刘邦设坛拜将，韩信就此做了大将军。

刘邦聚众议事，韩信进言：汉营将士日夜踮脚东望，盼回故乡。汉王谋取天下，就须顺应人心，趁机而动，杀出秦岭，夺取关中。这本是刘邦所想之事，便问："栈道已毁，如何出得秦岭？"

韩信密献奇计后，刘邦便以韩信为帅，指挥汉军明修栈道，暗度陈仓，杀得雍王章邯措手不及。章邯溃败至好畤收拢兵力再战，又败，逃进废丘后闭城不出。韩信围困章邯之际，汉王派兵平定了陇西、北地、上郡，迫使塞王司马欣、翟王董翳、河南王申阳等人降汉。

刘邦设营灞上，高树"汉"字大旗，兵马已是日渐壮大。韩信围废丘已久，项羽倾力与胶东王田市、济北王田安、齐王田都交战，无暇顾及关中战事，也救不了章邯。韩信吊打苟延残喘的章邯，居功自傲，常自以为是，时而高翘尾巴。刘邦便更加怀念张良，暗想，自己早年与子房邂逅以来，一直相处甚睦。在伐秦之初，他携兵相助，从弃函谷关、招降南阳郡守、智取武关、夜袭峣关、善待子婴、制定约法、鸿门相救、相伴入汉一路走来……无不竭力替自己出谋划策。尤其他辞行出秦岭时火烧褒斜道，这才为智出奇兵立了大功。目下，沛丰子弟摩拳擦掌，欲东出伐楚，前面还有多少坎坷呀！没有子房，能行吗？刘邦喜欢张良谋略超群，稳重内敛，屡建奇功，却从不张扬。找回张良，便成了汉王最大的心事。

萧何明白汉王的心思，便派人四出打听张良的下落。近去栎阳的差使很快回报说，不知张良的去向。远去阳翟的差使回报说，韩王被项羽所杀，地已归楚，不知张良何在。

萧何知汉王念想张良心切，突然想到张良对商山的迷恋和对四位先生的那种不舍，心中一亮说："去商山找找吧。"

刘邦当即发话："快去商山，务必找回子房！"

樊哙拍了胸脯，言说："我去，我去。不日定把子房请回！"

汉王刘邦当即派出三百人马，交给樊哙带着去了商山。

商山，早春的一天，天气回暖，张良随唐秉四人走出东崖。狼狗豁道，良娃风行，虎豹兄弟和吕儿紧跟在后，活蹦乱跳地欢作一团。张良奇怪那狗似狼却通人性，娃娃们高兴了，它便打滚撒欢儿；娃娃们伤心时，它也能哭出人的声音。

张良听四位先生说过，商山养人，不仅是坡原能长五谷杂粮，且有满山架岭的杂果野菜，像那核桃、板栗、柿子什么的，即使颗粒不收的荒年，也能救得人命。今天，这背负空篓、手提空笼随四位先生远足，能有什么样的野菜可采呢？放眼四顾，漫山遍野的树枝依然枯瘦凋零，路边的荒草迎风摇曳，就连迎春花也是畏寒不绽。于是开口问："请问四位先生，这乍暖还寒的早春，能有什么野果、野菜可采呢？"

崔广言："有，拳芽。"

张良不解："什么拳芽？"

"拳芽就是商芝菜。子房呀，你曾吃得津津有味的那商芝，就是这个季节采摘的拳芽嘛。"

"噢，就是那炖肉煨汤、味醇可口的商芝？"

"正是。"

"商芝，为啥又叫拳芽？"

崔广见张良惊奇的模样，笑而不言，喊叫远处的娃娃拿拳芽过来。刚破土的拳芽是藏在荒草窝里的，冒头时那淡淡的肉色小芽，像是婴儿的小手紧紧蜷在一起，一骨朵一骨朵的，沐浴露水和春风，若不仔细寻找是看不见的。虎豹兄弟来在面前，争相把拳牙举在张良面前，张良惊奇地言说："咦，还真像是婴儿的小拳头呢。"

"这小拳头只是瞬间的模样。"

"噢？"

"当这小拳芽直面太阳时，很快就成了大巴掌。粉嘟嘟的肉色也会由淡紫、浅绿变作深绿……"

"哦？"

"须及时掐取，淘洗，蒸煮，晾晒，长期储存，随时泡制而食之。若错时不采，很快就成了烧火不起焰的野草。"

踏青采芝　　王家民·画

“噢，拳芽菜，真的很神奇！”

“拳芽菜，采回就吃，香！蒸煮晾干，一年吃到头，更香！”娃娃们欢乐无比，争相说话。

老少边说边走，越过一条清澈的小溪。崔广回头，见唐兄迈着八字碎步在小道上走得艰难，渐渐落后，便对周术和吴实说道：“俩兄长，你们先行，我到后面去陪唐兄了。”

众人分作两拨，前面的周术、吴实鼓劲儿撵上了快行的娃娃。到一处陡峭的山坡下，娃娃们爬上半崖处，咋咋呼呼地喊叫：“师伯，上来，这儿的拳芽多得很！”

山峦重叠如画，春风清爽宜人。周术、吴实忽而想到了少年时同游莫干山的情景。这阵儿，便豪气大发，同时施展各自的功夫，一个空中飘，一个草上飞，争先恐后地站在了山崖高处，兴冲冲地与娃娃们搅和在一起。

张良哪儿见过如此情景，傻愣在了陡峭的山崖下。周术回首，见张良站在低处的无奈，便喊说：“子房呀，你就在下面守着，甭上来了！”

吴实知张良儒雅斯文，难攀险崖，便灵机一动，给良娃等说道：“孩子们啊，把背上的篓筐都放到坡下去，交给子房先生。”

娃娃们攀高沿低，跳下蹿上，呼呼啦啦放下篓筐，拧身又上到了高处。

周术再朝张良喊道：“子房，你便守在下面，我们将拳芽扎捆后扔下去，你只管捡取，放入篓筐即可。”

张良明白，这是给自己寻找下台阶的理由罢了。

崔广陪唐秉赶来，抬头看着高处的热闹。不一会儿，扎了捆儿的拳芽菜便由空抛落，崔广撩起袍衣，提紧下摆，像布袋一样把拳芽捆儿接入其中。唐秉和张良也是学样儿，以袍衣接住了纷纷飘落下来的拳芽野菜。

·2·

樊哙率领三百人马到了商山根儿，怎么也找不见进山的路，便指挥士兵弃马上山，站到烽火台上一字排开，齐声高喊：

“汉王有请，张良出山。樊哙在此，迎接子房——”

“樊哙在此，迎接子房。汉王有请，张良出山！”

…………

随着令旗挥动，士兵们放开嗓门，喊声同起同落，惊得商王村里鸡飞狗跳，树木深处的鸟兽纷纷逃窜。樊哙哪能知道，张良所在的天虎幢距此还有数十里，加之山高林深，喊声再大，也都淹没在了松涛清风之中。折腾半天，毫无结果。副将忽然指着隔渊相望的另一处山根下，言说：“樊大将军，快看，那儿有人！”

樊哙凝神细看，果然如此，便指挥士兵下了烽火台，朝有人影儿的地方移动。到了跟前，抬头看，竟是四个白衣女子走在“之”字形的山道上。樊哙的副将放开嗓子一声喊，那四个女子齐回头，莞尔一笑，又款款而行，继续上山，那身影竟飘然若仙。副将一时心花怒放，带头上山，士兵们紧跟其后，樊哙也是喘着粗气攀爬不止。弯来拐去的小道上，排出了长蛇阵，由山下往山上蠕动。蠕动的长队时高时低，一会儿在山之阳，一会儿在山之阴，走到夜半鸡叫时，那四个白衣女子忽然不见。樊哙、副将和士兵们却转回到了开始登山之处。留守在此的士兵欢呼阵阵，似乎在欢迎胜利之师，气得樊哙头比斗大，闷不作声。那位副将大骂：“妈的屄，弄了一夜的闲屌，那四个女子究竟是人，还是鬼呀？”

此四女子便是吴实和崔广的女儿。三年多前那个夜晚，她们四人被周术锁在骊山的房舍内，隔着门缝看外面的惊险，屋顶瓦片哗啦啦地响，翻动不止，四女子吓得抱作一团。当周伯伯拍门，叮嘱一番离去后，四个弱女子哪儿还敢守在这骊山的荒野？她们便合力踹开房门，拿了刀枪，尾随周伯伯下山。却不想，周伯伯骑马疾去已不见踪影。四位扮作男装的女子走到渭河桥头，天色已是大亮。忽然从咸阳方向跑来许多士兵，为首的士兵跑到她们跟前，扔出一卷东西，喊叫："你们这些守桥小卒，快贴告示!"

吴实的大女儿为长，胆儿大，近前正欲拾起那卷告示之际，又疯跑过来一队士兵，吆喝着抓逃犯，再把一卷卷东西扔在了她们的面前。吴实女儿打开那一卷又一卷告示，姊妹们看得全吓瘫……告示言说所抓逃犯，竟是她们的阿爹、师伯和师叔。吴实的大女儿一把撕碎告示，说道："都别难过，哭亦无用。咱们一起撕扯他们贴出来的告示吧，多撕一张，咱的师伯、师叔和阿爹就会减少一分麻烦……"

崔广的小女儿言："把布告撕完了，咱去商山找阿爹吧。"

崔广的大女儿拦住话头，说道："莫瞎说，谁说阿爹在商山?"

"我、我是从爷爷那儿听来的。"

"好了，再别乱说!"

…………

四女子在官道路口和关隘要塞，一边撕扯告示，一边打听去商山的路径。许久许久，她们才寻到了周师伯以火破敌的那处山垭，便毫不犹豫地爬了上去，寻路下沟底，找到唐师伯养伤的那户人家，方知两位师伯已离去许久。有了确信儿后，她们心里忽然亮堂，脚下也就来了劲儿，风餐露宿，翻山越岭，走一程，问一程，始终走在唐秉、周术两位师伯的后面。

又是月余，她们进入黑龙口不久，风雪忽来，奇寒袭身。四女子便进入农家乞食求衣，稍事休息，又上路追赶两位师伯。又一天，四个女子在商街打听到了商山已是不远，便冒着风雪过堡子城，涉丹江到了大峪沟口，飓风狂冽，狂雪如瀑，四个女子便手臂互挽，弱躯相依，顶风冒雪地走进了大峪。峪里天地愈加混沌，白茫茫一片，可怜四个弱女子稀里糊涂地又是走错方向，艰难地攀爬磨沟岭。此磨沟岭九九八十一弯，极是难行，即便当地人也不敢在此轻易走动，何况如此风雪天气？四个女子着衣单薄不能停步，停下来躯体就发冷，于是，湿衣裹体，疾行如飞，浑身热气把湿衣烘干，飞雪落下又把干衣打湿，干湿交替，热气腾腾，犹如四团白雾翻滚，上上下下，左左右右，飘飞向前。四个女子同执一念，不见阿爹心不干！她们投父心切，不顾饥寒交迫，发疯似的在磨沟岭上盘旋，转磨似的转了个天昏地暗，南北不辨，高低倒错，一不小心全陷入了深渊。

四女子殒命雪中，化作四只雪狐。后来，商山人知道了四女子舍命投父的故事，便在磨沟岭上建造了摩女庙，彩塑泥胎，供人祭拜。两千多年来，凡逢年节，商山的女娃娃便成群结队跑摩女，以示对四孝女的纪念。正月十五的夜里，商山女娃们皆精心装扮，穿着长裙，碎步快跑，边跑便喊：

喔好好，喔好好，好好咦——好好！商山摩女来到了！
阿爹寿长年岁高，女儿祝福来尽孝。
喔好好，喔好好，好好咦——好好！商山摩女来到了！
女儿是件小棉袄，今儿棉袄来到了。
…………

其实呀，四个女子化身为商山精灵——四只雪狐，最关心的还是四位先生的安全。凡遇操持刀枪进入商山者，不是被雪狐引上磨沟岭转晕了头，便是被雪狐带到虎山悬崖送了命。

樊哙和他的副将被刚才显灵的四只雪狐戏弄，气得大骂一阵儿，便在商王村边安营扎寨休息一夜，第二天照样登山，三百士兵又是整齐列队，齐声高唤：

“汉王有令，张良归营。樊哙奉命，来接子房！”

“樊哙奉命，来接子房。汉王有令，张良归营——”

…………

士兵们喊得声嘶力竭，依然不见张良的身影。副将忽然咋呼：“大将军快看，又是那四位女子。”

樊哙拧身所见的却是四只雪狐，于是狂叫：“弓弩手听令，快快射杀妖孽！”

数十位弓弩手开弓射箭，箭镝如蝗，那四只洁白无瑕的雪狐却隐而无形。扑扑啦啦，空中坠落的却是几只白色的信鸽。

副将心生一计，献言：“樊大将军呀，咱们脚下踩的是古老的烽火台嘛，何不就此燃起狼烟。”

“燃起狼烟?”

“是呀，那张良听不见，他总能看得见！若是狼烟冲天，他岂不知是军情紧急，他不想出来也得现身呀。”

樊哙想想也是，就命令士兵砍来松枝和柏朵，点火引燃，一时浓烟滚滚，弥漫四野。就这样，边烧边喊，过了好久，依然是毫无动静。

樊哙暴跳如雷，吼叫：“烧，点燃树林，烧起山火，看他张良还能藏多久?”

“好呀，烧，把那张良烧出来!”副将这么一应和，士兵便捞起火团抛进了干枯的荒草窝，“轰”的一声爆燃，风助火势，呼呼咧咧，越烧越旺。

天空忽然飘来乌云，瞬间就是瓢泼大雨，浇灭了熊熊山火，也把樊哙、副将和士兵们浇成了落汤鸡。

樊哙骂：“妈妈的，败兴。老天爷真他妈的不长眼!”只得指挥将士撤退下山，小路湿滑，不断有人跌倒，个个狼狈不堪。

副将扶了樊哙，问：“明天咋办?”

“再上山!”

“还烧?”

“烧！不把张良逼出山来不行呀，汉王心急火燎，惦记着他呢!”

·3·

唐秉四人、张良和孩子们忙了个把时辰，鲜嫩的拳芽菜塞满了所带篓筐，这才连背带提地下到半山腰的小溪旁，仔细挑拣，慢慢冲洗。英英五寸嫩芽漂在清

临风唱和 王家民·画

湛湛的水潭里，五色卵石下的小鱼忽而显形，成群结队地围了过来，出没在嫩芽的缝隙间。大鱼儿口叼了嫩芽往水下拽，哪知嫩芽的浮力又把鱼儿曳上了水面，引得其他小鱼儿围着这根嫩芽来去撕扯，欢游得极是热闹。娃娃们看着，说着，也是嬉闹起来，狼狗盯住倏忽来去的鱼儿，不停地摇头晃脑。

“啊呸!”周术突然一个喷嚏，把手中的嫩芽掉落入水，鱼儿慌乱一团，四处游散，狼狗后退一步，摇落满脸的水珠。

“热人，动了凉水……”唐秉的话还未落点，周术“啊呸”一声，又是一个喷嚏，摇头之间，喷嚏连连，一个比一个的劲儿更冲，声音更响，老少都停了手中的活儿看着。只见周术双手捂紧口鼻，挡不住唾沫星子四溅，鼻涕涟涟，眼里也憋出了泪花。

唐秉言：“周术呀，你这是伤风受寒了，别再动凉水了，下山去歇息吧。”

“不是风寒，这是有人惦记着，正在骂我嘛!”周术张口流眼泪，说话也不利索。

崔广笑言：“术兄呀，那你就下山去看看，说不定山花妹真的找你有事呢。”

吴实也是开玩笑说：“要是山花找，好说。就担心山花那死鬼女婿来找，可就麻烦了。”

“有啥麻烦的，管他什么妖魔鬼怪的，兄长角里先生嘛，怕过什么呀?”

“哎，若有山贼光顾，就糟了。咱出来时忘给虎女打招呼了……”

“贼上门，没啥可偷的!”

“哪呀，咱们崖洞里的书简，若被山贼糟蹋，那可就是事儿了。”

“噢，说起崖洞里的藏书，还真是个事儿呢。”

“周术呀，你就快回天虎幢去看看，防人之心不可无嘛。给虎女夫妇交代一声后，去到东原的屋里先歇着。”唐秉说话间，周术的喷嚏依然紧促，高一声低一声，左一下右一下，接连不止。娃娃们一一计数，豹子说九个，虎子说十个不止。良娃说：“别争了，快快请周师伯回去歇着吧。”

周术依了众人，背着洗净的拳芽菜，快步下山到天虎幢，见虎女已在灶房动起了烟火，便放下篓筐，去东原的石板房里歇息。进门就犯迷瞪，躺到炕上很快入睡。俄顷，一股土腥气扑鼻而来，呛得他张开大嘴，翻身坐起。眼下的地缝中冒出些许尘土，一缕似烟如雾的东西泛起，扭曲盘旋，酷似人的模样。周术精神一振，仔细看去，那侏儒似的小人身高不过三尺，一袭官服在身，发髻高绾却无官帽，灰头土脸，有点儿狼狈。

周术暗笑，想，小妖也会假扮官样？想吓唬人骗取财物，可真是找错了地方，看错了人。管你是伏地魔，还是钻山怪，我难道是被吓大的？于是“呸”了一口，厉声言道：“何处妖怪，竟也充作人样，还假扮狗官吓人？”

“非也，本尊非妖非怪，只是来此找人。”

“找谁？”

“先要找的嘛，就是假扮过土地爷的那位！”周术听得一愣，自己以假乱真之事，怎么会被他知晓？

那侏儒小人甩甩长袖，嘚瑟前来，看着发愣的周术，言说：“假扮土地爷，骗人下山，还弄出了人命……”

周术细思极恐，他怎么啥事都知道？这分明是岈怪的鬼魂前来寻事嘛，猛地抽出吉羊穿心辟邪剑，口念驱魔咒语，往侏儒小人的心窝刺去。不想，从未失过手的这一招，顿时化作无形，像被稀泥粘住了一样，软不邋遢，毫无力道。

面前的侏儒小人忽而伸长变高，看着周术说话：“我乃土地——”

“噢，土地？你是土地爷？”

“正是。”

“失礼了。”

“免礼，免礼。有紧要事，需由你周术速办！”

“要办啥事？”

“找人。”

“你不是找到我了吗？”

“找到你不算，还得找……”

“还得找谁呀？难道我不是人？”

“找那个名张良、字子房的人。”

“找他何事？”

“让他赶快出山。”

“为啥让他出山？”

“为了一方平安，为了商山的清静。”土地爷把樊哙带兵骚扰商王村，登烽火台，点燃山林草木，逼张良出山的事儿说了一遍。

周术气恼言：“啊呀，樊哙可憎，似如屠夫！”

“樊哙确是屠夫，但他又是汉王手下的一员心腹大将！”

“可恨！”

“极其可恨。”

“该杀！”

“该杀，但不能杀。”

“为啥不能杀？”

“唉，你哪儿知道，我是何等狼狈！他来到商山的那天，带着数百人狂呼乱叫，吵得鸡犬不宁。第二天，他又登上烽火台放火烧山，烧倒的树木砸塌了土地爷庙，本尊那彩绘泥胎也就粉身碎骨，害得我无处安身。”

“噢？”

“我便找巡山大神禀告，大神这才呼风唤雨浇灭山火，救了一时之灾，但解决不了根本问题。那樊哙铁了心，明日还要上山作恶。”

“嘿，那就请巡山大神除恶呗！”

“哪有你想的如此简单呀！”

“难道很复杂？”

“复杂得很呢。巡山大神把我带到阴曹地府，请阎王爷把那带兵烧山、骚扰百姓的恶人樊哙用红笔圈了。阎王爷翻开生死簿细看半天，说……”

“说啥？”

“他说，圈不得，圈不得呀。那杀狗的屠夫樊哙，杀的人比杀的狗还多。地府里的冤魂野鬼，排队等着他哩。他确是恶人一个，只是……”

“只是咋啦？派不出兵丁？”

“不不不，阎王爷说，樊哙那恶人的阳寿未到，还有大事在身。”

“嘿，阎王爷也是昧着良心办事，哪有恶人不除之理？”

“阎王爷说啦，樊哙命中注定杀狗，也杀人。人嘛，活在世上，命有短长，无论长短，皆有其事。事没办完，不能上天，也不能入地。”

“看来，阎王爷也是个啰唆鬼。你说，找我何为？”

“二话不说，让那个张良赶快走出商山。”

“既然如此，我带你去找张良，你去给他说。人家来天虎幢，是我兄弟四人的贵客，怎么能赶人家下山呢？”

“此事不可如此讲说，人生之事须有轻重之别，当断不断，反违天意。”

“让张良下山，是天意？”

“正是，正是。嗨呀呀，该说的都说了，到此为止，我也该走了。”

“哎，别急。移步天虎幢，过去没多远。请土地爷多走几步路，和我的学兄学弟，还有那个张良见面。”

“不行，不行呀。我本就无处不在，何须走来走去。就是到了他人面前，人们能看见的不是黑面泥胎，就是黄尘无踪，哪能和你这样张口说话呢？”

“哎嘿，你只是来出难题，说走就走？”

“是，也不是。你想想，阴阳两界两重天，像你我这样能偶尔走动者有几位？他们想见土地爷的真身，可惜没你这半人半神的缘分呀。”

…………

此时，门外一声“术兄”传来，土地爷身形一晃，忽而不见踪影。周术晕晕乎乎，困得睁不开眼睛，撑不起身。

吴实跨进门槛，关切地问：“术兄呀，风寒好点了吗？”

周术稀里糊涂地说：“莫走，莫走，还有话要说……”

吴实走近炕边，摸着他的额头，说道：“术兄呀，说谁呢？我刚进门嘛，会往哪走呀……你还是浑身发烫，就安然躺着，我去把饭给你端过来！”

“不行，不行，我过去，我要过去！”

“术兄，你怎么糊涂成这样儿了？不就一碗饭嘛，送过来就行了，还过去干啥？”

“找人！”

“嘿呀，你真的糊涂了，都是自己弟兄嘛，抬头不见低头见的，也刚分手不一会儿，找谁？”

“子房！哦，不对，不对呀。我要找唐兄说话！”

吴实拦不住踉跄出门的周术，欲前去搀扶，他却风行如飞，急慌慌穿过东崖，撞入藏书洞，张口就说：“汉王刘邦，放火烧山，闹得鸡犬不宁……”

大家听得一愣，见他那神神道道的样子，皆以为他还在发烧，说胡话。

“你是中了哪门子邪，怎么疯疯癫癫说梦话？那汉王尚在汉中，怎么就能来到商山？”唐秉拉了周术的手，让他坐在身边。

“不是，就是。真是，真是！刘邦手下大将樊哙率兵骚扰，他们要人……”

“要谁？”

“要张良。噢，是点名要让子房出山。”

张良听得心里“咯噔”一下。这时，良娃、虎豹兄弟和吕儿撞进门，争相哭言：

“信鸽全死了！”

…………

咋回事呀？唐秉四人看着娃娃怀里的蔫塌了的白鹁鸽，同时犯蒙。崔广急切近前，帮良娃取下送信鹁鸽腿上的套筒，小心翼翼地掏出其中的信笺，念道：

兵马已入商山，多加小心！

惜别商山

王家民·画

众人同时惊诧："啊，真有兵患?"

良娃说："先生，师伯呀，这死了的信鸽是狼狗捡回来的。看，这箭羽上有个'樊'字。"

吴实怒不可遏，便要下山去找姓樊的算账。周术拦住了他，把梦遇土地爷的事一五一十地告诉了大家。

张良愧疚起身，言说："惭愧，惭愧呀。此事因我而起，我对不起四位先生啊，对不起商山百姓了。我就此下山，去见那可恨的屠夫樊哙!"说着，起身欲走。

"子房啊，汉王诚意请你下山，只是不懂理的手下将士做了错事。看来，汉王真的离不开你呀，你是需要下山。但此时天色已晚，明天下山不迟。你此一去，难得再有清静之时，也难得再来商山了。"唐秉紧紧拉住张良的手说话。

周术、吴实、崔广三人诚意挽留，还有娃娃们的依依不舍，张良也只得留步，暂栖一夜。此夜，唐秉四人与张良话别，说道说儒，说天说地，通宵未眠。

第十九章　再入商山求援手　一卷画图连汉城

·1·

唐秉四人送走张良，顺带到商王村看望根善老人。听老人一番话，方知孩子们整夜未眠，先是在樊哙的军营外挖尿窖子，糟践了樊哙的副将并“撵走”数百兵马，天亮后又在江北的商塞和老君殿村瞎折腾，惹出了麻烦。

丹江水流分南北，两岸气象自不同。北岸是大川道，耕地面积大，大村落多，官道将村落和街市连成了一线，多见繁华。人见的官多，经历的事多，便多有傲骄之态，连孩子们也自视高人一等。

丹江南岸阴润，平和，人也谦称河南的或是南山的，凡过江到北岸，或走亲戚，或行商赶庙会，图的就是看人多的热闹。此日天麻麻亮，春季丹江枯水，孩子们踩着独木桥，摇摇晃晃，欢乐一阵儿，便上了堡子城，称兄道弟地吆喝了根氏家族的孩子们，浩浩荡荡地上了官路，往龙驹寨而去。他们过老君河，刚到商塞岭头，聚在古城墙上的孩子们，起了整齐的号子，高喊："南山猴，南山猴，一个揣球都揣球。"

良娃、虎豹兄弟、吕儿等孩子们豪气正盛，喊一声"摸石头"，便弯腰拾起核桃大的石头往古城墙上扔，边扔边喊："龙驹狗，龙驹狗，砸死你大卖狗肉！"

城墙上的孩子，撬起城砖还击，怎奈砖大扔不动，便一边把砖弄小再扔，如此耽误"战机"，人数又是太少，便当了缩头龟。城外攻势依然，飘飞的石头纷纷越过城墙垛子，像冰雹一样砸落，城墙上就有了"妈耶""大呀"的哭叫声。

城墙外扔石头的孩子正在得意，城门忽然大开，一位壮小伙手持大杠，顿足而来，叫骂："哪来的野屃娃，狗日的不想活了！"

一伙孩子吓破了胆，争先恐后往回跑，个个气喘吁吁，从商塞古城逃脱，却在老君殿村与来路不明者发生冲突，虎豹兄弟被打受伤。根善老人气得骂："人狂没好事，狗狂老虎吃。"

唐秉四人听老人细说一番，方知岈怪虽死，北山寨子梁的山匪并未消停，那些混账东西，时不时下山作恶。孩子被打，无疑与此相关。目下，礼乐崩坏，世风日下。居家恐盗，行路怕抢。街市欺诈，易货有假。乱得儿孙不学好，忘了仁义礼智信，即使是孝子亦难做人了……唉，商於之地，古风不在。老人这一番话，使唐秉四人听得焦虑不安。

崔广捋平衣袖，搓净双手，拿出怀里的《周礼》笺札念道："读法者，谓对民众读一年政令及十二教之法。"

唐秉言："噢，对了。大司徒之职，佐王安邦忧国，施十二教焉。"

周、吴、崔三人随之念道："一曰以祀礼教敬，则民不苟。二曰以阳礼教让，则民不争。三曰以阴礼教亲，则民不怨……十之有二曰，以庸制禄，则民兴功。"

四人如此将十二教之法诵读一遍，心里顿时有了主意，辞别根善老人回到天虎幢，即刻草拟商山的"山规民约"。草就之后反复推敲，定稿后，分头缮抄已是数天，皆明白，此"山规民约"须遍贴丹江沿岸、南北二山，数量须多，不勤勉缮抄不行啊。

又是一个深夜，四人聚精会神伏案，忽有人影走进崖洞。啊，怎么是张良的身影。且身负布布袋袋的东西，极是沉重。眼下，大家各自都有急事，不多寒暄，张良便说了与四人别去后这几天的事儿……

张良走出大峪的那天，一路快行回到灞上，想不到汉营已是狼藉一片，好不容易见到运送粮草的萧何，方知汉王设立社稷坛于栎阳后，已率军东出，集结在洛邑（今河南省洛阳市）号令诸侯，欲以义帝被杀为由讨伐项羽，留下了萧何招募兵员，筹措粮草。樊哙知之，说要去见汉王，萧何却巧妙地留下了张良。萧何与张良述说风起云涌一瞬间，星移斗转诸事难，这突如其来的局面让人应对不及。汉王东出，沛丰将士蜂拥而去，他们狂欢在洛邑，皆盼早归江东大地。自己身为相国，留在关中，筹措粮草，招募兵丁，但手下可用的人手有限……叙述之间，萧何把张良领到一处靠崖的洞室内，从秦国宫书文献里拿出了许多图卷，这些残损发霉的缯帛皱皱巴巴，其上模糊可见“国都扩建与皇宫营造图”的字样，再细看，后面的署名竟是“周术界画，李斯校勘”——这不，就是张良带来的这些重负之物。

周术接过张良手中的一卷缯帛，慢慢打开，松明灯火爆响不断，火舌伸缩，光影晃动。他俯看良久，沉思一会儿，才动情地说道：“时过境迁，已是数十年，想那秦王嬴政曾是何等雄心勃发。秦虽一统，国都咸阳的扩建却是落空……”

面前这一卷卷缯帛上究竟是什么，唐秉、吴实和崔广三人原曾不知，此时忽然明白，这是周术早年劳作之物，知萧何欲借此建造汉城，亦知张良是为此再入商山。张良言：在废城栎阳暂立社稷，却难为汉王之都。从长计，凡争天下皆须以关中为根基。当初，沛公伐秦不就是图个关中王嘛。他入咸阳，退灞上，定约法，就是为取民心，扎根关中嘛！他困于汉中不久，便暗度陈仓，灭雍王章邯、塞王司马欣和翟王董翳，掌控了关中。战局变化太快太快，突如其来的好局使汉王兴奋不已，屁股尚未暖热，就率兵尽出，狂欢在洛邑，将士皆盼早归江东大地。可目下，没有关中这募兵筹粮的大后方能行吗？前不久，把汉社稷坛设在栎

鸿基未央

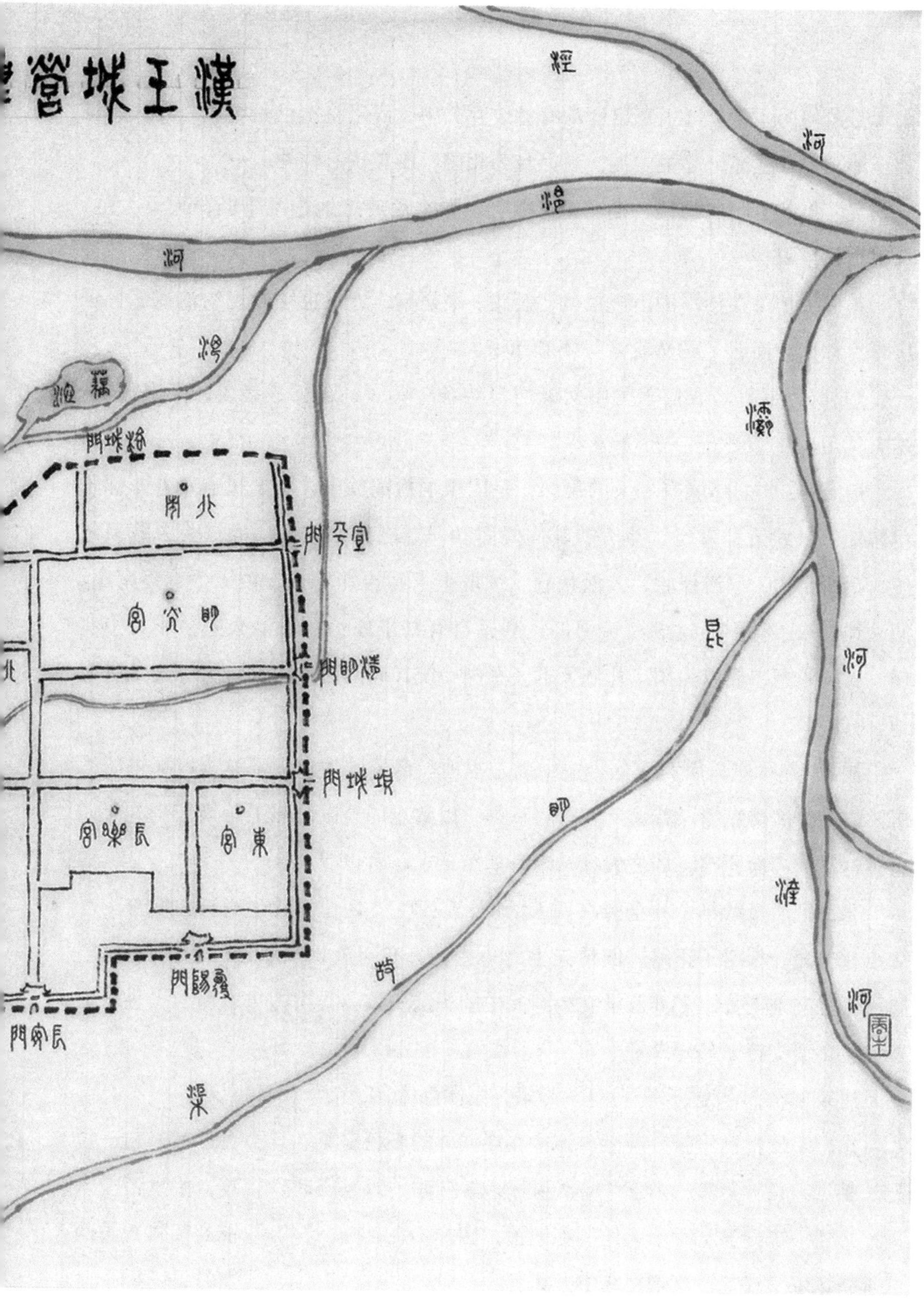

王家民·画

阳本是萧何的主意，汉王东出后却有意放弃关中，谋臣将士已是赞声一片。一旦兵至沛丰，谁还能记起关中呢？萧何身为相国，难免忧心忡忡……

吴实打断了张良的话，插言："嘿呀，看来商於之地小乱不断，天下大乱，乱得更是了得！"

崔广手拍正在抄写的山规民约，言说："是嘛，天下也须以规约治乱了！子房呀，你们前面那'约法三章'不顶事了？"

"是呀，那只是取信于关中父老的自约条令罢了，于征战诸侯，夺取天下，难有其用。"

唐秉言："刘邦能有今天的局面，是因项羽撤离关中才有了机遇。若非你子房替他出谋划策，萧何、韩信助其伺机而动，岂能有如此好局面？关中藏风敛气，沃野千里，旱涝保收，天然粮仓。欲取天下者岂能不知，镇天下有终南山，润大地有八水环，通达湖海黄河船，利民自有富平原……长治久安，非关中莫属。大关中啊，周以为国，礼制天下。秦国一统，向南而治。没有关中这龙脉之地，行吗？"

周术言："唐兄所言深刻，关中确是福地。洛邑曾为东周都城，但那里四无屏障，缺少战略纵深。昔秦武王奋力举鼎，以致东周衰微，赧王于周五十九年归秦。这正如苏秦所言，周之失计，未有如东迁之谬者也。"

张良把所带缯帛图卷全摊在四人面前，说道："四位真先生焉。你们曾为汉王点化迷津，指明了正路。四位先生此一番话，亦与萧相国那建汉城、固社稷，将汉王之父刘老公、夫人及子女接到关中的想法一致。我携图再来商山，恳求诸位先生多予支持，共谋汉基。"

唐秉见状，言说："子房奔波劳累，先休息休息，诸事明日再议。"

崔广安顿张良用膳，洗漱，让他在崖洞外的石板房里歇息，再返回来与三位兄长相见。只听吴实说道："想不到呀，秦自非子以来历时六百年，始皇帝奋六世之余烈一统天下，时不久便一朝倾覆，国祚不在。嘿，这泥腿子刘邦瞎折腾两三年，竟成了汉王，这闹得啥事儿嘛！"

唐秉言："屈指数千年，虞夏商周，世代更迭，实乃此消彼长之新旧演化也。刘邦借陈胜吴广举竿之势趁机而起，扛义旗，聚豪杰，取咸阳不掳掠作恶，入汉中能韬光养晦，现又东出伐楚，实乃应势而为也。改朝换代，动乱不息，似如人在发高烧，治病救人，刻不容缓，无论社会还是人，皆需健康前行！"

周术言："唐兄言之有理。夫天有五象，地有五行。朝代兴替，五德始终。道法自然，无论对错。"

崔广言："三位兄长呀，子房做事通达而合大道，他助萧何营建汉城，稳固关中，顺应天理，我们应该出手相帮。"

唐秉问："噢，该帮，却又如何相帮？"

"清除缯帛图卷上的霉尘，重新托裱，由周兄补画，将其识图要领、各类符号所标示的要义给子房交代清楚便是。"崔广仔细说了自己的想法。

唐秉知崔广善藏书，会托裱，于此事驾轻就熟，便言："也好，帮吧，帮人帮到底，好事做到头！只有这样，才能使子房不失所望。"

崔广即刻安排良娃制作棕刷，让山花备足白帛，揉捏面筋，打糨糊，找来许多柞蚕茧壳。唐秉四人、良娃、虎豹兄弟等连夜搬木墩，抬架板，在盘龙松下支起了长长的案几。朝阳初升时，把那些缯帛图卷抱出崖洞，迎着太阳摊开。

崔广挽衣袖，捏茧壳，俯身在缯帛上轻拂，谨慎小心，似动非动，听得见的只是"噗噗"的吹气声，缯帛上的霉尘散去，可见粗细、长短、横竖有别的线条。霉尘聚散处，既像小小的山梁，又如弯来转去的河流。

众人看明白了，也便学着崔广的样儿蹲在案几边，捏了柞蚕茧壳在缯帛图卷上慢慢拂拭，轻轻吹气。

崔广把干净的缯帛图卷反过来铺平，以棕刷蘸取清亮的稀糨糊，涂抹均匀，敷上白帛，以干净毛刷刷来刷去，忽而变戏法似的提起来，粘贴在了竖立的木板上。这些水津津的缯帛图卷，在阴凉的盘龙松下慢慢干燥，绷紧，平展展的白净起来，模糊不清的细微图样也是渐渐清晰。周术执笔上前仔细补画，缯帛图卷上的城郭、道路、宫殿、亭台楼阁与民宿图样便看得明明白白，众皆称奇，连声叫好！

时过正午，张良踉跄出屋，失声惊呼："鬼，有鬼！"便跌倒在地。众人近前相扶，周术摸了张良的额头，言说："子房，睡糊涂了吧？大白天的，哪儿有鬼？"

张良迷迷糊糊地说："前朝鬼，始皇帝！"

"啊？你说甚？"唐秉惊问。

"梦中有人叫骂，说我曾把皇上吓傻，此来又替汉王找魂。"

"噢？"

"嘿呀，子房这是梦见商祖了吗！"

"何为商祖？"张良不解。

"古商国之祖先。"

"哦，古商国？商祖？"

"华夏文明之初，古方国岂能无商？商祖乃神，神在商山，信则有，不信则无。人神事难说透，但做人做事不能与神灵相争，须怀敬畏之心，处处谨慎……"唐秉四人一来一往说话。

张良见四位先生须眉皆白，在耀眼的阳光下，蚕丝银线似的随风飘扬，灵动如画。忽然想起了梦中的情境和言语，顿时悟得：人与神，就像山和水的缘分，有缘的山水从不分家，无缘的人和神，永远不会交集！

四位先生一边说话，一边忙碌，张良也是学着干活。一连数天，已把缯帛图卷全都托裱，晾干。周术描画完成后，提笔划去了"秦都咸阳"的字样，把"汉长安城营建图"写在了图卷之上。

张良将缯帛图卷装进包袱，又想起了那梦中箴言，说什么让自己驱赶诸侯石，速去龙首原……甚为诸侯石？龙首原又是何在？便问："四位先生呀，龙首原何在？诸侯石又是何在？"

周术笑言："子房欲寻龙首原，其实不难。牢记'北斗七星柄朝东，八卦五行有乾位；皂渭两河汇一流，龙首抬头不见尾'。诸侯石嘛，就在商於道那龙王河边，要见不难。”

“真有诸侯石?”

“那叫龙王石，龙王岭上的爷庙里，有一堆呢!”孩子们争相插言。

张良忽然想到了金娃娃领见的那十八个怪石，顿悟，那不正是大乱天下的诸侯的偶形吗？个个沉重无比，若言驱之，谈何容易？本来，张良没有太把梦中的话当回事，此时听老老少少这么一说，便如实相告：“四位先生呀，梦中有言，让我驱赶诸侯石……”

唐秉四人稍一愣，明白子房梦知了商祖之言，商祖重托，神圣而不可违。始皇帝第五次巡行走商於道，在龙王河被石阵绊倒，此后这十八个奇石日渐增长，堵塞河道，骇然害民。其后，百姓将其搬离，羁困于龙王岭的神龙庙里，这才安然下来。营建汉王城，少不了要奠基，这些诸侯奇石正好可用。如此，唐秉四人即为张良驱赶诸侯石做出安排。

周术揣了吉羊穿心辟邪剑，吴实拿了降龙木巨杖，陪着张良先行下山，崔广陪唐秉缓行在后。良娃知那一堆怪石沉重，就吆喝了商王村、堡子城里有力气的孩子，雇了十八辆牛车，跟着吴实和周术往龙王岭赶来。到了龙王岭的神龙庙前，吴实涨红麻脸，青筋暴突，乱了虬髯，大喝一声，用降龙木巨杖掀翻神龙庙的屋顶，在怪石身上一一敲打。

周术高擎辟邪剑，口念：“开天门，闭地户，留人行，斩鬼路。我奉太上老君令，急急如律令！人行天道，鬼魂俯首！走——”他这么猛一喊，这群怪石便晃动起来，原是良娃带孩子们将这些怪石往岭下掀动。这些怪石被弄上牛车后，周术以辟邪剑逐一画符，符形繁简不一，大小不同，有的清晰可见，有的不露痕迹，极是奇异。接着，周术又拿出一面幡旗交给张良。张良本是道中人，即刻把十八个孩子和十八辆牛车，摆布成迷魂神行阵，举幡高呼一声“走”，那十八头壮牛“哞”声一片，十八个孩子各驭牛车，随张良而去。

张良一行到了灞上军营，萧何高兴言：“子房呀，担心你又是不出，正欲派人去找你。”

鸿基未央　　　　王家民·画

“萧相国不用找，建汉王城的图卷已被商山四位先生翻旧成新，动土所用的奠基石也已拉来。”张良抖抖斜挎在肩头的包袱，指着十八辆牛车上的石头说话。

萧何不解言：“哦，建城的图卷可用就好。只是在哪儿建，怎么建，八字没得一撇，弄来这些石头干啥？”

“呵呵，切莫小看这些石头！”张良便把去商山的事儿和自己的梦说了一遍，萧何这才知道有商祖指路，营建汉王城大事已是明了，便把十八尊怪石放置妥当，赏赐孩子们以钱币。良娃别过张良和萧何，领孩子们驱赶牛车离去。

俩人目送孩子们远去，萧何言：“子房呀，汉王正调发关内的全部兵力，征集三河士卒，讨伐项羽，让你速去洛邑。”

“噢，军令如山，我这就走。”

“稍缓，还得请你陪我找找龙首原！”

张良与萧何便分乘轺车，追着西斜的太阳疾行。前面紫气氤氲，似如壮美的图画。不一会儿天渐暗，一轮满月挂在了苍穹。前出探路的士卒带来向导，回禀，已至龙首原下。

俩人跳下轺车，由南往北漫步行至最高处，张良仰望天空，七星已是杓指东方，闪烁而明亮，萧何舒展缯帛图卷，请张良指点。

张良言：“方位没错。萧相国呀，汉王城动土时，务必用那十八尊诸侯石奠基。切切！”忽然，商祖那梦中箴言再次萦绕耳际，便念道：“长安长安，长治久安。未央未央，鸿基未央。”

萧何听明白了，便提笔把缯帛图卷标为“长安”，在中央大殿的位置处写了“未央”二字。

·2·

北山寨子梁，匪首和冥顽不化的山匪被送官后，缴了械者龟缩在山洞里。他们面对守在洞口的狼狗，无不胆战心惊。周术、吴实和良娃有备而来，很快支铁砧，燃炭火，唤来有力气的山匪拉风箱，添木炭。烈火轰响，收缴起来的刀具投入火中，很快便被烧融，由红变白，白中透亮。山下来的铁匠鼓捣着炉火，吴实和周术甩了衣袍，光着膀子，双手紧握大锤。铁匠用铁钳捞出红中透白的熔铁，左手握钳紧压在铁砧上，右手的小锤高起轻落，领引着周、吴两人手中的大铁锤“叮叮当当”砸了上来。小锤轻巧指点位置，大锤抡欢砸实。来来往往，飞舞出一片四溅的火花。熔铁被锻打成形后入水淬火，嗞嗞声响，热气爆开。不一会儿，满地都是锄头、铁铲、镰刀、斧头、锯子、錾子、锤子和用于水中吆木的鹰嘴钩。

周术说“放人”，良娃吆喝一声，狼狗便把山洞里的山匪放了出来。周术指着面前的铁器，对数十个悔过自新者说道：“你们听好，首恶已送官，胁从皆可不究。你们无论离去，还是在此谋生，都面临由‘匪’往‘人’的转变。玉不琢不成器嘛，你们还年轻，你们有的是力气，只要想正事，做人事，都会成为好人的。欲去者，选择农具带回家去种庄稼。留此者，拿錾子、锤子打制碌碡、石磨和碾盘子，凿石成器，居家必用；或持镰刀、斧头上山伐树，伐树后再下河吆木，川道人家盖房、做家具，少不了呀。”

吴实看着木呆的悔过自新者，指了身边的伐木大叔和良娃，说道：“走正路，做好人，说是一句话，做起来可不容易呀。先要舍得出力，学点儿本事，把好事善事做一辈子才算是好人。愿学伐木的，尊这位大叔为师，一起上山。想学凿石的，跟着年轻的良娃去吧。”

留下来的一些山匪，捞起了锯子、镰刀和斧头，跟着周术、吴实和伐木大叔上山。走到面临河道的那片林子里，大叔让众人备好家伙，说：“就在这儿伐。”说着，走近一棵松树，抬头估摸高度后，伸出双手围合比画粗细，拍了拍树身，躬身施礼说：“好料呀，好料，也该出山了。”接着蹲下来，在朝河道的树侧搭锯，由上往下斜拉一阵，退出，再从底下搭锯平扯，取掉三角形的木块，拧身在树的另侧锯出一道缝隙，周术塞入备好的木楔，吴实挥斧击打，高喊：“人快离开!”众皆回避间，吴实伸腿猛蹬，“嘎吱”一声，树便倒地。众人砍去树的枝杈，把原木推到悬崖边，再一起发力，原木便咕噜咕噜地往山崖下面滚落。

受到惊吓的一群野猪，忽从崖边窜出。母野猪护崽迅疾逃去，公野猪却朝伐树人冲来。正在扯锯者，一个爬树躲避，一个抱头鼠窜。吴实急中生智，拾起粗壮的树杈，匍匐着往野猪的脖下拼力顶起，野猪前身悬空，嗷嗷吼叫，后腿蹬地，拼力前扑。那二百斤重的身躯，一下子就把树杈压断，张嘴往吴实的面门吞来。吴实拧身打滚，顺手抓紧野猪的两个后蹄站立，野猪便一头扎地，嘴啃泥巴。

吴实胸口被那野猪的后蹄蹬得疼入心田，却只能用力拽紧往高提，丝毫不敢松劲。周术和伐木大叔举斧前来，猛砍野猪头项，凡重砍一下，野猪那后蹄便猛蹬一下。如此这般，吴实的胸腹便皮开肉绽，血流不止。凶猛的野猪头体两分了，硬撑的吴实却倒地不起。

周术撅了草灰包为吴实止血，伐木大叔动手用树枝做了抬架，众人协力把吴实送到石洞里养伤。吴实养伤七天，众山匪默默无言，拼力伐树七天，既无一人离开，更无一人偷懒。

一场大雨过后，老君河涨水，正是吆木出山的好时机。无论是伐木的，还是凿石的悔过自新者，全要跟着下河吆木。他们要学本事，他们更要陪吴实和周术一起出山做好人。

翌日早起，众人下到河边，把数百根原木推入激流。伐树难，河中吆木更是不易。老君河上游的河道狭窄，急弯频现，原木入水漂移有快有慢，快的猛一下漂去很远很远，慢的打个旋儿便卡在了石缝间。良娃领了赤裸的自新者跳入水中，挥动长杆，“砰砰”有声，把杆头上的鹰嘴钩叼入漂木，或提或拉，左推右移，把卡在石缝里的原木拖进主河道。滚滚激流中的数百根漂木，忽隐忽现，沉浮不定。吆木者有的蹦跳在水中，有的攀高沿低在河边的岩石上，松松散散地延续三五里。陡崖峭壁猛然在前，湍流急转成旋，跌落直下的漂木翘竖起来，拦阻了后面的漂木，一会儿便横三竖四地交错在一起像似水坝。再一会儿，水流积聚，浪涌甚急，后面的原木不断撞击，形势岌岌可危……踽步在高处的吴实内伤刚好，勉强行走，却时刻操心河道里的吆木情形，他这会儿手捂胸口，俯瞰河道，见状暗想，不好！假若木坝溃散，就是人命关天的事儿，便高喊“小心——”怎奈内气不足，声音忽滞，吐了一口血痰。

恰此时，跳行在河边的周术紧急入水，抢过一把鹰嘴长杆，拼力推移那些横阻水流的漂木。悔过自新者，已为吴实舍身救人的事儿所感化。此时，又见周术不惧凶险，拼力排难，便争立潮头，齐心协力，牵木逐流。

老君峪外，河水流宽，被湍流和石头剥脱树皮的漂木，白花花的一片，在夜幕中煞是醒目，周术、吴实在官道旁的河滩上，选定了存放木头的宽阔场地，指挥人们把漂木拽在一起，交错码放，左一层右一层地排列整齐，不断加高，一会儿便似小山一样。

下游不远处的官道已被洪流冲断，东西往来的行人、驼队和马帮涉水过河极是艰难。但谁也不肯让行，实因天色已晚，都急着回家、住店或交割货品。有那么几个蹚水背河人趁机收钱，为钱多钱少斤斤计较。

一位困顿老叟没钱请人背娃过河，便试探着走入了齐腰深的水流中，迎面走来的骆驼“哼哧哼哧”的喷气声，使趴在老叟背上的孩子失声惊叫，老叟一个趔趄，脚下一崴，跌倒在了湍急的河流中。

此起彼伏的“救人”“救命”声中，一位驭骑者弃马入水，紧急救人。良娃身手敏捷，飞身而至。那位驭骑者抱起了孩子，良娃扶起老叟，周术跳入河流，齐心协力出手相帮。已来在河岸的吴实亦出手牵了驭骑者的坐骑相迎，众人扶老叟上马。那位驭骑者拉马缰，抱孩子，朝着龙驹寨的方向，一路小跑而去。

· 3 ·

周术、吴实和良娃在北山这十几天，唐秉、崔广在商山这边也没有闲着。他俩知道，周术他们三人去北山，先要平匪乱，才能推行山规民约。商山腹地虽无匪乱，但推行山规民约亦非易事，家族长者认同必不可少，地方官员支持也更重要。于是拿定主意，凡走一处，不仅是张贴山规民约，而且要见家族长者和民众，也要见地方官员和乡绅。这天，他俩把家事安排给山花，便带了虎豹两兄弟离开了天虎幢。

傍晚，唐秉一行到了上运石，见路边两人正在削竹，挖坑，问之做甚，一人回话，猎杀山魈。崔广再问：何以猎杀？言：只因山魈出没，面目狰狞，人皆惧怕。山魈本是上运石的神物，亘古以来便与人和谐共生，亦是叶老寿星的山林伙伴。只因叶老寿星仙逝而去，山魈不舍，便常来叶老寿星的墓茔处转悠。人们偶尔撞见那蓝脸红鼻子、白腹黑脊背的山魈，吓得不轻。叶老寿星的七七四十九日祭期将至，为上坟不被惊吓，便在墓茔的周边挖陷阱，埋竹剑，欲置山魈于死地。

唐秉、崔广听得心中极是难过，难过叶老寿星逝去，难过后人愚昧无知，难过山魈无辜……气得唐秉抖动着嘴唇，责问：“叶老先生曾有‘敬畏天地，四不相争’之言，你们难道不知？”

崔广取出随身所带书简，抽出其二，分给虎豹两兄弟，言说：“虎豹二门生，速将《海内经》与《神异经》分别念来……”虎豹俩接在手中，分别念道：

“人面长臂，黑身有毛，反踵，见人笑亦笑，唇蔽其面，因即逃也。”

“山魈盈尺，也不吃人，击釜、响鞭、燃竹便可驱之。”

…………

唐秉言：“听到了吧，此兽并不伤人。人以笑脸相迎，山魈亦笑；人若龇牙咧嘴，扮个鬼脸，它即逃走。最多也就是敲击器物、甩响牛鞭、点燃竹节即可……”

崔广灵机一动言：“亦可扎草人于此，画以笑脸作试。”

削竹挖坑人，一个当即割取蒿草，一个很快拿来木牌，叶老寿星的儿子闻信亦来到此处，向唐、崔两位先生问好。虎豹两兄弟已研墨取笔，恭敬地言说：

“先生，笔墨侍候，请画笑脸。”

崔广画笑脸的当儿，豹子拿了残断在地的竹节套于手指，对虎子舞动着说：“我是山魈，虎哥对我笑一笑……”虎子伸手一拨，豹子手指上的竹节脱落，虎豹兄弟俩便突发奇想，说以此法与山魈玩耍。唐秉、崔广相视一笑，想，孩子手套假指与山魈逗乐，亦可试之。

当夜，虎豹兄弟俩手戴竹节分立于草人之侧，唐、崔两位先生分别站在虎豹兄弟的身后。夜深人静时，两个山魈“呵呵”前来，围着真人和草人打量来去，虎豹兄弟俩随着先生的朗朗笑声，皆朝山魈伸出套有竹节的“手指”。两个山魈抓住虎豹兄弟伸在面前的竹节，乐不可支，笑得前仰后合。被山魈拉脱竹节的虎豹两兄弟，再举草人手舞足蹈，山魈随之起舞，舞动着，隐身而去，笑声不绝。

唐秉、崔广和虎豹兄弟在上运石数天，于屋墙、崖壁上书写的山规民约中加了一条“滥杀珍稀禽兽者，送官严惩”。亦把山魈与人的笑脸画在一起，到处都是。由此，上运石人与山林禽兽和谐共处，同欢共舞。

叶老寿星的七七四十九日祭，老少四人上过坟后，便走牌路河，翻越西岭前往竹林关。行至一处清幽僻静的山林，忽有嘻嘻哈哈的说话声传来，老少四人伫立细听。一个粗喉咙大嗓门的男人说：“哥呀，你说这事能弄不？”

一个娘娘腔的男人回话：“弄嘛！弄成了，买个亭长当。”

“咱这儿山高皇帝远，秦楚都不管。亭长是个锤子嘛，不如弄大，然后去天柱山做山大王。”

“不行，不行！杀人越货的二锤子事儿咱不弄！亭长弄不成了，咱还当咱的酋长嘛。”

…………

这当儿，“吱吱”的哀叫声夹杂在两人的话语中传来。唐秉、崔广和虎豹兄弟轻轻走近涧塄边，见溪水淙淙的岸旁，有只小猴子被挟制在青石缝里，围坐在侧的两人，分持小锤与尖刀欲对猴头下手。啊？这是要生吃猴脑。眼看小猴子性命难保，唐秉急得用手杖狠击地面，崔广叫声“虎豹”，这兄弟俩顺手在地上一摸，扬臂猛甩，两粒石子便击中了歹徒的手腕，“哎哟”声起，凶器落地。不待消停，又有石子长眼似的专砸那厮的脑瓜，两个歹徒只得抱头鼠窜。猴妈妈从大树上跳落在小猴子的身边，掀去挟制小猴子的石板，将其紧抱怀中。

唐秉、崔广找到亭长说及此事，那糊涂亭长竟说：兽吃人，人吃兽嘛，世事就这样！于推行山规民约之事亦是不置可否。

·4·

唐秉四人分作南北两拨，各自行事毕，前脚接后脚地回到天虎幢。歇息一宿刚起，便有陌生人求见。来者五十来岁，衣着朴素，恭敬施礼后细说来历，方知此人是相国萧何委任的县令。他本是军中马夫，留在关中筹粮募丁极是卖力，多受萧相国的待见和教诲，很快就成了运送粮草的百人长。近期，萧何在关中建汉城，抓紧落实郡县制并委派官员，这位马夫出身的百人长便被擢升为县令。他说着，便从袖中拿出委任书请四位先生过目。

唐秉言：“县令，走错地方了，县衙不在这里。”

新任县令回话：“萧相国有交代，到任时，必先拜访商山四先生。”

县令所言非虚，前来拜访唐秉四人确是萧何的交代。萧何经营关中大后方，汉承秦制，重设郡县。他知武关之内皆属关中，亦知商於战略地位的重要，更怀有商山情愫，便设商县县衙于龙驹寨。龙驹寨东西辖制武关至峣关，南北包括华阳（今陕西商洛市洛南县）至丰阳（今陕西商洛市山阳县），此广袤区域多为山区，可耕地虽不多，却肥沃长庄稼，更是因龙驹寨水旱码头交通便捷，于募兵、筹粮、储运都是十分重要，便特意物色了这个信得过的县令。

周术、吴实和良娃听此人口音，明白他就是昨晚在老君河救人的那位驭骑者。

周术关切询问：“你救出来的那老少俩，可好？”

“县令昨晚下河救人，好……”吴实手掩胸口，又是干咳语塞。

“好官好人，必有好报！”良娃拍双手赞扬说。

…………

唐秉、崔广这才明白了新任县令昨夜救人一事，感慨时下难有如此好官，便招呼落座，关切询问落水老叟和孩子的安危。新任县令回话说：“送爷孙俩到龙驹寨，找郎中紧急调理，相伴一夜，好在老少皆无大碍，刚送回了古路村的家中，便急慌慌地来到了天虎幢。”

唐秉言：“好，救人该赞。只是新官上任，理应速入县衙坐堂理事，来此做甚？”

“先生啊，萧相国反复交代，做县令应知晓民情，知民情便须深入商山。至于如何做事，还得求教四位先生呢！”

唐秉言：“相国所言，只对一半。要说做事，得问计于民，我们四人有何能耐呢？”

“先生不必自谦，汉王城营建图样本是先生所作，埋入土中的一堆奠基石也是先生所选，还有这……”说着，将数卷缯帛摊在面前。四人细看，张良带去的一些缯帛笺片竟重回商山。这些笺卷上全是各类木料、石料、灰土的名称、规格和数量……周术俯身看后，摇头言：“过时了，过时了。时过境迁，难有其用。”

“再难，也得求四位先生相帮。子房已随沛公东去征战。相国说，此事还须仰仗四位先生指点，在下更需倾商县之财力、物力为建汉王城出力。相国也说啦，汉承秦制，郡县为基。我这个县令给四位先生施礼了！”县令说着，起身施礼。

崔广拦住，让座，言说：“免礼，免礼。请新任县官你说说，何为郡县？”

“先生呀，在下才疏学浅，略通文墨。郡县嘛，只晓其名，不知其所以然。还请四位先生教导。”说着，又是恭敬施礼。

唐秉言：“汉王带兵打仗，相国募兵筹粮，实乃青黄不接啊。看来，萧相国也是难为你这位新任县令了。”

“嗯，嗯，先生说得是。”

“县令治理地方，首须固农为本，以商强县。再须逐级建制，县下设乡、里和亭。乡、里是行政机构，亭为治安组织。乡设三老、啬夫和游徼。三老掌教化，啬夫掌诉讼和税收，游徼掌治安。里设里正，职能同乡，须组织春耕夏种和百姓生活。亭设亭长，百姓的吃喝拉撒睡，啥都得管。郡县嘛，靠制度，更需靠人心。夯实制度，健全规约，实乃当务之急！”

“嗯，嗯，先生讲得好，好，好！”县令听得连连点头。

“重要的还是人文教化和规约制定。做官重在胸怀广大，善谋全局，善做大事……”唐秉让崔广把商山的山规民约交给县令过目，就推广山规民约所见、所想、所为，毫无保留地陈情于县令。

新任县令看着山规民约，言说：“四位先生如此善举甚好，此山规民约可在全县推行。同时，萧相国交代的汉城营建大事，亦须落到实处。”说着，再次将所带缯帛笺卷推到了四人面前。

唐秉言：“萧相国和县令之意，我们明白。汉城营建需要木石材料，亦更需基层官员和百姓的全力支持。你先回县衙去做该做的事儿，我们商量商量，尽力为县令排忧解难。”

新任县令下山后，唐秉四人继续说道：“天下诸侯混战，苦的可是百姓呀，萧何求治关中是顺天应理之事。天下宜治，人心思安，汉承秦制是好事，也是难事。这县令不易，那萧何更是艰难。我等之前曾与萧何谋面，今又与新任县令相见，茫茫人海，凡能谋面和相见便是缘分。帮人帮到底，好事做到头！”

崔广忽然想到了漫山遍野的金丝楠、花梨木、白皮松诸多名贵树木，若合理采伐，可做建造宫殿的大梁、明柱和门窗……如此亦可使商山百姓有事做，有钱挣，能过上好日子。

唐秉言：“崔广所想，好是好，只是秦岭大阻，如何运送出山？”

吴实想了想，回话说：“疏浚湘河、银花河至丹江之漕运，将荆紫关、竹林关、牧护关和龙驹水旱码头连成一线，借助木船和纤夫运至山高水尽处，组织壮汉合力扛上峣关，由高处往下面滚落至浐河，再转水运……”

周术亦知北面洛河两岸的洁石如玉，坚硬无比，既可做基石，砌墙面，亦可精雕细凿，用作宫殿内的护栏装饰，便言：“还有，洛河白石于建汉城亦是大有用处……”

“哦，石料更重，却又如何输运？”崔广问。

周术于此已胸中有数，便言：“于洛河侧崖选用上好白石，凿放水岸，以图塑形，精心雕刻后，借助水运至洛源的两岔河，转行灞河，再入渭河，可直抵龙首原，用于汉王城的营造。”

…………

唐秉听三位贤弟讲说得在理，便让良娃把稼娃、吕儿等开商铺、办会馆、做储运的门生请来，加上虎豹兄弟和未离家门的读书娃娃，全力落实此事。这些大小门生深谙家国大事，知当尽匹夫之责，皆努力为家乡把事做实、做好。很快，从南山到北山的伐木、采石的号子，从丹江下游到上游的拉纤船歌，此起彼伏，汉王城的建设与商山的兴旺和商县的繁荣连在了一起。

第二十章 嫡庶争位暗流涌 张良退身荐前贤

·1·

刘盈生来很少见到刘邦，有爹和没爹一个样，身边老是一片黑，是因妈妈吕雉的营生就是染布。白布煮成靛蓝色后捞出来，漂在水里，晾在空中，干了收拢成卷，便是一卷又一卷的黑布、蓝布。刘盈不喜欢如此沉闷的颜色，他稍懂事儿了，更讨厌他妈那黑衣、黑脸、黑手掌。为啥不为啥的，就虎着脸，伸出黑手抓在刘盈的手上、脸上和屁股上，浑身的印痕从来就没有洗净过。

他姐鲁元跟他妈学得像，拧车子似的跑出跑进，也是五麻六道的黑模样。

刘盈问他姐说："咋不都染成红布、黄布呢？"

鲁元说："那是逢年过节才卖的货，平时谁买呀？"刘盈又看着蓝布上的白花花，说："多染些这白花花也好呀。"鲁元说："麻烦费事嘛……"

“啪啪”两巴掌，一巴掌打在鲁元正干活的手上，一巴掌扇在刘盈的屁股上，俩娃的身上又多了吕雉的黑掌印。

吕雉喊：“甭磨闲牙，好好干活！”

刘盈生来属羊，身边总不离茸乎乎，咩咩叫，柔声如歌的洁白羔羊，亦乐见漂涤在河水里的白布，这些未曾煮染的织物随着水波漂动，起起伏伏，轻盈欢快，小鱼小虾出没其中，自由自在，无限欢畅。而那些煮染过的布帛一入水就是一河的黑浪，鱼鳖全躲得不见了影儿，每每此时，羔羊亦作哭声。

刘盈除了羔羊、河鱼之外再无玩伴，出门走在路上，便有孩子敲打着瓦片骂：“刘邦瞎，不回家，带得男人跑光啦；娃的妈，守活寡，娃一回家就挨打……”鲁元上前对骂，却被那孩子一把推倒，刘盈吓得只是哭。

吕雉出门，给姐弟俩一人一巴掌后，便双手叉腰在街巷破口大骂一通，回家，又是拿刘盈和鲁元撒气。吕雉除了管亲生的儿女，还要照顾刘邦那野生的儿子刘肥，更少不了操心刘老公……这些不如意，使吕雉对刘邦有着满腔的怨念。

前几年，刘邦起事杀了县令，带领数百人杀出城后，全县缺男丁，地里的农活和家务全靠老弱妇孺支撑。吕雉争气要强，开了染布坊，赚零花钱不是唯一目的，更多的是为他人提供点方便，补偿乡亲邻里，以图心安。夫君刘邦张狂啊，把男人全领出去打仗，能否活着回家？啥时候回家？心里总好像亏欠了邻里似的。就这样，还时不时被人暗地里咒骂，两个娃也不受人待见。尤其本家那两个嫂子，把对刘邦的怨恨全挂在了脸上，经常指桑骂槐：“狼不吃的刘老三咋不死了呢！都五十岁的人了还野啥哩嘛，这一辈子就把人害扎了！”嫂子骂弟，吕雉没办法，刘盈的爷爷刘老公，听见了也是摇摇头，权当没听见。

刘盈六岁那年的一天，天还未亮，喊杀声把他从梦中惊醒，刚一睁眼，就被他妈提起来扔在了黑布堆里，鲁元捂了他的嘴不让出声。姐弟俩透过缝隙看见，爷爷、妈妈被人推搡而去，还有士兵拿着刀枪往布堆里戳打，不幸中的万幸，姐弟俩总算是保住了小命。鲁元拉着刘盈溜出后门，门外呼爹叫娘的乱哄哄，扶老携幼的急匆匆，全是慌不择路地逃命的人们。姐弟俩稀里糊涂地走着，不一会儿便落了单。

天色透亮，远处黄尘滚滚，喊杀声急，一辆马车颠颠簸簸地拐入水田小道，距离姐弟俩已是不远，鲁元急忙拉着刘盈藏在了路边的荆棘野草中。此时，随鲁元姐弟俩一路走来的羔羊已是走失，羊妈妈便近身将刘盈紧紧相护，高扬着扭弯的犄角，警惕地注视远方。那辆拐入水田小道的马车，马失前蹄，忽然歪斜，驭车夫跳下来拽马缰，扶车帮，那辆马车还是翻倒在了水田中。咕里咕咚，泥水四溅，从马屁股后面爬起了一位持剑者，站起来的高大身影使鲁元眼睛一亮，像是多年未见的阿爹，忍不住高喊“爹——”，拉着刘盈跑了过去。孩子看得没错，此人就是刘邦。刘邦也听见了熟悉的声音，看见儿女的身影，便扑前去，将俩娃揽在怀中，急问：“娃呀，你俩咋在这儿？你爷呢？你妈呢？”

鲁元抹一把鼻涕，抽噎着说：“被抓了。”刘盈藏在鲁元的背后，连连叫妈，哭得不停。

“啊？啥人抓的？”

“拿着刀枪的人。”

“何时？”

“天没亮时。爹呀，快救人啊！”

孩子哪儿知道，他爹也正在逃命，哪儿救得了眼前这儿女呢？自古来，英雄好汉，酒色相伴。没想到，刘邦喜酒贪色，竟过分得令人恼恨。他率兵东出，在洛阳三哭义帝，举起讨伐项羽的义旗，携五路诸侯，趁项羽倾兵攻齐的机会占领了彭城。彭城乃彭祖故国，西楚霸王项羽以其为都城，此城自是繁华无比。刘邦入城犒劳三军，喝得酩酊大醉，趁夜色，寻得“风月醉欢楼”，被能歌善舞的戚姬勾了魂，由此陪睡三天三夜没离身。

刘邦贪戚姬那貌美，善舞，更是因她“走天涯，共生死，舍命不舍你”的那句话，便神魂颠倒，忘乎所以。上梁不正下梁歪，随他入城的汉军士卒，守在城外的诸侯将士，无不花天酒地。哪想到，风水轮流转，仅仅三天后，项羽率精兵三万偷袭而来，直取刘邦的主帅大营。哪知，刘邦不在大营，而是直接从“风月醉欢楼”携戚姬乘马车往沛邑方向逃去。项羽盛怒，将四十万伐楚的诸侯兵杀了个落花流水，血流成河。项羽派去抓刘邦老爹和家眷的士兵逞凶那阵儿，刘老公挺身阻拦，吕雉急中生智，把刘盈和鲁元推在了黑布堆中，使俩孩子躲过一劫，她和刘老公，还有舍人审食其被楚军的士兵一绳捆了，推搡而去。

刘邦在灌婴、周勃、樊哙的保护中逃到祖居村镇的不远处，埋伏在先的楚军一哄而起，前后夹击。情急之下，驭车夫勒紧马头猛一转向，马失前蹄，翻倒在了路边的水田里，刘邦和戚姬同时滚落。他刚爬起身，年幼的儿女就扑在了怀中，可怜兮兮，哭作一团。孩子喊救人，救人，救人！面前这一双儿女要救，随自己逃命的戚姬也要救啊！

刘邦把俩娃推在一边，站起身，帮驭车夫曳马拉车。灌婴、周勃赶来搭手，扶正马车，将刘邦推入车里，督催驭车夫疾驰而去。

鲁元拉着刘盈呼着，喊着，连滚带爬，眼看着阿爹乘坐的马车越去越远。

乌云一团忽来，黑马上的彪形黑脸大汉落地，一手不离马鞍，一手提起俩娃翻身又上马背，这是随后赶到的樊哙出手救了俩娃。说时迟那时快的瞬间，众人如风散去，唯剩戚姬独身一人，像鲇鱼似的在水田里扭动，与水蛇和蚂蟥搅在了一起。

汉二年（前205）六月，刘邦将鲁元和刘盈送到栎阳，与萧何、张良诉说：“好险啊，差点儿丢了性命。”

“汉王呀，胜败乃兵家常事，化险为夷就好！”

“子房呀，还请你想想办法，如何从楚营救出我那老爹和夫人？”

“哦，刘老公和夫人被项羽抓了？”

“是呀，老爹和我那夫人被项羽抓走，只是救出了年幼的儿和女。”

“汉王救回儿女就好。刘老公和吕夫人，可从长计议，无须着急。”

“怎讲？”

“人生在世，谁不是父母所生所养？项羽虽然残暴，但汉王与他曾在项梁麾下结为兄弟，你之父母岂不是他之父母？他若贸然做出伤天害理之事，于他有什么好处？如今他抓去令尊和夫人，只能说他忌惮汉王，要挟汉王，也只想增添和汉王争斗的筹码而已。只要汉王循天道，行端正，不妄为，求得人心归，刘老公和夫人定能无恙归来。”

“好好好，能如子房所言便好，但愿亲人早日归来。”

萧何言：“汉王啊，为此久远的大事，子房已有所想……”说着，拿出汉城营造图样，仔细说道了一番。

刘邦惊喜言：“好呀，此汉城营建绝不能输于秦都咸阳。”

“汉王如此宏愿，微臣萧何明白。栎阳这处旧城也只是权宜之地，我定当尽力建好汉长安城。”

“好好好，萧相多辛苦了。还有，眼下这鲁元和刘盈，还需交给你多加照管，权当是相国你之子女了。”

“汉王，孩子留下来，我尽力料理好他们的衣食起居，没说的。只是，他们的识字读书，做人习礼……”

说起识字读书、做人习礼的事儿，刘邦不甚在意，便言：“哎呀，这些事嘛，你便酌情处理吧。”

张良言：“汉王呀，刘盈实乃继承王位的太子，教他识字读书，做人习礼，重于吃饭穿衣，实乃头等大事。萧相日理万机，确实很忙。汉王啊，要说教孩子识字读书、做人习礼嘛，我便想到了商山那四位先生。他们师承荀卿，身为秦博士，尤其那东园公近身陪伴前朝皇帝数十年……”

张良此言，勾起了刘邦初见唐秉、周术和吴实时的情景，于是言说：“哦，子房说得是呀，萧相，快派人去请他们出山。如今，咱与去年访贤那时相比，总算统揽关中，拥有了半个天下，他们还能不下山吗？”

萧何想到了四位先生的性格，回话说道：“哎，以四位先生的秉性，请他们出山，难呀。”

“不管多难，诚意相请，速派人去商山。”

“汉王，派谁去请都可以，但还得汉王修书为凭。”

“噢，那就以本王的名义修书，让人带着去请吧。”

“汉王，若以四位先生来做蒙学之师，实在是大材小用，不好说出口的。”

“噢？那便请来做官！”

“汉王呀，封四位先生什么官阶？”

“这——萧相呀，你便与子房酌定！”

究竟给四位先生什么官职？萧何即刻翻阅秦国的宫书文献，知三公九卿后面的郎，分作侍郎、中郎和上郎。四位先生曾任博士郎，其实属于侍中郎之阶，要请来为汉王做官，必为上郎。萧何便替汉王草拟帖书，曰：

恭敬。东园公、角里先生、绮里季、夏黄公四位圣贤高士，久慕四位先生盛名，岁前伐秦过商山，曾欲拜访诸位圣贤，因身体不舒，未能登山与四位先生晤谈。此一载，星移斗转，秦灭汉立，本王居关中，望九州，划计千秋基业，正是求贤若渴之际。知四位先生道行高尚，学识渊博，胸怀广大，关爱百姓，实乃国之栋梁也。

本王恳请四位先生走出商山，同谋天下。将赐封四位先生为上郎官阶。谨此至诚之言，望能领悟本王诚意，从速出山。

…………

帖书拟就，钤汉王印后，由郦商、陆贾持汉王帖书进入商山诚请，想不到，却碰了个软钉子。四位先生传话说：年纪大了，还做什么官呀？

·2·

刘邦与项羽争夺天下的热闹，不亚于前朝秦王统一六国之战。

刘邦善用各路诸侯。汉三年（前204）十月，韩信于井陉口（今河北省石家庄市井陉县东南）背水设阵，打败二十万赵军，生擒赵王，平定了燕国，断了楚军的羽翼。汉四年（前203）冬，汉王与彭越联手烧了楚军粮草，项羽被迫在荥阳议和，划鸿沟（位于今河南省郑州市荥阳东面之古河道）为楚汉之界，两军相持两年多后休兵罢战。刘邦派使者游说，终于使项羽释放了刘太公、夫人吕雉和舍人审食其。

汉五年（前202）秋，楚军向南撤退到阳夏（今河南省周口市太康县），刘邦预估楚军将往寿春（今安徽省六安市寿县）集结，便提前渡过淮河抢占寿春，策反了楚国大司马周殷，命平定淮北有功的灌婴合围，击败楚将钟离眛，迫使项羽退守城父（今安徽省亳州市城父镇）。曾奢望与刘邦、项羽三分天下的齐王韩信，一直坐山观虎斗，见项羽已呈败象，便挥师与刘邦会合。

刘邦知韩信能战，且求功心切，便把强攻城父的统帅交给了韩信。

此年十二月，项羽率楚军逃至垓下（今安徽省宿州市灵璧县境内），汉军迅速将其包围，以十面埋伏之计，使楚军犹如困兽，屡战屡败，突围不出，夜闻四面楚歌，项羽大惊，汉已得楚乎？于是慷慨悲歌，忍痛别姬，自刎于乌江。

楚汉之争，刘邦笑到了最后。他在定陶（今山东省菏泽市定陶区）登基，以“汉”为国号，被诸侯共尊为帝。其实，刘邦在定陶汜水北岸的土丘上祭祀天地，行登基礼，是演戏给戚姬父女看的。三年前，刘邦携戚姬逃出彭城，把美人儿丢在稻田里独自逃命后，心里一直愧疚。戚姬也算命大，从泥水中挣扎出来跋涉二百多里，回到了祖籍定陶，给其父讲说了差点儿丢命的事儿。其父戚鳃便大骂一通，说：逮住了那个野汉子时，一定要宰了他！

想不到，戚姬十月生子，这分明就是那个野汉子的种嘛。当戚鳃见到刘邦时，戚姬生的儿子已学会了走路说话，他见那被暗骂了两年多的野汉子对女儿和孩子关爱有加，年龄比自己还大，见了面却不称岳翁不说话，再看他那一呼百应的虎狼兵，自己还能有啥办法？唉，认了吧！但愿这个老女婿能成就大事，以后，不让女儿受苦就行了。

刘邦此年已是五十又四。汉军在回师洛阳的路上，高戴帝冠的刘邦和戚姬相依相偎在皇辇内。他左搂爱妾，右抱娇儿，轻吻了放浪的戚姬，问：“孩儿何名?”

“野种。”

“啥?”

“我爹一直骂你是野汉子，你的娃还能叫个啥?”

“不行，不行，皇帝的公子嘛，得有个好名儿了。”

“哎呀呀，皇上呀，你便给儿子起个好名吧!”

戚姬说着，把嫩手揣进了刘邦的裤裆，娇滴滴，甜腻腻，扭捏作态地言说：“哎哟，硬邦邦!”说着，便用手攥紧揉搓，不一会儿，忽有黏液流出，便又咋呼说：“皇上呀，这流的啥嘛?”

刘邦兴奋不已，随口言说：“流，流的如意嘛。”

“哦? 流，流如意?”

“好呀，我的小儿就叫刘如意了!”

刘邦说着，“吧唧”一口亲吻如意小儿，那如意小儿被他的胡子扎醒，便推开刘邦，扑在戚姬的怀里撒娇，透过飘动的暖阁垂帘看着外面，喊叫：“外公——”

刘如意的外公戚鳃已被封为郎官，此时骑着高头大马，走在皇辇的一边。

刘邦入洛阳，戚姬听说再往西走就是风沙弥漫的苦焦之地，对西去有疑虑。刘邦便顺其意，与其卿卿我我，日夜厮守，不言西归关中。

征战多年的沛邑将士也是担心离家越来越远，便也鼓噪着想衣锦还乡，早归沛邑。将领们私聚议事，见刘邦走来皆闭口不语。刘邦纳闷不解，询问张良是何原因。

张良说众将欲反，同时出招，让刘邦赐封最不齿于的人做官。刘邦明白了其中的道理，就将他最恶心的雍齿封为侯。由此军心稍稳，刘邦更不思西入关中，欲定都洛邑。张良便找了一位下层人士娄敬，让他穿着破烂，扮作怀才不遇的读书人去见刘邦，说洛邑不宜久留。

刘邦回身来询问张良："咋办？"

张良拉过刘邦的手掌，在其掌心一下一下划拉着。

刘邦似有所思，想到了"或"（'国'字的甲骨文符），便念出了声。

"皇上啊，此'国'字何解？"

"持'戈'征战天下，取而得之。"

"皇上所言，只对一半。国，邦也，须囊括九州疆域，稳固根基，构建皇城，方能镇服天下……"张良一边说着，一边在刘邦的手心画了四方形，将那个"或"字圈了。

"子房呀，外圈一个'口'字，何意？"

"国不可无疆，高祖亦不可没有自己的皇城！"

"哦？"

"皇上呀，洛邑境域狭小，容易四面受敌，不宜作为都城。而关中有函谷关、武关、大散关和萧关四关拱卫，东临黄河，西有陇山，北依高原，南有秦岭。沃野千里，地肥民富。战略进退中有富饶的巴蜀，放牧有天山胡苑，阻诸侯有武关和函谷关。关中实乃国祚长久之福地呀，且，萧相亦为高祖营建了长安城……"

张良说动了刘邦，"国"字的写法也由此而改变。

高祖刘邦班师西去关中前，为稳定群臣，便钦点名单，赐封列侯，大赞张良，说道："我取天下，子房功高。若无子房运筹帷幄之中，决胜千里之外，何有我之今天？"便欲封张良三万户。

张良知晓萧何封为酂（今湖北省老河口市西北）侯，也才八千户，于是回话："臣愿封留城（今徐州市沛县东南）足矣，不敢当三万户！"

留城，是刘邦与张良邂逅之地。张良如此一说，既出乎刘邦意料，又使刘邦顿感亲切，便封张良为留侯。

七月大暑，刘邦率文武众臣入关中，册封吕雉为皇后，立刘盈为太子。此乃宗法制度使然，嫡长子继承皇位，其母必封皇后。

吕雉主持后宫，成了皇城的半个主人。她领着刘老公见刘邦，说道："皇上呀，得给老爹封个官位了，他在楚营遭罪几年，可都是为你啊！"

"哦，说得是，那就册封老爹为太上皇吧。"

刘老公却言："小儿刘季呀，噢，皇上刘邦啊，你爹人老了，封啥都无所谓。你当了皇帝，可别忘了你之弟兄和侄儿哟。"刘邦想，老爹说得在理，就为自己的二哥、四弟和侄儿们封王封侯，当然，这种好事少不了吕雉一门亲人。

此时，吕雉危坐在侧，瞪着刘邦想，你身边这些女人们可该咋整？这些女人中，只有自己是明媒正娶的，本人身为皇后，整肃后宫，已属正务。早年你和寡妇曹氏鬼混，生的儿子刘肥，年龄已是不小，那曹氏还在老家沛邑，要不要接来汉城？你能行呀你，把人家魏豹的后宫薄姬纳妾，生了儿子刘恒，又该咋办？还有什么管夫人、赵夫人……叫不上名来的女人任你宠幸。哎，皇上就是皇上呀，身边妻妾成群，你愿睡谁就睡谁，可整出来儿子的野娘们，就是麻烦了。最烦心的就是你身边的这个戚姬，二十来岁，妖精似的，领着两岁多的儿子刘如意在你跟前卖骚争宠。难怪你长住洛邑而不思汉城，回了汉城也不去我那寝宫，原是这个小妖精勾了你的魂，吸干了你的精血。今日，我不领着老太公来找你，岂能见你一面？

"爹，皇爹——"娇滴滴的叫声连连，一个崽儿娃趴在门槛上往里翻。

刘邦"呼"的一下起身，大步走过去，俯身抱起刘如意，走到刘老公和吕雉的身边，对崽儿娃说："如意儿，叫爷爷，叫大妈！"

想不到，那小小的如意儿却捋着刘邦的胡须，说道："皇爹你像个爷，哟个大妈，就是个婆嘛。"

"傻瓜如意儿，胡说八道了。"刘邦把孩子高高抛起，又稳稳地接在怀中，轻拍着刘如意的屁股说话。吕雉恨得黑血往上涌，咬牙切齿地摇摇头，啥也不说，扶着刘老公一起离去。

·3·

刘邦大功告成，张良暗生退意。萧何知张良隐意已决，便陪他同上太乙山。

太乙巅峰，高在云上。张良、萧何攀岩登高，伫立在云聚云散处，仰望头顶上的重重绝壁，悬石遮天；俯看，天又在脚下，云海茫茫。这是天上人间，还是人间天上？在这儿，神仙似人，还是人似神仙？惊叹宇宙混沌，苍天力巨，地崩山摧，留得如此峭奇自然。

张良只顾看和想，一时默然，此时无声胜有声，正是：

清风细雨听天籁，琼液潜流洗尘埃。

太乙神祖何必去，人间此处有瑶台。

…………

张良再看身边岩石碰撞挤压，凌空叠垒，纯净如洗，在摇曳的绿荫中分外壮观，忽然就想到了黄石公，想到了商山四先生，也想到了梦中托言的那位商祖。

萧何见张良魂不守舍的模样，便动情地言说：“子房呀，高祖离不了你，大汉的社稷江山需要你呀。”

张良却是背对萧何，极目远望地说：“天道轮回，我自知命。只伴风雨，不求名利。大汉的社稷江山自有天定，朝中大事就靠你萧相国了。”

“我知子房你有隐退之心，便将太乙庙做了修缮，供你使用。从汉城来太乙庙这儿，也就四十里路程，朝中若有甚事，高祖皇上前来相见，亦是方便。”

“别别别，既然隐居辟谷，就不再见人。我还是去那封地留城吧，谁也不用见了。”

“不行呀，你曾言，四位先生那些书简，亦应还汉，妥善收藏……此事，还没落在实处。”

“哦，有此说吗?”

“有呀!”

“噢，说归说，做归做，看来，此事难矣。”

“不管难不难，天下既定，大汉初立，不可忘记商山那四位先生呀，再也不能让他们为藏书受煎熬了。”

“好，你不愧为相国啊，事事操心，时时在为文脉传承着想。”

“子房呀，这便下山，我陪你去汉城那天禄阁和石渠阁看看。”

“此两阁何在?”

“在汉长安城的清静处，我已将秦之宫书文献妥藏其内，太子刘盈也正在那儿读书。若在天、石二阁为四位先生藏书，最是合适不过……”

“哦，萧相有能耐，两阁两用，既藏书，又读书……哦，太子读书，谁为太傅?”

“叔孙通。”

“哦?”

“他亦曾是前朝之博士郎官，深谙礼仪。但叔孙通儒风过盛，要不误大汉的社稷江山嘛，还得请四位先生出山!”

“萧相国想的在理，但再见四位先生尚难，何言请他们出山?”

·4·

高祖刘邦赢了天下，也赢得了戚姬的芳心，二十来岁的妖冶女人，知道怎么侍候自己的主子。在彭城“风月醉欢楼”，戚姬初见刘邦，喜欢他那豪气狂野，直率不羁。当时以为他只是个酒疯子而已，想不到这刘邦酒醒后更疯。说什么宁舍千军万马不舍戚姬，说什么要社稷江山更要美人。嘿呀，谁料想今生遇到了真疯子！本以为他那些疯话是骗人的，哪知他说的还都是大实话……彭城那癫狂的嬉戏间，突遇项羽带兵追杀，急慌慌地滚落稻田，差点儿送命，却由此经历了同生共死。狂欢一时，暗结珠胎。生儿不久，成了皇上的刘邦却找上门来，手捧真金白银求婚……少年刘邦曾翻墙拨门，叫着“姨”钻进了曹寡妇的怀中，竟也生了个儿子刘肥。他做亭长那些年，没有少上女人的炕，自明媒正娶了吕雉后，依然是偷吃腥的猫，没歇过嘴。走南闯北，玩命弄事儿，靠的就是酒色相伴嘛。这掐指头算不清的女人中，就数戚姬娇嫩年轻，美若天仙，与戚姬耍起来，还真如老牛吃嫩草，别是一番滋味。后宫佳丽无数，刘邦只把宠爱集于戚姬一身，爱屋及乌，刘如意也就成了刘邦的掌上明珠。

一日，宫内天刚黑，刘邦和戚姬嬉戏在床榻上。稍一会儿，刘邦来劲又想上二茬坡。如意儿黏在戚姬身边，就是不让位置。

戚姬见刘邦硬挺在那儿干着急，便给如意说：“儿呀，和你皇爹比比……”如意问：“比啥?”戚姬言：“往妈的肚子上趴，比一比谁趴得好。”如意躬身爬上了他妈的肚皮，戚姬稍一胳拧，如意便溜了下去，反复再三，皆如此。戚姬把如意扒下来，推开说：“儿呀，到一边儿耍去，让你皇爹上。”刘邦早已等得欲火中烧，便如猛虎直扑，硬挺挺地冲进穴道，用足了劲儿鼓捣起来。戚姬咯哇一声，呻吟着，摇摇摆摆，扭动不止。如意见皇妈抖，皇爹晃，却怎么也掉不下来，便爬近了仔细看，喊叫：“卯着哩，卯着哩嘛!”刘邦和戚姬便缓了口气儿，戚姬翻身净手，端来参汤煲递到刘邦手里，言：“皇上呀，你看咱这如意儿子咋样?”

“我的儿嘛，脑子够数，长得壮实，像老子!”刘邦仰面朝上，双手把如意儿高高举起，如此年岁的娃，正是好耍时。

“皇上呀，听说把儿子册封为太子，日后方能当上皇帝，当妈的也才能做皇后?”

“是呀。”

“皇上你想想，不封咱这宝贝儿做太子，岂不是白弄了一回吗?”

“唉，爱妾呀，此事缓缓再说。”

…………

汉高祖七年（前200），长乐宫建成。太傅叔孙通制定了汉室的宫廷礼仪，召集百十位儒生精心演练，刘邦观后，觉得不输当年始皇帝那威震天下之威仪，大喜过望，于是颁诏：清明时以朝廷礼仪踏春祭祖。

刘盈向太傅求问说：“何为清明节？”

叔孙通讲说：“春秋时期，晋国公子重耳落难，饥寒交迫，难以前行。随臣介子推割肉煮汤，以食重耳，重耳精神振作，得以前行。嗣后，重耳继位为晋文公，封赏功臣时却忘了介子推。介子推本就无意求取封赏，已是打点行装，背老母去了绵山（今山西省介休市绵山镇）。晋文公知之，羞愧莫及，欲请介子推出山。然而，绵山千丘万壑，树木茂密，找人谈何容易，于是想出了以火烧山、逼介子推走出来的馊主意。却不想，竟然烧死了介子推母子。晋文公恸哭欲绝，追悔不及，便将这天定为寒食节。此后，人们在这天只咽寒食，不动烟火……”

“先生呀，寒食节与清明节，是一回事儿吗？”

“清明，乃二十四节气之一，时逢春回大地，万物复生。北方种瓜点豆，南方采桑摘茶。人们怀念祖先和亲人，把寒食送在墓前祭奠，是为清明节也。因寒食节与清明节，相差时日不多。时下，寒食与清明两节，已合而为一了。”

“哦，明白了。皇爹明日踏青祭祖，是给我那逝殁的爷爷送寒食……”

翌日，高祖刘邦携皇后、嫔妃、太子、庶子和近臣依朝廷礼仪出行，浩浩荡荡过了渭河大桥，到了北原的长陵。年前过世的太上皇安葬于此，这儿就成了大汉皇室的陵邑。

祭祖礼仪长队到了陵邑，刘邦默立在老爹的坟墓前告慰：老爹呀，不管你把我咋不当人，你这个小儿没让你失望呀，你能长眠在这皇天后土之地，也算是儿尽孝了。接着，登上高处，把大好河山尽收眼底。渭水如练，蜿蜒东去，极目远望，思绪万千……渭黄合流，水波滔滔，千里一线的那洛邑、荥阳到彭城，那一场场腥风血雨，无不历历在目。年近花甲，忽然醒悟，人生这一辈子能有多长？

西进东出，打来杀去，究竟为何？曾梦寐以求地坐江山，拥美人，威仪天下之皇上，不也就这样吗？眼前不远处便是秦之废都咸阳，如今瓦砾成堆，荒墟苍凉，哪儿还有一丝昔日的辉煌？看自己身边群臣簇拥，佳丽环绕，这是自己的本事大，还是命好？嘿呀，这样的好也烦恼，辛苦更甚，揪心事儿更多。

清明大祭，叔孙通任祭酒司仪。他让太子刘盈和诸公子将纸葩插在太上皇的坟冢旁，让宫奴打开食箩，取出冷食献在墓前，拉长语调，诵唱："大汉九年，清明大祭，礼始——"顷刻，鼓乐轻启，琴瑟和鸣，唱礼儒士边舞边唱。

时逢吉年，清明祭奠。

恭荐心香，告祈太皇。

福荫子孙，佑我大汉。

盛世千年，久久长安。

…………

刘邦高兴关中大地有八水绕长安，他更高兴眼下有八子绕膝转。这一辈子，还真是有点儿广种薄收，年近花甲，也就这八儿一女。八个儿子依年龄排序，最大的刘肥十九岁，刘盈十三岁，刘如意八岁，刘恒五岁，其后的刘长、刘友、刘恢、刘建四个小儿都是刚能走路说话，年龄悬殊，秉性不同。

这阵儿，他们皆随司仪引导，执香跪地，祭奠皇爷。刘肥拿起细长的竹竿儿挑拨燃烧的火团，火团突然发出爆响，刘如意、刘恒、刘长、刘友站起身来，争相拿了竹竿儿，塞进火星飞舞的灰烬里，听着"噼里啪啦"的响声。刘盈却捂住耳朵，躲在姐姐鲁元的身边，生性软弱，像个女娃。

爆竹声惊跑了一窝野兔，出生不久的小兔跟着兔妈妈逃窜，刘肥撒腿去撵前面的兔妈妈，刘如意、刘恒和小弟们一哄而上，扑向那几只小野兔。

刘盈个儿高腿长，抢先把小兔全揽在了自己的衣襟里。刘如意、刘恒伸手要抓，却被刘盈推开。刘盈见刘肥在前抓了那只兔妈妈，便急喊："肥哥，别伤害兔妈妈!”喊着近前，拉了刘肥远去，两人把大小野兔全都放生。刘肥虽不情愿，但他还是听了刘盈的，因为他在认字念书上，有求于刘盈。

刘盈听见身后的小弟们呼喊着要玩野兔，看着身边的大柳树，急中生智，推了一下刘肥，言说:“肥哥，快上树，折柳条儿，编帽圈……”

刘盈、刘肥便同折柳条，绾了圆圈，像帽子一样戴在头上，再抱许多柳条，边往回走，边绾柳条帽，走到几个哭闹的小弟面前，把柳圈帽套在他们的头上，孩子们看着头上那绿芽楚楚、迎风闪亮的柳圈帽，皆破涕为笑。

刘如意拿着柳圈帽，到了戚姬跟前，戚姬却指着高高在上的高祖刘邦，悄言:“如意儿，去找皇爹，给他戴上。”

吕雉四顾，见刘盈坐在了一棵断头柳下，不知是躲避自己，还是在那儿读书。便急忙到跟前，骂说:“踢死你，书呆子!”裙子一摆，脚尖就踢在了刘盈的胯骨上。刘盈小时候怕他妈那一双黑手，现在却怕他妈“踢死你”这一句话。她伸出大片脚不是踢就是踩，倒也不咋疼，就是咒言狠毒，令人生厌。

刘盈站起身，恭敬回话:“母后，何事惹您生气?”

“你是太子呀，也不长个心眼儿?”

“母后呀，是太子就得多读书嘛。”

“哎呀呀，我的傻儿子呀，你知书达理，可你惹得公子哥儿们哭作一堆，你难道不遭人白眼?难道不怕你皇爹记恨?也不睁眼看看，人家的儿子都在干啥?就是踢死你，也把你踢不灵醒，好我的皇太子啊!”

刘邦站在高处，远看黄土中的砍头柳，想，这树不知被砍过多少次，却砍而不死。黑疙瘩似的残躯扬起了挺拔向上的枝干，柳叶亦不倒垂，蓬勃无限，极是茂密。心中正是暗赞时，忽听小儿们一片叫喊，拧身看，原是刘盈在放生野兔，就连连摇头，叹其柔善。又见，吕雉脚踢刘盈时的蛮横模样，便长出一口气，想:自己身后事该咋办?大汉皇室谁当家?高祖称帝之初，相国萧何依据历代君王宗法制度，坚持立嫡不立庶，册封刘盈为太子。刘邦常为此事犯嘀咕，发愁太子刘盈软作得不像个男子汉，骑不了马、打不了仗。嘿，老子这皇帝是打出来的，自己这一辈子就是个胡整，该打就打，该杀就杀，世上哪有那么多读书讲道理的事儿呢？

吕雉凭她在楚营做过人质的资本，越来越强势，刘邦于宫中诸事也是无奈。吕雉让刘盈娶张嫣为妻，张嫣可是吕雉的亲外甥女呀，如此婚姻算啥事嘛！刘邦本不同意，吕雉却言：“亲加亲，人放心，念想皇位的人多呀，稍不留心，哪儿还有你刘邦的米汤馍。”此话如一把双刃剑，刺得刘邦心疼。

刘邦偏爱如意，常言刘盈“不类于朕”，满朝臣子竟也众口一词，皆言刘如意生得与皇上最是相像。吕雉气得要死，难道刘盈不是你刘邦的儿？你常说刘盈不类于你，这是人说的话吗？

·5·

清明过后，高祖刘邦欲换太子。

刘邦心想：庄稼人做皇帝，有啥讲究，管他什么立嫡不立庶、用贤不用亲的规矩，咋看，还是如意儿顺眼。对呀，小儿能成事，自己不就是家里的老小吗！嘿，抢江山，争王位，哪儿有那么多讲究？于是在大议朝政时放话，说了废刘盈、改立刘如意之事。

没想到，老臣周昌当朝抗命。周昌敢在刘邦面前发横，自非凡臣。刘邦当年于沛邑起事，得到了时任泗水吏卒周昌的鼎力相助。周昌随刘邦入关破秦，曾做汉军旗手，任中尉，后升至御史大夫，封汾阴侯。周昌为人正直，敢于说真话。此前，他入宫偶见刘邦正与戚姬搂搂抱抱，心生厌恶，回头便去。刘邦追上去问：“为何转身便走？如此不敬，我还是皇帝吗？”

周昌梗着脖子说：“你，你是皇帝？是、是是和夏桀、商纣一样样的皇帝！”

刘邦见周昌黑了脸，便一笑了之。由此，他打心里敬畏周昌。

周昌口吃，说话费劲，当朝把不需要重叠的“期”字说成了“期期”，成语

“期期艾艾”即出于此。

散朝之后，吕雉找到周昌，诚表谢意，说道：“御史大夫，若不是你据理力争，太子大位不就没了。此后……”

“唉，此后难说。皇上的主意已定，老臣我、我我挡得一时，可顾不了长远。”

众臣皆知，高祖无论以什么理由改立太子，就是废了宗法制度，朝政必乱。

吕雉明白，若废了刘盈的皇太子，就是废了自己这皇后。她怕，她急，她明白刘邦的想法一旦成真，自己会是什么下场，便如热锅上的蚂蚁，把能找的朝臣全都找遍，但都是叹息，摇头，谁也没有办法。惶恐不安之间，吕雉想到了娘家的亲人，便约大哥令武侯吕泽、二哥建成侯吕释言说知此事。

吕泽、吕释先后问说：“为啥不找留侯张良呢?”

是呀，皇上最信得过的就是张良，可他人在哪儿呢？吕雉找萧何询问此事，萧何无奈言：“子房嘛，已是隐居，辟谷不出了。”

“什么?”吕雉听萧何言，方知张良不朝之故，亦知辟谷乃“不食五谷，只吸风饮露，仅食药草而已”。

吕雉着急言：“啊，咋能这样呢？子房辟谷多久？何时归朝?”

“一旦隐而辟之，便是终生。”

“啊？他人在哪里?”

“山里。”

吕雉即刻带建成侯吕释去找张良，到终南山下的太乙庙等了好久，才见到张良从山林里走出。

吕雉近前看着消瘦的张良，哆嗦着嘴唇说不出话来。一是高祖欲换太子的事大，不知从何说起；二是见张良形骸消瘦的模样，忽而有一丝怜悯，惋惜，悲凉。暗想，曾经意气风发的张良怎么变成这样了呢？便关切地言说：“留侯呀，你怎么这样糟践自己呢？人怎能不吃不喝呢？给，这是从宫中带来的面点、果馔……”吕雉说着，吕释就给张良呈上了食箩、食盒。

张良推开，言说：“辟谷之人，岂能胡吃乱喝？皇后驾临，所为何事?”

吕雉讲了周昌横谏于朝，阻止皇上换太子之事。张良闭目不睁，似已入睡。吕雉看着他的模样，拉了哭腔说："留侯呀，此事紧急，你可得出个主意啊！"

"吕后啊，皇上主意已定，此事难以口舌争也……"张良依然闭目，缓缓地吐出了这么一句。

"我，我不和谁争什么，刘盈可是册封在先的太子呀，还得请你劝劝皇上。"吕雉着急，张良却是心静如水。

吕释走近张良，说道："留侯呀，你可是皇上的谋臣，是皇上信得过的人。现在皇上要换太子，你怎么能垫高枕头睡大觉呢？如此有违朝纲之事，你岂能不闻不问？"

"高祖皇上非昔日之沛公，亦非汉王。那时，他面临危难，能听我言。时下朝政稳定，他因偏爱之故欲换太子，这些至亲骨肉之间的事儿，是国事，亦是家事。任谁劝阻，亦是无用。"

"子房呀，倘若废了刘盈太子大位，我娘儿俩咋活人？求求你了……"吕后摇摇欲倒。建成侯上前扶了，望着张良，正色言说："留侯，此事重大，你切不能袖手旁观！"

张良抬头望天，自言自语地低声说道："哦，如此嘛，我想到了四个人……"

"哪四人？"

"皇上曾诏而不至的四个人。"

"噢？"

"此四人年岁已高，曾为前朝博士，皇上亦是知而敬之。"

"哦？"

"如备厚礼，安车代步，让太子躬身商山，谦卑言辞，恳请四位先生，或许能有转机。"

"明白了，明白了。请请请，一定要请四位先生出山！"

"若请得四位先生还汉，须尊为贵宾，瞅机会请他们陪太子上朝。皇上若知四位先生出山是太子所请，岂不胜似千言！"

吕雉听得明白，张良随即取来笔墨缯帛，认真书写了什么，密封后交给吕雉，说道："请皇后将此信交与萧相。若入商山，恭请四位先生，可让叔孙通持此信函前往。"

"为何？"

"叔孙通与四位先生一样，都曾是前朝的博士郎官嘛。"

·6·

山花命苦，山花心善。她为先后过世的山大叔、老羊倌两位老人守孝期满后，就一门心思全放在了四位先生的衣食起居上。入秋，缝补浆洗的是四先生御寒的冬衣；春日，精心缝制的是四先生的夏装。时时操心四位先生的粗茶淡饭，逢年过节精心做出七碟子八碗的，不看着他们四人吃好，心里总是不安。四位先生的年龄皆如父辈，却又是自己敬重的兄长呀！

四位先生是山花心中的神。山花知道，四位先生教娃娃写字抄书需要竹简，就学会了刈竹、杀青、剖切、割篾、晾晒的手艺。如此不久，方圆数十里可用的竹子已是不多。她又去竹林关挖回来竹根，遍植商山。她知道，书简包裹和先生的穿衣需要麻布，就在满山遍野种植青麻，适时砍割剥皮，浸泡揉丝，晾晒拧线，纺织成布……最担心的是有人请他们出山离去。这几年，那些什么朝廷的、郡县的，请他们出去的人就没断过。

山花怕啥就有啥，山下又来了人，这人就是叔孙通。

叔孙通奉皇后吕雉之命，怀揣相国萧何交给的两札信函，带宫奴，捧厚礼，上山为太子刘盈探路。要说嘛，叔孙通与四位先生都是秦朝的遗老，早年在朝虽无深交，却也曾见过面。

叔孙通入商山大峪，过商王村，进封地沟行十余里，见有人在小溪旁揉搓水中的麻丝，便上前询问："天虎幢何在？"

那人仰头，原是一位大面庞的妇人，她把叔孙通打量半天，不说话。叔孙通提高声音再问："请问山中妇人，天虎幢何在？"

这人就是虎女，虎女往远处的水潭里扔出一石，哇里哇啦喊叫几声。竹林晃动处，走出一位衣着得体、绰约有致的女人，她一步跃过溪水，满是精神，顺着小路轻盈走来，看着叔孙通，问说："客人何来？"

"从都城长安来。"

"何事？"

"寻访四位圣贤老人。"

"噢，又是官府来人了。虎女，你领路，带他们上山去吧！"

山花伸胳膊扬手，指着远处的高山垴。虎女与山花相处已久，两人灵犀相通，只要一个眼神，便知做啥或不做啥。

虎女慢慢转身，双手撑了两个木疙瘩，"呼"的一下矮坐在了窄路上，叔孙通猛然一惊，刚才听声音知是哑妇，这会儿细看，竟是双腿萎缩的残疾人，由不得"啊"的一声，言说："这，这能行吗？"

"客人呀，莫小看山里人，更莫小看我这虎姐！"

"不敢，不敢，只是说领路之事……"

"想上山，你就跟着我这虎姐好好走，当心点儿，别把你的腿跑折了！"

虎女叽里呱啦地往高处爬去，身下那虎皮像飞毯一样呼扇，一会儿就不见了影儿，叔孙通和两个宫奴快步追赶。山花让来人爬山绕道，从东峰的高处绕行天虎幢，是想让他们多受点儿艰难，多费些时间，摸黑后再下山，使这几个闲人知难而退，以后少来打搅。

山花见那些闲人走远，便抄近路上山，到了天虎幢，去崖洞里见正在翻阅书简的周术和崔广，急忙言说："又有人来了，可别跟着下山去啊！"

周术言："不走，这些书可是崔弟的命根呀，他哪能下山离去呢。"

崔广笑言："哪呀，只要山花妹在此，术兄是不会下山的。"

"哎呀呀，俩哥哥都别贫嘴，我去做饭了。"山花的声音留在崖洞，人转身去了做饭的石板房。

登山访贤　　　王家民·画

第二十一章　四老携手入汉庭　朝堂论理保刘盈

·1·

这么多年，唐秉、周术、吴实和崔广耕读并课，勤务庄稼，教娃娃，启蒙学。山里娃，大多识得甲乙丙丁、子丑寅卯，算得出年岁和二十四节气，知道过生日，不误农时就行，能读懂《春秋》和《论语》者只是少数。一茬一茬的，每茬都有那么几个聪慧优异者，书念得进去，字也写得好，崔广就让他们不断缮抄文献典籍，将《论语》《国语》《春秋》《尚书》《易经》《诗经》诸多经典，缮抄过一遍又一遍，从秦篆到汉隶，抄写得越来越好、越来越多，商山藏书已无孤本。

商山藏书风闻郡县，四方读书人前来借阅者不少，也有头脑精明者做起了书肆生意。龙驹寨那船帮、马帮、盐帮、茶帮、布帛帮、青器帮诸多会馆，也见缝插针凑热闹，连抄书的笔墨也都成了紧缺货。

二十来岁的良娃已娶妻生子，守祖坟，种庄稼，养家小，不忘恩师，孝顺着四位先生。

孤独的山花仰面带笑，垂首落泪，强压流离颠沛、饱受糟践和失去许多亲人之痛，从早到晚不停，为四位先生的生活忙碌着，俨然成了天虎幢的半个主人。

此日，唐秉、吴实在东原侍弄庄稼，看地垄边的无忧草花蕾初绽，尖儿嫩黄，正是采摘的好时节，就随手采摘。

忽然，虎女从山岩后面现身，到了他俩的面前，呱啦着，连连朝后撇着嘴。跟在后面的叔孙通停下脚步，打量一下唐秉，忽就近前拉手，激动不已地言说："唐侍郎呀，真是你呀!"

"哦，来者何人?"

"我乃叔孙通呀，曾为前朝的博士郎嘛，你忘了?"

"哦，是吗? 真想不起来了呢。"

"是呀，岁月不饶人，都老了啊。"

"老弟，看你衣冠鲜亮，满面红光，能上如此高山者，岂能称老? 你来此深山老林，有啥事儿?"

"是是是，是有要事。"

"无论啥事，先缓口气儿再说，看客人累成啥了。先回天虎幢去歇息吧!"吴实说。

叔孙通和两个宫奴都是上气不接下气的，爬山爬得极是狼狈。听此一说，正合心意，便跟着唐秉、吴实入东崖，走迷阵似的到了铺天盖地的盘龙松下。叔孙通揉揉眼睛，看着忙前忙后的山花，问道："我眼没花嘛，你是刚在山下指路的那位妇人，怎么便在这里?"

山花笑言："我呀，腾云驾雾，空中来，空中去……"

"啊?"叔孙通愣得合不拢张开的嘴。

吴实放下笼筐，笑言："客人初来乍到，山花妹请你遍览商山风景嘛。"

唐秉对周术和崔广说道："二位贤弟，此乃叔孙通先生，曾是前朝博士郎。"

叔孙通自报家门言："我乃前朝遗臣，当朝刘盈太子的太傅叔孙通是也。专程来拜会四位先生，这里有礼了。"说着，让随从宫奴打开精致的髹漆礼盒，里面有精雕金砖、吴越丝帛、蓝田美玉、宫廷佳馔各四份。

唐秉正色言："叔孙太傅呀，携此厚礼，何意？你送错了地方吧？"

"哪里能错呀，这是皇后送给四位先生的礼嘛。"

"嗯嗬，皇后？无缘无故的，为何送来此礼？我们四人与世不染，无论啥事，别找麻烦。一会儿嘛，你还是把这些东西原封不动地拿走！"

"这——"

崔广见叔孙通有点尴尬，就拉他坐了下来，身边的青石桌上已放置了大盆烩菜、黍米稀饭，山花手捧锅盔烙饼快步走来，将锅盔饼掰作小块，放在竹篾编织的篮子里，招呼说："四位哥呀，快快落座，陪客人吃饭！"

唐、周、吴、崔也就一起坐了，陪同叔孙通用膳。

膳后，叔孙通随唐秉四人走入藏书的崖洞，看着数十个书架排列有序，层层摆放着琳琅满目的书简，惊喜得赞声不断。

"叔孙太傅，你不辞劳累，来此深山老林，有何要事？"唐秉问。

"恭请四位先生出山。"

"谁请？"

"皇后和皇太子刘盈嘛。"

"嘿，我们老朽，行走不便，哪儿都不去了。"

"你们东园公、甪里先生、绮里季和夏黄公，名声响亮呀。前几年，皇上曾请你们还归汉室，教太子刘盈读书，你四人拒不出山，才让我勉为其难，做了太傅。唉，怨我无辅佐储君之力，这不，就出事儿了嘛。"

"何事？"

叔孙通便把高祖刘邦宠爱戚姬，欲换太子的事儿叙说一遍。

众人听过，唐秉言道："此事，非你之过。只是那刘邦贪酒色，毁朝纲。想当年，他为饮酒而食言，进了商山却半途变卦。嗨，无信之人。不说也罢!”

“嘿嘿，听说那刘邦，曾抓着儒帽往里尿，上了战场把命逃，胸无点墨，打仗无招，蒙的做了个皇上，前面还加个高？着实可笑，可笑啊!”周术、吴实两人笑骂不止。

崔广言道：“什么高祖呀，不可理喻！叔孙太傅呀，你说吕后和太子欲请之事，就免了吧。”

“是呀，前朝烦恼已作烟云散，当朝琐事与我们有何相干?”

“自是商山悠闲人，何须入朝蹚浑水?”

“君子不夺人之美嘛，你已是太傅，我们四人岂能再凑热闹，与你分羹?”

…………

唐秉见三位贤弟你一言我一语，把叔孙通的话全噎在了嗓子里，便换了口气说道：“叔孙太傅呀，时已不早，请下山去吧。回到长安城，告诉吕后，所言朝中之事，我们确实无能为力。”

叔孙通忽然想到吕后让自己转交的两封书信，便取出交给唐秉。唐秉当即扯去封签，阅过后稍做沉思，说道：“眼花，甚看不清楚……”接着，让良娃、虎豹两兄弟将客人和他们所带礼品送下了山。

叔孙通离去后，唐秉才将信笺展开让周、吴、崔三位一一看过。原来，此乃张良、萧何分头所写。

张良情义深重，写的是：

四位先生尊启。

别离数年，常忆商山，诚意捎书问安。天下一归大汉，华夏九州民安。子房隐居南山，于太乙山林赋闲。辟谷度日，修行艰难。欲见先生，寝食难安。子房请先生入关中，来南山，隐太乙，与赤松子同游焉。

…………

萧何雄揽大局，写的是：

东园公、角里先生、绮里季、夏黄公四位先生钧启。

伐秦途中，曾有谋面。阔别已是多年，感谢当年教诲指点，才有大汉的社稷江山。最难忘，天虎幢那无数书简。夏黄公曾言，妥藏书，益社会，利万民。子房有心，图画汉城书院，萧何也已承建，为妥藏商山书简，备足了空间。恳请先生能来细看，若可藏书简，传文脉，固社稷，汉室将不负先贤圣心矣。

期盼，速定出山时间，将以高车代步，恭迎还汉。

…………

唐秉四人反复琢磨两人信笺所言，平静如水的心似落重石，涟漪激荡。想不到，叔孙通此来，牵扯了这么多的人呀！他们这样说，那样说，无论多少理由，都是想请四人出山。吕后和太子为朝政大事，相国萧何说的是藏书，留侯张良写的最使人揪心……出不出商山，极是犯难。

“叔孙太傅所言却也可信，似无恶意……”

“嘿呀，无论有无恶意，不去为上！”

唐秉沉默了许久，然后说道：“秦朝过往事，咱们何曾忘记？谁不叹，始皇帝一统十来年，天下为何又是大乱？奸宦作祟，二世乱朝，不都是未封太子之恶果！枭雄群起，楚汉相争，天下大局既定，谁做皇帝都无所谓。岂不知，若再乱，打杀起来，生灵涂炭，受害的可都是黎民百姓呀！”

“兄长所言在理，叔孙太傅说的换太子，与秦不封太子不是一样吗？若任由刘邦如此折腾，难免嫡庶倾轧，长幼拼争，斗死斗活。闹到底，不又是朝乱国灭，血流成河，百姓遭殃吗？”

“嗨，朝中这皇后与妃嫔争宠，嫡兄与庶弟抢做太子，看似皇帝家中事，其实，这是关乎社稷江山的国事呀！”

“三位兄长呀，崔广我以为朝中大事是事，子房言说辟谷赋闲，已似入魔，急切相见也是个事儿。还有那相国萧何为藏书建了书院，于此，需仔细斟酌……”

“崔广贤弟呀，萧相善心可嘉，咱这些书可是你的命呀，这些书简该不该出山，入不入长安，都得听你一句话！”

“唉，崔广我也是为难呀。这十多年，苦楚压在心间。苦我那一家人了，他们的遗骨何在？强忍失家之痛，不负恩师之托，把这些书简视为身家性命，日夜操心，勤倒腾，多晾晒，却难免简牍渐腐，字迹残缺，多亏有孩子们不断缮抄，才有副本而不绝于世。萧相言说汉城书院，毕竟是官府所建，也是我数十年来的企盼。我嘛，真想去看看……”

吴实细听崔广这一席话，也是动情地言说：“想当年，我在上郡那血腥之夜，突然接到术兄的密信，知始皇帝驾崩，朝中生变。腥风血雨刹那间，又目睹赵高残害忠良。无奈之间，匆忙赶来商山，把一家老小扔在咸阳，难免厄运加身。这多年，多方打探终无音信，也是想陪崔广贤弟去咸阳废墟寻找那‘吴氏货栈’，祭奠我那父老、家眷……”

唐秉、周术两位独身人，听得揪心。唐秉理解新旧交替的道理，更理解崔广和吴实受伤的心，于是说道：“如此说来，可出山，入长安，见子房，朝中的事儿且放一边，了却心愿后再回商山。咱这家要有人看，答应了山大叔看守祖坟，看守祖坟不能没有儿男。良娃忙里忙外的，事儿多，山花孤苦伶仃，单身一人多有不便。周术贤弟呀，你陪守在此，别出山了。”

“唐兄呀，万万不可！关心山花是山大叔的临终嘱托，山花为妹，咱们是兄，她关爱的是咱每一个人呀，我绝无非分之想。岂能忘，咱四人曾经的誓言：患难与共，不离不弃。虽不同生，但求共死。我随兄弟们一起出山！”

周术说得坚决，唐秉、吴实、崔广三人不便多劝，就决定四人一起携书出山。他们皆明白，崖洞里的这些书简，实为千年文脉之本，必须还书于汉，用之于民啊。

·2·

翌日天未亮，唐秉四人先后走出崖洞。正在活动腿脚的吴实，听见石崖下有响动，走近崖边探望，见模糊的一个人影窸窸窣窣，便高声问道："何人?"

"我嘛，叔孙通。"

"哦，叔孙太傅，既已离去，却又为何再来?"

"哎呀，我到了那驿站想了整整一夜，睡不着呀。皇后之命没有结果，你们都不下山还汉，我敢回那长安城吗? 只有再来商山，求与四位先生一起隐居。"

唐秉听了叔孙通的话，笑言："好呀，换个位置吧，叔孙太傅愿在此守护崖洞，那我们便下山去走一趟了。"

"啊? 唐侍郎呀，你们情愿下山?"

"有此想法。你上山来守着这处地方，我们便替你复命去。"

"哎呀呀，那怎么能行呢?"

"呵呵呵，只是一句笑话而已。你那太傅大位，我们岂能争抢? 再请问，萧相书信中说的那汉城书院，你可曾知晓?"

"汉城书院嘛，便是那新建的天禄阁、石渠阁嘛。名曰楼阁，实为大殿。"

"噢，是殿，不是书院?"

"那两处阁楼式大殿，位于汉长安城内未央宫的北面。绿荫簇拥，清水环绕。其中，亦有冬暖夏凉的坡洞，极是清静，似如四位先生这处的崖洞呢。"

"叔孙太傅，你怎能说那便是汉城书院?"

"嗨，萧相建造的那阁楼，本为存放秦国的宫书文献所建。太子刘盈就在那里读书，老朽我时时陪伴，岂能不知那儿便是书院!"

"噢，原来如此。叔孙太傅呀，若将这山洞里的书简搬了去，能否置放?"

"嗨呀，那地方大得很呢，无论有多少书简皆可存放。"

唐秉开玩笑说："那就好，叔孙太傅欲请我们出山，便请你将这些书简背下山去吧……"

"唐侍郎呀，书简若能出商山，入汉城，藏而用之，实乃造福于民的好事啊。"

"是呀，但书简数量甚多，纲目庞杂，如何稳妥出山还汉，确是难事！"

"莫愁，莫愁，我此来只是捎个口信儿，探路。稍后，太子刘盈躬身来请时，定会携众多侍卫和车辆，再多的书简也不愁出山。"

"别别别，此事与太子无关，你回去禀告萧相国，可多安排车辆来拉书简，我们送书入关中，将书简移交后，去终南山见子房便是。"

…………

皇后吕雉得到四位先生愿出山的消息，便抓紧准备。不几日，太子刘盈乘坐豪华辇车，带了好几辆虚位以待的软座轺车和装满礼物的许多副车，在数百骑卫的簇拥中出了汉城。叔孙通带路在前，吕台、吕禄驭骑守护在刘盈辇车的两侧。一行人入秦岭，沿商於道迤逦东行，到了商街官驿，吕台和吕禄陪着刘盈暂住了下来。

叔孙通领了随从和骑卫士卒，入商山，到天虎幢落实搬书出山之事。真要搬书出山了，唐秉四人却百感交集，由不得想到了求学兰陵的少年时光，回忆携书入秦，躲避焚毁，商山藏匿……几十年啊，何其不易。这些书简像亲人一样彼此难舍。人有生死，事有盛衰，唯有书简可长存于世矣！唐秉四人于书不舍，但却答应在先。再想，还书于汉乃利国利民的好事，便一起动手移动书架上的书简，分类整理，层层包裹，仔细捆绑。

崔广写上纲目标签并登记在册，由叔孙通指挥士卒搬书下山。上下往来好几天，藏书洞里渐渐空虚。

叔孙通领了吕台、吕禄上到天虎幢，对唐秉四人，言道："此两位侯王，乃太子刘盈的表兄吕台、吕禄是也。二人专程上山，替太子送礼而来。"

"什么，太子……"

“是呀，数天来，太子刘盈一直在驿站恭候四位先生呢。”

“叔孙太傅呀，为何食言？说好的送书简入关中，去太乙山见子房嘛，怎能惊动太子？还有，你难道不知，我等岂是收礼之人！”

崔广见叔孙通无所适从，吕台、吕禄二人亦是尴尬，便劝言说：“唐兄呀，太子恭候在驿站，两位侯王专程上山，足见心诚，再次拒绝也是不好。”

“噢，依贤弟所言，太子送礼，可收？”

“可收！”

“那就收了，留给山花、良娃和虎女吧。”

“好，此礼一分为四，山老人、山花、良娃和虎女各得其一。干大的那份嘛，交由山花代管，用于这处屋场修缮、祖坟维护……”

良娃、虎豹兄弟在一旁整理书简，忽听先生所言，良娃便说：“先生和师伯呀，我们啥也不要。只是、只是不想让先生和师伯离去，也舍不得把这些书简全搬走啊！”

“好吧，眼下的这些书简不搬了，留给你们照看，让娃娃在此看书写字。日子再艰难，人再苦再累，也别耽误了娃娃们的读书呀！”

“先生啊，还回来吗？”

“回来呀！”

良娃、虎豹兄弟听先生说还回来，高兴地跳起来，喊着叫着，抱作一团。

第二天早起，西沟、东原、东峰的人们无论路有多远，皆携山货前来送行。背篓和筐箩里已经装满了核桃、板栗、柿饼、拳芽菜等。憨夫急忙再拿来的背篓和筐箩，不一会儿又被塞满。

唐秉四人和乡亲们告别，缓步走下天虎幢。良娃的儿子跪在窄径边，手拿书简，拽了唐秉的袍衣，说道：“爷爷，停一下，看看这个字，咋念？我咋又忘啦。”

虎豹兄弟的两个儿子跪在窄径的另一边，各抱一捆儿笺片，磕头说：“师爷，师爷呀，这些空白的笺片，你们带上，抄书用。”

虎女忽然冒了出来，猱在唐秉四人面前，哇里哇啦，取下挎在背上的布包，掏出煮熟的鸡蛋，塞在四人的手中。新出锅的鸡蛋拿在手中，一股暖流涌动在唐秉四人的全身。

山花抱着臃肿的大包袱，碎步跑来，把包袱塞给周术，说道：“给！这是你和兄长的换洗衣服。此一去呀，多保重，看天气，勤换衣，别受凉啊！”说着，就拧过身去，低头撩起了衣襟。

众多送行人哭出了声，黄牛和群羊聚在路边，亦是叫声如泣。

·3·

太子刘盈卯时起床沐身，早膳，更衣，离开驿站，倾其人马车辆东往十余里，聚在堡子城北的商於道上。他南下百级台阶，站在河滩上遥望商山，思绪不断。这几天，他住在官驿，眼看搬下山来的书简满载十车不止，如此闻所未闻、见所未见之书，让自己大开眼界。听叔孙太傅说，那四位先生皆似耄耋之岁，却精神矍铄、满腹经纶，心生羡慕，早已神往，便问道：“太傅呀，四位先生隐居的地方什么样？他们来此，路有多远？”

“太子呀，四位先生住在高山流水之处，与清风明月相伴。由此独木桥过河去，进大峪，走九拐十八弯，一弯高过一弯，踏溪水，攀山道，三十余里的高山石幢，便是他们的隐居之处……”

吕台、吕禄指着河对面的远处，说：“来啦！”

刘盈抬头看去，黑黝黝的山崖下有一群模糊的人影，慢慢蠕动，渐渐清晰。四位先生身着素衣，白须飘飘，步履坚实地到了河对面。他们相继踏上独木桥，紧随其后的小伙子扑里扑通地跳入水中，左右相伴，谨慎小心地守护着四位先生，缓缓而来。

太子刘盈跪在河滩地上，低头看见丹江水流一会儿随波拉长，一会儿摇曳聚拢，波光粼粼，耀斑刺目，四位先生那飘逸的倒影，越来越近。

唐秉走在前面，细看趴在桥头的刘盈，规规矩矩，周周正正，一副瘦小懦弱的样子，突然想到了小时候的嬴政，由不得酸了鼻子，还真说不清，是心疼这孩子刘盈，还是惋惜逝去的那嬴政。唉，唐秉长叹一声，暗想，争当皇上有啥好呢？

叔孙通上前扶了唐秉，言说："唐侍郎呀，皇太子在此恭迎——"

太子刘盈跪地言："不才刘盈，恭请四位先生！"

"太子请起。"唐秉弯身扶起刘盈。

刘盈朝相继走来的周术、吴实、崔广一一叩首后，站起身，说道："请四位先生移步上行，到高处登车。"

跟在四位先生身边那些背背篓、提笼筐、挎包袱的小伙子抢先一步，前面跑的，后面跟的，近身搀的，一溜带串地护着四位先生登上了堡子城的台阶。想不到，踏进堡子城，又拥来许多男女老少围住了四位先生，哭的笑的，拉手的，扯衣襟的，皆依依不舍。四位先生面前的笼筐和布袋，又成了堆儿。吕台、吕禄见此便商量说："快快调整车辆吧，送给先生的这么多东西，不能撇在这儿嘛。"

堡子城的北门外，商於道上，四辆软座轺车虚位以待，沉甸甸的书车也是一字儿排开，装满了山货土产的车辆紧随其后。加之前面太子的车辇，后面叔孙通、吕台、吕禄所乘车辆和数百骑卫，前后延续，成了逶迤长蛇阵。憨夫、良娃、虎豹兄弟、稼娃、吕儿和数不清的乡亲们，眼泪巴巴，看着先生上车离去。

迎请四位先生的长长车队，行一天，至鹤城，在南秦岭上的驿站歇息后，便马不停蹄再行三天到了灞河的桥头，迎候在此的萧何施礼言："东园公、角里先生、绮里季、夏黄公四位先生啊，一向可好！"

"好，好，彼此安好。"

"皇后驱车即来，迎请诸位先生……"

"萧相国，我们是为你送书简和见子房而来。朝中之事不提，亦不必言说什么吕皇后。我们走来的一路上，看这太子刘盈也是宽厚仁善之辈。唉，随后嘛，他这太子也是不好做呢。”

“四位先生一路奔波，甚是辛苦。其他事暂且不说，先商量你们的食宿之处，建成府之外，还有太子读书的天禄阁、石渠阁……”

“食宿怎么都能将就，时隔不久，我们便要离去。”

“哦？凡事放缓，不必操之过急……”

“请问萧相国，子房何在？”

“子房嘛，他在终南山的太乙庙，那儿疏野荒陬，树大林深……”

唐秉言：“疏野荒陬，树大林深。好地方，正合我意。相国呀，这么多书简可是荀子先生传下来的宝贝。夏黄公舍了身家性命，才使这些书简躲过浩劫，再精心校勘整理，增补了商君书、韩非子文论等诸多新简，这可是几代人的心血呀！就此交与萧相国，还望妥善收藏，以为民膏，有用于世矣。”

萧何恭听后，施礼言：“四位先生放心，萧何我绝不辜负圣贤，不负先生，为了后人，会将这些书简妥善藏之。”

“哦，这就好。我们就此别过，去见子房。”

崔广把书简清册交给萧何，萧何换手给了叔孙通，郑重言说：“叔孙太傅呀，你陪太子携书简，入汉城，在石渠、天禄两处阁楼中仔细存放，我陪四位先生去太乙庙了。”

车辇人马就此一分为二。太子刘盈、叔孙通、吕台和吕禄一队回汉城，萧何带着随行侍卫，陪四位先生去终南山的太乙庙。到了太乙庙门前，四位先生的脚刚落地，一股清风忽来，张良从山林中飘出，到了唐秉四人的身边。

萧何言说：“子房，你今日来得快呀！”

张良给四位先生施礼言：“听得先生脚步响，岂敢藏身不显形？”

萧何笑说：“成神啦？先知先觉了？”

张良回话：“心静了。”

唐秉四人和张良相拥半晌，沉默无言。萧何进太乙庙稍做安顿，走了出来。

张良言："萧相国，你且回汉城吧，四位先生在此，由我作陪便是。"

…………

翌日傍晚，皇后吕雉带了车马侍从急来太乙庙，她此来拿定了主意，非将张良和四位先生接回长安皇城不可。到了太乙庙方知，张良和四位先生走入山林里后再没有出来。萧何便让侍卫速入山林寻找。他们从山下往山上，从前山到后山，找了好久好久，毫无结果。

吕雉垂丧了脸，拉着哭腔说："这弄的啥事儿吗？费牛大的劲儿请出山的四位先生，咋能不见了呢？"

萧何狐疑，难道四位先生随子房一起云游而去？再细想，不会的，四位先生还没有见到那些书简放在什么地方呢。于是对吕雉劝言："皇后呀，莫愁，莫愁，他们不会走的。"

"不会走？"

"不会走！请皇后暂且歇息，我安排人，再去寻找。"

…………

到了掌灯时分，找人的侍卫禀报，四位先生已走出了山林。吕雉慌不迭到了四位先生面前，忙乱之间，脚下一绊，半跪半蹲着说："吕雉拜见四位先生了！"

萧何急忙扶起，言说："皇后呀，不急，不急，有话慢慢说。"

宫奴搬来椅子，招呼吕雉落座。吕雉踢了那宫奴一脚，言说："多搬几把椅子，请四位先生高坐。"

唐秉看见了吕雉的做派，也听到了她那颐指气使的话语，便平静地说道："皇后无须客气，站着说话便是。"

"东园公，角里先生，绮里季，夏黄公呀！本后虽与你们初次见面，但却知晓你们是皇上敬重之人。他早想请四位先生出山教太子读书，遗憾未能成真。我让太子请你们下山，是求你们面见皇上，给他说说朝廷的规矩，哪有无端换太子之理？当了皇上，就不能再是乡棒，已封刘盈为皇太子数年了呀，咋能说换就换呢？"

"皇后言重了！我们只是商山闲人，哪能随便见得皇上，胡乱说话呢？"

“能，四位先生肯定能说上话。我知道，皇上在夜梦中，也是想见你们呢。”

“嘿，此一时彼一时。他做了皇上，想见的都是那些阿谀奉承之臣，哪还愿见布衣老朽，听得逆耳之言?”

萧何言说：“不管见不见高祖皇上，还请四位先生入汉长安城，看看带出商山的那些书简，纲目如何分类，怎么存放更为合适。还有子房，你在此辟谷已久，也陪着四位先生同回汉城吧。”

张良回话：“萧相国啊，四位先生可去汉城。我嘛，便就此告别了!”

“告别?何去?”

“弃人间事，从赤松子游耳。”

…………

吕雉、萧何哪能由得了张良，不等他把话说完，就唤来轺车，让侍从将四位先生和张良扶上车，摸黑回到汉城。到了石渠阁和天禄阁的门口，唐秉四人先后下车，却迟迟不见张良的人影。萧何走到张良所乘轺车旁，打开槅门，里面却是空空如也，只见坐榻上留有一册书简。萧何取在手中借光细看，原是他那从不离身的《素书》。

唐秉四人与张良已为云霞之交，早知他欲辞朝从道，却没想到竟是如此幻化而去。萧何怅然若失，默默地陪着四位先生一起巡看石渠阁和天禄阁，郑重其事地把《素书》置于商山书简之中。

·4·

高祖刘邦被戚姬的枕头风吹得晕晕乎乎，为换太子的事头疼不已。

一日夜深，戚姬为高祖轻歌曼舞一番，忽然倒在高祖的怀里，伸出藕节似的白嫩双臂勾住高祖的脖子撒娇，柔声细语地说道：“皇上呀，如意儿年近十岁，得快点儿给娃封太子了。”

“唉，这事儿被御史大夫周昌搅黄……”

“嘿嘿，御史大夫？那周昌也是个大男人嘛。”

“爱妃何意？”

“哎呀呀，那周昌食人间烟火不？吃五谷杂粮不？他岂不知嫩草之鲜，野花之艳？轻歌曼舞，他难道不听不看？皇上赐酒，他岂能不饮？他当朝阻拦一次，难道他还能再拦第二次、第三次不成？”

“好呀，爱妃所言有理，我私宴请他喝酒，你安排佳丽歌舞，纵情欢乐一番再说……”

戚姬把嘴唇摁在高祖的脸颊上，伸手握在他的裆下，言说：“皇上英明！”

不久，高祖刘邦召见御史大夫周昌，三言两语之间便有佳肴美酒摆上了案儿。君臣两人，在沛丰起事之前便是酒友，此时把酒言欢，甚是投机。酒兴处，高祖唤一声“举乐”，忽而钟鼓铿锵，琴瑟铮铮，面前的帷幔徐徐拉开。看得见，乐伎操持鼓乐之器，抚弄得忘乎所以。另一侧，歌声起，羽裳舞女搔首弄姿而来。周昌一愣，起身欲走。

刘邦笑言：“好你个周昌，说好的一醉方休，酒未半酣，岂能就此离去？”

“高祖呀，酒嘛，可继续、续续喝、喝。只是钟鼓声疾，琴瑟闹耳，这一群歌舞之伎，乱人耳目，实实、在在不可忍受也！”

“啊哦，御史大夫不喜轻歌曼舞？”

“在下眼拙耳背，偏爱在清静之处饮饮酒，品品茶，读读书，享受不了如、如此、此嘈嘈、杂杂……”

高祖摆手说“退去”，那些乐伎舞女噤声隐身。高祖揭底儿说道：“御史大夫呀，赐封太子一事，你可使我丢了脸面呀！”

周昌闷一口酒，回话：“皇上呀，老夫已谏言过期、期期不可，所言已不、不可、可改口，此后，也不再、再提说了了。”

高祖再为周昌斟一樽酒，言说：“我那如意儿若封太子，日后登基，得请御史大夫好好辅佐他了。”

嫡庶之争　　王家民 · 画

“高祖放、放心，为臣周昌定当从命。”

“好！”

…………

君臣两人一醉方散后，满朝皆知换太子几成定局。吕后拽着萧何到天禄阁去见四位先生，求他们面见高祖，以保刘盈太子的大位。

唐秉言：“我以为，太子刘盈的确是道德君子，为人良善，若能继位，将是一位开明的好皇帝！”

“谢四位先生如此褒奖太子。此事还请先生面见皇上，说服他改变主意。”

…………

唐秉四人入住汉城时日已久，见刘盈尊师敬长，礼贤下士，谦恭好学，不虚妄，不张狂，继位主政，自是不二人选，便有了帮扶刘盈之意。

于是，唐秉回话：“我们愿助太子刘盈一臂之力。”

吕后着急地言说：“再谢先生，请萧相国尽快安排面见皇上。”

周术说道：“不可，私见皇上不妥。若见，只在朝堂之上。”

崔广思考再三后，说道：“是呀，到了朝堂，埋怨皇上的狠话不可不说，但不可言辞过分。若激怒皇上，我们四人能否全身而退无关紧要，只是担心保太子不成……”

“四位先生放心，吕雉我藏刀躲在宫殿的暗处。你们尽管说话，皇上他若再顺从妖姬而肆意妄为，我便死给他看！”吕后为保太子大位，也是准备拼命了。

萧何则言：“皇后不用担心，若遇不测，还有萧何我这个相国顶着哩！我会以死谏言，力保四位先生不受伤害！”

“皇后，萧相国呀，我们的安危无须在意，若能保住太子的大位，便是化解被伤害的最好办法。”

唐秉四人仔细谋划，建议由萧何拟就保太子的奏本并与诸臣私下会看，争取联名举本。接着，由吕后约周昌与四位先生见面。此五人相见，便推心置腹，畅言古今，深说当朝。

太子上朝　　王家民·画

唐秉说道："御史大夫为保朝纲，曾诤言力谏，已是获誉满朝啊。皆言如无老臣周昌，朝廷已乱。我们愿随御史大夫，保太子，安天下！"

"四位先生善心可嘉，我已应应、承承了高祖，言说在朝谏言已不、不可可改口，但不、不再、再再重提。"

"是呀，御史大夫已经尽力，我们愿就此事面见皇上，讲说利害，保全太子，亦望御史大夫信守诺言……"

"唉，高祖痴迷戚夫人，溺爱如意，他换太子的主意，老朽已是无能为力了！"

"明白御史大夫之难，若举朝论及换太子之事，您不期期不可，即可矣！"

"老朽明明、白白，绝、绝不辜辜、负负四位先生之意。"

在吕雉、萧何的引荐下，四位先生又分别会见了樊哙、曹参、卢绾等诸多朝臣，深说换太子之弊，使其私下说服众臣，在保太子的奏本上署名。

接着，唐秉再与叔孙通和太子刘盈相见，唐秉言："太子呀，皇上若再言换太子，你当何处？"

"君为臣纲，父为子纲，此乃常理。父皇因爱生乱，欲另立如意弟为太子，亦是有悖朝纲之举。刘盈既请四位先生为师，在下当听先生之言矣。"

"太子所言在理，皇上若临朝提议此事，你须挺身而出，敢于抗命！"

"啊？抗命？"

"是呀，善建者不拔，善抱者不脱。善，须有度，过度则为不善。你要敢于不畏皇上之强势，斗胆抒发己见！"

叔孙通细听唐秉四人和太子的一番言语后，义无反顾言："四位先生呀，圣贤荀子有言，不剥夺，不砥砺，则不可以断绳矣！这样，我为太傅，我便豁出去了……"

萧何知高祖临朝封诸王并换太子的主意已定，便连夜去天禄阁告诉四位先生，让他们准备一番，第二天早起陪太子上朝。

朝堂之辩

王家民·画

也就在此夜，戚姬高兴得彻夜不眠，听更漏，看辰香，还不到卯时，就轻摇刘邦，反复三遍，疲惫的刘邦才翻身睁眼。戚姬让宫女送来温水，亲自为他擦身，净面，穿衣，再把碗中那微火慢熬一夜的桂圆、山药、枸杞、栗子、虾仁汤舀在勺中，小尝一口，慢慢喂入刘邦的嘴里。那羊肉鸡蛋饼、糯米红枣糕和时令新鲜蔬果送至，戚姬又是挑着拣着喂给刘邦。刘邦捂了肚子，气儿马虎地打着饱嗝，戚姬才招呼宫奴宫女捧起龙袍，穿在他那高大的身躯上，系紧头顶皇冕，理顺旒珠饰串，搀扶着送到门口，看着刘邦离开时，又嗲声嗲气喊："皇上呀，说好的那大事儿可别忘了耶。"

"没麻达！"高祖刘邦拧转身，高兴地说了一句秦腔，然后出门而去。

刘邦在宫奴宫女的簇拥下走进宫殿，坐上龙椅，东方天空才刚刚透亮，朝臣鱼贯而入，分作文武之列在大殿东西两侧站定，萧何带头三呼万岁，高唱："吉日吉时，陛下临朝，百臣万民之兴也。尊请陛下谕示——"

高祖刘邦站起身，清亮了嗓子发话："朕以为，我大汉前程无疆，量才用人，以贤王治理四方，方为重中之重也……太子刘盈嘛，生性懦弱，不类于朕，难为储君，难持中央。朕意，改封小儿刘如意做太子！"

刘邦话没说完，刘盈高声喊叫："父皇在上，儿臣刘盈以为，此诏不妥！"

刘邦猛然一愣，这十五六年来从不高声说话，见了自己躲着走的小子，今日莫非吃了豹子胆，竟敢当朝喧哗？愣了神儿，抻长脖子往阶下看去，见刘盈后面站着四位须发皆白，头无高髻，未披华肩者……如此素人，何以在此？心中好生狐疑，便高声喝问："刘盈身后何人？"

唐秉四人齐步近前，依次自称：东园公，角里先生，绮里季，夏黄公。

"哦，你们是隐居商山的四位前朝博士，怎来于此？"

"持皇上你之信笺前来。"

"什么信笺？"

"数年前，你派人送信到商山，言说请我们四人入朝为官……"

"哦，朕屡请你们，为甚不至？"

“陛下轻待读书人，善于谩骂，我等不愿受辱，所以不出。”

“既如此，又为甚自来？”

“我等听说太子刘盈为人厚道，仁慈孝顺，恭敬爱士，天下士人莫不伸脖愿为太子效死，所以前来。”

“来做说客？”

“说客，承受不起。我等四人，愿为谏臣！”

“噢？”

“陛下呀，你仔细想想，周幽王若不废黜姬宜臼的太子大位，何有镐京被毁？自己落了个死无葬身之地的结局？前朝皇上若早封皇太子，何有二世胡亥作奸？大一统的社稷江山岂能顷刻瓦解？你，你难道还要把嬴政的结局重复一遍？”

“陛下，为君不可自毁朝纲，朝中大事岂能听得妇人之言！”

“陛下若从小人，废太子，违礼制，难道不怕引起众怒？国祚社稷怎能长久？”

“陛下呀，言而无信，朝令夕改，实乃君王之大忌也！”

“这、这、这……”

四人一句接一句的铿锵之言，说得刘邦无言以对。唐秉拧身面向朝臣，拱手施礼，说道：“诸位大臣岂不知，辱人者人恒辱之。谁以为我等四人说得无理，劝得不对，便请出来理论一番，愿洗耳恭听！”

高祖刘邦目视群臣，竟无人言。萧何恭身持本说道：“陛下，臣有奏本在此。”

“所奏何事？”

“保全刘盈太子大位！”

“什么？什么？”高祖接过萧何手中的奏本，打开略看，长长的奏本上，密密麻麻，全是朝臣的姓名，模模糊糊，看不清有谁没谁。便吁一口气儿，抻长了脖子，找寻御史大夫周昌。站在后面的周昌却低着头，压根儿就没有往起抬。

此时，宫殿里静默无声，冷了场面。刘邦憋住气儿，听到的只是朝臣们紧促的喘气声，尤其是樊哙那喉咙“吭哧”如牛，顿时一股寒意袭身，再看萧何躬身不直，像是施礼，更像牛抵仗似的朝着自己。

鸿鹄高飞　　王家民·画

叔孙通走出朝臣之列，跪地说道：“臣叔孙通，启奏陛下。昔晋献公宠幸骊姬，废太子，立奚齐，使晋国大乱几十年，被天下人耻笑。前朝皇帝因不早定扶苏为太子，让赵高使诈立了胡亥，结果自取灭亡。现太子刘盈仁义忠孝，天下无人不知，却为何废其太子大位？若皇上定要废嫡立幼，我，我，我宁一死……”说着，便一头往朝阶撞去，躬身在侧的萧何急忙伸手，拉住了叔孙通，两人便双双跌倒，顺势匍匐在地。

高祖刘邦慌忙起身，发话：“罢罢罢，太子不换啦。如意小儿还做赵王，诏封，御史大夫周昌为辅佐赵王之看守大臣！”

周昌这才走上前来伏地，言说：“臣接旨，遵命，臣当尽力辅辅、佐佐赵王……”

刘盈跪地大谢父皇圣恩，折腾了好久的换太子风波就此平息。退朝后，刘邦闷闷不乐地回到后宫。戚姬看刘邦那脸色，知道事儿没弄成，期盼已久的美梦瞬间破灭，便大哭一场，然后起身，癫狂劲舞，舞得花残叶落，天旋地转。高祖刘邦冷面望窗外，见大雁列队长空，振翅高飞，于是放歌：

鸿鹄高飞，一举千里。
羽翮已就，横绝四海。
横绝四海，当可奈何？
虽有矰缴，尚安所施？
…………

歌毕，回看戚姬卧地抽噎，便扶她坐起，言说：“戚夫人呀，朕的爱妃，如意儿还是赵王，我已封周昌老臣为看守大臣，辅佐宝贝儿子……”

戚姬痛哭出声，伤心不已。刘邦再劝言：“此后呀，你也须谨言慎行！唉，后宫还是吕雉为大，你也得随和点儿了。”

一举千里　　　　王家民·画

第二十二章　沧桑正道情未了　青山依旧歌皓风

·1·

唐秉、周术、吴实和崔广四人谏言于朝，保住了太子刘盈大位，意欲离去。吕后和萧何商量，只有请高祖出面，或许才能留得住他们四人。刘邦听了萧何的说辞，想：相国萧何的肚子里能撑船，难道朕胸中不能跑马？打天下，理朝政，靠的就是招贤纳士。我换太子不成，确是因四位先生苦口相劝，若留不住他们四人，岂不被天下人骂作小肚鸡肠。于是，随萧何去见四先生，远远看到的画面，竟是吕雉硬生生地拉住四位先生，不让他们走出天禄阁。

刘邦快步近前，言说："四位先生呀，朕后悔与你们相见甚晚。你们上朝一番说辞，使朕明白了为君须言而有信，不可朝令夕改。想那多年前，萧相替朕拟书，请四位先生来朝，那时不给面子，没有出山。如今来在朝中，朕就不能再食言，必封你们做官！”

“嗨呀，皇上不记恨我等便好，老朽之人还要什么官呢。”唐秉说。

“你们若不从命，便是陷朕于言而无信，让我如何做人？”刘邦拧身，又悄声问萧何：“萧相国呀，擢升四位先生什么样的官职方为合适？”

萧何如实回话：“皇上呀，当时言封四先生博士郎官，本就是虚衔，给太子请太傅才是实呀。再说，四位先生在前朝便把当官看得淡，他们真的不图什么官衔了。”

“哦？这却如何是好？”

吕雉见刘邦犯难，便言：“皇上呀，那就再请四位先生做刘盈的太傅吧！”

“好，四位先生呀，朕就封你们四位做太傅了。”

“皇太子已有叔孙太傅在前，我等若再有如此头衔，不就是抢人饭碗嘛。”

“无碍，无碍，我有嫡子、庶子的八个儿子呢。你们便吃好，喝好，睡好，轮番上阵，好好调教他们，朕不会亏待你们的！”

唐秉与周、吴、崔三位稍做商量后，回话说：“皇上诚意挽留老朽，那便暂且从命……”

自此，唐秉四人暂留汉城，在天禄阁、石渠阁和建成宫来去走动，尽心教太子刘盈读书，学习安邦治国大计。

此日，刘盈随吴实在外面蹲马步、拉筋骨后，走进建成宫，周术又把沙袋紧绑在刘盈的左右手臂上。刘盈接了崔广交给的简册，舒展开来，凌空举起，高声朗读：“子曰，危者，安其位者也。亡者，保其存者也。乱者，有其治者也。是故君子安而不忘危，存而不忘亡，治而不忘乱，是以身安而国家可保也……”

数月间，刘盈在四位先生轮番调教下，愈加知书达理，洞明世事，身板骨也是硬朗起来。此时，旁边的唐秉便与刘盈一问一答，讨论为君之道：

“太子啊，君王与庶民，何轻何重？”

“孟子曰：民为贵，社稷次之，君为轻。”

“为君者，何以治国？”

“先师荀子曰：礼义者，治之始也；君子者，礼义之始也。”

“又何谓君者善群者也？”

“内亲弟兄，外和王侯，尚贤使能，不贱贫弱。”

…………

建成侯吕泽急来，对唐秉悄言：“东园公呀，九江王英布谋反，皇上欲派太子刘盈带兵征讨。”

“哦，何不派其他将领去征讨英布？太子读书习礼渐入佳境，不可耽误呀。”唐秉吃惊地问说。

“太子正在稳下盘，强膂力，学剑术，他尚无排兵布阵之力，怎么能带兵平叛呢？再说，他哪能是英布的对手呢？”吴实附和说。

“皇上说他偶染风寒……”萧何随后赶来，随着吕泽的话，给四位先生解释说。

“哦？萧相啊，皇上病疾真的严重吗？是否戚夫人又出馊主意？朝政云谲波诡，害人之心不可有，防人之心不可无呀。明摆的事儿，太子尚无带兵之力，那些将领皆是与皇上并肩打天下的猛将，这样，无异于让羊去统率狼群，他们谁肯为太子效力呢？再说，面对那久经沙场的英布，何来胜算？若小败，全身而退，能回朝来，那将会是什么结果，太子大位还保得住吗？若大败不归，谁又会是下一个太子呢？”

“是呀，太子从没上过战场，怎么能让他带兵出征呢？”建成侯吕泽说。

“建成侯呀，你速见吕皇后，请她去探视皇上，言明让太子带兵，这无异是使羊将狼也，众将军谁肯为年少的太子出力呢？让刘盈迎战英布，必是鸡蛋碰石头，有去无回。弄不好，会使英布坐大，挥兵西犯，不仅太子性命不保，而且大汉江山危矣。切记，切记，无论如何，也不能让太子挂帅出征。”

吕雉听建成侯鹦鹉学舌般说道之后，便去戚姬那儿找到了皇上，看不出刘邦身染何疾，却与妖冶的戚姬言谈正欢。于是，吕雉说道：“皇上呀，你难道不知，

调教太子

王家民·画

盈儿还是个娃娃呀，他从未上过战场，你让他领兵打仗，将士服不服？这不是让羊去统率狼吗？你说，你意欲何为？你这、这、这分明是让儿子去送命嘛！"

吕雉闯进来这么一闹，刘邦见戚姬极是难堪，便怒言道："别闹啦，朕亲自挂帅平叛，杀了那可恶的英布！"

吕雉和戚姬分左右拉了刘邦的臂膀，一个轻言："高祖啊，你身体要紧！"一个高声说："皇上呀，朝中能征善战的将帅有的是嘛！"

刘邦立起身来，膀子前后一甩，大踏步出门而去。不久，刘邦便率领将士去九江（今江西省九江市）征讨英布。

英布曾为秦人，尚武，熟读兵书，少年时触犯秦法被判黥刑，由此又名黥布。英布生性强悍，颇具项羽遗风。他知刘邦率兵亲征，便一不做，二不休，亮明旗号，举兵反汉，先杀了荆王刘贾收编其军，再渡淮击楚，致楚军溃败。他正在骄纵得意时，刘邦率领汉军前来征讨。

两军对阵，刘邦痛骂英布黥面丑人，朝秦暮楚，不得好死。汉军将士趁英布分神间，擂响战鼓，四面出击。英布方知刘邦早布重兵，便命令弓弩手朝汉军放箭，他也是手持强弓，扯圆弓弦，以利镞瞄准了刘邦……怕啥就有啥，刘邦最怯火的就是飞蝗似的箭镞，不幸又遇上了。当年，他与项羽叫阵时曾胸中箭镞，疼得一屁股坐地，却掩饰说脚趾受伤。嘿，陈年往事，不堪回首。此时，"嗖嗖"怪叫，声声刺耳。抬头高看之间，蝗虫似的影儿迎面而来，蘸了剧毒的箭镞直戳戳地穿入他的锁骨缝隙，"扑哧"一声，鲜血溅起。刘邦"咕咚"倒地，黏红的血浆糊得满脸都是。

汉军将士们见高祖中箭，一时阵脚大乱。英布便一马当先，带领将士冲杀而来。叛军似如饿狼，眼看便要取得刘邦性命的刹那间，一团五色祥云翻滚而来，笼罩了刘邦，原是太子刘盈带领宫中侍卫军奔袭而至，勇猛冲入战阵，奋力杀戮叛军。只见，刘盈高擎帅旗，指挥侍卫军拒敌。御医以酒液为刘邦擦拭伤口、撒止血粉，轻轻包扎……醇香的酒味儿，使刘邦猛然清醒，他睁眼望天，呼呼啦啦的"刘"字大旗鲜红如血，透着刺目的阳光。一双柔嫩的手替他抹去脸上的血迹，温馨暖流，沁入心脾。他打起精神细看，抱紧老身的竟是太子刘盈，由不得“啊”一声，急问：“盈儿啊，何以在此?”

“父皇出征在前，儿臣带了宫中侍卫军跟在后面，是为研习兵法、兵阵……”

刘邦抓紧了刘盈的手，说：“儿啊，带兵打仗凶险无比，战场局势瞬息万变。你还年少，带不了兵，何必冒险呢?”

“父皇啊，孙子曰：善用兵者，携手若使一人，不得已也。儿虽年少，却知汉室兴亡，为儿有责……”

刘邦听了刘盈的铿锵之言，眼睛放光地说道：“啊，我儿亦知孙子兵法?”

“父皇莫见笑，粗知皮毛而已……”

“哦，明白，明白了，这全是四位先生之功呀。”

“父皇所言极是，四位先生教儿臣明治国之道和用兵之法，还教儿臣强健身体，使用兵器……”

“好，好啊，商山四位先生辅佐我儿，助我大汉，功高盖世。”高祖刘邦言毕，昏然欲睡。刘盈守护在父皇身边，指挥大战。此时，战局易势，汉军大胜，英布带百十个士兵落荒逃去。

刘邦醒来，听了刘盈的劝说，未追穷寇，只是派人给长沙王送去密信，用计诱杀了英布。至此，对汉室构成威胁的韩信、彭越、英布三位诸侯王全被诛杀，为稳定大汉江山扫清了障碍。刘邦高兴刘盈成人，忘却伤痛，打起精神班师回朝。途中绕道沛邑，携刘盈祭拜祖坟，宴请乡亲。欢宴之间，嘶哑着嗓子，纵情高歌：

大风起兮云飞扬，

威加海内兮归故乡，

安得猛士兮守四方！

…………

携手辅盈

大學之名始于周興于漢，商山四皓秦代博士司掌
典教之職，還漢室輔太子劉盈于太學，太學之興利國利民，成就了漢代之
興旺發達，亦開啟了我國大學教育人之先矣
甲午年端午王家民畫

王家民 · 画

忽而伤口出血，没了下句。刘盈紧急护送父皇回到国都汉城，刘邦伤口恶化，体若燔炭，卧床不起。御医前来诊治，细察一番后，准备刀具，言说：“须割脖颈处的腐败赘肉，方能保得住皇上的性命。”

高祖刘邦此时头脑清醒，知要在要命处用利刃折腾，便打起精神说道：“我提剑取天下，早把生死置之度外，割什么肉呀！”拒绝治疗，殒命而去，时年六十又一。

·2·

汉十二年（前195），刘盈继承皇位，曰惠帝，启用未央宫，举行了隆重的冠剑加冕礼。他执掌朝政后欲封赏四位先生。想不到，四位先生却不请自来，背负行囊，入宫辞行。

刘盈问：“四位先生于我有再造之恩，为甚就要离去呢？”

“惠帝呀，我等四人在汉城，该说的话说了，该做的事儿做了，是该回家去了！”

“哦，先生们呀，你们四人曾隐居商山，祖籍又是何在？”

“商山是家，故里吴越之地亦是我等童年之家。”

“先生呀，无论在朝，还是居家，你们都得有个官衔吧？”

“免了，免了，耄耋之人再为官，岂不成天下笑话！”

“哦，先生不图虚名。若言回家，我得给先生多带点儿钱财吧？”

“金钱和美玉皆于老身无用。回自己的家嘛，柴米油盐，粗茶淡饭，足矣！”

…………

唐秉四人早已商定，离朝时一礼不受，一物不带，只是素身素衣过渭河，去咸阳废墟之中祭奠吴实、崔广二位的父老家眷和学兄韩非子，然后，再东去兰陵奠先师，回梓里祭祖坟，最后同回商山。

刘盈见四位先生去意已决，便惋惜，不舍，深情地说道："唉，先生大恩何以为报？何时再能与恩师相见？"

"唉，人生是缘。能否再见皇上，全凭缘分了。"

刘盈言道："萧相国呀，安排朝官、车辆和骑卫护送四位先生。先生说去哪儿便去哪儿，无须请命。再诏，命叔孙太傅备礼，开启羊羔酒……"此羊羔酒色泽莹白，入口绵甘，是刘盈念及与羊相处之乐趣，感慨羔羊跪乳之萌态酿制的朝廷礼仪用酒，窖藏已是数年。

萧何遵旨，即刻安排朝官、骑卫携车辆齐聚在汉城长安门外。豪华轺车鲜亮辉煌，百十人的骑卫排列成队。叔孙通率朝廷礼官唱礼，一时玉振金声，琴瑟齐奏，舞者作揖，极是恭敬。萧何动手开启御制羊羔酒，斟入夜光杯，惠帝刘盈双手染香，捧了绵醇佳酿，一一敬奉给四位先生。

唐秉四人感慨刘盈孝善仁义，便碰杯有声，一饮而尽。

刘盈拉了唐秉四人的手，依依不舍地说："先生呀，难舍四位恩师就此离去，大恩难报，刘盈实在是愧对先生啊！"

吕雉匆来，让宫女拿出四身鲜亮的袍衣，言说："四位先生呀，这是为先生做的朝服，就等皇儿一句话，便要给你们四人穿戴起来的。这、这、这是怎么啦？为啥便要离朝而去？"

"皇后呀，朝廷乃料理国事重地，我等闲人不可久留。回自己的家，是用不上华贵袍衣的，此物嘛，便留在宫中吧！"

唐秉言毕，四人一起推过宫女捧在面前的华贵朝服，登上了轺车。刘盈手扶轺车，随车快行，泪流满面地说道："先生呀，多保重。汉城长安门大开，先生随时可回来！"

…………

唐秉四人乘坐轺车，前有朝官开道，后有宫中骑卫守护，日走官路，夜宿官驿，每一地都受到郡县官员的盛情款待。月余，行千余里，四先生沐浴着春风，身披夕阳余晖，至兰陵县城。

太子救驾

王家民·画

县令恭迎在县城门口，远望仙风道骨的四位老人缓缓而来，便小跑近前，躬身施礼言：“恭迎四位老先生，您等师承荀子，幼读兰陵，终生侍秦扶汉，功高两朝，实乃本县之骄傲也！”

唐秉说：“县令过誉了，我等别离兰陵数十年，未曾回报地方，着实惭愧呀！”

“四位前辈在朝伴得君王，心系地方，不忘故乡，今日驾临兰陵，实乃万民荣光也。”

…………

唐秉四人与朝官和兰陵县令说定，去学馆走访不再乘车，也无须他人相伴，寻的就是六十年前童年的梦境。他们在兰陵驿站宿夜，第二天早起，往三十里外的文峰山奔去，想着魂牵梦绕的兰陵学馆，便回味那懵懂岁月，按捺不住鹿跳在心，不顾早春风寒，只是脚行疾，心回暖，恰似风华少年。

崔广起了个头儿，四人就一句接一句地吟诵先师荀子的教导：

“自知者不怨人，知命者不怨天。怨人者穷，怨天者无志。失之己，反之人，岂不迂乎哉？”

“故君子道其常，而小人道其怪也。”

“先义而后利者荣，先利而后义者耻。”

“荣辱之来，必像其德！”

…………

四人走过横贯汶河的木桥，兰陵学馆蓦然在前。吴实三步并作两步，踏上门前的台阶，举手欲叩大门，周术拉了拉他的胳膊，悄言：“别忘了姑父之言。”

“哦？我的阿爹……”

“是呀，姑父他说过，学馆乃清静之地。”

于是，两人退下台阶，等崔广扶着唐秉走近后，四人并排端立，弹衣正冠，捋顺衣袖，再由唐秉上前叩门。连叩数遍，竟无回应。四人惊愕不已，正逢开学之际，大门怎么就敲不开？值守的门役何在？学馆里面怎么如此静寂？

随着天色放亮，他们这才看清，学馆大门的虎鼻上锁，门楣高处的“兰陵学馆”匾额已是不见，雕饰华丽的门楼年久失修，破败不堪，濒临坍塌，瓦顶上的松喇苔长得密集旺盛。四人摇摇头，退回身，慢慢转，透过断垣残壁往里看，荒草萋萋，梨花稀疏，桃花惨淡……怅然若失间，身后“哐啷”声响，齐回头，见有人站在学馆门前，正在开锁。

那人远眺，望着四人的身影儿，高喊：“何人？如此早来，是送猪崽的，还是送草料的？”

“请问老乡，这学堂……”

“啥，学堂？嗨呀呀，你们说的是哪辈子的事嘛，这儿早就是养猪养羊的地方了！”

“啊，饲养场？”

四人大吃一惊，急扑进门，走近枯萎的大槐树，更是傻眼，曾遮天蔽日的槐树，躯干已成空洞，枝叶枯萎，树梢在寒风中瑟瑟发抖。树下那镌刻有《劝学篇》的巨石，已经不见。多么旺盛的槐树，咋就死了？那么大的镌文巨石，又是何在？

那开锁人见四人失魂落魄的模样，知又是前来寻找老学馆之人，听其窃窃私语，于是笑言：“树跟人一样，老了嘛，就会死的！”

“哦，那刻满字符的大石头呢？”

“做基石了，砌在了猪圈的墙底下。”

四人“啊”一声，心如针刺。远处肮不叽叽的酸臭味忽然进鼻入喉，极是恶心，由不得捂紧口鼻，拧头互问：啥味儿？

开锁人言：“酒糟子、醋糟子的味儿嘛。”

“什么？”

“兰陵酒卖钱，人们全都酿酒嘛。酒酿不成了，就是醋嘛。不管做酒做醋，剩渣都成了养猪的饲料。”

“啊，那娃娃们怎么读书呀?”

“嘿，嘿嘿，能行的，有钱的，都送到郡县去念书了，没办法的人家就让娃娃养牛放羊了，还读什么书呀!”

“孩子不读书怎么能行?”

“嘿，这穷人富人，好人歹人，各有各的活法嘛，老先生，想多啦。”开锁人说着，便“呵呵”离去。

唐秉四人张口结舌地想，风水轮流转，六十年间天地变，噢，天变，地变，人亦变……当年谁与争霸，皇上是谁？今天啥朝代，皇上又是谁?

周术轻拉失神的唐秉，说道：“唐兄呀，学馆就这样儿了，咱四人上后面的文峰山看看吧。”

四人心情沉重，默默上山。早春的文峰山，山石裸露，草木枯萎，无精打采的阳光洒在荀子的讲学崖、晒书台和仿造的书房屋顶……这些历史的遗迹，咋看都不真实。寒风忽来，柳絮伴雨，飘落如雪，四位老人裹紧了衣袍走下文峰山，惜别学馆，到县城驿站，商量回梓里的事儿。

唐秉言：“暂且分手，各回故乡，分头转转、看看吧。半月后，我在笠泽县驿站等候三位贤弟。”

周术言：“唐兄呀，咱都是年岁已高之人了，独自回家怎么能行？还是一分为二，两俩结伴，相互有个照应嘛。”

崔广明白，术兄如此一说，还是为了照顾唐秉大哥，便抢先言：“我随唐兄同行，你们兄弟两人结伴，会更方便一些的。”

唐秉再无话说，周术和吴实当即辞别。朝官知之，就把车辆和宫中骑卫分作两队，分头侍候四位先生。

·3·

周术和吴实思乡心切，驱车快行，三天后的夜晚到了东海边的角里村。时逢海潮高涨，古村落已没入海中，难觅踪迹，两人便遥祭爷爷于海边。天上乌云掩月，远处波涛浩渺，似有弄潮儿无数，皆披发文身，手持刀枪，一会儿踏波逝去，一会儿随浪前来，出没无常，腾挪百变。两人揉眼细看，高呼快活。那些弄潮者闻之，潜海而去。月色忽亮，波光耀眼。两人同说："梦也，梦也！"随之，驱车百里，回到驿站过夜。

翌日早起，周术和吴实谢绝朝官随行，弃车步行数十里，傍晚时到了太湖。太湖水岸像春蚕吃残了的巨大桑叶，中间空旷，脉络丝缕连接如网。水中有岸，岸中有水。

两人寻得一叶扁舟，请艄公摆渡送入东山岛，行至绮里村外的青石桥头，有个光屁股孩儿半躺半坐，横身挡住了去路。

小孩儿对周、吴两位视而不见，吴实笑问："谁家的孩儿？"

"你才是孩儿！"

"哎嗨，这么大点的小人儿，岂敢胡说？该叫爷爷才是！"

"我是你爷！"

周术厉声呵斥："呔，不知辈分尊长的孩儿，如此不可理喻，难道不怕你爹、你娘来打？快给老人家让路！"

话没落音，那小孩儿仰身往后，"咕咚"落水。周术和吴实争相跳入齐腰深的水中，慌忙捞人。那小孩儿像泥鳅似的，猛一拐身，黏到了他俩的身后，分开双手，抓紧他俩的腰带，哭喊："救命——"

这么一喊，从石桥对面的芦苇丛中走出一位妇人，边走边喊："儿啊，我的娃娃呀，你在哪呀——"

小孩儿应声高喊："救命，救命——"嗓音洪亮，极是精神，分明啥事儿都没有，但却耷拉了小脑瓜，嘴唇对着水面干呕，水面冒泡，呼噜有声，如此一呼一吸，湖水倒灌入喉，真的就"呃呃"噎气，假戏真做，成了一副要命的模样。吴实急忙把小孩儿抱在肩头，走上岸边。周术使劲给小孩儿拍背，但就是吐不出多少水来。

那妇人走过小石桥，一把抱过孩子，哭着说："淘气的孩儿呀，你咋不听话吗？好好地耍么，咋能就跌入水中呢？"

周术和吴实听妇人话中有话，有点不快。但想到这是家乡的门口，这母子也是邻里乡亲的，吴实就用太湖话平心静气地言说："误会，误会，孩儿不慎落水，我俩正在施救。"

"哦，救娃？那我儿手里的钱币呢？"

"什么？钱币？"吴实问。

"所见孩儿赤条条一身，空手无物嘛。"周术言。

"空手无物？我的傻儿呀，你把娘的钱币丢到哪儿了？"妇人说着，便在孩子的屁股上打得"啪啪"响，孩子疼得哭喊不止。

吴实急忙阻止说："别打孩子了，丢了钱的事好说。"不远处，一位船家快步跑来，高喊："咋啦？咋啦？又打孩儿！"船家近前，见周、吴两人，便恭敬施礼问："两位老者何来？"

"来自汉长安城。"

"哦，是从皇上那儿来的贵客。贵客呀，来此有何公干？"

"赋闲之人，谈何公干。只是寻访祖居，看望亲邻。"

"寻祖探亲？请问，老者贵姓？"

"免贵，姓吴，此地吴伯、吴仲，是我的异母兄长，一别已是六十余年……"

"哦，你是吴三老爷嘛，那咱还是未出五服的本家人呢。过去呀，我常听老爹言，你那一门人能行呀，有在外做官的，有办钱庄做生意的。唉，那后人嘛……"船家摇头叹息。

“后人怎么了？”

“全都变卖房产，离开了此地，再无音信。”

“啊？这却为何？”

“吴三老爷呀，这湖中岛嘛，出水入陆不便，地方穷，留不住人。”

船家说着，便拧身怒视妇人，骂说：“头发长、见识短的妇道人家，骂你这贱人多少回了，就是不听。教孩儿学坏讹人，做亏心事，对得起天地良心吗？人再穷，也穷得要有个志气嘛。滚，滚回去，烧水做饭！”

船家的气儿越来越大，骂得那妇人连连后退。

周术和吴实拦住了船家，说道：“莫怪妇人，今天这孩儿落水，怨我俩把玩笑话说得重了……”说着，取下腰间的零钱小袋，递给那个小孩儿。

船家拦阻说：“老爷呀，千万别这样。孩儿不懂事，不能由着他呀！”

接着踢了小孩儿一脚，骂：“滚回去，帮你妈做正事儿，再敢讹人，看我不要了你的小命。从明天开始，跟我上船，扯网，学着打鱼！”

小孩儿躲避他爹那一脚的瞬间，弯腰拧身，鱼鹰似的从水中捞起一条盈尺大鱼，往家里跑去，边跑边喊：“上大船，打鱼虾，太湖水，是我家……”

船家看着吴实和周术，言说：“两位前辈呀，莫见笑。船家我忙在外面，疏忽了家里，哪知贱内竟把孩儿调教成了这样。”

船家一边摇头说话，一边扶着吴实和周术过桥，走进了茂密的芦苇丛。不远处，一棵枯柳铺天盖地，树下有两块巨石，巨石上斜搭了废船的边帮，木板下的低矮空间便是船家的家了。旁边炊烟伴着雾气，打着滚儿弥漫开来，透过散乱的舟楫、竹篙和鱼筝之间的缝隙扩散，蓬松的渔网飘动不止，灰白色的网浮子若隐若现……周术、吴实闻着浓烈的鱼腥味儿，忽然明白，渔民贫苦不堪呀！他们世世代代靠打鱼为生，没有土地，没有房子，全部家当就是渔船，船就是他们的家了。

先前那妇人拉了孩子跪地，赔礼言：“先生呀，在此赔礼了。莫怨我见识短，实因日子艰难……”

船家呵斥说："快快做饭！"说着，拉夫人去了锅台边儿。

周术将小孩儿揽在怀里，问："上学没？"

"没。"小孩儿摇头回话。

"这偏僻的岛上，哪有学可上啊！"船家回身说。

"哦，那就送孩子到县城去上官学吧。"周术和吴实想到了一起，便不约而同地说话。他俩知道，有朝官在，这件事儿还是能够落到实处的。

"没钱呀，怎去县城？咋能上得了官学？"

"行，能行！明天便随我俩去县城吧！"

"去县城上学"之言像春雷打在天上，响在地面，船家激动得心跳。小孩儿从周术的怀中跃起，翻了个猫儿跟头，喊："去县城上学，好呀！"

说话间，妇人端出莼菜鲈鱼汤，放在石桌上，低声说话："两位老爷呀，喝点热汤，暖暖身子。"

小孩儿蹿到锅灶前，提来一桶白米饭，把陶泥碗递给周术和吴实，恭敬言："请用膳，明儿跟老爷爷去县城呀！"

船家拍了孩子的屁股，说道："今夜甭说明儿的事，先跟老子一起撑船，拉着老老爷爷逛太湖去！"

是夜，船家父子解缆，推舟，载着周术和吴实畅游太湖。夜色朦胧，月牙高挂。春水寒流，舟楫逐波。白发老人忆童年，粼光破碎圆梦难。远处的岸边，有一群孩子们唱起了吴歌。

寒水浪舟苦凄凄，人似浮萍漂东西。
日背鱼虾街巷卖，夜入水岸逮螃蜞。
…………

悠扬的吴歌，把吴实和周术带回了遥远的少年时光。六十多年前的月夜，他俩凫游太湖，整治恶人，初识唐秉和崔广的那一幕似乎就在眼前，便鼓掌而呼。

船家加劲儿划桨，小舟轻快无比。砰、砰、砰……周术一边敲击船帮，一边和着吴歌的曲调儿，轻唱：

太湖浩瀚跨三州，清月朦胧影船头。
波光粼粼家何在？吴歌起处更添愁。

吴实兴而起身，遥望水岸，应和周术，高唱：

胸怀壮志闯九州，侍秦扶汉白了头。
梓里寻旧家不在，早回商山解忧愁。
…………

周术、吴实在船家的陪侍下，尽兴游到夜半，方泊船小歇。天亮后，他俩领船家父子同去县城，让朝官传来县令，交代了孩子入学读书、营建东山岛的路桥、关心民众疾苦诸事后，又往莫干山而去。曾经的莫干山，印记着他兄弟俩童年逃学的经历。莫干山的黄老庙，也镌刻着他俩那狂放的少年之歌。

·4·

唐秉和崔广先去鄞州祭祖，再回到了笠泽驿站，他俩不让朝官和骑卫随行，俩人步行去了东园村。唐秉侍秦几十年，把自己的俸禄悉数送回了村，他便成了乡亲邻里的爷和神。隐居商山这些年，秦亡汉兴，村里没了他的音信，人们就在缥缈峰上建造了忠孝祠堂，彩塑唐秉泥像，把他当成了神敬。

前不久，笠泽县令闻知，辖地东园村的人唐秉避秦隐居，后来出商山扶持汉惠帝继位，劳苦功高，在朝一言九鼎。他正寻门路，欲远去皇城拜访之时，忽听说唐秉将荣归故里，于是一拍脑袋，便让人在东园村村口新立牌坊，手书了“商山领袖”四个大字，让匠工镌刻匾额。

东园村村口，开凿山石挖基础的，砌墙根子的，在石板上镌字的，热火朝天，忙作一团。唐秉和崔广走到村口，见匠工手持錾子，叮叮当当敲石头，唐秉问：“乡党，盖房?”

“建牌坊。”

“什么牌坊?”

“商山领袖。”

“什么？你怎知商山？嗨，商山，商山哪有什么领袖呢。”

“小人不敢造次，只是奉命凿石而已……”

唐秉听说缘由，哭笑不得，看着崔广，言说：“这地方官是千里眼呀，竟然知道遥远的商山，还说什么领袖!”

“呵呵，这笠泽县令若非千里眼，也是顺风耳，他能紧随皇上，上行汉庭，下效地方，政令畅通，也好啊！咱四人隐居商山，唐兄为长，你作为领袖亦属自然。”

“不行，不行，如此一说，岂不折杀人也。”

此时，里长急来，躬身打问：“前辈何人?”

“本村人，唐秉!”

“噢，真是唐老爷回来了，有失远迎，有失远迎了。小人谢罪!”里长跪地叩头。

“请起，你是?”

“我是村里木匠家的重孙子嘛，我爷曾不离嘴地讲你的好话，念叨你的孝顺。他至死不忘你离家出走时留给乡亲的钱币、衣物和那一垄又一垄的菜地……满村老少，无不感谢唐老爷子啊!”

“嗨，皆为过往之事，不足挂齿。只是村口所建这牌坊，改用‘东园村’三字方为合适。”

里长听明白了，便满口应承说一定告知县令。唐秉和崔广随里长进村，见房舍无论大小新旧，都在粉刷墙面，一溜溜的白，白得刺眼。

崔广问："何以如此？"

"回长辈的话，这是因县令言说，唐老爷子要回村来。县令还说，唐老爷子可是朝里的大官啊！"里长回话。

"嗨，如此胡乱作为，劳民伤财，惊扰邻里……"唐秉摇着头，不快地说。里长随话搭话说："也是，也是。"接着，就带着唐秉、崔广与邻里见面。年长的皆过世，同龄者几无人，男女老少蜂拥而至，争相一睹传说中的唐老爷的真身。他俩在里长家用膳后，便请里长领路，爬上缥缈峰的祖坟。

唐秉想不到，在这陡峭的石崖下，丘棺母亲的地方原曾荒疏一片，现竟以石块垒圆，封土高砌，松柏成林，郁郁葱葱，清静肃穆。思母之情油然而生。崔广搀扶着唐秉走近高耸的坟堆，同时跪地大拜。里长帮着点燃香火，陪着焚烧纸钱后，扶起他俩，安慰说："两位老爷爷呀，自己身体要紧，跪一下就行了，请起，请起。"

唐秉爬起身来，对年轻的里长深表谢意，言说："真没想到，乡亲们如此替我守护祖坟几十年，唉，我这做儿子的实在惭愧……"

"唐老爷子呀，东园村人一代传一代，都把这里作为忠孝传家的风水之地，当作自家祖坟一样地敬着，护着，只是培土栽树，连一根野草都不曾刈割。逢清明节必来祭扫，除夕夜一定上坟送灯。"

唐秉逮袖掩面，崔广想起离开汉城时，四人在咸阳废墟里祭奠父母亲人那悲戚、痛苦和无奈……陪着唐兄哭了起来。空山寂寥，哭声牛吼。真的就有牛羊聚来，围在唐秉和崔广的身边，低鸣不止。

里长抹一把眼泪，劝言："唐老爷子呀，村里人还在缥缈峰的高处为你建造了忠孝祠堂，塑了彩像呢！"

"啊，怎么能这样呢？唉呀呀，也是怨我，十多年了呀，再没给村里音信，让邻里乡亲挂心，以为我已过世去见阎王了呢……"

“唐老爷子呀，你身体康健，精气神充盈，一定会长命一百二十岁的……”里长在意建在高处的忠孝祠堂，又转移了话头说：“老爷子呀，我陪你上高处去看看吧。”

唐秉蹒跚在母亲的坟堆边，没有离开的意思。里长见天色不早，便招呼两位老人下山。唐秉看着路边的草庵，问：“草庵子？那是秋季看庄稼用的吧？”

“是。”里长回答。

“这个季节天已不甚冷了，今夜，我便住这草庵里吧。”

“啊？这怎么能行？”

“能行，能行，从小习惯了……”

崔广知唐兄的心意，便附和说：“里长，有我在此陪你的唐老爷子住草庵，你便放心忙正事去。”

里长迅疾下山，领着几个小伙，送来了食物和御寒的被褥。然后，退至山岩一侧，守护着两位老人。如此连续三个昼夜，唐秉和崔广都是守在山林的晨雾晚霞中，看山雀欢跳，听夜莺啁啾，食用乡亲们送上山的饭菜，闻着青草的香味儿，看那竹笋拔节、田间苗长……思念母亲，回忆童年。到了第四个晚上，唐秉言：“崔广呀，咱们明天走吧。为怀念母亲，咱俩虽露宿在外，不想叨扰邻里，却也是给他们添了不少麻烦呢。”

“是呀，得走了，朝官和骑卫还在驿站等着，周术、吴实两位兄长也应到了笠泽县城……”

夜半山高，树大林深。薄雾泛潮，寒气来袭。唐秉拢紧被子，透过草庵的缝隙看天，天上繁星眨眼，似在说话，又像无言的泪花，天地人融为一体，都在用心怀念逝去的那个家。万籁俱寂昔日梦，深谷溪流诉衷肠。

忽有窸窣的脚步声传来，一轮转圆的火影儿明灭不定，那是人手中的火绳，忽闪忽闪，由远而近。唐秉和崔广知有人来，于是翻身坐起，走出草庵。

崔广看着模糊不清的来人，问：“何人上山？”

“周术。”

“吴实。”

唐秉惊言：“哎呀，两位贤弟，为何夜半上山？”

周术言：“想唐兄呀！”

吴实说：“数日未见，恍如隔年……”

唐秉、周术、吴实和崔广四人相拥间，山下又转圆了一圈又一圈的火影儿，微光晃动，人影重重。崔广不解问：“两位兄长，你们夜半上山也就罢了，怎么如此兴师动众，带来了这么多人呢？”

“唐老爷子呀，笠泽县令上山拜访！”黑暗中，冒出了一句话，这是里长的声音。说着，便有人跑来跪拜在地，叩头言：“笠泽地方小官，来此谢罪。小人不知东园公唐侍郎回家，有失恭迎。”

此时，随行而来的朝官也走近了说：“县令在外公干数天，今夜才知先生荣归故里，因他未曾恭迎接风，未做妥善安顿，心中过意不去，便和在下带侍卫，携轺车，前来迎请先生下山。”

唐秉拉起县令，说：“地方官员辖制地方，应以百姓为重，不必为我们四人费心！”

县令站起，躬身施礼，唯唯诺诺言：“遵命，遵命，在下遵命！”

周术拦住唐秉，言说：“唐兄呀，切莫怨责地方官员，是因我和吴实着急上山，他才作陪而来。”

“嗨，两位贤弟，说好的在驿站会面嘛，为何着急上山？”

“我俩反复想，既到了笠泽，就须来东园村给伯母上坟。兄之母亲，便是为弟的亲人，不来能行吗？”周术说。

“学兄呀，咱们四人此一去，难得再回来了呀。”吴实说。

里长着急发问：“前辈们说甚？唐老爷子刚回家，怎么又要走？”

县令言：“四位先生，如此高寿之人，该好好歇歇，颐养天年了，又要往哪儿去呢？”

唐秉四人同声回话：“商山，商山，去商山！”

“啊，四位先生又去商山？难道不回朝廷？”县令忽然愣在一边，问话。

唐秉拍了县令的肩膀，笑言：“商山领袖，只有在商山才是领袖嘛。此四字，你已书写在案，着人刻石，我岂能不去商山？”

“啊，恕我弄巧成拙，写错字了！重写，重写……”

崔广笑言：“没错，没错！如果重写，那就真成笑话了。”

崔广、周术和吴实扶了唐秉，借一抹东方晨曦走近唐伯母的坟冢，三叩九拜，深情祭奠。少顷，唐秉捧故土，挺身立，如缥缈峰之瘦骨峋石模样，久久矗立。

·5·

唐秉四人乘轺车一路西行，入武关，到龙驹寨后，遣别了随行的朝官和宫中侍卫。四人此一年经历颇多，送书归汉，扶助太子刘盈继位后，寻旧梦，去兰陵，学馆不在，令人心酸，回梓里也是难寻童年，心之所系，只有商山这个家了。

此时，桃红柳绿，春意正浓，巍然商山，已在眼前，一股暖流在四人的心中涌动。唐秉迈大步，习以为常的八字步走得变了形。周、吴、崔三位紧随其后，皆归心似箭。四人披晚霞，踏清风，到了天虎幢下的溪水边，拉起衣袍，圪蹴下来净面。

周术一脚踩列石，一脚踏岸边，深蹲马步，伸手入水，水波清漪映着自己的模样儿，也映出了另一个模糊的人影，头脚颠倒，灵动活泛。啊！怎么像是山花？怦然心动，便抬起头，情不自禁高喊：“山花——”

是山花，就是山花。她人虽未回话，却扔脱了肩上的背篓，快步到了跟前，激动言：“好爷神哩，先生们总算是回来了！”此言，从她那嘴唇里嘣出来，声音似乎不高，却悦耳动听。

石幢上面的娃娃，看见了四位先生的身影，激动不已，拍手高喊：“先生回来了！爷神，回来了——”

喊声震得崖娃娃回音不断。爷神，回来了！爷和神，回来了！爷和神，回来了……一波接着一波，此起彼伏，传遍西沟、东原和东峰。盘龙松上丹鹤起舞，东崖壁下群猴抱柴。山花和虎女进厨房动起了烟火，四面跑来的娃娃们，刮了岩硝，和着炭末，用火绳点燃，再以竹竿儿塞在里面鼓捣。忽而就火花冲天，噼里啪啦，爆响了天虎幢，男女老少欢声一片。

良娃、虎豹兄弟帮着收拾天虎幢的藏书洞。山花随了周术、吴实去打扫东原的石板房，虎女夫妇盛出五谷杂粮，连夜吆牛推磨、拉碾子……一切皆为四位先生的日常生活。

唐秉四人回商山后，郡县官员时常上来问安，文人雅士访贤不断，皆知四位先生教娃娃读书的初心未泯，便合计着在商王村重建了商山书院。四位先生壮心不已，倾力教书，门生异秀，贤才辈出，使商山书院名扬天下，了却了不负荀卿，传承稷下学风，再现兰陵盛景的心愿。

又是一年隆冬，商山雪霏，纷纷扬扬，落一层冻一层，冻一层落一层，白皑皑的大地陡然膨胀，千古商山愈加高耸。望月之夜，天上一坨鸡蛋清似的柔光，被雪揉碎，洒落在地，夜色朦胧，天虎幢似浮云天。洞口被积雪封闭，唐秉四人围着疙瘩柴火，一边翻看黄老之学、周易和先师荀子的书简，一边纵论人生。

崔广想到了山老人所言，此崖洞实乃通达天地的人神之境。此时火光辉映，洞穴穹顶光斑凹凸，明灭不定，投射在洞壁的四人身影晃动，显得无限高大。远看洞穴深处，一处罅隙深不可测，十多年了，从未涉足其中，是因山老人说过人神互敬，各自为安啊。老人也说过，有缘的山水，山环水绕从不分离，无缘的人神，即使擦肩而过也形同路人，便感慨：山老人是神吗？他怎么那么通达天地、知晓人生呢？

唐秉、周术、吴实三人不止一次听崔广讲说，初来天虎幢时，随山老人深入

商山雪霏 宋人釋智圓四皓吟曰：忠義今時難雲林共掩關因秦生白髮為漢出青山
不顧金章貴終披白氅還如今屬聖代高蹈更難攀 庚子年白露王家民畫于古長安

商山雪霏　　王家民·画

内洞的情景和感慨，此时见他紧盯深邃的洞深处的罅隙，失神儿似的默无声息。

唐秉亦就随着崔广闪亮的目光，移目远看，想了想说：“崔广呀，山老人似如山魂，人品高洁，话语睿智，还真思念他老人家呢！”

“一晃过去了十多年，弟兄们离去又归来。崔广呀，你曾言这山崖内洞深不见底，似如仙境，何时携手一游？”周术说。

“术兄呀，内洞里面极是狭窄，高高低低，起伏不定，多曲少直，行走艰难呀！”崔广说。

“噢，狭缝路窄难行，便如坎坷人生，神仙能走的路，术兄就能行得通！”吴实开玩笑说。

…………

人烤火，火烤人。火知天意，火晓人心。今夜这火堆儿燃烧得格外欢实，呼呼的火焰蹿得比人还高。团团火焰升腾，竟似嬴政、刘邦的高大身影，火心那一缕明焰萌动，摇摇晃晃的又像刘盈读书的模样。炽热的疙瘩火，本就是一疙瘩一疙瘩的薪柴，此时犹如众多拳头，燃作一个又一个火红的心形，红彤彤地呈现着“长安”二字，格外醒目。

唐秉引燃一根薪柴，如火把高高举起，起身动步说：“走，入内洞，会神仙去！”

周术、吴实、崔广三位同声响应，同燃薪柴，同举火把，随唐秉往内洞走去。四人背影高大，前者把背影留给后者，后者又把背影留给再后者。

翌日，天奝地萌，良娃和虎豹兄弟找不见四先生的踪迹，便发急呐喊。山花快步跑来说：“良娃啊，找不到人啦？唉，先生说过，读书修身悟道便能成仙。莫非……”

虎女连滚带爬地赶来，见此情景，便呜里哇啦地哭成了泪人儿。四沟八岔赶来的男女老少，齐聚天虎幢，抬头仰望商山之巅。忽见四位先生手扶藜杖，怀揣书简，隐入了天光云影，高蹈而去。

一载复一载，千年又千年。良娃孙子的孙子做了一代又一代的爷爷，一代又一代的爷爷总是给一代又一代的孙子讲述着遥远的商山四皓故事。

一年一度，春雨纷落，满山遍野，荒草泛绿。干枯的蒿草窝里总会冒出淡紫色的拳芽，左一拳，右一拳，拳拳环抱，拱护着饱满的骨朵，粉嫩嫩，肉嘟嘟，酷似娃娃的脑瓜，迎着春风，很快长大。拳芽绽放，胜似灵芝。河川未改，青山依旧。

2017 年 9 月至 2021 年 12 月初稿于商山

2022 年 8 月定稿于长安

秦汉高原走出的一组传奇哲人

孙皓晖

商山四皓，是中国历史上极富寓意的一个哲人组合。

所谓历史寓意，是说一个历史人物的生命历程能够给后人提供的可开掘资源的丰富度。虽然，这种历史寓意有可能渗透在每一个历史人物身上，但是，依据历史人物所经历的历史时代的不同，及自身社会地位与自身阅历的不同，这种寓意的内涵，自然也就不同。王家民先生的《商山四皓》小说所呈现的四位前贤，就是非常富有自身资源的历史人物，值得以文学艺术的方式去呈现他们鲜活的生命历程。这样做的意义在于，一则有助于我们了解中国历史上最伟大的统一文明的高原时代，二则有助于激励我们已经萎缩了的生命状态。

不重新解读历史，就无以重塑新时代的民族精神。

王家民先生的这本《商山四皓》小说，是回望先秦根基的一朵浪花。

小说故事成功地解构与重塑了商山四皓。四位人物或忠孝若愚，或通晓异术，或勇武刚烈，或嗜书善文，皆充盈着家国情怀而个性鲜明，出演在秦末汉初历史大舞台上的伟人和重大历史事件描写也不落俗套。如，少年嬴政不同凡响的出场、剿灭嫪毒集团的果敢和挥剑嗜血的霸气，刘邦入山访贤、听得劝言并巧接地气的诸多细节，等等，既与历史存在相吻合，又写出了不同凡响的精彩。

商山四皓这组哲人，以布衣之身奋发于战国"大争"之世，以睿智卓识而成为秦帝国七十位博士之四，四人已具有当时社会的较高端身份，经历了秦帝国统一并参与统一文化和文明的创建，对社会进程有着一定的促推作用。四人于秦末大动荡的杀戮风暴中蛰伏山野，在西汉初期的复杂政治困境中盈缩有度，接受张良举荐，出山辅佐弱势的汉惠帝，使其站稳了根基；最终，自觉退出西汉朝局而隐居山林，彻底脱离社会视野，即传统历史语言中的"不知所终"。小说的故事架构和诸多人物描写，基本反映了这一组哲人的沉浮历程。

商山四皓隐居的原因，一般都归结为躲避焚书坑儒之祸，小说解读的来龙去脉则更加耐人寻味。四人本是荀子的门生，受师命携书入秦，保护书简潜入商山，通过张良、萧何躬身访贤，详明了焚书坑儒的原委和秦国的宫书典籍尚存之事，由此为汉承秦制奠定了基础。显然，作者努力澄清关于焚书坑儒的认知误区，为传承民族的优秀传统文化精神而敢立一家之言，这是难能可贵的。

近年来，有关中国文明史研究的主流观点，基本确认了焚书坑儒这桩公案的虚假性。历史证据之一，秦代诸多博士在西汉初期出现，包括商山四皓，也包括为西汉制定皇家礼仪的叔孙通博士等，都反证了坑儒的虚假性。历史证据之二，就是诸多上古经典都在西汉初期陆续出现，并在汉城营建之初就建立了石渠阁、天禄阁这样的国家图书馆和档案馆，否则司马迁根本无法写成皇皇《史记》，由此证明，焚书是一项尚未得到执行的临时禁令，而不是一以贯之的文化政策。历史证据之三，焚书与坑儒原本是两宗刑事案件，完全没有直接关系，直到东汉时期才被儒家连成一个整体，为厚诬秦政制造证据。

一般认为，商山四皓隐居是不满暴政，是因秦末之乱，但更有可能的则是小说所言“护书”离朝。小说将荀子授书作为源头，四人携书入秦，欲建书院，文心不泯，因生变故，护书而隐，倾力整理包括《商君书》在内的文献典籍，带书归汉而有保太子事件……这些故事情节是可信的，也是具有重要的文化意义的。

商山四皓所以愿意出山，辅佐汉惠帝刘盈，其最深刻的历史原因，在于西汉初期全盘继承秦帝国统一文明框架的政治作为，是“汉承秦制”的历史大势所决定的。秦帝国的大批骨干大臣、中下级官吏及名士散官等，纷纷选择了为西汉政权效力。对于缺乏治理大一统国家经验的西汉政权而言，这是最为宝贵的政治财富。直到汉景帝，西汉的实际治国丞相（萧何为名义丞相）一直是秦帝国时期的“计相”（秦帝国的首席经济大臣）张仓。萧何病逝后，到汉景帝时，张仓已经成为真正的丞相。也就是说，中国第二次统一之后的第一个治世——文景之治，实际上是在全面以秦政治国的条件下完成的。在这样的背景下，秦帝国的大批在世遗臣，诸如张仓、叔孙通、王陵（西汉封侯的将军）、商山四皓及其余博士等，都选择了为西汉效力。这是西汉初期的历史大潮。没有这样的“归心”潮流，西汉初期根本不可能迅速稳定下来。

先人者何？秦始皇帝君臣阶层也。

先人魂魄者何？秦帝国君臣统一中国之大志向也。

同样，商山四皓作为秦帝国的四位博士——当时的国家高端智库人物，岂能不深刻理解秦帝国的政治宏图，岂能与统一大势相违背？因此，他们选择“事汉”，辅助西汉稳定统一政权，就是自然合理的。大势稳定之后，又选择功成身退，则是这组哲人的性格使然，也是无可厚非的。客观地说，西汉初期的刘邦集团，因其主要成员都出自秦帝国基层小吏与市井布衣，对秦政的整肃博大有着直观而深刻的感知，其所做出的战略选择——汉承秦制，是完全符合当时的历史潮流的。刘邦，是历史上唯一一个对秦始皇陵封了护陵民户的皇帝，其对秦政的敬畏是显然的。若非后来的汉武帝刘彻大举修改西汉初期治国理念，执意以“独尊儒术”为人治意识形态，从而与秦帝国的“法治”治国拉开距离，使中国统一文明第一次出现“塌方”现象，西汉政权的文明史地位几乎将会与秦帝国并肩。果真如此，商山四皓的历史地位，也将会在文明历史的价值认知中更高一些。

历史已经远去，留给我们的是一种精神指向。

社会文明正源意识的沉沦，绝不会永远持续下去，“蓦然回首”已是不远。

商山地区的历史文化遗产，具有不同一般的特殊性。相比较于关中腹地令人眼花缭乱，且使陕西患上了“历史遗产眩晕症”的丰富多样性，商山地区的历史文化遗产是相对单一的。但是，这绝非历史文化的劣势。因为，商山的历史文化遗产，正好卡在了中国统一文明创建时期，集中在了奠定中国统一文明与法治文明基础的商鞅文化这个焦点上。商山有商君府遗址、商鞅封地遗址，还有可能未被考古证明的商鞅墓地遗址。因为，商鞅墓葬历史无载，依据历史逻辑有可能被商山民众抢夺骨殖而安葬于商山某处未发现的地区……这是《商山四皓》小说构想的一个出其不意的情节。当然，小说还有许多这样的阅读惊喜和亮点。商山地区更有规模较大的武关遗址，是春秋战国时期战争文明的重要遗存，其意义不亚于山西高平的长平大战遗址。举凡这些遗址，都是中国文明高原时期，也是世界文明轴心时代的重大文化遗存，其所具有的“钻石”级意义，绝非数量之多可以比较的。

相信以王家民先生的《商山四皓》作品为信号，商山地区能够涌现出更多丰厚的历史文学作品，能够以文学艺术的方式早日攻占先秦文明高原，也为恢复商山地区历史文化的辉煌做出应有的贡献！

2021 年夏于海南积微坊

家民：

书稿读完。

出乎我的意料，此书很好，情节分明，叙述清楚。文笔十分不错，极有文采，又见自家风格。

平凹

2021.2.21

王家民先生的《商山四皓》小说以恢宏的气势，波澜壮阔地讲述了一个充满家国情怀又兼具地域特色的人物群像故事。这段史实我略有所知并两次拜谒四皓墓。小说里的四个主角，虽生逢乱世，却虚怀若谷，进退有节。进则置生死于度外，退则视富贵如浮云。他们身上这种“进取”与“隐逸”相交织，“入世”与“出世”相结合的生命高蹈精神，正是中国几千年历史文化传统中士人的精神正脉与正向，他们死后两千多年仍被传颂，正说明了这种精神火光的现实价值与意义。

小说内容丰富，语言流畅，既善于讲述故事，又充满着语言、人物、画面等方面的艺术创作个性。作者热情饱满，激情飞扬，在努力传递历史信息与秘籍的同时，也全力在将商山本土文化风貌，尤其是方言、俚语、风俗植入其中。这是历史小说创作中的一种尝试，值得探讨关注。我还要特别提到的是，王家民先生是一个画家，画家笔下的小说，自然充满了写意、泼墨与皴擦点染的笔触，读来颇多意外的书写冲击。

陈彦

2021.04.11 于北京

陕西社科精品文库

ISBN 978-7-224-14642-4

9 787224 146424

定价：69.00元